Carsten Neß, Jahrgang 1964, studierte in Trier Physische Geographie/Geowissenschaften. Heute arbeitet er in Bernkastel-Kues als Landespfleger. »Tod im Moseltal« ist sein erster Kriminalroman.

CARSTEN NEẞ

Tod im Moseltal

KRIMINALROMAN

emons:

FSC
www.fsc.org
MIX
Papier aus verantwortungsvollen Quellen
FSC® C083411

Umschlagfoto: photocase.de/Jens Lumm
Umschlaggestaltung: Tobias Doetsch
Druck und Bindung: CPI – Clausen & Bosse, Leck
Printed in Germany 2011
ISBN 978-3-89705-881-1
Originalausgabe

Für meine Lieben:
Malte, Jannik und Gerlinde

Prolog

Luxemburg; Oktober im Jahr zuvor

Er lief ziellos. Die Regentropfen, die von seinen sorgsam gegelten Haaren abperlten und unter dem Hemdkragen verschwanden, spürte er nicht. Auch die schon fast winterliche Kälte, die unter sein Sommerjackett kroch, konnte ihn nicht erreichen.

Er hatte geglaubt, ihn hinter sich gelassen zu haben. Aber das war ein Trugschluss gewesen. Nur ein Blick hatte gereicht, ein winziger Augenblick, bevor sich die Menge im säulenumrahmten Foyer der Philharmonie wie ein Vorhang wieder geschlossen hatte.

Den »Zarathustra« nach der Pause hatte er gar nicht mehr mitbekommen, verharrte wie benommen auf seinem Platz in der dritten Reihe. Bildete sich seine Blicke im Rücken ein. Fühlte, wie nur ein konzentriertes Anspannen der Muskeln ein Beben seiner Arme und Beine verhindern konnte. War wie betäubt und gleichzeitig wie in ein loderndes Flammenmeer geworfen, bis schließlich Strauss' »Nachtwandler-Lied« ihm die Flucht in die Dunkelheit erlaubte.

Er war doch fort gewesen. Fort aus seinen Gedanken, fort aus seinem Fühlen, fort aus seinem Leben. Aber jetzt war er wieder da, für die Dauer eines Wimpernschlages nur und doch unweigerlich da. Drängte wieder in sein Sein, so plötzlich und gewaltig wie ein Kanonenschlag.

Die gelbrötliche Straßenbeleuchtung legte einen dezenten Lichtstrang durch die Nacht vor der Philharmonie. Fast eine halbe Stunde lang war er die vierspurige Avenue John Fitzgerald Kennedy zwischen zwei Reihen neu angepflanzter Bäume entlanggelaufen. Hier im mondänen Stadtteil Kirchberg führte das moderne Luxemburg jedem Ankömmling sein Inneres unwidersprüchlich vor Augen: In dieser Stadt verbanden sich Geld, Macht und Globalität. Eine Kombination, die das kleine Großherzogtum zu einem Zentrum der europäischen Finanz- und Förderpolitik hatte werden lassen. Das war in den vergangenen Jahren sein berufliches

Zuhause gewesen, hatte ihm Sicherheit, Erfolg und Genugtuung geboten. Doch das alles war ihm in diesem Moment keine Hilfe.

Er wollte jetzt allein sein, am liebsten in einem dunklen, stillen und völlig von der Außenwelt abgeschlossenen Raum, nur noch weg von dieser immer noch belebten Allee. Er bog in die Rue du Kiem ab und ging die Talstraße hinunter nach Weimershof. Die Nationalstraße N1 Richtung Trier lag vor Nässe glänzend, aber ruhig zwischen den beiden Häuserreihen des Straßendorfs. Über zwanzig Jahre musste es her sein, dass er ihn das letzte Mal gesehen hatte. Zwanzig Jahre, die gerade lang genug gewesen waren, um ihn aus seinem Bewusstsein zu verdrängen. Zwanzig Jahre, die nun von einem einzigen Augenblick pulverisiert wurden.

Die Ruhe, die von den bewaldeten Hängen des engen Tals mit seinen verschlossenen Häusern ausging, tat ihm gut. Führte ihn ein Stück weit wieder in die Gegenwart zurück. Als er die Alzette gequert hatte, bog er links ab und folgte dem Uferweg Richtung Grund vorbei an leblosen Hallen in die nächtliche Leere der Stadt. Nun zeigten Kälte und Nässe doch ihre Wirkung: Er fror erbärmlich. Aber er nahm diese Empfindungen fast wie eine Erlösung auf, schienen sie das Gespenst des Abends doch etwas zu vertreiben.

Auf Höhe der Abtei Neumünster holte er mit steifen Händen das Handy aus der Innentasche des Mantels, schaltete es an und bestellte ein Taxi zum »Café des Artistes«.

1

Trier-Avelsbach; Sonntag, 31. Oktober

Thomas Steyn hatte das Kissen aufgeschüttelt und am Kopfteil des Ehebettes hochgestellt. Er hasste es, schon morgens seinen Rücken die harte Realität von kaltem, massivem Buchenholz spüren zu lassen. Und heute, da er nachdenken musste, um den Tag geschickt und möglichst unauffällig über die Runden zu bringen, wollte er wenigstens noch einmal in aller Behaglichkeit auf den gestrigen Abend zurückblicken. Doch das gelang ihm nur bedingt, das Dröhnen in seinem Schädel war heftig. Dabei hatte er mit dem Château La Tour Blanche doch einen dem Anlass entsprechend besseren Bordeaux aus seiner Schatzkammer geholt.

Im Gästezimmer war es noch ruhig. Marion hatte auch allen Grund, bis tief in den Tag hinein zu schlafen. Ihre Nacht war schließlich nicht länger gewesen als seine. Ein vorsichtiger Blick zum Wecker zeigte ihm, dass es wirklich schon spät war. Dennoch würde ihnen noch genügend Zeit für ein flottes Frühstück bleiben. Marions Zug fuhr gegen drei Uhr, und Marie würde mit den Kindern erst um kurz nach halb acht am Bahnhof ankommen. Es war gut, dass er beide überredet hatte, mit der Bahn zu fahren. Das war wesentlich einfacher zu kalkulieren. Ein etwas schiefes Lächeln über diese unglaubliche Raffinesse huschte über sein Gesicht. Thomas Steyn war mehr als zufrieden mit sich.

Die Blätter der Winterlinde vor dem Schlafzimmerfenster spielten auf ihre alten Tage nur noch zaghaft mit dem Licht der Herbstsonne. Um ein Haar hätte sein Vater den mächtigen Baum schon vor Jahren zu Fall gebracht. Aber Mutter hatte sich endlich einmal durchsetzen können, und der Baum blieb stehen. Wie sie das geschafft hatte, war Thomas bis heute ein Rätsel. Doch das war Schnee von gestern. Er hatte nicht vor, länger als diese paar Sekunden mit Gedanken an seinen Vater zu verschwenden. Vielmehr hatte er Appetit auf ein kleines Vorspiel zum Frühstück. Marion dürfte sicher nichts dagegen haben, die Aktivitäten rund um ihre kleine Wiedersehensfeier noch einmal kurz aufleben zu lassen.

Er zog sich schnell den engen khakifarbenen Baumwollschlafanzug aus, den ihm Marie vor Urzeiten zu Weihnachten geschenkt hatte und der nicht kaputtzugehen schien. Das Ding hatte seiner Farbe entsprechend die Widerstandskraft alter Wüstenkrieger, nur ein Gefechtsfeuer im Bett vermochte er nicht zu entfachen. Warum hatte er das scheußliche Ding in der Nacht überhaupt noch angezogen? Er konnte sich nur daran erinnern, dass Marion überraschend mit zwei Gläsern Sekt ins Schlafzimmer gekommen war, nachdem sie sich eigentlich schon in den Schlaf verabschiedet hatten. Aber an das, was dann folgte, konnte er sich beim besten Willen nicht mehr erinnern.

Der leichte Seidenkimono, den er sich während einer Geschäftsreise in Japan geleistet hatte, wirkte hingegen vergleichsweise verführerisch. Doch gerade deshalb wollte er den Umweg über das Gästezimmer einschlagen, bevor er seinen schon groß angekündigten »Café au Lait de Thomé« zubereiten würde. Er musste kurz den Kopf über sich selbst schütteln: Was für einen Mist hatte er gestern wohl sonst noch von sich gegeben?

Die Ruhe in dem Haus hatte ihm schon immer diese Sicherheit gegeben, wenigstens hier in seinen vier Wänden unangreifbar zu sein. Thomas war stolz darauf, jedes Geräusch sofort seinem Verursacher zuordnen zu können. Genauso wie er schon lange vor dem Rest seiner Familie einen fremden Laut registrieren konnte. Er hatte schon häufig die erstauntesten Gesichter geerntet, wenn er die damit verbundenen Ereignisse als brandheiße Neuigkeiten um und im Haus präsentiert hatte. An diesem kühlen Herbstmorgen aber war alles ruhig. Die Tür zum Gästezimmer im Parterre war angelehnt.

Thomas schob sie mit den Fingerspitzen auf. Innerlich hatte er sich bereits auf den verschlafen-lasziven Blick von Marion eingestellt, der ihn schon vor zwanzig Jahren bei ihrem gemeinsamen Zelturlaub in der Bretagne aufs Äußerste entzückt hatte. Und der sich zwangsläufig einstellen musste, wenn das sanfte Knarren der alten Holztür den Weckdienst erfüllt hatte. Thomas versuchte sein bewährtes smartes Lächeln noch ein wenig zu perfektionieren, als er neckisch um die Tür herum auf das Gästebett blickte.

Doch sein Lächeln erstarrte und mutierte dann zu einem unendlichen lautlosen Schrei, der seinen Kopf fast platzen ließ. Auf dem Bett fand er nicht die erwartete personifizierte Lebenslust. Auf dem Bett lag eine Frau: fremd, nackt und augenscheinlich leblos. Ihre Augen waren weit aufgerissen und starr. Die karottenroten, kurz geschnittenen Haare standen in alle Richtungen ab und stellten ein Pendant zu den in der gleichen Farbe lackierten langen Fingernägeln der gespreizten Hände dar, die schlaff auf dem zerwühlten Bettlaken lagen. Die gazellenartig langen Beine bildeten mit der unteren Bettkante ein nahezu gleichschenkliges Dreieck. In dessen spitzem Winkel vermochten die roten Schamhaare nicht alles zu verdecken, was vielen Männern und vielleicht auch Frauen vor nicht allzu langer Zeit noch sehr verlockend erschienen sein musste. Doch das war Vergangenheit. Realität war ein Anblick, der in Thomas gleichzeitig ein Frösteln, Schweißausbrüche und ein nicht zu beherrschendes Gefühl der Übelkeit verursachte.

Der Aufenthalt auf der Toilette war lang und intensiv. So wie sein Blick in den asymmetrischen Kristallspiegel mit dem passend zu den Schieferfliesen anthrazit gebeizten Holzrahmen. Es dauerte eine ganze Weile, bis wieder Bewegung in seinen Körper kam. Langsam und an jedem festen oder auch losen Gegenstand Halt suchend schleppte er sich in sein Arbeitszimmer. Auch hier, an der Stätte seiner genialen Einfälle, kam sein Gehirn nur langsam in Fahrt. Inmitten des gedanklichen Chaos fanden schließlich drei Fragen und eine sich stetig wiederholende Antwort den Weg in sein Bewusstsein: Wer ist das? Was, verdammt noch mal, macht sie in meinem Bett? Polizei? –Scheiße, Scheiße, Scheiße, Scheiße!

*

Der Kriminalbeamte Christian Buhle, der offenbar das Sagen über diese stumme Armee weiß uniformierter Ameisen hatte, stand vollkommen ruhig in der gegenüberliegenden Ecke des Wohnzimmers. Sein Blick schien Thomas nur gelegentlich, fast nebenbei zu streifen. Viel mehr Beachtung fand dagegen die Einrichtung des Wohnzimmers.

Lange schaute er die schier endlosen Reihen des Bücherregals entlang, als ob er später in seinem polizeiinternen Bericht aus dem Gedächtnis eine Aufstellung der dort vertretenen Literatur wiederzugeben gedachte. Thomas überlegte kurz, welchen Eindruck seine Sammlung marxistischer Literatur wohl auf den beunruhigend teilnahmslosen Kommissar machte. Er hatte die gut zwei Meter zumeist gebundener Wälzer kurz vor Beginn der Währungsreform auf der Klassenfahrt in Dresden für »'nen Appel und 'ne Banane« – der Lacher an dieser Stelle war zu Studienzeiten bei den Wessis in Kaiserslautern immer vorprogrammiert gewesen – erstanden. Lediglich einige Engels- und Lenin-Bücher hatte er erst später, in seiner Erstsemesterzeit, von einem Spartakus-Aussteiger für harte West-Mark gekauft. Doch sosehr diese Kleinbibliothek linken Pseudointellektualismus auf seine damaligen Kommilitonen und einen Teil seiner heutigen Geschäftsfreunde Eindruck machte, im Gesicht des an der anderen Zimmerwand real existierenden Kriminalbeamten war nichts dergleichen zu erkennen. Genauso wenig wie damals bei seinem Vater.

Erst als Buhle die Familiengalerie näher in Augenschein nahm, studierte er jedes Foto mit merklichem Interesse. Nach der letzten Aufnahme, die die beiden Kinder beim Auspacken der Geschenke am vergangenen Weihnachtsfest zeigte, erlosch die fast menschlich wirkende Regung in seinem Gesicht jedoch wieder. Dafür schien in seinem Körper ein Mechanismus in Gang gesetzt worden zu sein, der ihn langsam, aber unaufhaltsam auf Thomas zukommen ließ.

»Erstaunlich sympathische Kinder haben Sie, Herr Steyn. Wo sind die eigentlich momentan?«

Hatte Thomas geglaubt, seit dem Anruf beim Polizeipräsidium wenigstens den Hauch von Kontrolle wiedergewonnen zu haben, so traf ihn der erste Satz Buhles wie schwüle Sommerhitze eine eisgekühlte Colaflasche. Der Schweiß trat ihm schneller auf die Stirn, als sein Blick zur kleinen Standuhr im Bücherregal hasten konnte. Es war Viertel nach drei. In spätestens zehn Minuten würde Marie mit Mattis und Nora zum Bahnhof aufbrechen.

»Entschuldigen Sie. Ich muss telefonieren.«

Das Smartphone lag unter der Fernsehzeitschrift. Thomas brauchte vier Versuche, bis er die richtige Nummer gewählt hatte. Mit Mühe gelang es ihm, sich den Weg vorbei an einem in einen weißen Overall verpackten Mann ins ruhigere Nachbarzimmer zu bahnen. Unmöglich schien es aber zu sein, seine Schwiegermutter davon zu überzeugen, seine Frau noch vor der Abfahrt ans Telefon zu holen. Als Marie dann doch hörbar genervt vom Abfahrtsstress mit Kindern und Mutter ans Telefon hetzte, fehlten Thomas die Worte. Schließlich stieß er hervor:

»Es ist besser, wenn du erst morgen kommst. Marie, ich kann dir jetzt nichts erklären. Ich meine, es ist nichts, nicht mit mir, es ist –«

»Was ist los?«, unterbrach ihn Marie. Ihre Stimme klang belegt. Irritation und aufflammende Wut hielten sich offenbar die Waage. »Du hast ja wohl keine Frau im Bett, oder?«

Thomas zuckte zusammen. Die Tote lag wohl tatsächlich noch im Bett.

»Thomas?« Doch selbst die nun folgende Pause überstieg seine augenblickliche Reaktionsgeschwindigkeit. Dafür konnte er förmlich sehen, wie Marie mit rollenden Augen den Blick nach links unten wandte, mit diesem leichten Seufzer, der gerade noch seinen Weg durch zusammengepresste Lippen fand. »Tom, rede!«

Thomas liebte seine Frau einen spontanen Moment lang für dieses schon lange nicht mehr ausgesprochene »Tom«. Ein Relikt aus einer Zeit, in der Liebe noch möglich schien. Seine Stimme fand endlich den Weg zurück, wenngleich noch schwach und weinerlich: »Marie, es ist etwas Schreckliches passiert. In unserem Haus liegt eine Frau, tot. Ich kenne sie nicht, hab sie nie gesehen. Sie lag heute Morgen im Gästezimmer, wo eigentlich Marion sein sollte …« Er stutzte. »Natürlich nicht tot, Marion, meine ich. Ach Marie, es ist eine einzige große Katastrophe hier. Das ganze Haus ist voller Polizei. Die nehmen alles durcheinander, auseinander, meine ich. Ich bin ganz durcheinander. Ich meine, warum muss diese verflucht tote Frau ausgerechnet in unserem Gästezimmer liegen? Es gibt Tausende von Gästezimmern …«

»Marion? Eine Tote?« Maries Stimme klang plötzlich kalt und distanziert.

Auch Thomas wurde es kalt. »Marion Schroeder«, presste er heraus. »Sie … sie ist weg. Stattdessen diese Tote. Marion ist weg.« Die letzten Worte waren reine Resignation.

»Pass auf, Thomas, hör mir ausnahmsweise einmal gut zu.« Marie klang jetzt gefasst. »Hast du schon mit der Polizei geredet?«

Thomas nickte am anderen Ende der Leitung, ohne zu realisieren, dass Marie das natürlich nicht sehen konnte.

»Thomas, antworte!«

Er stieß ein undeutliches »Nein« in sein Smartphone.

»Wenn du etwas mit der Toten zu tun hast, dann halt den Mund, bis ich da bin. Wenn du nichts mit ihr hattest, dann erzähl der Polizei, was du weißt. Aber nur das, was du ganz sicher weißt. Klar? Alles andere behältst du erst mal für dich. Dich kann keiner zwingen, etwas zu sagen, verstanden? ... Hast du mich genau verstanden?«

»Ja.«

»Gut. Ich lass die Kinder bei Mama. Mit der Kiste von Pierre bin ich in einer guten Stunde bei dir. Schaffst du das so lange?«

»Ja.«

Es war das erste Mal seit Stunden, dass Thomas so etwas wie Erleichterung spürte. Er hielt das Handy noch fest in der Hand, als Marie vermutlich schon längst wieder bei den Kindern war, um ihnen etwas zu erzählen, wie dass ihr Vater plötzlich von einem sehr ansteckenden Virus befallen und deshalb sehr krank sei und sie deshalb allein nach Hause zurückfahren müsse, um den Papi wieder gesund zu pflegen.

»Sie haben auch eine erstaunlich sympathische Frau, Herr Steyn.«

Wie lange Buhle bereits mit der Schulter im Türrahmen lehnte, wusste Thomas nicht. Er hatte ihn nicht kommen gehört. Irritiert legte er das Handy auf den Glastisch. Hatte ihn sein so ausgeprägter Gehörsinn seit gestern Abend denn völlig verlassen?

»Sie haben auf die Wiederwahltaste gedrückt. Ist das Ihre Frau am Telefon?«

Thomas starrte zuerst Kommissar Buhle, dann das Telefon an, bis er begriff, was gemeint war, und einfach auflegte.

»Kommt sie ohne die Kinder?«

»Ja.«

Mehr fiel Thomas nicht ein. Dieser Mensch da, wie er dieser ganzen Sache so arrogant gelassen gegenüberstand, war ihm alles andere als geheuer. Er blockierte ihn. Die ganze Zeit schon umgab er sich mit einer Aura, als ob er alles klar durchschauen würde, als ob er nur noch ein wenig warten wollte, bis auch die anderen endlich kapierten, was geschehen war.

Thomas kapierte eindeutig nichts. Er hatte noch immer keinen blassen Schimmer, wer diese Frau war, die in seinem Gästebett lag. Er wusste nicht, wo Marion abgeblieben war. Er hatte keine Ahnung, wie er das ganze Drama seiner Frau, seinen Kindern und den anderen erklären sollte. Und vor allem war ihm völlig schleierhaft, was dieser Buhle wusste, ahnte oder sonst wie dachte.

Der Ameisentrupp schien sich langsam aufzulösen. Die fremden Geräusche in den Zimmern wurden immer leiser. Langsam nahm Thomas wieder die vertraute Melodie seines Hauses wahr. Er hatte sie immer mit guter Jazzmusik verglichen, mit ruhigem, aber bestimmtem und stets individuellem Jazz wie etwa von Keith Jarrett, der im ersten Teil des »Köln Concert« mit einer ganz leichten Verzögerung des Tastenanschlags die wohl genialste Pause der Musikgeschichte komponiert hatte.

Die Pause nach seinem letzten »Ja« kam Thomas allerdings alles andere als genial vor. Buhle schien sie zu genießen. Er stand mit ruhendem, aber wachem Blick immer noch im Türrahmen; sogar ein leichtes, genüssliches Lächeln hatte sich auf seine extrem schmalen Lippen verirrt. Dann aber blickte er Thomas unvermittelt und direkt in die Augen. Diese eisblaue Iris hätten dem Mann zu Weltruhm auf der Leinwand verhelfen können, wenn sie nicht diese beispiellose Härte verinnerlicht hätten.

»So langsam dürften Sie aufgewacht sein, Herr Steyn. Also, versuchen Sie es doch mal mit ein paar erklärenden Worten. Die dafür notwendigen Fragen können Sie sich nach Ihrem offenbar ausgiebigen Studium der neueren skandinavischen Kriminalliteratur sicher selbst denken.«

Buhle hatte natürlich nicht nur Lenin registriert, sondern auch die nicht minder umfangreiche Krimisammlung, die er im Gegensatz zur kommunistischen Elite wenigstens auch gelesen hatte. Aber Thomas war dankbar, dass diese schier endlose Gesprächspause endlich zu Ende war. Allerdings nur die wenigen Augenblicke, bis er merkte, dass Buhle diese Dankbarkeit mit einem zufriedenen Stellungswechsel auf das andere Bein quittierte.

Thomas überlegte, wie er seine Worte überzeugend klingen lassen konnte. Bei seinen Geschäftsterminen gelang es ihm häufig intuitiv, den richtigen Ton zu finden. Aber er war völlig ahnungslos, was und ob überhaupt irgendetwas bei diesem Kriminalbeamten ankam. Zudem fühlte er sich immer noch leer und ohne jegliche

Energie. Was hatte Marie ihm geraten? – Sag nur das, was du sicher weißt.

Aber er wusste doch nichts, außer dass Marion … Das konnte er kaum erzählen, doch konnte er es denn verschweigen?

»Ich hatte Besuch …«

Drei Worte, und Thomas schnürte es sofort wieder die Kehle zu, als ob zwei kräftige Hände die Funktion seiner Stimmbänder außer Kraft setzen würden.

Buhle zeigte erstmals Anzeichen von Ungeduld. »Nun, den haben Sie jetzt immer noch. Doch werden Sie mich kaum so schnell loswerden wie Ihren Damenbesuch.«

»Nein, Sie denken natürlich, ich hätte …« Wieder kam Thomas nicht weiter.

»Wenn Sie wollen, dass ich aufhöre zu denken, Herr Steyn, versuchen Sie es doch ganz einfach mal mit Erzählen. Sie hatten Besuch, und es war sicher nicht die alte Dame, oder …?« Buhles Schweigen hatte Thomas mehr beeindruckt als dessen Worte. Der etwas platte Spruch hätte auch von ihm selbst stammen können. Oder hatte er den Dürrenmatt, der ungelesen seit der Schulzeit am anderen Ende der Regalwand verharrte, auch registriert?

Thomas ahnte, dass er selbst nur etwas erfahren würde, wenn auch er etwas preisgab. So klar konnte er wieder denken. Im alten Anbau ging gerade die Tür. Mittlerweile dürften sie schon das ganze Haus in kriminalistisch säuberlich getrennte Einzelteile zerlegt haben. Er schaute auf seine Armbanduhr. Die gute Junghans, die er vor Jahren heimlich von seiner Mutter geschenkt bekommen hatte, schien irgendwie und irgendwann einen Schlag abgekriegt zu haben. Jedenfalls stand sie genauso beharrlich wie Buhle in seinem Türrahmen. Ein Stück des Uhrglases war herausgebrochen.

»Wie lange sind Sie eigentlich schon im Haus?«

»Nun, ich will mit gutem Beispiel vorangehen, Herr Steyn, und Ihnen mal ganz beispielhaft eine Frage beantworten.« Buhle sagte dies in einem merkwürdig ernsten Ton, der ganz im Gegensatz zu den vorangegangenen ironischen Bemerkungen stand.

»Sie riefen um zwölf Uhr einundfünfzig den Polizeinotruf an. Da war die Frau übrigens schon etliche Stunden tot. Wir haben sieben Minuten gebraucht, um Ihre richtige Adresse herauszufinden. Die von Ihnen durchgegebene Steinstraße würde Ihnen zwar alle Ehre zuteil werden lassen, nur gibt es sie in Trier leider nicht, und die Freiherr-vom-Stein-Straße liegt in einem anderen Stadtteil. Weitere acht Minuten später haben Sie uns dann die Tür geöffnet.«

Der vollkommen in Schwarz gekleidete Kommissar benetzte mit seiner Zunge kurz die Lippen und fuhr ohne eine weitere Bewegung fort: »Der Notarzt, den wir für Ihren Besuch leider vergeblich gerufen hatten, wollte wohl doch nicht ganz umsonst gekommen sein und hat Ihnen ein Beruhigungsmittel gegeben. Das hat uns beide gut anderthalb Stunden gekostet. Da aus Ihnen auch vorher kein Wort herauszukriegen war, ist das zu verschmerzen. Gehen wir davon aus, dass die Uhr dort oben auf dem Regal genau geht, dann beehren Sie uns hier mittlerweile vierundzwanzig Minuten lang mit Ihrem wortkargen Schauspiel, seit Sie wieder einigermaßen ansprechbar sind. Wird Ihnen das nicht auch langsam lästig?«

Thomas konnte die Diskrepanz zwischen dem nüchternen, fast freundlichen Tonfall und der Überheblichkeit der Worte nicht einordnen.

»Okay, ich versuche mich zu konzentrieren.« Er sah den Kommissar kurz an, aber die in dieser Ankündigung versteckte Ausrede beeindruckte ihn offensichtlich nicht. »Also, wie ich bereits sagte, hatte ich Besuch. Eine alte Schulfreundin aus Ulm: Marion Schroeder oder Spiegelrodt, wie sie heute heißt. Sie wollte mich mal wieder besuchen, nachdem wir uns lange aus den Augen verloren hatten. Wir wollten das freie Wochenende nutzen, ich meine, wo die Kinder mal weg sind, wollten wir in Ruhe ...« Thomas konnte Buhle unmöglich sagen, dass er mit dem Treffen von vornherein nicht nur die Absicht verbunden hatte, in gemeinsamen Erinnerungen zu schwelgen. »... in Ruhe alte Zeiten aufwärmen.«

»Wie lange kennen Sie Frau Spiegelrodt?«

»Ich kenne Marion seit der achten Klasse. Sie war genau wie ich neu im Internat und hatte keine Freunde. Ich selbst stand als Adelssprössling bei meinen Altersgenossen nicht so hoch im Kurs. Und sie, nun, auch sie hatte Anpassungsschwierigkeiten. Wir wurden von den anderen entweder geschnitten oder offen angefeindet. Um uns behaupten zu können, taten wir uns zu einer Art Zweckgemeinschaft zusammen: Ich übernahm die Organisation, sie die Durchführung. Das war zwar nicht immer das perfekte Rollenverhältnis, aber dafür sehr effektiv. Es dauerte nicht lange, bis wir die etablierten Grüppchen aufgemischt hatten und Marion das einzige Mädchen im Jahrgang war, das von den Jungs respektiert wurde.«

Auf Buhles Stirn war erstmals eine Bewegung zu erkennen, seit er sich der Statik des Türrahmens angepasst hatte. Nur für den Hauch eines Augenblicks hoben sich die Augenbrauen ein kleines Stück, aber doch deutlich wahrnehmbar. »Sie sind ein Sohn des Unternehmers Philipp von Steyn?«

Thomas nickte. »Ja. Ich habe ziemlich bald nach meiner Volljährigkeit das ›von‹ abgelegt. Mein Vater hat mir das bis heute nicht verziehen. Im Nachhinein war es wohl auch übertrieben, aber damals wollte ich mit meiner Familie nichts zu tun haben. Unserer adligen Vergangenheit hatte ich es schließlich zu verdanken, dass ich auf dieses Internat abgeschoben wurde. Meinte ich zumindest.«

»Auf welchem Internat waren Sie?«

»Auf einem Internat im Odenwald.« Thomas schaute den Kommissar bei seiner Antwort an. Wie erwartet zeichneten sich Spuren erhöhter Aufmerksamkeit in das Gesicht seines Gegenübers.

Buhle beließ es aber wieder bei einem leichten Stirnrunzeln und dem Heben einer Augenbraue. »Wie ging es weiter mit Ihnen und Frau Spiegelrodt?«

»Wir machten bis zur Oberstufe praktisch alles zusammen. In der Schulzeit sowieso, später manchmal auch in den Ferien. Wir waren eine regelrechte Symbiose. Dann verliebte Marion sich in einen Studenten und hatte plötzlich andere Interessen und Freunde.«

Buhles Aufmerksamkeit schien wieder zu sinken, was Thomas irritierte. Aber er war froh, endlich reden zu können, zumal bislang keine verfänglichen Fragen kamen.

Hinter den Kommissar war kurz ein Kollege getreten, der Buhle leise etwas mitteilte. Buhle nahm es ohne sichtliche Regung zur Kenntnis. »Aha, Herr Steyn, und …?«

»Wie, und?«

»Herr Steyn, Sie haben in der Schilderung Ihrer Beziehung zu dieser Marion Spiegelrodt oder Schroeder vor etwa zwei Jahrzehnten aufgehört. Sie sehen mich höchst gespannt, wie es weiterging.«

Thomas hatte den Faden verloren. Hatte er schon den gemeinsamen Atlantikurlaub erwähnt? Vielleicht sollte er ihn ohnehin übergehen.

»Nach dem Abi ging Marion nach Berlin, wohnte zuerst bei einer Cousine. Wir verloren uns schnell aus den Augen. Sie war mehrmals umgezogen, und ich wusste nicht mehr, wo sie wohnte. Als sie mich dann vor ein paar Monaten bei ›wkw‹ ansprach, habe ich zunächst gar nicht gewusst, welche Marion das am anderen PC sein sollte.«

»Nutzen Sie häufig soziale Netzwerke wie ›wer-kennt-wen‹?«

»Eigentlich nicht. Ist manchmal aber ganz interessant, was Bekannte und Geschäftspartner so machen.«

»Sie haben also schon früher Kontakt mit ehemaligen Schulfreunden oder besser Schulfreundinnen gesucht?«

»Nein, die Leute aus der Schulzeit interessieren mich nicht sonderlich. Wie schon gesagt war es auch Marion, die mich irgendwie ausfindig gemacht hatte.«

»Stimmt, das hatten Sie erwähnt. Wie haben Sie dann erkannt, welche Marion es war?«

»Als sie unseren alten Code nannte, hat es bei mir geklingelt.«

»Code?«

Buhle war abgelenkt, weil jetzt ständig Beamte an ihn herantraten, um ihm leise ihre Meldungen zu erstatten. Obwohl Thomas versuchte, den Inhalt von den Lippen abzulesen, bekam er nur einzelne, nicht zusammenhängende Wortfetzen mit, auf die er sich keinen Reim machen konnte.

»Ja. Wir hatten einen Code für bestimmte Situationen. Wenn wir überzogen hatten und die Stimmung kippte, war es das Zeichen zum Abhauen. Wenn uns etwas zu langweilen drohte, war es der Startschuss, etwas loszumachen. Marion war der Code zwar egal, aber für mich war es ein Stück Sicherheit, dass sie auch mitzog.«

»Mein Kompliment, Herr Steyn.« Buhle hatte sich langsam vom Türrahmen gelöst und kam auf Thomas zu, bis er kaum noch einen Meter von ihm entfernt wieder regungslos verharrte. Die blauen Augen hatten ihre Farbe leicht ins Graue verändert und blickten Thomas schonungslos direkt an.

»Anfangs hatte ich Ihnen diese hervorragend gemimte Orientierungslosigkeit fast abgenommen. Ist ja schließlich auch nicht ganz unbegründet nach einem solchen Ereignis.«

Ereignis? Wie konnte Buhle den Mord ein Ereignis nennen? Thomas fröstelte es angesichts dieser grenzenlosen Beherrschtheit des Kriminalisten. Die nun folgende Veränderung in der Stimme Buhles ließ ihn aber wie einen schockgefrorenen Wassertropfen innerhalb eines Augenblicks erstarren.

»Die Tote ist vermutlich vergewaltigt worden, Herr Steyn, bevor sie mit sieben Messerstichen brutal ermordet wurde. Sperma findet sich in ausreichender Menge in der Vagina der Leiche, auf der Bettdecke im Gästezimmer und … in Spuren in Ihrem Schlafanzug, den wir auf dem Bett in Ihrem Schlafzimmer gefunden haben. Wenn die Proben übereinstimmen, Herr Steyn, dann können Sie sich in einer sehr übersichtlichen Zelle weitere Anekdoten von plötzlich auftretenden Jugendfreundinnen ausdenken.«

Die Anschuldigung kam so unvermittelt, dass sogar das leichte Zittern der Hände, das seit dem Griff zum Telefonhörer nicht mehr gewichen war, schlagartig endete. Thomas wollte schlucken, doch nicht mal dieser Reflex funktionierte.

2

Trier-Avelsbach; Sonntag, 31. Oktober

Marie Steyn raste nach Trier, als ob der Tod hinter ihr her wäre. Doch den hatte sie auf der Fahrt seit Metz ständig vor Augen: in tausend Variationen von toten Frauen in allen Positionen und in allen Ecken ihres Hauses.

Kaum hatte der quälende Trierer Stadtverkehr sie freigegeben, fuhr sie das Tal hinauf zur Weinbau-Domäne Avelsbach. Wie schon in der Stadt nahm sie keine Rücksicht auf andere Verkehrsteilnehmer. Ein Radfahrer musste so beinahe den fehlenden Radwegen in der Stadt Tribut zollen, doch er kippte zum Glück in eine Gruppe von Studenten, die an der Haltestelle auf den Bus zum Uni-Campus warteten.

Die Serpentinen nach Avelsbach hoch duldeten kaum Gegenverkehr. Auch das ignorierte Marie. Mit markerschütternden Grüßen an das Getriebe schaltete sie den gut fünfundzwanzig Jahre alten Alfa Romeo Spider vor den Kurven vom vierten in den zweiten Gang runter, schoss an den ersten Häusern der Baltzstraße vorbei, bevor das italienische Cabrio abrupt von den Qualen der zurückliegenden dreiundfünfzig Minuten erlöst wurde. Die Polizei hatte die Zufahrt zu ihrem Haus abgesperrt.

Marie ließ den Alfa mitten auf der Straße stehen. Ein junger Schutzpolizist löste sich selbstgefällig von seinem Partner, der unter dem alten Apfelbaum stehen blieb. Das Sichern des Tatorts war augenscheinlich der Höhepunkt seiner bisherigen Karriere.

»Halt, Sie können das Auto … Moment, Sie können nicht … Hallo, es ist verboten … Au, verflucht!« Der Polizist hatte keine Chance, Marie am Betreten ihres Grundstücks zu hindern. Sie hatte ihm ohne Vorwarnung und mit unerwarteter Wucht die Tür des niedrigen Staketenzauns vor die Knie getreten.

Im Vorübereilen warf sie dem anderen verdutzten Ordnungshüter die Autoschlüssel zu. »Parken Sie die Karre, wo sie nicht stört. Aber bringen Sie mir die Schlüssel zurück, das Auto ist geliehen.«

Bevor die Polizisten sie greifen konnten, hatte sie schon die Hälfte des knapp zwanzig Meter langen Weges zum Haus hinter sich, und ihr Vorsprung reichte gerade bis zur offenen Haustür.

Dort war Schluss. Eingekeilt zwischen den zwei puterroten Jungpolizisten in ihrem Rücken und einem breitschultrigen Mann in der Eingangstür holte Marie tief Luft.

»Dürfte ich bitte mein Haus betreten?«

Der Mann im Eingang musterte sie knapp, aber anerkennend. »Frau Steyn, wir haben Sie erst in einer Viertelstunde erwartet«, antwortete er dennoch etwas mürrisch. Sein Blick wanderte an Marie und seinen Kollegen vorbei den Weg entlang zum Alfa, und seine Augen begannen schlagartig zu glänzen. »Oh, ein Spider Veloce 2000, so um die fünfundzwanzig Jahre alt, schätze ich. Sind Sie mit dem so schnell gekommen? Gratuliere.«

Marie starrte den Polizisten ungläubig an. Hatte sie ihr und das Leben anderer auf der halsbrecherischen Fahrt hierher riskiert, um sich nun Vorträge über Schrottkarren anzuhören? Sie holte noch einmal tief Luft und öffnete den Mund. Doch bevor sie ihrem Groll Luft machen konnte, tauchte von hinten ein großer, schlanker Mann mit grau-schwarz meliertem Haar im Eingangsflur auf.

»Schon gut, Niko, lass Frau Dr. Steyn in ihr Haus und schick die beiden Helden da vorne wieder zurück zum Absperrband.« An Marie gewandt fuhr er fort: »Ich bin Christian Buhle von der Kriminalpolizei Trier. Folgen Sie mir bitte, Frau Steyn, am besten in das Kinderzimmer Ihrer Tochter, da ist es momentan wohl am ruhigsten.«

Der Mann ging zurück in Richtung Flur. Marie bewegte sich keinen Zentimeter. Zuerst die zwei Empfangstrottel, dann der uniformierte Autofreak und nun ein Schatten von Kriminalpolizist, der plötzlich auftauchte und genauso schnell wieder verschwinden wollte. Dieses Sammelsurium deutscher Polizisten, die sich anmaßten, sie in ihrem Haus herumzukommandieren, machte sie perplex und gleichzeitig unglaublich wütend.

»Wo ist mein Mann?« Ihre Stimme vibrierte deutlich bei den vier langsam und bestimmt gesprochenen Worten. Sowohl die beiden Schutzpolizisten als auch der Alfa-Kenner gingen etwas auf Distanz zu ihr. Nur Buhle schritt unbeeindruckt weiter zur Treppe.

»Auch oben«, bemerkte er trocken, bereits auf der ersten Treppenstufe angelangt.

Marie schloss die Augen und sog ein weiteres Mal hörbar Luft durch ihre schmalen Nasenflügel ein. Nach einigen Sekunden folgte sie ihm ohne ein weiteres Wort.

Die drei zurückbleibenden Polizisten atmeten spürbar aus. »Respekt, die hat Feuer«, sagte einer der beiden Schutzpolizisten offensichtlich beeindruckt. Fast synchron schoben die beiden jungen Beamten ihre Schirmmützen zurück und wischten sich mit den Handrücken über die Stirn.

Nikolas Steffen, Mitarbeiter im Team von Kommissar Buhle, starrte die beiden ungläubig an. »Mensch, ich mach euch gleich Feuer unter euren Ärschen«, schnauzte er sie an. »Seid ihr nicht mal in der Lage, zu zweit eine Frau aufzuhalten? Ab, zurück zur Straße, und wenn ...«

Er stutzte, blickte kurz über die Schulter ins Haus und verharrte einen Moment.

»Du gibst mir jetzt die Schlüssel, und dann rührt ihr euch da vorn nicht mehr von der Stelle.«

Kaum hatte er die beiden eingeschüchterten Kollegen passiert, zogen sich seine Mundwinkel zu einem genüsslichen Grinsen nach oben, und die Autoschlüssel schwangen klingend unter seinen Fingern.

Auf der Treppe zum Dachgeschoss spürte Marie, dass ihre weiße Bluse feucht und klamm war. Die Raserei hierher hatte ihr zugesetzt und so manchen kalten Schweißausbruch hervorgerufen. Die kaputte Heizung im Auto hatte sie zwar während der Fahrt nicht vermisst, es hatte aber doch dazu geführt, dass sie jetzt etwas ausgekühlt war.

An der Wand im Flur hing schon seit Jahren ein Bild ihres Sohnes. Mattis hatte es im Kindergarten gemalt. Es zeigte einen Olivenbaum auf einer Wiese mit Blumen und Schmetterlingen; im Hintergrund war blauer Himmel mit einer riesigen Sonne zu sehen. Marie liebte dieses Bild, wie sie auch die Zeit vermisste, die die Kinder im deutsch-französischen Kindergarten oben auf der Höhe verbracht hatten. Es war eine schöne Zeit gewesen, als sie abends von der Uni kommend erst Mattis und später dann auch Nora abholte. Sie hatte immer noch ein nettes Schwätzchen in ihrer Muttersprache gehalten, und irgendwann gelang es ihr dann auch, Mattis wieder einzufangen, der partout nicht nach Hause wollte. Nora dagegen wollte immer sofort auf ihren Schoß, konnte da aber auch mal ein Viertelstündchen verweilen, während Marie sich mit den Erzieherinnen austauschte.

Sie war vor dem Bild stehen geblieben. Es war unglaublich: Ein hundertmal betrachtetes Bild ihres Sohnes konnte sie von einem Augenblick zum anderen aus diesen furchtbaren Geschehnissen herausreißen. Sie schaute die Treppe hoch und sah den Kommissar, der die Tür zu Noras Zimmer aufhielt.

»Gehen wir kurz in das Zimmer Ihrer Tochter, bevor ich Sie zu Ihrem Mann bringe?«

Marie nickte stumm und folgte ihm in das Kinderzimmer.

Nora hatte natürlich nicht aufgeräumt, bevor sie zur Oma gefahren waren. Marie schob die Kuscheltiere und die rosa Playmobil-Jacht zur Seite, setze sich aufs Bett und sah von unten zu Buhle auf. Eine blöde Position, dachte sie. Der Kläger steht über der Angeklagten.

Sie wollte gerade wieder aufstehen, als der Kommissar sagte: »Bleiben Sie ruhig sitzen und ruhen Sie sich etwas aus, Frau Steyn. Das ist für Sie sicher purer Stress. Soll ich mich besser auch setzen?« Er zog den kleinen Drehstuhl vom Schreibtisch zu sich, beließ die eingestellte Höhe und hockte sich auf die zu kleine Sitzfläche.

Marie Steyn und Christian Buhle saßen nun auf Augenhöhe. Es herrschte plötzlich Stille im Raum. Von irgendwoher im Haus drangen noch kaum hörbar Stimmen und Schritte zu ihnen herauf, sonst war es ruhig. Marie musterte den Mann. Dass er sofort gemerkt hatte, dass seine Position eine Zumutung für sie war, hatte sie überrascht und ihr Interesse erregt. Sie kannte wenige Männer, denen das aufgefallen wäre. Die meisten hätten wohl eher bewusst eine überlegene Stellung gewählt, das hatte ja auch über Jahrtausende gut funktioniert.

Sie sah Buhle direkt in seine bemerkenswert blauen Augen, ließ den Blick nach oben zu den nicht besonders stark ausgeprägten Augenbrauen wandern und weiter bis zu dem dichten und tief liegenden Haaransatz. Dazwischen lagen zahlreiche feine, aber dennoch deutliche Stirnfalten im ansonsten entspannten Gesicht. Der Kriminalist schien also schon schwierigere Zeiten hinter sich zu haben als einen Mordfall.

Bei diesem Gedanken zuckte sie innerlich zusammen. Für ein paar Sekunden hatte sie die Situation um sich herum vergessen, wie immer, wenn sie Menschen, die ihr fremd waren, das erste Mal gegenübersaß. Bei Kindern und Jugendlichen war das immer ein Vorteil. Sie merkten, dass sie ungeteilte Aufmerksamkeit erfuhren, vielleicht das erste Mal in ihrem Leben. Das war die Basis für Vertrauen, das Marie als Psychotherapeutin unbedingt brauchte. Hier und heute waren die Vorzeichen allerdings andere. Hier saß sie jemandem gegenüber, der die Wirklichkeit vom Schein trennen musste, um die Lösung seines Falls zu finden.

»Darf ich fragen, wo Sie jetzt genau herkommen?« Die Stimme des Kommissars war ihr durchaus angenehm: ruhig, klar, freundlich, etwas distanziert; sie wünschte, mancher ihrer Kollegen würde so mit seinen Klienten reden. Aber sie zwang sich weg von der Analyse, sie musste sich auf das konzentrieren, was hier vorgefallen war.

»Herr …« Sie musste sich eingestehen, dass sie den Namen des Kommissars vergessen hatte.

»Christian Buhle«, sagte der Kommissar noch einmal. »Was möchten Sie sagen, Frau Steyn?«

Marie schloss kurz die Lider und blickte Buhle dann in die Augen. »Herr Buhle, darf ich dann fragen, was hier geschehen ist?«

Als Buhle leicht nickte, erklärte Marie, dass sie mit ihren beiden Kindern das verlängerte Wochenende über Allerheiligen bei ihrer Mutter in Metz verbracht hatte. »Es ist gut für die Kinder, ab und zu nicht nur ihre Mutter französisch sprechen zu hören. Seit sie aus dem Kindergarten raus sind, hat sich ihr Wortschatz deutlich verkleinert.«

»Sie sprechen mit Ihren Kindern französisch?« Buhle hob interessiert die Augenbrauen.

»Soweit es geht, schon. Ich bin gebürtige Französin mit algerischen Wurzeln, wie Sie mir vielleicht ansehen. Ich bin in Luxemburg aufgewachsen, habe in Trier studiert und lebe seitdem in dieser Stadt. Es ist für Kinder außerordentlich gewinnbringend, wenn sie die Möglichkeit haben, mehrsprachig aufzuwachsen. Wer weiß, vielleicht pendeln sie später wie so viele hier nach Luxemburg, um dort zu arbeiten.«

Auch wenn die Unterhaltung mit dem Kriminalbeamten nicht unangenehm war, wurde Marie langsam doch ungeduldig. »Darf ich jetzt wissen, was hier eigentlich los ist? Außer dem Gestammel meines Mannes am Telefon weiß ich nichts. Das ist keine besonders angenehme Situation, wie Sie sicher verstehen.«

»Ja, das kann ich mir vorstellen. Erlauben Sie aber vorher noch zwei Fragen, dann erzähle ich Ihnen alles, was ich Ihnen zum jetzigen Zeitpunkt erzählen darf.« Nach Maries Zustimmung fuhr Buhle fort: »Warum haben Sie gar keinen Akzent, wenn Sie doch erst zum Studium hierhergekommen sind?«

Marie wurde jetzt ärgerlich. War das eine Frage, die einen Kommissar in einem Mordfall weiterbringen würde? »Ich weiß zwar nicht, warum Sie das interessiert, aber ich scheine einigermaßen sprachbegabt zu sein. Ich habe in drei Ländern längere Zeit gelebt und spreche alle drei Sprachen eigentlich wie Muttersprachler; Französisch und Lëtzebuergesch sogar mit dem örtlichen Dialekt. Nur gegen Triererisch habe ich mich gewehrt.«

»Verständlich, für uns Zugezogene ist das Trierer Platt schwer zu ertragen.« Der Kommissar schien sich über diese Bestätigung seiner eigenen Ansicht ein wenig zu freuen.

»Ihre zweite Frage.« Marie reichte es langsam, sie wollte endlich wissen, wo Thomas steckte, ob er schon verhaftet war, wer diese Tote war, und überhaupt hatte es sich jetzt mal mit diesem Wortgeplänkel.

»Wussten Sie, dass Ihr Mann Sie betrügt?«

Marie starrte Buhle an. Wenn er ihre Gedanken gelesen hatte, war das jetzt wirklich das abrupte Ende eines bisher belanglosen Gesprächs. Nur danken wollte sie es ihm nicht. Sie verschränkte die Arme vor dem Oberkörper und blickte ihn geringschätzig an. »Wer behauptet denn, dass er mich betrügt?«

»Ihr Mann sagt das, auch wenn es noch Unstimmigkeiten gibt. Aber ich denke, bevor ich Sie noch ganz verärgere, sollte ich Ihnen nun berichten, was wir wissen. Danach können Sie dann mit Ihrem Mann sprechen. Aber Sie werden Verständnis dafür haben müssen, dass jemand von uns dabei sein wird.«

Buhle versuchte ein entschuldigendes Lächeln, das Marie nicht wirklich erreichte, und fuhr fort: »Ihr Mann rief uns heute Mittag an und meldete eine Tote in seinem Haus. Die fanden wir dann auch im Gästezimmer im Untergeschoss vor. Um wen es sich handelt, können wir nicht sagen. Aber es ist offensichtlich, dass die Frau Opfer eines Tötungsdelikts wurde. Ihr Mann behauptet steif und fest, er kenne die Frau nicht. Er gibt aber zu, über Nacht Besuch von einer alten Freundin gehabt zu haben. Die ist jedoch verschwunden.«

Buhle wechselte ein wenig die Stellung auf dem Kinderstuhl. Allmählich schien sich der Dreiviertelmeter Unterschied zwischen der siebenjährigen Nora und dem etwa fünfunddreißig Jahre älteren Kommissar bemerkbar zu machen. »Herr Steyn tat sich am Anfang etwas schwer damit, aber dann hat er zumindest eingestanden, Geschlechtsverkehr mit seinem Gast gehabt zu haben. Soweit es bis jetzt feststeht, finden sich auch frische Spermaspuren an verschiedenen Stellen im Haus. Wir werden natürlich im Labor noch prüfen, ob sie alle von Herrn Steyn stammen.«

Marie hatte durchaus bemerkt, dass der Kommissar beim Thema Seitensprung nicht mehr von »Ihrem Mann« sprach. Es machte die Sache aber nicht besser. Dass Thomas nicht treu war, hatte sie schon länger geahnt. Sie hatte versucht, tolerant zu sein, auch wenn es unstrittig wehtat. Solange er sich mit seinen Eskapaden auf Dienstreisen beschränkte und zu Hause den glaubhaften Ehemann und Vater gab, war es zu ertragen gewesen. Vielleicht war Monogamie ohnehin eine der gesellschaftlichen Lügen dieser Zeit. Aber in den vergangenen Jahren hatte sich der Ehemann zusehends verloren, und es war nur der zweifellos liebevolle Vater übrig geblieben. Marie hatte es stillschweigend akzeptiert.

»Von wem sollten die denn sonst sein?« In ihrer Frage schwang zunächst etwas Resignation mit. Doch dann richtete sie sich auf und rutschte bis zur Bettkante auf Buhle zu. »Was ist mit der Toten, was sagt er dazu?« Ihre Stimme hatte einen leicht kämpferischen Unterton angenommen. Es ging hier um einen Mordfall, und ihr Mann sollte die Tat begangen haben. Für Marie war das trotz allem unvorstellbar.

»Ihr Mann behauptet, die Tote nie vorher gesehen zu haben. Er habe sich mit einer Schulfreundin getroffen, einer Marion Spiegelrodt, geborene Schroeder. Mit ihr soll er im Internat eng befreundet gewesen sein. Kennen Sie die Frau?«

Marie bejahte. Thomas hatte zu Beginn ihrer Beziehung, als sie sich über ihre jeweilige Vergangenheit ausgetauscht hatten, über Marion gesprochen. Daher wusste sie, dass die beiden zur Schulzeit ein enges Verhältnis gehabt hatten, fast schon eine Art Symbiose. Anscheinend war aber nie etwas Sexuelles zwischen ihnen gelaufen. Danach war Marion eigentlich kein Thema mehr gewesen, auch weil Thomas nie an irgendwelchen Ehemaligentreffen seiner Schule teilnahm.

»Sie hätten sich auf einer Internetplattform nach Jahren wiedergetroffen und sich für das Wochenende verabredet«, fuhr Buhle fort. »Die Kontaktaufnahme muss vor einiger Zeit erfolgt sein, hatte er Ihnen etwas davon erzählt?«

Marie schüttelte den Kopf.

»Richtig nachvollziehen können wir das derzeit nicht. Er behauptet, seine Schulfreundin hätte darauf bestanden, nur das Notebook zu benutzen und alle Daten zu löschen, damit die Partner nicht durch Zufall etwas von dem Kontakt mitbekommen konnten. Zu prüfen ist das im Moment nicht, da das Notebook Ihres Mannes anscheinend verschwunden ist. Haben Sie eine Ahnung, wo es sein könnte?«

»Nein, Thomas hat sein Notebook aus dem Büro selten mit nach Hause genommen. Wir selbst haben gar keins. Unseren PC im Arbeitszimmer nutze ich nur, wenn ich zu Hause arbeite und für Haushaltssachen, Internet und so weiter. Manchmal darf auch Mattis da schon ran.«

»Wir haben diesen Computer bereits untersucht. Im E-Mail-Verkehr haben wir nichts Entsprechendes gefunden. Wir müssen den PC dennoch zur Spurensicherung mitnehmen. Es wäre wirklich hilfreich, wenn wir diese angebliche Kommunikation zwischen Ihrem Mann und seiner Schulfreundin nachvollziehen könnten, vor allem für Ihren Mann. Wenn Sie also doch noch etwas erfahren sollten, wäre das von großer Bedeutung. Wir werden natürlich zusätzlich versuchen, über den Provider Zugriff auf die Daten zu erwirken.«

Marie sträubte sich innerlich dagegen, mehr Details von Toms Verhältnis mit dieser Marion zu erfahren. Sie wusste aber auch, dass sie sich das antun musste. Die nächste Frage lastete schon seit der Abfahrt in Metz tonnenschwer auf ihr: Wie war die Frau gestorben? Sie schaute Buhle an. Wollte sie das überhaupt wissen?

»Die Tote auf dem Bett scheint tatsächlich nicht Marion Spiegelrodt zu sein. Sie scheint auch nicht aus Deutschland zu stammen. Aber das müssen wir noch prüfen. Ihre Kleidung wurde wohl in Frankreich gekauft. Andere Indizien weisen eher auf eine Osteuropäerin hin.«

Buhle hielt inne und sah Marie ernst an. »Frau Steyn, die Unbekannte ist mit mehreren Messerstichen getötet worden. Nach Art der Verletzungen könnte es sich um ein großes Messer handeln, wie sie im Haushalt verwendet werden. Wir untersuchen gerade Ihre Messer aus der Küche. Es ist nicht auszuschließen, dass darunter die Tatwaffe zu finden ist. Zudem scheint der Tatort mit dem Fundort übereinzustimmen.«

Diese nachdrücklich, aber sachlich vorgetragenen Einzelheiten des Tathergangs drangen nur langsam zu Marie durch. Nein, zu so einer Tat war Thomas nicht fähig. Einen Menschen erstechen, unmöglich.

Sie stand auf und schaute durch ein Fenster der Dachgaube nach draußen. Der Herbst hatte trotz des verregneten Sommers auf sich warten lassen. Das Laub an den Bäumen hatte sich zwar deutlich verfärbt, aber es hing noch fast vollständig an den Ästen. Wenn sie Nora im Sommer eine Geschichte zum Einschlafen vorlas, stand sie anschließend oft noch eine Zeit lang an diesem Fenster und genoss den Blick am gegenüberliegenden alten Doppelhaus vorbei bis ins Moseltal. Sie fand es wunderschön, hier zu leben. Geradezu in ländlicher Idylle und doch so nah an der Stadt und an der Uni. Es kam ihr immer wie ein Geschenk vor, das sie unbedingt an ihre Kinder weitergeben wollte. Doch nun war diese Idylle schlagartig zerstört worden. Wenn das tatsächlich die Schuld von Thomas war, würde sie ihm das nie verzeihen.

Aber Thomas ein Mörder? Sie konnte sich das nicht vorstellen, überhaupt nicht. Dass er hier in ihrem Haus mit einer anderen Frau ins Bett gehen würde, allerdings auch nicht. Sie hatte immer geglaubt, er würde diese Grenze respektieren, würde ihr Zuhause außen vor lassen. Da hatte sie sich wohl getäuscht. Bitterkeit stieg in ihr auf. Er hatte es getan. Er hatte ihre Familie aufs Spiel gesetzt, für einen Seitensprung. Und er hatte ihn sogar von vorn bis hinten durchgeplant, das wurde ihr nun klar. Deswegen hatte er auch die »gute Idee« mit der Bahnfahrt gehabt.

Aber einen Mord, nein, den traute sie ihm immer noch nicht zu.

»Nein«, sie drehte sich wieder zu Buhle um, »nein, er hat sie nicht umgebracht. Ich weiß nicht, was er gemacht hat, aber ich bin sicher, er hat nie und nimmer einen Menschen umgebracht, schon gar nicht mit einem Messer. Er hatte noch nicht einmal ein krankes Zwergkaninchen von seinen Qualen erlösen können.«

»Wie war das mit dem Kaninchen?« Buhle hatte die Augenbrauen angehoben und schien plötzlich interessiert.

»Wir hatten für Nora zwei Kaninchen, Mona und Lisa, gekauft. Mein Mann und Mattis haben einen Stall gebaut, später noch ein Freigehege. Nach zwei Jahren ist Mona getürmt. Sie hat sich tatsächlich innerhalb einer Nacht unter dem Gehege hindurchgegraben. Das andere Tier war schon längere Zeit blind. Wahrscheinlich konnte es deshalb auch nicht folgen. Da Nora das Interesse an den Streicheltieren verloren hatte, haben wir auch keine neue Partnerin für Lisa gekauft. Das war wohl nicht so gut. Die gegenseitige Körperpflege fehlte, das war uns nicht klar. Und weil sich keiner mehr so richtig um das Tier gekümmert hat, haben wir zu spät gemerkt, dass es Würmer hatte. Eine sehr unappetitliche Geschichte, die Viecher fressen … Na, lassen wir das. Auf jeden Fall wollten wir es von seinen Qualen erlösen. Thomas hat stundenlang hinter dem Schuppen verbracht. Kurz bevor die Kinder zurückkamen, musste ich ihm die Arbeit abnehmen und habe dem Kaninchen dann mit einem kräftigen Schlag das Genick gebrochen, wie ich das von meiner Großmutter her kannte. Thomas hat zugeschaut und war danach zwei Tage krank.«

Buhle nickte. »Ja, es ist dennoch erstaunlich, wozu Menschen in der Lage sind. Glauben Sie mir, ein Großteil der ungeplanten Morde wird von Leuten ausgeführt, denen man das nicht zutrauen würde. Das ist aber mehr ein Thema für Ihr Fachgebiet. Mir bleibt nur, die Fakten zu ermitteln. Da sieht es momentan für Ihren Mann nicht gut aus, Frau Steyn.«

»Kann ich ihn jetzt endlich sprechen?« Marie hatte sich auf Buhle zubewegt. Er nickte kurz, stand auf und schob den Stuhl an ihr vorbei unter den Schreibtisch.

»Kommen Sie, er ist nebenan.«

Marie schnürte der Gedanke, ihrem Mann jetzt gegenüberzutreten, fast die Kehle zu. Sie musste zweimal kräftig schlucken, um wieder genug Raum zum Atmen zu haben. Die beiden Kinderzimmer lagen nebeneinander. Mattis hatte als der Ältere das etwas größere Zimmer bekommen. Als Buhle die Tür öffnete und Marie bat, an ihm vorbei in das Zimmer zu treten, hätte es für sie noch viel größer sein können.

Thomas hockte zusammengesunken auf dem Bett. Auf dem Schreibtischstuhl saß ein Mann in den Fünfzigern, der offensichtlich zum Ermittlerteam gehörte.

»Das ist Kriminalhauptkommissar Gerhardts.« Buhle zeigte auf seinen Kollegen, der zu ihm sah und mit einer Bewegung seines stark ergrauten Kopfes etwas andeutete, das Buhle wohl verstand.

Thomas hob den Kopf und erblickte Marie. Es dauerte aber einige Sekunden, bis er sie auch wirklich registrierte.

»Marie …« Mehr brachte er nicht heraus.

Marie spürte in diesem Augenblick eine meterdicke Mauer zwischen sich und ihm, die sie daran hinderte, auch nur einen Zentimeter weiterzugehen.

»Kann ich mit meinem Mann alleine sprechen?« Bei der Frage schaute sie keinen der Anwesenden an.

Sie kannte die Antwort bereits. Buhle hatte sie vorweggenommen. Aber es schien ihr in diesem Moment die einzige Möglichkeit, Thomas ein wenig Nähe zu zeigen. Weiterzugehen vermochte sie noch immer nicht.

Die Frage ließ ein wenig Leben in Thomas zurückkehren. Er richtete sich auf, blickte zuerst Marie, dann die beiden Polizisten an. »Hören Sie, ich werde doch wohl mit meiner Frau in meinem Haus noch ein paar Worte allein reden dürfen.« Seine Stimme krächzte am Ende des Satzes etwas.

Gerhardts antwortete nach einem weiteren kurzen Blickkontakt mit Buhle: »Herr Steyn, ich fürchte, nein. So wie sich das für uns hier darstellt, sind Sie dringend tatverdächtig, den Mord an der Unbekannten in Ihrem Haus begangen zu haben. Wir werden Sie mit ins Polizeipräsidium nehmen müssen, um Sie erkennungsdienstlich zu behandeln. Anschließend können Sie sich einen Anwalt nehmen. Wenn Sie vorher etwas mit Ihrer Frau besprechen wollen, müssen Sie es leider in unserer Anwesenheit tun.«

Präsidium, Anwalt ... natürlich würden sie ihn festnehmen. Natürlich hatten sie angenommen, er hätte alles erfunden. Thomas wurde erst jetzt richtig bewusst, was auf ihn zukommen würde. Hatte er tatsächlich gedacht, sie würden ihn hierlassen? Panik stieg in ihm auf. Entsetzliche Panik. Würde ihm keiner glauben? Aber er war es doch nicht gewesen. Er kannte die Frau nicht einmal. Er war unschuldig. Marie? Verzweifelt suchte er Blickkontakt mit ihr.

Marie stand noch immer nahe der Zimmertür. Sie hatte sich nicht weiter auf ihn zubewegt, hielt eine für ihn unerklärliche Distanz. Warum kam sie nicht zu ihm? Zweifelte sie auch? Sie musste ihm doch glauben.

Als sich ihre Blicke trafen, durchfuhr ihn die Erkenntnis wie ein Schlag: Nein, sie würde es auch nicht tun.

Thomas sackte in sich zusammen.

Marie wandte sich Buhle zu, der immer noch dicht hinter ihr stand. »Herr Buhle«, sie versuchte den Namen offenbar mit der größten ihr möglichen Geringschätzung auszusprechen, »ich habe Ihnen vorhin schon erklärt, dass mein Mann zu so einer Tat nicht in der Lage ist. Sehen Sie sich das Häufchen Elend doch an. Sieht so ein Mörder aus?«

»Wie sieht denn ein Mörder aus, Frau Dr. Steyn?« Es war das erste Mal, dass in der Stimme des Kriminalhauptkommissars Schärfe mitschwang. Nicht stark, aber doch so plötzlich, dass sich die Augen aller auf ihn richteten. »Sie sind Psychologin und wollen mir sagen, dass man einen Mörder an seinem Aussehen erkennen kann? Ich gehe nach Fakten, und danach deutet derzeit alles darauf hin, dass dieses ›Häufchen Elend‹ heute Nacht eine Frau umgebracht hat. Warum, weiß er selbst womöglich nicht. Vielleicht hat er die Geschehnisse verdrängt und spielt uns hier tatsächlich kein Schauspiel vor. Das ist mir im Moment aber ziemlich egal, Frau Steyn. Ihr Mann ist der einzig in Frage kommende Täter, und deshalb werden wir ihn mitnehmen.«

Buhle hielt kurz inne, zog seine Stirn kraus und fuhr dann in etwas neutralerem Tonfall fort: »Und auch Sie sollten sich überlegen, wo Sie heute Nacht unterkommen, denn das Haus wird als

Tatort versiegelt werden, bis die Ermittlungen es erlauben, dass Sie mit Ihren Kindern wieder hierher zurückkommen können. Ihr Mann wird dies so schnell sicher nicht tun.«

*

Marie hatte nur noch ein paar Worte mit Thomas gewechselt. Was hätte sie ihn auch fragen sollen in Anwesenheit der Beamten: »Hast du sie auch wirklich nicht ermordet?« – »Doch, unter uns, ich war es.« Das Gespräch wäre zur Farce geworden.

Sie saß noch immer in Mattis' Zimmer. Thomas war verhaftet und abgeführt worden. Dieser Kommissar Buhle hatte kein Wort mehr gesagt. Wozu auch, es schien ja alles klar. Aber sie kannte ihren Mann, auch wenn sie sich in den vergangenen Jahren voneinander entfernt hatten. Das konnte er nicht getan haben.

Marie betrachtete die Bilder an der gegenüberliegenden Wand, die ihr Sohn gemalt hatte. Viele waren es nicht mehr. Es war ja auch »total uncool« für einen Zehnjährigen. Die drei Bilder zeigten ausschließlich Unternehmungen, die Mattis allein mit Tom gemacht hatte: der Besuch im Hochseilgarten in Traben-Trarbach, die Paddeltour auf der Sauer und der erste Stadionbesuch auf dem Betzenberg. An das FCK-Bild hatte Mattis die Eintrittskarte vom letzten Heimspiel in der Aufstiegssaison geklebt. »Alles Sachen, bei denen Frauen nichts zu suchen haben«, hatte er ihr mit stolzgeschwellter Brust erklärt.

Marie hatte es immer gefallen, wie gut sich Thomas um die Kinder kümmerte. Auch als die Geschäftsreisen zunahmen und er häufiger für ein paar Tage, später auch Wochen weg war, dachte er immer an Nettigkeiten für die beiden; ein kurzer Anruf, ein Mitbringsel, eine Karte, die längst nach ihm eintraf. Mattis und Nora liebten ihren Vater. Ja, auch mit seiner Tochter fand er meistens die richtigen Spiele, alberte mit ihr rum, ging mit ihr auf Entdeckungstour. Wenn Thomas dabei war, spielten die Kinder sogar miteinander, was sonst mittlerweile unmöglich war. Tom war zweifellos ein Traumvater, nur leider nicht der Traummann, den Marie zunächst glaubte geheiratet zu haben.

Sie schloss die Augen. Dass er sich hier mit einer Frau getroffen hatte, war der eigentliche Schock für sie. Die Sache mit dem Mord hielt sie immer noch für einen Irrtum, auch wenn die Leiche in ihrem Haus eindeutig Realität sein musste.

Marie hörte Schritte auf der Treppe. Zum Glück trat der ältere Kollege von diesem Buhle ein. »Frau Steyn«, seine Stimme war betont freundlich, »haben Sie sich überlegt, wo Sie heute übernachten werden? Wir könnten jetzt auch zusammen in Ihr Schlafzimmer gehen, falls Sie noch Kleidung mitnehmen wollen.«

»Ist die Tote nicht mehr ... im Haus?«

In Marie Steyns Augen spiegelte sich erstmals so etwas wie Furcht, seit Paul Gerhardts sie vor einer knappen Stunde das erste Mal gesehen hatte. Er war erstaunt, wie beherrscht die Frau gewesen war, auch wenn die Situation ihr augenscheinlich emotional zusetzte. Besonders überraschte ihn aber die Distanz, die sie beim Anblick ihres Mannes aufgebaut hatte, obwohl sie seine Schuld klar und für ihn auch authentisch in Frage stellte. Diese Beziehung schien also auch nicht mehr intakt zu sein.

»Die Tote wurde zwischenzeitlich in die Gerichtsmedizin gebracht. Sie ist nicht mehr im Haus.« Gerhardts versuchte, die Gemütsregungen im Gesicht von Marie Steyn zu ergründen, und fügte hinzu: »Gegenwärtig deutet auch nichts darauf hin, dass die Frau sich in Ihrem Schlafzimmer aufgehalten hatte.«

Er freute sich ein wenig über den Anflug von Erleichterung, der kurz über die fast schwarzen Augen der Frau huschte. Für sie musste der Tag seit ein paar Stunden nur noch furchtbar gewesen sein. All ihre Zweifel, ihre Wut und ihre Sorgen waren für ihn deutlich spürbar. Er litt stets mehr mit den Hinterbliebenen, sowohl des Opfers als auch des Täters. Für sie brach fast immer eine Welt zusammen, obwohl sie völlig unbeteiligt an den Geschehnissen waren. Und sie mussten damit leben. Was er da in den zurückliegenden drei Jahrzehnten erlebt hatte, ließ ihn immer wieder vom Vorruhestand träumen. Mit den Toten und den Mördern hatte er hingegen kein Problem. Ihr Schicksal hatte sich im Moment der Tat entschieden.

Es schien Gerhardts, als führte er Marie Steyn durch ihr eigenes Haus. Sie folgte ihm zögerlich, aber ohne Widerspruch. In den vergangenen vier Stunden hatten die Teams der Spurensicherung ihr Programm routiniert abgespult. Hatten den Tatort gesichert, die

Räume im Erdgeschoss nach Spuren durchsucht, Säcke und Kartons mit Beweismaterial zur weiteren Untersuchung im Labor weggetragen, jede Ecke des Hauses auf Fotos festgehalten. Sie hatten den Tatort buchstäblich seziert. Nun waren die Leute der Spurensicherung verteilt im Keller, im Dachgeschoss und draußen ums Haus. Er und Marie Steyn trafen nur noch auf die Kollegen vom Ermittlerteam, die sich betont unauffällig verhielten.

Sie packte einen kleinen Trolley mit den notwendigsten Kleidungsstücken und Dingen für die tägliche Körperpflege, dann holte sie Geld aus einer Schublade des Küchenschranks und Winterjacke und -schuhe aus dem Keller. Als sie wieder im Wohnzimmer angekommen waren, beobachtete Gerhardts, wie sie sich unschlüssig in die Mitte des großzügig und modern gestalteten Raumes stellte. Sie betrachtete das Zimmer, als ob sie für längere Zeit nicht mehr zurückzukehren glaubte.

»Ich denke, dass Sie in zwei, drei Tagen wieder hierher zurückkommen können. Dann sollten alle Untersuchungen abgeschlossen sein. Es könnte aber nötig sein, dass wir uns mit Ihnen vorher noch einmal hier treffen müssen, damit Sie uns mitteilen, ob sich irgendetwas in Ihrer Abwesenheit verändert hat. Ob etwas fehlt oder vielleicht auch fremde Gegenstände da sind. Das können wir ohne Ihre Hilfe nicht erkennen. Oder können Sie dazu jetzt schon etwas sagen?«

Marie Steyn schaute sich um und dann zu ihm hinauf. Wortlos zuckte sie kurz mit den Schultern.

»Wir könnten Sie morgen früh abholen und zusammen hierherfahren. Wie können wir Sie denn erreichen, und wo werden Sie die Nacht verbringen? Ich muss Sie das leider fragen.«

Als Marie ihm in die Augen schaute, erkannte er sofort, dass sie noch nicht wusste, wo sie jetzt hinsollte. War sie hier vorhin noch als selbstbewusste, energische Frau aufgetreten, machte sie jetzt einen verlorenen Eindruck. Aber auch das kannte Gerhardts aus vielen Fällen: Wenn das Adrenalin, das nach der ersten Konfrontation mit der katastrophalen Nachricht ausgestoßen wurde, erst mal abgebaut war, fielen die Menschen wie ein schlecht gebautes Kartenhaus in sich zusammen. Marie Steyn hielt sich da noch relativ gut. »Können Sie bei Ihren Schwiegereltern unterkommen?«

Als Antwort blickte sie ihm erstaunt in die Augen. Ihr rechter

Mundwinkel zog sich spöttisch nach oben und offenbarte ein kleines Grübchen. Paul Gerhardts ahnte, dass ein Lachen dieser Frau in angenehmeren Situationen ein Glücksfall für jeden sein musste.

Sie schüttelte leicht den Kopf. »Nein, ich glaube, das ist kein guter Gedanke. Wissen denn meine Schwiegereltern schon von ... dem Mord?«

»Von uns ist noch keine Mitteilung erfolgt. Wir müssen zunächst die Fakten vor Ort sammeln, Ihren Mann eingehend vernehmen, sobald er sich wieder gesammelt hat, und die Nachbarn hier befragen. Wobei, damit dürften die Kollegen bereits durch sein. Erst danach werden wir auch mit Angehörigen, Freunden, Kollegen und anderen Bekannten reden, mit denen Ihr Mann zu tun hatte. Ich befürchte nur, die meisten werden dann schon von anderer Seite Bescheid wissen.«

Als Marie Steyn ihn fragend anblickte, fuhr er fort: »Der Mordfall hier wird sicher schnell die Runde machen. Die ersten Journalisten lauern bereits vor Ihrem Grundstück, und die Nachbarn werden erfahrungsgemäß gerne erzählen. Bei dem Polizeiaufgebot, dem Leichenwagen und dem Abtransport Ihres Mannes vorhin in einem Streifenwagen wird sich jeder sehr schnell zusammenreimen, was hier vorgefallen sein muss. Und meistens wird dann auch noch ein bisschen mehr als die Wahrheit verbreitet.«

Gerhardts legte seine Stirn in tiefe Falten. »Es tut mir wirklich leid für Sie, aber da sollten Sie sich nichts vormachen. Die Trommeln in Trier waren schon immer schnell ... und laut.«

Die Farbe war aus Marie Steyns Gesicht gewichen; selbst ihr südländischer Teint vermochte dies nicht zu kaschieren. Paul Gerhardts spürte, wie erst jetzt eine weitere Erkenntnis in ihr wuchs. Die Öffentlichkeit ging mit Mördern, vielleicht auch zu Recht, hart ins Gericht. Aber für ihre Angehörigen, die Partner, Kinder, Eltern und Geschwister, begann ein Spießrutenlauf, dem sie sich nicht in einer abgeriegelten Zelle entziehen konnten. Nicht wenige zerbrachen daran, lange bevor der Täter seine Strafe abgesessen hatte.

Alle werden es erfahren, schoss es Marie durch den Kopf, alle. Die Nachbarn wissen es schon. Mein Gott, was müssen die Nachbarskinder hier in Avelsbach von Tom halten? Wann werden es Mattis und Nora erfahren? Jetzt kam sie doch, die Panik. Solange sie gedacht hatte, es sei irgendwie zu regeln, weil Thomas unschuldig war, war alles nicht so schlimm gewesen. Irrtümer konnten aufgedeckt und geklärt werden. Aber wenn alle Welt ihren Mann schon für den Mörder hielt, dann war es vorbei, dann konnten sie hier nicht mehr bleiben.

Ihr Blick suchte die von ihr so geliebte Landschaft vor dem Fenster. Aber sie sah nur in eine schwarze Nacht, vor der sich schemenhaft die Wohnzimmereinrichtung spiegelte, mit einer kleinen und einer großen Person mittendrin.

Mit einem Ruck wandte sie sich Gerhardts zu. »Ich rufe jetzt einen Freund an, bei dem ich sicher unterkommen werde. Dann bringen Sie mich hier weg, ohne dass mich jemand sieht. Wenn ich den Namen meines Mannes morgen in der Zeitung lese, werden Sie ein juristisches Donnerwetter erleben, das ist Ihnen doch wohl klar. Die Familie von Steyn hat hier mehr zu verlieren als den verblichenen Ruf eines preußischen Adelsgeschlechts. Wenn mein Schwiegervater seine Geschäfte in Gefahr sieht, wird er alle Hebel in Bewegung setzen, um dies zu verhindern.«

Während sie jetzt wieder mit fester, entschlossener Stimme sprach, nahm sie aus einem Fach der Bücherwand einen Notizzettel und einen Kugelschreiber. »Holen Sie mich morgen früh um sieben Uhr bei dieser Adresse ab. Sie müssen ganz unten bei Peter Kasper klingeln. Die Telefonnummer von Herrn Kasper und meine Handynummer schreibe ich Ihnen dazu.«

3

Luxemburg; November im Jahr zuvor

Er hatte eine Zeit gebraucht, um sich vom Schock der unverhofften Begegnung einigermaßen zu erholen. Nachdem ihm klar geworden war, dass dies im normalen Alltag nicht möglich war, hatte er sich eine Woche an der Côte d'Azur versteckt. Dabei hatte er genau das nie wieder tun wollen: sich vor ihm verstecken. Aber in diesem Moment gab es für ihn keine andere Möglichkeit. Er musste allein sein. Allein, ohne Mariana, ohne Kollegen und ohne die Kameraden vom Kickboxen. Er konnte sie alle nicht in seiner Nähe ertragen.

Danach ging es besser, ein wenig zumindest. Als Nächstes trennte er sich von Mariana. Er hatte ohnehin die Lust an dieser Beziehung verloren. Das ursprünglich einfach nur leidenschaftliche portugiesische Mädchen hatte zunehmend Ansprüche gestellt, wollte über eine gemeinsame Zukunft reden, über ein gemeinsames Zuhause, über ... Es war Zeit, die Notbremse zu ziehen. Zuletzt war es unerträglich geworden: Ihr ständiges Drängen, ihre Versprechen, ihre entsetzten dunklen Augen, wenn er richtig boshaft wurde. Diese Befreiung, als sie endlich weg war, hatte ihm einen weiteren Schub gegeben.

Schwierig war der Tag des nächsten Konzerts Mitte November gewesen. Er hatte sich schon lange auf Beethovens Fünfte gefreut, war sogar eher neugierig als skeptisch gewesen auf Bartóks Konzert für Klavier und Percussions, obwohl er den moderneren Komponisten gegenüber weit weniger aufgeschlossen war als den Klassikern. Aber dann war er fast eine Dreiviertelstunde um die avantgardistisch gebaute und eindrucksvoll erleuchtete Philharmonie herumgeschlichen. Als ob die Fassade mit ihrem Wechsel von Beton- und Lichtsäulen einen persönlichen Schutzschild gegen ihn aufgebaut hatte. Er vermochte ihn nicht zu durchdringen. Völlig erschöpft hatte er sich ein Taxi zu seiner Wohnung genommen und war, ohne sich auszuziehen, in sein Bett gefallen.

Dieser Rückschlag war heftig, aber nur kurz gewesen. Mit verhangenen Fenstern und ignorierten Verabredungen hatte er sich über das Wochenende gerettet. Hatte sich immer wieder eingeredet, dass dieser Mensch keine Macht mehr über ihn hatte. Hatte sich vor Augen geführt, wie mächtig er selbst im Beruf und im Privatleben geworden war. Schließlich gewann er eine neue Entschlossenheit und regenerierte sich in den folgenden Wochen zunehmend, arbeitete weiter hart und konsequent an seiner inneren Stabilität. Letztendlich war er sich sicher, dass er die Kraftprobe beim nächsten Besuch der Philharmonie gewinnen würde.

Umso größer war die Enttäuschung, als er ihn nun vor dem Konzert nicht finden konnte. Der Shuttlebus aus Trier war gut besetzt gewesen, aber ihn konnte er nicht entdecken. Auch nicht im Foyer, wo er ihn das vorherige Mal gesehen hatte, oder im nicht ganz ausverkauften großen Auditorium.

Während er der jungen, engagierten und doch merkwürdig distanzierten Cellistin zusah, die mit ihren zierlichen, aber unglaublich kraftvollen Fingern das melancholische Cellokonzert von Elgar spielte, versuchte er sich darüber klar zu werden, ob er nun erleichtert oder betrübt sein sollte. Er entschloss sich für beides: erleichtert, weil er es ohne Probleme bis hierhin geschafft hatte; betrübt, weil er sich nicht in seiner Gegenwart beweisen konnte. Zufrieden solidarisierte er sich im letzten Satz mit dem Orchester, das dem den bedrückenden Stimmungen des ersten und dritten Satzes nachhängenden Cello energisch entgegentrat und somit jede Schwermut wegzufegen schien, bis das Finale kraftvoll und unvermittelt endete.

Die Pause verbrachte er fast schon beschwingt mit einem Sektglas in der Hand, den großen Konzertsaal im Foyer umkreisend. Entlang an über achthundert weißen Säulen, die ihn seit der Einweihung vor vier Jahren immer wieder betörten und diesen unglaublichen Charakter des ovalen Gebäudes sowohl von außen als auch im Innern ausmachten. Als einer der Letzten begab er sich zurück ins Auditorium und suchte sich für die Sinfonie einen der noch zahlreichen freien Plätze in den besseren Rängen.

»Pelléas und Mélisande« von Arnold Schönberg hatte er vorher noch nicht gekannt. Aber der dramaturgische Hintergrund des ursprünglichen Theaterstücks des belgischen Schriftstellers Maurice

Maeterlinck, wie er im Programmheft beschrieben stand, faszinierte ihn: »Prinz Golaud hat gegen den Willen des Hofes die schöne Mélisande geheiratet. Doch auf dem düsteren Schloss ist Mélisande fremd und fürchtet sich. Nur zu Golauds Bruder, Pelléas, fasst sie sofort Vertrauen. Zwischen den beiden entsteht eine tiefe Bindung. Obwohl ihr Verhältnis völlig unschuldig ist, erregt es die Eifersucht Golauds. Als Pelléas sich kurz vor einer Reise von Mélisande im Garten verabschieden will, erschlägt Golaud ihn. Vor Trauer stirbt auch Mélisande kurze Zeit später.«

Einige Tage später, als ihm die Musik von Schönberg schon längst wieder abhandengekommen war, entdeckte er in einer kleinen Buchhandlung ein Taschenbuch mit wunderschön expressionistisch gestaltetem Einband: eine neue französische Ausgabe von Maeterlincks Theaterstück. In sich gekehrt ging er zur Kasse.

4

Trier; Montag, 1. November

Als Christian Buhle und Paul Gerhardts um zehn vor sieben langsam die Kurfürstenstraße im Trierer Ostviertel entlangfuhren und hinter der endlosen Reihe parkender Autos die richtige Hausnummer suchten, wartete Marie bereits auf dem in der einsetzenden Dämmerung matt glänzenden Bürgersteig. Sie hatte den Reißverschluss der schwarzen Winterjacke zugezogen und ihre Hände tief in den Taschen vergraben. Über Nacht waren die Temperaturen bis fast an den Gefrierpunkt gesunken, und mit dem am Morgen einsetzenden Regen kroch die Kälte in alle Ritzen der Stadt.

Nachdem Marie den Fahrer des silberfarbenen BMW als Kommissar Gerhardts identifiziert hatte, stieg sie wortlos auf der Fahrerseite ein. Erst nach einigen Sekunden auf dem Rücksitz besann sie sich und grüßte die beiden Polizisten einsilbig.

Sie war froh, dass Gerhardts tatsächlich, wie gestern noch zum Abschied versprochen, so früh mitgekommen war. Innerlich musste sie sogar darüber schmunzeln, wie er es am Tag zuvor geschafft hatte, die Journalisten in die Irre zu führen. Er hatte diesen verbeamteten Autofreak mit dem Alfa bis dicht vor das Gartentor fahren lassen, der dann lautstark die Reporter fortjagte. Spätestens als er einem der beiden Schutzpolizisten leise befahl, die Frau des Verdächtigen aus dem Haus zu holen, hatte er die Aufmerksamkeit der Medienleute voll auf sich gerichtet. Gerhardts konnte so mit ihr auf der anderen Seite ihres Grundstücks und im Sichtschatten des Hauses mit den sich anschließenden Hecken unbemerkt über den Feldweg nach Tarforst und weiter nach Filsch verschwinden. Dort hatten sie zur Sicherheit in einer der oberen hangparallelen Seitenstraßen eine Zeit lang gewartet. Schließlich hatte Gerhardts sie über weitere Höhenstadtteile Triers ins Ostviertel zu Peter gebracht, ohne dass jemand ihnen folgte.

Es war unendlich erleichternd gewesen, als sie sich gestern Abend in die Arme ihres Freundes hatte fallen lassen können. Peter hatte sie fast eine Viertelstunde regungslos gehalten, bis der größte Druck in ihr abgebaut war. Nachdem sie ihn kurz über ihre fatale Situation informiert hatte, war sie völlig fertig zu Bett gegangen und dankbar in seinen Armen eingeschlafen. Und natürlich hatte Peter ihr wie immer zum Wecken einen Milchkaffee ans Bett gebracht und sie nach dem Duschen mit Vollkorntoast und selbst gemachtem Holunderblütengelee am Frühstückstisch empfangen. Sie war froh, dass sie bei ihm in den nächsten Tag Halt und Unterschlupf finden würde.

Die lange Nachtruhe hatte ihr die notwendige Energie zurückgebracht und ihre Entschlossenheit gefestigt: Sie würde nicht zulassen, dass ihre Kinder durch diesen Mord, wer immer ihn begangen hatte, zu Schaden kamen. Die beiden mussten noch eine Weile bei ihrer Mutter in Metz bleiben, ob den dreien das passte oder nicht.

»Hat mein Mann schon mit seinem Anwalt gesprochen?« Maries Frage schien auch die beiden Polizisten aus ihren Gedanken zu reißen.

Buhle drehte sich langsam im Beifahrersitz um. »Nein, Frau Steyn. Wir haben Ihren Mann gestern noch kurz vernommen, aber ohne dass wir den Eindruck hatten, er könne oder wolle uns noch etwas sagen. Wir haben ihn dann in seine Zelle bringen lassen.« Er blickte Marie in die Augen. »Natürlich hatten wir ihn vorher darauf hingewiesen, dass er einen Anwalt anrufen könne, aber er hat nicht darauf reagiert. Und heute Morgen sind wir direkt von der Kriminalinspektion zu Ihnen gefahren.«

Marie nickte nur und griff ihr Handy. Erst als sie den Anrufbeantworter der Anwaltskanzlei hörte, die sie selbst schon bei einem Rechtsstreit gut und erfolgreich vertreten hatte, dachte sie wieder an diesen überflüssigen Feiertag Allerheiligen. Sie bat um Rückruf und brach die Verbindung ab.

»Wenn Sie die Privatnummer Ihres Anwalts haben möchten, können wir Ihnen die besorgen.«

Marie schüttelte den Kopf. »Wann wird mein Mann das nächste Mal verhört werden? Wird unser Anwalt dann dabei sein können?«

Buhles Gesichtsausdruck hatte gegenüber dem Vortag nicht an Dynamik gewonnen, war aber wieder deutlich freundlicher als zuletzt. »Wir werden ihn so bald wie möglich befragen, spätestens heute Nachmittag. Dann werden wir sehen, ob sein Anwalt anwesend sein will oder kann.«

Er machte eine kleine Pause.

»Sie können sich sicher sein, dass wir Ihrem Mann nichts anhängen wollen, was er nicht zu verantworten hat. Aber es sind bis gestern Abend bereits eine ganze Menge Fragen entstanden, bei denen ich beim besten Willen nicht weiß, wie er sie uns beantworten will. Nur ist es um seiner selbst willen wichtig, dass er es versucht.«

Es sah nicht gut aus für Thomas, Marie machte sich da keine Illusionen. Dennoch stieg erneut leise Wut darüber in ihr hoch, dass ihr Mann anscheinend schon als Täter feststand. Aber sie wollte ihm helfen und hatte sich deshalb darauf eingestellt, sich der Polizei gegenüber kooperativ zu verhalten.

»Wie Sie es gestern gewünscht haben, können wir gleich die Zimmer durchgehen. Ich denke, heute bin ich eher in der Lage, mögliche Veränderungen zu erkennen. Weiß man denn schon, wer die Tote ist?«

Buhle, der sich immer noch zu ihr gewandt hatte, antwortete. »Auch wenn ich nicht dazu verpflichtet bin, Ihnen diese Frage zu beantworten: Nein, wir kennen die Identität der Toten noch nicht.«

»Und wissen Sie, wohin Marion Schroeder verschwunden ist?«

Buhle seufzte leicht. Immerhin eine Art Gefühlsregung, dachte Marie.

»Wir haben bislang weder eine Person mit dem Namen Marion Spiegelrodt, geborene Schroeder, ausfindig machen können, noch haben wir Hinweise darauf gefunden, dass sich überhaupt eine zweite Frau im Haus aufgehalten hat.«

Marie biss sich leicht auf die Unterlippe. Da Buhle nicht den Eindruck machte, voreilige Schlüsse zu ziehen, und jetzt mit ihr zum Tatort fuhr, um nach Beweisen zu suchen, die Thomas entlasten konnten, schien die Situation für ihren Mann wirklich schwierig zu sein. Konnte er wirklich der Täter sein? Konnte ihr Mann eine Frau, aus welchem Motiv auch immer, im eigenen Haus mit einem Messer erstechen?

Sie spürte eine leichte Unsicherheit aufsteigen. In der letzten Zeit hatten sie sich immer weiter auseinandergelebt, hatten sich nicht mehr viel Mühe gegeben, das Leben des anderen zu teilen. Waren eher damit beschäftigt gewesen, eigene Wege zu gehen. Jeder in seinem Beruf, jeder mit eigenen, teilweise neuen Bekannten. Waren häufiger getrennt ausgegangen als zusammen.

Angefangen hatte das etwa zwei Jahre nach ihrer Heirat. Nora war gerade drei geworden, Mattis war seit dem Sommer in der Schule. Sie hing in ihrer Promotion fest, und natürlich musste zu dieser Zeit immer einer zu Hause bei den Kindern bleiben. Aber nach mehr als einem halben Jahrzehnt häuslichen Familienlebens hatte es sie, genauso wie Tom, wieder in die Stadt gezogen. Er wollte mehr ins Kino oder in Kneipen. Sie hatte Theater, aber auch Spaziergänge an der Mosel oder in der Eifel im Kopf. Am Anfang war das auch kein Problem gewesen, jeder genoss die Stunden ohne die Kinder, genoss die Gelegenheit, sich wieder ein Stück sich selbst zu nähern. Und es war dann auch richtig schön gewesen, abends wieder nach Hause zu kommen.

Im Jahr zuvor hatte Thomas für die Firma die ersten Geschäftsverbindungen in die USA aufgebaut, und es war allen klar gewesen, dass damit auch längere Auslandsaufenthalte verbunden waren. Später kamen dann noch die Saudis und Algerien hinzu. Sie hatte das anfangs genauso spannend gefunden wie Thomas, aber mit der Zeit waren die Reisen für sie zu einem Problem geworden. Spätestens als sie vor drei Jahren ihre Promotion abgeschlossen hatte, fühlte sie sich beruflich am Zug. Doch der schien zunächst für sie abgefahren zu sein, und sie hatte ihrem Mann die Rolle des Lokomotivführers zugeschoben. Aber mittlerweile hatte sie sich mit der Halbtagsstelle an der Uni und ihrer gutachterlichen Tätigkeit als Kinderpsychologin wieder ihren eigenständigen Bereich erarbeitet. Zusammen mit den Kindern war das zwar stressig, aber für ihr Selbstwertgefühl Balsam. Ihr Familienleben beschränkte sich jedoch nur noch auf gemeinsame Unternehmungen mit den Kindern. Der Rest ihrer Zweisamkeit war der Routine des Alltags gewichen.

Die engen Kurven zur ehemaligen Arbeitersiedlung der Domäne Avelsbach rissen Marie aus ihren Gedanken. Unbewusst straffte sie sich und schaute nach vorn. Sie konnte im Rückspiegel sehen, wie Gerhardts sie trotz der schmalen Straße beobachtete. Als sich ihre gespiegelten Blicke trafen, lächelte er leicht, und auch wenn ihr danach eigentlich nicht zumute war, musste sie dieses wohlgemeinte Lächeln kurz erwidern.

»Am besten parken Sie wieder direkt bei unserem Schuppen, obwohl wir heute hoffentlich nicht noch einmal heimlich flüchten müssen.«

Gerhardts musste jetzt breit grinsen und bog zügig in den Stichweg zum Haus ein. »Tja, Frau Steyn, manchmal ist es ganz gut, sich ein paar Kniffe der Ganoven abzuschauen, zum Beispiel wie man seinen Verfolgern entkommt. Aber die Schreiberlinge haben es uns gestern auch ziemlich leicht gemacht.«

Nachdem sie ausgestiegen waren, sah Marie, dass sich das Absperrband an einem Ende gelöst hatte und nun heftig im Wind flatterte. Gerhardts bemerkte es auch und ging hinüber, um es wieder festzubinden. An der Haustür blickte Marie zunächst auf das Siegel, das über der Türfuge klebte, und dann zu Buhle. Der schob sich an ihr vorbei und trennte das Papier des Siegels mit dem Fingernagel durch.

»Bevor wir das Haus noch mal von oben bis unten durchschauen, versprechen Sie mir bitte, dass Sie nichts anfassen, ohne dass ich Ihnen das erlaube, und dass Sie bitte kein Zimmer zuerst betreten. Es kann gut sein, dass wir auf neue Spuren stoßen, die erst kriminaltechnisch untersucht werden müssen.«

»Und bitte ziehen Sie sich diese Handschuhe an.« Gerhardts hielt Marie Handschuhe der Spurensicherung hin, reichte Buhle ein Paar und zog sich selbst welche über.

Marie nickte. »Okay. Erzählen Sie mir dann auch etwas von den alten Spuren, die meinen Mann angeblich schon überführt haben?«

Buhle war schon durch den kurzen Vorraum gegangen, und seine Hand verharrte einen Moment auf der Klinke der Glastür, die als Windfang diente. Er drehte sich kurz zu Marie um. Seine blauen Augen versprühten diesmal nicht diese unnahbare Kühle, sondern blickten sie fast mitleidig an.

»Sie können mir glauben, dass ich es sehr schätzen würde, wenn wir in diesem Fall gut kooperieren. Doch ich kann Ihnen keine Untersuchungsergebnisse mitteilen, solange ich nicht weiß, welche Bedeutung sie für den Fall haben. Das leuchtet Ihnen sicherlich ein. Ich werde aber jeden Hinweis aufnehmen, der Ihren Mann entlasten könnte.«

Gerhardts hatte sich bereits wieder zu ihnen gesellt. Gemeinsam nahmen sie die Treppe in den ersten Stock.

Das Wohnzimmer wirkte auf Marie kalt und fremd. Sie ließ den Blick durch den großen Raum streifen. Natürlich waren ihr alle Gegenstände darin bekannt. Thomas hatte nie viel Wert auf Einrichtung gelegt und hatte das meiste ihr überlassen. Nur auf diese protzige Bücherwand hatte er von Anfang an bestanden, obwohl er sie mit seinen Büchern nur zur Hälfte ausfüllen konnte. Aber nun nahm sie alles wie durch einen transparenten Vorhang wahr.

Der große Kaminofen in der Ecke schien am Wochenende in Betrieb gewesen zu sein. Jedenfalls war die Scheibe deutlich verrußt, wie immer, wenn Thomas Feuer machte. Der Weidenkorb daneben war allerdings noch gut mit Holzscheiten gefüllt. Offenbar hatten ihr Mann und sein Besuch nur kurz eine Wärmequelle benötigt. Der Gedanke, dass Thomas vielleicht hier auf ihrem Sofa mit dieser Frau heißen Sex gehabt hatte, ließ Marie schaudern. Wie lange war es her, dass sie beide sich geliebt hatten? Sie wusste es nicht mehr.

»Hat mein Mann hier mit …« Marie sprach nicht weiter, aber Christian Buhle wusste offenbar auch so, was sie wissen wollte, und nickte. »Und wo noch?«

»Die Spuren deuten darauf hin, dass Ihr Mann auch im Gästezimmer mit der Toten sexuell verkehrte. Und nur in diesen beiden Zimmern scheinen überhaupt Spuren zu sein, die der Toten zuzuordnen sind. Aber die Untersuchungen sind noch nicht abgeschlossen.«

Marie presste ihre fein geschwungenen Lippen aufeinander und richtete sich auf. »Ich kann nicht feststellen, dass sich hier etwas Wesentliches verändert hat, seit ich mit den Kindern nach Metz aufgebrochen bin. Die Scheibe vom Kaminofen war allerdings sauber und der Holzkorb fast leer. Und die Decke war zusammengelegt. In welches Zimmer sollen wir als Nächstes gehen?«

Die beiden Kommissare bewegten sich nicht. Gerhardts überließ seinem Chef das Wort. »Frau Steyn, wir sollten uns Zeit lassen. Jeder Hinweis, jede Nebensächlichkeit könnte uns weiterbringen.«

Marie nickte und schaute noch mal langsam in die Runde, ging am Bücherregal entlang, streifte mit ihrem Blick die Bildbände

Nordafrikas, die Fotoalben ihrer Familie, für die sie vor der Promotion noch Zeit gehabt hatte, ihre Pokale von verschiedenen Karatemeisterschaften als Jugendliche. Plötzlich hielt sie inne.

»Ein Bild fehlt. Das Foto von Thomas und mir aus unserem ersten Urlaub. Ich bin mir sicher, dass es noch da stand, als ich hier kurz vor unserer Abreise geputzt habe.«

»War auf dem Bild etwas Besonderes zu sehen?« Buhle war jetzt deutlich wachsamer.

»Es ist mein Lieblingsbild von uns beiden. Es zeigt uns auf der Terrasse unseres Hotels mit den Bergen im Hintergrund. Tom hatte den Selbstauslöser aktiviert, und ich wollte eigentlich kein gestelltes Bild machen. Aber kurz bevor der Apparat auslöste, hat Tom mich rumgewirbelt und mich geküsst.« Marie lächelte kurz. »Das Bild ist für mich ein Überbleibsel aus der Zeit, in der mein Mann vor Überraschungen nur so sprühte und mich mit allerlei Unfug zum Lachen brachte. Jetzt macht er das wenigstens noch mit den Kindern.«

Sie schaute die Polizisten traurig an. Christian Buhle hielt dem Blick nachdenklich stand, Gerhardts hingegen sah zu Boden. »Haben Sie das Foto gefunden?«

Buhle ging wortlos zu einer der unteren Schubladen der Regalwand und zog sie auf. Das Bild lag zwar auf der Vorderseite, aber den Rahmen erkannte sie sofort. »Es tut mir wirklich leid, aber Ihr Mann schien seinen Besuch mit einer klaren Absicht erwartet zu haben. Offensichtlich wollte er dazu den Blick gerade auf dieses Bild vermeiden. Auch wenn es Sie wenig trösten dürfte: Es scheint also auch für ihn noch eine besondere Bedeutung zu haben. Gehen wir in die Küche?«

Marie folgte dem Kommissar wortlos. Erst als sie im Küchenbereich angelangt waren, versuchte sie sich wieder auf mögliche Veränderungen zu konzentrierten. »Die Messer im Messerblock fehlen. Aber die haben Sie wahrscheinlich mitgenommen.«

Diesmal antwortete Gerhardts. »Wir können nicht ausschließen, dass sich unter den Messern die Tatwaffe befindet. Die diesbezüglichen Untersuchungsergebnisse dürften schon bei den Kollegen der Spurensicherung vorliegen.«

Marie wunderte sich über diese übervorsichtige Ausdrucksweise. »Darf ich die Schränke aufmachen?« Die Kommissare bejahten es. »Es fehlen Gläser, und zwar zwei Sekt- und zwei Rotweingläser.« Sie öffnete die Spülmaschine. »Ich hatte vor der Abreise den Kindern noch Brote gemacht und die Teller mit dem Besteck in die Maschine geräumt. Ich glaube, es fehlt auch ein Schälchen, in dem Joghurt für Nora drin war.« Sie schaute Gerhardts fragend an.

»Das Geschirr aus der Spülmaschine ist wie alles, was augenscheinlich gebraucht aussah, im Labor. Aber bitte, machen Sie genau so weiter.«

Sie nickte, konnte aber keine weiteren Veränderungen in der Küche feststellen, außer dass im Kühlschrank neue Antipasti standen. Auch sonst war alles so, wie sie es vor ein paar Tagen verlassen hatte. Vor ein paar endlos weit zurückliegenden Tagen, wie ihr schien.

In den anderen Zimmern konnte Marie nichts entdecken. Sehr aktiv schien ihr Mann in ihrer Abwesenheit nicht gewesen zu sein. Im Erdgeschoss, auf der Schwelle zum Gästezimmer, blieb sie stehen. Jede Faser ihres Körpers sträubte sich dagegen, dieses Zimmer zu betreten. Schon von der Tür aus konnte sie erkennen, dass das Bettzeug, die Kissen und der Teppich vor dem Bett fehlten. Als sie in den kleinen Kleiderschrank schaute, stellte sie fest, dass ihr Mann seine alte schwarze Satinbettwäsche für seine Affäre aufgezogen haben musste. Dieselbe Bettwäsche, in der Thomas und sie sich das erste Mal geliebt hatten. Eine tiefe Bitternis stieg in ihr auf.

»Haben Sie etwas entdeckt?« Buhle, der sie an der Wand gelehnt von der Seite beobachtete, hatte die Veränderung an ihr registriert.

Marie pustete kräftig durch. »Nein, nur welche Bettwäsche er für seinen Gast aufgezogen hat. Ich verbinde damit leider eine sehr besondere Situation.«

»Sie erkennen auf einen Blick, welche Bettwäsche er benutzt hat?« Buhle schien ehrlich überrascht.

»Schwarze Satinbettwäsche ist so auffällig, dass sie auch im Schrank leicht zu bemerken ist. Und sie fehlt hier nun mal.« Irritiert blickte sie in jetzt wirklich überraschte Gesichter der Kriminalbeamten.

»Frau Stein, das Bett war nicht mit einer schwarzen Bettwäsche bezogen. Sind Sie sicher, dass sie fehlt?«

»Ja«, antwortete Marie zögerlich. »Ja, als ich hier letztens gewaschenes Bettzeug einsortiert habe, lag sie noch da, und zwar ziemlich weit unten. Wie war das Bett denn bezogen?«

»Mit der gleichen Bettwäsche, wie sie dort obenauf liegt.«

Marie schaute noch mal in den Schrank. »Stimmt, sie ist nur noch einmal da. Wir hatten neulich extra zwei Sets gekauft, weil die Farbe so gut zu unserem Schlafzimmerschrank passt.« Sie sah zuerst Buhle, dann Gerhardts fragend an. Doch in beiden Gesichtern schien sich nur ihre eigene Frage zu spiegeln.

5

Trier; Montag, 1. November

Kriminalhauptkommissar Christian Buhle hatte nicht wirklich mit neuen Hinweisen durch die Begehung des Tatorts mit Marie Steyn gerechnet. Jetzt schaute er doch recht nachdenklich in die Runde seines Teams, das in der Kürze der Zeit als Sonderkommission Domäne zusammengestellt worden war. Es hatte noch Lücken, aber der Grundstock an Leuten, auf die er bei den Ermittlungen bauen konnte, war anwesend. Erfreulicherweise waren auch Spurensicherung und sogar die Rechtsmedizin zugegen.

Insgesamt sieben Leute verteilten sich an diesem Feiertagsvormittag an dem achteckigen Konferenztisch im Besprechungsraum. Rechts neben Buhle saß die junge Anwärterin Nicole Huth-Balzer mit dem Notebook, der ihr gutes Aussehen eher lästig zu sein schien. Ihre langen nussbraunen Haare trug sie im Dienst stets zu einem nachlässigen Knoten geschlungen oder mit einem Haargummi zu einem Pferdeschwanz zusammengefasst. Sie hatte die Aufgabe, das Besprechungsprotokoll zu schreiben, was sie sicher auch an diesem Feiertag perfekt machen würde. Als sie seinen Blick spürte, schaute sie kurz auf und lächelte ihn wie so oft ein wenig zu freundlich an. Buhle irritierte das auch heute. Aber vielleicht bildete er sich da auch nur etwas ein, was die achtzehn Jahre jüngere Kollegin so gar nicht ausdrücken wollte. Er ließ seinen Blick schnell weiterwandern.

Daneben hing Kriminaloberkommissar Michael Reuter in seinem Stuhl und starrte griesgrämig auf die Unterlagen vor sich auf dem Tisch. Irgendetwas schien ihm wieder mal gegen den Strich zu gehen. Doch spätestens wenn er seinen ersten unflätigen Kommentar abgegeben hatte, würde Buhle wissen, ob sein chronisch schlecht gelaunter Mitarbeiter bei der Sache war. Eine Ecke weiter hatte sich Rechtsmediziner Tim Kordonbowski überraschend zu ihnen gesellt. Offensichtlich hatte er seine Untersuchungen am Morgen schon abgeschlossen. Er schien sich seiner Sache also bereits sicher zu sein.

Paul Gerhardts erwiderte seinen Blick ruhig. Schon auf der Rückfahrt von Avelsbach hatte er Buhle gesagt, dass er diesen Fall bei Weitem nicht so klar sehe, wie es die Sachlage erscheinen ließ. Natürlich gab es einige Ungereimtheiten, wie auch das Fehlen dieser Bettwäsche. Einige Untersuchungsergebnisse standen auch noch aus. Aber momentan sah Buhle nicht viel Interpretationsspielraum bezüglich des Hauptverdächtigen.

Nikolas Steffen war deutlich anzusehen, wo er jetzt viel lieber wäre: in seinem Bett, egal ob mit oder ohne seine neue Freundin. Er hatte schon seit sieben Uhr im Brüderkrankenhaus der Obduktion beiwohnen müssen. Das ausgedehnte Gähnen zeigte die metallisch glänzenden Folgen einer vernachlässigten Zahnhygiene in jungen Jahren.

Der Letzte in der Runde war der leitende Kriminaltechniker Lutz Grehler zu seiner linken Seite. Aus der Zusammenfassung der Spurensicherung erhoffte sich Buhle die meisten Erkenntnisse.

»So, es ist genau zehn Uhr. Danke, dass ihr alle gekommen seid. Ich denke, es passt keinem so richtig in den Kram, am Feiertag hier auftauchen zu müssen. Ihr wisst aber, worum es geht. Tragen wir zusammen, was wir an Infos haben. Da Lutz und Tim dankenswerterweise auch da sind, werden wir uns sicher ein umfassendes Bild von der Situation machen können. Am wichtigsten sind zunächst die Befunde der Rechtsmedizin. Wie weit seid ihr gekommen, Tim?«

Kordonbowski richtete sich auf. Sein dünner, fast zwei Meter langer Körper überragte alle Anwesenden am Tisch. Kordonbowski war vor fast genau einem Jahr in der Gerichtsmedizin in Mainz dem damaligen Chef Otto Greis gefolgt. Schnell stellte sich heraus, dass die rheinland-pfälzische Polizei mit seiner Einstellung ausgesprochenes Glück hatte. Seit ein paar Monaten galt das besonders für die Trierer Kripo. Kordonbowski hatte sich in die junge Melanie Schreier vom Betrugskommissariat verliebt und hielt sich entsprechend häufig in der Moselstadt auf.

»Guten Morgen erst mal. Mela ist stinksauer. Sie hat Freunde zum Brunch eingeladen und … na ja, ich sollte da jetzt auch bald mal wieder auftauchen.« Kordonbowski deutete ein verschmitztes Lächeln an, das vermuten ließ, dass er vorher lieber im Obduktionssaal als in der Küche gestanden hatte. »Aber nun zur Sache.

Die Todesursache lag auf der Hand, und wir können sie bestätigen. Das Opfer erhielt insgesamt sieben Messerstiche, wovon je zwei in Herz und Lunge tödlich waren. Die anderen drei Stiche trafen die Bauchhöhle, verletzten zum Teil die inneren Organe und hätten später wohl auch zum Tod geführt. Der Täter ging also auf Nummer sicher. Dabei macht es nicht den Anschein, als ob hier wahllos oder im Affekt zugestochen worden wäre. Vielmehr sind die Stiche sehr geordnet über den Körper verteilt. Etwas merkwürdig ist allerdings, dass die Einstichkanäle sehr unterschiedlich ausgerichtet und tief sind. Fast als ob der Täter beim Zustechen räumlich eingeengt gewesen wäre. Da die Tat aber mit großer Sicherheit am Fundort erfolgte, ist ein Hindernis, nach den Fotos zu urteilen, nicht gegeben, und Niko hat das ja auch bestätigt. Ein Stich ins Herz war deutlich tiefer als die anderen. Gut möglich, dass es der erste Stich gewesen ist, der zum sofortigen Herzstillstand und Tod führte. Wenn die anderen Stiche erst kurze Zeit später erfolgten, könnte dies erklären, warum trotz der zahlreichen Wunden der Blutverlust eher gering war.«

Während Kordonbowski seine Ausführungen zum Tathergang machte, projizierte Nicole Huth-Balzer die Fotos der Toten an das digitale Whiteboard. Alle schauten deshalb nicht den Mediziner an, sondern blickten Richtung Wand.

»Warum, verdammt noch mal, sollte der Mörder siebenmal zustechen, wenn der erste Stich schon tödlich war? Und dann auch noch zeitversetzt. Das ist doch totaler Schwachsinn.« Das waren die ersten zusammenhängenden Sätze, die Reuter an diesem Morgen zu seinen Kollegen sagte, und schon erntete er dafür von Gerhardts und Steffen süßsaure Mienen. Buhle und Kordonbowski schienen davon nicht berührt.

»Was den Täter dazu veranlasst hat, müsst ihr herausfinden, Michael. Ich kann euch nur sagen, was ich aus dem Körper der Toten lesen kann«, antwortete Kordonbowski ruhig. »Dass er gleichmäßig und ohne Gegenwehr zustechen konnte, erklärt sich daraus, dass das Opfer zur Tatzeit vermutlich an Händen und Füßen festgebunden war. Entsprechende Druckstellen befinden sich an allen vier Gelenken. Es handelt sich um großflächig ausgeprägte Hämatome, was auf breite Fesseln und erheblichen Widerstand schließen lässt.«

»Breite Fesseln kann ich bestätigen.« Lutz Grehler schob sich etwas näher an den Tisch heran. »Wir haben im Mülleimer vier aus Handtüchern geschnittene Bänder gefunden. Der Rest war zusammengeknüllt und mit jeder Menge Speichel bedeckt. Hatte die Tote einen Knebel?«

»Wir haben Baumwollfasern zwischen ihren Zähnen gefunden. Sie sind schon bei euch. Könnte also gut zusammenpassen. Dass sich das Opfer ans Bett fesseln ließ, kann natürlich verschiedene Gründe haben. Nach Sexspielchen sehen diese provisorischen Fesseln allerdings eher nicht aus. Es kann gut sein, dass die Frau vorher betäubt wurde: Wir konnten eine schwache Dosis K.-o.-Tropfen nachweisen, und zwar Gammahydroxybuttersäure, kurz GHB oder auch als Liquid Ecstasy bekannt. Vielleicht war die Betäubung zu schwach, und der Täter hat aus Panik, dass die Vergewaltigung rauskommt, das Opfer mundtot gemacht.«

Wieder schaltete sich Grehler ein:

»Wir haben in der Manteltasche von Thomas Steyn ein kleines Fläschchen gefunden. Die Substanz ist noch im Labor, aber es würde mich sehr wundern, wenn wir da nicht schon wieder Übereinstimmung hätten.«

»Macht wieder keinen Sinn. Warum erst betäuben, dann fesseln, einmal richtig zustechen, warten und noch sechsmal ein bisschen mit dem Messer rein. Was soll das?«, grummelte Mich Reuter erneut dazwischen.

»Komm, Mich, lass Tim weitermachen. Wir sind doch noch in der ersten Sammelphase.« Buhle wandte sich wieder zu Tim Kordonbowski. »Wie genau konntet ihr denn den Todeszeitpunkt festlegen?«

»Ziemlich exakt zwischen vier und halb fünf Uhr morgens.«

»Also genau dann, als Steyns Uhr stehen geblieben ist«, bemerkte Steffen. Kordonbowski sah ihn fragend an. »Die Uhr des Hauptverdächtigen Thomas Steyn hat um genau vier Uhr zwölf ihren Geist aufgegeben. Christian hatte es mitbekommen und ihm die Uhr vor seiner Festnahme abgeholt. Oder stimmt das etwa nicht, Chef?« Steffen schaute verwirrt zu Buhle hinüber, der mit geschürzten Lippen den Kopf geschüttelt hatte.

»Doch, Niko, natürlich, ich hab Steyn seine Uhr ab-ge-holt.« Buhle war nun schon einige Jahre in Wittlich und Trier, aber an die

Eigenart der Einheimischen, »nehmen« grundsätzlich und in jeder Kombination durch »holen« zu ersetzen, würde er sich wohl nie gewöhnen können. »Also mal an-ge-holt, die Uhr ist durch einen Schlag oder Ähnliches kaputtgegangen, wird das Steyn ja wohl nicht im Schlaf passiert sein. Er hat aber bestritten, in der Nacht noch auf gewesen zu sein. Auch wusste er nicht, dass die Uhr nicht mehr ging, bis er nachmittags nachschauen wollte, wann seine Familie zurückkommen würde.« Buhle schaute zu Lutz Grehler hinüber. »Habt ihr schon herausgefunden, was mit der Uhr los ist?«

»Haben wir. Ich mach es aber spannend und lass erst mal unseren jungen ›Post-Doc‹ seine Ausführungen beenden. Ihr wollt ja von mir eh noch ein bisschen mehr wissen, oder?«

Buhle nickte. »Gut. Also, Tim, was hat dir die Tote noch mitgeteilt?«

»Einiges.« Kordonbowski streckte seinen dünnen Oberkörper. »Dass um den Genitalbereich der Toten Sperma gefunden wurde, hattet ihr mir ja mitgeteilt. Wir haben dann auch in der gesamten Scheide weitere Spermaspuren sichergestellt. Dabei scheint die Tote in den letzten Stunden oder Tagen vor ihrem Tod öfter Geschlechtsverkehr gehabt zu haben, jedenfalls hatten die Spermien unterschiedliche Lebensalter. Merkwürdigerweise waren die in der Scheide beziehungsweise im Scheidenvorhof deutlich mobiler, also jünger, als die im Fornix vaginae, dem hinteren Scheidengewölbe. Wir haben unterschiedliche Proben entnommen und lassen die DNA feststellen. Von der Konstitution der Vagina zu schließen, schien die Frau übrigens sehr oft Verkehr gehabt zu haben. Ihr solltet auch im Prostituiertenmilieu nachforschen.«

Kordonbowski nahm eine Wasserflasche von der Tischmitte und schenkte sich ein Glas halb voll. »Außerdem waren noch leichte, aber frische Wunden im Bereich der Schamlippen und der Vagina zu erkennen. Das deutet möglicherweise auf einen heftigen Beischlaf oder sogar auf eine Vergewaltigung hin, kann aber auch durch einen anderen härteren Gegenstand verursacht worden sein. Habt ihr da was gefunden?«

Grehler und Reuter schüttelten die Köpfe.

»Lutz, habt ihr außerhalb des Tatorts weitere Spermaspuren gefunden?«, hakte Buhle nach.

»Ja, auch auf der Wohnzimmercouch. Das Liebesleben der beiden hat anscheinend ganz romantisch vor dem brennenden Kaminofen begonnen.«

»Und Kondome?«

»Fehlanzeige.«

»Mhmh, Tim, machst du bitte weiter.«

»Okay. Dann sind da noch zwei Schamhaare auf der Toten: schwarz und somit eindeutig nicht vom Opfer. Auch hier werden wir natürlich die DNA bestimmen lassen. Wahrscheinlich, dass die vom Täter stammen. Schließlich haben wir unter den Fingernägeln der rechten Hand der Toten Haut- und Blutpartikel sicherstellen können. Vielleicht stammen sie vom Täter. Habt ihr Indizien für einen Kampf gefunden?«

Buhle zog aus dem Stapel der bisher vorliegenden Unterlagen den Bericht der Kollegen vom Erkennungsdienst. Aber Lutz Grehler ließ sich diese Steilvorlage nicht nehmen.

»Haben wir, wenn ich das kurz ausführen darf. Der Verdächtige Thomas Steyn wies an seiner linken Schulter und im Rippenbereich mehrere kleine Hämatome auf, außerdem schwache Kratzspuren unterhalb der linken Brust. Wenn das alles vom Opfer stammt, muss sie sich gewehrt haben. Vielleicht war das auch der Grund, warum sie gefesselt oder betäubt wurde.«

Kordonbowski nickte. »Könnte gut möglich sein. Zumindest würde die räumliche Zuordnung passen, wenn der Täter auf ihr gelegen hat und sie ihn mit der rechten Hand wegstoßen wollte.«

Er überlegte kurz und fügte dann hinzu: »Okay, das war fürs Erste das Wichtigste von mir. Ich schreibe euch morgen den Zwischenbericht, sobald ich wieder in Mainz bin, und maile ihn euch sofort rüber. Wir müssen dann allerdings noch die DNA-Analyse abwarten. Aber selbst wenn die Proben morgen früh direkt zum LKA gebracht werden, dauert es bestimmt bis Donnerstag, vielleicht sogar Freitag, bis wir die Ergebnisse haben. Wir schicken denen ja schließlich eine ganze Menge Material. Ich bin wohl am nächsten Wochenende auch wieder in Trier. Vielleicht komme ich Freitag schon etwas früher, und wir können uns weiter austauschen.«

Gerhardts räusperte sich. »Könnt ihr denn sagen, woher die Tote stammt? Sie machte auf mich einen osteuropäischen Eindruck.«

»Entschuldigung, Paul, stimmt. Ja, einiges deutet auf Osteuropa hin. Allen voran der Zustand der Zähne oder besser der Zahnfüllungen. Vielleicht Rumänien, Moldawien oder Bulgarien. Aber auch da muss das Labor noch an die Arbeit.«

Gerhardts fühlte sich bestätigt. »Also auf jeden Fall keine alte deutsche Schulfreundin von Steyn.«

Buhle zog seine Augenbrauen etwas nach oben. »Das hat Steyn auch nie behauptet.« Er schaute in die Runde. »Also halten wir fest: Die Tote wurde eventuell betäubt, später am Tatort gefesselt und ermordet. Sie hatte kurz vor ihrem Tod und auch schon davor Geschlechtsverkehr, vielleicht auch unfreiwillig. Indizien sprechen für eine osteuropäische Herkunft und möglicherweise für eine Betätigung als Prostituierte. Es gibt Spuren, die auf einen Kampf zwischen dem Opfer und dem Täter hinweisen. Habe ich etwas vergessen?«

Reuter blickte ihn direkt an. »Du vergisst nie etwas, Christian. Aber gib zu, dass das alles nicht unbedingt super zusammenpasst, oder? Du hast Steyn gestern erlebt. Entweder ist er ein begnadeter Schauspieler und ein richtiges Schwein und hält uns hier total zum Narren. Oder aber … ich weiß auch nicht. Der ist doch nicht der Typ, der sich eine Nutte ins Haus holt, mit ihr guten Wein trinkt, sie vergewaltigt, ersticht und anschließend so eine Show abzieht. Das glaub ich einfach nicht.« Reuter hatte sich in Rage geredet.

Buhle hob beschwichtigend eine Hand. »Lass jetzt mal die Kriminaltechnik berichten. Dann sehen wir vielleicht klarer.« Er wandte sich Grehler zu. »Lutz, habt ihr die Tatwaffe?«

Lutz Grehler genoss es wie immer, wenn sich die fragenden Augenpaare aller Kollegen auf ihn richteten. Ohne die Ergebnisse der Kriminaltechnik verloren sich die Ermittlungen zumeist in nebulösen Vermutungen und auf Sand gebauten Spekulationen. Er und sein Team schufen erst die Fakten, um den Tätern auf die Spur zu kommen. »Ich denke schon. Es dürfte ein Messer aus der Küche gewesen sein, obwohl wir auch da sicherheitshalber die DNA abwarten sollten. Vielleicht hat sich ja auch jemand aus der Familie Steyn mit dem großen Fleischmesser in den Finger geschnitten.«

Keiner der Anwesenden verzog eine Miene.

»Ähm, sorry. Also, der Luminoltest am Tatort hat an mehreren

Messern Blutspuren gezeigt, aber nur bei einem handelt es sich auch um menschliches Blut. Jemand hat versucht, das Messer unter fließendem Wasser in der Spüle zu reinigen. Hat dann aber vergessen, die Spüle auch ordentlich sauber zu machen und den Spüllappen zu entsorgen. Ziemlich dilettantisch, wenn ihr mich fragt. Wenn die DNA passt, haben wir die Tatwaffe.«

Grehler veränderte leicht seine Sitzposition. »Wo fanden sich sonst noch Blutspuren: Im Bett der Toten natürlich, aber auch am Hemdsärmel von Steyns Schlafanzug und an dessen rechter Hand. Auf all die anderen Blutspuren in einem Haushalt mit Kindern können wir eingehen, wenn die eben genannten Funde nicht zusammenpassen, was ich allerdings bezweifle. Zur Tatwaffe noch Fragen?«

Er schaute in die Runde, aber die Kollegen blieben stumm.

»Okay, spannend wird es bei den Fingerabdrücken. Auf der potenziellen Tatwaffe waren keine zu erwarten …«, er wartete einen Moment, »… gab es aber: von Thomas Steyn, und zwar nur von ihm. Auf den anderen Messern hatten wir verschiedene Abdrücke, zumeist von Frau Steyn, auch von den Kindern, aber keine vom Mann des Hauses. Das ließe also den Schluss zu, dass er zuerst das Messer vom Blut gesäubert und anschließend, ohne auf Fingerabdrücke zu achten, wieder in den Messerblock zurückgesteckt hat. Dann würde man aber auch seine Fingerabdrücke auf dem Wasserhahn vermuten. Gibt es … aber nicht. Dafür die ganze Hand von Frau Steyn, aber an einigen Stellen verwischt, wie wenn jemand die Hebel benutzt hat, ohne selbst Spuren zu hinterlassen.«

Reuter schien sich in seiner Rolle als Zweifler wohl zu fühlen. »Tja, da stimmt wohl auch etwas nicht, Herr Detektiv.«

»Es ist zumindest mal komisch. Vielleicht findet ihr hellen Köpfe den Grund. Wenn ich mir das gerade so überlege, gibt es noch eine zweite Stelle, wo ich nach den Ausführungen vom Doc Abdrücke des Täters vermuten würde, wo aber keine sind: an der Gürtelschnalle der Toten. Wenn das Opfer wirklich betäubt und auch noch vergewaltigt wurde, hat es sich wohl kaum selbst ausgezogen. Na ja, vielleicht gibt es dafür eine Erklärung. Außer am Wasserhahn und der Gürtelschnalle hat Steyn seine Spuren jedenfalls schön gleichmäßig verteilt, was in seinem Haus noch verzeihlich wäre, aber auf der Toten? Seine Kopfhaare auf der Leiche waren schnell zu identifizieren, weil sie denen auf seinem Kopfkissen gleichen. Bei den Schamhaaren war es nicht schwieriger. Da hatte er uns dankenswerterweise eine Probe in seinem Schlafanzug hinterlassen. Klebte übrigens schön im dortigen Sperma, und das war, lieber Tim, entweder bereits eingetrocknet oder noch sehr lebendig.«

Die kurze Pause hatte sich Lutz Grehler seiner Meinung nach verdient. Der Kreis der Kollegen schwieg andächtig und wartete darauf, dass er mit seinem Vortrag fortfuhr.

»Was haben wir sonst noch: Spuren der Toten befinden sich nur im Wohnzimmer auf der Couch und am Tatort selbst. Mit einer Ausnahme: die Rotweingläser in der Küche. Eins trägt ihre Finger- und Lippenabdrücke, das andere die von Steyn.«

»Wie viel Wein haben die beiden denn getrunken?« Wie auf ein Kommando schauten alle zur Anwärterin, deren Wangen prompt die Farbe des erfragten Getränkes annahmen.

»Wir haben drei Korken im Müll gefunden. Zwei frisch geleerte Flaschen Bordeaux standen im Keller beim Weinregal, eine leere in der Küche. Die haben also ganz schön gebechert.«

»So viel Wein haben wir aber im Magen der Toten nicht gefunden. Sie hatte nur etwa null Komma zwei Promille im Blut. Dann muss Steyn ja total alkoholisiert gewesen sein.« Kordonbowski hatte die Ausführungen des Kriminaltechnikers interessiert verfolgt und den Brunch zu Hause augenscheinlich vergessen.

»Und dann hat er sie noch einmal besteigen wollen, sie mochte aber nicht, und als sie aufs Klo ging, hat Steyn ihr K.-o.-Tropfen in den Wein gekippt. Da konnte sie sich nicht mehr wehren. Ist aber aufgewacht, als er sich über sie hergemacht hat, hat sich gewehrt und die rechte Hand losgerissen, er bekam Panik und hat sie getötet.« Steffen gähnte wie zur Bestätigung, dass der Fall nunmehr abgeschlossen sei und er wieder ins Bett könne.

»Totaler Schwachsinn, Niko.« Reuter schüttelte heftig den Kopf mit dem dichten schwarzen Haar.

»Könnte doch sein.« Grehler deutete ein Lächeln an. »Nur auf dem Klo war sie nicht. Wir haben keinerlei Spuren von ihr oder irgendeiner anderen Frau im Gästebad gefunden, auch nicht auf den Türklinken oder den Türen selbst. Muss eine gute Blase gehabt haben, die Dame. Aber im Angesicht des Todes hat sie dann doch nicht mehr einhalten können. Das Gäste-WC war übrigens im Gegensatz zum Bad oben blitzblank geputzt, einschließlich der Türen. Aber auch im Bad haben wir keine Spuren von Frauen gefunden, die nicht der Ehefrau oder der Tochter zuzuordnen wären.«

Grehler stutzte kurz und fuhr dann deutlich ernster fort: »Der Alkoholgehalt im Blut von Thomas Steyn war, sagen wir mal, moderat. Wenn wir die lange Zeit berücksichtigen, die er ausnüchtern durfte, hatte er zur Tatzeit vielleicht eins Komma fünf Promille, nicht mehr. Möglich, dass er im alkoholisierten Zustand durchgedreht ist, aber so besoffen, dass er nicht mehr wusste, was er tat, war er definitiv nicht. Ich frage mich auch, wie das mit den drei Weinflaschen übereinkommt. Hätten Steyn und das Opfer den ganzen Wein getrunken, hätten sie beide deutlich höhere Werte aufweisen müssen.«

»Vielleicht hatte er schon am Freitag mit dem Trinken begonnen?« Steffen hatte den Seitenblick seines Chefs vorhin durchaus registriert und versuchte, sich nun ernsthafter am Gespräch zu beteiligen.

Doch Grehler zerschlug diese These. »Kaum. Die Weinreste in den Flaschen waren noch nicht eingetrocknet.«

»Hast du sonst noch Infos für uns, Lutz?« Buhle schaute auf die Uhr. Die Besprechung war wichtig, aber der Polizeipräsident wollte vor dem Mittag noch einen ersten Bericht nach Hause gemailt haben.

»Klar. Die Kleider der Toten waren wenig getragen und frisch gewaschen. Von der Art und den Firmen her würde ich auf Frankreich tippen, vielleicht auch noch Luxemburg. Entsprechende Textilfasern haben wir im Wohnzimmer und im Gästebett gefunden. Merkwürdig ist, dass sie keine Handtasche bei sich hatte. Wir haben alles abgesucht, aber nichts gefunden. Nicole, was machen Frauen ohne Handtaschen?«

Nicole Huth-Balzer musste ihren ersten Tippfehler des Tages korrigieren, der sich bei der Anrede prompt eingeschlichen hatte, bevor sie zögerlich antwortete: »Ehrlich gesagt: Keine Ahnung. Ich besitze so was nicht. Aber normalerweise gehört das wohl dazu, wenn eine Frau ausgeht, stimmt schon.«

»Wir haben jedenfalls nichts gefunden«, fuhr Grehler zufrieden fort, »haben somit auch keine Anhaltspunkte für die Identität der Toten. So, das war es von meiner Seite. Habt ihr auch schon was herausgefunden?« Er blickte etwas herausfordernd in Richtung der Kriminalbeamten.

»Lass das Gefrotzel, Lutz. Was war noch mit der Uhr, und habt ihr ums Haus herum verwertbare Spuren gefunden?« Buhle schätzte Grehler als Fachmann überaus; seine Art, sich hervorzutun, ging ihm aber rasch auf die Nerven. Außerdem »vergaß« er immer etwas, was ihm dann stets noch mal Gelegenheit gab, das Wort zu ergreifen.

»Die Uhr von Herrn Steyn, natürlich. Ihr habt schon richtig beobachtet, dass sie nicht mehr ging. Nach Tims Untersuchungsergebnis könnte sie tatsächlich die Mordzeit angeben. Vielleicht ist sie bei dem finalen Kampf zwischen Täter und Opfer –«

»Lutz, bitte komm zur Sache. Wo ist sie kaputtgegangen?«

Lutz Grehler schaute einen Moment zum leitenden Kommissar. Auch er achtete Buhle als Polizisten, und er wusste genau, wie er ihn nerven konnte. Aber die Besprechung war für ihn bislang gut verlaufen, also wollte er diesmal nicht so sein.

»... zerbrochen sein. Ist sie aber nicht, denn den winzig kleinen Splitter des Uhrglases haben wir neben Steyns Bett gefunden. Eine kleine Delle im Holzrahmen passt leider genau dazu. Vielleicht hat er sich nach dem Mord unkontrolliert ins Bett fallen lassen?«

Eine kleine Pause musste aber doch noch sein.

»Draußen haben wir vom Opfer keine Spur gefunden, auch nicht an Klingel oder Türklinke. Auch keine Einbruchspuren oder sonst etwas Auffälliges. Das Auto von Steyn knöpfen wir uns heute noch mal vor. Zunächst auch hier keine Spuren vom Opfer. Auf dem Weg vor dem Nebeneingang haben wir Erde aus einem Reifenprofil gefunden, das weder zu Steyns Auto passt noch zur Gegend. Es ist ein sehr toniger Boden. Georg Pelzer meint, er könnte aus der Gegend um Bitburg stammen, das Gutland hat teilweise so schwere Böden. Wir werden morgen bei der Uni nachhören, was die Bodenkundler dazu sagen können.«

Buhle beendete die Besprechung nach weiteren zwanzig Minuten. Reuter und Nicole Huth-Balzer hatten noch die spärlichen Ergebnisse der Befragung in der Nachbarschaft mitgeteilt. Zwei Nachbarinnen hatten vor der Tagesschau eine Frau die Baltzstraße hochkommen sehen, konnten aber wegen der Dunkelheit keine genaue Personenbeschreibung abgeben. Nach den Kleidern hätte es das spätere Opfer sein können. Ein Schichtarbeiter meinte, Steyns Auto gegen halb fünf vor dem Haus stehen gesehen zu haben, war sich aber auf Nachfrage nicht mehr sicher. Ein Rentner behauptete, kurz vor dem Einschlafen einen Schuss gehört zu haben, und die meisten älteren Nachbarn hatten sowieso gewusst, dass Thomas Steyn nichts taugte, ganz anders war als sein Vater, obwohl der ja als Unternehmer gar nicht so richtig in die alte Arbeitersiedlung gepasst hatte.

Im Großen und Ganzen waren es viele Spuren, die sie hatten. Wenn dann noch die Ergebnisse der DNA-Analyse die Verdachtsmomente erhärteten, sah es für Thomas Steyn nicht gut aus.

Buhle dachte über die Vorbehalte von Gerhardts und Reuter nach. Einige Ungereimtheiten gab es wirklich, sie ließen sich aber irgendwie erklären. Schwerwiegender war der Eindruck, den ihr Hauptverdächtiger hinterließ. Da hatten die beiden recht: Steyn verhielt sich ganz und gar nicht wie ein Mörder. Sie mussten ihn dringend noch einmal verhören, aber zunächst galt es den Polizeipräsidenten zufriedenzustellen. Doch da sie bereits einen Hauptverdächtigen hatten, würde das leicht sein.

*

Marie ging den Fußweg hinter den Häusern der Domänenstraße entlang. Sie waren nur eine gute Stunde in ihrem Haus gewesen; um diese Zeit war noch nicht viel los im Stadtteil Alt-Kürenz, und im Schutz der geschlossenen Häuserzeile war es entsprechend ruhig. Die morgendliche Luft hatte sich bislang nur wenig aufgewärmt, aber es war trocken, und die Wolkendecke schien aufzureißen. Die herbstlichen Gärten lagen ruhig und verlassen da, nur hinter einzelnen Fenstern brannte schon Licht. Marie erschrak, als wenige Meter vor ihr ein Yorkshireterrier an der Leine einer alten Frau zu bellen anfing. Empört sah die Frau sie an, als ob sie die Schuld für den Wutanfall des Kläffers trage. Wortlos drückten sie sich auf dem engen Weg aneinander vorbei.

Seit sie aus dem Auto der Kriminalbeamten gestiegen war, hatte sich ihrer ein bisher unbekanntes Gefühl bemächtigt. In ihr schien sich alles zusammenzuziehen, und gleichzeitig drohte sie zu platzen. Ihr Kopf war voll von den ganzen Eindrücken und Gedanken, zugleich stieg eine nie erfahrene Leere in ihr auf. Sie erschrak ein zweites Mal, als eine Amsel in dem noch frischen Laub raschelte. Sie musste jetzt nachdenken, durfte sich nicht hängen lassen. Zu viel stand auf dem Spiel. Sie überlegte, ob sie Thomas besuchen sollte, verwarf aber den Gedanken gleich wieder. Sie war viel zu verletzt, um ihm jetzt gegenübertreten zu können. Für Thomas konnte sie momentan nicht viel mehr tun, als ihm einen Anwalt zu besorgen.

Sie versuchte erneut erfolglos die Telefonnummer ihres Anwalts. Die Kinder. Irgendjemand musste sich um sie kümmern. Mattis musste ins Gymnasium, zumindest in ein paar Tagen. Nora und die Grundschule waren da noch das geringere Problem. Aber wie sollte sie den Kindern erklären, dass ihr Vater unter Mordverdacht stand? Wie würden die anderen Kinder sich verhalten, die sehr bald davon erfahren würden? Wo sollten sie in der Zwischenzeit wohnen? Bei Peter würde das nicht gehen.

Sie musste sich eine Strategie zurechtlegen und Prioritäten setzen. Wenn ihre Situation ein Fall gewesen wäre, den sie als Psychologin zu behandeln gehabt hätte, hätte sie sich jetzt auf einem großen Blatt Papier alle Sachverhalte notiert und versucht, eine Struktur in die Problematik hineinzubringen. Aber sie wusste, das Papier würde in ihrem gegenwärtigen Zustand weiß bleiben.

Der kleine Schlosspark lag in einer perfekten Idylle vor ihr. Hier hatten sie immer Station gemacht, wenn sie zu Fuß von Avelsbach in die Stadt spaziert waren. Nora im Kinderwagen und Mattis zumeist auf dem Rollbrett dahinter. Sie kam an der kleinen, grau verwitterten und mit Flechten bewachsenen Säule vorbei, auf die Mattis jedes Mal geklettert war, um Denkmal zu spielen.

Denk nach, Marie, ermahnte sie sich. Reiß dich jetzt zusammen. Als Erstes musst du eine Lösung für die Kinder finden. Du musst es ihnen sagen, bevor sie es von anderen erfahren. Und sie dürfen nur noch zwei, drei Tage in Metz bleiben, höchstens.

Sie hatte den Park schon wieder verlassen und ging weiter entlang der Mietshäuser in Richtung Kurfürstenstraße. Es blieb eigentlich nur die Möglichkeit, dass Juliette sie für ein paar Tage in Trierweiler aufnahm. Toms Mutter würde die Situation am ehesten verstehen und konnte die Kinder versorgen. Und Marie wäre nah genug bei Nora und Mattis, um ihnen beizustehen. Der Gedanke, dass sie für die Zeit besser auch in das Haus der Schwiegereltern einziehen sollte, führte dazu, dass sie einen Stein auf der Straße so fest wegkickte, dass er in einem Bogen und mit einem erheblichen Knall gegen einen parkenden Toyota prallte. Vorsichtig schaute sie zu den umliegenden Mietshäusern, ob jemand etwas bemerkt hatte. Zum Glück rührte sich nichts an den Türen und Fenstern, und sie schritt zügig weiter.

Einen Stein einfach wegschießen war sicher keine Lösung, auch wenn sie das mit ihrem Mann gerne ebenso gemacht hätte. Dieser Idiot, wie hatte er sich nur auf so etwas einlassen können? Sie verharrte innerlich. Nein, verwerflich war nur, dass er diesen Seitensprung geplant hatte. Der Mord selbst war … Sie wusste es nicht einzuordnen. Immer noch nicht mochte sie glauben, dass ihr Mann zu so einer Tat fähig sein sollte. Aber was war stattdessen geschehen? Es war unbegreiflich.

Sie hatte das Chemische Untersuchungsamt passiert und bog in die Kurfürstenstraße ein. Bei dem Gedanken an Thomas stieg Bitterkeit in ihr auf. So fühlt man sich also, wenn man verraten und betrogen wird. Sie schüttelte lange den Kopf, und ein Passant, der ihr auf dem Bürgersteig entgegenkam, betrachtete sie im Vorübergehen merklich irritiert. Sie musste sich entscheiden. Entweder glaubte sie an Thomas' Unschuld, dann musste sie auch für ihn kämpfen, für ihn und die Kinder. Oder sie gab ihn auf und damit auch das Leben hier in Trier. Sie hatte sich an der Uni und als Gutachterin ausreichend damit beschäftigt, welche Auswirkungen verschiedene Schlüsselerlebnisse auf Kinder haben konnten: Tod, Scheidung, Gewalt in der Familie. Kinder eines Mörders hatte sie noch nicht als Klienten oder Patienten gehabt. Sie mochte sich aber auch nicht ausmalen, wie das wäre.

Es gab eigentlich nur eine Alternative zur Katastrophe: Tom durfte nicht der Mörder sein.

Marie musste gut zwanzig Schritte zurücklaufen, weil sie an dem gusseisernen Gartentor von Peters Garten vorbeigegangen war. Entschlossen stieg sie die Treppe zu dem in den Hang gebauten Gebäude aus der ersten Hälfte des 20. Jahrhunderts hinauf. Peter hatte es von einer entfernten Tante geerbt, die kein so beschränktes Weltbild gehabt hatte wie der Rest seiner Familie. Für ihn war es ein Glücksfall gewesen, weil er mit einem Schlag unabhängig war von seinen Eltern und in Trier weit weg von zu Hause sein Leben leben konnte. Marie nahm ihren Schlüsselbund und schloss die Haustür auf. Peter hatte sie schon aus dem Fenster hinaufkommen sehen und öffnete ihr die Wohnungstür.

»Du bist früh zurück«, stellte er fest, nachdem er sie zur Begrüßung kurz in die Arme genommen hatte. »Habt ihr etwas Neues feststellen können?«

Marie hängte ihre Jacke an einen freien Haken der Garderobe und schüttelte den Kopf. »Nein. Die Kripo rückt auch nicht mit Informationen raus. Laufendes Verfahren.« Bei den letzten beiden Wörtern zeichnete sie mit den Fingern Anführungsstriche in die Luft. »Er scheint aber sein Rendezvous mit dieser Schulfreundin richtig geplant zu haben.« Sie schüttelte wieder den Kopf, doch diesmal vor Empörung. »Er hat mein Lieblingsbild von uns, du weißt, das aus dem Urlaub in Italien, in einer Schublade versteckt, damit er da nicht draufschauen muss, wenn er sie ... vögelt.« Ihre Augen blitzten wütend auf. »Was denkt sich ein Mann dabei, wenn er seine Frau so hintergeht?«

»Da fragst du den Falschen. Was willst du jetzt tun?«

»Ich werde die Kinder morgen oder übermorgen aus Metz abholen und zu meiner Schwiegermutter bringen.«

Sie sah, wie Peter die Augenbrauen hob.

»Ja, ich weiß, ich muss mich dann auch mit Philipp auseinandersetzen, aber Juliette wird bestimmt helfen. Für ihre Enkel tut sie alles.« Marie verstummte für einen Moment. »Und dann werde ich die Unschuld meines Mannes beweisen müssen.« Sie schaute zu ihrem Freund auf, der sie aus seinen samtweichen Augen anblickte.

»Das wird dir auch gelingen. Ich weiß, dass Thomas kein Mörder ist.«

Für diese beiden Sätze wurde Peter Kasper fast erdrückt.

Das musste natürlich sein, dachte Marie, als ihr Schwiegervater sich am anderen Ende der Leitung meldete. Sie versuchte trotz aller Distanz, die sich in den Jahren zwischen ihnen aufgebaut hatte, freundlich zu klingen. »Hallo, Philipp, wie ... ähm, ist Juliette vielleicht zu sprechen?«

Philipp von Steyn hatte offenbar nicht vor, Marie gegenüber seinen Unmut bezüglich des gerade erst begonnenen Telefonats zu verhehlen. »Ist wer gestorben, braucht ihr Geld, oder warum ruft ihr an?«

Marie zählte langsam die kompletten Geburtsdaten ihrer Kinder durch, bevor sie antwortete: »Ja, es ist etwas Schlimmes passiert. Ist Juliette jetzt da oder nicht?«

»Ist etwas mit den Kindern?«

»Nein, denen geht es gut. Ich werde wohl gleich vorbeikommen. Kann ich jetzt bitte deine Frau sprechen?«

Marie hörte ihren Schwiegervater mit dem mobilen Telefon durch das Haus gehen. Da er nicht rief, wusste er wohl genau, wo seine Frau sich aufhielt. Nach einiger Zeit vernahm sie in der Ferne ein missmutiges »Marie«, dann hatte sie Juliette von Steyn am Apparat.

»Hallo, Marie, mein Liebes, ist etwas geschehen?«

»Ja.« Jetzt wo Marie die ehrlich besorgte Stimme ihrer Schwiegermutter hörte, kamen ihr fast die Tränen. Die Nachricht würde ein heftiger Schock für sie sein. Marie suchte nach den richtigen Worten. »Dein Sohn ist in eine schlimme Sache hineingeraten. Er ist aber okay. Am besten komme ich gleich vorbei und erzähle euch alles, aber ich habe vorher noch eine Bitte: Könntest du für einige Zeit die Kinder übernehmen?«

»Wo sind die beiden jetzt?«

»Sie sind in Metz bei Rosalie.«

»Wie lange sollen sie da noch bleiben?«

»Ich weiß nicht. Vielleicht ein bis zwei Tage.«

»Gut, wenn du willst, kann ich sie dort auch abholen. Sag nur, was ich tun soll.«

Marie konnte keinen Ton mehr herausbringen. Die Tränen hatten sich wie eine Decke über ihre Stimme gelegt. Ihr Verhältnis zu ihren Schwiegereltern war schon immer überschattet gewesen von dem ungelösten Vater-Sohn-Konflikt zwischen Tom und Philipp. Marie hatte nie eine Chance gehabt. Juliette von Steyn war hingegen eine warmherzige, großzügige Frau, die nur nie gelernt hatte, sich gegenüber ihrem Mann zu behaupten. Sie hatte viel von der Güte ihrer Mutter, Claudille Laurant, geerbt, die Marie als ihre beste Freundin bezeichnete und regelmäßig im luxemburgischen

Berdorf besuchte. Jetzt war sie dankbar und erleichtert, dass sie sich ihrer Hilfe sicher sein konnte.

»Sag nichts, mein Kind. Ich komme zu euch, das ist bestimmt einfacher.«

Marie schluckte schwer. »Juliette, das geht jetzt nicht. Ich ...« Erst jetzt fiel ihr ein, dass der Alfa von Pierre noch in Avelsbach stand. »Ich leih mir ein Auto von einem Freund und bin in einer halben Stunde bei euch. Mach dir keine Sorgen, wir sind alle gesund.«

Sie wusste, dass der letzte Satz für ihre Schwiegermutter alles andere als eine Beruhigung war. Sie ging zum Kühlschrank, holte die Milchflasche heraus. Das Glas leerte sie fast in einem Zug, sodass ihr von der kalten Milch die Luft wegblieb. Als sie sich wieder gefangen hatte, rief sie nach Peter, der wenige Augenblicke später in der Küchentür stand.

»Kann ich mir dein Auto ausleihen? Ich fahre gleich rüber nach Trierweiler.«

»Natürlich kannst du es haben. Allerdings war hier am Freitag wieder alles zugeparkt. Es steht in der Agritiusstraße.«

»Meinst du, ich könnte es mir auch in den nächsten Tagen noch mal ausleihen?«

Peter Kasper lächelte und schaute an sich hinunter. »Ich meine, es täte mir nicht schlecht, die Woche zu Fuß zur Arbeit zu gehen, oder? Natürlich kannst du es haben. Es ist vollgetankt und hat TÜV bis nächsten Juni.«

Marie nahm das Angebot mit einem traurigen Lächeln an. In diesem Moment klingelte ihr Handy.

»Klaus Menzel, Frau Steyn, Sie hatten mich angerufen.«

Einen kurzen Augenblick wusste Marie nicht, mit wem sie sprach, dann realisierte sie, dass dies der Rückruf ihres Anwalts war. »Herr Menzel, Entschuldigung, ich war eben etwas orientierungslos. Wir haben ein großes Problem.«

Sie überlegte kurz, wie sie alles in knappe Worte fassen konnte. Dann sagte sie es einfach, wie es war: »Mein Mann Thomas ist verhaftet worden. In unserem Haus ist eine Frau ermordet worden, und er ... Nach Meinung der Polizei ist er der Einzige, der als Täter in Frage kommt.«

»Wo befindet sich Ihr Mann jetzt?«

»Ich weiß nicht. Wo bringt man einen Verhafteten denn hin?«

»Gewöhnlich zunächst in die Zentrale Kriminalinspektion, später in eine Justizvollzugsanstalt, also die JVA in Trier-West. Haben Sie den Namen des leitenden Ermittlers?«

»Ja, Christian Buhle. Er hat mir auch eine Telefonnummer gegeben, unter der er zu erreichen ist. Ich hole sie Ihnen gerade, Moment bitte.«

Nachdem Marie die Visitenkarte in der letzten durchwühlten Jackentasche gefunden und Klaus Menzel die Nummer durchgegeben hatte, wollte sich der Anwalt umgehend mit der Polizei in Verbindung setzen. Dass Thomas nun rechtlichen Beistand hatte, war eine weitere Hilfe für sie. Sie verabschiedete sich von Peter Kasper und eilte die gut vierhundert Meter zum Auto.

Wegen des Feiertags waren die Straßen fast frei, und Marie kam über den Alleenring rasch zur »Bitburger«. Die B51 war im Berufsverkehr das Nadelöhr auf dem Weg zwischen Eifel und Moseltal, nun konnte Marie die kurvenreiche und unfallträchtige Straße zügig hinauffahren.

Marie überlegte: Sie waren seit Juliettes Geburtstag Ende April nicht mehr in dem Haus am Hüttenberg gewesen. In der Zeit, als sie mit Mattis schwanger gewesen war, hatten ihre Schwiegereltern ihnen eröffnet, dass sie in ein kleineres Haus umziehen wollten. Philipp hatte im zehn Kilometer entfernten Trierweiler ein nettes Baugrundstück am Ortsrand gefunden und sofort mitsamt der dahinterliegenden Streuobstwiese und einem Teil des Wäldchens gekauft. Sie hatten Tom und ihr das Haus in Avelsbach zur Miete angeboten. Marie war damals schon bewusst gewesen, dass das allein auf den Wunsch von Juliette zurückging. Aber das war ihnen egal gewesen. Zunächst schien das ein Schritt in Richtung Versöhnung von Vater und Sohn zu sein. Thomas hatte sich bemüht, bei der Planung des neuen Hauses mitzuhelfen, hatte das Angebot seiner Eltern bezüglich ihres eigenen neuen Heimes in Avelsbach akzeptiert, und auch Philipp hatte sich ungeahnt kompromissbereit gezeigt. In den ersten Jahren waren sie mit den Kindern noch gerne auf die andere Seite der Mosel zu Besuch gekommen, vor allem Juliette hatte sich rührend um Mattis und Nora gekümmert. So waren alle froh gewesen mit der Entscheidung. Alle bis auf Michelle, Toms Schwester, die sich benachteiligt fühlte.

Schwierig war es erst wieder geworden, als Thomas in seiner Firma die Leitung der Auslandsgeschäfte übernahm und er Philipp deutlich machte, dass er hier seine Zukunft sah und nicht im väterlichen Betrieb. Marie selbst war zu der Zeit viel zu sehr mit sich beschäftigt gewesen. Mit zwei Kindern, zwischen den Geburten Diplomarbeit, danach Promotion und einem Mann, der es vorzog, in den Wilden Westen oder Nahen Osten zu reisen, blieb nicht viel Zeit für andere Dinge. Damals hatte sie sich mit Juliette und Claudille auf einer Wanderung durchs Müllerthal über die Situation unterhalten. Offenbar hatte nur sie selbst nicht geahnt, dass Philipp trotz der Zerwürfnisse mit seinem Sohn immer gehofft hatte, Thomas würde seinen Betrieb weiterführen.

Die Firma war für Philipp von Steyn immer der Lebensinhalt gewesen. Als Flüchtlingskind ostpreußischer Eltern in Friedland geboren, war er in den ersten Jahren mit seinen Eltern vornehmlich durch den Westen Deutschlands vagabundiert. Nach seinem Maschinenbaustudium hatte er sich noch ein paar Jahre als Angestellter einer Firma im Saarland gedulden müssen, bis sich der Niedergang eines Konkurrenten im rheinland-pfälzischen Konz andeutete und er mit nur vierundzwanzig Jahren den maroden Betrieb übernahm. Böse Zungen behaupteten damals, er habe den Konkurs mit gezielten Aktionen beschleunigt. Doch letztendlich hatte es nach dieser Übernahme fast nur Gewinner gegeben. Nach anfänglichen Entlassungen waren zwei Jahre später fast alle ehemaligen Mitarbeiter in Konz wieder in Arbeit, und die Zahl der Beschäftigten wuchs kontinuierlich. Der größte Wurf gelang Philipp ein Jahr später auf einer Messe im nahe gelegenen Luxemburg, wo er das erste Mal selbst entwickelte Produkte ausstellte. Hier lernte er die blutjunge Juliette Laurant kennen, verliebte sich, und so schnell, wie sein Leben stets verlief, heirateten beide nur zehn Monate später: einen Tag nach Juliettes achtzehntem Geburtstag.

Marie hatte die Lebensgeschichte ihres Schwiegervaters heimlich stets bewundert. Er war nicht nur erfolgreich, er hatte durchaus soziale Ideale, zu denen sich später auch Ambitionen hinsichtlich des Umweltschutzes gesellten, als er seine Firma immer weiter zu einer der führenden Adressen für energiesparende Anlagen und regenerative Energien entwickelte. Bis er schließlich seinen letzten großen Schritt wagte und seine neue Firma »Sunstorm Energy« im noch jungen Industriepark der Region Trier in Föhren ansiedelte. Doch der Schatten, der schon immer über Philipp und Thomas lag, hatte auch Marie vereinnahmt, zumal Philipp für Psychologie nicht viel übrig hatte. So war Juliette in den vergangenen Jahren zum Bindeglied in der Familie geworden und gegenwärtig umso wertvoller.

Als Marie den Ortseingang von Trierweiler erreichte, war sie noch ganz in Gedanken: Vielleicht war doch ihr Mann von jeher die treibende Kraft im Konflikt mit dem Vater gewesen. Bis jetzt hatte sie es stets anders gesehen. Nicht der dominante, erfolgsorientierte Vater, sondern der einem inneren Befreiungszwang von der Größe des Vaters unterliegende Sohn als Verantwortlicher?

Diese neue Ahnung hätte beinahe eine dorfbekannte Katze das Leben gekostet, die wie immer und selbstverständlich andächtig die Straßenseite wechseln wollte und mit offensichtlichem Missfallen auf das Auto reagierte, das mit quietschenden Bremsen einen Meter vor ihr zum Halten kam. Marie murmelte ihre schlimmsten französischen Flüche ins Lenkrand, auf das sie ihren Kopf gelegt hatte, während die Katze sich entschloss, ohne durchaus berechtigte Strafe für diese ungestüme Fahrerin, aber dafür noch eine Spur langsamer ihren Weg über die Straße fortzusetzen.

Als sich ihr Herzschlag wieder etwas beruhigt hatte und die Katze sich bereits genüsslich im besonnten Teil eines Vorgartens rekelte, fuhr Marie weiter. Nun war sie zumindest wach genug für das Gespräch, das sie gleich erwartete.

Sie hatte das Auto noch nicht ausgemacht, als sich schon die Haustür öffnete und Juliette mit sorgenvollem Blick heraustrat. Marie versuchte ein beruhigendes Lächeln, als sie ihrer Schwiegermutter zunickte. Doch das gelang ihr genauso wenig wie ein ähnlicher Versuch von Juliette von Steyn.

»Hallo, Juliette.« Maries Umarmung fiel länger aus als bei früheren Begrüßungen.

Juliette von Steyn ging vor Marie ins Haus und geleitete sie direkt in das »Bücherzimmer«, wie sie ihren Rückzugsraum mit Unmengen von Büchern, einem kleinen Kaminofen und einer gemütlichen Sitzecke nannte. Zu Maries Überraschung saß Philipp von Steyn bereits dort. Er betrat sonst fast nie das »Zeitvernichtungszimmer«, wie er den Raum bezeichnete, wenn seine Frau ihn nicht hören konnte.

»Hallo, Philipp.«

»Hallo, Marie.«

Marie wollte sich an das andere Ende der Sitzecke setzen, wurde aber von ihrer Schwiegermutter in die Mitte dirigiert. Eine endlose Minute lang lag bedrückende Stille im Raum, die von den nahezu vollständig gefüllten Bücherregalen noch verstärkt wurde. Marie schaute zuerst Juliette, dann Philipp von Steyn in die Augen und erkannte in beiden das gleiche sorgenvolle Flackern.

»In unserem Haus ist etwas Furchtbares passiert: Eine Frau wurde ermordet. Thomas behauptet, sie weder zu kennen noch sie getötet zu haben. Trotzdem geht die Polizei davon aus, dass er der Mörder ist«, sagte Marie, während sie in die sich vor Schrecken weitenden Augen ihrer Schwiegermutter blickte. Als sie sich wieder zu Philipp umdrehte, sah sie lediglich in eine erstarrte Maske.

In der Zusammenfassung der Ereignisse wurde Marie nicht unterbrochen. Sie wartete nur einmal, damit Juliette sich ein Taschentuch holen konnte. Als sie geendet hatte, verlor sich ihr Blick in der rußigen Leere des Kaminofens. Es war kühl geworden in dem Raum.

6

Atterbach (Luxemburg); Dezember im Jahr zuvor

Er arbeitete jetzt bereits seit über zehn Jahren in Luxemburg, aber in diesen Teil des Großherzogtums hatte es ihn bislang noch nicht verschlagen. Wenn man nur in der Stadt und dort insbesondere in den Geschäftsvierteln der Banken und EU-Institutionen verkehrte, konnte man leicht vergessen, dass der Kleinstaat in der Fläche doch sehr ländlich geprägt war. Von Atterbach hatte er vorher jedenfalls noch nie etwas gehört. Überhaupt hatte er den Nordteil Luxemburgs erst einmal besucht, als er noch glaubte, das Land, in dem er arbeitete, kennenlernen zu müssen.

Er lachte kurz auf, als er sich an seinen Besuch letzte Woche in der »Taverne luxembourgeoise« bei Arlon erinnerte. Als er die Nutte das erste Mal gesehen hatte, hatte er sie wahrscheinlich wie ein Gespenst angestiert. Es war unglaublich. Dennoch hatte er sich anschließend nichts anmerken lassen; und erst als er sie nahm, hatte er erkannt, dass es eine andere Frau sein musste. Nie hätte er gedacht, dass sich zwei Menschen so ähnlich sein konnten. Bella hatte sich dann als Deutsche von der Mosel entpuppt. Von dem Kollegen, der ihm den Club empfohlen hatte, erfuhr er, dass sie Isabelle Girardot hieß, mit einem Luxemburger verheiratet und nach der Scheidung ins horizontale Gewerbe abgedriftet war. Da es in Luxemburg ein Bordellverbot gibt, hatte es sie auf die andere Seite der luxemburgisch-belgischen Grenze verschlagen. Nebenbei verdiente sich Bella mit ein paar Stammkunden in ihrer Wohnung noch ein nettes Zubrot. Ihm hatte die kollegiale Empfehlung eines solchen Kunden zunächst die Telefonnummer und jetzt das Date ermöglicht.

Die Aussicht auf den Sex mit Bella erregte ihn schon jetzt. Er würde sich zügeln müssen, damit er ihn lang genug genießen konnte. Wieder lachte er laut auf. Oder er würde einfach einen Schein drauflegen und ein zweites Mal mit ihr schlafen.

Nachdem er lange gebraucht hatte, um überhaupt bei Frauen zu landen, hatte sich herausgestellt, dass er im Bett zu außerordentlichen Leistungen fähig war. Eine große Befriedigung für sein Ego. Für manche seiner Verflossenen hatte das jedoch zu regelrechten Stresserscheinungen geführt, nicht wenige standen aber gerade darauf. Nun, wenn Bella ein Profi war, würde das für sie sicherlich kein Problem darstellen.

Er bog von der N 12 nach Osten ab und folgte der menschenleeren Landstraße durch die Dunkelheit bis nach Atterbach. Ein verschlafenes Nest, aber groß genug, dass nicht jeder jeden kannte.

Es war schon erstaunlich, mit welcher Selbstverständlichkeit die Menschen in verschiedenen Staaten ihre Doppelmoral zur käuflichen Liebe auslebten. Luxemburg hatte Bordelle verboten, duldete aber dezentrale Wohnungsprostitution. Auf der einen Seite die Kriminalisierung, auf der anderen die altbewährten Hintertürchen, um den Druck im Kessel der sexuellen Begierden nicht zu groß werden zu lassen. Und wer es weniger konspirativ haben wollte, benötigte nur eine halbe Stunde, um bei den liberaleren Nachbarn in Deutschland und Belgien den Reiz verruchter Etablissements und leicht bekleideter Bardamen zu genießen. Im Mutterland von »Moulin Rouge« und »Le Chabanais« hingegen verstärkten sich die moralischen Fronten gegen die Belles de Jours und drängten die französischen Prostituierten damit in den unkontrollierbaren Untergrund und in die Hände von Zuhältern und kriminellen Banden.

Er überlegte, bei wie vielen Angestellten von Banken und europäischen Verwaltungen er vom regelmäßigen Besuch im Rotlichtmilieu wusste, und musste bei dem Gedanken an eine Geschäftsreise grinsen, wo ebendiese Männer sich scheinbar furchtbar entsetzt gegenüber den unzweifelhaften Angeboten einzelner Damen in der exklusiven Hausbar des Hotels gezeigt hatten.

Er hatte dieses Versteckspiel nicht nötig. Natürlich ging er mit seinen Vorlieben für spezielle Liebesspiele nicht hausieren, aber in geeigneten Runden war der Austausch über die entsprechenden Möglichkeiten durchaus fruchtbar. Und der heutige Abend versprach ein besonderes Erlebnis: die weitere Erfüllung eines Jugendtraumes.

7

Trier; Montag, 1. November

In der Zentralen Kriminalinspektion Trier war wenig Betrieb. Die meisten Beamten waren an diesem verlängerten Wochenende daheim. Wegen des Mordes in Avelsbach war das Ermittlerteam zur Feiertagsbesetzung kurz hinzugekommen, doch nach der Besprechung hatte es sich wieder zerstreut. Reuter und Nicole Huth-Balzer waren zur Domäne gefahren, um die restlichen Nachbarn zu befragen und von den wenigen Zeugen noch detaillierte Aussagen zu erhalten. Steffen hatte den Chef von Thomas Steyn erreicht und mit ihm ein Gespräch in der Firma vereinbart. Paul Gerhardts wollte über Mittag kurz nach Hause und anschließend mit Christian Buhle den Tatverdächtigen verhören.

Buhle saß an seinem Schreibtisch und blickte abwesend auf die Pressemitteilung, die seine Dienststelle nach seinem Gespräch mit Präsident Hubert Monz, Staatsanwältin Klara Haupt und dem Dienststellenleiter, Kriminaldirektor Herbert Großmann, soeben herausgegeben hatte.

01.11.2010, 11:52 – Kriminaldirektion Trier
Trier, Unbekannte Frau tot aufgefunden –
Ermittler gehen von einem Tötungsdelikt aus

Eine unbekannte Frau wurde am 31. Oktober in einem Anwesen im Ortsteil Kürenz tot aufgefunden. Der Hausbesitzer des Anwesens verständigte gegen Mittag die Polizei in Trier. Aufgrund der Spuren am Tatort gehen die Ermittler davon aus, dass die Frau im Alter zwischen 30 und 40 Jahren Opfer eines Tötungsdeliktes wurde. Beamte der Zentralen Kriminalinspektion Trier sind derzeit im Einsatz. Die Staatsanwaltschaft Trier ist eingeschaltet.
Wir bitten um Verständnis dafür, dass aus Ermittlungsgründen derzeit keine weiteren Auskünfte zum Sachverhalt gegeben werden können.

Kriminaldirektion Trier

Es hatte ihm einiges abverlangt, die drei davon zu überzeugen, nicht gleich die Verhaftung eines Verdächtigen zu verkünden. So ganz verstand er seine Vorbehalte selbst nicht. Es gab zwar kleinere Ungereimtheiten, aber insgesamt war die Beweislage eindeutig. Dennoch wollte er erst die weiteren Untersuchungen und das anstehende Verhör mit Steyn abwarten, bevor er sich festlegen mochte.

Zwischenzeitlich hatte sich der Anwalt der Steyns gemeldet und ein Gespräch mit seinem Mandanten vor dem nächsten Verhör gefordert. Buhle kannte Klaus Menzel nicht persönlich, aber es hieß, dass er ein fähiger Strafverteidiger sei. Gut möglich also, dass sich Thomas Steyn auf keine weiteren Aussagen mehr einlassen würde.

Buhle ging zum wiederholten Mal das Protokoll von Nicole Huth-Balzer durch. Gab es irgendwelche Anhaltspunkte dafür, dass Thomas Steyn nicht der Mörder war? Nein, er sah sie nicht. Wenn die DNA-Analyse bestätigte, dass Steyns Sperma bei der Toten gefunden worden war, und daran zweifelte ja nicht einmal seine Frau, war die Sache klar. Nur die unglaubwürdige, aber irgendwie authentisch wiedergegebene Geschichte von Thomas Steyn und ein bislang fehlendes Motiv standen dagegen. Außerdem hatten Paul und Mich offen Bedenken geäußert. Das taten sie nie ohne Grund, und häufig genug behielten sie recht. Es blieb ihnen nichts anderes übrig, als den Druck auf den Verdächtigen zu erhöhen. Vielleicht ließ sich Steyn so in Widersprüche verstricken.

Er hatte das Fenster weit aufgemacht. Das Raumklima war wieder unerträglich. Seit gefühlten Ewigkeiten kämpfte die Trierer Polizei bereits mit unzumutbaren Bedingungen in ihren Büroräumen. Im Herbst vor sechs Jahren durfte sie endlich das schadstoffbelastete Polizeipräsidium in der Südallee verlassen. Das in den siebziger Jahren erbaute siebenstöckige Gebäude war nicht nur städtebaulich eine im wahrsten Sinne des Wortes hohe Belastung in direkter Nachbarschaft zu den römischen Kaiserthermen. Im Innern des hässlichen quadratischen Klotzes hatten die Polizisten mit nicht definierbaren Krankheitserregern zu kämpfen. Millionen waren daraufhin in die Asbest- und PCB-Sanierung gesteckt worden. Ohne Erfolg. Zahlreiche Beamte bekamen Hautausschlag, Nasenschleimhäute fingen an zu bluten, Atemwege schienen blockiert wie die Trierer Straßen zur Rushhour. Als letztlich sechzig der dreihundert Mitarbeiter davon betroffen waren, reagierte die Administration und schloss das Gebäude, zumindest in weiten Teilen. Die Dienststellen der Polizei verstreute man über ganz Trier. Die Kripo wurde in einer ehemaligen Nebenstelle des alten Arbeitsamts in der Güterstraße untergebracht; übergangsweise, wie es hieß.

Als Buhle drei Jahre später vom nur vierzig Kilometer entfernten Wittlich in die provisorische Zentrale Kriminalinspektion Trier versetzt wurde, schlugen sich die mittlerweile entnervten Kollegen immer noch mit viel zu engen Räumlichkeiten, Zugluft und Schimmelbildung herum. Die angestrebte große Lösung auf dem ehemaligen Postgelände am Bahnhof zog sich wegen städtebaulicher Dispute in die Länge. Deswegen war man erleichtert, als Innenminister Bruch ihre Schrottimmobilie höchstpersönlich besuchte und anschließend sichtlich beeindruckt einen zeitnahen, wenn auch wieder nur befristeten Umzug in eine Kaserne im Stadtteil Euren in Aussicht stellte. Aber auch das war nun schon wieder zwei Jahre her. In der Zentralen Kriminalinspektion sprach man in diesem Zusammenhang nur noch vom »Wort-Bruch« und der »Bruch-Bude«. Jetzt hieß es, Anfang des kommenden Jahres sollte die Kriminaldirektion als Vorbote für das zwei Jahre später geplante neue Polizeipräsidium auf die andere Seite der Gleisanlagen, in das umgebaute ehemalige Postgebäude, ziehen. Zumindest hinsichtlich der Geräuschkulisse müssten sie sich wohl nicht umgewöhnen: Buhle schloss das Fenster, als die quietschenden Bremsen eines in den benachbarten Bahnhof einfahrenden Personenzuges sein Trommelfell auf eine zu große Belastungsprobe stellten.

Die Uhr zeigte schon halb zwei. Pauls Frau schien gut gekocht zu haben. Buhle überlegte, ob er sich auch etwas zu essen holen sollte, verwarf den Gedanken aber wieder, weil die Geschäfte am Feiertag geschlossen hatten. Stattdessen nahm er einen großen Schluck Multivitaminsaft. Der Bildschirm seines PC zeigte den Bildschirmschoner: ein Landschaftsfoto von einer Trekkingtour ins Tian-Shan-Gebirge in Kirgisistan. Er hatte das Tourangebot im Frühjahr in einem darauf spezialisierten Trierer Reisebüro entdeckt und sich nach zwölf Jahren wieder zu einer Urlaubsreise entschlossen. Die Eindrücke von den Wanderungen im grandios kargen und einsamen Hochgebirge und den Begegnungen mit den einheimischen Nomaden hatten ihn noch für Wochen gefangen gehalten. Es waren für ihn die schönsten vierzehn Tage seit einer Ewigkeit gewesen.

Er setzte sich wieder an den Schreibtisch, gab sein Kennwort ein und begann, ungeordnet offene Fragen untereinanderzuschreiben:

– *Wer ist die Tote???*
– *Wie und wann ist sie ins Haus gekommen?*
– *Motiv???*
– *Gibt es eine Marion Spiegelrodt bzw. Schroeder?*
– *Wo ist die schwarze Bettwäsche?*
– *Wo ist das Notebook?*
– *Wie häufig ist Thomas Steyn vorher fremdgegangen? Mit wem?*
– *Verhältnis zu den Eltern*
– *Berufliche Situation*
– *Feinde*
– *Freunde*
– *Wo war Steyn am Tag vorher?*
– *Wo war Steyn in der Nacht (Nachbar)?*
– *Warum so wenig Fingerabdrücke?*
– *Wer war die Frau, die abends zu Fuß die Straße hochkam?*
– *Reifenspuren*

Er erschrak, als das Telefon klingelte. Ein Kollege von der Fahndung teilte ihm mit, dass die Kripo in Hamburg die Schulfreundin von Thomas Steyn ausfindig gemacht und aufgesucht habe. Marion Schroeder hieß nun Reens, wohnte mit drei Kindern aus drei Ehen als alleinerziehende Mutter im Stadtteil Poppenbüttel im Norden der Hansestadt. Obwohl sie zwischenzeitlich die Namen ihrer verflossenen Ehemänner angenommen hatte, tauchte der Name Spiegelrodt nicht in ihrem Lebenslauf auf. Sie hatte auch bestritten, diesen Namen jemals benutzt zu haben. An Thomas Steyn konnte sie sich zwar erinnern, sagte aber aus, dass sie mit ihm nach der Schule keinen Kontakt mehr gehabt habe. Wann sie sich das letzte Mal gesehen hätten, wüsste sie nicht mehr genau. Es müsse kurz nach dem Abitur Anfang der Neunziger gewesen sein. Am Wochenende sei sie mit ihren Kindern im Alter zwischen acht und fünfzehn Jahren beschäftigt gewesen. Nein, in Ulm habe sie nicht gewohnt, und in Trier sei sie nie gewesen. Sie habe auch zu Schulzeiten Thomas Steyn nicht zu Hause besucht.

Buhle legte nachdenklich den Hörer auf. Die Aussagen von Steyns Ex-Freundin Marion bestätigten dessen Aussagen bis zu dem Zeitpunkt, als sich die beiden aus den Augen verloren. Widersprachen aber genauso der Geschichte, die Steyn sich für die Zeit vor dem Mord ausgedacht hatte. Bei dem Begriff »Ex-Freundin« stutzte Buhle: War das Verhältnis der Schulfreunde Thomas und Marion nur freundschaftlich geblieben? Dazu hatte sich Steyn nicht konkret geäußert. Wenn ja, warum hatte Steyn dann für das erste Treffen nach zwei Jahrzehnten gleich den Seitensprung geplant? Buhle ergänzte seine Liste um die Zeile »Liebesverhältnis Steyn–Schroeder/Reens während Schulzeit?«. Anschließend löschte er die Frage nach ihrer Identität.

Der Hügel aus rotem Lehm und Ziegelbruch auf der Baustelle gegenüber hatte sich seit zwei Wochen lediglich in den Farbnuancen geändert, je nachdem, ob das Substrat regendurchnässt oder trocken war. Buhle verharrte regungslos mit Blick auf diesen statischen Erdhaufen. Er dachte an seine Schulzeit und den Freundeskreis, mit dem er gerne, vielleicht sogar glücklich seine Jugend verbracht hatte. Aber den Schlussstrich, den er nach dem Tod von Gerd und Moni ziehen musste, war auch für seine Freunde ein unüberwindbares Hindernis gewesen. Er hatte seitdem keinen mehr gesehen. War abgetaucht und in einer neuen Welt aufgetaucht, in der Beziehungen zu Menschen rein funktionaler Natur waren.

Paul Gerhardts stand schon eine ganze Minute im Zimmer, bis er sich entschied, seinen Chef mit einem kurzen Räuspern aus seinen Gedanken zu reißen. Schon häufiger hatte er diese völlig entrückte Abwesenheit von Christian Buhle bemerkt, und sein gut entwickelter Menschenverstand riet ihm, in solchen Situationen sehr behutsam mit ihm umzugehen.

»Christian? Ich habe dir etwas von Sabines Rollbraten mitgebracht. Du hast doch sicher noch nichts gegessen, oder?«

Jetzt registrierte Buhle den herzhaften Duft von gebratenem Fleisch, der sich langsam über die Gerüche alter Möbel, Aktendeckel und Schimmel legte. Er blickte seinen Kollegen dankbar an.

Für das Sonntagsessen, mehr noch aber für das Gefühl, mit Paul Gerhardts einen Menschen an seiner Seite zu haben, der ihm offen Sympathie entgegenbrachte, ohne dafür eine Gegenleistung zu erwarten.

»Vielen Dank, Paul«, er versuchte ein Lächeln, »aber wir müssen los. Wir haben um zwei die Vernehmung von Steyn, und ich denke, es wäre gut, ein Vorgespräch mit seinem Anwalt, einem Herrn Klaus Menzel, zu führen. Oder glaubst du, dass Steyn jetzt noch irgendetwas ohne Anwalts Segen sagen wird?«

»Nein, eher nicht. Ich schau mal nach, wie weit die beiden sind.« Gerhardts wandte sich zum Gehen. »Und ich sage ihnen, dass es bei uns etwas später wird. Also iss. Ich werde nicht den Abend mit Sabine aufs Spiel setzen, indem ich das Essen wieder mit nach Hause bringe.«

Gerhardts hatte mit Anwalt Menzel einen Informationsaustausch vor dem Verhör vereinbart. Menzel hörte den Ausführungen der beiden Kommissare aufmerksam zu, machte sich wenige Notizen, stellte einige Verständnisfragen und ließ in keiner Weise erkennen, welche Strategie er verfolgen würde.

Buhle gefiel die ruhige, abgeklärte Art des Juristen, und er wusste eigentlich schon mit dem kräftigen Händedruck und dem klaren, forschenden Blick zur Begrüßung, dass sie es hier mit einem ausnehmend guten Anwalt zu tun haben würden. Nachdem sie ihn ausführlich über die Sachlage informiert hatten, war es eine Minute lang still in dem kleinen Vernehmungsraum der ZKI. Menzel sah seine handgeschriebenen Zettel durch, die offensichtlich einige Aufzeichnungen von dem Gespräch mit seinem Mandanten enthielten. Dann schob er die Blätter zu einem flachen Stapel zusammen und steckte ihn in seine Aktentasche.

»Wie er mir berichtete, hat Thomas Steyn Ihnen gestern bei dem ersten Verhör am Tatort bereits seine Version der Geschehnisse mitgeteilt. Halten Sie ihn für einen Lügner?«

Menzel sah bei seiner Frage zuerst Buhle, dann Gerhardts kurz an, und beide erkannten, dass er ihre leichten Zweifel bei diesem fast flüchtigen Blickkontakt bemerkt hatte. Er lächelte leicht und für die Situation eigentlich überraschend ohne eine Spur von Selbstzufriedenheit oder gar Überheblichkeit.

»Wir wissen alle, wie unglaublich seine Geschichte klingt und dass sie bei der gegenwärtigen Beweislage fast zwangsläufig erfunden erscheint. Haben Sie möglicherweise Indizien für die Richtigkeit der Schilderungen meines Mandanten ermitteln können?«

Diese Frage ging klar über das Maß einer Informationspflicht der Kriminalpolizei hinaus. Buhle ahnte aber, dass er mit einer Antwort wesentlich beeinflussen konnte, ob sie weitere Informationen vom Verdächtigen erhalten würden oder nicht. Würden sie signalisieren, dass die Beweislage eindeutig sei und das Ermittlungsergebnis schon feststehe, wäre mit weiteren Aussagen von Thomas Steyn nicht zu rechnen.

»Die Darstellung der Ereignisse, wie sie uns Herr Steyn gegeben hat, lässt sich anhand der Spuren, die wir am Tatort gefunden haben, gegenwärtig nicht nachvollziehen. Dafür liegen zahlreiche Verdachtsmomente vor, die Ihren Mandanten als Tatverdächtigen erscheinen lassen. Wobei die Untersuchungen natürlich noch nicht abgeschlossen sind und sich weitere Erkenntnisse ergeben können.«

Buhle befeuchtete mit der Zungenspitze die ausgetrockneten Lippen und schaute kurz zu seinem Kollegen. Die unausgesprochene Bestätigung von Gerhardts ließ ihn fortfahren.

»Es gibt allerdings ein paar offene Fragen, gerade im Zusammenhang mit den Darstellungen von Herrn Steyn, die wir jetzt gerne an Ihren Mandaten richten würden.«

Wieder ersetzten Blicke die Worte, die in Gesprächen zwischen Polizei und Strafverteidigung besser nicht fallen sollten. Diesmal spielte das kurze Lächeln um den Mund des Kommissars.

Thomas Steyn sah erschöpft und ausgelaugt aus, als er den beiden Polizisten im Verhörraum gegenübersaß. Aber er wirkte insgesamt gefasster, auch wenn es zu seiner Sicherheit häufig eines Seitenblicks zu seinem Anwalt bedurfte. Nach den anfänglichen Regularien sollte Steyn noch einmal die Ereignisse der letzten achtundvierzig Stunden aus seiner Sicht schildern. Wieder beharrte Steyn auf seiner Version vom Besuch der alten Freundin, bestätigte den damit verbundenen Seitensprung, verneinte aber genauso konsequent, die Tote jemals vorher gesehen oder sie gar getötet zu haben.

Klaus Menzel hielt sich weitgehend zurück. Dass er sich keine weiteren Notizen machte, deutete darauf hin, dass er das Ganze an diesem Tag schon einmal gehört hatte. Nur eine Zwischenfrage warf er in der ersten Stunde des Verhörs ein: »Sie haben doch sicher schon die von Herrn Steyn erwähnte Marion ausfindig machen können. Konnten Sie sie bereits befragen?«

»Nun, eine Marion Spiegelrodt ist zumindest in Deutschland nicht gemeldet.« An Thomas Steyn gewandt fuhr Buhle fort. »Wir haben Ihre Marion dennoch gefunden, Herr Steyn. Sie wohnt in Hamburg, hat dort das Wochenende mit ihren Kindern verbracht und sagte unseren Kollegen vor Ort, Sie seit Anfang der neunziger Jahre nicht mehr gesehen oder irgendetwas von Ihnen gehört zu haben.«

Steyn warf einen verzweifelten Blick zu Klaus Menzel hinüber. »Muss ich jetzt hierbleiben, bin ich richtig verhaftet?« Er fragte es mit der verzweifelten Erkenntnis eines Kindes, dem mitgeteilt wurde, seine Mutter müsse in den Himmel umziehen, das aber dennoch hoffen möchte, sie bald wiederzusehen.

»Wir werden dem Staatsanwalt unseren Ermittlungsstand heute Abend weitergeben, und er entscheidet dann, ob beim Haftrichter Untersuchungshaft beantragt wird oder ob Sie mit oder ohne Auflagen vorläufig freigelassen werden, Herr Steyn. Möchten Sie vielleicht etwas trinken? Sollen wir eine kurze Pause einlegen?«

Steyn nickte matt.

Nachdem die beiden Polizisten den Raum verlassen hatten, ging Gerhardts eine Flasche Mineralwasser und vier Plastikbecher besorgen; Buhle nutzte die Pause hingegen, um Wasser wegzubringen. Sie trafen sich wie vereinbart im Flur vor dem Verhörzimmer wieder.

»Und?« Buhle schaute seinen ältesten Mitarbeiter fragend an.

»Steyn hat alles genauso erzählt wie gestern, als er noch völlig unter dem Schock des Mordes stand. Das ist ja eigentlich eher ein Indiz dafür, dass er sich das alles nicht ausgedacht hat. Aber weitere Hinweise, die seine Schilderungen stützen, haben sich für mich auch nicht erschlossen. Schwierig.«

»Ich habe heute Mittag noch gedacht, wir müssten ihn nur ordentlich unter Druck setzen. Aber so, wie er sich verhält, und wenn man bedenkt, was uns der Anwalt signalisiert … Ich glaube, wir bekommen mehr heraus, wenn wir momentan noch auf Kooperation setzen, oder?«

Gerhardts stimmte dem wortlos zu.

Alle vier hatten sich wieder auf ihre Stühle im Vernehmungszimmer gesetzt, und Gerhardts gab das Zeichen, dass die Videoaufzeichnung wieder gestartet wurde. Buhle sah Thomas Steyn eine Zeit lang an, und dieser hielt dem Blick erstaunlich lange stand.

»Herr Steyn, bei den Ermittlungen sind einige Fragen aufgetaucht, die Sie uns möglicherweise beantworten können. Sie sind dazu nicht verpflichtet, aber es könnte durchaus zu Ihrem Vorteil sein. Natürlich können Sie jederzeit mit Ihrem Anwalt Rücksprache halten, wenn Sie es wünschen.«

Steyn schaute kurz zu Klaus Menzel, und der nickte erkennbar.

»Gut«, fuhr Buhle fort. »Sie hatten uns von der Kontaktaufnahme mit Ihrer Schulfreundin Marion Schroeder beziehungsweise Spiegelrodt erzählt. Nun haben wir die Aussage von Frau Schroeder, dass seit eineinhalb oder zwei Jahrzehnten kein Kontakt mehr zwischen Ihnen bestand. Sie heißt heute übrigen Reens, und eine Marion Spiegelrodt gibt es offenbar gar nicht. Können Sie uns das erklären?«

Steyn schüttelte mit zusammengepressten Lippen den Kopf.

»Aber Sie bestehen weiterhin darauf, dass Sie Besuch von Ihrer ehemaligen Schulfreundin hatten, obwohl Sie sich das selbst nicht erklären können?«

Klaus Menzel runzelte ein wenig die Stirn, schwieg aber weiterhin.

»Ja, ich hatte Besuch von Marion, mein Gott, ich hab mir das doch nicht alles ausgedacht.«

»Was macht Sie so sicher, dass es Ihre Freundin Marion war? Es ist doch immerhin eine lange Zeit her, dass Sie sich das letzte Mal gesehen haben.«

»Wer sollte es denn sonst gewesen sein? Wir haben bei unseren Chats vor allem über die alten Zeiten gesprochen. Wer sollte denn das alles wissen, wenn nicht Marion? Den Code, die Aktionen, den Atlantikurlaub …«

»War das ein besonderer Urlaub am Atlantik?«

Steyn zögerte mit der Antwort. »Ja, schon. Wir waren ja eigentlich nur Freunde, hatten nichts miteinander. Aber dann habe ich mich doch in sie verliebt. Als ich sie zu einem Urlaub zu zweit überreden konnte, hatte ich die Hoffnung, dass etwas zwischen uns laufen könnte. Und es lief auch was, aber nur in diesem Urlaub. Danach hat sie sich praktisch von mir abgewandt und mit Älteren rumgemacht. Ich habe das damals alles nicht verstanden.«

Steyn hob den Blick wieder, aber er schien an Buhle vorbei ins Leere zu laufen. »Im Nachhinein glaube ich, sie hatte das damals alles so geplant: den Urlaub, die Liebesspiele. Es war ein arrangiertes Ende unseres Bündnisses, das am Eingang zum Erwachsenwerden abgestreift werden musste wie ein alter Mantel vor einer neuen Jahreszeit. Ja, sie hatte das damals schon so geplant.«

»Sie meinen also, Marion hat Ihr Zusammentreffen am Samstag geplant, um Ihnen den Mord unterzuschieben?«

»Ich weiß nicht, wie ich es sonst erklären kann.« Steyn richtete sich auf; sein Gesicht hatte, um eine scheinbare Erkenntnis reicher, einen entschlossenen Ausdruck gewonnen. »Das zu ermitteln ist Ihre Aufgabe. Ich habe seit ein paar Monaten Kontakt mit Marion gehabt, ob sie es nun bestreitet oder nicht. Das müssen Sie doch herausfinden können.«

»Vielleicht könnten wir das, wenn Sie uns sagen, wo der Computer ist, mit dem Sie mit der angeblichen Marion kommuniziert haben.«

»Ich war nur von meinem Firmen-Notebook aus in ›wkw‹. Da konnte ich sicher sein, dass keiner von der Familie drangeht. Ich meine, ich hatte das Notebook noch auf meinem Schreibtisch stehen.«

»Wir haben kein Notebook in Ihrem Haus gefunden, Herr Steyn. Sind Sie sicher?«

»Ja, ja, natürlich.« Steyn blickte irritiert von einem zum anderen. »Ich hatte doch noch Freitagabend mit ihr Kontakt, nachdem Marie mit den Kindern weggefahren war. Wir mussten uns ja kurzschließen, ob alles so klappen würde wie geplant.«

Buhle und Gerhardts tauschten Blicke und sahen dann den Anwalt an. Klaus Menzel schrieb gerade etwas auf ein neues Blatt Papier. Dann blickte er mit nicht zur Schau gestellter, aber deutlich zu spürender Zufriedenheit auf.

»Morgen spricht ein Kollege von der Fahndung mit Ihnen, der

zusätzliche Informationen dazu einholen wird. Dann sehen wir weiter.« Buhle war nachdenklich geworden. Wieder so eine Aussage von Steyn, die ihn entlasten oder auch ein Indiz für einen perfide geplanten Mord sein konnte. Er war alles andere als zufrieden mit dem Verlauf des Verhörs.

»Hatten Sie häufiger Affären mit Frauen, und wusste Ihre Frau davon?« Buhle konnte nicht verhindern, dass sein Ton schärfer wurde.

Steyn schaute zu seinem Anwalt hinüber, aber der schüttelte diesmal mit gespitzten Lippen den Kopf. Buhle schloss die Augen und atmete einmal ruhig durch. Doch bevor er weiterreden konnte, ergriff Gerhardts das Wort.

»Natürlich bleibt es Ihnen freigestellt, auf diese Frage zu antworten. Aber es würde uns die Ermittlung erheblich erleichtern. Allein schon, weil uns dadurch die auch für uns unangenehmen Fragen in Ihrem Verwandten- und Bekanntenkreis erspart blieben. Denn Sie werden sicher verstehen, dass wir prüfen müssen, ob Sie schon vorher außereheliche sexuelle Kontakte hatten, und auch das dürfte Sie nicht überraschen: Wir müssen diesen Kontakten dann auch nachgehen.«

»Wenn ich für meinen Mandanten antworten dürfte: Herr Steyn hatte gelegentlich sexuelle Kontakte zu anderen Frauen, die aber zu keinem Zeitpunkt die Form von Beziehungen angenommen hatten. Die Treffen haben stets in erheblicher räumlicher Entfernung zu seinem Wohnort stattgefunden. Wenn Sie diesbezüglich fahnden wollen, müssten Sie sich Dienstreisen auf verschiedene Kontinente genehmigen lassen. Da mein Mandant nicht in Kenntnis der Personalien der Frauen ist, dürfte das überaus aufwendig werden. Von diesen Kontakten weiß in seinem sozialen Umfeld niemand etwas. Das können Sie gerne unter Verschweigen der anfangs angeführten Bemerkung prüfen. Des Weiteren vermutet mein Mandant, dass seine Ehefrau zumindest eine Ahnung davon hat. Beide haben das Thema vor einiger Zeit kurz angeschnitten, dann aber nicht weiter vertieft. Mein Mandant kann sich nicht vorstellen, dass diese Kontakte in irgendeinem Zusammenhang mit dem Mord stehen, und möchte deshalb dazu auch nicht weiter Stellung nehmen.«

Klaus Menzel hatte seinen Kurzvortrag über das außereheliche

Liebesleben von Thomas Steyn fast freundlich referiert. Beiden Kriminalkommissaren war klar, dass das Thema damit für dieses Verhör abgeschlossen war.

»Wir nehmen das jetzt so zur Kenntnis«, sagte Buhle. »Zu einem späteren Zeitpunkt könnten wir jedoch noch einmal darauf eingehen. Herr Steyn, kommen wir auf das von Ihnen geschilderte Treffen zurück. Beschreiben Sie uns bitte noch einmal den Ablauf des Abends.«

Steyn seufzte. »Das habe ich Ihnen doch alles schon erzählt.«

»Dann tun Sie das bitte noch ein weiteres Mal.«

Steyn fuhr sich durch die Haare und sagte in unmotiviertem Tonfall: »Marion kam am Samstagabend zu mir nach Avelsbach ...«

»Um welche Uhrzeit?«, unterbrach ihn Buhle.

»Gegen neun Uhr.«

»Wie ist sie angereist, mit dem Auto?«

»Nein, ich hatte Ihnen doch schon gesagt, dass sie mit dem Zug und vom Bahnhof mit dem Bus gekommen ist. Den Rest des Weges von der Bushaltestelle bis nach Avelsbach wollte sie unbedingt laufen.«

»Ein langer, anstrengender Weg ist das: bestimmt zwei Kilometer lang und dann noch bergauf.«

»Ich weiß, aber sie wollte das halt so. Weil sie sich nach der langen Bahnfahrt noch etwas bewegen wollte, hatte sie vorher gesagt.«

»Gut. Was passierte anschließend?«

»Wir begrüßten uns, ich bestellte das Essen beim Inder, wir tranken Wein, unterhielten uns, aßen. Es war schon etwas komisch nach dieser langen Zeit. Natürlich tauschten wir erst einmal alte Erinnerungen aus. Ich war überrascht, woran sich Marion noch alles erinnern konnte.«

»Zum Beispiel an Ihren Code aus der Schulzeit«, warf Buhle ein.

»Ja, an den Code, aber auch an einzelne Aktionen, an den Urlaub und so weiter.«

»Und was passierte dann?«

Steyn fiel es sichtlich schwer, über den weiteren Verlauf des Abends zu sprechen. Er veränderte mehrmals die Sitzposition und suchte nach einer angemessenen Haltung seiner Hände und Arme.

»Herr Steyn, was passierte dann zwischen Ihnen und Ihrem Besuch?« Buhle legte Nachdruck in seine Stimme.

»Na ja, mit dem Wein wurden wir lockerer, und dann ... dann hatten wir halt Sex miteinander. Das habe ich Ihnen ja auch schon erzählt.«

»Darf ich fragen, wie der Sex zwischen Ihnen abgelaufen ist?«

Steyn blickte zu seinem Anwalt, der die Augenbrauen hob. »Es liegt an Ihnen, ob Sie auf die Frage antworten wollen. Von meiner Seite spricht nichts dagegen.«

Steyn holte tief Luft. »Wie das halt so abläuft. Wir saßen auf dem Sofa ziemlich eng nebeneinander, dann gab es die ersten zufälligen Berührungen. Es hat gekribbelt. Und dann hat mich Marion ziemlich schnell ... Na ja, dann ist es eben passiert.«

»Sie sind also verführt worden?«

Buhles ironischer Tonfall hatte einen vorwurfsvollen Blick von Klaus Menzel zur Folge.

»Herr Buhle, ich bitte um einen etwas sachlicheren Ton.«

»Natürlich. Also, Herr Steyn, ich formuliere meine Frage neu: Wie groß war Ihr Anteil an den sexuellen Handlungen an diesem Abend?«

»Es hat sich so ergeben, und ich habe mich nicht gewehrt.«

»Wie oft haben Sie sich nicht ...?« Buhle wusste, dass er es nicht übertreiben durfte. »Ich meine, wie häufig hatten Sie sexuellen Verkehr mit Ihrem Besuch?«

»Ich weiß nicht genau. Wir hatten ja auch schon einiges getrunken. Ich glaube, zweimal. Wenn zum Schluss noch einmal etwas gelaufen ist, auch noch einmal mehr. Ich kann mich daran aber nicht mehr erinnern.«

»Haben Sie Verhütungsmittel benutzt?«

»Ja, wir haben Kondome benutzt.«

»Was haben Sie mit den Kondomen gemacht?«

Steyn überlegte. »Ich weiß es nicht. Kann sein, dass Marion die entsorgt hat.«

»Wie kommt Ihrer Meinung nach dann das ganze Sperma an den Tatort?«

Bevor Steyn wieder antworten konnte, fragte Menzel dazwischen: »Wissen Sie bereits, ob das Sperma von meinem Mandanten stammt?«

»Nein, das wissen wir selbstverständlich erst, wenn die Ergebnisse der DNA-Analyse vorliegen. Aber vielleicht hat Ihr Mandant ja eine Idee.«

»Vielleicht benötigen Sie die Aussagen aber auch nicht mehr, wenn die Ergebnisse besagen, dass das Sperma zu einer anderen Person gehört.«

Buhle warf einen kurzen Blick zu Gerhardts, der die ganze Zeit aufmerksam zugehört hatte, und sah dann auf seine Fragenliste.

»Herr Steyn, was haben Sie an dem Wochenende mit Ihrem Besuch gegessen, was getrunken?«

Nach zustimmender visueller Antwort seines Anwalts erwiderte Thomas Steyn, ohne dass er lange nachdenken musste: »Nachdem Marie mit den Kindern weg war, habe ich im Edeka ein paar Knabbersachen und Antipasti für den Abend, Toast und ein bisschen Käse für das Frühstück eingekauft. Ich hab dann direkt am Grillwagen ein halbes Hähnchen gegessen und dazu eine Cola getrunken. Für den Abend hatte ich für Marion und mich ein Curry vom Inder in der Passage im ›Treff‹ kommen lassen. Getrunken haben wir Rotwein.«

»Wie viel Wein haben Sie getrunken?«, fragte Gerhardts dazwischen.

»Viel, ich glaub, zusammen waren es nachher drei Flaschen.« Steyn überlegte kurz. »Ich meine, das war's. Die nächste Mahlzeit, die ich danach bekommen habe, war das Abendessen hier im Knast.«

»Haben Sie noch etwas anderes getrunken, zum Beispiel Mineralwasser zum scharfen Essen?«

»Stimmt, eine Flasche Wasser hatte Marion haben wollen.«

Gerhardts und Buhle schauten sich an. Entweder glaubte Steyn immer noch daran, dass er den Abend mit seiner Schulfreundin verbracht hatte, oder er war ein ganz abgezockter Gegner. Vielleicht war es aber auch schon Teil der Strategie von Anwalt und Mandant, diese Version bei allen zukünftigen Untersuchungen aufrechtzuerhalten. Damit war die Polizei in der Pflicht, Ergebnisse zu liefern, die Thomas Steyn der Lüge überführten. Selbst wenn das Alibi von Marion Reens zweifelsfrei bewiesen werden konnte, hatte die Verteidigung immer die Möglichkeit, die Theorie einer Unbekannten aufzubauen.

»Nehmen Sie im Moment oder regelmäßig ein Medikament?«

Steyn schaute Buhle erstaunt an. »Nein, wieso?«

»Wir haben in Ihrer Manteltasche ein kleines Fläschchen ohne Etikett gefunden. Es könnte sich um ein Medikament handeln.«

Jetzt war es deutliche Irritation, die sich in der Mimik von Steyn widerspiegelte. »Nein, ich nehme weder Medikamente noch irgendetwas anderes, was ich in kleinen Fläschchen in meinem Mantel herumtrage. Ich weiß von keinem Fläschchen.«

Er blickte hilfesuchend zu seinem Anwalt, der mittlerweile häufiger Notizen machte und ihm mit einem Achselzucken antwortete. An Buhle gerichtet sagte Menzel: »Da mein Mandant nichts von diesem Fläschchen weiß, müssen Sie wohl prüfen, wie es in die Manteltasche hineingekommen sein könnte.«

Buhle verzog das Gesicht und fragte weiter: »Wo haben Sie Ihr Auto am Abend abgestellt?«

»Ich habe den Wagen gleich nach dem Einkaufen in die Garage gefahren. Steht er da nicht mehr?«

»Nein, da steht er nicht mehr. Er wird zurzeit kriminaltechnisch untersucht. Aber er stand gestern Mittag noch in der Garage. Wir fragen uns nur, warum Sie in der Nacht noch einmal damit gefahren sind.«

»Ich bin damit nicht mehr gefahren, wieso sollte ich? Ich habe Ihnen doch gestern schon erzählt, dass ich nach … na ja, Sie wissen schon, geschlafen habe bis gestern Morgen, bis dieser Alptraum hier begann.«

»Und warum hat ein Nachbar Ihr Auto dann in der Nacht noch vor dem Haus gesehen?«

»Keine Ahnung, was der gesehen hat. Ich war jedenfalls nicht mehr unterwegs.«

»Noch eine letzte Frage: Warum haben Sie ausgerechnet das von Ihnen gewählte Bettzeug für Ihren Besuch aufgezogen?«

»Hat meine Frau diese Frage gestellt?«

Buhle verneinte wortlos.

»Vielleicht weil es ein letztes Relikt aus Zeiten ist, in denen ich mich frei fühlte. Vielleicht weil ich dachte, Marion steht auf schwarzen Satin. Keine Ahnung.«

Klaus Menzel schaltete sich ein. »Darf ich Sie fragen, in welchem Zusammenhang Sie diese Frage stellen?«

Buhle nickte, fragte aber noch einmal in Richtung Steyn: »Können Sie bitte noch mal konkret benennen, welche Bettwäsche Sie aufgezogen haben?«

»Ich denke, das wissen Sie: meine alte schwarze Satinbettwäsche. Wir hatten sie schon ewig nicht mehr benutzt. Hat Marie Ihnen erzählt, dass …?« Steyn brach den Satz ab und schaute etwas verlegen zu seinem Anwalt hinüber.

»Nein. Aber sie hat angedeutet, dass sie sich im Zusammenhang mit der Bettwäsche an etwas erinnere. Sie ja offenbar auch.« Buhle machte eine kurze Pause. »Aber das ist nicht das Entscheidende, Herr Steyn. Denn auf dieser Bettwäsche haben wir die Leiche nicht gefunden.«

»Aber, aber … das kann nicht sein. Ich bin …« Steyn verstummte.

»Das Bett, auf dem Sie und auch wir die Tote gefunden haben, ist mit einer anderen Bettwäsche bezogen gewesen. Ihre schwarze Bettwäsche ist allerdings auch nicht mehr im Schrank, wie Ihre Frau uns bestätigte. Können Sie uns dazu etwas sagen?«

Thomas Steyn schüttelte völlig irritiert den Kopf.

8

Trier; Dienstag, 2. November

Der rote Erdhaufen auf der anderen Straßenseite wurde für Christian Buhle zunehmend zum Symbol für die unveränderliche Statik des Zufalls inmitten des pulsierenden Lebens. Vor ein paar Wochen einmal aufgeschüttet, verharrte dieses Konglomerat aus Lehm und Ziegelbruch im täglich gleichen Zustand. Obwohl darum herum große Baufahrzeuge kurvten, Materiallager entstanden und wieder verschwanden, das Lagergebäude einer unbekannten Logistikfirma errichtet wurde und in zeitgemäß unattraktiver Betonarchitektur emporwuchs. Alles veränderte sich stetig und schnell, nur nicht dieser Erdhaufen. Er war ein Spiegelbild für sein Leben, das geprägt war durch stetige Veränderungen. Jeder seiner häufigen Wechsel von Dienstorten, jedes neue Team, jeder Fall, den er zu bearbeiten hatte, umkreiste den seinerzeit zufällig aufgeworfenen Ballast seiner Jugend, den er seitdem unverändert mit sich trug, egal was um ihn herum sich verändern mochte. Irgendwann würde jemand den Lehmhügel abtragen, und niemand würde sich mehr an ihn erinnern. Darin lag wohl der wesentliche Unterschied zu seinem Berg der Schuld, der so gewaltig war, dass keiner je die Chance hatte, ihn zu beseitigen.

Nach dem gestrigen Verhör mit Thomas Steyn hatten Buhle und Gerhardts sich noch kurz ausgetauscht. Die vorliegenden Indizien deuteten auf Thomas Steyn als Tatverdächtigen hin. Dennoch waren beide von ihrem Gefühl her der Ansicht, dass sein Verhalten nicht dem eines Mörders entsprach. Gerhardts war anschließend nach Hause gefahren; Buhle wollte noch die zwischenzeitlich vorliegenden Berichte der Kollegen zu einer ersten Ermittlungsakte zusammenfügen.

Viel Neues hatte es nicht gegeben. Die Nachbarn waren schockiert oder hatten sich alles bereits gedacht, je nachdem wie ihr Verhältnis zum Verdächtigen oder seiner Familie war. Die einzige bedeutsame Aussage, die das Auto der Steyns in der Tatnacht betraf, blieb vage.

Der Inhaber der Firma, in der Steyn arbeitete, machte hingegen einen tief betroffenen Eindruck. Offensichtlich hatte er ein ausgesprochen gutes Verhältnis zu seinem leitenden Mitarbeiter und konnte sich die Tat überhaupt nicht vorstellen. Hinweise auf mögliche Feinde konnte er ebenso wenig geben. Der Arbeits-PC Steyns wurde mitgenommen, brachte aber bei der ersten Durchsicht keine weiterführenden Erkenntnisse. Es fanden sich ausschließlich die Arbeit betreffende Daten zum Betrieb, zu Projekten, zur Energiepolitik der Regierung und der EU. Es gab zwar einen Ordner, der versteckt und zusätzlich mit Passwort gesichert war, doch darin waren lediglich Konzepte und Planungen zu einem Projekt in der Region abgelegt, das mit dem Fall nicht in Verbindung zu stehen schien.

Die Berichte der Spurensicherung und der Rechtsmedizin waren ergänzt worden, brachten aber keine neuen Anhaltspunkte.

Es war bei der vorliegenden Beweislage eindeutig, dass ein dringender Tatverdacht gegen Thomas Steyn vorlag. Das Gespräch mit Staatsanwältin Klara Haupt dauerte dann auch gerade mal fünfzehn Minuten. Buhle vermutete, dass Steyn bereits unmittelbar danach dem Haftrichter vorgeführt werden würde.

Eigentlich war der Fall nun schon Routine, dachte er, als er wieder in seinem Büro saß. Sie würden versuchen, ein Geständnis von Steyn zu erwirken. So wie er Klaus Menzel einschätzte, würde das aber daran scheitern, dass er seinem Mandanten lediglich erlaubte, die Geschichte von der verschwundenen Freundin gebetsmühlenartig zu wiederholen und ansonsten zu schweigen. Wenn sich Steyn nicht in Widersprüche verstricken ließ, bliebe der Soko zwar die Last, das Gegenteil seiner Geschichte zu beweisen, egal wie abwegig die Sachverhalte waren. Aber mit dem Alibi von Marion Reens und den vermutlich eindeutigen Spuren am Tatort dürfte das nicht schwer werden. Auch dass Thomas Steyn die Polizei selbst gerufen hatte, würde ihn vor Gericht kaum entlasten. Zu häufig hatten Täter so von sich ablenken wollen, um später doch überführt zu werden.

Ein wirkliches Problem, das sie lösen mussten, war das fehlende Motiv. Für einen geplanten Mord schien es derzeit noch keine Anhaltspunkte zu geben. Aber es wäre nicht das erste Mal, dass jemand in Zusammenhang mit Sex im Affekt mordete, ohne dies geplant, vielleicht sogar ohne es gewollt zu haben. Sie würden etwas finden, um diese These stützen zu können, da war Buhle sich sicher.

Ohne Anklopfen wurde seine Zimmertür aufgestoßen. Herbert Großmann betrat schnaufend den Raum, und Buhle fragte sich, ob der Grund für den hochroten Kopf, von dem sich der weiße Haarkranz leuchtend abhob, in der fehlenden Fitness seines Chefs lag oder in dem Stapel an Zeitungen, die flatternd seinen weit ausholenden Armbewegungen folgten.

»Hast du schon in die Zeitung geschaut? Das darf doch nicht wahr sein.« Großmann knallte die Ausgaben der lokalen Printmedien auf den Schreibtisch. Buhle konnte gerade noch seine halb volle Teetasse wegziehen.

Die Mosella-Zeitung hatte den Mord auf der Titelseite. Ein Foto vom Haus der Familie Steyn mitsamt der Absperrung und den zwei Schutzpolizisten in abwehrender Haltung illustrierte den Text. Buhle schaute fragend zu seinem Vorgesetzten auf. »Und?«

»Lies!« Großmann zeigte auf den zweiten Absatz unter dem Aufmacherfoto.

»Bei dem unbekannten Opfer soll es sich um eine möglicherweise osteuropäische Frau im Alter zwischen dreißig und vierzig Jahren handeln. Erste Spuren lassen auf ein Sexualdelikt schließen, wie aus dem Umfeld der Sonderkommission verlautet. Bislang gibt es keine Hinweise darauf, dass sich außer dem Hausbesitzer Thomas S. noch weitere Personen zur Tatzeit in dem Haus aufhielten.«

Buhle starrte einen Moment ungläubig auf den Artikel. Dann wurde ihm die Zeitung unter den Augen weggezogen, und es erschien das Titelblatt der luxemburgischen Wochenzeitung Lëtz-Talk.

»Lies!«, sagte Großmann erneut, und Buhle musste an schwarz geränderten Fingernägeln vorbeischauen, die davon zeugten, dass der Garten des Kriminaldirektors am vergangenen kirchlichen Feiertag winterfest gemacht worden war. Das passte zu dem nicht immer souveränen Äußeren seines Chefs.

»Nach Hinweisen aus polizeiinternen Kreisen gibt es Indizien für sexuellen Verkehr zwischen Täter und Opfer. Haben sich vielleicht sexuelle Spiele verselbstständigt und zu diesem tödlichen

Ende geführt? Der von der Polizei bereits verhaftete Hauseigentümer Thomas S. soll in dieser Beziehung kein unbeschriebenes Blatt gewesen sein.«

Buhle schüttelte den Kopf. »Keine Ahnung, wo die das herhaben.« Er blickte wieder zu seinem Chef hoch. »Glaubst du etwa, dass einer von uns Ermittlungsergebnisse rausgegeben hat?«

Großmann kniff die Augen ein wenig zusammen, wie er es häufig tat, wenn er unsicher war. »Natürlich glaube ich nicht, dass einer von uns quatscht. Aber erklär mir dann bitte mal, wie die Presse an solche Informationen kommt. Sogar in zwei Zeitungen.«

»Keine Ahnung, wie die das geschafft haben«, wiederholte Buhle. »Die Frage ist, wie wir jetzt damit umgehen.«

»Wir müssen in die Offensive gehen. Ich werde gleich den Polizeipräsidenten darüber informieren, bevor er die Artikel selbst entdeckt und uns die Hölle heißmacht. Zum Glück haben wir endlich mal wieder einen von uns da oben sitzen, der nicht gleich in Panik verfällt, weil er seine politische Karriere in Gefahr sieht. Aber wir müssen eine Pressekonferenz abhalten, in der wir über die tatsächliche Verhaftung berichten und die Artikel, zumindest was die Faktenlage anbetrifft, bestätigen. Die Wertungen können wir ja dementieren. Mein Gott, was für ein Mist.«

»Was schreiben denn die anderen Zeitungen?«

»Nicht viel. Der TV hatte natürlich auch einen Reporter am Tatort.« Großmann zeigte auf ein Foto des Steyn'schen Anwesens, das zwischen Überschrift und Artikel platziert war. »Schreibt aber nicht mehr, als er offiziell von uns wissen kann. Nur noch ein paar zusätzliche Statements von den Nachbarn, aber nichts Problematisches. Die Artikel in der Rhein-Zeitung und im Luxemburger Wort sind kurz und beruhen auf unserer Pressemitteilung. Die werden auch nicht darüber erfreut sein, dass die Konkurrenz mehr Informationen von der Kripo bekommen hat.«

Großmann raffte die Zeitungen zusammen. Im Weggehen raunzte er Buhle zu: »Du solltest endlich mal Zeitungen lesen.« Er schnaufte noch mal kurz auf. »Ich werde Kopien machen lassen, die du in der Soko verteilen kannst. Achte darauf, wie deine Leute reagieren, wenn …« Er sprach nicht weiter und verließ den Raum, ohne die Tür hinter sich zu schließen.

Natürlich hatten bei der kurzfristig einberaumten Teamsitzung alle Mitglieder der Sonderkommission sauer auf die Presseberichte reagiert. Für Buhle stand es außer Frage, dass keiner seiner Mitarbeiter Informationen nach außen gab. Viele andere Stellen konnten undicht sein: Spurensicherung, Rechtsmedizin, die Schutzpolizisten vom Tatort oder Kollegen, vor denen sie angegeben hatten. Ebenso Steyns Anwalt, die Nachbarn, Justizbeamte. Marie Steyn hatte auch einige Informationen, aber hatte sie einen Grund? Nein, das wäre nicht schlüssig. Aber egal wo eine mögliche undichte Stelle war, sie mussten zweifelsfrei aufpassen, das war klar.

Buhles Uhr zeigte kurz nach elf, als Hubert Monz in seiner nüchternen, souveränen Art die Pressekonferenz eröffnete. Der große Sitzungssaal des Polizeipräsidiums war bis auf den letzten Platz gefüllt. Buhle spürte die Unruhe unter den meisten Journalisten. Als Monz die Verhaftung von Steyn erwähnte, raunte Rüdiger Lehnert, Chefredakteur des Trierischen Volksfreunds, seinem Kollegen für alle hörbar und höhnisch zu: »Ach, ist da wer verhaftet worden?«, was von den meisten anderen Journalisten mit zustimmendem Gegrummel beantwortet wurde. Lediglich Luc Toudoux von LëtzTalk quittierte die Bemerkung mit einem spöttischen Lächeln.

Buhle trug die wichtigsten Ermittlungsergebnisse bewusst ruhig und sachlich vor. Er versuchte, ein paar Aspekte hervorzuheben, die noch nicht in einer der Zeitungen gestanden hatten. Viel Zeit nahm er sich, das Opfer anhand von Fotos, die an die Wand hinter ihm projiziert wurden, zu beschreiben, und bat die Medienvertreter, bei der Identifizierung der Toten zu helfen. Es war deutlich spürbar, wie sich die negative Haltung der Journalisten allmählich änderte.

Während Klara Haupt in ihrer beeindruckend selbstsicheren Art die Untersuchungshaft für Thomas Steyn begründete, beobachtete Buhle aufmerksam die Journalisten. Meike Lamberty von der Lokalredaktion des Südwestrundfunks hatte wie immer konzentriert zugehört, während ihre Kollegen die Pressekonferenz vollständig in Bild und Ton aufnahmen. Es war also möglich, dass er sich heute Abend noch in der »Landesschau« oder »Landesschau aktuell« bewundern konnte.

Ihre deutlich jüngere Hörfunkkollegin Hannah Sobothy ließ den O-Ton für ihre Radioreportage vom RPR ebenfalls mitschneiden, machte sich aber hier und da Notizen. Die Ausführungen der Staatsanwältin schienen sie zu irritieren. Sie strich ihr knielanges Kleid entlang der Oberschenkel glatt und schaukelte dabei mehrmals von einer ihrer wohlgeformten Pobacken auf die andere. Sobothy war die einzige der jüngeren Frauen, die Buhle kannte, die ausschließlich Kleider oder Röcke trug. Vielleicht war dies den weiblichen Proportionen ihrer Figur geschuldet, die in engen Tops und Jeans womöglich weniger vorteilhaft wirken würden. Einen kurzen Moment war Buhle über die Gedanken erstaunt, die er sich gerade machte.

Während Rüdiger Lehnert vom Trierischen Volksfreund nahezu ohne Bewegung mit vor der Brust verschränkten Armen dasaß, schrieb sein Mitarbeiter Claudio Zerani fast unaufhörlich mit. Buhles besonderes Interesse galt aber den beiden Reportern von MoZ und LëtzTalk. Robin Flieger von der Mosella-Zeitung kannte er schon länger. Flieger schoss in seinen polemischen Artikeln häufig gegen Polizei und Staatsanwaltschaft. Gute Recherche schien da weniger wichtig als markige Vokabeln; eine Einschätzung, die eine treue Leserschaft zu teilen schien und die das Überleben der »einzigen Alternative zum Volksfreund« nun schon einige Jahre sicherte.

Den Vertreter des luxemburgischen Wochenblatts LëtzTalk hatte er vor der Konferenz bei seiner eigenen Kurzrecherche lediglich auf einem Foto gesehen. Auch die Zeitung selbst hatte er vorher noch nicht wahrgenommen. Nun wusste er, dass Luc Toudoux Redakteur für die europäische Großregion Luxemburg, Lothringen, Saarland, Rheinland-Pfalz und Wallonien war. Mit seinem frisch frisierten, grau melierten Haar, dem weißen Hemd, teurer Stoffhose und beigem Kamelhaarmantel stach er im Kreis der sonstigen Lokalredakteure deutlich hervor. Was Buhle aber eher Anlass zur Sorge gab, war Todouxs überheblicher Gesichtsausdruck: Es war der eines Spielers, der wusste, welche Trümpfe er noch im Ärmel hatte. Als Einziger der Journalisten saß Todoux nicht in einer der Stuhlreihen, sondern lehnte aufreizend lässig an der Wand des Sitzungssaals.

Nachdem die Ausführungen von Polizei und Staatsanwaltschaft

abgeschlossen waren, meldete sich als Erste Hannah Sobothy zu Wort. »Frau Staatsanwältin, Sie hatten eben bemerkt, dass noch nicht von einem dringenden Tatverdacht bei dem Verhafteten auszugehen ist. Aber wenn Sie ihn doch verhaftet haben, gehen Sie da nicht davon aus, dass er der Täter ist?«

Klara Haupt lächelte die unerfahrene Journalistin milde an. »Sehen Sie, wir können den laufenden Ermittlungen nicht vorgreifen. Es stehen noch wichtige Untersuchungsergebnisse, zum Beispiel der DNA-Analysen, aus. Zahlreiche offene Fragen müssen noch beantwortet werden. Es ist ein häufiger Trugschluss, dass ein Täter bereits gefunden ist, wenn die Staatsanwaltschaft eine Untersuchungshaft veranlasst. Wenn wir das tun, bedeutet es lediglich, dass wir nach dem gegenwärtigen Stand der Ermittlungen davon ausgehen können, dass ein Verdächtiger an einer Straftat beteiligt ist. Erst wenn die weiteren Ermittlungen ausreichend Beweise liefern, dass ein Verdächtiger tatsächlich der Täter ist und wir eine Verurteilung in einem Gerichtsverfahren für wahrscheinlicher halten als einen Freispruch, werden wir Anklage erheben. Aber auch dann, und das lassen Sie mich hier in dieser Runde noch einmal ganz deutlich unterstreichen, auch dann ist der Angeklagte noch immer nicht automatisch der Schuldige. Die Verurteilung obliegt einzig und allein dem Gericht und weder der Staatsanwaltschaft noch den Medien.«

Klara Haupt sah ihre Behörde als ein Instrument der Wahrheitsfindung und nicht als eine Ansammlung von profilierungssüchtigen Juristen, die vorschnell unschuldige Menschen an den Pranger stellten. Wann immer sie dazu Gelegenheit fand, bemühte sie sich, die Komplexität von Ermittlungsprozessen aufzuzeigen, um die Arbeit der Staatsanwaltschaft als einen schwierigen, vielschichtigen und vor allem objektiven Prozess der Öffentlichkeit nahezubringen. Buhle war klar gewesen, dass Haupt sich diese Steilvorlage für ein Kurzplädoyer in ihrer Sache nicht hatte entgehen lassen können. Die Nachfrage der Journalistin ließ ihn jedoch sofort wieder aufmerksam werden.

»Lassen die offenen Fragen dann auch die Vermutung zu, dass der Verdächtige möglicherweise nicht der Täter ist?«

»Grundsätzlich besteht die Möglichkeit, natürlich. Aber dazu gebe ich besser an Herrn Buhle als Ermittlungsleiter weiter.«

Buhle faltete die Hände und stützte die Ellenbogen auf dem

Tisch auf, als bete er, dass diese Fragen bald ein Ende nehmen mochten. Noch bevor er mit seiner Antwort begann, bemerkte er die Zweideutigkeit seiner Gestik, richtete sich auf und legte Hände und Unterarme flach auf den Tisch.

»Es ist, wie Staatsanwältin Frau Haupt gesagt hat. Zu diesem frühen Stand der Ermittlungen können noch nicht alle Fragen bis ins Detail geklärt sein. Auch fehlen fundierte Hinweise auf ein Motiv. Die Schilderungen des Verdächtigen müssen verfolgt und gegebenenfalls widerlegt werden. Es ist noch zu früh, von einem hinreichenden Verdacht zu sprechen.«

Mit einem leichten Ruck löste sich Luc Toudoux von der weiß gestrichenen Wand und ging zwei Schritte auf das Podium zu. »Luc Toudoux von LëtzTalk in Luxemburg. Sie haben doch vorhin eingestanden, dass das Opfer vergewaltigt wurde. Von wem, außer dem einzig Anwesenden, dem Besitzer des Hauses, hätte die Tat denn sonst begangen werden können? Haben Sie noch weitere Verdächtige, die möglicherweise frei herumlaufen?«

Für einen Luxemburger hatte Todoux einen deutlich zu starken französischen Akzent. Vielleicht stammte er aber auch aus den südwestlichen Randbereichen des Großherzogtums. Buhle sah Todoux direkt in die Augen.

»Monsieur Todoux, zum einen habe ich hier nichts einzugestehen, zum anderen habe ich nicht von einer Vergewaltigung gesprochen. Der Nachweis, dass das Opfer die sexuellen Handlungen möglicherweise unfreiwillig über sich ergehen ließ, ist noch nicht erbracht. Und Sie werden gewiss verstehen, dass wir Ihnen nur wirkliche Fakten weitergeben können und nicht Vermutungen. Aber Sie können sich sicher sein, dass wir in Anbetracht der Tat selbstverständlich auch die Möglichkeit einer Vergewaltigung untersuchen. Über mögliche weitere Verdächtige können wir aus ermittlungstechnischen Gründen keine Aussagen machen.«

Normalerweise genügte eine solche Antwort den Reportern, weil sie es gewohnt waren, eher spärliche Informationen von der Polizei zu erhalten. Das spöttische Heben der Mundwinkel Todouxs dagegen machte deutlich, dass er sich damit nicht zufriedengeben würde.

»Natürlich gehen wir nicht davon aus, dass Sie weiteren Spuren nachgehen, wenn Sie sich schon sicher sind, dass der Verhaftete der

Täter ist. Zumal dieser ja, wie wir erfahren konnten, wie soll ich sagen, im Bereich sexueller Handlungen kein unbeschriebenes Blatt ist, nicht wahr? Es stimmt doch, dass er und seine Frau schon lange kein intaktes Verhältnis mehr hatten.«

Es herrschte mit einem Schlag Stille im Raum. Das Gesicht von TV-Chefredakteur Rüdiger Lehnert verfinsterte sich deutlich. Todoux hatte unmissverständlich angedeutet, dass LëtzTalk noch über weitere zusätzliche Informationen verfügte, die den anderen Medienvertretern nicht vorlagen. Doch bevor Buhle antworten konnte, ergriff Polizeipräsident Monz das Wort.

»Herr Todoux, wir sollten hier auf der Basis vorliegender Fakten und nicht über wilde Spekulationen reden, auch wenn die Ihnen vielleicht die auflageträchtigeren Schlagzeilen bringen. Nach meinem Kenntnisstand spielen sexuelle Besonderheiten des Verdächtigen bislang keine Rolle bei den Ermittlungen, oder?« Monz sah kurz zu Buhle, der die Frage mit einem Kopfschütteln beantwortete. »Wir wissen also nicht, woher Sie, Herr Todoux, diese angeblichen Informationen haben. Aber wir laden Sie gerne zu einem Zeugengespräch ins Präsidium ein, wenn Sie uns wertvolle Hinweise zu den Ermittlungen geben können. Ich befürchte nur, Sie werden sich auf Ihren Informantenschutz zurückziehen, *n'est-ce pas*?«

Als Antwort erhielt der Polizeipräsident lediglich ein überhebliches Grinsen des LëtzTalk-Redakteurs. Dafür schien Rüdiger Lehnert vom Trierischen Volksfreund jetzt der Kragen zu platzen.

»Herr Monz, ich muss Sie sehr bitten, sich nicht auf diese herablassende Art über Grundsätze des Medienrechts zu äußern. Was hier mittlerweile mehr als deutlich wird, ist doch, dass offensichtlich einzelne Medienvertreter über Informationen verfügen, die zumindest von offizieller Seite nicht an die Presse weitergegeben wurden. Und das lässt eigentlich nur zwei Rückschlüsse zu: Entweder werden einzelne Kollegen inoffiziell mit Informationen versorgt, was wir bis heute in Trier so noch nicht hatten. Oder und vielleicht wahrscheinlicher: Es gibt undichte Stellen in Ihrem Haus.«

Trotz der Verbalattacke reagierte Monz auffallend gelassen. »Herr Lehnert, nun enttäuschen Sie mich aber. Ziehen Sie wirklich diese Rückschlüsse aus allenfalls halbwegs stimmigen Mutmaßungen Ihrer Kollegen? Dann müssten Sie mich ja auch für einen Begünstigten Petrus' halten, wenn ich mal einen Wetterumschwung richtig vorhersage. Es gibt einfach Zeitungen, die weniger seriös mit solchen Rückschlüssen umgehen, als es der Trierische Volksfreund tut. Dafür, dass Informationen aus unserem Hause gezielt an die Öffentlichkeit lanciert werden, gibt es keinen Anhaltspunkt, und ich persönlich schließe dies auch aus. Zu den eben vorgetragenen Andeutungen Ihres Kollegen aus Luxemburg kann ich nur sagen, dass es für uns keine relevanten Hinweise bezüglich sexueller Handlungen des Verdächtigen gibt. Aber Sie können sich sicher sein, dass wir auch in diese Richtung ermitteln.

Doch wenn sich dabei Hinweise ergeben sollten, handelt es sich um Erkenntnisse, die Staatsanwaltschaft und Richter vorgelegt werden und nicht den Medien, das dürfte Ihnen klar sein. Und dass wir öffentlich nicht über familiäre Angelegenheiten konferieren, ist selbstverständlich.«

An Luc Toudoux gewandt schloss Monz ab: »Sparen Sie sich also in Zukunft solche Fragen, Herr Todoux, denn Sie werden von uns dazu nie, und das gilt auch für alle anderen, nie eine Stellungnahme erhalten.«

Im Sitzungssaal kam leichtes Gemurmel auf. Die deutlichen Worte schienen einigen Medienvertretern zwar nicht zu passen, aber offensichtlich bestand kein weiterer Diskussionsbedarf. Buhle schaute zum Polizeipräsidenten und war beeindruckt von dessen souveräner Art. Gleiches spiegelte sich auch in dem schmalen Lächeln der Staatsanwältin wider.

»So«, Hubert Monz erhob noch einmal die Stimme, »am Ausgang liegen einige Exemplare der ausführlichen Presseerklärung, und wenn Sie auf der nebenstehenden Liste Ihre E-Mail-Adresse hinterlassen, gehen Ihnen der Text und die Fahndungsfotos des Opfers direkt zu. Ansonsten versenden wir die Unterlagen an die zentralen Kontaktadressen Ihrer Redaktionen. Wir danken Ihnen für Ihre Aufmerksamkeit, und Sie können davon ausgehen, dass eine weitere Pressekonferenz Ende der Woche angesetzt werden wird, wenn erwartungsgemäß weitere wichtige Untersuchungsergebnisse vorliegen. Wir wollen und werden Sie auf dem Laufenden halten. Vielen Dank.«

Während sich die Versammlung auflöste, beobachtete Buhle die

Journalisten. Die meisten diskutierten noch über die kurze Kontroverse zwischen Lehnert und Monz, schienen aber nicht wirklich von einem Fehlverhalten der Polizei auszugehen. Er bemerkte, wie Robin Flieger von der MoZ, der sich während der Konferenz überraschenderweise nicht zu Wort gemeldet hatte, Luc Toudoux zu folgen versuchte, dies dann aber doch unterließ und ihm nur argwöhnische Blicke hinterherwarf. Das sah für Buhle nicht nach einer wie auch immer gearteten Zusammenarbeit der beiden aus. Sollten sie tatsächlich illegal Informationen bekommen haben, und das durfte er nach wie vor nicht vollständig ausschließen, mussten diese einzeln weitergegeben worden sein. Das mochten zwei Informanten sein oder einer, der doppelt abkassierte. Beides hielt Buhle im Kollegenkreis für unrealistisch.

9

Berdorf; Dienstag, 2. November

Es war windig auf dem Felsplateau des Adlerhorsts. Marie schlug den Kragen ihrer Fleecejacke hoch und schob die Daumen in die Ösen, um die Ärmel weit nach unten zu ziehen. Es war ein klarer, aber kalter Morgen gewesen, und sie hatte sich von den ersten Sonnenstrahlen seit langer Zeit dazu verführen lassen, auf ihre Winterjacke zu verzichten. Es tat gut, eine Zeit lang auf ihrem Lieblingsplatz verweilen zu können.

Hier hatte sie schon als Kind gesessen und über ihre Eltern nachgedacht, wenn ihre Großmutter mit ihr wieder einmal einen Ausflug von Bertrange ins Müllerthal gemacht hatte. Marie war drei Jahre alt gewesen, als ihr Vater Gibril Benlassin bei einem Arbeitsunfall ums Leben kam. Wirklich an ihn erinnern konnte sie sich nicht mehr; ihr waren lediglich die wenigen Fotografien eines kleinen, stoppelbärtigen Mannes mit dunkel gegerbter Haut als statische Bilder im Gedächtnis geblieben. Seine tiefen Grübchen hatte sie geerbt, und immer wenn sie sich als kleines Mädchen für ihn im Spiegel anlächelte, tat sie es in der Gewissheit, dass er ein guter Mensch gewesen war.

Mit diesem Gedanken konnte sie später als Jugendliche weniger gut umgehen. Sie fühlte sich verpflichtet, an seiner statt etwas Gutes zu tun, weil er es selbst nicht mehr konnte. Ganze Wochenenden hatte sie auf dem Adlerhorst verbracht und darüber nachgedacht, wie sie Menschen helfen, die Natur schützen oder am besten gleich die ganze Welt retten könne. Hier, mit dem weiten Blick über das Sauertal, hatte sie auch den Entschluss gefasst, Psychologie zu studieren. Bereut hatte sie das nie. Wie sie eigentlich selten einen Entschluss bereute, den sie auf dem Adlerhorst gefasst hatte. Nein, auch nicht den Entschluss, Thomas Steyn als ihren Mann auszuwählen. Bisher.

Maries Verhältnis zu ihrer Mutter war von einer großen Distanz geprägt. Rosalie hatte sie noch am Tag der Beerdigung ihres geliebten Mannes ihrer Mutter mit nach Luxemburg gegeben. Zu diesem Zeitpunkt war Rosalie schwanger und erwartete Maries Bruder. Doch Pierot erblickte nicht das Licht der Welt. Sechs Wochen vor dem Geburtstermin hörte sein Herz im Körper seiner Mutter auf zu schlagen. Rosalie tauchte ab. Über Jahre war sie auf die Hilfe der klinischen Psychiatrie angewiesen. Erst als es keiner mehr für möglich hielt, bekam sie ihr eigenes Leben wieder in den Griff. Doch davor war für Marie kein Platz in ihrer Welt gewesen.

Es war Maries Glück im Unglück. Bei ihrer Großmutter Edith Noiret, die früh einen Luxemburger geheiratet hatte, um ihn ebenso früh wieder zu verlieren, war Marie bestens aufgehoben. Edith war froh darüber, mit dreiundfünfzig Jahren noch einmal »Mutter einer so liebenswürdigen Tochter« zu werden.

Marie empfand bis zum heutigen Tag die ungeheure Wärme, die von diesem Kompliment ausging. Für sie bedeutete ihre Großmutter alles. Umso furchtbarer traf es sie, als Edith an Krebs erkrankte, kurz nachdem Marie angefangen hatte, in Trier zu studieren. In den Wochen zwischen Diagnose und Tod hatte sie ihre Großmutter nur verlassen, um sich auf dem vierzig Kilometer entfernten Adlerhorst die Seele aus dem Leib zu heulen. Noch schrecklicher war die Zeit danach gewesen. Dass sie sich wieder fing und weiterstudieren konnte, war nur dem Versprechen zu verdanken gewesen, das sie ihrer Großmutter in deren letzter Lebenswoche gegeben hatte. Marie musste ihr zusichern, eine gute Psychologin zu werden, die den Schwachen zur Seite stand.

In der Silvesternacht 1998 lernte sie Thomas Steyn kennen. Sie ahnte da noch nicht, dass diese Begegnung für sie eine wertvolle Fügung war. Als Thomas sie im Sommer zu seiner Großmutter Claudille nach Luxemburg mitnahm, war es für sie wie ein Traum: Sie fuhren die schmale Straße entlang der skurrilen Felsen hinauf nach Berdorf bis zu dem Ort, der Ausgangspunkt für jede ihrer Wanderungen zum »Adlerhorst« war.

Marie und die alte Frau verstanden sich auf Anhieb wie Seelenverwandte. So eine innere Nähe hatte sie zuvor nur bei ihrer Großmutter empfunden. In den folgenden Jahren wurde Claudille zu Maries engster Vertrauter. Mit ihr kam die Freude in Maries Leben zurück, sie war die Erste, die noch vor Thomas von ihrer Schwangerschaft erfuhr. Bald gab es keine Entscheidung mehr, die Marie ohne Rücksprache mit Claudille fällte. Für Thomas war das anfangs ein Problem. Als er aber merkte, wie fröhlich und ausgelassen seine ansonsten durchaus zur Schwermut neigende Freundin in Berdorf war, akzeptierte er die seiner Meinung nach zu häufigen Besuche. Zudem ergab sich über Marie, seine Oma und seine Mutter ein Frauenbündnis, das zu einer leichten Entspannung im Innenverhältnis der Familie beitrug. Schließlich wunderte es keinen, dass es Marie war, die die Rede zur großen Feier des achtzigsten Geburtstags von Claudille hielt. Eine Rede, die in die jahrhundertealte Familiengeschichte der von Steyns einging, weil wohl vorher nie so viele Tränen der Rührung, der Freude und des Lachens vergossen worden waren wie in diesen zwanzig Minuten. Es war das erste und letzte Mal gewesen, dass Philipp von Steyn seine Schwiegertochter innig herzte.

Davon war er weit entfernt gewesen, nachdem Marie gestern die Tragödie um seinen Sohn geschildert hatte. Als sie sich kurz vorm Weggehen noch einmal zu ihm umdrehte, sah sie den souveränen Macher und Schaffer Philipp von Steyn apathisch als gebrochenen Mann dasitzen.

Marie hatte mit ihrer Schwiegermutter vereinbart, dass sie heute zunächst Claudille über alles informieren und anschließend die Kinder aus Metz abholen würde. Juliette würde ihrem Mann zur Seite stehen und außerdem versuchen, ihren Sohn im Gefängnis zu besuchen. Sie waren sich einig, dass die Familie von Steyn noch nie so starke Frauen benötigt hatte wie jetzt. Doch im Augenblick fühlte sich Marie alles andere als stark.

Sicher, es war ein verabscheuungswürdiger Verrat an ihr und den Kindern, dass Thomas Ehe und Familie auf diese profane Art und Weise aufs Spiel gesetzt hatte. Deshalb brauchte sie Distanz zu ihm, auch wenn sie wusste, dass er gerade jetzt ihre Gegenwart benötigte. Doch trug sie nicht auch eine gehörige Mitschuld? Hatte sie nicht all die Signale ignoriert, die Thomas' Unzufriedenheit widerspiegelten? Hatte sie sich nicht selbst verleugnet, als sie fehlende Lust und Leidenschaft an den Kindern und der Dauer der Beziehung festmachte, statt sich einzugestehen, dass ihre Gefühlswelt aus den Fugen geraten war? Dass die Verliebtheit der ersten Jahre nicht von einer vertrauten Liebe ersetzt wurde? Dass sie ihn als guten Vater ihrer Kinder anerkannte, statt ihm als Ehemann zu vertrauen?

Claudille hatte es geahnt. Sie war vorhin natürlich schockiert gewesen, als sie von dem Mord erfuhr. Doch der nüchtern kalkulierte Seitensprung ihres Enkels hatte sie nicht überrascht. Was war das noch für eine Beziehung, bei der eine Dreiundachtzigjährige im Nachbarland mehr Durchblick zu haben schien als sie selbst?

Marie schaute auf ihre Uhr und erschrak. So lange hatte sie gar nicht draußen bleiben wollen. Claudille wartete bestimmt schon mit ihrer Lieblingssuppe auf sie. Mühsam stand sie auf und streckte ihre steifen Arme und Beine, ließ noch einmal den Blick schweifen, so wie sie es immer zum Abschied machte, und ging den so lang vertrauten Weg vom Sandsteinfelsen durch den herbstlich gefärbten Laubwald zurück nach Berdorf.

Als sie die alte verzierte Holztür des traditionellen bäuerlichen Hauses öffnete, empfing sie der herzhafte Duft der von ihr so geliebten »Bouneschlupp«, der in Luxemburg traditionellen Grüne-Bohnen-Suppe. An dem erleichterten Lächeln ihrer Schwiegeroma konnte sie ablesen, dass sie sich schon Sorgen gemacht hatte. Als Begrüßung reichten der warme Blick und die lange anhaltende Umarmung, bevor Claudille ohne ein Wort zum Herd trat und die bereitstehenden Teller mit Suppe füllte. Marie hatte schon nächtelang mit der alten Frau am Küchentisch gesessen und geredet. Über Familiäres oder berufliche Entscheidungen, aber auch über politische und gesellschaftliche Themen. Doch die alte Frau wusste, in welchen Augenblicken Worte nicht das aussagen konnten, was kleine Gesten vermochten. Es waren die Momente, in denen Marie vor Liebe und Dankbarkeit fast zerfloss.

Als beide ihre Mahlzeit schweigend beendet hatten, ergriff Claudille leise das Wort: »Wirst du Thomas noch helfen können, nach dem, was geschehen ist?«

Marie goss sich noch etwas von dem frisch gekelterten Apfelsaft ein und vermischte ihn mit ein wenig Sprudel. Doch sie trank nicht, sondern drehte das Glas in ihren Händen und schaute in die Schorle wie in eine Glaskugel.

Nach einer Weile hob sie den Blick. »Habe ich eine Wahl? Tom bleibt der Vater meiner Kinder, und was soll ich sagen – ich glaube immer noch, dass er es nicht getan hat. Kannst du dir vorstellen, dass Thomas einen Menschen umgebracht hat?«

Claudille schien kurz überlegen zu müssen. »Nein, normalerweise nicht.«

Marie schloss kurz die Augen. Als sie wieder sprach, lag eine deutliche Unsicherheit in ihrer Stimme. »Wieso normalerweise?«

Erneut verstrichen einige Sekunden, bis Claudille antwortete: »Als was hast du Thomas kennengelernt: als liebevollen Vater? Als Charmeur? Als Idealisten? Als Karrieristen?«

Marie nickte zunächst bestimmt, dann immer weniger nachdrücklich.

Claudille fuhr fort: »Ja, du hast recht. Das alles ist er. Es steckt viel Gutes in ihm. Aber wie jeder Mensch hat auch er Seiten, die weniger gut sind. Hast du ihn schon einmal erlebt, wenn er glaubt, jemandem unterlegen zu sein?«

Marie schüttelte den Kopf. Nein, tatsächlich hatte sie ihren Mann in einer solchen Situation nie gesehen. Tom hatte sich in beruflichen Dingen stets souverän gezeigt. In der Familie hatte er immer die Position des Ernährers innegehabt, die er jedoch nie gegen sie ausgespielt hatte. Im Freundeskreis gab es ebenfalls keine diesbezüglichen Konflikte, da Tom sich gut darstellen konnte und damit auch klügeren Bekannten ebenbürtig war. Eigentlich gab es nur einen, von dem Marie sicher annahm, dass Tom sich ihm unterlegen fühlte, allerdings ohne dass er das jemals eingestehen würde.

»Ich glaube, Philipp ist der Einzige, von dem ich denken würde, dass Thomas sich ihm unterlegen fühlt. Aber da die beiden sich nur selten sehen und dann zwei auseinanderdriftende Eisberge mimen, kam es nie zu wirklichen Auseinandersetzungen, zumindest nicht, solange ich dabei war.« Marie hob die Schultern. »Nein, ich glaube, ich hab ihn noch nie erlebt, wenn er sich unterlegen fühlte.«

»Es stimmt, er hat sich arrangiert. Führt mit seinem Vater eine Art friedliche Koexistenz. Er hat sich beruflich freigeschwommen und offenbar die für ihn richtigen Bekannten gefunden.«

Claudille zögerte ein wenig. »Das war früher aber anders. Als Kind war er schwierig. Er musste immer im Mittelpunkt stehen. Das fing schon im Kindergarten an. Deine Schwiegermutter wurde nicht nur einmal zu Unterredungen zitiert. Thomas hatte eine Art, andere Kinder bis zur Weißglut zu piesacken, indem er sie stetig weiterärgerte, nie die Grenze erkannte, wann es genug war. Damit stand er dann im Mittelpunkt, und gleichzeitig traute sich keiner an ihn ran. In der Grundschule war er entweder Bandenchef oder aber der erbitterte Feind eines Bandenchefs. Schon da zeigte es sich, dass er durchaus hinterlistig sein konnte, wenn es darum ging, einem anderen etwas in die Schuhe zu schieben. Zu der Zeit dachten wir alle noch, er wäre halt ein etwas zu rüpelhafter Lausbub.«

Marie hatte ihre Freundin noch nie so traurig gesehen. Als Claudille fortfuhr, war ihre Stimme eine Spur leiser geworden.

»Philipp konnte damit allerdings nur schlecht umgehen. Es gab immer häufiger Streit zwischen Thomas und ihm. Fast unerträglich wurde es, als er aufs Gymnasium kam. Hier gab es ganz andere Hierarchien unter den Schülern. Thomas war alles andere als beliebt, weil er ständig aneckte, stänkerte, provozierte. Er hatte keine Freunde, Ärger mit den Lehrern, Eltern beschwerten sich über ihn. Zu Hause war es nicht besser. Philipp und er kamen gar nicht mehr miteinander aus, und Juliette zerbrach fast an dem Versuch, zwischen Vater und Sohn zu schlichten. Und irgendwann hatte Thomas seine kleine Schwester als Opfer ausgemacht. Michelle wurde Tag und Nacht getriezt, bis sie völlig verängstigt war.«

Claudille nahm ein Papiertaschentuch aus der Schublade des alten Esstisches und schnäuzte sich. »Vielleicht hätte es geholfen, wenn man mit ihm frühzeitig zu einem Kinderpsychologen gegangen wäre. Aber zu der Zeit und im Hause von Steyn war so etwas kein Thema. Vielmehr wollte Philipp ihn einfach nur noch loswerden. Er hatte schon ein Internat auf einer Nordseeinsel ausgemacht, ich meine, auf Spiekeroog. Die Schule war teuer und anerkannt. Er dachte wohl, die Enge der Insel und die Strenge der Lehrer würden ihn bändigen können. Aber dann hatte Juliette diese Reformschule im Odenwald ins Spiel gebracht. Das klang damals unglaublich gut. Wenn man aber heute das mit dem Missbrauch liest …«

Marie hatte aufmerksam zugehört. Was Claudille erzählte, war ihr unbekannt. Thomas selbst hatte seine Jugend immer auf den Vater-Sohn-Konflikt reduziert und sonst wenig offenbart. Wegen des ablehnenden Verhaltens, das Philipp von Steyn auch ihr gegenüber an den Tag legte, war sie bislang immer der Meinung gewesen, dass der Grund für die Spannungen eher beim ehrgeizigen und arbeitsbesessenen Vater liege. Nun ergab alles plötzlich ein ganz anderes Bild.

»Warum habt ihr mir nie etwas gesagt? Ich hatte keine Ahnung. Seine Kindheit war nie ein Thema.«

Claudille sah ein wenig schuldbewusst drein. »Mit dem Internat wurde es ja auch anders. Diese Streitereien im familiären Alltag gab es nicht mehr. Philipp und Juliette fanden wieder zueinander, und für Michelle war es eine Erlösung, dass ihr Bruder nur noch in den Ferien und auch da nur zeitweise zu Hause war. Thomas veränderte sich. Er war nicht mehr gänzlich auf Konfrontation aus. Zog sich zu Hause eher zurück und war, sagen wir mal, erträglich. Er war dann häufig bei mir und zog allein durchs Müllerthal. Zu mir hatte er ohnehin ein enges Verhältnis und ließ seine Spielchen sein. Juliette hat mir das manchmal sogar geneidet.«

Claudille hielt kurz inne. Marie konnte regelrecht sehen, wie sie nach den richtigen Worten suchte. »Wir alle dachten, dass es tatsächlich an diesem besonderen pädagogischen Ansatz seiner neuen Schule lag. Gab es am Anfang durchaus noch kritische Rückmeldungen von seinen Lehrern, waren nach einiger Zeit auch dort alle ganz zufrieden mit ihm. Einen größeren Freundeskreis hatte er zwar nicht, aber es gab wohl ein Mädchen, mit dem er viel zusammen machte. Dazu kam, dass er in der Schule richtig gut wurde. Ich kann mich an Osterferien erinnern, da kam er mit einer Kiste Bücher an. Alles hatte irgendwas mit Physik, Technik und Energie zu tun. Er tat nichts anderes als lesen. Als ich ihn fragte, ob er das alles für die Schule bräuchte, meinte er nur ganz erstaunt: ›Quatsch, Oma. Für die Schule brauchst du doch so was nicht.‹ Ich dachte mir, dass er die Auseinandersetzung mit seinem Vater nun auf dieser fachlichen Ebene ausfechten wollte. Aber dabei ist es leider nicht geblieben. Du weißt, wie Philipp reagierte, als er von der unleidigen Geschichte mit dem Adelstitel erfuhr?«

Marie zuckte mit den Schultern. »Wahrscheinlich hat er getobt und mit Enterbung gedroht.«

»Nein, hat er nicht. Er war zutiefst niedergeschlagen und das erste Mal über eine längere Zeit krank. Aber das eigentlich Schlimme war, dass Thomas das genossen hat. Als Juliette mir das unter Tränen erzählte, habe ich ihn zu mir bestellt. Als er auch mir gegenüber seine Genugtuung nicht verhehlen konnte, habe ich ihm gesagt, dass ich ihn eine Zeit lang nicht mehr sehen wolle. Erst drei Jahre später hat er mich wieder besucht, als es mir gesundheitlich so schlecht ging und ich im Krankenhaus lag. Er hat sich bei mir entschuldigt und gesagt, dass seine wilden Jahre langsam vorbei seien.« Claudille sah Marie mit weichem Blick an. »Ich habe es akzeptiert, und das war wohl eine meiner besten Entscheidungen. Sonst hätten wir beide uns vielleicht nie richtig kennengelernt.«

Marie nahm die dünnhäutigen, wie Pergamentpapier knittrigen Hände von Claudille in ihre und streichelte sie sanft. »Ja, das wäre fatal gewesen, meine liebe Claudille. Aber warum habt ihr alle mir gegenüber nie etwas gesagt? Schließlich bin ich doch Toms Frau, bin ein Teil eurer Familie. Hätte ich nicht das Recht gehabt, Bescheid zu wissen?« Mit leiser werdender Stimme fügte sie hinzu: »Und gewarnt zu werden?«

»Ich glaube, wir waren alle so froh, dass diese schlimme Zeit zurücklag, dass Thomas doch noch seinen Platz gefunden, dass er dich gefunden hatte. Ich glaube, du ahnst nicht, wie sehr deine Schwiegereltern dich lieben und schätzen.«

Marie hob erstaunt die Augenbrauen.

»Ja, Marie, auch Philipp, wenn er es auch nicht zeigen kann. Ich glaube, er hat den Verlust seines Sohnes bis heute nicht verkraftet. Er liegt wie ein Schatten auf seiner Seele.«

Sie saßen noch eine Weile in der Küche und hingen ihren Gedanken nach. Auch wenn sie sich in unterschiedlichen Richtungen und Zeiten bewegten, so kreisten sie doch beide um Thomas. Als Marie ihren inneren Blick wieder aus den Weiten ihres gedanklichen Universums in die stille Küche lenkte, bemerkte sie, dass Claudille lautlos weinte. Das erste Mal, seit sie sie kannte.

Eine knappe Stunde später fuhr Marie mit dem alten Alfa Romeo Spider über den Höhenrücken der Luxemburger Schweiz Richtung Süden.

Das Gespräch mit Claudille hatte sie sehr nachdenklich gemacht. War es tatsächlich möglich, dass sie mit ihren Kenntnissen, mit ihrem Gespür, was die Psyche anderer Menschen anging, so wenig Ahnung von ihrem Mann hatte? Dem Mann, mit dem sie seit über zehn Jahren zusammenlebte, zwei Kinder hatte und ehemals Schwüre ausgetauscht hatte, bis ans Ende ihrer Zeit füreinander da zu sein? Weshalb hatte sie nie hinterfragt, warum die Spannungen zu seinem Vater bestanden? Wie hatte sie sich mit der einfachsten aller Möglichkeiten zufriedengeben können? Wie hatte sie nur so blind sein können?

Sie schaute auf die Zeiger der Uhr im übersichtlichen Armaturenbrett. Sie würde die Kinder nur noch kurz vor dem Schlafengehen sehen können. Ihre Mutter konnte sie anschließend mit ein paar allgemeinen Andeutungen versorgen. Mehr würde Rosalie sowieso nicht wissen wollen.

Hinter Berdorf führte die schmale Landstraße in weiten Bögen durch ein lang gestrecktes Waldgebiet. Wie früher fuhr Marie nicht durch Consdorf, sondern folgte der östlich vorbeiführenden Landstraße, die beidseitig von einer lückigen Häuserreihe flankiert wurde. An der Kreuzung zur N 11 Richtung Luxemburg musste sie einer Karawane von gut einem Dutzend Autos Vorfahrt gewähren, die sich hinter einem riesigen Truck herschob.

Ihr ging es jetzt schon auf die Nerven, gleich im Schneckentempo über die Nationalstraße kriechen zu müssen. Der Fahrer des Wagens hinter ihr schien genauso wenig Lust zu haben, sich hinter der Autoschlange einzureihen, sonst hätte er wohl nicht beschlossen, in einem Abstand von gut fünf Metern hinter ihr zu warten. Im Rückspiegel konnte sie lediglich seine Silhouette und ein leuchtend grünes Wunderbäumchen durch die spiegelnde Windschutzscheibe sehen. Endlich hatte das letzte Auto sie passiert, und Marie konnte den Spider auf die N 11 lenken.

Hinter Waldhof wechselte sie an der neuen Anschlussstelle auf die A 7. In einer seltsamen Stimmung zwischen Leere und Entschlossenheit, Fürsorgepflicht für ihren Mann und gleichzeitig zunehmender Distanz zu ihm ließ sie sich über die Autobahn nach Metz treiben.

Hinter dem Parc du Lac aux Cygnes mit dem großen See zwischen Mosel und Canal de Jouy hätte sie beinahe eine Abfahrt zu früh genommen. Oft fuhr sie hier noch einmal kurz in die Innenstadt zur Kathedrale Saint-Étienne de Metz, um sich im Hauptschiff mit Blick auf die riesigen beeindruckenden Kirchenfenster auf den Besuch bei ihrer Mutter vorzubereiten. Obwohl sie mit Kirche und Glauben nichts anfangen konnte, gelang es ihr in der kühlen Stille von Gotteshäusern, innere Ruhe zu finden. Aber heute war dafür keine Zeit.

Mit einem gewagten Schlenker fuhr sie von der Abfahrtsspur zurück auf die Autobahn und erschrak fast zu Tode, als hinter ihr mehrere Autos laut hupten. Sie wollte sich schon darüber aufregen, als sie im Rückspiegel bemerkte, dass die Signale nicht ihr galten, sondern einem silberfarbenen Peugeot, der ursprünglich ebenfalls abbiegen wollte.

Die Ablenkung führte dazu, dass sie fast auf einen langsam fahrenden Lieferwagen auffuhr. Sie riss das Lenkrad des Cabrios nach links und erfasste aus den Augenwinkeln gerade noch den neben ihr fahrenden Renault. Mit einem Rechtsruck und scharfem Abbremsen konnte sie einen Unfall nur knapp vermeiden. Ein Blick in den Rückspiegel zeigte ihr, dass auch das hinter ihr fahrende Auto voll abbremsen musste. Für einen Moment konnte sie in das angestrengte Gesicht des Mannes blicken, bis der Peugeot deutlich an Geschwindigkeit verlor und nur noch ein schwingender giftgrüner Duftspender durch die Frontscheibe zu erkennen war.

Marie atmete ein paarmal durch und blieb erst einmal hinter dem Transporter. Einen Unfall mit Pierres geliebter Kiste konnte sie jetzt gar nicht gebrauchen. Er hatte Hunderte Stunden in seiner Garage geflext, geschweißt, gespachtelt und lackiert, bis aus dem völlig verrosteten Wrack wieder ein ansehnliches Auto geworden war. Pierre hatte ihr schon einiges im Leben nachsehen müssen, aber das hätte ihre Freundschaft auf eine vielleicht zu harte Probe gestellt.

Während sie nun den Verkehr zu allen Seiten sorgfältig beobachtete, blinkte sie rechtzeitig und bog auf die lang gezogene Abfahrt in Richtung der vierspurigen Moselbrücke ein. Als sie im Rückspiegel wieder den Peugeot entdeckte, erinnerte sie sich plötzlich, wo sie das Auto mit dem grünen Wunderbaum zum ersten Mal gesehen hatte. War ihr bei dem Ausweichmanöver gerade noch heiß geworden, trat ihr jetzt kalter Schweiß auf die Stirn.

Nachdem sie die Mosel überquert hatte, musste sie nur noch rechts abbiegen und wäre in ein paar Minuten in Lessy bei ihrer Mutter. Kurz entschlossen riss sie das Steuer nach links und preschte über einen Fußweg am Ende der Grünfläche und den anschließenden Zebrastreifen auf die Fahrbahn in die entgegengesetzte

Richtung. Sie gab Vollgas, und noch während sie beschleunigte, verließ sie rechts die D6 und raste über die Vieux Pont und die Allée du Château in Richtung Sainte-Ruffine. Dort wurde ihr fast der kleine Kreisel am Ortsausgang zum Verhängnis, doch sie schaffte es gerade noch, einen alten Citroën zu schneiden und vor ihm den Kreisel wieder zu verlassen. Nach dem entsetzten Gesichtsausdruck des greisen Fahrers zu urteilen, konnte das gut seine letzte Fahrt gewesen sein. Vor der N3 nach Paris musste sie scharf bremsen, um noch rechtzeitig vor den vorfahrtberechtigten Autos zum Halten zu kommen.

Ängstlich schaute sie in den Rückspiegel. Sie konnte die Straße nur bis zur hinter ihr liegenden Kurve einsehen. Sie war leer, noch. Endlich, es kam ihr wie eine Ewigkeit vor, öffnete sich eine Lücke in der Autoschlange der Nationalstraße. Sie blickte noch einmal in den Rückspiegel, als gerade der alte Citroën praktisch im Schritttempo um die Kurve kam. Sie kreuzte die N3 und fuhr nun mit angemessener Geschwindigkeit in den Ort Rozéneulles ein. In einer der hangparallelen Seitenstraßen hielt sie am Rand und wartete.

Ihre Finger hatten sich so um das Lederlenkrad gekrallt, dass jede Farbe aus ihnen gewichen war. Überhaupt kam es Marie vor, als sei sie völlig blutleer und der strapazierte Herzmuskel treibe mit aller Kraft irgendetwas Eiskaltes durch ihre Adern, das sie frösteln ließ.

War sie tatsächlich verfolgt worden? Sie hatte nur einen kurzen Augenblick in das vor Schreck verzerrte Gesicht des Mannes hinter dem Steuer des Peugeot geblickt. Sie konnte sich nicht erinnern, diesem Mann schon einmal begegnet zu sein. Hatte sie irgendeinen Anhaltspunkt, wer der Verfolger war? Sie meinte, sich vage an ein luxemburgisches Kennzeichen erinnern zu können. Aber silberne Peugeots gab es in Luxemburg zuhauf. Dennoch, einen Zufall schloss sie aus.

Wer wollte etwas von ihr? Sie fand keine andere Erklärung, als dass es mit dem Mord in ihrem Haus zusammenhängen musste. Jetzt wollte sie nur zu ihren Kindern.

Die Reifen quietschten bedenklich, als sie den Alfa Romeo wieder in Bewegung setzte, gefolgt von den vorwurfsvollen Blicken einer Mutter mit ihrem begeisterten Sohn. Auf dem kürzesten Weg fuhr Marie hinunter zur nächsten Nationalstraße, die sie diesmal schnell überfahren konnte, und brauste die Rue de Metz hoch nach Lessy. Der alte Ortskern erwies sich wieder als Nadelöhr, und Marie hätte Paul Mutard mit seinem Trecker auf den Mond schießen können.

Als sie endlich in die Rue de Plappeville einbog, blieb ihr fast das Herz stehen: Unweit des Hauses ihrer Mutter parkte der Peugeot.

Das Auto schien leer. Sie zwang sich, langsam daran vorbeizufahren. Es war niemand zu sehen. Die Straße schien wie ausgestorben. Sie blickte zum Grundstück ihrer Mutter, das sich hinter hohen ungeschnittenen Hecken verbarg. In dem Moment wurde die Gartenpforte aufgestoßen, und Nora lief auf den Gehsteig. Als sie ihre Mutter erblickte, blieb sie wie angewurzelt stehen. Dann hellte sich ihr Gesicht auf, und sie rief nach hinten: »Oma! Mattis! Mama ist da.«

Plötzlich nahm Marie hinter sich eine Bewegung wahr. Aus dem Haus von Frédérique Marsée trat ein Mann, der sich im Gehen von der Hausbesitzerin verabschiedete und zu dem Peugeot trat. Dieser Mann hatte keine Ähnlichkeit mit ihrem Verfolger. Erst jetzt sah sie das französische Kennzeichen und dass am Innenspiegel nichts Grünes baumelte.

10

Trier, Trierweiler; Mittwoch, 3. November

Der gestrige Dienstag hatte die Ermittlungen um keine Spur weitergebracht. Buhle und Gerhardts hatten alle Berichte gesammelt, gesichtet und zu einem aktuellen Stand der Ermittlungsakten zusammengefügt. Ein Prozedere, dessen Sinnhaftigkeit nicht in Frage zu stellen war, das aber eine äußerst zeitraubende und weder von Vorgesetzten, Personalbüros oder der Öffentlichkeit gewürdigte Angelegenheit war.

Der vorläufige Autopsiebericht aus der Rechtsmedizin in Mainz lag vor, ohne dass den Ausführungen von Tim Kordonbowski etwas Nennenswertes hinzugefügt worden war. Die ersten Ergebnisse der DNA-Analyse standen immer noch aus und waren für Donnerstagmorgen angekündigt.

Auf Thomas Steyns Bürocomputer war nach den ersten Untersuchungen nichts Privates zu entdecken gewesen. Die meisten Daten waren ohnehin auf dem Server der Firma abgelegt. Aber auch dort befand sich nichts Bemerkenswertes. Steffen sollte in der Firma zusammen mit einem Spezialisten der Spurensicherung nach weiteren Hinweisen in der EDV suchen. Karl-Josef Seckerath, Steyns Chef, hatte zur Unterstützung eigens den externen Administrator der Firma nach Trier beordert. Auf Firmenkosten, wie er betonte, und um Thomas Steyn damit hoffentlich helfen zu können. Oder zur Aufsicht, wie Steffen vermutete.

Der mittlerweile aus dem Kurzurlaub bei seinen Eltern in Schwerin zurückgekehrte junge Kriminalkommissar Sven Tard hatte die Aufgabe übertragen bekommen, die Internetverbindungen von Thomas Steyn zu überprüfen. Parallel sollte er herausfinden, wo eine Prostituierte aus Osteuropa vermisst wurde.

Nicole Huth-Balzer und Michael Reuter durchleuchteten das soziale Umfeld des Verdächtigen: Freunde, Bekannte, Sportkameraden. Steyns Kollegen sollte Steffen in der Firma übernehmen. Bei Buhle und Gerhardts stand heute die Familie von Steyn auf der Agenda.

Bevor die morgendliche Teamsitzung beendet wurde, fragte Reuter nach dem Verlauf der Pressekonferenz. Er hatte wie alle anderen am Vorabend den Beitrag in »Rheinland-Pfalz aktuell« gesehen und heute Morgen bereits den Volksfreund-Artikel gelesen. Das öffentlich-rechtliche Dritte Programm hatte gewöhnlich nüchtern und neutral berichtet, ebenso wie der für einen Mordfall in Trier vergleichsweise kurze Text im Trierischen Volksfreund. In seinem Kommentar sparte der Chefredakteur des TV dagegen nicht mit Kritik an der Informationspolitik der Polizei, insbesondere der Ungleichbehandlung der Medien. Unverhohlen war von einem »bisher nicht entdeckten Loch in der Mauer des Schweigens im Polizeipräsidium« die Rede. Gleichwohl beteiligte sich der Trierische Volksfreund an der Suche nach der Identität der Toten, ebenso wie alle anderen Zeitungen in mehr oder weniger großen Beiträgen und Bildern. Mit großer Spannung hatten alle den Aufmacher der Mosella-Zeitung gelesen; sogar Buhle hatte sich ein Exemplar im kleinen Supermarkt an der Ecke zur Güterstraße gekauft.

Die MoZ ging nur in wenigen Absätzen auf die Pressekonferenz ein, wohl vor allem, um das überdimensionierte Foto von Buhle, Monz und Haupt auf der Titelseite einzubinden. Es war schon eine Leistung des Fotografen, den Moment abzupassen, in dem alle drei einen unglaublich ratlosen Eindruck vermittelten. Darüber prangte in dicken Buchstaben: »Beweise reichen den Ermittlern nicht« und etwas kleiner als Untertitel: »Trotz Verhaftung und erdrückender Beweislast sind Ermittler unsicher – Rätsel um Motiv«. Der folgende Artikel war belanglos.

Das änderte sich auf Seite zwei. Reporter berichteten von »guten Bekannten« und »engen Vertrauten«, die die Ehe der S. in der letzten Zeit als instabil bezeichneten. Thomas S. habe seine Freizeit deutlich häufiger allein gestaltet, wäre besonders gern auf geschäftlichen Auslandsreisen gewesen und habe sich wieder mehr für andere Frauen interessiert. In mancher seiner Aussagen habe er angedeutet, dass das Zusammenleben mit seiner Frau Marie S. in den letzten Jahren in jeglicher Beziehung unbefriedigend geworden sei. Ein ehemaliger Kommilitone wurde mit den Worten zitiert: »Tom war schon während des Studiums kein Verächter eines ausschweifenden Lebens. Er hat wohl zunehmend unter der Enge des von seiner Frau dominierten Familienlebens gelitten.«

Mit dem Vornamen von Marie Steyn hatte die MoZ mal wieder ein journalistisches Tabu gebrochen. Die Reduzierung des Nachnamens auf den Anfangsbuchstaben war damit zur Farce geworden. Jeder, der Marie und Thomas Steyn auch nur entfernt kannte, würde spätestens jetzt unstrittig wissen, wer des Mordes verdächtigt wurde. Doch die MoZ setzte noch einen drauf. Ein weiterer Bericht beschrieb ein angeblich gestörtes Vater-Sohn-Verhältnis. Wie sei es sonst zu erklären, wurde gefragt, dass der Sohn nicht im elterlichen Betrieb arbeite, obwohl er mit dem entsprechenden Studium fachlich hervorragend qualifiziert sei? Stattdessen würde Thomas S. bei einer konkurrierenden Trierer Firma die Auslandsgeschäfte leiten und somit als Konkurrent im Marktsektor der alternativen Energien agieren.

Buhle und seine Kollegen fanden die Berichterstattung der MoZ reißerisch, spekulierten über die Glaubwürdigkeit der zitierten Quellen, sahen aber in der Tatsache, dass Vater und Sohn Steyn beruflich getrennte Wegen gingen, tatsächlich einen Ermittlungsansatz, dem sie nachgehen wollten.

Buhle und Gerhardts trafen pünktlich um zehn Uhr vor dem Haus der von Steyns in Trierweiler ein. Buhle war überrascht, als er das für ein Unternehmerhaus vergleichsweise kleine Gebäude sah. Auf den zweiten Blick erkannte er eine moderne Architektur, der es ausgesprochen gut gelungen war, innovatives Bauen und regionalen Baustil zu vereinbaren. Die zweifelsohne vorhandene Exklusivität hatte somit den Charme des Entdeckt-werden-Wollens.

Der Vorgarten war durch einen Holzlattenzaun, der auf einer niedrigen Schiefermauer gegründet war, eingefriedet. Dahinter öffnete sich ein nicht sehr großer, staudenreicher Garten, der nun im Herbst vor allem durch die langsam verblühenden Astern, Chrysanthemen und Dahlien geprägt war. Er machte einen leicht verwilderten Eindruck und unterschied sich damit erheblich von den umliegenden Grundstücken.

Buhle öffnete die Pforte und traf auf die von bemoosten Fugen gerahmten Schieferplatten des kurzen Weges, der zum Haus führte. Die schwere, dezent verzierte Holztür und die gleichartigen Fensterläden verliehen der in einem kräftigen Beige gehaltenen Fassade einen idyllischen Charakter. Das schwarz gedeckte Dach schien sich mit dem weiten Überstand schützend über das Haus zu legen. Wieder erst auf den zweiten Blick erkannte Buhle, dass es sich nicht um normale Dachziegel handelte, sondern um kleine Fotovoltaikelemente, die von ihrem Aussehen den regionaltypischen Schieferdächern recht nahekamen.

Die Tür wurde nur wenige Sekunden nach dem Ertönen der melodischen Klingel von einer Frau mit silbergrauen Haaren und dunkler moderner Brille geöffnet.

»Guten Tag, das ist Kommissar Paul Gerhardts, mein Name ist Christian Buhle. Wir hatten uns telefonisch angekündigt.«

»Guten Tag, Juliette von Steyn. Ja, wir hatten miteinander gesprochen. Kommen Sie bitte herein.«

Buhle folgte ihrer einladenden Geste und trat in die Diele. Der Terrakottaboden mit einer mit hohen Astern bestückten Bodenvase, die seitlich nach oben und unten führenden luftigen Buchentreppen und der schwach gelb eingefärbte Innenputz verliehen dem kleinen Raum eine angenehme Atmosphäre. Als einziger Wandschmuck gaben die zwei abstrakten, ruhig wirkenden Acrylgemälde dem Ambiente eine zusätzliche edle Note.

Juliette von Steyn geleitete die beiden Kommissare ins Wohnzimmer. Buhle war erstaunt über den großzügig wirkenden Raum, der fast das ganze Erdgeschoss einzunehmen schien. Der Eindruck wurde verstärkt durch den nach Süden anschließenden Wintergarten und die insgesamt sehr übersichtliche Einrichtung. Die mediterranen Fliesen der Diele setzten sich hier fort. Die Wände waren deutlich feiner verputzt und in verschieden intensiven, einander ideal ergänzenden Gelbtönen gehalten. Ein Vitrinenschrank mit unterschiedlichsten Kristallfiguren, ein ganz aus Glas bestehender TV-Schrank mit einem ultraflachen Fernseher und einer offensichtlich der Premiumklasse angehörenden Hi-Fi-Anlage, eine schwarze Ledergarnitur mit gläsernem Beistelltisch und ein aus massiver geölter Buche mit Schieferintarsien gearbeiteter Esstisch samt dazugehörigen Stühlen waren die einzigen Möbelstücke auf den gut vierzig Quadratmetern. Neben weiteren Bildern sorgten hier auch verschiedene Skulpturen für eine besondere Atmosphäre.

»Die Bilder und Statuen sind zumeist von Künstlern aus der Eifel, also keine Sammlung von Kunstschätzen. Aber ich meine, der Preis muss nicht immer etwas über die Qualität aussagen. Gefallen sie Ihnen?« Juliette von Steyn blickte fast verlegen, aber doch mit einem gewissen Stolz von den Kriminalbeamten zu ihren Schätzen und dann wieder zurück. Ohne eine Antwort zu erwarten, fuhr sie fort: »Ich hole meinen Mann, er ist wohl noch in seinem Arbeitszimmer. Darf ich Ihnen etwas zu trinken anbieten? Einen Tee, Mineralwasser?«

Christian Buhle konnte seinen Blick noch nicht von der Figur eines weiblichen Aktes lösen. Er glaubte, in seinem Leben noch nie etwas so Unschuldiges und Anmutiges als Kunstwerk gesehen zu haben wie dieses fast kindliche Abbild eines Mädchens mit schüchtern gesenktem Blick. Als Gerhardts einem Glas Wasser zustimmte, nickte er nur.

Juliette von Steyn verschwand in der Diele und rief hinter der von ihr geschlossenen Tür nach ihrem Mann. Gerhardts murmelte mit deutlicher Wertschätzung in der Stimme: »Das Ganze hier hat schon Stil, Christian, oder? Du bist ja ganz hin und weg von dieser Figur da.«

Buhle atmete kurz durch und wandte sich dann Gerhardts zu. »Hast du das schon mal erlebt, dass du vor etwas stehst, und du wirst völlig unerwartet von einer Faszination befallen, die dich regelrecht gefangen nimmt? Das hier habe ich wirklich noch nicht erlebt. Ich bin ... ich bin wirklich überwältigt.«

Sie hatten nicht gehört, dass Juliette von Steyn zwischenzeitlich durch den Essbereich zurückgekommen war. Sie hatte zumindest die letzten Worte Buhles mitbekommen und freute sich offensichtlich über die Wirkung, die von der gerade mal sechzig Zentimeter hohen Statue ausging.

»Ich habe dieses kleine Wunder in der Vulkaneifel in einem zum Atelier umgebauten Bahnhofsgebäude entdeckt. Es war bloßer Zufall. Zunächst wollte ich mir nur eine Orchideenwiese anschauen, die ganz in der Nähe war. Ohne rechten Grund bin ich dann zu dem Atelier gegangen; eigentlich war da nur eine Töpferei ausgeschildert, und davon habe ich weiß Gott schon genug an Utensilien.«

Sie zeigte zum Wintergarten, der im Kontrast zu dem fast leeren Innenraum ein grünes Paradies war.

»Neben der Töpferei war noch ein kleiner Anbau, und als ich durch dessen Fenster schaute, sah ich eine Frau in meinem Alter, die gerade dabei war, diese Basaltfigur zu polieren. Sie schaute hoch, wir blickten uns an, und es dauerte unendlich erscheinende dreißig Sekunden, bis wir beide wussten, dass sie diese Figur nur für mich gemacht hatte. Es gab da gar keinen Zweifel. Wir vereinbarten, dass ich nach zehn Tagen wiederkommen sollte, um die Figur abzuholen. Wir hatten keinen Vertrag, keinen Preis ausgehandelt, sie hatte noch nicht einmal meinen Namen. Als ich zum vereinbarten Termin kam, war das Haus verschlossen. Ich rief, aber niemand meldete sich. Ich schaute durch das Fenster und stellte erleichtert fest, dass mein Mädchen noch dastand. Dann hörte ich im Ort die Glocken läuten und habe noch nie vorher eine solche Traurigkeit empfunden wie in diesem Augenblick.«

Sie betrachtete die Figur fast mitfühlend, fuhr dann aber sofort mit ihrer sanften Stimme fort. »Ich fuhr die fast zwei Kilometer im Schneckentempo. Als ich am Friedhof angekommen war, setzte sich der kleine Trauerzug gerade zum Grab in Bewegung. Ich folgte ihm und nahm Abschied von einer Frau, die ich nur einmal vorher gesehen hatte, zu der ich aber eine innere Verbindung spürte wie zu kaum einem anderen Menschen in meinem Leben. Als ich nach der Beerdigung mit dem Töpferpaar zurück zum Bahnhof fuhr, erzählten sie mir, dass Pauline mir einen Brief geschrieben habe, der neben der Statue liege. Mehr nicht. Sie ließen mich in die kleine Werkstatt. Der Brief war kurz; Pauline entschuldigte sich dafür, dass sie nicht warten konnte, aber sie würde nun in Frieden gehen können, da sie wusste, dass ihre kleine Juliette bei mir ein Zuhause finden würde. Juliette, ich konnte es in dem Moment nicht glauben. Später habe ich erfahren, dass Juliette ihre Tochter war, die bereits als Jugendliche verunglückt ist. Pauline selbst litt im Endstadium an Krebs.«

Es herrschte tiefe Stille in dem Zimmer, bis auf der Treppe die schweren Schritte von Philipp von Steyn zu ihnen drangen. Die Bestimmtheit, mit der er die Tür öffnete und eintrat, ließ die zuvor andächtige Stimmung wie von einer Sturmböe erfasst verwehen.

»Das sind also die Herren Kommissare, die meinen Sohn verhaftet haben und nun mit gezielten Indiskretionen Stimmung gegen unsere Familie machen.«

Buhle, der sich in den letzten fünf Minuten nicht gerührt hatte, drehte sich langsam um. Nach einem kurzen Moment, der spürbar machte, wie sich die Atmosphäre in ein und demselben Zimmer wegen einer einzigen hinzugekommenen Person augenblicklich wandeln konnte, sagte er tonlos:

»Guten Tag. Ich nehme an, Sie sind Herr von Steyn. Das ist Kriminalhauptkommissar Gerhardts, mein Name ist Buhle. Wenn es Ihnen nichts ausmacht, würden wir uns gerne sachlich mit Ihnen und Ihrer Frau unterhalten. Es gibt eine ganze Reihe an Informationen, die wir uns von Ihnen erhoffen. Nach Ihrer Äußerung zu urteilen, haben Sie die Berichterstattung in den Medien verfolgt. Sie wissen also, dass wir noch am Anfang der Ermittlungen stehen. Dass wir Ihren Sohn in Untersuchungshaft nehmen mussten, ist den vorliegenden ihn objektiv belastenden Ergebnissen der Kriminaltechnik geschuldet. Dass die einzige Person, die mit einer ermordeten Frau im Haus angetroffen wird, der Tat verdächtigt werden kann, wird Ihnen einleuchten, auch wenn Ihnen das als Vater des Verdächtigen sicher schwerfällt. Den Vorwurf der Stimmungsmache weise ich allerdings entschieden zurück. Sie sollten uns nicht mit der Presse verwechseln.«

Buhle und von Steyn taxierten sich einen weiteren Moment, dann wies der Hausherr auf die Sofas. »Machen wir es kurz. Die hiesigen Geschäftspartner rennen mir schon fast das Haus ein. Was wollen Sie wissen?«

Buhle versuchte, etwas von der Kälte aus seiner Stimme zu nehmen. »Wie gesagt, wir stehen noch am Anfang der Ermittlungen. Insofern untersuchen wir den Fall selbstverständlich in alle Richtungen.«

Bei Juliette von Steyn schienen seine Worte so etwas wie einen Hoffnungsschimmer zu erzeugen. Sie machte einen beinahe unmerklichen Ansatz, etwas zu sagen, ließ es dann aber. Ihr Mann blieb völlig unbeeindruckt.

»Fakt ist, dass eine Frau ganz offensichtlich im Haus Ihres Sohnes ermordet wurde. Ihr Sohn behauptet zwar, dass er das Opfer nicht kenne, es gibt aber keine Anzeichen, dass sich jemand anders in dem Haus aufgehalten hat. Ihr Sohn sagt, dass eine alte Freundin, eine Marion Schroeder, sich mit ihm verabredet habe und es dabei auch zu intimem Verkehr gekommen sei. Kennen Sie diese Freundin Marion?«

Philipp von Steyns Gesichtsausdruck hatte sich nochmals deutlich verdunkelt. Er zeigte unverhohlen Abscheu gegenüber dem, was Buhle über seinen Sohn berichtete. Eine Antwort konnte er nicht geben. Das übernahm seine Frau.

»Ja, Marion Schroeder war Thomas' engste Schulfreundin. Ich ... wir waren froh, dass er nach einigen Anfangsschwierigkeiten im Internat eine Vertraute gefunden hatte. Sie haben viel zusammen unternommen, aber davon hatte Tom uns natürlich nur das Nötigste und Unverfänglichste erzählt. In dem Alter erzählen die Kinder einem ja nichts, und Thomas war im Odenwald, also weit weg von uns. Irgendwann in der Oberstufe hat sich das Mädchen dann in einen Jungen verliebt. Danach hat Thomas sie eigentlich nicht mehr erwähnt und Nachfragen von mir immer nur abgewiegelt.«

»Das heißt, auch in letzter Zeit fiel der Name Marion nicht mehr zwischen Ihnen?«

Juliette schaute bedrückt zu Boden, dann in das versteinerte Gesicht ihres Mannes. Leise sagte sie: »Wir sehen Thomas und seine Familie nur selten. Es ist ... es ist ein schwieriges Verhältnis zwischen unserem Sohn und ... uns.«

Juliette von Steyn berichtete in groben Zügen von dem schwierigen Kind Thomas, das sie hier nicht in den Griff bekamen und als letzte erzieherische Lösung in ein Internat gaben, wo er sich offenbar fing.

Im Flur klingelte ein Handy. Philipp von Steyn nutzte dies als Unterbrechung des Verhörs und verließ hastig den Raum. Durch die offene Tür wurden Buhle und Gerhardts Zeuge des Telefonats. Von Steyn schien einen Geschäftspartner beschwichtigen zu müssen, und es war offensichtlich, dass er dazu einiges an Rhetorik aufwenden musste.

Nach ein paar Minuten kam er zurück. Das Handy ließ er in seine Hosentasche gleiten, schaute etwas unschlüssig zu den Polizisten und setzte sich schließlich wieder auf das Ledersofa. Er nahm einen Schluck von dem Wasser, das seine Frau in der Zwischenzeit serviert hatte, und verschluckte sich fast, als das Handy in seiner Hosentasche zu klingeln und zu vibrieren anfing. Bis er es schaffte, es mit einer Hand herauszuholen, war es bereits wieder verstummt. Genervt ließ er sich die Nummer des entgangenen Anrufes anzeigen. Er schien sie zu kennen.

»Ein Anruf von der EIB. Die haben mir grad noch gefehlt.« Ein Blick zu den Polizisten genügte, und von Steyn erklärte: »Die Europäische Investitionsbank. Wie Sie vielleicht wissen, sind wir 2006 mit unseren kompletten Betrieben in den Industriepark nach Föhren umgezogen. Das war nötig, weil wir an den alten Standorten in Konz und Zewen aus allen Nähten platzten, und vor allem weil ich, bevor es für mich zu spät war, noch etwas Neues machen wollte.« Er sah herausfordernd vom einen zum anderen. »Meinen Sie, die Menschen, die in der Nähe unserer Anlagen leben, sind froh mit Windmühlen, die immer gigantischer werden, mit hektargroßen Solarfeldern, oder Biogasanlagen, umgeben von riesigen Maisfeldern?«

»Na ja«, sagte Gerhardts, überrascht von der plötzlichen Heftigkeit dieser rhetorischen Frage, »schön sind die Anlagen vielleicht nicht, aber …«

»… aber besser als Atom- oder Kohlekraftwerke. Meinen Sie das? Da mögen Sie recht haben, aber so denken nicht alle. In Europa gibt es noch zahlreiche Länder, die uneingeschränkt auf Kernkraftwerke setzen, und glauben Sie ja nicht, dass sich die großen Energiekonzerne das Geschäft mit der Verstromung von Braun- und Steinkohle entgehen lassen. Solange es genügend Energie aus zentralen Kraftwerken von wenigen Konzernen gibt, wird es in unseren Breiten nicht genug Druck geben, um genügend Fläche für regenerative Energieanlagen zusammenzubekommen. Es sind einfach zu viele Menschen davon betroffen, die lieber Atomstrom aus der Steckdose als Wind- oder Solarenergie direkt vor der Nase haben wollten. Denken Sie nur an das Hickhack mit der Solaranlage oberhalb von Ruwer. Der Leidensdruck im Energiesektor ist nicht stark genug, als dass die Leute diesen Landschaftsverbrauch einfach so hinnehmen.«

So langsam hatte sich von Steyn warm geredet. Auch wenn seine Worte immer noch nüchtern gewählt waren, spiegelte seine Stimme doch einen gewissen Enthusiasmus wider.

»Wenn wir es schaffen, in unseren eigenen vier Wänden unseren individuellen Energiebedarf selbst zu erzeugen, dann könnte man mit Großanlagen in erträglichem Umfang Wirtschaft und Verkehr bedienen. Atom- und Kohlekraftwerke wären in wenigen Jahrzehnten vollkommen überflüssig. Und unsere fossilen Energieträger könnten noch jahrhundertelang als Rohstoffe veredelt werden, anstatt sie für Mobilität und Wärme zu verpulvern.«

Jetzt hörte sich der grauhaarige Unternehmer von Steyn an wie ein fundamentalistischer Grünenpolitiker auf Wahlkampf. Nur worauf er eigentlich hinauswollte, wusste Buhle immer noch nicht. Gerhardts schien das Thema aber zu interessieren. Er fragte nach: »Ja, und wie soll das Problem gelöst werden?«

So etwas wie ein Hauch von Triumph erschien im Gesicht Philipp von Steyns. »Die wenigsten wissen, was heute schon alles technisch möglich ist. Können Sie sich vorstellen, dass unser Haus hier unseren kompletten Energiebedarf inklusive zweier strombetriebener Autos produziert?«

Gerhardts zuckte mit den Schultern.

»Und nicht nur das, wir könnten noch eine vierköpfige Familie mit versorgen. Es gibt nur ein Problem: Das kann sich derzeit keiner leisten. Wir leben hier, wenn man es so sagen will, in der Zukunft. Nur damit es auch die Zukunft aller wird, muss noch viel in Forschung und vor allem in eine günstige Produktion investiert werden. Das soll meine letzte Lebensaufgabe sein.«

Buhle hatte geduldig zugehört. Sicherlich waren das alles sinnvolle Informationen, um sich von dem ambitionierten Unternehmer ein Bild zu machen. Irgendein Hinweis, der in Bezug zu dem Mord stand, war darin jedoch nicht enthalten. Er räusperte sich. »Herr von Steyn, ich muss noch einmal auf Ihr persönliches Verhältnis zu Ihrem Sohn zurückkommen. Können Sie uns das näher erklären?«

Gerhardts ließ sich tief in das weiche Leder der Rückenlehne sinken. Juliette von Steyn kniff die Lippen zusammen und schaute wieder besorgt zu ihrem Mann.

Nur Philipp von Steyn selbst schienen die Worte nicht zu erreichen. Mit leicht entrücktem Blick sann er wohl noch seiner zukünftigen Lösung des Energieproblems der Industrieländer nach. Gerade als Buhle seine Frage wiederholen wollte, antwortete von Steyn doch noch:

»Nein, ich kann Ihnen das nicht erklären. Fragen Sie meine Schwiegertochter. Als promovierte Psychologin und Ehefrau meines Sohnes wird sie Ihnen vielleicht eine fundierte Analyse vorlegen können.« Mit Bitterkeit fügte er hinzu: »Aber sie hat das ja bis heute ignoriert. Letztendlich gibt es wohl zwei Möglichkeiten: Entweder hat einer von uns beiden versagt, oder wir beide haben versagt. Ich persönlich tendiere zur zweiten Möglichkeit.«

»Aber Sie können uns sicher sagen, seit wann Ihr Verhältnis zu Ihrem Sohn so belastet ist.«

»Nein, auch das kann ich leider nicht. Wahrscheinlich habe ich damals überhaupt nicht mitbekommen, wie er sich vom Säugling zum Kind entwickelt hat. Ich habe damals nur für die Firma gelebt. Als ich verstand, dass mit Thomas etwas nicht stimmte, war es schon zu spät.«

»Und Ihr Verhältnis hat sich auch später nicht mehr positiv entwickelt?«, fragte Buhle nach.

Jetzt schaltete sich Juliette von Steyn wieder ein. »Später hat Thomas Energietechnik studiert, und wir hatten natürlich sehr gehofft, dass er nach dem Studium in eine unserer Firmen einsteigen würde. Er hatte ja auch eine Familie gegründet, und es gab zunächst Anzeichen der Annäherung. Aber als er uns mitteilte, dass er wieder zu Seckerath zurückgehen wolle, traf das besonders meinen Mann hart. Vielleicht war es gut, dass in diesem Jahr so viel passierte, mit unserem Umzug nach Trierweiler, der Geburt von Mattis ...«

»Hat Ihr Sohn einen Grund für seine Entscheidung genannt?«

Juliette von Steyn schwieg, sodass ihr Mann sich genötigt sah, zu antworten. »Er sagte einmal, er wolle sein eigenes Leben leben und nicht das seines Vaters fortsetzen. Mit diesem Drang nach Selbstständigkeit ist er mir sehr ähnlich. Ich kann ihm das also nicht vorwerfen.« Er hielt kurz inne. »Aber das ist natürlich nicht das, was man sich als Vater wünscht.«

»Hatten Sie ihm denn ein Angebot gemacht, als klar war, dass er bald mit dem Studium fertig werden würde?«, fragte Buhle nach.

Von Steyn schaute ihn lange an, als ob ihm erst jetzt, nach zehn Jahren, sein Versäumnis erstmals bewusst würde. »Nein.« Mehr brachte er dazu nicht heraus.

Buhle hatte gerade angesetzt, um nach dem Verhältnis der jungen Eheleute Steyn zu fragen, als es an der Tür klingelte.

*

Marie hatte um halb zehn den Intercity über Luxemburg bekommen. Die Kinder waren zwar zunächst etwas quengelig gewesen, machten aber dann doch gut mit.

Bis in die Nacht hinein hatte sie wach gelegen und überlegt, wie sie es den Kindern sagen sollte. Dann hatte sie beschlossen, ihnen einfach die Wahrheit zu erzählen.

Im Zug bekamen sie ein eigenes Abteil, und Marie nutzte die Gelegenheit, ihren Kindern die Situation möglichst sachlich zu erklären: dass eine tote Frau in ihrem Haus gefunden worden sei. Dass der Papa verdächtigt werde, die Frau umgebracht zu haben, weil er natürlich im Haus geschlafen hatte. Dass aber der Papa das ganz bestimmt nicht getan habe, er hatte ja auch sofort die Polizei gerufen. Die hatte ihm aber nicht geglaubt und ihn deshalb mitgenommen, damit sie ihn noch mehr befragen könne. ... Nein, auch die Mama glaubte ganz sicher, dass der Papa unschuldig sei. Nur müsse die Mama jetzt versuchen, die Unschuld des Papas zu beweisen. Deshalb würden die Kinder jetzt eine Zeit lang bei Oma und Opa wohnen, bis alles geklärt und der richtige Täter hinter Gittern sei.

»... ja, es kann gut möglich sein, dass die Freunde und Mitschüler davon wissen. ... Das ist mutig, dass du trotzdem in die Schule willst. ... Natürlich kannst du auch zum Fußball gehen. Wenn die anderen Kinder blöd sind, dann hör einfach nicht hin. ... Ja, ich glaube wirklich daran, dass der Papa es nicht getan hat. ... Die Frau kennen wir alle nicht. ... Du kannst bestimmt morgen bei der Oma bleiben und musst nicht unbedingt in die Schule. Aber das kannst du morgen noch entscheiden. ... Nein, die Mama wird bei Peter übernachten, damit ihr genügend Platz in dem Gästezimmer bei der Oma habt ...«

Noch bevor sie in den Bahnhof in Luxemburg einfuhren, hatte Marie es geschafft. Die Kinder waren erstaunlich ruhig geblieben. Konnten sie begreifen, was für eine Tragweite dieser Mord für ihren Vater und ihre ganze Familie haben würde?

Nach dem Umsteigen schauten Mattis und Nora gedankenverloren aus dem Fenster. Marie wusste, dass beide über das grübelten, was sie ihnen gerade offenbart hatte. Sie musste sich jetzt überlegen, wie sie weiter vorgehen wollte. Für die Kinder da zu sein, Thomas irgendwie beizustehen und gleichzeitig ihre Jobs zu erledigen würde sie nicht schaffen. Als sie innerlich die Rangfolge setzte, wusste sie, dass für ihren Beruf und damit ihre tief in ihr verwurzelten idealistischen Ziele wieder mal kein Platz war. Sie war in erster Linie Mutter, und Marie musste hintenanstehen.

Schweigend fuhren sie das letzte Stück entlang der Mosel nach Trier.

Als Marie mit den Kindern aus dem Taxi stieg, bemerkte sie vor dem Haus ihrer Schwiegereltern den Wagen der Kripo, mit dem sie zwei Tage zuvor nach Avelsbach mitgefahren war. Die Polizei konnte sie jetzt und hier wirklich nicht gebrauchen. Warten wollte sie aber auch nicht.

»Nora, Mattis. Es kann sein, dass wir genau richtig kommen, damit ihr noch echte Kommissare kennenlernt. Ich glaube, die besuchen gerade eure Großeltern.«

Marie sah ihren Kindern nach dieser Ankündigung an, dass bei beiden eindeutig die Skepsis überwog. Deshalb schob sie rasch nach: »Ihr müsst aber keine Angst haben, die sehen wie wir alle aus, und die müssen bestimmt Oma und Opa nur ein paar Fragen stellen und sind dann wieder weg. Los, wer ist zuerst an der Tür?« Nora gewann zum ersten Mal.

Als Juliette die Tür öffnete, bemerkte Marie, wie ihrer Schwiegermutter sofort die Tränen in die Augen schossen. Juliette herzte ihre beiden Enkel lange, und Marie war dankbar, dass auch sie fest in die Arme genommen wurde. Die Kinder standen bereits an der Treppe zur ersten Etage, als Marie und Juliette ihnen in die Diele gefolgt waren.

»Geht schon mal hoch und räumt eure Sachen aus. Ich habe euer Zimmer schon fertig gemacht«, forderte Juliette die beiden zum Weitergehen auf.

Während Nora der Anweisung folgte, blieb Mattis in der Diele stehen.

»Was ist, Mattis?«

Als Antwort blickte er auf seine Hände, die ein imaginäres Stück Papier rollten.

»Möchtest du erst den Opa begrüßen? Und die beiden Polizisten?«

Mattis nickte, ohne den Kopf zu heben. Juliette wuschelte dem

Jungen die Haare und sagte betont aufmunternd: »Na, dann komm, stell die Sachen einfach hier ab. Die Herren sind im Wohnzimmer. Opa freut sich schon auf euch.«

Marie blickte ihrem Sohn und seiner Großmutter nach. Es war eindeutig die richtige Entscheidung, die Kinder hier zu Juliette zu bringen. Durch die Tür sah sie, wie Mattis zuerst den beiden Kommissaren die Hand gab und dann Philipp zaghaft in den Arm nahm. Zusammen mit Juliette setzte er sich aufs Sofa und schmiegte sich eng an sie.

Marie wollte Nora folgen, doch die kam ihr auf der Treppe schon wieder entgegen.

»Darf ich jetzt auch die Kommissare sehen?«

Marie lächelte und nahm ihre Tochter von der oberen Stufe weg in ihre Arme. Gemeinsam gingen sie ins Wohnzimmer.

Gerhardts bemühte sich um einen kindgerechten Dialog mit Nora und Mattis, aber ermittlungsbezogene Fragen wollte keiner der Polizisten in Anwesenheit der Kinder stellen. Schließlich lud Gerhardts die beiden zu einer Fahrt mit einem »echten Polizeiauto« ein. Nachdem Marie Steyn ihre Zustimmung gegeben hatte, waren sie unter sich, »für eine Viertelstunde; schließlich müssen wir ja auch mal schnell über die Autobahn fahren«, wie Paul Gerhardts augenzwinkernd meinte.

Buhle nahm das Gespräch wieder auf. »Bevor die Kinder zurück sind, muss ich Ihnen dreien eine Frage stellen, zumal es ja auch schon in der Zeitung stand.« Er unterbrach sich selbst, als er bemerkte, dass Marie Steyn ihn fragend ansah. »Wir haben in diesem Fall eine unerwartet aggressive Berichterstattung in den Medien. Haben Sie noch keine Zeitung gelesen?«

Marie Steyn schüttelte den Kopf, aber Buhle sah ihr an, wie Befürchtungen und daraus resultierender Zorn in ihr aufstiegen.

»In einer Zeitung wurde berichtet, dass Ihr Familienleben schon lange nicht mehr intakt sei. Es wurden Seitensprünge angedeutet. Auch dass die Tat mit sexuellen Handlungen einherging, wurde bereits verbreitet. Letzteres mussten wir dann auf der Pressekonferenz bestätigen. Es tut mir wirklich leid, dass diese Details schon jetzt in der Öffentlichkeit kursieren; wir wissen momentan noch nicht, über welche Quellen einige Journalisten verfügen.«

Buhle versuchte einen Blickkontakt, stieß dabei aber nur auf ein glühendes Funkeln im Schwarz von Marie Steyns Augen. »Frau Steyn, Ihr Mann hat uns gegenüber sexuellen Kontakt zu anderen Frauen bestätigt. Können Sie uns etwas darüber sagen?«

»Sie wagen es, hier vor den Eltern meines Mannes diese Ungeheuerlichkeiten zu behaupten?«, zischte Marie Steyn. »Was geht Sie das überhaupt an? Ich habe Ihnen vom ersten Tag an gesagt, dass mein Mann nicht der Mörder ist. Finden Sie lieber den Täter, als in unserem Privatleben herumzuwühlen und Dinge nach außen zu tragen, die keinen etwas angehen. Haben Sie weiter nach Spuren gesucht, die meinen Mann entlasten? Oder sind Sie nur froh, so schnell einen Täter präsentieren zu können, um zu zeigen, wie toll die Kripo in Trier ist? Sie sollten jetzt besser verschwinden und Ihren Job tun.«

Es war völlig still in dem großen Raum.

»Sie haben meine Frage nicht beantwortet, Frau Steyn«, sagte Buhle schließlich. »Ist Ihr Mann fremdgegangen? Hatte er über den sexuellen Verkehr mit Prostituierten hinaus Beziehungen zu anderen Frauen? Frau Steyn, wir müssen das wissen und am besten von Ihnen, damit wir nicht in anderen Kreisen dazu ermitteln müssen.«

Feuer und Eis: Die Metamorphose, die Marie Steyns Blick bei diesen Worten durchlief, war erstaunlich. Für Christian Buhle hatte der Begriff »Augenblick« von jeher eine andere Bedeutung gehabt als die der bloßen Zeitangabe. Für ihn war es die intensivste Möglichkeit der Auseinandersetzung mit dem Innersten anderer Menschen. Und Menschen, die über ihre Augenblicke kommunizieren konnten, bewunderte er. Es waren stets Menschen voller Emotionen, voller Leben, also ganz anders als er selbst.

»Ich weiß nicht, ob mein Mann Sex mit anderen Frauen hatte«, Marie Steyns Stimme war jetzt fest und für alle deutlich vernehmbar, »ich vermute es aber. Zumindest bietet unser Sexualleben dafür jede Menge Freiraum, und mein Mann ist häufig genug auf langen Dienstreisen. Eine feste Beziehung zu einer anderen Frau hätte ich bislang ausgeschlossen. Aber ich hätte ihm auch nicht zugetraut, dass er sich Frauenbesuch zu uns nach Hause bestellt. Da müssen Sie dann vielleicht doch in den anderen Kreisen ermitteln. Und jetzt verschwinden Sie.«

11

Luxemburg, März im selben Jahr

Er saß noch immer wie versteinert in seinem Büro, in völligem Unverständnis gegenüber dem Geschehenen, keinen seiner zahllos umherschwirrenden Gedanken einfangend. Er hatte sich doch perfekt vorbereitet, hatte die kompletten Firmendaten recherchiert, jede Lücke im Konzept analysiert, war sich sicher gewesen, dass er ihn am Haken hatte. Und dann hatte der Alte eiskalt gekontert, hatte ein Ass nach dem anderen aus dem Ärmel gezogen, hatte ihn am Ende völlig in der Hand gehabt und sich nicht gescheut, ihn darin zu zerquetschen wie Harmstorf seinerzeit im »Seewolf« die angeblich rohe Kartoffel.

Seit über zehn Jahren arbeitete er nun schon hier. Hatte unten angefangen, dann zum Überholen angesetzt und diese Spur bis heute nicht verlassen. Dass er es in der kurzen Zeit zum stellvertretenden Leiter seiner Abteilung geschafft hatte, war für ihn Genugtuung gewesen, egal was die Neider dabei dachten, die er hinter sich gelassen hatte. Er schien unaufhaltbar und nun dieses Desaster. Hatte der Alte ihn durchschaut, hatte er gewusst, was ihn erwarten würde, und ihn auf vorher gelegten Spuren ins offene Messer laufen lassen?

Wäre es irgendein Kunde gewesen, hätte er irgendwann einlenken und noch die Kurve kriegen können. Dann wäre ihm diese unverschämt kompromittierende Standpauke seines Vorgesetzten erspart geblieben. Aber bei dem Alten konnte er nicht nachgeben, hatte gekämpft, als er schon am Abgrund stand, und verloren. Er fühlte sich immer noch im freien Fall, verzweifelt nach Halt suchend. Aber er fand keinen. Fiel immer tiefer und tiefer.

Das neue Bankgebäude bestand fast vollständig aus Glas: Das in Dreieckswaben konstruierte Glasdach zog sich wie ein geviertelter Zylinder vom Boden bis über die ebenfalls vollständig gläserne, gerade abfallende Front, die nur mit mehrmals wechselndem Versatz vertikal gegliedert war. Auch die Stirnseiten und sogar Räume im Innern des Gebäudes waren geprägt von dieser alles dominierenden Transparenz. Das neue Gebäude am Boulevard Konrad Adenauer war ein architektonisches Kunstwerk, das dem Betrachter, sei er Kunde, Partner oder politische Kontrollinstanz, suggerieren sollte: Hier wird nichts verheimlicht, hier besteht Durchblick.

Er hatte dieser Glasarchitektur nie etwas Positives abgewinnen können. Ständig war man beobachtet oder beobachtete selbst. In den ersten Monaten hatte er Anpassungsschwierigkeiten gehabt. Wie den meisten anderen aber gelang es auch ihm irgendwann, darüberzustehen. Doch auch jetzt, nach zwei Jahren, hielt er sich nur in den Büros oder Besprechungsräumen auf und verließ außerhalb der Arbeitszeit sofort das Gebäude. Die Kollegen, die sich in Pausen oder nach der Arbeit noch in den Atrien oder Wintergärten zwischen den V-förmigen Büroflügeln zeigten und somit auch einen Teil ihres Privatlebens für alle sichtbar machten, konnte er nicht verstehen.

Nun war es fast überall dunkel; nur in ganz wenigen Büros brannte noch Licht. Langsam, ganz langsam fiel die Spannung von ihm ab. Endlich für sich, begannen seine Gedanken, sich wieder zu ordnen. Seine Starre blieb. Es waren zu viele Schatten geworden, die sein neues Leben verdunkelten. Die Gespenster von früher waren zurückgekehrt. Er musste etwas unternehmen, damit um ihn herum nicht wieder tiefste Nacht einkehrte.

Es dauerte weitere zwei Stunden, bis er wusste, was er zu tun hatte.

12

Trier; Donnerstag, 4. November

Marie lag schon lange wach.

Sie hatte durch das gekippte Fenster gehört, wie die ersten Autos gestartet wurden, hatte das langsam ansteigende Murmeln der Stadt wahrgenommen, das unsynchrone Schlagen der zahllosen Trierer Kirchenglocken, das musikalische Aufwachen der in den Gärten übernachtenden Singvögel vor dem Abflug in die ungestörten Wälder am Petrisberg.

Peter hatte versucht, geräuschlos das Bett zu verlassen. War sie am Abend noch froh gewesen, Trost in seiner inwendig wärmenden Nähe zu finden, ließ sie ihn nun unbeweglich gewähren. Während zunächst aus dem Bad, dann aus der Küche die leisen Geräusche morgendlichen Tuns zu ihr gelangten, versuchte sie, ihre Lage einigermaßen zu erfassen.

Es gelang ihr nicht. Sie konnte nicht realisieren, was seit Sonntag auf sie hereingestürzt war.

Sie musste aber. Wenn sie es jetzt nicht schaffen würde, für alle ihr nahestehenden Menschen das Richtige zu tun, würde sie ihren ganzen Lebensentwurf verwerfen müssen. Noch mehr, als sie es in den vergangenen zehn Jahren ohnehin schon getan hatte. Würde sie Trier verlassen müssen, sich vorrangig und allein um die Kinder kümmern, alles Gewesene hinter sich lassen? Vielleicht würde das nicht einmal reichen. Was war geschehen, dass das alles passieren konnte?

Ihr wurde es plötzlich zu heiß unter der Daunendecke, und sie schob ihre Beine in die kühle Luft des Schlafzimmers. Wenn Thomas der Mörder war, wäre das eine Katastrophe. Was aber, wenn jemand anders das alles inszeniert hatte? Was für einen Anlass konnte es für einen Menschen geben, so weit zu gehen? Und wer war der Adressat dieses Handelns: wirklich Thomas? Oder war Thomas nur der Anfang? War das Ziel eines Wahnsinnigen vielleicht die ganze Familie von Steyn, vielleicht sie selbst?

Marie schaffte es nur mit Mühe bis zur Toilette. Als sie nichts mehr im Magen hatte, erhob sie sich mühsam. Peter stand in seinem grau-blau karierten Shorty und den gewalkten Hausschuhen bewegungslos hinter ihr. Sie ignorierte das Handtuch, das er ihr hinhielt. Als sie sich wieder aus seinen Armen löste und zu ihm hinaufschaute, murmelte sie leise: »Entschuldige, aber es kam so über mich.«

Peters Gesichtsausdruck wechselte von sorgenvoller Traurigkeit zu der ihm eigenen freundlichen Milde, die Marie an ihm auf die Art liebte, die sie sonst nur Claudille gegenüber empfand.

»Nicht schlimm. Ich hatte den Schlafanzug ohnehin schon den zweiten Tag an.« Er lächelte. »Du hast ja schon lange wach gelegen. Vielleicht duschst du erst mal und erzählst mir, welch furchtbare Gedanken dich zu so früher Stunde an diesen zweifelhaften Ort getrieben haben.«

Marie erwiderte sein Lächeln etwas schief, nickte dann aber. »Machst du mir einen Milchkaffee? Ich brauch nicht lange.« Sie fuhr sich mit einer Hand übers Gesicht und durch die Haare. »Ist momentan eh nicht viel zu machen.«

Zehn Minuten später saß Marie nur mit einem Rollkragenpulli ihres Gastgebers, einem Slip und Wollstrümpfen bekleidet in der warmen Küche und umklammerte die große Tasse, die Peter ihr hingeschoben hatte. Unvermittelt fragte sie: »Kann es sein, dass das alles gar nicht nur Thomas gilt?«

Das bissbereite Brötchen verharrte zusammen mit Peters Hand kurz vor seinem Zielort. Langsam legte er es auf den krümelübersäten Teller. »Sondern?«

»Seiner Arbeit, seiner Familie, unserer Familie«, sie machte eine kleine Pause, »mir?«

Peters Blick lag ruhig auf ihr. Nachdem sie zweimal an ihrem Kaffee genippt hatte, antwortete er: »Ich glaube nicht, dass es um eure kleine Familie geht. Ich bin mir fast sicher, dass es vorrangig um Thomas geht.« Er hielt kurz inne. »Hier will jemand deinen Mann öffentlich demontieren. Ich glaube, nur das kann das Ziel einer solchen Tat sein.«

»Warum?«

»Überleg mal, welche Anstrengungen der Täter unternommen haben muss, um diesen Mord zu planen und durchzuführen, damit er Thomas in die Schuhe geschoben werden kann. Wenn er ihn nur ausschalten wollte, zum Beispiel als Konkurrent im Geschäft, hätte er es sich einfacher machen können.«

Marie schluckte. »Du meinst, er hätte ihn direkt …?«

Peter nickte bedächtig. »Es scheint hier um mehr zu gehen. Welche Gründe könnte es haben, jemanden nicht nur physisch zu beseitigen, sondern sein Ansehen und seine sozialen Beziehungen regelrecht zugrunde zu richten?«

Marie betrachtete eine Zeit lang den sich auflösenden Schaum auf dem Kaffee. Als sie Peter wieder anblickte, glaubte sie die Antwort zu wissen: »Rache? … Rache wäre ein starkes Motiv, um so weit zu gehen. Aber das würde bedeuten, dass Thomas jemandem etwas sehr Schlimmes angetan hat.«

»Möglich. Oder jemand, der Thomas sehr nahe steht, hat dies gemacht.«

»Meinst du, ich … ich habe jemandem …?« In Maries fragendem Blick lagen Erschrecken und Furcht.

Peter beugte sich über den Tisch, damit er seine Hände um die von Marie legen konnte, die immer noch die Kaffeetasse umklammerten. »Eindeutig nein, du bist viel zu gut, als dass du jemandem etwas Derartiges hättest antun können.«

»Dann vielleicht Philipp?«

»Oder doch Thomas selbst. Hast du eine Ahnung, was er in letzter Zeit gemacht hat?«

Marie schüttelte den Kopf. »Nein, du weißt ja, wir haben uns … entfernt.« Sie überlegte. »Claudille hat mir aber Sachen aus Thomas' Kindheit erzählt, die ziemlich furchtbar sind. Ich hatte bislang keine Ahnung davon. Er muss damals sehr schwierig gewesen sein, ein richtiger Tyrann.«

Sie schaute Peter wieder in die Augen. »Kannst du dir vorstellen, wie schwer das für mich, gerade für mich ist, zu begreifen, dass ich meinen Mann, den Vater meiner Kinder, mit dem ich seit zehn Jahren in einem Haus zusammenlebe, gar nicht richtig kenne?«

»Es ist für dich wie ein Erdbeben, das deine Grundmauern zum Wanken bringt.«

Marie nickte.

Sie blieben eine Weile bewegungslos sitzen. Dann löste Peter vorsichtig seine Hände und richtete sich wieder auf. Marie hob die

Augenbrauen und versuchte ein abschätziges Lächeln, das ihn sichtlich irritierte.

»Musst du gleich ins Büro? Dann solltest du dich noch umziehen.« Mit einer kurzen Kopfbewegung deutete sie auf das frisch gebügelte Hemd oder besser auf das Marmeladenbrötchen, das sich beharrlich daran klammerte.

Marie saß noch immer am Tisch, als Peter die Wohnung schon lange verlassen hatte und sie mehr den erkalteten Kaffee wärmte als umgekehrt. Das musste es sein. Es ging hier um persönliche Dinge. Nur so ließ sich die brutale Arglist einer solchen Tat erklären. Kurz überlegte sie, diese Erkenntnis der Polizei mitzuteilen. Doch sie hatte nur die Durchwahl von Buhle und keine Lust, diesen Eisklotz anzurufen. Erst mal musste sie ihren Alltag ordnen.

Die Kinder waren zum Glück versorgt. Das Semester an der Uni hatte gerade begonnen, da konnte sie nicht einfach so fernbleiben. Sie musste mit Sabine sprechen. Das kurze Telefonat vorgestern war nicht ausreichend gewesen, um mit ihrer Chefin zu klären, was zu regeln war. Dann galt es, zu prüfen, ob Termine mit Klienten für diese Woche anstanden, die sie verschieben oder delegieren musste.

Entschlossen stand sie auf, suchte sich einen Zettel, auf den sie »Du bist ein wahrer Schatz. Danke, Marie« schrieb und den sie zwischen Teller und Marmeladengläser auf den Tisch legte. Dann ging sie ins Schlafzimmer zurück und zog sich an.

Peters Golf rollte gerade auf einen der letzten freien Parkplätze in der Nähe des Psychologie-Gebäudes auf dem Uni-Campus. In einiger Entfernung sah Marie einen Kollegen den geschwungenen Weg durch die Grünflächen entlangschreiten. Sie musste an dessen Buch »Kritische Lebensereignisse und Lebenskrisen« denken. Vielleicht hätte sie es doch lesen sollen. Blöder Gedanke. Sie musste jetzt überlegen, wie sie die gerade begonnene Lehrveranstaltung »Prävention in der Kinder- und Jugendpsychologie« am besten verlegen konnte.

Das Klingeln ihres Handys ließ sie zusammenfahren. Unruhe stieg in ihr auf. Die Nummer kannten nur Menschen, die ihr nahestanden. Sie fingerte das kleine vibrierende Ding aus der Jackentasche und blickte aufs Display: die Institutsnummer. Die paar Minuten hätte Sabine ja noch warten können.

»Ja, Sabine? Ich bin schon auf dem Parkplatz. ... Nein, wir müssen besprechen, wie es jetzt laufen kann. ... Ich weiß, aber es ist wirklich eine ganz, ganz schwierige Situation. ... Ja, ich komme direkt zu dir. ... Nein, nur ein paar Minuten. Bis gleich.« Ihre Chefin war so leicht nicht aus der Ruhe zu bringen, aber wenn sie eine Sache nicht kontrollieren konnte, wurde sie doch ungeduldig.

Das Handy klingelte schon wieder. »Ich bin doch unterwegs ...« Aber diesmal war es nicht ihre Chefin. »Juliette, was ist passiert?«

Maries Körper verkrampfte sich, als sie ihre Schwiegermutter hemmungslos weinend etwas von Mattis und dessen Schule stammeln hörte. Mit quietschenden Reifen ließ sie den Golf rückwärts aus der Parklücke schießen und fuhr beschleunigend vom Parkplatz auf die Kohlenstraße Richtung Innenstadt. Den morgendlichen Rückstau in der Avelsbacher Straße versuchte sie durch Kürenz zu umfahren. Viel schneller ging es allerdings auch dort nicht.

Nach unendlichen zehn Minuten parkte sie den Wagen einfach quer hinter den besetzten Parkbuchten vor dem grauen Kasten, der die zweistöckige Turnhalle des Gymnasiums beherbergte. Mit für ihre Größe riesigen Sätzen eilte sie durch den Eingang in Richtung Lehrerzimmer. Als sie die Tür dort aufriss, starrte ihr ein Dutzend Lehrer erschrocken entgegen. Mattis' Sportlehrer reagierte am schnellsten. Er nahm sie wortlos am Arm und führte sie in das Zimmer des Schulleiters. Dort saß ihr Sohn mit rot verweinten Augen auf einem der Besucherstühle, daneben völlig aufgelöst ihre Schwiegermutter. Sophie Müller, seine Klassenlehrerin, stand neben Mattis und schien gerade mit ihm gesprochen zu haben. Hinter dem Schreibtisch saß regungslos der konsternierte Rektor mit einem DIN-A4-großen roten Blatt in der Hand.

»Was ist passiert?« Bevor jemand antworten konnte, fiel Marie vor ihrem Sohn auf die Knie und zog ihn in ihre Arme.

Es dauerte eine Weile, bis sich beide wieder beruhigt hatten. Marie nahm das Taschentuch der Lehrerin entgegen und putzte sich die Nase. Mattis benutzte dafür einen Ärmel seiner Jacke. Auch Juliette von Steyn hatte sich zwischenzeitlich wieder etwas gefangen. Marie stand auf und wandte sich dem Rektor zu. Matthias Bertram hielt ihr wortlos das Blatt hin. Als sie die bedruckte

Seite anschaute, zuckte sie zusammen. Über zusammenmontierten Fotos ihres Mannes und Mattis' stand in großen, fetten Buchstaben: »Ein Mördersohn an unserer Schule«.

Marie wollte schlucken, doch ihre Zunge blieb am ausgetrockneten Gaumen hängen. Mühsam sagte sie: »Wie kommen diese Blätter an die Schule?«

Bertram zuckte ratlos mit den Schultern. »Wir wissen es nicht. Eine Lehrerin, die Pausenaufsicht hatte, bemerkte irgendwann Ihren Sohn, wie er in eine Keilerei verstrickt war. Erst da haben wir die Flugblätter entdeckt, an verschiedenen Stellen in der gesamten Schule.« Er machte eine kurze Pause und fügte dann fast hastig hinzu: »Wir haben den Hausmeister aber schon angewiesen, dass er alle Flugblätter einsammeln soll.«

Eine unbändige Wut stieg in Marie auf. Nur mit großer Anstrengung konnte sie einigermaßen ruhig bleiben. »Wissen Sie, was so ein Pamphlet bei meinem Sohn anrichten kann? Meinen Sie, dass es damit erledigt ist, dass diese Lügen aus dem Verkehr gezogen werden? Wie viele Kinder haben das hier schon gesehen?«

»Nun, ich denke mal, nicht so viele. Wir haben es ja relativ schnell entdeckt und sofort gehandelt.«

Die Klassenlehrerin, die mittlerweile mit verschränkten Armen vor dem Fenster des großzügigen Büros stand, blickte fast so düster drein wie Marie. »Ich denke, die halbe Schule dürfte die Flugblätter gesehen oder zumindest davon gehört haben. Ich habe sogar schon einige Eltern mit diesem Ding in der Hand gesehen. Herr Bertram, wir dürfen uns nichts vormachen, die Sache ist in der Schule rum.«

Das gequälte Gesicht des Rektors schien Mattis' Klassenlehrerin nicht zu beeindrucken. Marie wusste, dass Sophie Müller in der Schule häufig aneckte, und schätzte sie deswegen umso mehr. »Was machen wir jetzt?«, fragte sie in ihre Richtung.

»Ich glaube, Mattis sollte jetzt mit in die Klasse kommen. Das ist hart, zeigt aber Stärke, die von den Kindern eher respektiert wird, als wenn er jetzt nach Hause gehen würde.« Sophie Müller hockte sich wieder neben Mattis. »Du weißt, dass das jetzt sehr schwierig werden kann. Packst du das, wenn ich dabei bin?«

Mattis knetete seine Lippen eine Weile und nickte dann bestimmt.

Sophie Müller lächelte ihn an.

»Du lässt dich nicht unterkriegen. Super.« An Marie gewandt sagte sie: »Ist das in Ihrem Sinne, Frau Steyn? Sollen wir es so machen?«

»Wenn Mattis das so will, ist das okay. Ich bin stolz auf dich, mein Großer.« Das war sie wirklich. »Mattis, ich muss jetzt noch ein paar Dinge regeln. Ich bleibe aber in der Stadt. Juliette, hast du dein Handy dabei?«

»Ja, ja, ich glaub schon, ich muss suchen.« Juliette von Steyn wühlte kurz in ihrer Handtasche und zog dann ein einfaches Handy hervor. »Hier ist es.«

»Gut.« Marie reichte es ihrem Sohn. »Mattis, wenn irgendwas sein sollte, melde dich sofort bei Frau Müller, ja? Und wenn ich dich vorher doch abholen soll, ist das kein Problem, dann ruf mich einfach an. Weißt du meine Handynummer?« Mattis verneinte. »Juliette, ist die Nummer eingespeichert?«

»Ja, unter ›Marie‹.«

Es klopfte an der Seitentür zum Sekretariat. Zögerlich trat Hubert Klein, der Hausmeister, durch die Tür. Fast ängstlich schaute er in die Runde, bis sein Blick den Rektor traf. »Ich hab versucht, alle Zettel einzusammeln, Herr Bertram. Aber ich befürchte, es sind immer noch welche im Umlauf. Ich habe sie den Kindern sogar aus der Hosentasche herausgezogen, aber ein paar dürften sie schon weggesteckt haben.«

Matthias Bertram schwieg, und es entstand eine kurze, quälende Pause. Schließlich ergriff Sophie Müller das Wort.

»Ist schon gut, Hubert. Das lässt sich gar nicht vermeiden. Hast du eine Ahnung, wo die ausgelegt waren?«

Sichtlich dankbar für diesen entlastenden Zuspruch antwortete Klein: »Unter der Sternbank um den Schulhofbaum war wohl ein Stapel, dann noch an zwei weiteren Sitzgruppen am Rand. Anscheinend waren die Zettel in Packpapier eingepackt gewesen. Da lag jedenfalls was dabei.«

»Haben Sie eigentlich die Polizei informiert?«, fragte Marie den Schulleiter.

Ob vor Schreck über sein Versäumnis oder wegen des Begriffs »Polizei« konnte Marie nicht beurteilen, doch Bertram fing zu stammeln an: »Nein, wieso Polizei? Warum denn das? Das war doch sicher nur ein blöder Streich von irgendeinem Schüler, das muss man doch nicht …«

Marie musste sehr an sich halten, um den Rektor nicht anzufahren, Sophie Müller verdrehte die Augen, und selbst der Hausmeister hob erstaunt die Augenbrauen.

»Gut, ich mache das gleich. Frau Müller, könnten wir grad noch mal unter vier Augen …?«

Marie stutzte und wurde bleich: Nora. »Juliette, hast du Nora auch zur Schule gebracht, oder ist sie noch zu Hause?«

Auch ihre Schwiegermutter erschrak. »Mein Gott, nein, in der Schule.«

»Oh nein. Hat jemand die Nummer von der Grundschule am Weidengraben?«

Hubert Bertram zeigte auf die Tür zum Sekretariat, und in Sekundenschnelle war Marie dahinter verschwunden.

Zu ihrer Erleichterung war kein ähnlicher Vorfall an der Schule von Nora aufgetreten. Die Schulleiterin der Grundschule versprach aber, besonders achtsam zu sein. Gleich darauf rief sie Buhle an, der gar nicht erst lange nachfragte, sondern ein direktes Kommen ankündigte.

Zurück im Rektorzimmer sagte sie zu Mattis und Juliette: »Mit Nora ist zum Glück alles in Ordnung.« Sie wandte sich den anderen Anwesenden zu. »Ich habe den zuständigen Kommissar, der den Mordfall in Avelsbach bearbeitet, verständigt. Er wird gleich hier sein. Herr …« Marie war der Name des Hausmeisters genauso entglitten wie diesem die Gesichtszüge: Offensichtlich hatte er den Mord in Trier bislang nicht mit den Steyns in Verbindung gebracht. Sie setzte noch einmal an: »Bleiben Sie bitte auch verfügbar.«

Das Pausenklingeln drang ins Rektorenzimmer. Mattis schaute ängstlich zu seiner Mutter auf. Auch Marie war unsicher, und erst der feste, zuversichtliche Blick von Sophie Müller beruhigte sie etwas.

»Okay, Großer, jetzt geht's los. Bist du bereit?«

Das bemüht mutige Nicken ihres Sohnes trieb Marie die Tränen in die Augen. Sie drückte Mattis fest an sich und übergab ihn schließlich seiner Lehrerin. Durch die offene Tür konnte sie sehen, wie er aufrecht und mit gehobenem Kopf einige Schritte vor Sophie Müller durch den weiten Flur ging und ihm bereits hier die ersten abschätzigen und neckenden Blicke seiner Mitschüler begegneten.

*

Kommissar Buhle betrat zusammen mit einer jungen Kollegin, die er als Nicole Huth-Balzer vorstellte, das Büro des Schulleiters. Nach einer kurzen Unterredung mit Marie und Bertram, in der er sich auf den aktuellen Stand brachte, ordnete er an, die Flugblätter einschließlich der Verpackung zu sichern. Das erledigte Nicole Huth-Balzer zusammen mit dem Hausmeister umgehend.

Während Buhle souverän und zielsicher agierte, stand Marie dabei und hatte Mühe, sich zu sammeln. Wenn sie daran dachte, was jetzt in ihrem Sohn vorgehen musste, wurde ihr regelrecht schlecht. Sie hörte fast wie aus der Ferne, wie Buhle zu Bertram sagte:

»Die wichtigste Frage aber ist: Wie und durch wen sind die Flugblätter in die Schule gelangt? Es gibt eigentlich nur zwei Möglichkeiten: Entweder hat der Urheber sich frühmorgens auf das Schulgelände geschlichen, wobei er sich der Gefahr ausgesetzt hätte, beobachtet zu werden. Das kann natürlich auch ein Schüler hier von der Schule gewesen sein. Oder aber jemand hat sich eines Boten bedient, der am ehesten auch unter den Schülern zu vermuten wäre. Doch dann wäre er natürlich das Risiko eines Zeugen eingegangen.«

Marie hatte die Ausführungen von Buhle zum Schluss wieder aufmerksamer verfolgt. »Warum sollte ein Schüler Mattis so etwas antun? Er ist doch gerade mal ein Vierteljahr auf der Schule?«

»Ich denke, da sind Kinder noch zu etwas ganz anderem fähig. Das wissen Sie doch besser als ich. Wir müssen den Kreis der Verdächtigen möglichst weit einengen bei … Herr Bertram, wie viele Schüler haben Sie hier?«

»Etwas über elfhundert.«

»Das ist viel. Dann brauchen wir die Hilfe des gesamten Kollegiums. Bitte sorgen Sie dafür, dass in der nächsten Pause möglichst alle Ihrer Lehrkräfte im Lehrerzimmer sind. Nicole«, er wandte sich an die junge Beamtin, die zwischenzeitlich mit den eingesammelten Flugblättern zurückgekommen war, »lass dir schon mal von Frau Steyn die Namen von ihr bekannten Kindern an der Schule geben, und anschließend lässt du dir im Sekretariat alle Schüler heraussuchen, die aus Tarforst, Kürenz und vom Trimmelter Hof kommen und Mattis kennen könnten. Fang zuerst mit den unteren Jahrgängen an.«

»Meinen Sie im Ernst, Sie finden so den Täter?« Marie verhehlte nicht, dass sie da eher skeptisch war.

»Das ist das, womit wir anfangen können. Natürlich ist das die Suche nach der sprichwörtlichen Stecknadel, aber es ist auch nicht ganz unwahrscheinlich, dass ein Schüler schon längst mit der Tat vor Freunden geprahlt hat oder wir bald einen Film im Internet betrachten können, auf dem Ihr Sohn zu sehen ist, wie er ein solches Flugblatt findet.«

Marie erschrak bei dem, was Buhle sagte. Zumal es alles andere als abwegige Gedanken waren.

»Es kann natürlich auch irgendein Trittbrettfahrer sein, der den Mord als Gelegenheit genutzt hat, um sich ein Opfer für sein übles Spiel zu suchen«, fuhr er fort. »Dann wird es noch schwieriger, ihn ausfindig zu machen.«

»Und wenn es der Mörder war?« Marie hatte es schneller gesagt, als sie gegenwärtig denken konnte, und erschauderte fast selbst über ihre Worte. Doch Buhle antwortete nicht auf diese Frage, vielleicht auch aus Rücksicht auf den noch anwesenden Rektor.

Sie wusste nicht mehr, was sie denken sollte. War es wirklich möglich, dass der Mörder weitermachte? Dann hätte er tatsächlich nicht damit genug, Tom ins Gefängnis gebracht zu haben. Was hatte er noch vor?

Sie bemerkte, wie Buhle langsam auf sie zukam. Er hatte mit Gerhardts telefoniert, um ihn zur Unterstützung in die Schule zu bitten. Huth-Balzer organisierte mit Hilfe der Sekretärin bereits die von ihm geforderten Schülerlisten.

»Frau Steyn, haben Sie noch ein wenig Zeit?«

Marie schaute sich angespannt nach einer Uhr um. »Ich müsste jetzt dringend zur Uni. Nachher hätte ich noch eine Veranstaltung. Aber eigentlich muss ich mich um Mattis kümmern und um Nora.«

Erst jetzt wurde ihr wieder bewusst, dass ihre Schwiegermutter noch da war. Sie saß auf einem Stuhl in der hintersten Ecke des Büros und hatte die ganze Zeit stumm, aber aufmerksam alles verfolgt.

»Ich kann mich um die Kinder kümmern, es geht bei mir wieder«, sagte Juliette jetzt. »Ich warte hier, bis ich Nora von der Schule abholen muss. Anschließend nehme ich Mattis mit nach Hause. Dann wäre ich auch die meiste Zeit da, falls Mattis noch jemanden braucht.« Sie zögerte etwas, wie jemand, der es nicht gewohnt ist, Bitten laut auszusprechen. »Es wäre aber vielleicht ganz gut, wenn du bis zur nächsten Pause hierbleiben würdest, wegen Mattis.«

»Natürlich, Juliette.« An Buhle gerichtet sagte Marie: »Ich muss mich mit meiner Chefin abstimmen.« Sie nahm ihr Handy und wandte sich leicht von den Anwesenden im Raum ab.

»Sorry, Sabine, ja, es ist schon wieder etwas Furchtbares passiert. Mattis wurde in der Schule gemobbt.« Mobbing bei Kindern war einer der Forschungsschwerpunkte von Sabine Mayhold. »Ich soll jetzt noch dringend mit zur Polizei. ... Keine Ahnung ... ich glaub nicht, dass ich das schaffe, kannst du ...? Du bist ein Engel ... ein Blockseminar? ... Das würde jetzt natürlich Freiraum schaffen. Meinst du, die Studis machen das mit? ... Wenn du das hinkriegen würdest ... Ich danke dir, vielen Dank. Ich melde mich, sobald ich kann. Vielen Dank.«

»Eine verständnisvolle Chefin?«, fragte Christian Buhle. Marie nickte. »Gut, dann hätten Sie also Zeit, mitzukommen?«

»Gib es was Neues?« Marie bekam bei der kritischen Miene des Kommissars ein ungutes Gefühl.

»Ja, aber das würde ich gerne bei uns besprechen, sobald Sie hier wegkönnen.«

Sophie Müller berichtete Marie und Juliette in der nächsten Pause, dass mit Mattis alles gut gegangen sei. Ein paar Mitschüler hätten zwar versucht, Blödsinn zu machen, aber die meisten schienen von seinem Mut beeindruckt zu sein. Nach ein paar Minuten sei der Unterricht fast normal weitergegangen. Marie war jetzt etwas beruhigter. Sie verabschiedete sich von ihrer Schwiegermutter, versprach, mittags nach Trierweiler zu kommen, und gab Buhle ein Zeichen, dass sie so weit sei.

»Wir können mit meinem Auto fahren. Es steht direkt vor der Schule«, sagte Marie.

Sie kamen in dem Moment aus der Schule, als der Fahrer eines Abschleppwagens die Seilwinde am Golf von Peter Kasper befestigen wollte.

»Stopp!« Marie lief zu dem Wagen. Der in seinem nicht mehr neuen Anzug schwitzende Fahrer des zugeparkten Firmenwagens wollte sich gerade richtig aufregen, als Buhle dazutrat und dem Mann seinen Ausweis vor das puterrote Gesicht hielt.

»Wir sind im Einsatz. Tut mir leid, wenn Sie Unannehmlichkeiten hatten. Aber Sie wissen, dass der Parkplatz für das Lehrerkollegium reserviert ist?«

Marie stieg auf ein Zeichen von Buhle in den Golf und hörte noch den Fahrer des Abschleppwagens sarkastisch fragen: »Soll ich dann besser den anderen Wagen abschleppen, Herr Kommissar?«

»Lassen Sie ihn laufen, für heute zumindest.«

Doch selbst diese ironische Antwort von Buhle konnte ihre Mattigkeit nicht vertreiben.

Als Marie die aufgeschlagenen Seiten von MoZ und LëtzTalk betrachtete, konnte sie einfach nicht glauben, was sie da sah. So ging es also zu, wenn sich ihr Mann auf den Dienstreisen von Arbeit und Familie erholte.

Auf der Titelseite der Mosella-Zeitung stand in großen Lettern: »Das Liebesleben des Mordverdächtigen«. LëtzTalk setzte noch einen drauf: »Orientalische Liebesnächte in Algerien – Bestehen beim Mord in Avelsbach Beziehungen zum arabischen Terrorismus?«

Was Marie auf den Fotos im Innenteil der Zeitungen gezeigt bekam, war einfach nur schrecklich. Obwohl ein dunkler Balken Thomas' Augen bedeckte, war er für sie und andere, die ihn gut kannten, eindeutig zu identifizieren. Das Foto zeigte ihn in einem arabischen Schlafgemach bei unmissverständlichen Handlungen mit einer nackten nordafrikanischen Frau. Ausgerechnet Algerien, er hatte sie ausgerechtet im Land ihrer Vorfahren betrogen. Auch wenn sie nicht unvorbereitet war, es traf sie tief.

»Sind die Fotos echt?«

»Wir haben das Foto – es handelt sich eigentlich nur um ein Foto in verschieden großen Ausschnitten – digital von den beiden Zeitungen bekommen. Bislang gibt es keine Anzeichen dafür, dass es sich um eine Fotomontage handelt. Wir werden das aber noch von Spezialisten im LKA prüfen lassen.«

»Wo haben die das Foto her?«

»Das sagen die Journalisten uns natürlich nicht: Informantenschutz. Da haben wir keine Chance, ranzukommen. Wir können höchstens prüfen, ob wir anhand der Reisedaten Ihres Mannes etwas herausfinden können. Es könnte sich aber auch um ein orientalisch eingerichtetes …«, Buhle schien nach dem richtigen Wort zu suchen, »… Bordell irgendwo auf der Welt handeln.«

»Das glaube ich nicht. Er hatte in letzter Zeit beruflich viel in Algerien zu tun. Die Zeitungen scheinen also richtigzuliegen. Was bedeutet das nun für meinen Mann?«

»Mmh.« Buhle überlegte. »Das allein wird Ihren Mann nicht zum Schuldigen machen, aber es zeichnet sicher auch kein gutes Bild von ihm«, sagte er schließlich.

Er ließ etwas Zeit verstreichen, bevor er mit Bedacht weitersprach: »Frau Steyn, es gibt da noch etwas. Wenn Sie die Seite der MoZ umblättern würden. Da ist auch ein Bild von Ihnen mit einem anderen Mann zu sehen.«

»Bitte was?« Marie glaube, nicht richtig gehört zu haben. Kopfschüttelnd schlug sie die nächste Seite der Mosella-Zeitung auf. Unter der Überschrift »Avelsbach-Mord aus Beziehungsfrust? – Ging auch die Frau des Tatverdächtigen fremd?« beschrieb die Zeitung, dass wohl auch die Ehefrau eine andere Beziehung pflegte. Etwas ironisch wurde am Schluss gefragt: »Oder sucht sie nur Trost bei einem alten Freund?« Der Artikel wäre als Spekulation abzutun gewesen, wenn er nicht durch ein gestochen scharfes Bild von ihr ergänzt worden wäre, wie sie sich vor dem Haus von Peter Kasper in inniger Umarmung von ihm verabschiedete.

»Warum tun die so etwas?« Maries Stimme war tonlos.

»Die Auflage. Was meinen Sie, Frau Steyn, was die MoZ an dem Mord verdient? Wenn der Fall nicht bald geklärt wird, rettet das die Zeitung wieder eine Zeit lang über die Runden. Und die MoZ war noch nie besonders zimperlich.« Buhle räusperte sich leise. »Aber wir müssen Sie natürlich trotzdem fragen, wer der Mann auf dem Foto ist und wie Sie zu ihm stehen.«

Marie sprach ins Leere: »Der Mann ist Peter Kasper. Wie Sie wissen, wohne ich derzeit bei ihm. Das habe ich auch schon getan, bevor ich mit meinem Mann zusammengezogen bin. Er tröstet mich, er versorgt mich, ich schlafe bei ihm im Bett.« Sie hatte ihre Stimme stetig bestimmter werden lassen. »Er ist mein bester Freund, sonst nichts.« Beim letzten Satz sah sie Buhle direkt in die Augen. »Na, glauben Sie mir, Herr Detektiv?«

Buhle hielt dem Blick stand. »Sie umarmen sich vor der Haustür, Sie geben zu, in seinem Bett zu schlafen, und ich soll Ihnen glauben, dass er lediglich Ihr bester Freund ist?«

»Genau, Herr Kommissar. Glauben Sie mir?«

Sie wusste, dass sie Buhle mit dieser Frage herausforderte. Und sie hatte keine Lust, ihm bei der Antwort weiterzuhelfen. Er blickte auf das Bild und dann wieder auf sie.

»Ja.« Es kam ein wenig gedehnt, doch dann fuhr er zügig fort: »Ja, ich glaube Ihnen. Aber das wird nicht jeder tun. Sie haben doch sicher einen einleuchtenden Beweis für den Wahrheitsgehalt Ihrer Aussage.«

»Ja, aber das müssen Sie schon selbst herausfinden.« Wenn er ihr das abnahm, schien er ihr wirklich zu trauen, würde er ihr vielleicht wirklich helfen. Marie lächelte ein wenig verloren. Buhle erwiderte das Lächeln.

*

Die Soko Domäne traf sich um siebzehn Uhr. Nachdem der Tag mit der unsäglichen Flugblattaktion bereits turbulent begonnen hatte, wurde er auch später nicht weniger ereignisreich. Die Ermittlungsakten füllten sich an diesem Donnerstag beträchtlich.

Der Fund der Flugblätter hatte Nicole Huth-Balzer und Gerhardts bis in den Nachmittag hinein beschäftigt. Das Ergebnis war ernüchternd: Es gab keine Anhaltspunkte, dass Kinder oder Jugendliche der Schule an der Tat beteiligt waren. Dadurch wurde es zwar wahrscheinlicher, dass ein Außenstehender die Flugblätter ausgelegt hatte, aber ein Beweis war es noch lange nicht. Recht genau wussten sie jetzt dagegen, wie die Tat durchgeführt worden war. Jedes der drei Päckchen war mit der Aufschrift »Aufmachen!!!« an Stellen abgelegt worden, an denen sich morgens bereits viele Schüler aufhielten. Der Aufforderung waren die Schüler dann naturgemäß schnell gefolgt.

Gegen Mittag waren endlich die ersten Ergebnisse der DNA-Analysen eingetroffen. Als Buhle sie vorgelegt bekam, waren es zwar alles Bestätigungen ihrer naheliegenden Vermutungen. Aber das Gefühl der Erleichterung wollte sich bei ihm nicht einstellen. Er fasste die Fakten für die Kollegen zusammen: »Alle Spermaspuren am Tatort konnten eindeutig Thomas Steyn zugeordnet werden. Die Haare auf der Toten sowie die Hautpartikel unter ihren Fingernägeln stammten ebenfalls vom Verdächtigen. Auch unsere Vermutung, dass die Fremdhaare im Genitalbereich Steyns, die unsere Kriminaltechniker bei seiner Verhaftung gesichert haben, von der Toten stammten, wurde bestätigt. Schließlich besteht auch keine Unklarheit mehr über die Tatwaffe: Die Blutspuren am Fleischermesser in der Küche stammten vom Opfer, genauso wie die im Spülbecken und am Spüllappen. Damit haben sich also die Verdachtsmomente gegen Steyn erheblich erhärtet, wie es scheint.«

»Du bist noch immer nicht richtig überzeugt, was?« Steffen war offenbar froh, dass sich seine etwas forsch herausposaunten Vermutungen zu bestätigen schienen. Er berichtete von seinen Ermittlungen bei der S.I.T.T., der Seckerath-Inverter-Technic-Trier. Das Verhältnis der Mitarbeiter zu Thomas Steyn war sehr unterschiedlich. Neben dem Firmeninhaber gab es nur wenige Kollegen und ein paar mehr Kolleginnen, die Steyn mochten. Viele respektierten ihn als fähigen leitenden Angestellten, ohne ihn jedoch näher kennenlernen zu wollen. Eine Reihe der Akademiker sah in Steyn einen Konkurrenten, der sich gegenüber dem Seniorchef nur gut verkaufen konnte und deshalb zu Unrecht diese gute Position im Betrieb innehatte. Auch Kollegen in der erweiterten Führungsebene waren misstrauisch; bei ihnen war in der letzten Zeit der Eindruck entstanden, Steyn plane Projekte an der Firmenleitung vorbei.

»Wir gehen davon aus, dass es sich dabei um die Projektstudie für einen Energiepark in der Südeifel handelt, die wir auf seinem PC gefunden haben. Des Weiteren gab es noch die Betriebsangehörigen, die die feinen Herren Ingenieure sowieso mit Argwohn betrachteten, sie für hochnäsig hielten und ihnen das unglaublich viele Geld, das sie jeden Monat scheffelten, missgönnten.«

Wirklich interessant fand Steffen die Haltung von Uwe Seckerath, dem Sohn des Firmengründers. Er hielt sich zwar merklich zurück, jedenfalls schien er das zu glauben, doch es war offensichtlich, dass er Thomas Steyn nicht ausstehen konnte. Er hielt ihn für überheblich, fachlich überbewertet und unkooperativ. Vor allem aber schien ihm das gute Verhältnis von Steyn zu seinem Vater ein Dorn im Auge zu sein.

Thomas Steyn war seit fünf Jahren Repräsentant der Firma in den USA und im arabischen Raum sowie Projektleiter für großdimensionierte Solar- und Windkraftprojekte. Den deutschen und europäischen Geschäftsbereich nahm immer noch der zweiundsechzigjährige Firmengründer Karl-Josef Seckerath wahr. Damit war eine enge Zusammenarbeit zwischen Seckerath senior und Steyn zwangsläufig und vom Firmenchef wohl auch bewusst initiiert. Es war in der Firma wohl ein offenes Geheimnis, dass Sohn Uwe den Einstieg in den zukunftsträchtigen Energiebereich für sich reklamierte. Dennoch musste er weiterhin das ins zweite Glied zurückgefallene Segment der Automatisierungstechnik leiten.

»Dann habe ich mir eine Liste der Auslandsaufenthalte von Thomas Steyn mit dazugehörigen Terminen und Hotels geben lassen«, fuhr Steffen fort. »Schwerpunkte waren zunächst Kalifornien, später dann zunehmend Saudi-Arabien und – hört genau hin – Algerien.«

Buhle sah Steffen an, dass er recht zufrieden mit dieser Neuigkeit war. Nach dem Tag war ihm danach, seinem Mitarbeiter ein wenig auf die Euphoriebremse zu treten. »Hat Marie Steyn heute Vormittag auch schon bestätigt. Hast du noch etwas Neues?«

Steffen nahm eine andere Seite seiner Aufzeichnungen zur Hand. »Ich könnte euch jetzt noch etwas von dem Aufbau einer Schwesterfirma im Zusammenhang mit der Elektrifizierung des ländlichen Raumes durch kombinierte Solar- und Windkraftanlagen im Süden Algeriens erzählen, aber das hat die liebenswerte Marie wohl auch schon ausgeplaudert. Na ja, Thomas Steyn war in den vergangenen zwei Jahren allein vierzehnmal in Algerien. Also jede Menge Gelegenheit für das Aufsuchen orientalischer Etablissements.« Er schob seine Papiere auf einen Stapel zusammen. »Christian, willst du die Unterlagen gleich mitholen?«

»Mach du uns daraus mal einen schönen Bericht für die Akten.

Auf jeden Fall ist es nicht unwahrscheinlich, dass die Fotos im Bordell echt sind. Ein weiteres Mosaiksteinchen.« Buhle hatte schon den neuesten Bericht von Grehler vor sich liegen und fasste auch diese Ergebnisse zusammen.

Die Spurensicherung hatte noch einmal das Haus in Avelsbach untersucht und auf der Matratze des Gästebetts vergleichsweise wenige Textilfasern gefunden, die zum größten Teil den Bettlaken aus dem Schrank zugeordnet werden konnten. Um das Bett herum waren kaum Spuren vorhanden, was angesichts der Tat erstaunlich war. Eine Erklärung dafür lag möglicherweise in den Tiefen des Staubsaugerbeutels: Dort fanden die Kriminaltechniker unter anderem Fasern von der Kleidung der Toten und von schwarzem Satinstoff.

Ergebnisse lagen auch für die Bodenproben aus dem Reifenprofil vor dem Haus der Steyns vor. Der von der Polizei beauftragte Bodenkundler der Uni Trier hatte anhand des ausgesprochen hohen Tongehalts sehr schnell herausfinden können, dass es sich um Substrat aus den Bitburger Keuperhochflächen handeln musste. Die chemischen Kenndaten hatten das bestätigt. Gleichartige Bodenspuren konnten an den Reifen des Autos der Familie Steyn nicht nachgewiesen werden, und auch die Form der gesicherten Bodenprobe passte nicht zu dem Profil der Reifen.

Abschließend berichtete Reuter von den Ergebnissen der Befragung im Bekannten- und Freundeskreis. »Thomas Steyn hatte einige Bekannte, mit denen er abends in Kneipen oder zum Sport ging. Das waren vor allem ehemalige Kommilitonen, die hier im Westen hängen geblieben waren, Mitglieder aus verschiedenen Sportvereinen, in denen Steyn aber nur unregelmäßig aktiv war, und ein paar Ehemänner von Freundinnen oder Bekannten seiner Frau. Die einzige interessante Aussage kam von zwei Sportfreunden, mit denen Steyn Tennis und Squash spielte und öfter etwas trinken ging. Sie hatten eine Unzufriedenheit bei ihm ausgemacht, eine gewisse Rastlosigkeit, die es ihm auch schwer möglich machte, sich ganz auf andere Menschen einzulassen. Was sich aber alle Befragten nicht vorstellen konnten, war, dass Thomas Steyn in irgendeiner Form gewalttätig werden könnte.« Reuter schaute von seinem offenbar fast fertigen Bericht auf. Als keiner etwas einfließen lassen wollte, machte er weiter.

»Anderes brachte das Verhör mit Steyns jüngerer Schwester Michelle und deren Langzeitverlobtem Frank Breit zum Vorschein. Beide versuchten erst gar nicht zu verbergen, dass sie Thomas Steyn auf den Tod nicht ausstehen konnten. Michelle hat ihrem Bruder nie verziehen, dass er sie in ihrer Kindheit so gequält hat. Sie gab an, heute nur noch bei Familienfeiern den notwendigsten Kontakt mit ihm zu haben. Offensichtlich leidet sie zusätzlich darunter, dass ihr Bruder trotz seiner Vergangenheit vom Rest der Familie nicht fallen gelassen, sondern sogar noch hofiert werde. Ihr hättet mal ihren Gesichtsausdruck sehen sollen, als sie über ihn sprach.

Frank Breit war darüber erbost, dass Philipp von Steyn weiterhin die Geschäfte selbst fortführte und insgeheim doch noch auf einen Einstieg seines Sohnes in das Firmenkonsortium hoffte, anstatt ihn selbst als studierten Betriebswirtschaftler in die Verwaltung und Firmenleitung einzubinden.«

Es war schon lange dunkel, als Buhle vor seinem versammelten Team die Lage am vierten Tag nach dem Mord zusammenfasste: »Unter normalen Umständen könnten wir die Soko morgen wieder auflösen und ganz entspannt ins Wochenende gehen. Die DNA-Analysen zeigen eindeutig, dass Thomas Steyn entgegen seinen Bekundungen mit dem Opfer sexuellen Verkehr hatte. Zudem beweisen Spuren unter den Fingernägeln des Opfers, dass es den Verdächtigen gekratzt haben muss. Das könnten Indizien dafür sein, dass sie sich gewehrt hat, möglicherweise weil sie keinen oder keinen weiteren Sex haben wollte, und das Ganze anschließend eskalierte. Insofern haben wir sicher genug Beweise für eine Weiterführung der Untersuchungshaft von Thomas Steyn. Gibt es dazu von euch noch Anmerkungen?«

Er schaute in die Runde, doch alle schüttelten nur mehr oder weniger müde den Kopf.

»Damit hört die klare Sachlage aber auch schon auf. Steyn hält noch immer an der Geschichte fest, die er uns von Anfang an erzählt hat, und ist davon bislang noch keinen Millimeter abgewichen: der Besuch der alten Freundin. Steyn hat die Story so authentisch rübergebracht, dass … also vom Gefühl her …«

Gerhardts soufflierte ihm: »Also vom Gefühl her würde auch

ich sagen, dass Thomas Steyn zumindest glaubt, was er sagt, auch wenn es von der Beweislage her eigentlich unmöglich ist.«

»Mal euer Gefühl ganz in Ehren, aber es spricht doch überhaupt nichts dafür, dass sich irgendeine andere Person am Tatort aufgehalten hat. Kann er sich da nicht auf eine Schutzbehauptung versteift haben, die er mittlerweile selbst verinnerlicht hat, vielleicht weil er ein Blackout für die Tatzeit hat?« Steffen hielt offensichtlich nichts von Bedenken und viel von einem freien Wochenende.

»Ja, unsere Intuition sollten wir vielleicht wirklich außen vor lassen. Fakt ist aber auch, dass es kein Motiv gibt und auch keine wirkliche Logik in seinem Handeln«, versuchte Gerhardts dagegenzuhalten.

»Vielleicht nicht für die Tat, aber für die Zeit danach schon«, widersprach Steffen. »Nachdem er die Frau – vermutlich sogar ungeplant – ermordet hat, kommt er wieder zu sich und merkt, was er angerichtet hat. Schon rattern die kleinen Rädchen in dem klugen Kopf. Es ist ihm bewusst, dass er die Frau nicht einfach verschwinden lassen kann. Möglicherweise wusste jemand davon, dass sie mit ihm verabredet war, und vielleicht hat er genügend Krimis gelesen, um zu wissen, dass wir Spuren der Tat bei ihm im Haus immer nachweisen können. Also denkt er sich die Geschichte mit der Freundin aus, versucht in der Eile, irgendwelche falschen Spuren zu legen. Er hatte sicher genug Zeit, um Bettwäsche, Handtasche, Notebook und was weiß ich verschwinden zu lassen. Schließlich haben wir ja auch den Zeugen, der Steyns Auto in der Nacht vor dem Haus gesehen hat. Letztendlich hofft er darauf, dass wir von seiner Unschuld ausgehen, wenn er die Tote selbst meldet. Er hofft und blufft und blufft und hofft. Eine andere Chance sieht er nicht.«

Nachdem Steffen seine Erklärung des Falls abgeschlossen hatte, herrschte Stille. Alle prüften in Gedanken die bisherigen Ermittlungsergebnisse mit dieser Version vom Tathergang ab. Selbst Reuter, der in der ganzen Zeit nicht von seiner kritischen Haltung abgewichen war, sagte nichts, sondern starrte nur äußerst missmutig auf den Tisch.

Als Erster ergriff Buhle wieder das Wort. »Tja, so könnte es gewesen sein. Aber wir haben sicher in einigen Fragen noch Ermittlungsbedarf. Zum Beispiel warum er diese schwarze Satin-Bettwäsche hätte verschwinden lassen sollen, die er nach eigener Aussage aufgezogen hatte. Der Mord ist nach den vorhandenen Blutspuren eindeutig auf dem Laken geschehen, das wir am Tatort vorgefunden haben.«

Buhle sah Steffen fragend an. Als dieser wortlos die Schultern hob, fuhr er fort: »Wir dürfen uns nichts vormachen: Die Verteidigung wird auf genau diese Geschichte mit der alten Freundin setzen. Solange wir kein Geständnis haben, müssen wir Fakten schaffen, die nicht nur den Mord durch Steyn beweisen, sondern auch seine Geschichte als Lüge enttarnen.«

Während er einen Schluck Wasser nahm, überlegte er, dass die Beweislage für ihn nicht das Problem war. Es waren vielmehr die unerklärten Randerscheinungen.

»Dazu kommen noch die anderen Merkwürdigkeiten. Es ist doch nicht normal, dass die Presse einen oder mehrere Informanten hat, die anscheinend nur auf die Gelegenheit gewartet haben, Steyn in der Öffentlichkeit zu diskreditieren. Es ist ebenfalls nicht normal, dass jemand diese Flugblattaktion startet und damit den zehnjährigen Sohn des Verdächtigen an den Pranger stellt. Und es ist nicht normal, dass das Opfer angeblich niemand kennt oder vermisst.«

»Normal vielleicht nicht, aber auch das ist alles zu erklären.« Steffen fühlte sich heute offenbar so sicher, dass er sich nicht einmal von seinem geschätzten Chef von seiner Linie abbringen lassen wollte. »Natürlich müssen wir das alles auch noch ermitteln. Steyn hat sicher Feinde oder geschäftliche Konkurrenten, die einiges über ihn wissen und ihn oder seine Firma oder die seines Vaters in Misskredit bringen wollen. Da ist der Mord doch eine herrliche Möglichkeit, um als Trittbrettfahrer nachzuhaken. Das mit dem Sohn ist sicher schwieriger, aber auch in diese Richtung zu erklären. Und die Prostituierte kann illegal hier in Deutschland gewesen sein, vielleicht auch erst seit Kurzem. Wer will sich denn dann an sie erinnern: ihr Schleuser, ihr Zuhälter, ihre Kolleginnen, die um ihr Leben fürchten müssen, wenn sie den Mund aufmachen? Da müssen wir uns nur mal mit unseren Leuten vom K2 unterhalten, die werden uns schon die Augen öffnen, wie leicht eine Frau nicht vermisst werden kann.«

Reuter hatte sich zwischenzeitlich einen Bleistift gegriffen, der jetzt mit einem hässlichen Geräusch in zwei Teile gebrochen und quer über den Tisch gestoßen wurde. »Das glaub ich einfach noch nicht. Das Scheißproblem ist einfach nur, dass alles dafür spricht.«

»Vielleicht musst du dich daran gewöhnen, dass ich auch mal …«

Buhle fiel Steffen ins Wort: »Ich denke, wir machen für heute Schluss. Morgen kommen die restlichen Ergebnisse der Rechtsmediziner, dann müssen wir sammeln, was wir über die Tote wissen. Sven, da wirst du gefragt sein. Ich möchte gar nicht darüber nachdenken, was die Zeitungsfritzen noch für uns auf Lager haben. Die Flugblattaktion wird uns beschäftigen. Wir müssen Steyn noch mal vernehmen. Und zum krönenden Abschluss hat Monz um zwei Uhr eine Pressekonferenz angesetzt. Schlaft gut.«

13

Trier; Freitag, 5. November

Am Vortag hatte Marie es schließlich doch noch zur Uni geschafft und mit ihrer Chefin vereinbart, ihre Lehrveranstaltung auf ein Blockseminar am Anfang der Semesterferien im Februar zu verlegen. Ihre Mitarbeit im Bereich Organisation und Forschung konnte zumindest für die nächste Zeit auf ein Minimum zurückgefahren werden. Ein schlechtes Gewissen brauchte sie deshalb nicht zu haben, da ihre Arbeitsleistung in den vergangenen Jahren weit über das Maß einer halben Stelle hinausgegangen war.

Schwieriger war es, die Aufgaben als Gutachterin neu zu ordnen. Teilweise waren ihre Termine mit psychisch auffälligen oder in schwierigen Lebenssituationen befindlichen Kindern und Jugendlichen bereits der erste Schritt in eine weitergehende Therapie. Sie hatte hier eine Verantwortung, die sie nicht ohne Weiteres hinter ihren persönlichen Problemen einordnen durfte. Aber sie konnte vielleicht teilweise die Übergabe an Kindertherapeuten beschleunigen. Nächste Woche würde sie weitersehen.

Anschließend war sie nach Trierweiler zu ihren Kindern gefahren. Nora ging es gut, wenngleich auch sie wegen der Flugblätter geschockt war. Aber sie steckte das altersgemäß gut weg. Mattis war sichtbar tief getroffen von dem, was ihm in der Schule widerfahren war.

Marie hatte den ganzen Abend mit ihren Kindern und ihrer Schwiegermutter verbracht. Sie hatten »Carcassonne« gespielt, Spaghetti gegessen, und Mattis hatte mit seiner Oma noch eine Sendung über Nationalparks in den USA angeschaut, während Marie Nora zu Bett brachte. Als sie zurückkam, saß Mattis geistesabwesend vor dem Flachbildschirm. Er regte sich auch nicht, als sie den Fernseher ausschaltete.

Als Psychologin hatte Marie ein gutes Gespür dafür, gegenüber Kindern die richtigen Worte zu finden; als Mutter suchte sie erfolglos nach einem Beginn für ein Gespräch mit ihrem Sohn. Schließlich legte sie ihren Arm um seine Schulter und zog ihn sanft an sich. Eine Geste, die bei beiden den Druck des Tages in einträchtigem Weinen auflöste.

Es dauerte nicht lange, bis sich Mutter und Sohn wieder einigermaßen gefangen hatten. Marie kramte ein Papiertaschentuch aus ihrer Hosentasche und reichte es Mattis. Der nutzte es, um zuerst ihre Tränen wegzuwischen und sich dann ausgiebig die Nase zu putzen. Marie lächelte ihren Sohn stolz an, wobei sie fast wieder zu heulen begann.

»Danke, mein Großer.«

»Bitte.«

»Geht es dir jetzt ein wenig besser?«

Mattis zögerte einige Augenblicke. »Ja, ein bisschen«, sagte er schließlich.

»Das ist echt eine schwierige Situation, in der unsere Familie gerade steckt. Und wenn dann noch solche … solche bescheuerten Idioten Flugblätter verteilen! Ich könnte denjenigen echt auf den Mond schießen.«

Mattis schaute sie überrascht an. Marie fluchte sonst nie in seiner Gegenwart.

Etwas ruhiger fügte sie hinzu: »Was machen wir denn morgen mit dir? Gehst du wieder in die Schule? Ich meine, es wird sicher jeder verstehen, wenn du zu Hause bleibst. Dann ist Wochenende, und danach hat sich vielleicht alles wieder beruhigt.«

Mattis' Blick hatte etwas nachdenklich Skeptisches. »Oder es wird noch schlimmer. Wer weiß, was sich dieser Typ übers Wochenende noch ausdenkt.« Er machte eine Pause und sprach dann leise weiter: »Ich möchte nicht, dass alle denken, dass stimmt, was auf dem Flugblatt steht. Wenn ich nicht in die Schule gehe, denken die das aber vielleicht. Oder?«

»Ich weiß nicht, was die denken oder glauben wollen. Ich weiß nur, dass du ungeheuer tapfer bist, mein Lieber. Da wird es bestimmt viele Mitschüler geben, die eine ganze Menge Respekt vor dir haben, auch wenn sie es dir wahrscheinlich kaum zeigen werden.« Marie brauchte ebenfalls eine Pause, um die weiteren Worte zu finden. »Es ist aber auch zu befürchten, dass einige Kinder dich damit ärgern werden.«

Mattis zuckte kurz mit den Schultern und zog verächtlich die Mundwinkel nach unten.

»Was wirst du dann machen?«

Mattis' Schultern zuckten ein weiteres Mal. »Ich lass sie einfach reden.«

»Und wenn die nicht aufhören?«

»Dann geh ich halt zu Frau Müller. Die hat gesagt, dass sie in den Pausen immer in meiner Nähe sein wird. Wenn du willst, kannst du sie auch noch anrufen, hat sie gesagt.«

Heute hatte Marie die Kinder selbst zur Schule gebracht. Sie ärgerte sich darüber, ihrer Schwiegermutter gestern allein die Verantwortung überlassen zu haben.

Sie hatte mit Sophie Müller vereinbart, dass sie Mattis in der Kochstraße, also etwas außer Sichtweite zur Schule, herauslassen würde. Die Klassenlehrerin würde in der Sichelstraße warten und Mattis in gewissem Abstand folgen. Mattis wusste nichts von dieser Vereinbarung.

Anschließend fuhr Marie mit Nora hoch nach Neu-Kürenz zur Grundschule und sprach dort mit Noras Klassenlehrerin und der Schulleiterin. Sie unterrichtete beide über die schwierige familiäre Situation und auch über die Ereignisse in Mattis' Gymnasium und erntete dafür das ehrliche Versprechen, dass das ganze Lehrerkollegium die Augen aufhalten und sich besonders um Nora kümmern würde. Etwas ruhiger fuhr Marie weiter zur Arbeit.

*

In der Zentralen Kriminalinspektion Trier war es alles andere als ruhig: Das Gespräch zwischen Kripoleiter Herbert Großmann und Christian Buhle geriet fast zu einem handfesten Streit. Großmann konnte keinerlei Verständnis dafür aufbringen, dass Buhle bei der Beweislage an der Täterschaft Thomas Steyns zweifelte. Dass noch Lücken in der Beweisführung geschlossen werden mussten, gut. Dass natürlich noch die Identität der Toten und der genaue Tatablauf rekonstruiert werden mussten, ebenfalls gut, aber auch langsam notwendig, fünf Tage nach der Tat. Dass Trittbrettfahrer in Trier nicht zu erwarten gewesen waren, nachvollziehbar, aber immerhin auch nicht unmöglich. Natürlich wartete noch jede Menge Arbeit auf die Kriminalpolizisten. Aber warum Buhle auch weiterhin in andere Richtungen ermitteln wollte, war Großmann schleierhaft.

»Kannst du mir irgendeinen Anhaltspunkt dafür liefern, dass Steyn nicht der Täter ist, außer diesen paar Ungereimtheiten?«

Buhle spitzte die Lippen und zog sie wieder zu einem schmalen Strich zurück. »Nein, ich habe faktisch nichts. Es ist nur ... irgendwas ... Ich weiß ja auch nicht, warum, aber irgendwie glaube ich diesmal nicht an das Naheliegende. Diese Pressekampagne gegen Steyn, als ob jemand darauf vorbereitet war. Dann gestern diese Flugblätter. Diese unwirkliche Geschichte von Steyn: Warum hält er immer noch an ihr fest? Du hast selbst immer Wert darauf gelegt, auch der eigenen Intuition zu folgen.«

»Ja, und es hat dazu geführt, dass ich so unlösbare Fälle gelöst habe. Aber auch, dass ich mich bei einfachen Fällen total in die falsche Richtung verrannt hatte. Intuition ist ein Hilfsmittel, auf das kein guter Kriminalpolizist verzichten sollte. Aber Intuition darf nie vor dem offensichtlichen Beweis stehen, dann ist es nämlich nur Borniertheit.« Ohne ein weiteres Wort verließ Großmann Buhles Büro.

War er borniert, unbelehrbar, starrsinnig? Oder war er einfach mal wieder nicht fähig, zu glauben, dass das Leben manchmal auch ganz einfache Lösungen parat halten konnte?

Buhle konnte so schnell nichts aus der Ruhe bringen. Aber wenn Vorgesetzte sich in seine Ermittlungsarbeit einmischten, brodelte es in ihm. Natürlich, es konnte sich so zugetragen haben, wie es Niko Steffen gestern geschildert hatte. Aber konnte es nicht auch anders gewesen sein?

Er nahm sich die Ermittlungsakten und studierte die offenen Fragen erneut. Für alles gab es Erklärungen, die zumindest die Version nicht widerlegten, dass Steyn der Mörder war: die verschwundenen Gegenstände wie Notebook und Bettwäsche, die Verteilung der Fingerabdrücke, die nicht zuzuordnenden Erdspuren eines Reifens, die Beobachtung des Nachbarn, die zu geringen Alkoholgehalte, die nicht übereinstimmenden Mageninhalte der Toten mit dem zwischenzeitlich überprüften Essen. Und selbst wenn da irgendetwas nicht stimmte, was war das gegenüber den Beweisen, die sie ermittelt hatten, allen voran Steyns Spermaspuren an der Toten und die sonstigen Spuren, die eindeutig zeigten, dass Steyn mit der Toten intimen Körperkontakt gehabt hatte? Nichts. Dass Steyn weiter bei seiner Geschichte von dieser alten Schulfreundin blieb, machte ihn nicht glaubwürdiger.

Als sich die Tür ohne vorheriges Anklopfen öffnete und Großmann diesmal mit einem Stapel Zeitungen hereinkam, ahnte Buhle Schlimmes.

»Hier, nichts wirklich Neues im Zeitungswald. Fragt sich, ob LëtzTalk und der MoZ das Pulver ausgegangen ist oder ob die nur auf die nächste Gelegenheit warten, sich wieder gegenseitig übertrumpfen zu können. Habt ihr eigentlich wegen dieser orientalischen Bordellfotos etwas herausgefunden?«

Der Tonfall seines Chefs hatte deutlich moderatere Züge angenommen, und auch Buhle hatte keine Lust, den Streit wiederaufleben zu lassen. Also bemühte er sich um eine umfassende Antwort.

»Paul und Michael haben Steyn die Bilder gezeigt. Nach einigem Zögern hat er bestätigt, in den letzten Jahren auf seinen Dienstreisen verschiedene Bordelle besucht zu haben. Das von LëtzTalk und der MoZ veröffentliche Foto kann in Algier entstanden sein. Es gibt im Dachgeschoss seines Hotels eine Bar mit dem sinnigen Namen ›1001 Nacht‹, ein gern besuchter Treffpunkt für Gäste, die entsprechende Kontakte suchten. Sozusagen eine Serviceleistung des Hauses. Auch Steyn hat sie regelmäßig in Anspruch genommen. Er hat die Frau auf dem Foto als eine Prostituierte erkannt, die er mehrmals besucht hat, auch in diesem Jahr.«

»Hat er eine Ahnung, wie das Foto entstanden sein könnte?«

»Nein. Er habe sich vorher bei anderen Geschäftsleuten erkundigt. Demnach galt die Bar als seriös und diskret. Steyn hat aber auch darauf hingewiesen, dass ab bestimmten Summen jede Diskretion ein Ende hat. Auch bei ganz normalen Geschäften und nicht nur im arabischen Raum.«

Die Auskunft schien seinem Chef zu reichen. Er wandte sich bereits zum Gehen, als er sagte: »Denk dran, heute Nachmittag um vierzehn Uhr ist die Pressekonferenz angesetzt. Schon um elf wollen uns der Boss und die ›Hauptmann‹ sehen. Das sind keine zwei Stunden mehr.«

Buhle hatte keine Zeit, darüber nachzudenken. Der lange Kordonbowski und der kurze Grehler betraten sein Büro.

»Tim, was machst du denn hier? Hallo, Lutz, tretet ihr zukünftig als Pat und Patachon auf?«

»Ich dachte, du freust dich, wenn wir dir die Ergebnisse der noch ausstehenden DNA-Analysen persönlich vorbeibringen.« Da Buhle nicht reagierte, fuhr Kordonbowski fort: »Na ja, ich hab auch noch eine Routine-Obduktion im Brüderkrankenhaus anstehen, und dann muss ich ein bisschen das missratene Brunchen vom letzten Sonntag ausgleichen. Ich hab Melanie heute Abend zum Wise-Guys-Konzert in die Arena eingeladen. Die sind echt gut, diese Kölner Jungs.«

»Schön für euch, Tim. Gibt es denn was zu berichten?«

»Ja, aber wohl kaum etwas, was den Fall in einem neuen Licht erscheinen lassen wird«, sagte Lutz Grehler. »Es standen noch die Proben aus dem Wohnzimmer aus. Die Spermaspuren sind wie vermutet auch von Steyn. Außerdem haben wir hier Haare von ihm und von der Toten. Etwas merkwürdig ist allerdings, dass kaum Haare Dritter nachzuweisen waren. Da muss jemand ziemlich gründlich gesaugt haben. Aber natürlich haben wir dann doch noch ein paar Exemplare in den Tiefen der Sofapolster gefunden. Von allen Familienmitgliedern und von drei weiteren Personen, die aber laut LKA in keiner Datenbank geführt sind. Darüber hinaus werden den Kindern auf dem Sofa offensichtlich gerne die Fingernägel geschnitten.«

Grehler machte wieder eine seiner berühmten Pausen. Buhle tat ihm den Gefallen und stellte eine Frage: »Das bedeutet dann wohl, dass Steyn und das Opfer auch auf dem Sofa Sex gehabt haben?«

»Nun, es spricht alles dafür.«

»Gut. Hast du sonst noch was für uns?«

»Natürlich. Wir haben herausgefunden, dass die Kleider der Toten wohl alle im benachbarten Ausland gekauft worden sind. Jedenfalls haben wir in Deutschland keinen Vertrieb der Klamottenfirmen ausfindig machen können. Mit einer Ausnahme: Der Slip, den gibt es zum Beispiel in Kaufhäusern in der Innenstadt. Der Rest kann eigentlich nur aus Frankreich, Luxemburg oder Belgien kommen. Also hat die Dame offenbar einen großen Aktionsradius und ist wohl deshalb auch schwer zu finden. Oder habt ihr die Identität der Toten mittlerweile und wieder vergessen, uns Bescheid zu sagen?«

»Natürlich hätten wir euch unterrichtet, wenn wir wüssten, wer die Tote ist«, erwiderte Buhle säuerlich. »Habt ihr nichts Genaueres über die Kleider herausfinden können? Da gibt es doch bestimmt auch Boutiquenketten oder Kaufhäuser.«

»Wir hatten noch keine Zeit, uns auf die Tour de France zu begeben. Das LKA will aber die französischen Kollegen einschalten.«

»Dann sollten sie auch die Luxemburger und Belgier nicht vergessen. Noch was?«

»Nun mal langsam mit den jungen Pferden. Wir haben zusammen mit Sven versucht, ohne Rechner des Verdächtigen dessen Internetverkehr nachzuvollziehen. Er hat seit etwa eineinhalb Monaten mit unterschiedlichsten Proxy-Servern kommuniziert. Eigentlich kein Problem, aber der oder die Adressaten haben sich nach dem Mixmaster-Prinzip getarnt. Und zwar ziemlich gut. Fest steht bislang, dass Steyn offenbar mit unterschiedlichen Rechnern in unterschiedlichen europäischen Ländern kommuniziert hat. Bislang konnte keiner identifizierten IP-Adresse eine reale Person zugeordnet werden. Die Anmeldungen waren rein fiktiv. Es lassen sich eigentlich nur zwei Rückschlüsse daraus ziehen. Erstens: Steyn hat mit verschiedenen Leuten oder in Foren kommuniziert, die viel Wert auf Anonymität legen. Zweitens: Steyn hat mit einer Person kommuniziert, die allerhöchste Energie darauf verwendet hat, unentdeckt zu bleiben. Hilft uns das im Moment weiter?«

»Das heißt, wir könnten mit euren Ergebnissen alle Thesen begründen: von Steyn als perversem Triebtäter bis hin zum Opfer eines ausgebufften Dritten?«

»Genau. Mach was draus, ich kann mich nicht um alles kümmern.«

Buhle hatte den Spruch ab und an in einer Comedy-Serie bei SWR3 gehört und fand ihn da durchaus amüsant. Hier und heute dagegen nicht. »Tim, hast du noch Neuigkeiten?«

»Nicht wirklich. Wir haben die forensische Odontologie abgearbeitet, können aber nur die Vermutungen bestätigen, dass die Tote aus Osteuropa, vielleicht aus Rumänien, stammt.« Kordonbowski überlegte kurz. »Dann haben wir eigentlich nur noch eine Sache: Wir haben Spuren von Gleitmitteln in der Vagina gefunden. Sie muss also sowohl ungeschützten als auch geschützten Verkehr gehabt haben. Spricht vielleicht auch für ihre Tätigkeit im horizontalen Gewerbe.«

Grehler wurde aufmerksam. »Stimmt, haben wir auch bei Thomas Steyn gefunden, zusammen mit dem Spermizid Nonoxynol-9.«

»Steyn hat behauptet, zumindest anfangs Sex mit Kondomen gehabt zu haben«, sagte Buhle. »Aber wenn die beiden so eifrig Kondome verwendet haben, wie passt das dann mit dem vielen Sperma zusammen?«

Der Rechtmediziner und der Forensiker schauten sich an. Die Antwort übernahm Grehler. »Die einfachste Erklärung ist, dass er nach der Ejakulation abgerutscht ist. Kann passieren.« Er grinste wissend.

*

Claudille Laurants Haus lag am Nordrand von Berdorf in der Straße »Um Wues«. Ihr Mann hatte es damals geschmackvoll renoviert, sodass aus dem ehemaligen Bauernhaus das einfache, aber feine Wohnhaus eines Geschäftsmannes geworden war. Die Fensterbänke und -umrahmungen aus dem örtlichen gelben Sandstein kamen im Kontrast mit den dunkelbraunen Fensterläden der ersten Etage besonders gut zur Geltung. Die solide alte Kassetten-Holztür hatte in den vielen Jahrzehnten, in denen sie die Besucher empfing, noch an Würde gewonnen. Claudille hatte alles im Andenken an ihren geliebten Mann in der von ihm gedachten Form erhalten und in den dreißig Jahren seit seinem Ableben stets gepflegt. Lediglich den Vorgartenbereich hatte sie neu gestalten lassen, als sie immer unsicherer auf den Beinen wurde.

Ebenfalls kaum verändert hatte sich die Inneneinrichtung in den vergangenen Jahrzehnten. Das Ehepaar Laurant hatte zusammen seine Vorliebe für alte, ländlich geprägte Möbel ausgelebt, und Claudille hatte nie Veranlassung gesehen, daran etwas zu ändern. Ab und zu hatte sie sich Malerarbeiten gegönnt. Das letzte Mal war das Haus nach ihrer Krankheit komplett renoviert worden. Das war nun auch schon wieder fünfzehn Jahre her. Aber wer sollte hier etwas schmutzig machen?

Claudille blickte durch das Wohnzimmerfenster auf die rückwärtige überdachte Terrasse. Unzählige Stunden hatte sie seither dort gesessen, im Schaukelstuhl, am alten Gartentisch auf der Holzbank oder, als sie noch allein hochkam, in dieser neumodischen Liege, die ihr Thomas geschenkt hatte. Heute war es zu kalt und windig, um draußen zu sitzen. Der November hatte den großen Garten mit den alten Obstbäumen fest im Griff. Die wenigen Staudenbeete waren verblüht; Laub sammelte sich an der windabgewandten Seite vor der schon wieder zu hohen, ungebändigten Hecke. Sie musste Jean-Paul beauftragen, diesmal ausreichend Winterfutter für die Singvögel zu kaufen.

Als sie ihr einfaches Mittagsessen zubereitet und gegessen hatte, ging sie an den Briefkasten. Diesmal war sogar ein Brief darin, der nicht auf den ersten Blick als Rechnung oder Werbung zu erkennen war.

Sie hatte es immer geliebt, Briefe zu bekommen. Doch heute war es eigentlich nur noch Marie, die davon wusste und es in dieser digitalen Zeit auch noch beherrschte, richtige Briefe zu schreiben. Ansonsten war sie schon froh, wenn sie hin und wieder eine Ansichtskarte bekam.

Claudille machte sich einen Kräutertee, stellte die Tasse auf den kleinen Beistelltisch und setzte sich wieder in den Sessel vor dem breiten Wohnzimmerfenster. Der alte Messingbrieföffner, den Henri von seinem Großvater geerbt hatte, lag schon seit Jahren auf dem kleinen Tisch, nachdem er seinen Job auf dem Sekretär im Büro von Henri eingebüßt hatte. Mit drei langsamen Schnitten trennte sie die obere Kante des Umschlags in zwei saubere Hälften.

Der Inhalt bestand aus zwei Teilen. Ein kleiner Zettel und eine DIN-A4-Kopie. Auf dem Zettel stand in gedruckten Buchstaben: »Das dürfte Sie interessieren. Ein Freund«. Die Kopie zeigte einen Brief, der an Peter Kasper gerichtet war. In blumigen Worten erklärte jemand seine Liebe und seine Wollüste, die er seit geraumer Zeit für ihn hegte. Von einer gemeinsamen Zukunft ohne die lästige Familie war die Rede, von einem Alles-hinter-sich-Lassen. Unter dem in schnörkeliger Computerschrift geschriebenen Text stand in verzierten Buchstaben *»Je t'aime, mon amour«* und darunter handschriftlich »Marie«.

Claudille sah auf das Datum des Briefes: der 24. Mai dieses Jahres. Sie schaute noch einmal auf den Brief und den Zettel, dann faltete sie beides wieder so zusammen, wie sie es bekommen hatte, und steckte es in den Briefumschlag zurück. Sie saß noch eine Weile da und blickte in den herbstlichen Garten. Als sie sich wieder an die Tasse Tee erinnerte, war sie schon erkaltet.

Mit einem Seufzer ging sie zum Telefon und wählte Maries Nummer aus dem gespeicherten Adressbuch. Als der Anrufbeantworter ansprang, erinnerte sie sich, dass Marie zurzeit gar nicht in Avelsbach war. Sie machte einen weiteren Versuch mit der Handynummer, und nach zweimal Läuten nahm Marie den Anruf an:

»Claudille, ist was passiert?« Maries Stimme hatte sofort einen besorgten Klang angenommen. Claudille rief eigentlich nie auf dem Handy an.

»Ich habe einen Brief zugeschickt bekommen. Es ist eine Kopie von einem Liebesbrief von dir an Peter.«

»Bitte? Was hast du bekommen?«

»Du hättest deiner besten Freundin ruhig anvertrauen können, dass du deine Zukunft ohne uns planst«, sagte sie etwas spöttisch, aber ohne jegliche Ironie.

»Waaas?« Marie klang bestürzt. »Was erzählst du denn da? Wer schickt dir denn so was?«

»Keine Ahnung, der Brief kam mit der Post und natürlich anonym. Da scheint jemand den Versuch unternommen zu haben, dich bei mir zu verunglimpfen.« Claudille überlegte kurz. »Na ja, einen Anhaltspunkt haben wir zumindest: Er scheint weder Peter noch dich oder mich wirklich zu kennen, da er es auf diese unglaublich dämliche Art versucht hat.«

»Claudille, das ist doch alles nicht normal. Da hat doch jemand was mit uns vor. Seitdem diese Tote in unserem Haus gefunden wurde, läuft gegen uns eine Attacke nach der anderen.« Marie berichtete Claudille von den Flugblättern am Gymnasium. »Was ist denn plötzlich bloß los?«

»Ich weiß es auch nicht, Marie.« In Claudille wuchs Besorgnis. »Irgendjemand scheint eine unbändige Wut auf euch zu haben oder einen anderen Grund, euch …« Sie sprach nicht weiter.

»Kommst du allein zurecht?«, fragte Marie. »Nein, pass auf, wenn die Kinder aus der Schule kommen, packen wir die Sachen und kommen zu dir. Du hast Nora und Mattis auch schon länger nicht mehr gesehen. Ist das okay?«

»Du weißt, dass ich mich immer freue, wenn ihr kommt. Aber wegen des Briefes brauchst du das nicht zu tun.«

»Den Brief tust du am besten in einen Gefrierbeutel, damit die Polizei ihn später nach Spuren untersuchen kann. Nein, Claudille, ich brauche dich einfach, und den Kindern tut es auch gut, Abstand zu gewinnen. Und ... ich will auch noch nicht zurück nach Avelsbach. Bis heute Abend?«

»Schön, bis heute Abend. Ich freue mich.«

*

Diese Position vor den ganzen Journalisten mochte Buhle gar nicht. Es waren mit wenigen Abweichungen dieselben wie bei der ersten Pressekonferenz gekommen. Der Chefredakteur des Trierischen Volksfreunds hatte heute allerdings offensichtlich Besseres zu tun, als sich über die Öffentlichkeitsarbeit der Polizei zu beschweren. Stattdessen stand Reporter Claudio Zerani eine junge Hospitantin zur Seite. Die führende Tageszeitung der Region schien also nicht mehr von einem Fehlverhalten der Kriminalpolizei auszugehen und sich auf die eigentliche Berichterstattung zu beschränken.

Die Pressekonferenz verlief ruhig und sachlich. Buhle wollte schon aufatmen, als sich doch noch Hannah Sobothy vom RPR-Radio zu Wort meldete.

»Sie haben ja vorhin mitgeteilt, der Anfangsverdacht hätte sich deutlich verdichtet. Nach den lehrreichen Ausführungen der Staatsanwältin vom Dienstag weiß ich ja nun, dass damit die Schuld des Verdächtigen noch lange nicht feststeht. Gilt somit die Unschuldsvermutung weiterhin auch faktisch oder nur auf dem Papier der Juristen? Wenn vielleicht Herr Buhle als Ermittlungsleiter antworten könnte.«

Buhle spürte, wie er bei der direkten Ansprache von Hannah rot anlief. Das war ihm im Dienst noch nie passiert. Mit einem Hüsteln hinter vorgehaltener Hand versuchte er es zu verbergen. »Ja und nein, Frau Sobothy. Ja, es gilt weiterhin die Unschuldsvermutung, und nein, dies nicht nur auf dem Papier. Auch wenn sich Indizien zu einer Annahme in eine Richtung verdichten sollten, bedeutet das nicht, dass wir andere sich auftuende Spuren ignorieren.«

»Ach, gibt es die denn?«

Buhle schaute etwas schuldbewusst nach links zu Monz, der wie immer keine Regung zeigte und ihn doch deutlich zu warnen schien. Dann antwortete er: »Es gibt immer Spuren, die in andere Richtungen gehen. Auch wenn sie nicht zu einer Lösung des Falles führen, müssen wir ihnen folgen, um ihre Unerheblichkeit zu beweisen. Also machen wir das. Es ist aber momentan nicht der Schwerpunkt unserer Ermittlungstätigkeit. Wir verfolgen gegenwärtig vorrangig die Spuren, von denen wir uns die Lösung des Falles erhoffen.«

»Das hört sich aber doch so an, als ob sie fest davon ausgehen, den Täter zu haben.«

Die unbeschwerte Journalistin mit dem Faible für Kleider imponierte Buhle einmal mehr mit ihrer direkten Art. »Sie können sich sicher sein, dass für mich ein Täter erst als solcher feststeht, wenn er gestanden hat oder die Beweislast eindeutig und unwiderlegbar ist. In unserem Fall trifft beides noch nicht zu«, er versuchte ein Lächeln, »und deshalb ermitteln wir weiter in alle Richtungen, allerdings in eine Richtung besonders intensiv.«

Hannah Sobothy brauchte ein Lächeln nicht zu versuchen, sie schien darin eindeutig mehr Übung zu besitzen. »Danke, Herr Buhle.«

Der freundliche Gesichtsausdruck der jungen Reporterin hätte für Buhle ein schöner Abschluss einer anstrengenden Woche sein können, wenn sich nicht Robin Flieger von der MoZ dazu durchgerungen hätte, nach all den kompromittierenden, aus dubiosen Quellen zusammengereimten Artikeln tatsächlich seine erste direkte Frage an die Polizei zu stellen.

»Dürfen wir also unseren Leserinnen und Lesern mitteilen, dass die hochdotiert besetzte Sonderkommission trotz eindeutig vorliegender Beweise ihre wertvolle Zeit mit der Ermittlung irrelevanter Sachverhalte vergeudet? Oder will man in Trier vielleicht nur Zeit gewinnen, um mit irgendeinem Winkelzug die weiße Weste einer renommierten Familie doch noch zu wahren?«

Buhle wusste, dass er sich gar nicht erst die Mühe machen musste, nach einer Antwort zu suchen. Hubert Monz hatte sich schon in Position gebracht.

»Ich befürchte, Herr Flieger, die Mosella-Zeitung wird uns in der morgigen Ausgabe so oder so ihre Version unseres rechtsstaatlich verankerten Arbeitsauftrages präsentieren. Wenn keine weiteren Fragen sind, wünsche ich allen einen schönen Wochenabschluss.«

14

Luxemburg; Juni im selben Jahr

Er kannte die Strecke ins luxemburgische Hinterland mittlerweile wie den Weg zwischen Bad und Schlafzimmer. Jedes Mal inspirierten ihn Weg und Ziel, und er fand ein paar weitere Mosaiksteinchen, die sein Vorhaben zu einem imposanten Gesamtwerk werden ließen. Der Rahmen war längst schon fertig. Den hatte er sich bereits nach einer Woche zurechtgelegt. Danach war es Stück für Stück weitergegangen. Manchmal kam er sich wie ein Komponist vor, der mit Blick auf das große Finale all seine Kraft in die Dramaturgie seiner Oper legt. Es war kein Zufall, dass er auf all seinen Fahrten Verdis »Il trovatore« hörte.

Er hatte wahrlich Großes vor. Wollte dies nicht einer ihm unwürdigen Banalität opfern. Wollte komponieren: raffiniert, einmalig, perfekt. Wichtige Teile seines Werkes lagen schon klar vor ihm. Diese richtig zu verbinden erforderte aber bis zur Skrupellosigkeit reichende Kreativität. Manchmal hatte er sich nur aus Spaß noch ein Detail überlegt, eine kleine Wendung, einen verspielten Schlenker. Ja, er hatte Spaß an der Sache, und zugleich führte sie zu einer großen Befriedigung.

Er bog in das flache Seitental ab und überlegte, wie er sie am besten für seinen Plan gewinnen konnte. Sie durfte keinen Verdacht schöpfen, worum es in Wahrheit ging. Dann musste sie so weit Vertrauen zu ihm bekommen, dass sie sich als seine Geschäftspartnerin fühlte. Nun, in diesem Punkt war er in den letzten Wochen wohl auf einem sehr guten Weg gewesen. Er spürte, wie sich seine Hose bei diesem Gedanken zu spannen begann. Die Rolle, die er für sie geschrieben hatte, war nahezu perfekt. Für die Besetzung gab es auch keine Alternative. Nur durfte ihr das zu keinem Zeitpunkt bewusst werden.

Schwieriger gestaltete sich da schon die Suche nach ihrer Nachfolgerin, der die ehrenhafte Aufgabe zuteilwerden sollte, die notwendige Dramatik in dem Schauspiel zu gewährleisten. Ohne sie wäre der Spannungsbogen für das Finale nur flach und schlaff. Er wollte ihn aber bis kurz vor dem Zerbersten biegen, bis die imaginäre kinetische Energie für jeden spürbar wurde, bis alle wussten, dass es kein Zurück, keine Ausflüchte, nur noch den Weg in das endgültige Verderben gab. Und dann: Er hörte regelrecht das scharfe Surren des Pfeils, der unaufhaltsam seinem Ziel entgegenstrebte, bis sein dumpfes Durchdringen des Opfers dessen gesamte Energie in die Macht des Todes verwandelte.

Es war unglaublich einfach gewesen, ihn auszuspionieren; so wie früher, nur diesmal mit einem Ziel. Und der Spaß, sich unerkannt die notwendigen Verbündeten zu suchen: Wenn sich der Vater gegenüber dem Sohne in Hinterlist übte, fiel es nicht schwer, den Sohn für seine Dienste zu gewinnen. Dieser ahnte ja nicht, dass er auch jetzt wieder nur Spielball war, obwohl er das Spiel doch so zwanghaft liebte. Herrlich. Sein Treiben mit den Protagonisten seines Werkes war die Kür, erfüllte ihn mit Vorfreude und Entzücken; die notwendigen technischen Details hingegen waren die Pflicht. Aber auch daran gewann er zunehmend Gefallen.

Er konnte nicht einschlafen, fühlte sich noch immer adrenalisiert vom Erfolg des Abends. Es war ihm tatsächlich gelungen. Zum Schluss hatte er ihrem schauderhaften Charakter sogar noch Respekt zollen müssen, als sie im genau richtigen Moment zu feilschen anfing, bevor der Deal vollzogen war. Er hatte sich zunächst unnachgiebig, dann gönnerhaft gezeigt und sie damit endgültig auf seine Seite gezogen. Es wurde ein Pakt zweier Seelenverwandter geschlossen.

15

Berdorf; Samstag, 6. November

Marie hatte, wie immer, wenn sie mit den Kindern bei Claudille war, im ehemaligen Büro geschlafen. Sie war gerne in diesem Zimmer. Es hatte noch so etwas Altehrwürdiges vergangener geschäftlicher Zeiten. Der Sekretär, der Schreibtisch mit dem damals obligatorischen Lederdrehstuhl, das Regal und der kleine Aktenbock – alles in dunklem Nussbaum gehalten. Heute war das fast wieder modern. Zumindest in den Schlafzimmerabteilungen der Möbelhäuser hatte sie farblich stark strukturierten Nussbaum wieder im Angebot gesehen. Die mächtige, ausladende Schreibtischlampe hatte sie schon immer geliebt. Vielleicht weil sie für sie das Sinnbild dafür war, dass in diesem Büro wirklich gearbeitet und nicht nur repräsentiert worden war.

Im Nachbarzimmer, wo die Kinder schliefen, war es noch ruhig. Claudille war aber schon aufgestanden, das hatte sie gehört. Es war für alle gestern ein schöner Abend gewesen. Beim langen Spielen von »Malefiz«, »Rummikub« und zum Schluss noch »Land unter« hatten sie etwas Abstand von den Geschehnissen der letzten Woche gewonnen.

Es war spät gewesen, als die Kinder ins Bett gingen; für tiefer gehende Gespräche hatten sie und Claudille keine Energie mehr gehabt. Nach einer halben Stunde vor dem Fernseher hatten sie sich auch schlafen gelegt.

Marie überlegte, was sie heute machen sollte. Natürlich würden sie eine Wanderung in der Felslandschaft des Müllerthals unternehmen. Sie hatte den Kindern ihre Liebe zu dieser außergewöhnlichen Landschaft weitergeben können: kein Besuch bei ihrer Uroma, ohne dass nicht wenigstens einmal die »Teufelsinsel« aufgesucht, sich durch die »Siewenschlüff« gezwängt, in der »Totenkammer« gerastet oder in die »Räuberhöhle« hinabgestiegen wurde. Es gab noch viele, viele andere Möglichkeiten, große und kleine Landschaftswunder zu entdecken. Vielleicht sollten sie heute über die Sauer auf die deutsche Seite zum Naturparkzentrum

Teufelsschlucht fahren? Sie musste nur vorher anrufen, ob dort noch geöffnet war.

»Mamaaa!« Der Schrei ihrer Tochter riss Marie aus ihren Gedanken. Wie ein Blitz lief sie mit nackten Füßen über die kalten Fliesen des Flurs ins Nachbarzimmer. Nora stand mit weit aufgerissenen Augen und angsterfülltem Blick vor dem Bett ihres Bruders. Kissen, Bettdecke und Laken waren mit Blutflecken gesprenkelt. Zum Glück öffnete Mattis, durch den Schrei seiner Schwester geweckt, langsam die Augen und blinzelte verständnislos zu ihnen herauf. Marie hockte sich hin und nahm Nora beruhigend in den Arm.

»Keine Angst, Schatz. Mattis hatte heute Nacht nur Nasenbluten. Das passiert manchmal und ist überhaupt nicht schlimm.«

»Alles in Ordnung da oben?« Auch Claudille hatte Nora und anschließend Maries Schritte gehört.

»Ja, ja, alles okay. Mattis hatte nur Nasenbluten. Es sieht ziemlich übel aus in seinem Bett.«

»Lass mal, das machen wir später. Kommt lieber runter, ich habe schon Croissants aufgebacken.«

»Jaaaaa!« Marie konnte ihre Tochter gerade noch am Arm festhalten.

»Halt, hiergeblieben. Erst anziehen, dann kannst du runter. Sonst wirst du noch krank.«

»Och Mann, blödes Anziehen.«

Quengelig setzte Nora sich wieder aufs Bett und zog sich ihren lila Hausanzug an, während Marie mit Mattis ins Bad ging und ihm das Gesicht wusch. Als sie zurückkamen, war Nora bereits unten bei ihrer Uroma.

Nach dem Frühstück begleitete Claudille die drei zum Adlerhorst. Auch sie liebte die »kleine Luxemburger Schweiz«, doch weiter als bis zu diesem leicht zugänglichen Felsplateau kam sie seit ein paar Jahren kaum noch. Während die Kinder über die Felsen tollten, gingen die beiden Frauen auf die hölzerne Plattform und genossen die Aussicht in Richtung Befort. Die »Michielskerk« mit ihrer charakteristischen schmalen, lang emporgezogenen Kirchturmspitze war an diesem klaren Tag deutlich zu sehen.

Sie standen eine Zeit lang wortlos nebeneinander. Dann brach

Claudille das Schweigen. »Du hast sicher auch keine Ahnung, wer mir so einen gefälschten Brief zuschickt?«

»Nein«, seufzte Marie. »Überhaupt keine. Was mich zusätzlich beunruhigt, ist, dass so viele Dinge gleichzeitig geschehen. Zuerst der Mord in unserem Haus, dann die Flugblätter, dein Brief, die Bilder in der Zeitung …«

»Welche Bilder in der Zeitung?«

Marie schaute zu ihrer Schwiegeroma, die weiterhin den Blick auf den fernen Kirchturm gerichtet hielt. »In zwei Zeitungen war ein Foto von Thomas mit einer Prostituierten abgebildet, so vermutet jedenfalls die Polizei. Dann war da noch ein Foto von Peter und mir, wie wir uns vor der Tür verabschieden. Das passt zu deinem Brief.«

»Das sieht so aus, als ob das alles ausgeklügelt worden wäre, oder?«

»Finde ich auch. Nur habe ich keine Erklärung, warum uns jemand so etwas antut. Peter hat auch schon gesagt, dass es hier um mehr geht, als nur jemanden aus dem Weg zu räumen. Er meint, dass jemand vorhat, Toms Ansehen unwiederbringlich zu zerstören oder das von jemand ihm Nahestehendem. Wer macht so was?«

»Jemand, der seelisch schwer verletzt ist, oder einer, der sich ausweglos in die Enge getrieben sieht.«

»Meinst du auch, jemand will sich an Thomas oder seiner Familie rächen?«

»Weißt du, wenn man Thomas als Kind erlebt hat, kann man so etwas nicht ausschließen. Aber das liegt nun schon so lange zurück, und wie ich dir gesagt habe, hat er sich verändert, zum Besseren hin. Ich weiß nicht, ob jemand so weit gehen würde, um sich für Kränkungen in der Kindheit zu rächen. Was sagt denn Thomas dazu?«

Marie drehte den Kopf in Richtung Unendlichkeit und schwieg. Nach einer Weile fragte Claudille: »Wie lange hast du ihn nicht mehr gesprochen?«

»Seit dem Tag, an dem alles begann: Sonntag.« Marie musste sich erst mal selbst bewusst werden, dass sie Thomas in den letzten Tagen zunehmend in der Gestalt des Tatverdächtigen oder in der Rolle ihres hilfebedürftigen Mannes gesehen hatte, nicht mehr als den Menschen, dem sie nah sein wollte. Die Erkenntnis bestürzte sie.

Dachte sie tatsächlich nur noch daran, sich und die Kinder zu schützen? Hatte sie Thomas als ihren Ehemann bereits aufgegeben, obwohl sie immer noch fest glaubte, dass er nicht der Mörder war? Wie hatte sie ihn nur ohne irgendeine Nachricht so lange allein im Gefängnis sitzen lassen können?

»Sei jetzt nicht zu hart zu dir. Du musstest erst andere Dinge regeln. Geh mit den Kindern noch ein bisschen, dann machen wir ein Feuer im Garten. Mattis liebt es doch, am Lagerfeuer Würstchen zu grillen. Ich habe mir welche vom Metzger bringen lassen, auch Pizzateig für Stockbrot habe ich aufgetaut. Wenn wir zu Hause sind, kannst du ja nachfragen, wann du ihn besuchen kannst.«

Als Marie nickte, rollte eine Träne über ihr erstarrtes Gesicht.

Der Rest des Tages verlief ohne besondere Ereignisse. Marie war noch mit den Kindern durch die vielen Spalten der »Roitzbachschlüff« gestromert. Später durften Mattis und Nora auf der Feuerstelle in Claudilles Garten ein Lagerfeuer machen und grillten mit zunehmender Unbeschwertheit Würstchen und Stockbrot für sich und die zwei Erwachsenen, die es vorzogen, im warmen Haus zu bleiben. Anschließend spielten die Geschwister zusammen, und die beiden Frauen unterhielten sich über das Leben in Berdorf im Winter. Marie rief zwischendurch bei der Justizvollzugsanstalt in Trier an, bekam aber die Mitteilung, dass ein Besuch bei ihrem Mann frühestens am Montag möglich sei, wenn die erforderlichen Genehmigungen vorlägen.

Am nächsten Morgen war es eisig geworden. Die Kaltfront, die sich schon am Vortag mit ihren typischen Wolken angekündigt hatte, war mit einem Paket polarer Luft angekommen. Marie hatte versprochen, nach Echternach zu fahren, um Schokocroissants und frisches Baguette für ein richtiges Sonntagsfrühstück zu holen. Gedankenverloren wollte sie schon ins Auto einsteigen, als sie die über Nacht vereisten Scheiben bemerkte. Zum Glück hatte Peter, die Zuverlässigkeit in Person, einen Eiskratzer im Türfach.

Nachdem sie das Seitenfenster frei hatte und sich der Windschutzscheibe zuwandte, stutzte sie: Hinter einem der Scheibenwischer steckte ein Briefumschlag. Marie schloss die Augen. Mit einem Schlag war alles wieder präsent, was sie seit gestern Mittag hatte verdrängen wollen. Langsam ging sie zurück ins Haus und ließ sich von der überraschten und zugleich besorgten Claudille einen Gefrierbeutel geben.

»Du handelst schon wie eine Polizistin«, versuchte sie zu scherzen. Marie antwortete mit einem müden Lächeln.

Zwei Minuten später kam sie mit dem Brief im Beutel zurück. »Was soll ich jetzt damit machen?«, fragte sie Claudille.

»Natürlich öffnen. Oder willst du jetzt bei jedem Brief gleich die Kriminalpolizei rufen?«

Genau das hatte Marie überlegt. Sie nickte und ließ sich von Claudille den Brieföffner geben. Ohne Fingerabdrücke auf dem Kuvert zu hinterlassen, schnitt sie es auf.

»Und, was ist drin?«

»Ein Foto.«

»Was ist darauf zu sehen?«

»Ich weiß nicht, ich kann nichts erkennen.«

»Dann lass es doch hier auf die Zeitung gleiten, dann wissen wir, welche unglaublichen Neuigkeiten wir diesmal serviert bekommen.«

Es bedurfte ein wenig Mühe, bis Marie das Foto herausgeschüttelt hatte, vielleicht war es aber auch das Ungeschick, das mit der inneren Weigerung, sich erneut etwas Schreckliches antun zu müssen, verbunden war.

Ihre Ablehnung gegen das Foto war begründet gewesen. Es zeigte Thomas Steyn beim Sex mit einem Kind.

Marie war es, als würde ihr jemand den Boden unter den Füßen wegreißen. Fühlte sich wie im freien Fall in einen endlos tiefen Abgrund. Nach einer Weile spürte sie, wie Claudille ihr sanft das Gesicht mit einem Taschentuch trocken wischte.

»Du musst jetzt etwas unternehmen, Marie! Kennst du denn keinen bei der Polizei, dem du dich anvertrauen kannst? Die müssen jetzt reagieren.«

Marie sah Claudille wie durch einen Vorhang hindurch an. Leise sagte sie: »Warum sollten sie? Für die Polizei steht Thomas doch schon als Mörder fest. Die suchen nur noch nach den letzten Beweisen. Wen interessiert da, was mit ihm und seiner Familie in der Öffentlichkeit passiert?«

»Nein, Liebes, das glaube ich nicht. Es ist jetzt so viel passiert, das können sie gar nicht einfach wegschieben. Wenn du nicht anrufst, dann rufe ich eben die Luxemburger Polizei an.«

Marie schüttelte müde den Kopf. »Das bringt doch nichts. Das ist Sache der deutschen Kripo.«

»Dann ruf jetzt dort an.«

»Es ist Sonntagmorgen. Wen soll ich denn anrufen, der uns dann auch noch helfen will?« Erst als sie den Satz beendet hatte, erinnerte sie sich an das letzte Gespräch mit Christian Buhle und den kleinen Vertrauensbeweis, den er ihr zum Schluss entgegengebracht hatte.

Aber Claudille schien gar nicht mehr hinzuhören. Sie war schon aufgestanden, hatte das Telefon geholt und hielt es Marie hin.

Marie sah ihre beste Freundin an. Da standen nun dreiundachtzig Lebensjahre in Form einer kleinen, schmal gebauten Frau vor ihr, mit schneeweißen Haaren, in einem ihrer geblümten Kleider und mit einem Gesichtsausdruck, der wie in Fels gemeißelte Entschlossenheit zeigte.

»Okay, ich muss irgendwo ein Kärtchen haben, das mir der eine Kommissar gegeben hat. Wenn ich es finde, rufe ich ihn an.« Vielleicht hatte Claudille tatsächlich recht, und sie brauchten Hilfe. Denn eines war offensichtlich: Sie wurden beobachtet. Irgendjemand wusste, wann sie wo war.

Sie hatte die Visitenkarte von Buhle in ihr Portemonnaie gesteckt, das wusste sie zum Glück noch genau. Zwischen dem üblichen Wirrwarr aus Geldscheinen, irgendwelchen Karten und alten Kassenbons fand sie sie. Neben Namen, Dienstgrad, Dienststelle mit Adressdaten und dem Wappen von Rheinland-Pfalz standen die Dienstnummer mit der Durchwahl und eine Handynummer darauf. Gehörte dieser Buhle zu den Polizisten, die ihr Diensthandy auch am Wochenende eingeschaltet hatten? Sie überlegte und kam zu dem Entschluss, dass sie sich das sehr gut vorstellen konnte. Sie nahm ihr Handy und ging wieder hinunter ins Wohnzimmer. Wenn Claudille sich schon so vehement dafür eingesetzt hatte, sollte sie auch sehen, dass sie es ernsthaft bei dem Kommissar versuchen würde.

»Ich habe die Visitenkarte gefunden. Ich probiere es auf seinem Handy. Ob ich es aber bei der Kripo versuche, überlege ich mir noch.«

»Ruf doch bei ihm zu Hause an.«

»Wo soll ich seine Privatnummer herbekommen? Meinst du, die stellt ein Kommissar ins Telefonbuch?«

»Wohl kaum. Manchmal schreibt er sie aber auf die Rückseite seiner Visitenkarte.«

Marie schaute zunächst Claudille, dann die Rückseite der Karte verblüfft an. Unglaublich, wie blöd sie manchmal war. Sie versuchte dennoch zuerst die Handynummer. Bei Buhles Privatnummer anrufen wollte sie wirklich nur im Notfall.

Sie brauchte es nur dreimal klingeln zu lassen, bis er sich meldete.

»Herr Buhle? Guten Tag, Marie Steyn. Entschuldigen Sie, dass ich sonntags bei Ihnen anrufe. ... Na ja, es ist mir schon ein wenig unangenehm. ... Ja, es ist wieder etwas vorgefallen. Ich bin mit den Kindern in Luxemburg bei ihrer Urgroßmutter. Es sind eigentlich zwei Sachen. Claudille ... Ja, so heißt sie, Claudille Laurant, hat gestern eine Kopie eines angeblichen Liebesbriefes von mir an Peter Kasper zugeschickt bekommen. ... Ja, mit der Post, glaub ich.« Sie sah fragend zu Claudille, die zustimmend nickte. »Sie bestätigt das gerade. Dann wollte ich heute früh zum Bäcker fahren und finde unter dem Scheibenwischer einen Briefumschlag mit einem Foto von Thomas mit einem Kind ... Ja, es soll ihn beim Sex mit einem kleinen Mädchen zeigen. ... Sie werden verstehen, dass ich mir das Foto nicht so genau angeschaut habe. ... Ich wollte eigentlich erst heute Abend wieder zurück nach Trier kommen. ... Ja, ich verstehe schon, Sie dürfen nicht einfach so in Luxemburg ermitteln. ... Soll ich Sie dann anrufen, wenn ich wieder zurück bin? ... Okay, die Briefe bringe ich mit, Moment mal.«

Claudille war auf Marie zugekommen und sah ziemlich unzufrieden und ungeduldig aus. Mit ausgestreckter Hand forderte sie das Handy ein. »Gib mir mal kurz das Telefon.«

Marie war so perplex, dass sie ihr das Handy wortlos reichte.

»Claudille Laurant aus Luxemburg am Apparat. Wo gibt es denn ein Problem? Arbeitet die deutsche Polizei bei einem Mordfall nicht am Sonntag? ... Ich glaube nicht, dass die hiesigen Gesetzeshüter etwas davon mitbekommen werden, oder wollten Sie mit eingeschaltetem Martinshorn kommen? ... So, wichtige Grundsätze in der grenzüberschreitenden Zusammenarbeit der Polizeiorgane. Ja, Sie haben recht, das hört sich wichtig an. Haben Sie schon gefrühstückt? ... Darf ich Sie dann als Privatmann zum Frühstück nach Berdorf einladen? ... Na, junger Mann, was gibt es da zu überlegen? Sie bekommen selbst gemachte Marmelade, original Berdorfer Käse und Wurst von einer der besten Landmetzgereien in Luxemburg. ... Schön, wenn Sie aber bitte noch Schokocroissants und Baguette für fünf Personen aus Echternach mitbringen würden, ich lasse nämlich Marie hier nicht mehr aus dem Haus, ohne dass jemand ihr und den Kindern Schutz gewährt. ... Gut. Berdorf, Um Wues 44a ... Ja, nach Echternach links die B 364 hinauf nach Berdorf, wenn die Hauptstraße eine Linkskurve macht, rechts abbiegen und dann wieder links. ... Genau, auf der rechten Seite. Ich bin Ihnen dankbar, dass Sie kommen. Bis in einer Stunde.«

Marie starrte Claudille völlig verblüfft an, als die ihr das Handy zurückgab, als ob nichts gewesen wäre.

»Ist was, mein Kind?«

»Er kommt also tatsächlich hierher? Zum Frühstück?«, fragte sie kopfschüttelnd.

»Sieht so aus. Hörte sich übrigens außerordentlich nett und höflich an, dieser Kommissar Buhle. Überleg dir, was du den Kindern erzählen willst. Ich geh ins Bad und mach mich für unseren Besuch zurecht.«

*

Buhle war sich bewusst, dass es eine Gratwanderung war. Natürlich konnte er als Privatmann nach Luxemburg zum Frühstück fahren. Aber privat war er ja nicht unterwegs, wenn er dabei zur Frau des Hauptverdächtigen fuhr.

Wieso zog jemand jetzt auch noch die Großmutter von Thomas Steyn in die Sache hinein? Das konnte keine Reaktion eines Trittbrettfahrers auf den Mord in Avelsbach mehr sein. Es sei denn, jemand hatte unabhängig davon vorgehabt, Steyn zu denunzieren, und jetzt die Gelegenheit beim Schopf ergriffen.

Direkt hinter dem »Grand Hotel« war der Abzweig nach Berdorf und zum Müllerthal ausgeschildert; wenige hundert Meter weiter tauchte am rechten Straßenrand das Hotel »Bel Air« auf.

Buhle hatte schon von der »Kleinen Luxemburger Schweiz« als Ausflugsziel gehört; hier gewesen war er aber noch nicht. Die zwei respektablen Hotels verhießen ihm jedenfalls eine besonders spektakuläre Landschaft. Schon die ersten Felsformationen, die sich entlang der deutlich ansteigenden Landstraße an den locker bewaldeten Hängen auftaten, bestätigten dies. Nach drei Kilometern öffnete sich die Landschaft zu einer übersichtlichen Hochfläche, auf der sich der Ort Berdorf weit ausbreitete. Nach der guten Beschreibung von Claudille Laurant fand er deren Haus auf Anhieb.

Er parkte am Straßenrand davor, griff die große Papiertüte mit den Backwaren vom Beifahrersitz und stieg aus. Einen kurzen Moment betrachtete er das Haus. Die Familie Laurant hatte ein gutes Händchen für ihre Häuser.

Kurz nachdem er geklingelt hatte, öffnete Marie Steyn. Ihre Tochter kam von hinten angerannt und schmiss sich so heftig an die Beine ihrer Mutter, dass sie Buhle beinahe in die Arme gestoßen wurde.

»Nora, nicht so doll. Du wirfst mich ja fast um, und dann falle ich noch gegen den Kommissar.« An ihn gerichtet fuhr sie fort: »Sie haben es gut gefunden? Treten Sie doch ein. Kaffee und Tee sind fertig.«

»Hallo, Herr Kommissar. Kann ich nachher wieder mit Blaulicht fahren?«

»Guten Morgen, Nora, guten Morgen, Frau Steyn. Tut mir leid, Nora, aber ich bin heute nicht mit einem Polizeiauto hier. Ist doch Sonntag.«

»Och manno. Warum bist du dann hier?«

Buhle lächelte. »Weil ich Brötchen und Croissants bringen soll. Lässt du mich jetzt rein?«

Sie hatten tatsächlich erst gefrühstückt. Alle hatten mittlerweile richtig Hunger bekommen, und die Kinder wären anders nicht zu bändigen gewesen. Nun lasen die beiden oben in ihren Büchern, nachdem Buhle ihnen noch seine aufregendste Verfolgungsjagd geschildert hatte.

Dann hatte er die Briefe genau studiert. Die beiden Frauen hatten ihm dabei still und aufmerksam zugesehen, als ob sie sich von ihm die Lösung eines Rätsels erhofften.

»Zunächst einmal bemerkenswert, dass Sie die beiden Briefe so professionell als Beweismaterial für die Spurensicherung aufbewahrt haben.« Buhle nahm die Kopie des Briefes mit der angeblichen Unterschrift von Marie Steyn noch einmal vorsichtig in seine mit Handschuhen geschützten Hände. »Ich gehe davon aus, dass dieser Brief eine Fälschung ist, da ich Ihnen ja glaube, dass Sie mir bezüglich Ihrer Beziehung zu Peter Kasper die Wahrheit gesagt haben.«

Marie Steyn nickte, sagte aber nichts.

»Gut, ich glaube Ihnen, muss das aber auch ermittlungstechnisch absichern. Würden Sie uns eine Probe Ihrer Unterschrift geben?«

»Ja, natürlich, wollen Sie die gleich haben?«

»Nein, das ist Sache der Fahndung. Kommen Sie dazu bitte morgen früh kurz in die Güterstraße und fragen dort nach Sven Tard. Das ist eine Sache von Minuten. Wir werden versuchen herauszufinden, wie die Kopie hergestellt wurde. Aber viel ist da nicht zu erwarten. Am Computer können heute auch Laien alles Erdenkliche so gestalten, dass es im Ausdruck wie ein Original aussieht. Aber vielleicht gibt es ja andere Spuren: Fingerabdrücke«, er schaute kurz zu Claudille, »natürlich außer Ihren, Frau Laurant, eine besondere Papierart, Poststempel, irgendetwas, was unsere Spezialisten auswerten können.«

Er legte Umschlag und Inhalt wieder zurück in den Gefrierbeutel und nahm das andere Klarsichttütchen mit dem Foto. Ohne den Umschlag mit dem brisanten Inhalt noch einmal herauszuholen, sagte er: »Ich bin zwar nicht der Spezialist, doch hier scheint es mir eindeutig, dass jemand das Gesicht Ihres Mannes in ein anderes Foto hineinmontiert hat. Um es zu vertuschen, hat er wohl nachträglich die Unschärfe in das Bild gebracht. Aber auch das ist Aufgabe für unsere Kriminaltechniker.« Er suchte den Blick von Marie Steyn und fand die erhoffte Erleichterung darin. »Sie brauchen sich zumindest diesbezüglich keine Sorgen zu machen, Frau Steyn.«

Die dünnhäutigen Hände von Claudille Laurant schoben sich über die von Marie Steyn und drückten sie leicht. Buhle konnte die von den beiden Frauen abfallende Last fast physisch spüren und freute sich darüber. Zu häufig war es, dass er als Polizist gegenteilige Nachrichten mitteilen musste und Leid über Menschen brachte.

»So«, Claudille Laurant versprühte eine Energie, wie man sie von einer Frau in ihrem Alter nicht erwarten konnte, »da wir den Kommissar hier im fremden Luxemburg nicht länger dienstlich belangen dürfen, schlage ich vor, dass wir Frauen uns jetzt um das Mittagsmahl kümmern und Herr Buhle mit den Kindern zusammen einen langen Sonntagsspaziergang macht. Waren Sie schon mal im Müllerthal?«

Er verneinte.

»Trauen Sie sich zu, auf die beiden Kinder aufzupassen und sie heil wieder nach Hause zu bringen?«

Buhle konnte sich ein Lächeln nicht verkneifen. »Ich denke schon. Aber gehen die Kinder denn mit einem Fremden so einfach mit? Ich ...«, sein Gesicht wurde von einer Sekunde zur anderen wieder ernst, »ich habe schließlich ihren Vater ins Gefängnis gebracht.«

Marie antwortete: »Es kann durchaus sein, dass Mattis nachfragt. Damit müssen Sie rechnen. Nora wohl kaum.« Ein flüchtiges Schmunzeln erschien um ihren Mund. »Ansonsten, glaube ich, werden die beiden mit Ihnen durch die Hölle gehen, Sie werden schon sehen.«

Drei Stunden später, nach dem herzhaften Nationalgericht des Großherzogtums – »Judd mat Gaardebounen«, Schmorbraten mit dicken Bohnen, dazu Bratkartoffeln mit Speck –, kochte Claudille noch einen abschließenden Espresso. Die Kinder hingen in den zwei Sesseln über ihren Büchern. Marie Steyn und Christian Buhle saßen sich noch am abgeräumten Esstisch gegenüber.

»Und, wie war die Hölle in Berdorf?« Marie Steyn zeigte bei der Frage einen Hauch ihrer Grübchen.

Tatsächlich hatte Mattis Buhle sofort zu seinem Lieblingsplatz in der Felsenlandschaft unterhalb von Berdorf gelotst. Unweit vom Adlerhorst führte ein Seitenpfad des Müllerthal Trails zu einem schmalen, dunklen Gang. Bis zu fünfundfünfzig Meter unterhalb der Oberfläche war er Mattis und Nora durch die »Hölle« gefolgt. Ohne die Taschenlampen der beiden Kinder wäre er nie auf die Idee gekommen, durch die schmale, niedrige und teilweise stockdunkle unterirdische Felsspalte zu gehen. Später, auf der »Teufelsinsel«, einem zweiten, größeren Plateau gänzlich ohne Absicherungen, war es ihm gar nicht recht gewesen, dass Nora und Mattis über die kuppigen Felsen rannten und wie selbstverständlich über eine tiefe Spalte zu einem Nachbarfelsen sprangen.

»Faszinierend, wirklich. Ich hätte nicht gedacht, dass es hier eine so abenteuerliche Landschaft gibt.«

»Das Müllerthal ist sicher ein Höhepunkt. Aber die gesamte Südeifel ist wirklich schön. Sie sollten Trier und Ihre Fälle ab und zu hinter sich lassen und die Vielfalt der Region kennenlernen. Haben Sie niemanden, mit dem Sie solche Unternehmungen machen können?«

Buhle spürte, wie ihm kurz die Gesichtszüge entglitten. Sein zögerliches Lächeln war nur noch Fassade.

»Nein. Aber ich werde Ihren Rat befolgen und versuchen, die Eifel zu erkunden.«

Es trat eine Stille ein, die erst durch Claudille unterbrochen wurde, die auf einem runden Messingtablett drei winzige Espressotassen an den Tisch brachte.

Das anschließende Gespräch verlief deutlich distanzierter. Als Marie Steyn fragte, wann sie ihren Mann im Gefängnis besuchen könnte, wurde er wieder etwas zugänglicher.

»Das ist nicht so einfach. Am Wochenende gibt es keine Besuchszeiten. Dann benötigen Sie noch eine schriftliche Erlaubnis der Staatsanwaltschaft. Sie oder am besten Ihr Anwalt sollten sich direkt am Montagmorgen darum kümmern.«

Marie antwortete nicht, sondern nickte nur.

Er spürte, welche Traurigkeit von ihr ausging. Ohne wirklich zu überlegen, fuhr er fort: »Vielleicht könnte ich aber eine Befragung Ihres Mannes kurzfristig beantragen. Mit dem Foto hier gäbe es einen aktuellen Anlass. Und ich wollte Ihren Mann ohnehin einmal in Ihrer Anwesenheit mit den Vorwürfen des Ehebruchs konfrontieren.«

»Das ist doch nicht wirklich Ihr Ernst?

»Es wäre zumindest der schnellste Weg, wie Sie Ihren Mann sehen könnten. Durchaus möglich, dass ich zwischendurch kurz etwas zu trinken holen muss.« Er sah den skeptischen Gesichtsausdruck von Marie Steyn, bemerkte aber auch das zufriedene

Schmunzeln von Claudille Laurant. Gleichzeitig fragte er sich, was ihn zu diesem Arrangement trieb.

*

Die Justizvollzugsanstalt in Trier spiegelte allen Autofahrern, die den Gebäudekomplex auf der stark befahrenen Luxemburger Straße passierten, das wider, was sie auch war: eine Stätte völlig abgeschirmter Existenzen inmitten des alltäglichen Lebens. Das sollte eigentlich jedem annähernd freiheitsliebenden Menschen Abschreckung genug sein. Die Belegungszahlen zeugten jedoch vom Gegenteil. Offenbar reichte eine Gesellschaft, die jedem eine ausreichende Existenzsicherung gewährleistete, nicht aus, Menschen vor kriminellen Handlungen zu bewahren. Zwischenmenschliche Konflikte und das Streben nach den Besitztümern anderer schien ein unabdingbares Charakteristikum der Spezies Mensch zu sein.

Thomas Steyn hasste die Unfreiheit, so weit er zurückdenken konnte. Bereits sein Elternhaus war ihm wie ein Gefängnis vorgekommen. Natürlich hatte er sich frei bewegen können. Doch die geistige Enge, die zu Hause bestand, war unerträglich gewesen. Alles war beherrscht von seinem Vater, seinen Geschäften, seinen Ansprüchen, seinen Regeln. Er hatte nie verstanden, wie seine Mutter das aushalten, ja, so schien es ihm, damit sogar glücklich sein konnte.

Aber eigentlich war es überall so. Überall gab es Lehrer, Erzieher, Trainer, Leiter, die bestimmten, was wie zu machen sei, die einen an die Hand nahmen, ohne loszulassen, einen mitnahmen, wo man nicht hinwollte. Das erste Mal frei hatte er sich in der geschlossenen Gesellschaft des Internats gefühlt. Seine Ahnung von gewissen Begebenheiten hinter den Kulissen und seine Allianz mit Marion hatten ihm eine nahezu vollkommene Autonomie verschafft. Nach dieser inneren Befreiung war er ruhiger geworden, hatte sein Leben gut in den Griff bekommen, wie er fand. Doch nun war er wieder seiner Freiheit beraubt, und er wusste nicht, wie es dazu hatte kommen können.

Als sie ihn für eine Vernehmung aus der Zelle geholt hatten, hatte er nicht geahnt, dass Marie auch dabei sein würde. Als er ihr jetzt gegenübersaß, schmerzte es ihn, sie so nah und doch so distanziert zu sehen. Aber dann ergriff dieser Buhle das Wort, und jede Illusion einer Annäherung löste sich in Luft auf.

»Herr Steyn, es ist leider schon wieder eine Fotografie aufgetaucht, die Sie bei sexuellen Handlungen zeigt.« Buhle nahm die in Plastik gehüllte Aufnahme aus einer Mappe und schob sie langsam zu ihm herüber. »Bitte sehen Sie sie sich nur an und berühren Sie sie nicht.«

Er warf nur einen kurzen Blick auf das Foto, und augenblicklich wurde ihm übel. »Nein, nein, das nicht.« Es drückte sich weit in die Rückenlehne des Plastikstuhls und sah kopfschüttelnd zu Marie. »Marie, nein, so was habe ich nie gemacht.« Es kam ihm vor, als ob sie seinen Blick voller Sorge, fast schon Angst erwiderte. »Nein, Marie, das ist nicht wahr.«

»Sie bestreiten also, dass dieses Foto echt ist, dass sie mit diesem Kind sexuellen Verkehr hatten?«

Mit einem Ruck schaute er Buhle an. Wie immer blickte er in Augen, die so unerbittlich nichtssagend waren. »Hören Sie, ich habe nie ein Kind angefasst. Nie. Ist das klar? Das Foto da muss gefälscht sein.«

»Beruhigen Sie sich. Wir werden prüfen, ob es sich um eine Montage handelt. Können Sie sich vorstellen, wer Ihnen da etwas anhängen will?«

»Ich nehme an, derjenige, der mit auch einen Mord anhängen will.«

»Sonst haben Sie keine Idee, wer vielleicht Ihre prekäre Situation ausnutzen will, um sich für irgendwas zu rächen?«

Thomas schloss die Augen und fühlte, wie der Schrecken langsam nachließ. Natürlich glaubte der Polizist weiterhin an seine Schuld. Nach dem, was sein Anwalt ihm berichtet hatte, sah es wirklich nicht gut für ihn aus. Wie er es auch drehen und wenden wollte, er fand keinen Ansatzpunkt für das, was hier mit ihm geschah. »Keine Ahnung. Ich habe wirklich keine Ahnung, was hier gegen mich läuft.«

Er war ganz überrascht, als Buhle und Menzel kurz darauf den Verhörraum verließen. Auf die Situation, so plötzlich allein mit Marie zu sein, war er nicht vorbereitet. Die Gedanken wirbelten nur so durch seinen Kopf, ohne dass er die richtigen fassen konnte.

»Den Kindern geht es den Umständen entsprechend gut.«

Dankbar, dass Marie das Gespräch begann, nickte er. »Seid ihr schon wieder in ...?«

»Nein, die Kinder sind bei Juliette und Philipp. Sie kümmern sich wirklich gut um sie.«

Er presste die Lippen aufeinander und nickte wieder. »Hat Mattis das mit den Flugblättern schon verwunden?«

»Er hält sich sehr tapfer. Du kannst stolz auf ihn sein. Aber ich denke nicht, dass er so schnell darüber hinwegkommen wird. Es ist schwer für ihn, auch für Nora.«

Thomas atmete tief durch. »Und du, wo bist du untergekommen? Bei Peter?«

»Ja, aber ich pendele ein bisschen zwischen allen hin und her.«

Die Pause, die folgte, war fast unerträglich. Er sah Marie an, dass sie auf etwas wartete, und er wusste auch, auf was.

»Ich ... es ... ich weiß, dass es keine Entschuldigung gibt, aber ... Es tut mir leid, dass ich dich betrogen habe.« Es ging ihm wirklich nicht gut, aber so schlecht wie jetzt hatte er sich nicht mehr gefühlt, seit sie ihn in Avelsbach abgeführt hatten.

»Die beiden anderen kommen bestimmt gleich wieder.« Marie machte eine kleine Pause und schien sich die weiteren Worte genau zu überlegen. »Thomas, ich glaube nicht, dass du den Mord begangen hast. Ich habe aber auch so vieles nicht für möglich gehalten, was ich ... in den letzten Tagen erfahren habe, über dich erfahren habe. Ich werde versuchen, dir zu helfen, auch wenn ich nicht weiß, wie. Aber ... es ist nicht so leicht für mich, das alles zu begreifen. Es scheint auch noch nicht vorbei zu sein.«

Thomas schob seine Hände langsam über den Tisch in Richtung Marie. Als er merkte, dass sie sich nicht bewegte, verharrte er.

»Danke, Marie. Entschuldige bitte.«

16

Trier; Montag, 8. November

Als Christian Buhle noch am vergangenen Freitag die erste Besprechung der Soko Domäne in der neuen Woche auf acht Uhr festgelegt hatte, hatte er damit zeigen wollen, dass sie noch lange nicht am Ende der Ermittlungen standen und noch viel zu tun war.

Er hatte sich auf mürrische Gesichter eingestellt und war überrascht, dass sein Team offensichtlich ausgeruht und motiviert aus dem Wochenende gekommen war. Sogar Nikolas Steffen schien ausgeschlafen, und Michael Reuter hatte schon ein Mal gelächelt. Letzteres konnte aber auch mit Nicole zusammenhängen, mit der er sich angeregt unterhielt. Anders als in der ersten Sitzung vor einer Woche waren Rechtsmediziner Kordonbowski und Kriminaltechniker Grehler diesmal nicht dabei. Dafür saßen Dienststellenleiter Großmann, der sich ein Bild von dem Fall machen wollte, und der von der Abteilung Fahndung hinzugezogene Sven Tard mit am Tisch.

»Dank der Ergebnisse der Kriminaltechnik sind wir Ende letzter Woche ein ganzes Stück weitergekommen«, eröffnete Buhle die Sitzung. »Trotzdem bestehen noch eine ganze Menge offener Fragen. Übers Wochenende sind sogar noch zwei hinzugekommen, die ich gleich erläutern werde.«

Die meisten seiner Mitarbeiter und Großmann schauten sich fragend an. Nur Gerhardts hatte von der Briefkopie und dem Foto schon vorher erfahren.

»Wenn wir nachher auseinandergehen, möchte ich nicht nur, dass jeder weiß, was als Nächstes ansteht. Ich möchte auch ein klares Meinungsbild haben, in welche Richtungen und mit welchen Prioritäten wir weiterermitteln. Deshalb ist es gut, dass der Chef da ist. So, als Erstes die Neuigkeiten. Nicole, kannst du bitte die beiden neuesten Bilddateien auf das Whiteboard projizieren. Zuerst die ›Brief-Laurant-Datei‹. Danke.«

Buhle stand auf und ging zur Wand. »Ihr seht hier die Kopie eines angeblichen Briefes von Marie Steyn an ihren Freund Peter

Kasper, bei dem sie zurzeit wohnt. Es war ein Zettel beigelegt, auf dem ›Das dürfte Sie interessieren. Ein Freund‹ stand. Der Brief ist eindeutig ein Liebesbrief. Frau Steyn behauptet jedoch, dass sie ein rein freundschaftliches Verhältnis zu Kasper habe und keine Liebesbeziehung. Der Brief sei eine Fälschung. Das wird gerade von den Kollegen der Technik untersucht. Interessant ist, wer diesen Brief zugespielt bekommen hat: Claudille Laurant, die über achtzig Jahre alte Großmutter von Thomas Steyn. Die Dame ist sich übrigens auch absolut sicher, dass der Brief eine Fälschung ist. Beweise dafür haben mir beide aber nicht vorlegen können.«

»Entschuldige, Christian«, fragte Reuter, »du hast schon mit beiden gesprochen?«

»Ja, habe ich, gestern.«

Reuter verharrte für einen kleinen Moment, sagte dann aber nichts mehr. Buhle vermutete, dass er wusste, wo Claudille Laurant wohnte.

»Frau Steyn ist, nachdem dieser Brief aufgetaucht war, zu Frau Laurant gefahren. Die beiden haben offenbar ein sehr gutes Verhältnis. Als Frau Steyn am Sonntagmorgen zu ihrem Auto ging, steckte ein weiterer Umschlag hinter einem Scheibenwischer. Nicole, machst du die andere Datei auf, die mit … ja, danke. Darin steckte ein Bild, das Thomas Steyn beim Sex mit einem Kind zeigt. Soweit ich das beurteilen kann, handelt es sich dabei aber um eine Fotomontage. Das würde auch erklären, warum die Qualität so schlecht ist. Ich hatte Steyn gestern dazu noch selbst verhört. Er streitet ab, jemals ein Kind missbraucht zu haben.« Buhle sah in die Runde seiner Kollegen.

»Sieht aus, als wollte jemand Thomas Steyn in jeglicher Beziehung fertigmachen. In seiner Familie und in der Öffentlichkeit.« Gerhardts wagte sich nach kurzem Schweigen als Erster vor.

»Die Frage ist nur: warum?«, fügte Steffen an.

»Nicht nur das. Es ist doch auch zu hinterfragen, wie es jemand quasi aus dem Stegreif schaffen soll, so eine Kampagne zu starten. Denn das ist ja wohl klar: Es ging erst mit dem Mord los. Hat da jemand nur auf die Gelegenheit gewartet, Steyn an den Pranger zu stellen, und dann die Aufmerksamkeit in Folge des Mordes genutzt?« Reuter machte eine kleine dramaturgische Pause. »Oder hatte das jemand im Zusammenhang mit dem Mord geplant?«

»Mensch, Mich. Das würde ja bedeuten, dass jemand anderes den Mord …« Großmann kniff die Augen zusammen.

Statt einer Antwort lehnte sich Reuter zufrieden grinsend in seinem Stuhl zurück und verschränkte die Hände vor dem Bauch.

»Das ist genau das Problem, das ich mit dem Fall habe«, sagte Buhle. »Wir haben hieb- und stichfeste Beweise, dass Thomas Steyn mit dem Opfer Sex hatte, dass die Mordwaffe im Haus war. Wir haben keinen Anhaltspunkt dafür, dass sich jemand anders am Tatort aufgehalten hat. Das alles spricht gegen Steyn. Aber was danach gekommen ist, wirft jede Menge Fragen auf, die wir klären müssen, damit sie uns nicht von der Verteidigung um die Ohren gehauen werden. Sven, hast du in Sachen Internetkontakte oder Opferidentität etwas herausfinden können?«

Buhle merkte Tard an, dass es ihm äußerst unangenehm war, direkt angesprochen zu werden. Er war mit achtundzwanzig Jahren der Jüngste in der ZKI, wenn man von den Anwärtern absah. Nachdem er sich geräuspert hatte, antwortete er:

»Also, das, was von der Öffentlichkeit an uns herangetragen wurde, hat sich alles als falsch erwiesen. Ich habe mit Kollegen aus ganz Deutschland und auch aus Luxemburg telefoniert, gefaxt und E-Mails ausgetauscht und auch unsere Kollegen ins Trierer Rotlichtmilieu beordert. Alles ohne Ergebnis. Dann habe ich natürlich die Vermisstendateien durchforstet: ebenfalls ohne Erfolg. Ich will die Suche jetzt gezielt auf das nahe Ausland ausdehnen, also Luxemburg, Frankreich, Belgien, Niederlande. Dann stehen noch die ganzen Internetforen, Singlebörsen und so an. Vielleicht hatte sie sich da ja angeboten, und Steyn ist mit der Kontaktaufnahme übers Internet gar nicht so sehr von der Wahrheit abgewichen. Könnte auch ein Grund sein, warum er das Notebook hat verschwinden lassen. Es laufen noch die Anfragen wegen der auffälligen dentalen Merkmale bei den Kollegen in Osteuropa. Aber auch da gab es noch keine Rückmeldung. Tut mir leid: Wir wissen immer noch nicht, wer in Avelsbach getötet wurde.«

»Okay, bleib dran. Notfalls müssen wir die Presse bitten, die Fahndungsaktion zu wiederholen. Aber ich glaube eigentlich nicht, dass uns das weiterhilft.«

In der eingetretenen Stille und den noch in den Gedanken der Soko-Mitglieder nachschwingenden offenen Fragen fühlte sich

Herbert Großmann als Dienststellenleiter gemüßigt, das Wort zu ergreifen.

»Also, ich sehe das so«, er räusperte sich, »natürlich ohne dass ich mich in eure bislang hervorragende Arbeit einmischen will. Wir müssen mit erster Priorität den Verdächtigen Steyn überführen. So wie ich das sehe, habt ihr die Möglichkeit, über harte Verhöre vielleicht doch noch ein Geständnis zu erwirken, noch nicht ausgenutzt. Das würde auch eine Reihe anderer Probleme lösen oder zumindest abschwächen. Dann müssen wir wirklich dringend die Identität des Opfers kennen. Herr Tard, bitte konzentrieren Sie sich jetzt voll darauf.«

Mit Sven Tard und Nicole Huth-Balzer hatte Großmann in seiner aktiven Zeit als Ermittler nicht zusammengearbeitet. Das und der große Altersunterschied hatten wohl bislang verhindert, dass er die beiden duzte.

»Und drittens, da gebe ich Christian und Michael recht, sollten wir versuchen, die Ereignisse im Umfeld der eigentlichen Tat aufzuklären, auch wenn das vielleicht nichts mit dem Mord zu tun hat.«

Es wurden noch ein paar Einzelheiten diskutiert und die nächsten Ermittlungsschritte den einzelnen Beamten zugeordnet. Dann wurde die Teamsitzung aufgelöst.

Nach kurzem, kräftigem Klopfen wurde die Tür zu Buhles Büro geöffnet. Steffen kam gar nicht erst herein. »Da ist eine Frau Gläsnee oder so, aus Luxemburg mit ihrem Au-pair-Mädchen. Sie will nur mit dem ›Leiter der Sonderkommission persönlich‹ über den Mordfall in Avelsbach sprechen.« Er hatte versucht, eine hochnäsige Frau zu imitieren. »Kann ich sie zu dir reinschicken? Sieht für ihr Alter immerhin noch richtig schick aus.«

Buhle war in Gedanken noch ganz bei den verschiedenen Ermittlungsrichtungen und hatte jetzt überhaupt kein Bedürfnis nach affektierten Frauen. Aber wahrscheinlich übertrieb Steffen wie üblich. »Lass den Quatsch. Schick sie rein.«

Als die beiden Frauen sein Büro betraten, wusste er sofort, dass sein Kollege diesmal eher untertrieben hatte. Nach dem Aufzug der älteren der zwei Frauen hätte man annehmen können, sie sei zu einem Fest des luxemburgischen Hochadels unterwegs. Sie trug ein figurbetontes beiges Kostüm, dazu einen weit ausladenden gleichfarbigen Hut mit einem an Wildbeeren erinnernden Gesteck an der Seite. Die Knöpfe der weißen, mit Rüschen besetzten Bluse waren so weit geöffnet, dass sie einen großzügigen Blick auf den Ansatz eines üppigen Busens gewährten. Die edelsteinbesetzte Halskette vermochte dann auch nur noch halbherzig davon abzulenken.

»Ich bin Kriminalhauptkommissar Christian Buhle. Darf ich fragen, wer Sie sind und was Ihr Anliegen ist?« Buhle gab sich betont Mühe, höflich zu klingen. Das schien ihm aber nicht gelungen zu sein. Der Tonfall der Frau war bereits bei den ersten Worten empört.

»Hat man Ihnen das denn nicht mitgeteilt? Natürlich hatte ich mich Ihrem Kollegen vorgestellt, der mich übrigens geschlagene fünf Minuten auf dem nun wirklich nicht einladenden und kalten Flur hat warten lassen. Na, hier sieht es ja auch nicht besser aus. Hat die deutsche Polizei kein Geld, um für wichtige Zeugenaussagen wenigstens ein wenig Ambiente zu schaffen?« Sie holte kurz Luft und fuhr mit ihrem deutlichen luxemburgischen Dialekt fort: »Nun, da Sie es offenbar nicht gesagt bekommen haben: Mein Name ist Mauricette Glesener.«

Sie machte eine bedeutungsschwangere Pause, als ob sie ihrem Gegenüber erst einmal die Gelegenheit zur geistigen Verarbeitung eines so bedeutsamen Namens geben wollte.

»Aha, schön, Frau Glesener, würden Sie mir bitte auch mitteilen, wer Sie begleitet?«

»Ich weiß zwar nicht, was das hier zur Sache tut, weil ich ja schließlich diejenige bin, die eine Aussage zu machen hat. Aber wenn es sein muss: Das ist Florence Castrée, sie ist seit drei Monaten als Au-pair-Mädchen bei uns und hilft uns im Haushalt. Wir wollen dem armen Ding dafür die Gelegenheit geben, etwas von unserer europäischen Kultur kennenzulernen. Die Arme kommt aus einer völlig einsamen Gegend in Quebec. Dort gibt es ja nichts: keine Museen, keine Philharmonie, kein Theater. Die Kleine hat keine Ahnung von Kultur. Na ja, wir werden dann demnächst mit einem kleinen Kammerkonzert im Trifolion in Echternach beginnen.«

»Frau Glesener, mein Kollege sagte, Sie hätten eine Aussage zu dem Mordfall in Avelsbach zu machen?« Buhle schrieb die beiden Namen auf, während er sprach.

»Ja, nein, also nicht direkt. Ich komme vor allem deshalb, weil heute Morgen in der Zeitung stand, dass der Vater des Mörders –«

»Wir haben erst einen Verdächtigen, noch keinen überführten Mörder, Frau Glesener«, unterbrach Buhle sie.

»Ja, aber in der Zeitung stand doch ... nun, egal, wahrscheinlich dürfen Sie ihn nur noch nicht so nennen. Also, in der Zeitung stand, dass der Vater des Verdächtigen – war das jetzt so richtig, Herr Kommissar? – in finanzielle Schwierigkeiten geraten ist, seit der Mord im Haus seines Sohnes geschehen ist.«

»Das wäre mir neu. In welcher Zeitung stand etwas von diesen angeblichen finanziellen Schwierigkeiten?«

Mauricette Glesener schaute Buhle an, als wolle sie prüfen, ob er vielleicht schwer von Begriff war.

»Lesen Sie morgens keine Zeitung, wenn Sie gerade einen Mord aufklären wollen? Es stand direkt auf der zweiten Seite von Lëtz-Talk.«

»Ich bitte um Verständnis, dass nicht jeder hier bei der deutschen Polizei alle luxemburgischen Zeitungen morgens zum Frühstück liest.« Natürlich hatte er heute Morgen noch gar keine Zeitung gelesen und auch hier in der ZKI nicht die Gelegenheit dazu gehabt. »Welche Aussage möchten Sie nun zu dem Mordfall machen?«

»Sie wissen also nichts von den Schwierigkeiten von Steyns?«

»Nein, aber woher wollen Sie denn wissen, dass es im Mordfall um einen Herrn Steyn geht? Stand das auch in der Zeitung?«

Wieder schien der Blick der Frau im Kostüm zu fragen, ob der deutsche Kommissar ihren Worten nicht zu folgen in der Lage war.

»Herr Kommissar Bulle – nennt man bei Ihnen nicht die niederen Polizisten so? –, also, Herr Bulle, Sie meinen wohl, weil ich nur die Frau eines Bankiers bin, weiß ich nicht, was hier in der Wirtschaft läuft. Mein Mann ist Leiter der Abteilung Projekt- und Risikokapitalfinanzierungen, und er schätzt meine Meinung. Neulich hat er zum Beispiel ... nein, das tut hier ja nichts zur Sache.«

Buhle nickte erleichtert.

»Also, mein Mann hat natürlich in seiner Funktion auch viele Kontakte zu anderen leitenden Bankmanagern; man tauscht sich untereinander aus auf der Führungsebene, wissen Sie. Natürlich wissen Sie nicht, wie sollten Sie auch wissen, wie es unter Abteilungsleitern zugeht. Auf jeden Fall kann ich mich erinnern, dass mein Mann vor ein paar Monaten von einem Problem mit einem Firmeninhaber namens von Steyn gehört hatte. Mir ist das im Gedächtnis geblieben, weil ich mich sehr für den Adel interessiere, aber von einem Adelsgeschlecht ›von Steyn‹ hatte ich vorher noch nie gehört. Und das sollte es hier in unserer Nähe geben und dann auch noch als Firmeninhaber, der einen doch erheblich dimensionierten Einzelkredit beantragt?«

Als ob sie ihrer Frage mehr Gewicht verleihen wollte, stützte sie sich mit beiden Händen auf der Tischkante ab und lehnte ihren Oberkörper noch ein Stück nach vorne.

»Denn das geht natürlich nur bei großen Projekten, müssen Sie wissen. Das hatte von Steyn wohl auch vor, und …« Mauricette Glesener riss plötzlich die Augen auf und sprang so heftig vom Stuhl auf, dass dieser rücklings umfiel. Entsetzt rief sie: »Wo starren Sie mir denn die ganze Zeit hin? Sie starren mir ja die ganze Zeit auf den Busen!«

Buhle war so überrascht von der Szene, die sich da gerade vor ihm abspielte, dass er Mauricette Glesener jetzt tatsächlich mit offenem Mund anstarrte. Währenddessen hatte sich die Bankiersfrau zu ihrem Au-pair-Mädchen umgewandt und redete auf Französisch auf sie ein. Das junge Mädchen blickte den wie paralysiert dasitzenden Buhle daraufhin ebenfalls entsetzt an.

Endlich fand er seine Fassung wieder. »Madame Glesener, was reden Sie denn da? Selbstverständlich habe ich nicht auf Ihren …«

»Natürlich haben Sie das, ich habe es doch genau gesehen. So was ist mir mein ganzes Leben noch nicht passiert. Da komme ich hierher, um eine wichtige Aussage zu machen, und ein lüsterner Kommissar starrt mir aufs Dekolleté, anstatt mir zuzuhören. Das ist ja unglaublich!« Wieder drehte sie sich zu Florence Castrée um, die Buhle nun mit zunehmender Abscheu ansah.

»Frau Glesener, beruhigen Sie sich bitte. Was denken Sie von mir, ich habe Ihnen konzentriert –«

»Jetzt streiten Sie das auch noch ab. Das ist …«, sie rang nach Worten, »… das ist erniedrigend, wie Sie mit einer Zeugin umgehen. Komm, Florence.« Sie nahm das Mädchen am Arm und ging mir ihr im Schlepptau zur Tür. »Mit diesem Kommissar sind wir für heute fertig, aber noch nicht für immer.« Sie öffnete die Tür, schob Florence Castrée in den Flur und ließ krachend die Tür ins Schloss fallen.

Christian Buhle saß völlig konsterniert auf seinem Stuhl und starrte noch eine geschlagene Minute die geschlossene Tür an. Er kam erst wieder zu sich, als sich die Tür öffnete und Steffen hereinkam.

»Sag mal, was war denn mit der los? Hast du der unter den Rock geguckt?«

»Nein, auf den Busen.«

»Bitte?« Steffens Grinsen gefror. »Was hast du?«

»Sie behauptet, ich hätte ihr auf den Busen gestarrt.«

»Hast du?«

»Blödsinn. Die hat mich die ganze Zeit nur zugequatscht, ich weiß überhaupt nicht, was die von mir wollte. Und dann springt sie auf und wirft mir vor, ich hätte ihr auf den Busen geschaut. Ich glaube wirklich, ich bin hier im falschen Film. Das gibt's doch nicht.«

»Oh, oh, das riecht nach Ärger. Wenn gleich Großmann bei dir anklingelt, war sie petzen«, sagte Steffen, während er den Stuhl aufhob und sich mit der Lehne nach vorn darauf setzte.

Buhle schaute zuerst seinen Kollegen, dann das Telefon an und konnte immer noch nicht glauben, was da eben geschehen war. Es passierte nichts, zumindest klingelte das Telefon nicht. Die beiden Polizisten blickten sich noch einmal fragend in die Augen, bis Steffen wieder zu grinsen anfing und sagte: »Ich muss mich aber schon über deinen Geschmack wundern, Christian, wenn du wenigstens das Mädchen … Ist ja gut, war doch nur Spaß.«

Die wüsten Beschimpfungen, die Steffen hinausbegleiteten, hatte sich zuvor noch kein Kollege von Buhle anhören müssen.

Es war kurz vor zwölf, als Herbert Großmann dann doch anrief. Buhle hatte zwischenzeitlich von den Kriminaltechnikern die Bestätigung bekommen, dass das Foto von Thomas Steyn und dem Kind eine Montage war. Sie hatten eine Kopie an die Abteilung für Sexualdelikte weitergegeben. Vielleicht konnten die Kollegen dort herausfinden, woher das Ursprungsfoto stammte.

Weder auf dem Foto noch auf der Kopie oder den beiden Umschlägen wurden irgendwelche Spuren gefunden, die auf den Absender hindeuteten. Nun waren sie dabei, die Herkunft des Papiers und der Umschläge zu recherchieren. Nachdem Marie Steyn am Morgen eine Unterschriftenprobe abgegeben hatte, warteten sie auf den Befund des forensischen Schriftgutachtens, das Spezialisten beim LKA anfertigen sollten.

»Christian, wir sollen zum Präsidenten kommen. Sofort. Weißt du, worum es geht?«, fragte Herbert Großmann.

»Ich befürchte es. Ich erzähl es dir auf dem Weg.«

Da der Verkehr im Bereich des Alleenrings wieder nur ein mühsames Vorwärtskommen zuließ, konnte Buhle seinem Chef ausführlich von seinem Erlebnis mit der Luxemburgerin berichten.

Großmann hörte zu und sagte dann: »Ich dachte eigentlich, es würde um etwas anderes gehen. Was hast du gestern in Berdorf bei Marie Steyn gemacht?«

Buhle musste scharf bremsen, damit er nicht auf seinen Vordermann auffuhr. Die rote Ampel gab ihm einen Moment Zeit zu überlegen. »Ich war zum Frühstück eingeladen. Wieso?«

»Du warst zum Frühstück bei der Frau unseres Hauptverdächtigen eingeladen und bist auch noch hingegangen?«

»Eigentlich kam die Einladung von der Großmutter von Thomas Steyn.«

»Waaas? Sag mal, willst du mich hier verarschen?« Großmanns Gesichtsfarbe gewann zusehends an Intensität.

»Nein, ich will dir nur den offiziellen Grund für meinen Aufenthalt in Berdorf mitteilen.«

»Und inoffiziell?«

»Marie Steyn hat mich angerufen und mir von dem Brief an Claudille Laurant und dem Foto erzählt, über das wir heute Morgen gesprochen haben.«

»Und dann bist du mal eben rüber nach Luxemburg und hast die Beweismittel angenommen und Marie Steyn verhört? Sag mal, bist du noch ganz bei Trost? Ermittlungen im Ausland, weißt du, was das bedeutet? Wir haben eine offizielle Anfrage von den luxemburgischen Kollegen vorliegen. Irgendjemand muss dich gesehen haben. Und ich dachte, du hättest die Sachen hier bekommen. Mein Gott, bin ich blöd, dass ich das nicht sofort kapiert habe.«

»Deshalb war ich ja auch bei einer alten Dame zum Frühstück eingeladen«, sagte Buhle betont langsam.

Großmann saß zusammengesunken auf dem Beifahrersitz und schüttelte den Kopf. »Und dann hast du auch noch ohne Genehmigung der Staatsanwaltschaft ein Treffen zwischen Marie Steyn und ihrem Mann in der JVA arrangiert.«

»Ich hab sie beide zu dem Foto verhört«, erwiderte Buhle trotzig.

Großmann schüttelte weiter den Kopf. »Das ist alles nicht gut, Christian. Gar nicht gut.«

Dieser Meinung war auch der oberste Trierer Polizist Hubert Monz. »Wenn ich das richtig sehe, haben Sie in den letzten vierundzwanzig Stunden im Ausland ohne Kontaktaufnahme mit den dortigen Dienststellen ermittelt, der Frau des Hauptverdächtigen ohne Genehmigung der Staatsanwaltschaft einen Besuch bei ihrem Mann in der U-Haft ermöglicht und sich eine Beschwerde wegen sexueller Belästigung eingehandelt. Herr Buhle, können Sie mir sagen, was ich jetzt machen soll?«

Mauricette Glesener war also tatsächlich zu Monz ins Polizeipräsidium gefahren und hatte sich über das angeblich sexistische Verhalten des Leiters der Mordkommission beschwert.

Buhle wusste, dass er in der Klemme saß. »Das mit Luxemburg lässt sich sicher regeln. Die Kollegen werden verstehen, dass ich nichts Verwerfliches oder etwas gegen sie Gerichtetes getan habe. Was hätte ich an einem Sonntag sonst tun sollen? Gleiches gilt für das Verhör mit den Steyns. Deren Anwalt wird bestätigen, dass es sich um ein reguläres Verhör gehandelt hat und wir zu einer Nachbesprechung nur für eine kurze Zeit das Zimmer verlassen haben. Staatsanwältin Haupt wird mir da bestimmt keinen Strick draus drehen. Und die Show, die diese Luxemburgerin bei mir abgezogen hat, ist doch ein Witz gewesen. Sie kennen mich. Bin ich der Typ, der aufgetakelten Frauen ins Dekolleté schaut? Ich bitte Sie.«

Monz zog Mund, Nase und Augen zusammen, als ob er sich von einem saueren Drops im Mund hatte überraschen lassen. Als sich seine Gesichtszüge wieder entspannten, stand darin eine resignierte Entschlossenheit. »Herr Buhle, Sie wissen, dass ich Ihre Arbeit sehr schätze, aber das hier kann ich nicht einfach so übergehen. Würden Sie uns bitte kurz allein lassen.«

Als Herbert Großmann zehn Minuten später das Zimmer des Polizeipräsidenten verließ, stand ihm der Kummer ins Gesicht geschrieben.

»Was ist?«

»Lass uns zurück in die Güterstraße fahren. Und dann sieh zu, dass du Paul alle Infos zum Fall mitteilst. Monz will noch Rücksprache mit der Haupt halten.« Großmann fuhr sich übers Gesicht. »Ich befürchte, du musst ab morgen Überstunden abbauen, bis wir zumindest die Glesener besänftigt haben. Schöne Scheiße!«

Es war mucksmäuschenstill in Buhles Büro. Er stand am Fenster und blickte auf den Hügel aus Lehm und Ziegeln und konnte keinen klaren Gedanken fassen. Er fühlte sich, als sei ein Tornado über ihn hinweggezogen, der alles verändert hatte, was vorher in festen Grundmauern stand.

Im Nachhinein fragte er sich, ob er völlig untypisch seinen Emotionen erlegen war, als er der vorgeschobenen Einladung von Claudille Laurant und anschließend dem Wunsch von Marie Steyn, ihren Mann zu treffen, gefolgt war.

Was hatte ihn da nur getrieben? Er verstand sich selbst nicht. Mit den Ermittlungen in Luxemburg hatte er sich wirklich in die Bredouille gebracht, weil er sich damit auf das rutschige Parkett internationaler Souveränitäten begeben hatte. Sie mussten unbedingt herausfinden, wer der luxemburgischen Polizei den Tipp gegeben hatte.

Die Anschuldigung der Bankiersfrau aus Luxemburg war dann der Tropfen, der das Fass zum Überlaufen brachte. Beim Thema sexuelle Belästigung durch Polizisten läuteten in den oberen Etagen immer die Alarmglocken, egal was dahintersteckte. Zumal er gerade diesen öffentlichkeitswirksamen Mordfall bearbeitete. Monz würde genau einschätzen können, was es bedeutete, wenn die Glesener in der LëtzTalk ihre Vorwürfe gegen den Leiter der Soko Domäne wiederholen, vielleicht noch ein wenig ausschmücken würde.

Er drehte sich um und ging um Gerhardts und den Schreibtisch herum auf seinen Platz. Dieser hatte die ganze Zeit schweigend auf ihn gewartet, bis er für ein Gespräch bereit war.

»Paul, das war doch kein Zufall, oder?«

Gerhardts schaute zu Buhle hoch. »Mit der Glesener? Ich glaube auch, dass die Szene fingiert war. Die wird sicher bald einen Rückzieher machen. Ich denke, unser Problem ist, dass bei dir alles zusammengekommen ist.«

Buhle fühlte sich nicht nur in seinen Befürchtungen bestätigt, er machte sich auch Vorwürfe, weil er durch sein leichtsinniges Verhalten und die wahrscheinlichen Konsequenzen die Arbeit seines Teams geschwächt hatte.

»Aber vielleicht ist alles auch gar nicht schlecht, so wie es ist.«

»Bitte?« Buhle sah Gerhardts ungläubig an. Der hob die Augenbrauen und schaute betont unschuldig zurück.

»Unsere gesamte Führung will den Fall so bald wie möglich abschließen, weil sie fest von der Schuld unseres einzigen Verdächtigen überzeugt ist. Zweifel sollen wir bitte schön keine haben. Nur gerade so weit ermitteln, dass der Verteidigung keine Angriffsfläche geboten wird. Habe ich da Herbert heute Morgen richtig verstanden?«, fragte Gerhardts.

Buhle wiegte unschlüssig den Kopf, weil er immer noch nicht wusste, worauf sein Freund und Kollege hinauswollte.

»Also werde ich brav die Soko übernehmen und wie gewünscht weiterermitteln. Und du ... du machst mal richtig Urlaub. Wie wäre es mit Wandern in der Luxemburger Schweiz oder einer Städtereise? Ich habe gehört, Hamburg soll sehr schön sein, außerdem könntest du dort eine alte Freundin besuchen. Danach kannst du abends dann ab und an deine Arbeitskollegen zum Bier treffen, die hier in Trier hart an der Lösung des Falls weiterarbeiten, und erzählen, was es so Neues gibt. Du kannst einfach du selbst sein, wenn man mal vom Bier absieht.« Mittlerweile spielte ein kleines, süffisantes Lächeln um Gerhardts' Mund, als ob er zusehends Gefallen an seinen Gedankenspielen fände.

»Meinst du das ernst? ... Du meinst das ernst. Wie stellst du dir das denn vor?« Buhle wusste nicht, worüber er mehr überrascht sein sollte: über die konspirativen Gedanken seines routinierten Kollegen oder über die tatsächliche Chance, die sich durch seinen Ausschluss von der Soko und den Zwangsurlaub ergeben könnte.

»Mach, was du willst, aber mach es geschickter als gestern. Und falls du noch ein Motivationsproblem hast: Ich an deiner Stelle würde mich nicht ohne Weiteres so vorführen lassen.« Gerhardts erhob sich von seinem Stuhl und grinste Buhle fast schon diebisch an. »Dann werd ich mal meine Soko übernehmen, vielleicht mach ich ja doch noch Karriere. Schönen Urlaub.« Damit drehte er sich um und ließ leise pfeifend einen verblüfften Christian Buhle zurück.

Eine Viertelstunde später rief Herbert Großmann an und teilte Buhle zerknirscht mit, dass der Präsident entschieden habe, ihn vorerst aus dem Verkehr zu ziehen.

»Christian, das ist natürlich keine Suspendierung, und es läuft auch keine Dienstaufsichtsbeschwerde. Aber du weißt ja, wie die Medien momentan auf alles reagieren, was mit dem Mord nur irgendwie in Zusammenhang steht. Und dann noch die Probleme mit den Luxemburgern … Der Fall ist ja ohnehin schon so gut wie durch, fast nur noch Routine. Das schaffen die Jungs jetzt auch ohne dich. Und«, Großmann räusperte sich, »ich meine, du weißt, was ich von dir halte, du bist einer meiner besten Leute, dazu stehe ich auch …«

»Ist schon gut, Herbert. Vielleicht brauche ich tatsächlich eine Auszeit. Hab ja jahrelang kaum Urlaub gemacht, nur diese eine Trekkingtour. Paul wird den Fall sicher im Griff haben. Mal sehen, vielleicht gehe ich ein bisschen wandern oder besuche eine andere Stadt.«

»Genau, Christian, mach das. Eine gute Idee. Und wenn Gras über die Sache gewachsen ist und, äh, und du dich natürlich auch wieder erholt hast, liegt bestimmt schon der nächste Fall für dich auf dem Tisch.«

»Gut, Herbert, so machen wir das. Ich melde mich dann in zwei Wochen wieder.«

»Zwei Wochen?«

»Na ja, ich hab mal in einen psychologischem Bericht gelesen, dass sich unter zwei Wochen Urlaub keinerlei Erholungseffekt einstellt, und außerdem: Gras wächst im November ziemlich langsam.«

»Okay, zwei Wochen, bis dann.«

Buhle hatte in den vergangenen zwanzig Minuten immer mehr Gefallen an einer inoffiziellen Ermittlung gefunden. Natürlich wusste er, dass das Deckmäntelchen »Privatmann« recht dünn war. Er war Kriminalbeamter und somit eigentlich immer im Dienst.

Trotzdem konnte er so vielleicht ein paar eigene Recherchen unternehmen, die offiziell nicht gewünscht waren.

Er schaute eine Zeit lang aus seinem Bürofenster auf die gegenüberliegende Baustelle: Am Lehmhaufen fehlte eine Baggerschaufel des roten Substrats.

Da es ein sonniger Novembertag war, entschied er, nicht direkt nach Hause, sondern noch ein wenig spazieren zu gehen. Er schwenkte in die Bergstraße ein und bog gleich wieder ab in den Kreuzweg, der ihn hinauf zum bewaldeten Petrisberg führte. An der kleinen Kreuzchenkapelle machte er kurz Rast und stieg weiter hoch in Richtung Fernsehturm, wo die Gärten der Partnerstädte von Trier lagen, ein Relikt der Landesgartenschau vor einigen Jahren. Hier oben war seinerzeit das Gelände einer ehemaligen französischen Kaserne für ein Jahr in eine ausgesprochen gelungene Grünanlage verwandelt worden, die weit über eine Million Menschen angezogen hatte.

Buhle war damals gerade von Kaiserslautern nach Wittlich gewechselt und hatte von dieser Attraktion überhaupt nichts mitbekommen. Auch später in Trier hatte er es nicht geschafft, sich das Gelände anzusehen. Mittlerweile waren viele Grünflächen einer modernen Wohnbebauung gewichen. Der Petrisberg entwickelte sich zu einem neuen exklusiven Stadtteil mit ambitioniertem Wissenschaftspark.

Über die Gärten hatte sich wie überall eine Decke aus Laub für die nahende Winterruhe gelegt. Dennoch war Buhle angetan von der Vielfalt der kleinen Gartenareale und dem Aufwand, der seinerzeit von den Trierer Partnerstädten betrieben worden war. Eine Statue der Stadt Fort Worth in Form des Kopfes eines texanischen Longhorn-Rindes gehörte genauso dazu wie ein Weg mit Glasabdeckung über Felder von Glasscherben, rotem Splitt oder Wasser im Luxemburger Garten. Zum Schluss kam er in einen typischen Zen-Garten der japanischen Partnerstadt Nagaoka.

Er setzte sich auf eine Bank und betrachtete die gleichmäßigen Muster, die in den weißen Kies der durch Felselemente und kleine Rhododendronbeete gegliederten Fläche gezeichnet waren. Er erinnerte sich an die Schilderung eines damaligen Wittlicher Kollegen. Der hatte voller Unverständnis erzählt, dass zur Anlage dieses japanischen Gartens extra ein Stararchitekt aus dem fernöstlichen Inselstaat angereist war. Er sollte sicherstellen, dass die Felsen hier im Trierer Garten die gleiche Ausrichtung bekamen wie an ihrem Ursprungsort in Japan. Eine offenbar unabdingbare Notwendigkeit in der Zen-Philosophie.

Buhle überlegte gerade, warum fernöstliche Entspannungstechniken nicht fester Bestandteil der polizeilichen Ausbildung waren, als sein Handy klingelte.

»Grehler hier. Ich hab dich in deinem Büro nicht angetroffen, und die Kollegen haben sich außerordentlich merkwürdig über deinen Verbleib geäußert. Ist was?«

»Ja«, er dehnte das kurze Wort in die Länge, »ich habe frei.«

»Du hast was? Sag mal, spinnst du? Du kannst doch nicht mitten in einem Mordfall Urlaub nehmen!«

»Stimmt, habe ich auch nicht.« Buhle hörte, wie Lutz Grehler am anderen Ende der Leitung hörbar und anscheinend erleichtert ausatmete. »Ich nehme Überstundenausgleich.«

Vielleicht hätte er warten sollen, bis Grehler seine Luft vollständig aus den Lungenflügeln gedrückt hatte. So musste er einen heftigen Hustenanfall seines Gesprächspartners mit ausgestrecktem Arm über sich ergehen lassen. Als Grehler sich wieder etwas beruhigt hatte, fuhr er fort: »Tja, Lutz, du hast halt zu gute Arbeit geleistet. Alle meinen, der Fall sei klar und könne jetzt routinemäßig unter der Leitung von Paul zu Ende gebracht werden. Und ich darf mal freimachen.«

»Das glaubst du doch selbst nicht, verarsch mich nicht. Was ist passiert?«

»Nichts gegen dich, aber wenn ich ehrlich bin, habe ich grad überhaupt keine Lust, darüber zu reden. Frag am besten Großmann. Was wolltest du denn?«

»Ihr spinnt ja alle. Darf ich dir überhaupt noch was zum Fall sagen?«

»Dein Risiko.«

»Wir haben das Schriftgutachten vorliegen. Die Unterschrift von Marie Steyn unter diesem Liebesbrief könnte echt sein, sagen die Spezialisten. Weil der Brief aber mehrmals hin und her kopiert wurde, können wir nicht sicher feststellen, ob die Unterschrift real unter den Brief gesetzt oder später hineinkopiert wurde. Natürlich kann jemand auch den Namen einfach nur gut gefälscht haben. Sprich: Wir sind eigentlich nicht viel weiter.«

»Mhmh, danke für die Mitteilung. Hast du Paul schon informiert?«

»Nein.«

»Gut, dann mach das bitte noch. Wenn irgendwas wirklich Wichtiges auftaucht, ruf mich aber ruhig an. Wenn du magst.«

Buhle hatte das Gespräch kaum beendet, als das Handy erneut klingelte. Diesmal war es Marie Steyn, die wegen eines Artikels in der MoZ nachfragte. Offenbar war dort noch einmal über ihr Verhältnis zu Peter Kasper spekuliert worden, wobei sich der Autor auf einen der Redaktion vorliegenden Liebesbrief aus diesem Jahr bezog. Hier zog einer ganz konsequent sein intrigantes Spiel mit den Steyns durch. Buhle überlegte: Nein, nicht nur mit den Steyns.

»Frau Steyn, hatten Sie in der letzten Zeit den Verdacht, dass Sie jemand verfolgt?«

»Ja«, antwortete sie zögernd, »ja, am Dienstag auf dem Weg nach Metz.«

»Ich befürchte, da hat jemand weiterhin ein großes Interesse an Ihnen beziehungsweise an Ihrer Familie. Ich möchte Sie nicht beunruhigen, aber ... Könnten wir uns vielleicht gleich treffen?«

»Ich bin an der Uni und wollte eigentlich gleich nach Trierweiler fahren. Anscheinend ist bei Mattis in der Schule nichts mehr vorgefallen, aber ich möchte natürlich wissen, wie es ihm geht. Soll ich kurz bei Ihnen im Büro vorbeikommen?«

»Nein, das ist jetzt eher ungünstig, ich bin auch gar nicht da. Wie weit ist es denn vom Petrisberg, so in Nähe vom Fernsehturm, bis zu Ihnen an der Uni?« Er fügte noch rasch hinzu: »Allerdings zu Fuß.«

»Zu Fuß? Das ist ein ganzes Stück. Direkt neben dem Verwaltungsgebäude der EGP ist ein Restaurant, da könnten wir uns gleich treffen. Das ist von Ihnen keine zehn Minuten entfernt.«

»Ähm, ich glaube, ich kenne weder dieses Verwaltungsgebäude noch eine EGP. Ich war vorher noch nicht hier oben.«

»EGP ist die Abkürzung für ›Entwicklungsgesellschaft Petrisberg‹. Wo sind Sie denn jetzt genau?« Marie Steyn klang zunehmend genervt.

»In einem japanischen Garten.«

»Im Zen-Garten? Gut. Wenn Sie Richtung Kohlenstraße gehen, sehen Sie die bunten Häuser des Wissenschaftsparks. Denen folgen Sie, und am Ende ist das Restaurant. Okay?«

»Okay, ich werde dort auf Sie warten. Achten Sie darauf, ob Ihnen jemand folgt, und wenn Sie die Zeitung dabeihaben, bringen Sie die bitte mit.«

Das Restaurant lag wie beschrieben am Ende einer Reihe von ehemaligen Kasernengebäuden, in denen jetzt Firmen aus den Bereichen Gesundheit, Wissenschaft und Forschung, Medien und weiteren Dienstleistungsbranchen angesiedelt waren.

Buhle setzte sich in eine Ecke des gemütlichen und zugleich modernen Restaurants und behielt den Eingangsbereich im Auge. Während er langsam einen Milchkaffee trank, betrachtete er durch die großzügige Glasfassade den zu dieser Jahreszeit leeren Terrassenbereich. So bemerkte er Marie Steyn frühzeitig, wie sie sich mehrmals umschauend beeilte, das Lokal zu betreten.

Als sie seinen Tisch erreichte, legte sie ihre breite Umhängetasche auf den Nachbarstuhl, setzte sich zu ihm und bestellte einen Espresso. Dann erst sah sie Buhle richtig an und stutzte.

»Geht's Ihnen nicht gut, Herr Buhle?«

»Wieso?«

»Nun, Sie sehen irgendwie … müde aus.«

Buhle überlegte, wie er anfangen wollte. Dann entschied er sich für die offene Variante.

»Bevor wir weiterreden, muss ich Ihnen mitteilen, dass ich nicht mehr Leiter der Sonderkommission bin, die den Mord in Ihrem Haus aufklären soll.«

Er hätte auch sagen können, er hätte gerade rosa Elefanten am Fenster vorbeifliegen sehen, Marie Steyn hätte nicht erstaunter gucken können.

»Heute Morgen hat mich eine Frau aus Luxemburg aufgesucht, angeblich um als Zeugin in dem Mordfall auszusagen.«

In groben Zügen erzählte er Marie Steyn von dem Vorfall und den daraus resultierenden Konsequenzen. Als er anfügte, dass noch gravierender sein Besuch in Berdorf war, weil die luxemburgische Polizei davon unterrichtet worden war und das Zusammentreffen von Marie mit ihrem Mann auch eine Rolle spielte, war es ihr augenscheinlich peinlich.

»Fakt ist, ich bin jetzt nicht mehr im Dienst. Sie haben es also nur noch mit dem Privatmann Christian Buhle zu tun. Alles, was Sie mir von nun an sagen, hat für den offiziellen Fall keine Relevanz. Genauso brauchen Sie mir ab jetzt auch gar nichts mehr zu sagen. Es gibt keine rechtliche Basis mehr.«

Marie Steyn, wieder mit einer weißen Bluse und Jeans bekleidet, war seinen Worten still und, zumindest empfand er es so, auch betroffen gefolgt. Nach einer Weile schürzte sie die Lippen und sagte:

»Da spielt doch einer ein ziemlich böses Spiel mit uns.«

Mit uns. War er jetzt tatsächlich persönlich in eine Intrige hineingeraten, die eigentlich der Familie Steyn gegolten hatte? Zumindest stand außer Frage, dass die Angelegenheit auch für ihn gravierende negative Auswirkungen haben konnte.

»Ja, das scheint so. Das Problem ist allerdings, dass ich nicht weiß, in welchem Spiel wir uns überhaupt bewegen. Wenn es wirklich so ist, dass Ihr Mann diesen Mord nicht begangen hat, seine Geschichte also stimmt, wenn jemand alles so arrangiert hat, wie es sich bislang darstellt, folglich auch all diese Spuren gelegt hat, die Medien instrumentalisiert, die Aktionen mit den Flugblättern, dem Brief, dem Foto durchgeführt hat … Wenn das alles so ist, was steckt dann dahinter? Was kann jemanden dazu veranlassen, so etwas zu tun? Was gibt es, wovon wir noch überhaupt keine Ahnung haben?«

Marie Steyn schaute in Richtung der rot-schwarz melierten Wand hinter Buhle, aber ihr Blick war nicht darauf fokussiert. Dann sah sie ihn aus unendlich traurigen schwarzen Augen an. Leise sagte sie: »Ich weiß es nicht. Ich überlege auch schon die ganze Zeit, in was für eine Sache Thomas hineingeraten ist. Peter meint, es ist Rache im Spiel. Ich weiß es nicht, wirklich.«

Er empfand in diesem Moment eine tiefe Sympathie für Marie Steyn. Eine Sympathie, die nicht nur von ihrer misslichen Lage herrührte, sondern auch in der Persönlichkeit dieser zierlichen Frau begründet war. Vielleicht lag es an seiner eigenen Situation, dass er nicht mehr offizieller Ermittler in diesem Fall war und sich dadurch emotional öffnen konnte. Er konnte es nicht einordnen, war selbst zu überrascht davon, weil diese Regungen für ihn völlig neu waren. Doch wenn es etwas bedurft hätte, ihn von der Vorgehensweise, die Paul Gerhardts vor ein paar Stunden vorgeschlagen hatte, zu überzeugen: Ab diesem Moment wusste er, dass er es wagen musste.

»Frau Steyn, ich möchte ehrlich zu Ihnen sein. Wenn die ganzen ›Wenns‹, die ich eben genannt habe, zutreffen, bedeutet das, dass auch der angebliche oder tatsächliche Besuch der alten Freundin ihres Mannes eine weitreichende Bedeutung hat. Vielleicht ist Marion Reens oder Schroeder oder Spiegelrodt der Schlüssel für die Lösung des Falls. Vielleicht reicht der Grund für den Mord weit in die Vergangenheit zurück.«

Er glaubte, in Marie Steyns Augen eine kurze Erkenntnis aufleuchten zu sehen. Etwas schien ihr gerade eingefallen zu sein.

»Ich weiß nicht, ob das eine Spur ist, die zum Ziel führt. Aber es ist zumindest einen Versuch wert, zumal meine Kollegen sie wohl nicht wirklich verfolgen werden. Frau Steyn?«

Marie hatte sich aufgerichtet, und eine spontane Entschlossenheit zeigte sich in ihrem Gesicht. »Sie wollen die Marion aufsuchen, mit der mein Mann einen Großteil seiner Jugend verbracht hat?«

»Ich denke, ja. Sie wohnt derzeit in Hamburg. Das ist zwar nicht gerade um die Ecke, aber …«, Buhle verzog seinen Mund zu einem schiefen Lächeln, »… ich habe ja jetzt Zeit.«

»Wie lange brauchen Sie in Hamburg?«

»Ich nehme an, mit Reisezeit zwei Tage, wenn ich zeitnah mit Marion Reens sprechen kann.«

»Gut, nehmen Sie mich mit?«

Die Frage verblüffte ihn. Bis vor zwei Tagen hätte er über eine Antwort darauf vermutlich nicht einmal nachgedacht. Zu abwegig wäre so etwas für einen korrekten, von Pflichtbewusstsein geprägten Polizeibeamten gewesen. Doch in den letzten zwei Tagen war viel passiert.

Außerdem nagte seine Demission ganz erheblich an seiner Ehre. Dass er sich in der Art und Weise über den Tisch hatte ziehen lassen, weckte in ihm unbekannte Gelüste nach Revanche. Das alles sprach für eine Reise nach Hamburg, aber nicht für eine Beteiligung der Ehefrau des Hauptverdächtigen an dieser Fahrt. Er versuchte sich die Reaktionen seiner Vorgesetzten vorzustellen. Würde er damit den Bogen überspannen, ihre Rückendeckung ganz verlieren? Es wäre möglich, mit all den Konsequenzen, die das für seine Laufbahn bei der Polizei hätte. Doch merkwürdigerweise ließen ihn diese Befürchtungen kalt.

Was ihn viel mehr beschäftigte, war die innere Verbindung, die er zu dieser beeindruckenden Frau spürte. Er hatte bislang niemanden kennengelernt, der in ihm so schnell Vertrauen erweckt hatte. Dass eine Frau nach all den Jahren überhaupt Emotionen in ihm hervorrief, irritierte ihn zutiefst. Doch gleichzeitig spürte er noch etwas anderes, etwas, was er nicht richtig greifen konnte: Es war so etwas wie Hoffnung.

Er betrachtete die kleine, schmale Person mit den wilden schwarzen Locken und den tiefschwarzen Augen, deren Blick auf ihm ruhte und seine Entscheidung abzuwarten schien.

»Ich nehme an, Sie wollen Marion Reens persönlich kennenlernen?« Die Frage war eigentlich überflüssig, aber er wollte wissen, ob Marie Steyn sich ihm gegenüber erklären würde.

»Wenn mir etwas in den letzten Tagen bewusst geworden ist, dann, wie wenig ich meinen Mann kenne«, antwortete sie nach kurzem Zögern. »Und ich glaube wie Sie: Wenn wir ihm helfen wollen, müssen wir in seine Vergangenheit eintauchen. Vielleicht ganz tief. Wie ich jetzt, leider erst jetzt, erfahren habe, muss er als Kind außerordentlich schwierig gewesen sein, ein regelrechter Tyrann. Vielleicht weiß diese Marion tatsächlich etwas darüber zu berichten. Ich befürchte, es gibt noch viel mehr als seine Seitensprünge, was ich bislang nicht von Thomas wusste.«

Buhle nickte. »Frau Steyn, in meiner gegenwärtigen dienstlichen Situation wäre es mehr als bedenklich, wenn wir zusammen nach Hamburg reisen würden«, er sah die Enttäuschung in ihren Augen, ohne dass ein Vorwurf damit verbunden schien, »aber wenn wir das weitgehend diskret machen könnten …«

Das Lächeln von Marie Steyn wischte seine letzten Zweifel und Unsicherheiten weg. Es war das erste Mal seit einer Ewigkeit, dass er keine Kopfentscheidung traf.

17

Hamburg; Dienstag, 9. November

Da Buhle davon ausging, dass sie beobachtet wurde, hatten sie vereinbart, dass Marie das Haus von Peter Kasper frühmorgens durch die Hintertür und den Garten verlassen sollte. Von dort würde sie über einen Waldweg und einen abzweigenden Fußweg hangaufwärts zur Sickingenstraße gelangen. Hier würde Buhle mit dem Auto auf sie warten.

Maries morgendliche Flucht hätte beinahe jegliche Heimlichkeit verloren, wenn Peter Kasper nicht im letzten Augenblick daran gedacht hätte, dem Dreihundert-Watt-Halogenstrahler mit Bewegungsmelder auf der rückwärtigen Terrasse den Strom abzustellen. So konnte sie unbemerkt durch die kühle Dunkelheit der endenden Nacht auf den Waldweg gelangen.

Sie war zunächst erleichtert, als sie nach zehn Minuten Einsamkeit, nur begleitet von einem Konzert kleinster Geräusche, endlich den Hotelkomplex an der Sickingenstraße durch die fast kahlen Äste hindurchschimmern sah. Doch auf der abseitsgelegenen Straße empfing sie das vom matten Licht der Straßenleuchten verursachte Schattenspiel des Waldrandes. Sie vermochte kaum zu atmen, so gespenstig erschien ihr die vor ihr liegende Kulisse unter dem kohlenschwarzen Himmel.

Buhles Auto stand fünfzig Meter unterhalb am gegenüberliegenden Straßenrand. Mit unsicheren Schritten ging sie auf den silberfarbenen VW Golf zu. Plötzlich war kein Geräusch mehr zu hören. Lediglich aus dem entfernten Moseltal drang das Rauschen des Pendlerverkehrs hinauf.

Als sie endlich auf Höhe der Beifahrertür angelangt war, sah sie in den dunklen Innenraum des Autos: Er war leer. Um das zu begreifen, brauchte sie einige Sekunden. Sie schaute sich hilfesuchend um, ob sie sich im Auto geirrt hatte. Aber die zum Moseltal abfallende enge Straße war leer. Sie blickte noch einmal in den Golf und sah undeutlich einen ausgedruckten Kartenausschnitt eines Stadtteils von Hamburg auf dem Beifahrersitz liegen. Das musste das Auto von Buhle sein. Wo war der verdammte Kommissar bloß?

Als sie sich wieder aufrichtete, sah sie aus Richtung des Hotels am Ende der Sackgasse einen Schatten auf sich zukommen. Wie hypnotisiert vermochte sie keine Faser ihres Körpers zu einer Bewegung zu überreden. Die Anspannung fiel erst von ihr ab, als der Schatten auf halbem Wege zu winken begann und Marie im selben Augenblick die Silhouette der Gestalt Buhles zuordnete.

»Mein Gott, müssen Sie mir so einen Schreck einjagen?«, zischte sie ihm entgegen.

Buhle hob entschuldigend die Hände. »Ich wollte mich nur vergewissern, dass Ihnen keiner folgt. Habe ich Sie sehr erschreckt?«

»Was meinen Sie, was das für ein Gefühl ist, wenn man gerade einem Meer tiefster Dunkelheit entronnen ist und die Rettungsinsel entpuppt sich als leere Blechbüchse. Sie hätten mich ja mal vorwarnen können.«

»Ja, das hätte ich tun sollen, entschuldigen Sie. Aber lassen Sie uns einsteigen, damit sich nicht doch noch jemand entschließt, uns zu folgen.«

Auch als sie Trier schon längst hinter sich gelassen hatten, war es Marie immer noch nicht nach Reden. Es dauerte bis hinter das Autobahndreieck Vulkaneifel, bis Buhle das Schweigen brach.

»Haben Sie heute Nacht gut geschlafen?«

Marie sah ihn erstaunt an. Mit einer persönlichen Frage hatte sie bei dem sonst so sachlichen Kriminalkommissar nicht gerechnet. Schon gar nicht nach ihrem misslungenen Reisebeginn. Sie wertete es als ein Zeichen von Entgegenkommen. Dennoch war sie immer noch etwas sauer und erwiderte: »Den Umständen entsprechend. Aber dann hat mich die Nachtwanderung mit dem anschließenden Schreckgespenst ja nachhaltig geweckt.«

Buhle löste den Blick von der Windschutzscheibe, um zu ihr zu schauen, aber weil er gleichzeitig hinter einem Lkw in eine Baustelle hineinfuhr und von hinten von einer ungeduldigen Limousine bedrängt wurde, geriet der Versuch zu einem unkoordinierten Hin-und-her-Zucken seines Kopfes. Marie musste über das Bild des verwirrten Kommissars schmunzeln.

Nach dem allmorgendlichen Stau am Kölner Ring waren sie endlich auf der A1 Richtung Norden. Marie Steyn hatte Buhle während der Fahrt Einzelheiten aus dem Leben ihres Mannes erzählt; seit einigen Minuten aber schwieg sie.

Buhle entschied sich für eine Rast. Kaffee und Croissants schmeckten in der Raststätte erstaunlich frisch und aromatisch. Er hatte gespürt, wie schwer es Marie Steyn fiel, über ihren Mann zu sprechen. Es berührte ihn, wie sehr sie trotz aller Energie und Beherrschtheit innerlich getroffen war. So unterschiedlich auch die Reaktionen waren, die Partner oder Angehörige von Tätern nach der Konfrontation mit den Verbrechen zeigten, immer ging irgendetwas in den Menschen kaputt. Bei Marie Steyn war das nicht anders.

Er betrachtete die hübsche Frau mit der schmalen Nase, dem fein geschwungenen Mund und den beiden auch im entspannten Zustand leicht angedeuteten Grübchen. Zum ersten Mal bemerkte er die ungleichen Ohrringe. Links trug sie einen silbernen Stecker mit einem Delphin, rechts pendelte ein mit Silberdraht und türkisen Perlen geflochtener Ohrhänger. Er fragte sich, warum ihm solche Details, die Frauen wirklich interessant machten, normalerweise nicht auffielen. Doch eigentlich kannte er die Antwort nur zu gut. Warum war es aber bei Marie Steyn anders?

»Das ist schon eine komische Atmosphäre hier in diesen Autobahnraststätten«, sagte sie mehr zu sich selbst. »Alles ist einfach und funktional, aber sündhaft teuer. Trotzdem sitzen die Leute hier. Und haben sie an einem anderen Ort schon mal diese einträchtige Verbundenheit von gestressten Geschäftsleuten in Anzug und Hemd mit dem unrasierten und übermüdeten Fernfahrer im verschwitzten T-Shirt erlebt? Alle sind sie rastlose Vagabunden der Straße, die hier einen Moment innehalten dürfen, ihr einsames Streunen zwischen beliebigen Ausgangspunkten und Zielorten unterbrechen. Ich glaube, die Raststätten sind für diese Menschen überlebenswichtig, nicht nur um die Fahrzeiten nicht zu überschreiten. Vielleicht sind sie so eine Art ... diffuse Heimat, ein existenzieller Rückzugsort?«

Beim letzten Satz hatte sie ihn angeschaut, nachdem sich ihr Blick zuvor im weiten Rund hellbrauner Tische und Stühle verloren zu haben schien. Aber tatsächlich hatte sie diesmal beobachtet und ihre, und eigentlich war es ja auch seine, Umwelt in einer Art wahrgenommen, die ihn beeindruckte: eigentlich belanglos, aber gepaart mit einer kleinen Lebenserkenntnis.

»Meinen Sie, das ist den Männern hier bewusst?«

Tatsächlich waren Marie und die im Bereich der Essensausgabe arbeitenden Angestellten die einzigen Frauen im gesamten Gebäude. Marie Steyn ließ den Blick noch einmal schweifen, als ob sie einen analytischen Scan der um sie sitzenden Personen machen wollte.

»Nein, daran dürfte noch keiner einen Gedanken verschwendet haben. Diese Menschen werden sicher nicht hier eintreten und denken: Jetzt tue ich was Gutes für meine Seele. Die wollen einen Kaffee, die Bild-Zeitung oder das Tagesessen, egal, was es gibt. Wichtig ist, dass sie ein inneres Signal mit der Meldung »Bieg jetzt ab« erhalten, und darauf hören. Bei vielen Menschen ist diese interne Kommunikation gestört. Sie verstehen oder hören diese Signale nicht mehr. Irgendwann verschwinden sie dann ganz. Wenn etwas unsere zunehmend funktions- und leistungsorientiertere Gesellschaft prägt, dann ist es das systematische Ignorieren unserer eigenen Hilferufe. Die beste Voraussetzung dafür, irgendwann zusammenzubrechen oder auszurasten.«

Christian Buhle hörte in sich hinein. Er vernahm nichts, schon lange nicht mehr. Sein eigener Signalgeber hatte damals, vor dreiundzwanzig Jahren, nicht überlebt. Einen Nachfolger hatte er niemals zugelassen.

Er bemerkte die dunklen, auf ihn gerichteten Augen erst spät, die sich für eine kurze Zeit Eintritt in die Vorräume seines Inneren verschafft hatten. Brüsk warf er sie raus und knallte die Tür zu. »Ich geh jetzt noch auf die Toilette, und danach müssen wir weiter, wenn wir noch die Chance haben wollen, mit Marion Reens zusammenzutreffen.« Er wusste, dass sein Ton zu schroff war und Marie eigentlich hätte vor den Kopf stoßen müssen und sollen. Aber ihr Blick haftete weiter auf ihm, mit einer Prise Trauer, doch ohne Überraschung oder gar Vorwurf.

Bis Münster hatte sie ihm die gesamte Lebensgeschichte der Familie Steyn erzählt. Er hatte natürlich weiter zugehört und gezielte, möglichst diskrete Fragen gestellt. Doch gleichzeitig beschäftigte ihn, was sie während der Rast gesagt hatte. Danach schwiegen beide eine Weile, und er hing seinen eigenen Gedanken nach.

Nördlich von Osnabrück sagte Marie plötzlich: »Herr Buhle, wo kommen Sie eigentlich her?«

Er erschrak über die Frage. Wie immer, wenn einer Fragen zu seiner Vergangenheit stellte. »Wieso wollen Sie das wissen?«

»Es interessiert mich. Außerdem habe ich gerade darüber nachgedacht, dass ich so gut wie keine Norddeutschen kenne. Aber vielleicht kommen Sie ja von hier?«

»Nein, ich bin in Köln geboren.«

»In Köln?« Marie Steyn konnte ihre Überraschung nicht verhehlen.

»Ja, das merkt man dem spröden, unlustigen Kommissar nicht an, oder?«

»Nein, ja, ich wollte Ihnen nicht zu nahe treten. Aber zugegeben, ich hatte Sie eher hier in die Einöde als ins lebensfrohe ›Kölle‹ gesteckt.«

Buhle nickte etwas verdrießlich, und Marie schwieg wieder.

Um die Mittagszeit beschlossen sie, bei einer weiteren Pause nur kurz zu halten und lieber abends in Hamburg etwas zu essen. Auf der letzten Etappe fasste er noch einmal alle Erkenntnisse über Marion Reens zusammen. Er war jetzt wieder ganz der Ermittler: sachlich, analytisch, überlegt.

»Was ist, wenn sie nicht mit uns reden will?«, fragte Marie Steyn.

»Tja, dann wird es schwierig. Ich kann mich noch nicht einmal an die Hamburger Kollegen wenden, weil ich gar nicht mehr ermitteln darf. Schon dass ich mit Ihnen hier bin, ist für mich dienstrechtlich äußerst kritisch. Will Marion Reens nichts mit uns zu tun haben, war die Fahrt umsonst. Aber das Risiko war uns ja bewusst.«

Marie Steyn überlegte kurz. »Was meinen Sie, sollte ich vielleicht das Gespräch mit ihr führen? Dann ist es auf jeden Fall schon einmal kein Verhör.«

»Ja, das könnte eine Möglichkeit sein.« Sollte er sich auch noch von Marie Steyn seine Arbeit aus der Hand nehmen lassen? Es widerstrebte ihm vollkommen. Gleichzeitig wusste er, dass sie recht hatte. Ohne seine Autorität als Polizist gab es keinen Grund, warum Marion Reens ihm irgendetwas sagen sollte. Eine Garantie gab es auch bei Marie nicht, aber die hatte wenigstens ein Motiv, das ein Gespräch auch für Reens nachvollziehbar erscheinen ließ.

»Könnte oder ist es eine gute Idee?« Marie Steyn hatte das »ist« bewusst betont und schaute ihn fordernd von der Seite an.

Er nickte leicht, aber nachdrücklich und sagte mit dem Anflug eines Lächelns: »Es ist eine gute Idee.«

Poppenbüttel lag nördlich von Fuhls-, Hummels- und Wellingsbüttel. Buhle fragte sich kurz, was diese im Norden Hamburgs häufige Namensendung wohl zu bedeuten hatte, während er den Anweisungen seines Navigationsgerätes zur Adresse von Marion Reens folgte. Aber eigentlich war ihm das völlig egal. Vielmehr stieg in ihm eine innere Unruhe auf. Der Gedanke, Marie Steyn das Verhör zu überlassen und selbst nur unbeteiligt danebenzusitzen, wenn Marion Reens dies überhaupt zuließ, gefiel ihm plötzlich gar nicht mehr.

Aber gab es eine Alternative? Er konnte schlecht klingeln, Marion Reens mitteilen, dass er gerade ihren ehemaligen Schulfreund Thomas Steyn hinter Gitter gebracht, nun aber den Fall abgenommen bekommen habe und sie deshalb heimlich über Steyn befragen wolle. Nein, objektiv gesehen war die von Marie Steyn vorgeschlagene Vorgehensweise erfolgversprechender. Leicht fiel es ihm jedoch nicht, dieses wichtige Gespräch aus den Händen zu geben. Letztendlich sollte es egal sein, wie sie mit Reens ins Gespräch kamen, wichtig war nur, dass sie redete. Die Ausführungen von Marie Steyn zur Jugend ihres Mannes hatten ihn in seiner Ansicht bestätigt, das Motiv für die Tat in der Vergangenheit zu suchen.

Sie hatten laut Navi ihr Ziel erreicht. Der Minsbekweg lag in einer durch Wohnblöcke und Reihenhäuser geprägten Wohngegend. Der hohe Anteil an bereits hochwüchsigen Laubbäumen auf den großzügig bemessenen Grünflächen bewirkte ein angenehmes Umfeld. Nicht so trist wie manche Vorstadtsiedlungen der Metropolen. Buhle lenkte seinen Wagen auf einen Stellplatz am Straßenrand, von dem sie freie Sicht auf den Eingang des Hauses hatten, in dem Marions Reens mit ihren Kindern wohnte.

»Haben Sie die Telefonnummer von Marion Reens?«

»Ja.« Er schaute skeptisch zu Marie Steyn hinüber und bewegte sich nicht.

»Dann geben Sie sie mir bitte.« Marie Steyn hatte sich offenbar eine Strategie zurechtgelegt.

Mit etwas Mühe griff Buhle eine Mappe aus seiner Tasche und fischte ein loses Blatt daraus hervor. »Könnten Sie mir bitte mitteilen, was Sie jetzt zu tun gedenken?«

Marie tippte die lange Festnetznummer in ihr Handy. »Telefonieren.«

»Was wollen Sie Frau Reens überhaupt sagen?«

Unwirsch hielt sie ihm als Antwort die linke Hand fast genau vors Gesicht. Dann nahm offenbar auch schon jemand am anderen Ende der Leitung das Gespräch entgegen.

»Hallo, hier ist Marie Steyn. Könnte ich bitte deine Mutter sprechen? ... Danke schön.« Marie flüsterte ihm zu: »Sie ist da. ... Ja, guten Tag, mein Name ist Marie Steyn. ... Ach, hat Ihnen das Ihr Sohn schon weitergegeben? Prima, die meisten Jungs in dem Alter vergessen so etwas. ... Frau Reens, Sie wissen, wer ich bin? ... Gut, wären Sie bereit, sich mit mir zu unterhalten? ... Ja, ich weiß, es kommt ein bisschen plötzlich ... Genau, ich würde gerne mehr über die Jugendzeit meines Mannes erfahren, und da scheinen Sie mir die beste Ansprechpartnerin zu sein. ... Wenn ich ehrlich bin, würde ich gerne persönlich mit Ihnen reden. ... Nein, das ist für mich kein Problem. Eigentlich stehe ich bereits fast vor Ihrer Haustür. ... Ich weiß nicht. Wir haben einfach gedacht, dass es schon klappen würde, und sind heute Morgen losgefahren. ... Ja, ich bin mit einem Freund hier. Könnte er mitkommen? ... Nein, kein Problem. Wir haben fast keine Geheimnisse ...«

Marie lachte kurz auf. Buhle kam es vor wie eine Antwort auf das, was Marion Reens gerade gesagt hatte.

»... am liebsten gleich. Wir parken keine fünfzig Meter von Ihnen entfernt. ... Keine Ahnung, das müssen wir abwarten, denke ich. ... Prima, vielen Dank. ... Doch, doch, das wird es. Ganz bestimmt. Wir kommen dann jetzt.«

Sie beendete die Verbindung und wandte sich Buhle mit einem äußerst zufriedenen Gesichtsausdruck zu. »Okay. Sie ist bereit, mit uns zu reden. Nun setzen Sie mal nicht Ihre Oberhauptkommissarsmiene auf. Sie klang weder vorsichtig noch ablehnend.« Marie kniff die Augen leicht zusammen, sodass sich strahlenförmig feine Falten bildeten. »Eigentlich klang sie sogar richtig nett.«

»Hatten Sie etwas anderes erwartet?«

»Ich weiß nicht. Aber wenn das stimmt, was Thomas behauptet, hat er ja ...«

»Sie hat ein Alibi, Frau Steyn. Egal, was an der Geschichte Ihres Mannes dran ist. Sie kann nicht in Trier gewesen sein. Oder die Kollegen hier haben totalen Mist gebaut, und das glaub ich zunächst mal nicht.«

Marie Steyn nickte erst nur andeutungsweise, dann bestimmter. Ohne ein weiteres Wort stieg sie aus dem VW, schlug die Tür zu und ging zielstrebig in Richtung des Wohnhauses von Marion Reens. Er musste sich beeilen, um ihr zu folgen.

Die Wohnung lag in einem frei stehenden Mehrfamilienhaus. Hinter dem Plastikfenster der obersten der fünf Klingeln stand der Name Reens, darüber, auf einem weißen Klebestreifen mit wasserfestem Filzstift, die Namen »Marion, Max, Nele, Christian« in gleichmäßiger Kinderschrift geschrieben. Marie drückte auf den Klingelknopf.

Wenige Sekunden später ging der Summer, und sie drückte die Tür auf.

»Wir sind hier oben. Unterm Daahaach!«

Sie stiegen der klaren Knabenstimme nach die Treppe hinauf. Oben erwartete sie ein strohblonder Junge, der sofort an Michel aus Lönneberga denken ließ.

»Mama, der Besuch ist da!«

»Gut, bitte ihn herein.« Die Frauenstimme klang, als käme sie vom anderen Ende der Wohnung.

Oben angekommen, streckte Marie dem Jungen die Hand hin, die er höflich annahm.

»Hallo, ich bin die Marie.«

»Hallo, ich bin heut der Mann des Hauses.« Noch mit dem letzten Wort drehte der Junge sich wieselflink um. Dabei musste er so lachen, dass er fast umfiel, dann rannte er mit vollem Tempo zur offenen Tür am Ende des lang gestreckten Flurs. Der ohnehin schmale Raum wurde links und rechts noch eingeengt von Garderobe, Schuhregal, Bücherregal, Spielzeug, Ranzen, Sportsachen und einem zum Trocknen aufgespannten Regenschirm, und es grenzte an ein Wunder, dass der Sprint ohne Sturz an der geöffneten Tür endete. »Sie sind daaha!«

Marie drehte sich grinsend zu Buhle um. »Ein lebhaftes Kind«, flüsterte sie ihm zu.

Gemeinsam folgten sie dem Jungen. Als sie zur offenen Küchentür kamen, klopfte Marie zweimal an deren Glaseinsatz.

»Guten Tag, dürfen wir reinkommen?«

Marion Reens stand an der Spüle und trocknete einen letzten Topf ab. Sie drehte sich mitsamt Topf und Geschirrtuch um und begrüßte Marie mit einem freundlichen Kopfnicken. »Kommen Sie rein.« Ihr Blick wanderte weiter zu Buhle. Sie stutzte und vergaß für einen Moment, weiter abzutrocknen. Dann lächelte sie auch ihn an. »Setzen Sie sich doch bitte einfach an den Küchentisch. Ich glaube, hier ist momentan am meisten Platz.« Sie stellte den großen Topf in den Schrank unter der Arbeitsplatte und hängte das Geschirrtuch an einen Haken neben der Spüle. Während sie die Hände an ihrer grünen Jeans abtrocknete, ging sie auf ihre Gäste zu und reichte Marie die Hand.

»Vorzustellen brauche ich mich ja nicht mehr. Trotzdem: Marion.«

Marie lächelte zurück: »Marie. Das ist Christian.«

»Hallo, Christian. Der gleiche Name wie der des kleinen Rackers hier.«

Buhle hielt Marion Reens die Hand entgegen, die diese etwas zögerlich annahm.

»Setzt euch. Möchtet ihr etwas trinken? Einen Kaffee nach der langen Fahrt?«

Nachdem Marie erfreut zugestimmt hatte, drehte sich Marion Reens wieder um und ging zur Küchenzeile zurück. Buhle und Marie schoben sich auf zwei freie Stühle. Dass jemand Fremdes ihn duzte, mochte er überhaupt nicht. Er zog eindeutig das distanzierende Sie vor. Eine Ausnahme machte er nur bei seinen Kollegen. Doch hier zwang er sich, sich zurückzuhalten.

»Chris, kannst du eben noch die Gläser vom Tisch in die Spülmaschine räumen und dich dann an deine Hausaufgaben begeben? Wenn du Mathe nicht fertig hast, gibt's kein Training, das weißt du.«

»Mann, Mathe ist doof. Ich kann das schon längst. Die Johannsen gibt nur so viel auf, weil die blöden Mädchen das nicht kapieren.«

Leise weitermaulend nahm Chris alle vier Gläser auf einmal und schleppte sie unter Zuhilfenahme des ganzen Körpers zur Spülmaschine. Nachdem er die Küche verlassen hatte, sorgte die röchelnde Kaffeemaschine dafür, dass auch jetzt keine rechte Ruhe einkehrte. Dafür durchzog langsam frischer Kaffeeduft die Küche, und Marion Reens holte eine Dose mit verschiedenen Plätzchen aus einem der Hängeschränke.

»Mal sehen, ob die Kinder noch was übrig gelassen haben.«

Die Dose war noch halb voll. Sie stellte sie in die Mitte des Tischs, räumte einen Stapel Schulbücher von einem Stuhl auf die Fensterbank und setzte sich mit an den Tisch. Mit Blick auf Marie fragte sie: »Was möchtest du alles wissen? Wenn ich euch Geheimnisse aus meiner Jugendzeit offenbaren soll, darf ich euch doch duzen, oder? Sonst hat das für mich irgendwie etwas von einem Verhör.« Bei dem letzten Satz blickte sie zu Buhle und lächelte ihn etwas süffisant an.

»Klar können wir uns duzen«, sagte Marie. »Was ich wissen will … du weißt, was bei uns geschehen ist?«

Marion wiegte den Kopf. »Nicht wirklich. Die Polizei war hier und hat mich gefragt, wo ich vorletztes Wochenende war. Deine Kollegen, Christian, haben mir aber keine Details erzählt, nur dass es um einen Todesfall in Rheinland-Pfalz gehen würde und jemand behauptet hätte, mich in diesem Zusammenhang gesehen zu haben.«

Sie schaute zuerst Buhle, dann Marie an und amüsierte sich sichtlich über deren verblüfft-schockierte Gesichter. Mit breitem Grinsen fuhr sie fort: »Trier ist zwar weit weg, wie ihr heute gemerkt habt, aber im Internet ist man mit ein paar Klicks schon da. Es gibt im Netz ganz nette Fotos vom Ermittlungsleiter der Mordkommission.«

Buhle merkte, wie er vor Scham rot anlief. Wie hatte er nur so unglaublich dämlich sein können, nicht damit zu rechnen, dass Marion Reens sich informieren würde, wenn sie Besuch von der Polizei bekommen hatte? Er selbst hatte sich doch über das Foto in der Mosella-Zeitung aufgeregt, das auch im Internet zu sehen war.

Als Erste fand Marie ihre Sprache wieder. »Ähm, ja, tut mir leid, dass wir nicht mit offenen Karten gespielt haben. Aber es ist auch eine etwas komplizierte Konstellation eingetreten.« Sie sah kurz zu Buhle, um seine Zustimmung einzufordern. Als er ihr resigniert zunickte, erzählte sie Marion, dass er nicht mehr Leiter der Soko Domäne sei und gar nicht hier sein dürfe. Dass sie aber beide der Meinung seien, dass ein Gespräch mit ihr ungemein wichtig sei.

Marion nickte. »Tja, wie halten wir das jetzt?«, fragte sie mehr sich selbst. »Ich mache folgenden Vorschlag: Wir trinken erst mal einen Kaffee und hoffen, dass Chris in der Zeit seine Hausaufgaben macht. Ihr ... also wenn es recht ist, können wir uns wirklich duzen. Ich gebe zu, ich wollte den Kommissar vorhin ein bisschen hochnehmen.«

Marie nickte, und auch Buhle stimmte zerknirscht zu. Marion fuhr immer noch schmunzelnd fort: »Ihr könnt mir während des Kaffees etwas zu der Sache erzählen, in die Tom da reingeraten ist. Dann würde ich Christian bitten, seinen kleinen Namensvetter zum Fußballtraining zu fahren. In der Zeit könnten wir uns«, sie nickte Marie zu, »über Dinge unterhalten, bei denen ich nicht entscheiden möchte, ob die jemand Drittes wissen soll. Wenn du danach meinst, dass wir noch weiterreden sollten, würde ich heute Abend eine Tapas-Bar in Büttel vorschlagen. Ihr könntet euch hier eine Unterkunft suchen, oder wolltet ihr in der City übernachten?«

Marie und Buhle schauten sich fragend an und zuckten mit den Schultern.

»Ihr könnt euch das ja noch überlegen. Wollen wir es so machen? Auch wenn es der Kripo am Tisch nicht so zu passen scheint.«

»Nein, zugegeben, so richtig passt mir das nicht. Aber offenbar besteht hier ja bereits Einigkeit.« Buhle überlegte, ob er irgendeine Alternative anbieten konnte. Aber insgeheim musste er eingestehen, dass der Vorschlag von Marion Reens ziemlich korrekt war. »Darf ich zwei Bitten äußern?«

»Sie ...«, Marie lächelte kurz, »du kannst es ja mal versuchen.«

Buhle rieb sich kurz über das Gesicht und seufzte. »Erstens: Ich erzähle, was zu diesem Fall nach außen getragen werden darf, und zweitens: Wir gehen auf jeden Fall heute Abend essen. Ich erfahre sonst ja möglicherweise gar nichts.«

Der Rasen auf dem Sportplatz des SC Poppenbüttel war vor allem in den beiden Strafräumen recht lückig. Weitere Schadensbegrenzung war wohl der Grund, die F-Jugend auf dem benachbarten Hartplatz trainieren zu lassen. Das tat der Begeisterung der Jungen und Mädchen, dem Ball hinterherzurennen und ihn manchmal sogar mit dem Fuß zu treffen, keinen Abbruch.

Buhle stand am Spielfeldrand und fragte sich, was er hier machte. Dahinten lief ein Hamburger Michel, der ausgerechnet auf den Namen Christian hörte und jetzt schon zum dritten Mal einen begeisterten Blick zu ihm rübergeworfen hatte. Die ersten beiden hatte er mit angedeutetem Beifall und den letzten mit erhobenem Daumen beantwortet. So wie der kleine Christian daraufhin weitergerannt war, musste Buhle damit rechnen, dass er ihm als Torschütze jubelnd um den Hals fallen würde.

Er hatte Marion Reens einen Abriss des Falls gegeben. Keine wirklichen Interna, aber immerhin doch in groben Zügen die Geschichte, die Thomas Steyn von seiner angeblichen Begegnung mit ihr, seiner Jugendfreundin, erzählt hatte.

Beide Frauen waren zum Schluss ausgesprochen still und nachdenklich gewesen. Es war ja auch eine groteske Situation. Da erzählte er in Gegenwart der Ehefrau von der Behauptung Thomas Steyns, mit der ihr direkt gegenübersitzenden Schulfreundin im Bett gewesen zu sein. Grauenhaft. Und doch schien die Schilderung des angeblichen Seitensprungs zwischen den Frauen zu keinerlei Spannungen, Abneigungen oder gar Aggressionen geführt zu haben. War Marie doch der Meinung, die Geschichte ihres Mannes sei nicht wahr und es gebe deshalb keinen Grund zur Eifersucht? Oder hatte sie sich schon so weit von ihm entfernt, dass es ihr nichts mehr ausmachte? Er konnte sich davon kein exaktes Bild machen. Jetzt saßen die beiden an einem Tisch und tauschten sich über die Jugend seines Hauptverdächtigen aus, und er stand hier auf dem Platz des Sport-Clubs Poppenbüttel und schaute Kinderfußball zu.

Der lange Pfiff der Trillerpfeife riss ihn aus seinen Gedanken. Das Training war zu Ende. Die jungen Spieler räumten noch schnell die Bälle, Hütchen und Fahnenstangen weg, dann kam auch schon der kleine Christian angesprintet, als ob er eben nicht schon eine Stunde lang über den Fußballplatz gewetzt wäre.

»Und, wie war's?«

»Toll, ihr seid ja eine richtig starke Truppe.«

»Joah, geht so. Neulich haben wir elf zu eins gegen Bramfeld verloren. Aber gegen Alsterdorf haben wir sieben null gewonnen. Ich hab drei Tore geschossen.« Als er das sagte, strahlte er stolz über das ganze rote, verschwitzte Gesicht.

»Super. Komm, lass uns jetzt zu dir nach Hause fahren. Deine Mutter wartet sicher schon.«

»Nö, glaub ich nicht. Darf ich vorne sitzen? Nils durfte das auch schon mal.«

»Junger Mann, wenn uns die Polizei erwischt, sind wir dran. Dein Platz ist hinten. Eins fünfzig musst du groß sein, um nach vorne zu dürfen. Hab ich dir schon auf der Hinfahrt gesagt.«

»Och manno.« Sichtlich enttäuscht und jetzt anscheinend doch etwas müde trottete Chris hinter Buhle zum Auto.

Als sie in der Wohnung in Poppenbüttel waren, herrschte nachdenkliches Schweigen zwischen Marie und Marion. Marie machte den Eindruck, als habe sie geweint. Buhle wusste, dass er dieses Schweigen jetzt nicht brechen durfte.

Erst als einige Minuten später Marions dreizehnjährige Tochter nach Hause kam, standen die beiden Frauen vom Küchentisch auf.

Marie hatte bereits in einem von Marion empfohlenen Hotel zwei Zimmer bestellt und wollte sich jetzt für eine Stunde auf ein Bett legen und allein sein. Dagegen hatte auch Buhle nichts einzuwenden. Das gemeinsame Essen war auf einundzwanzig Uhr festgelegt worden.

Dank des Navis fanden sie das Hotel sofort. Es lag in einer ruhigen Seitenstraße zur B 434, einer der Haupteinfallstraßen Hamburgs. Es war kurz nach neunzehn Uhr, als sie eintrafen. An der Rezeption empfing sie ein sichtlich zerknirschter Portier. Es täte ihm unendlich leid, aber sie hätten den Fehler in der Buchung erst bemerkt, als das Telefonat bereits beendet gewesen sei. Auch konnten sie den Anruf nicht nachverfolgen und somit nicht zurückrufen.

»Was bedeutet das jetzt für uns?«, fragte Marie müde und genervt.

»Die Zimmer, die wir Ihnen versprochen hatten, waren schon vergeben, an Teilnehmer einer größeren Reisegruppe. Die Gäste sind soeben dort eingezogen. Wir könnten Ihnen aber noch unsere See-Suite im ersten Stock anbieten, natürlich für den gleichen Preis. Allerdings wäre da nur ein Schlafzimmer …«

Buhle räusperte sich: »Ich glaube nicht, dass das geht, ich meine …«

Marie unterbrach ihn schroff. »Ich meine sehr wohl, dass das geht. Wie breit ist das Bett?«

»Einen Meter achtzig, man könnte …«

»Werden Sie heute Nacht über mich herfallen, Herr Kriminalhauptkommissar?«

»Bitte? Nein. Natürlich nicht.«

»Gut, wir nehmen die Suite.« Marie nahm ihren Rucksack und wandte sich der Treppe zu.

Buhle stand noch immer konsterniert vor der Rezeption, beobachtet von einem erleichtert dreinblickenden Portier. »Kann ich Ihnen noch irgendwie helfen? Es tut mit leid, wenn unser Haus Sie in eine delikate Situation gebracht haben sollte, andererseits …« Er schaute Marie nach, und sein Blick sagte, dass es sicher Schlimmeres gab, als eine Nacht mit dieser Frau zu verbringen.

Buhle schloss die Augen, seufzte einmal tief und fragte, ohne den Mann hinter der Theke anzuschauen: »Welche Nummer hat die Suite?«

»Nummer 12.«

»Nummer 12«, wiederholte er resigniert, nahm seinen Trolley und folgte der Frau seines Hauptverdächtigen.

Die Tür zur Suite stand einen Spalt weit offen. Buhle schob sie vorsichtig auf und horchte in das Zimmer. Kein Laut war zu vernehmen. Er sah sich um. Der Raum glich einem Wohnzimmer mit Sitzecke, Tisch, Kommode, Fernseher. Die geschmackvolle Einrichtung hätte er dem Hotel nicht zugetraut. Alles war modern, aufeinander abgestimmt, nicht spartanisch, aber auch nicht überladen.

Rechts neben der Tür war in einer Nische die Garderobe untergebracht. Sie war leer. Er stellte seinen Trolley ab, hängte die Jacke auf und ging in die Mitte des Raums. Erleichtert maß er die Länge des Sofas. Es würde für ihn reichen. Der unschlüssige Blick zum Fenster brachte ihm nur die Erkenntnis, dass es draußen mittlerweile dunkel war und sein Spiegelbild nicht den frischesten Eindruck machte. Er trat an die Fensterscheibe und schirmte das Licht der Deckenlampe mit der Hand ab. Er erahnte einen Garten an der Rückseite des Hotels mit einigen großen Laubbäumen, die einen

Sichtschutz zu der weiter hinten anschließenden Häuserzeile bildeten.

Er verharrte an der Scheibe, bis er alles gesehen hatte, was er in der Dunkelheit zu erkennen vermochte. Schließlich löste er sich von dem kühlen Glas und sah zur Tür, die ins Schlafzimmer führen musste. Sie war geschlossen.

Er machte eine weitere Runde durch das Zimmer. Inspizierte die Schubladen, öffnete die Türen der Sideboards, registrierte die Vielzahl an Fernsehprogrammen, stöberte kurz in den ausgelegten Zeitschriften, bemerkte eine Reihe sorgfältig ausgesuchter Romane, entnahm der Minibar einen Orangensaft und verbuchte, dass während alldem gerade mal elf Minuten verstrichen waren.

Mit einem lautlosen Seufzer ließ er sich auf das Sofa sinken, verschränkte die Hände hinter dem Kopf und streckte sich, so weit es ging, nach hinten.

Was war seine Erkenntnis des Tages? So wie sie sich verhalten hatte, war Marion Reens kaum in ein Komplott um Thomas Steyn involviert, und ihr Sohn konnte es mit seiner Energie locker in die zweite Mannschaft des FC St. Pauli schaffen.

Er beugte sich wieder vor, nahm die kleine Flasche und leerte sie in einem Zug. Was hatten die beiden Frauen miteinander besprochen? Es war kein oberflächliches Geplauder gewesen, so wie er sie danach vorgefunden hatte. Er schaute zur verschlossenen Zimmertür. Marie Steyn wollte allein sein, hatte sie gesagt. Wollte sie das wirklich? Oder erforderten die Erkenntnisse über ihren Mann eher Trost und Zuwendung? Er setzte die Flasche hart auf den Glastisch auf. Dafür wäre er eindeutig nicht geeignet.

Seine Armbanduhr zeigte kurz nach halb acht. Er suchte in den Programmen nach dem Dritten des SWR und wurde auf Platz 17 fündig. Das belanglose Gespräch der Moderatorin mit einem Pantomimekünstler aus der Pfalz drang nicht wirklich bis zu ihm durch. Er wurde erst wieder aufmerksam, als der Vorspann zur »Landesschau aktuell« begann. Nach den Meldungen aus dem Bundesland und den politischen Ereignissen des Tages wurde im Nachrichtenblock vermeldet, dass der Leiter der Soko Domäne im Mordfall in Trier gewechselt habe. Aufgrund der bereits weitreichenden Erkenntnisse würde der bisherige Leiter wieder seine vorher ausgeübten wichtigen Tätigkeiten übernehmen können. Die

Soko würde mit reduzierter Personenstärke den Fall sicher in absehbarer Zeit erfolgreich beenden.

Das hatte Monz nicht ungeschickt gemacht. Gleichzeitig hatte er sich dadurch der Gefahr ausgesetzt, die angekündigten Erfolge auch zeitnah vorweisen zu müssen. Vielleicht setzte er aber auch auf die Schnelllebigkeit der Medien. Buhle rechnete nicht damit, dass bis zur Verurteilung des Mörders noch Meldungen im Fernsehen laufen würden. Die Lokalpresse dagegen würde das sicher anders handhaben. Es war zu vermuten, dass die MoZ oder dieses luxemburgische Käseblatt ihn schon morgen öffentlich zerreißen würden.

Der Wetterbericht wurde von der blonden Frau mit den unglaublich langen Fingern präsentiert, und zu spät merkte er, dass ihn heute mehr das Wetter des Norddeutschen Rundfunks interessiert hätte. Ärgerlich schaltete er auf das Erste um.

Mit der Meldung in den Nachrichten war er in dem Mordfall endgültig aus dem Rennen. So schnell ging das, so einfach. Und auch Thomas Steyn hatte schon jetzt keine Chance mehr, selbst wenn sich herausstellen sollte, dass er unschuldig war. Die Berichte über sein Privatleben, seine Affären, das Verhältnis zu seinem Vater, würden ihm im Kontext mit dem Mord immer als Makel anhaften. Er war bereits heute erledigt.

Er stellte den Fernseher aus. Nun saß er hier in einem fremden Zimmer, mit einer fremden Frau in dem Bett, in dem er sicher nicht übernachten würde. War Marie Steyn ihm eigentlich wirklich noch fremd? Er wusste mittlerweile so viel über sie, fast ihre ganze Lebensgeschichte. Sie hatte sich während der Fahrt weit geöffnet, ihm damit zu verstehen gegeben, dass sie ihm vertraute, dem Privatmann Christian Buhle, nicht dem Kommissar. Dennoch war sie die Frau des Mordverdächtigen und musste ihm somit weiter fremd bleiben. Der Gedanke erfüllte ihn mit einer erdrückenden Leere.

Mitten in diesem emotionalen Vakuum registrierte er, wie sich die Zimmertür öffnete. Durch den langsam größer werdenden Spalt trat Marie ins Zimmer. Buhle schaute von ihren zierlichen Füßen, den nackten schlanken Beinen über die zerknitterte Bluse hinauf zu ihren geröteten Augen. Sie schien nicht geschlafen zu haben. Nach ein paar Schritten blieb sie stehen.

»Entschuldigen Sie, dass ich das vorhin so entschieden habe, aber ich konnte ... ich brauchte einfach eine Auszeit.«

Buhle nickte. »Wie geht es Ihnen ...?« Er stockte, dann setzte er neu an: »Wie geht es dir jetzt?«

Marie versuchte ein dankbares Lächeln. »Nicht gut, und dir?«

»Geht so.«

»Ich mach mich schnell ein wenig frisch und zieh mich an. Müssen wir gleich los?«

Wieder nickte er.

Marie verschwand wieder im Schlafzimmer. Buhles Blick blieb an der nur angelehnten Tür hängen. Mühselig versuchte er, ein Gefühl in sich zu lokalisieren, das lange untergetaucht war. Es war aber noch zu weit weg, er konnte es nicht greifen.

Die Tapas-Bar war erstaunlich: Buhle war noch nie in Spanien gewesen, aber nach wenigen Schritten wusste er, dass er hier ein Stück der Iberischen Halbinsel betreten hatte.

Marion schien noch nicht da zu sein. Bis auf einen Tisch hinten in der Ecke war das Restaurant voll besetzt. Sie gingen zur Theke und fragten die mit ihren langen blonden Haaren in dieser Umgebung völlig deplatziert wirkende junge Frau nach dem für Reens reservierten Tisch. Sie wusste von keiner Bestellung und rief auf Spanisch etwas in Richtung Küche. Die Antwort brachte die Erkenntnis: »Ah, der Tisch für Marion!«

Sie geleitete Marie und Buhle vorbei an dem leeren Tisch hinaus in einen Gang, an dessen Ende sich eine als privat gekennzeichnete Tür befand. Ohne sich um ihr erstauntes Gefolge zu kümmern, öffnete sie sie und führte ihre beiden Gäste in einen unaufgeräumten Wohnungsflur und von dort in eine kaum weniger chaotische Küche. Dort saß Marion Reens am Küchentisch und knabberte bereits genüsslich an einem mit rotem Pulver bedeckten knusprigen Hähnchenflügel.

Während die Blonde die Küche wieder verließ, legte Marion den abgenagten Flügel beiseite und wischte sich die Finger an einer Serviette ab.

»Ich hab gedacht, hier ist es ungestörter. Wenn wir fertig sind, können wir immer noch an die Theke, wenn ihr wollt. Ist das okay so? Drinnen hätten wir keinen Platz mehr bekommen.«

Marie nickte. Auf dem kurzen Spaziergang vom Hotel zum Restaurant schien sie sich wieder gefangen zu haben.

»Ich hab Salvador gesagt, er soll uns ein paar seiner Lieblingstapas bringen, da ist bestimmt für jeden was dabei.« Sie zeigte auf die Unmenge kleiner Schälchen, die in der Mitte des Tisches standen, dann fragte sie unvermittelt: »Also, was möchtest du über die dunklen Seiten des Thomas S. wissen?«

Der Blick ihrer grünen Augen fixierte ihn. Buhle fand, ihnen fehle etwas Glanz, sonst wäre sie sicher in der Lage gewesen, jeden Mann in ihren Bann und anschließend wehrlos zu sich herüberzuziehen. Aber vielleicht hatte sie das in der Vergangenheit bereits zu oft gemacht und war zu häufig enttäuscht worden von den Konsequenzen.

»Könnte Thomas Steyn jemanden töten?«

»Ja.«

Pause.

»Warum?«

»Ich kann nur erzählen, wie ich Tom zu Schulzeiten erlebt habe. Und damals war er im Prinzip ein fieser Arsch.« Marion sagte dies mit nahezu neutraler Stimme. »Was Tom und mich damals zusammenführte, waren der gemeinsame Start im Internat, der Hass auf unsere Eltern, die uns dahin geschickt hatten, und die Nervereien mit den Lehrern und deren reformpädagogischem Gesülze.«

Sie machte eine Pause, um sich eine in Öl eingelegte getrocknete Tomate in den Mund zu schieben. Kauend fuhr sie fort: »Ich war zu der Zeit ziemlich hart drauf, deshalb haben mich meine Eltern ja auch in den Odenwald abgeschoben. Ich liebte es, Menschen an den Rand des Wahnsinns zu treiben. Wen ich auf dem Kieker hatte, der musste leiden. Tom war ähnlich. Es gab nur einen wesentlichen Unterschied zwischen uns: Während er sich nur an Schwächeren vergriff, nahm ich es mit jedem auf. Dafür war er noch viel infamer in seinen Gedanken, er hatte teilweise regelrecht sadistische Züge. Ich glaube, so weit ging ich nicht. Aber er imponierte mir durchaus, und deshalb respektierte ich Tom auch als einzigen Mitschüler. Wenn ich daran zurückdenke, waren wir echt ein Horrorteam.«

Während sie sprach, hatte sie ein kleines Hackbällchen in eine rote Soße gestippt und genüsslich gegessen. Jetzt schob sie eine gefüllte Olive nach.

Buhle hatte sich zwischenzeitlich eine Dattel im Speckmantel genommen, die er aber perplex von der Offenheit von Marion Reens in der Hand hielt. »Können Sie … kannst du Beispiele nennen, was ihr gemacht habt?«

»Ja, aber nur wenn du es schaffst, nebenbei etwas zu essen und es dabei auch ein wenig zu genießen. Ich möchte nicht schuldhaft an einem Affront gegen unseren Gastgeber beteiligt sein. Ich hole uns noch einen Krug Wein und Gläser. Trinkt ihr Rotwein?«

Marie nickte; Buhle biss ein Stück von der Dattel ab, hielt kurz inne und kaute weiter.

»Das ist wirklich richtig lecker.«

Marion zog zufrieden nach draußen ab. Als er seine ersten Bissen genossen hatte und nach dem nächsten Tapa Ausschau hielt, fragte er: »Hat sie dir das schon heute Nachmittag erzählt?«

»Im Wesentlichen schon.« Marie legte den Spieß mit den Gambas wieder auf ihren Teller. »Ich kenne aber noch keine Details. Es kann sein, dass ich irgendwann aufstehe und gehe, wenn ich nicht mehr hören kann, wie Tom in seiner Jugend war. Andererseits wäre es wohl auch falsch, vor der Wahrheit zu flüchten.«

Sie sah eine Weile ins Leere, gab sich dann einen Ruck und nahm entschlossen den kleinen Spieß wieder in die Hand. »Nein, ich glaube, ich muss da durch«, antwortete sie sich selbst.

Nachdem Marion allen einen kräftigen Vino tinto eingeschenkt hatte, fuhr sie fort.

»Beispiele gibt es viele. Aber vielleicht noch eines vorweg: Tom war fies, aber feige. Insofern war er irgendwie auf mich angewiesen, wenn wir jemandem ans Leder wollten. Das gefiel mir, weil ich dadurch eine gewisse Macht über ihn ausüben konnte. Aber oft war er der Initiator. Er suchte die Opfer aus, er machte die Pläne, er bereitete vor. Ich habe mir damals nicht viele Gedanken darüber gemacht, warum er das brauchte. Für mich waren es eher … Gags, ein wenig Action. Da ich alle nicht mochte, war es mir auch egal, wen Tom sich aussuchte. Ich war also keine Spur besser als er, nur vielleicht gleichgültiger.«

Jetzt hatte Buhle doch das Gefühl, dass ihr das Thema mehr ausmachte, als sie mit ihrer betont lockeren und souveränen Art nach außen tragen wollte. Nachdem sie einen Schluck Wein getrunken hatte, sprach sie weiter.

»Aber du wolltest ein Beispiel. Wir hatten einen Mitschüler, der hatte tierisch Angst vor seinem Vater, einem richtig autoritären und reaktionären Schwein. Tom hatte schnell herausgefunden, dass dieser Junge zu Hause unglaublich Ärger bekam, wenn Schulbücher nicht in Ordnung waren, Kleider, er musste immer weiße Hemden tragen und Stoffhosen, brrr, also, wenn seine Kleider verdreckt oder kaputt waren und so weiter. Also haben wir genau dafür gesorgt: da ein Glas Saft in ein Buch, rote Marmelade auf das Hemd, einen Riss in die Hose. Da wir es am Anfang relativ offen gemacht hatten, haben wir entsprechend Ärger bekommen. Nicht von den Eltern, die haben nur Klaus-Hermann Druck gemacht, auch weil er sich nicht wehrte.«

Sie fuhr sich mit der Hand durch ihr einfach frisiertes, glattes Haar. »Die Lehrer sind uns natürlich aufs Dach gestiegen. Also haben wir uns danach heimlich ans Werk begeben. So, dass uns keiner etwas nachweisen konnte, Klaus-Hermann aber sicher wusste, wer ihm den Tintenfleck auf den Lederranzen gemacht oder die Seite aus seinem Buch gerissen und in irgendein Heft gelegt hatte, wo sie der Vater finden würde. Klaus-Hermann entwickelte eine regelrechte Paranoia. Tom genoss das. Irgendwann bot uns Klaus-Hermann Geld an, wenn wir ihn in Ruhe ließen. Tom nahm das Geld und machte weiter. Ich weiß noch, wie der Junge Tom eines Tages auf Knien anflehte, er solle ihm sagen, was er tun müsse, damit das Ganze zu Ende sei. Tom hat nur auf ihn herabgeblickt und gesagt: ›Nichts. Es gibt für dich kein Ende.‹ Das gab es dann erst, als Klaus-Hermann von der Schule genommen wurde. Ich hatte die Lust an den Quälereien nach dieser Szene verloren. Tom hat bald danach auch aufgehört. Zuerst hatte ich gedacht, es lag nur daran, dass er es allein nicht auf die Reihe bekommen hatte. Aber dann hatte ich doch den Eindruck, es hat auch bei ihm klick gemacht.«

Marion hatte bei der Schilderung zunehmend von ihrer Leichtigkeit verloren. Auch Marie aß langsamer und weniger genussvoll. Buhle hatte sich in Tomatensoße eingelegte dicke Bohnen auf den Teller gelegt, sie aber dann nicht mehr angerührt.

»Tut mir leid«, Marion schaute entschuldigend zu Marie, dann auch zu Buhle, »ich kann euch leider keine leichte Kost aus Toms Jugend liefern.« Sie nahm ihr Glas, hielt es den anderen beiden hin und sagte: »Deshalb kriegt ihr jetzt keine weiteren Beispiele mehr von mir, sondern wir trinken von diesem herrlichen Landwein und essen uns satt.«

Zögerlich nahmen auch Marie und Buhle ihre Gläser und stießen mit Marion an. Buhle nippte nur kurz an dem samtig weichen, in Barrique-Fässern gereiften Wein, dann fragte er:

»Haben die Lehrer denn gar nichts gemerkt?«

»Teilweise schon. Aber die Lehrerschaft bestand auch nicht nur aus Engeln. Tom hatte ein gutes Gespür dafür. Er hatte einzelne Lehrer wohl so beunruhigt, dass sie es nicht riskierten, sich mit uns anzulegen. Im Gegenteil, sie schützten uns sogar vor anderen Lehrern. Wir hatten also leichtes Spiel.«

»Und die Mitschüler?«

»Ich würde sagen: Angst. Einmal wollte uns eine Gruppe älterer Schüler stellen. Sie waren entschlossen, uns tierisch zu verprügeln. Aber Tom wusste ein paar Details von ihnen, die er an entsprechende Stellen weiterzugeben drohte. Er meinte, dass sie uns entweder gehen lassen oder ihn totprügeln müssten. Daraufhin rührte uns keiner an. Eine andere kleine Gruppe wollte uns etwas anhängen, damit wir von den Lehrern Ärger bekamen. Die waren schneller von der Schule weg, als sie denken konnten: Diebstahl von Schuleigentum. Gegen Tom und mich hatte keiner eine Chance.«

Marion zuckte wie als Bitte um Entschuldigung mit den Schultern. »Nach einiger Zeit war jeder nur froh, wenn er nicht zu den Opfern gehörte. Bald traute sich keiner mehr an uns heran. Und da alle schwiegen, auch die Opfer, schöpfte keiner von den Erwachsenen Verdacht.«

»Wie lange ging das?«

»Bis zu Beginn der Oberstufe etwa. Wie schon gesagt, ich hatte nach der Sache mit Klaus-Hermann gemerkt, dass unsere Schweinereien alles andere als toll waren, zumal keiner mehr etwas davon mitbekam außer unseren Opfern selbst.«

»Hattest du auch mehr als diese … kann man sagen: freundschaftliche Beziehung zu Thomas Steyn?«

Marion lachte kurz und bitter auf. »Nein, wir waren keine richtigen Freunde. Wir waren eine Zweckgemeinschaft, vielleicht ein Bund Gleichgesinnter, aber keine Freunde. Tom sah das allerdings, glaube ich, anders. Er hatte mich zu einem gemeinsamen Urlaub überredet und wollte mit mir eine Liebesbeziehung anfangen. Ich hab mich sogar darauf eingelassen, weil ich Lust auf Sex hatte. Aber das klappte gar nicht. Es war dann auch so etwas wie der Schlusspunkt zwischen uns. Ich hab mich außerhalb der Schule orientiert, fing an, mich für ältere Jungs zu interessieren. Tom begann dafür, geradezu zwanghaft zu büffeln. Wahrscheinlich hat er sich damals bereit für den Kampf gegen seinen Vater gemacht.«

Der Portier begrüßte sie auffallend freundlich und warf Buhle einen verschwörerischen Blick zu. In ihrer Suite ging Marie schnurstracks ins Bad. Buhle stand ein paar Augenblicke unschlüssig im Wohnraum und ging dann vorsichtig ins Schlafzimmer, nahm sich die weniger zerwühlte Bettdecke und ein Kopfkissen und ging zurück zum größeren der beiden Sofas. Als er fertig war und sich wieder umdrehte, stand Marie in der Tür. Sie war wie vorhin nur mit ihrer Bluse bekleidet. Einen Moment lang sahen sie sich in die Augen, dann kam sie zu ihm, reichte ihm die rechte Hand, die er zögerlich drückte, und sagte: »Danke.«

Es war ihre erste körperliche Berührung.

18

Hamburg; Mittwoch, 10. November

Buhle wachte um kurz nach sechs Uhr auf. Er zog sich an und fertigte ein Gedächtnisprotokoll der Aussage von Marion Reens an. Um halb neun hörte er endlich Bewegung im Schlafzimmer. Nach einer ausgiebigen Dusche, die auch er nötig gehabt hätte, hörte er kurzes Geraschel im Nachbarzimmer, dann öffnete sich die Tür. Diesmal trat Marie vollständig angezogen in den Wohnraum. Ihre schwarzen Locken waren noch wilder als sonst; ihr Gesicht wirkte immer noch verschlafen.

»Morgen«, begrüßte sie ihn knapp.

Buhle hob die Augenbrauen. »Guten Morgen, geht es dir nicht gut?« Es kam ihm kurz in den Sinn, wie leicht ihm das Du mittlerweile über die Lippen ging, und für einen Moment freute er sich darüber.

Sie schüttelte den Kopf. »Überhaupt nicht. Der schwere Wein ... Hast du eine Kopfschmerztablette?«

»Nein, leider nicht. Der Portier hat aber bestimmt eine. Lass uns frühstücken gehen, wenn du überhaupt was essen magst.«

Sie hob die rechte Hand leicht an und wiegte sie um ihre Längsachse. »Willst du nicht vorher noch duschen?«

»Ist jetzt vielleicht schon etwas spät. Ich geh mich kurz frisch machen, sodass es für den Frühstückssaal reicht.«

Marie murmelte etwas Unverständliches, was er als Zustimmung interpretierte.

Zehn Minuten später saßen sie im Frühstücksraum des Hotels. Die junge Frau, die den Portier am Morgen abgelöst hatte, schien auf sämtliche Bedürfnisse ihrer Gäste vorbereitet zu sein, und hatte Marie eine Kopfschmerztablette gebracht. Jetzt hielt Marie ihre Kaffeetasse umklammert und wartete auf die Wirkung der Tablette. Buhle konnte hingegen genussvoll in ein frisches Croissant mit Himbeermarmelade beißen.

»Was machen wir jetzt?« Bei der Frage fiel ihm ein blättriger Krümel vom Mundwinkel auf die Hose, den er unter dem leicht spöttischen Blick von Marie unauffällig wegzuwischen versuchte. »Schließlich müssen wir noch ein paar Stunden überbrücken, bis uns Marion nach Dienstschluss die Liste mit den Opfern unter den Mitschülern geben kann. Vielleicht hätten wir uns doch nicht auf vierzehn Uhr einlassen sollen.«

»Am liebsten würde ich mich wieder ins Bett legen, aber wir müssen bis zehn ausgecheckt haben. Mir würde wohl auch etwas frische Luft guttun.« Maries Stimme klang immer noch etwas gequält.

»Dann müssen wir wohl spazieren gehen. Wir können die Frau an der Rezeption fragen, wo man das hier am besten kann.«

»Wenn wir schon in Hamburg sind, dann auf jeden Fall am Wasser: Elbe, Alster oder so. Da brauche ich keinen zu fragen.« Marie fuhr sich langsam mit der Hand über die Augen.

»Okay, entscheide du, da bin ich völlig leidenschaftslos.« Buhles Gedanken kreisten schon wieder um den Mordfall und ein Motiv, das sich vielleicht aus den Erzählungen von Marion Reens ableiten lassen könnte.

Marie sah ihn an. »Mir scheint, das ist ein generelles Problem von dir.«

*

Sie hatten schweigend die halbe Binnenalster umrundet. Marie hatte den Kragen ihrer Winterjacke bis unter die schwarzen Locken hochgezogen und beide Hände tief in den Jackentaschen vergraben.

Nach dem Frühstück hatte sie in einem Telefonat mit ihren Kindern mit Erleichterung gehört, dass es allen gut ging. Die Kinder hatten Spaß und Ablenkung, auch Juliette konnte die Last der letzten Tage jetzt besser bewältigen.

Christian Buhle ging einen Meter neben ihr her, offenbar in Gedanken versunken. Sein betont unnahbares Verhalten war vermutlich ein seelischer Schutzschild. Wie der Einsiedlerkrebs ein leeres Schneckengehäuse benutzte, um sich unangreifbar zu machen. Welche Verletzungen oder Schwachstellen hatte der Kriminalbeamte Christian Buhle, die ihn veranlassten, so auf der Hut zu sein?

Er schien seine Privatsphäre mit niemandem zu teilen, sondern vor anderen regelrecht abzuschirmen. Also musste die Ursache für seine persönliche Abschottung in seiner Vergangenheit liegen. Marie dachte gerade daran, dass diese Feststellung für eine promovierte Psychologin ein geradezu sensationelles Ergebnis fachlicher Überlegungen darstellte, als er sie vorsichtig an der Jacke berührte.

»Ich möchte dich ja nicht aus deiner Gedankenwelt entführen. Vielleicht stehst du ja schon kurz vor der Lösung des Falls. Aber mir ist es hier zu laut. Wollen wir da rüber zu dem größeren See wechseln?«

Auf der Lombardsbrücke rauschten die Autos an ihnen vorbei, als ob ein privater Kfz-Pendelverkehr die Verbindung zwischen Hauptbahnhof und Bahnhof Dammtor übernommen hätte. Sie stellte sich auf die Zehenspitzen und suchte eine Lücke.

»Dahinten kommen wir über die Straße.«

Der Himmel zeigte sich typisch nordisch. Kräftige weiße Cumulus mit abgeschnittener Unterseite zogen zügig unter dem tiefblauen Himmel hindurch. Überraschend für die Jahreszeit wärmte sogar die Sonne ein bisschen, wenn ihre Strahlen zwischen den Wolken hindurch die Erdoberfläche erreichten.

Nach einer weiteren Viertelstunde ohne Worte fragte Marie: »Hast du Lust, dich mal zu setzen?«

Christian Buhle schaute sie an, als ob er erst einmal einordnen müsse, wo er sich befand. Dann zuckte er kurz mit den Schultern. »Ja, klar, wenn dir das nicht zu kalt ist?«

Der norddeutsche Herbsttag schien der Bank, auf die sie sich setzten, vor ihnen bereits einige andere Gäste beschert zu haben. Zuletzt schienen sich drei beturnschuhte Jugendliche, auf der Rückenlehne sitzend, für die Dauer eines Hamburgers dem Wasser zugewandt zu haben. Das deutete Marie jedenfalls aus den Schuhabdrücken auf der Sitzfläche der Bank sowie den drei darunter verstreuten, irgendwann ökologisch abbaubaren Imbissverpackungen. Sie verzog den Mund und schaute mit einem Seufzer auf ihre helle Jeans. Auf der Nachbarbank saß ein alter Mann, der Christian Buhle und sie beobachtete.

»Tjo, min Deern, so machen das die jungen Leute nu mal. Du kannst dich aber auch zu mir setzen. Jens Hansen tut dir schon nichts.«

Marie betrachtete den Mann kurz: Unter einem olivgrünen Cordhut quollen ungeordnet graue Haare bis zu seinen ausgeprägten Koteletten hervor. Sein beige-braun meliertes Jackett spannte sich etwas über der dunkelgrünen Strickjacke, deren Reißverschluss bis oben geschlossen war. Beide Kleidungsstücke hatten etwas mit der ausgeprägten Bügelfalte der weiten Stoffhose gemeinsam: Sie waren offenbar über Jahrzehnte hinweg treue Begleiter des alten Mannes gewesen. Das alles bemerkte Marie, doch das interessierte sie nicht. Denn sie blickte in ein stoppelbärtiges, wettergegerbtes Gesicht, das eine willkommenheißende Güte und Freundlichkeit ausstrahlte, die sie nur zu dankbar annahm.

»Na, das wird ja nu mal ein guter Tag werden, wenn sich gleich am Morgen ein so hübsches Mädchen neben einen setzen mag.« Der Alte sah Marie aus Augen an, die vor Leben und Spitzbübischkeit fast überzuquellen schienen. Als Christian Buhle unschlüssig stehen blieb, sagte der Mann leise lachend: »Das war doch nur Spaß. Nu setzt euch mal beide hierhin. Wo kommt ihr denn her?«

Der ausgeprägt norddeutsche Dialekt, mit dem er sprach, machte ihn für Marie gleich noch liebenswürdiger. »Wir kommen aus Trier.«

»So, aus Trier, das liegt doch an der Mosel, nicht wahr?« Marie nickte freundlich. »Tjo, das ist ja nu mal weit weg von hier. Für mich ist das ja schon eine richtige Reise, wenn ich mal nach Hamburg komme, nicht wahr.«

»Wo kommen Sie her?«

»Ich komm von einer Hallig. Weißt du, was das ist, eine Hallig?« Marie schüttelte den Kopf. »Nu, das ist eine Insel, die bei Sturmflut beinah ganz unter Wasser steht. Da kucken dann nur noch die Häuser raus, weißt du?«

Jetzt schaltete sich auch Christian Buhle in das Gespräch ein und sagte erklärend zu Marie: »Die Häuser sind auf Erdhügel gebaut, die so hoch sind, dass das Hochwasser sie nicht erreicht.«

»Genau so ist das. Das sind die Warften. Mensch, dein Mann hat ja richtig Ahnung. Da hast du ja einen ganz Klugen abgekriegt, min Deern.« Alle drei mussten lachen.

»Wie kommen Sie hier nach Hamburg? Besuchen Sie hier jemanden?«, fragte Marie.

»Nee, du, ich hab hier niemanden. Wir sind mit dem Pastor hier, weißt du. Der macht einmal im Jahr eine Fahrt, und da bin ich diesmal mal wieder mit. Die andern wollten sich aber noch was ankucken gehen, da habe ich aber keinen Spaß mit. Da sitze ich lieber hier ein bisschen und schaue mir die Leute in der großen Stadt an. Das ist ja auch schön, nich?« Er zwinkerte Marie zu. »So, wie spät haben wir es denn?« Er schaute auf eine einfache Digitaluhr, die gar nicht zu ihm zu passen schien, aber dennoch genau das tat. »Oh, so spät schon. Nu, da muss ich euch wohl jetzt mal verlassen. Versprecht mir aber, dass ihr gleich nich wieder so böse dreinschaut wie vorhin. Denkt daran, dass der größte Kummer irgendwann wieder ganz klein wird, wenn ihr das Gute in den Menschen nicht vergesst. Denn man tschüs, ihr beiden.«

Er stand auf und reichte zuerst Marie und dann Buhle seine kräftige rechte Hand. Die Pranke des alten Halligers war ledrig, rau und warm. Marie fühlte, wie sich lebenslange harte Arbeit um ihre Finger und Handflächen legte. Sie verabschiedeten sich mit einem Lächeln und blickten ihm noch lange nach, wie er langsam und sicher den Uferweg entlangschritt.

Nach einer Weile, als Jens Hansen schon nicht mehr in Sichtweite war und eine Amsel mindestens einen Quadratmeter von buntem Laub umsortiert hatte, war es Marie, die das Gespräch wieder begann. »Ich habe vorhin nicht über die Ermittlungen nachgedacht.«

Buhle wartete ein wenig mit einer Reaktion. »Sondern über deinen Mann?«

Beide hielten den Blick auf die Wasserfläche vor ihnen gerichtet.

»Nein, über dich.«

Marie war nicht klar, welche Reaktion sie erwartet hatte: einen erstaunten Blick vielleicht, Unverständnis, Ablehnung. Aber es geschah: nichts. Zumindest wenn man das Erstarren eines männlichen Körpers als ein Nichts bezeichnen konnte. Marie tat es nicht. Als Psychologin nahm sie gerade solche Zeichen wahr. Sie bohrte nach: »Interessiert es dich nicht, was ich denke?«

Christian Buhle seufzte tief. »Und?«

»Ich habe mich gefragt, warum du es nötig hast, den Einsiedlerkrebs zu mimen.«

»Den Einsiedlerkrebs?« Buhle zog seine linke Augenbraue leicht nach oben. »Bin ich so wehrhaft? Habe ich Zangen?«

»Ja, Zangen hast du auch.« Maries Blick wanderte von seinen blauen Augen zu seinen schlanken Händen hinunter und wieder hinauf. Schließlich blieb er an Buhles für sein Alter zu ausgeprägten Stirnfalten hängen. »Deine Zangen sind dein Verstand, Christian, mit ihm fängst du die Verbrecher … und wehrst die anderen Menschen ab. Aber ich habe nicht über deinen Verstand nachgedacht.«

Ihre Stimme wurde leise. »Du hast irgendwas verdammt tief in dir versteckt. Etwas sehr Verletzliches, was du hinter einer festen Schale verbirgst und schützt. Du versteckst etwas, und gleichzeitig hält dich dieses Etwas gefangen. Mir tut es leid, wenn sich Menschen gefangen nehmen lassen, ohne sich dagegen zu wehren, und dadurch ihre Freiheit aufgeben. Ich frage mich, was es ist, was sich da irgendwann einmal zugetragen hat, was dich so geprägt hat.«

»Warum fragst du dich das? Warum denkst du überhaupt über den Polizisten nach, der deinen Mann hinter Gitter gebracht hat?«

»Du beschäftigst dich mit den Menschen, bevor du dein Urteil fällst. Ich glaube, du versuchst, dabei gerecht zu sein. Ich mag solche Persönlichkeiten. Außerdem hast du mir jetzt schon ein paar Gefallen getan, die dich in große Schwierigkeiten gebracht haben. Du hast dennoch beschlossen, mich mit nach Hamburg zu nehmen. Trotzdem spüre ich, wie dich eine Schutzhülle umgibt, die alles, was das Innere von Christian Buhle berühren könnte, abfängt. Ich kann das respektieren, möchte dir aber sagen, dass ich es unglaublich schade finde.«

Marie hatte das ruhig, mit kleineren Pausen, gesagt. Ob ihre Worte irgendeine Wirkung auf ihn hatten, konnte sie nicht erkennen. Seine Augen waren vollkommen ausdruckslos.

Er drehte sich der Wasserfläche zu. Sein Blick fixierte eine am Alsterufer schlafende Stockente. Das Blau war aus seinen Augen gewichen, und seine Hände lagen schlaff in seinem Schoß. Marie spürte die unheimliche Ruhe, die von ihm ausging.

Eine große Wolke war vor die Sonne gezogen und hüllte die herbstliche Hansestadt in eine empfindliche Kälte. Marie glaubte, kaum noch ein Zittern unterdrücken zu können, als Christian Buhle langsam die Augen schloss und sich leicht nach vorne beugte. Er atmete tief aus, bevor er Marie mit einer überraschenden Entschlossenheit in die Augen blickte und unvermittelt zu erzählen begann:

»Ich hatte nach dem Abitur gerade meinen Zivildienst als Rettungssanitäter angefangen. Mein Vater war total sauer, als ich ihm erzählte, dass ich nicht zur Bundeswehr wollte. Ich war der Erste in der Familie, der den Militärdienst verweigert hat, und er hatte immerhin zwölf Jahre in der Bundeswehr gedient, bevor es ihn aus gesundheitlichen Gründen in die Verwaltung verschlug. Aber ich war zu dem Zeitpunkt nicht nur überzeugter Kriegsdienstgegner, ich hatte auch das klare Ziel vor Augen, Arzt zu werden. Also setzte ich mich gegen meinen Vater durch. Dafür setzte er mich auf seiner persönlichen Beliebtheitsskala auf den letzten Platz.«

Er atmete kurz und bitter durch die Nase aus. »Ich hatte bis dahin nicht gedacht, dass ich jemals von meiner Mutter die Ehre der Roten Laterne übernehmen würde. Somit waren dann erst mal die Fronten geklärt: mein älterer Bruder Gerd und der FC Köln an der Spitze, die Arbeit als breites Mittelfeld und Mutter und ich in Abstiegsgefahr. So sah mein Vater unsere Familie. Aber mir war das zunächst einmal ziemlich egal. Nach dem Zivildienst wollte ich sowieso weg.«

Für einen Moment hielt er inne. Sein Blick wanderte nach unten, verharrte dort kurz und richtete sich schließlich mit neuer Energie, aber noch eine Spur melancholischer wieder auf Marie. »Ich hatte die ersten acht Wochen Lehrgang zum Rettungssanitäter gemacht und brannte richtig auf mein Praktikum in der Rettungswache. Die ersten Tage waren ein ruhiger Einstieg für mich. Wir waren pro Schicht sechs Leute. Ein Notarzt vom nahe gelegenen Krankenhaus auf Bereitschaft, zwei Rettungsassistenten und drei Zivis. Ich bin hier und da mal mitgefahren, meistens bei Krankentransporten, aber es war nichts Aufregendes. Dann kam der 20. Februar, der Tag vor meinem neunzehnten Geburtstag. Es war ein kalter, tückischer Tag. Schon in den Frühnachrichten hatten sie vor überfrierender Nässe gewarnt.«

Wieder schien es Marie, als ob er neue Kraft zum Weiterreden sammeln musste.

»Zunächst war es ruhiger, als wir in der Rettungswache dachten. Gegen halb neun kamen dann plötzlich drei Notrufe in kurzer Folge. Der erste war ein schwerer Unfall auf dem Kölner Ring. Es war von mehreren Schwerstverletzten die Rede. Der Notarzt und einer der Rettungsassistenten machten sich sofort auf den Weg.

Wenige Minuten später wurde der zweite Rettungswagen geordert. Ein Pkw war ins Schleudern gekommen und hatte sich bei Junkersdorf um einen Baum gewickelt. Jetzt waren nur noch Paul und ich als Zivildienstleistende in der Zentrale. Wir scherzten, dass wir beim nächsten Fall die Einzigen sein würden, die zu Helden werden könnten. Doch während wir noch lachten, kam tatsächlich der Notruf. Auf der B 265, kaum anderthalb Kilometer von meinem Zuhause entfernt, hatte sich ein schwerer Frontalzusammenstoß ereignet. Wir meldeten, dass momentan weder ein Notarzt noch ein Rettungsassistent in der Zentrale seien. Aber nach einer halben Minute kam der Ruf noch mal. Alle anderen Wagen seien auch im Einsatz, und wir seien die nächsten. Es gebe mehrere Schwerverletzte.«

Christian Buhles Gesichtsausdruck hatte sich mit jedem Wort weiter verdunkelt. Marie spürte eine erdrückende Beklemmung in sich aufsteigen.

»Paul war damals schon zweiundzwanzig und hatte bereits eine Ausbildung als Krankenpfleger. Er war als Erster im Wagen, doch da ich den Weg besser kannte, schubste ich ihn vom Fahrersitz. Es dauerte nur vier Minuten, bis wir am Unfallort ankamen. Es waren insgesamt vier Autos. Zwei waren ineinander verkeilt, einer stand auf der gegenüberliegenden Fahrbahn, und ein Wagen war in den Graben gerutscht.«

Obwohl sein Blick weiter auf Marie gerichtet war, merkte sie, dass er sie nicht mehr sah. Er wandte sich ab und blickte wieder in Richtung Alster. Es dauerte einige Minuten, bis er mit weit entfernter Stimme weitersprach.

»Zuerst sah ich das blutüberströmte Gesicht von Moni, der Verlobten von Gerd. Sie hatte weit aufgerissene Augen und einen schiefen, offenen Mund. Ihr Oberkörper hing im Sicherheitsgurt fest, aber er war schon ohne Leben. Das entgegenkommende Auto hatte den kleinen Fiesta mit so einer Wucht erwischt, dass sich auf der Beifahrerseite der Motorblock fast auf Sitzhöhe befand.

Gerd war von einem der nachkommenden Fahrer schon aus dem Wrack herausgezerrt worden. Als ich zu ihm kam, öffnete er die Augen. Er schaute mich an, und ich sah eine Erleichterung in seinem Blick, als ob er mit meinem Angesicht an Rettung glaube. Die gab es aber nicht mehr. Ein herausstehendes Blechteil hatte ihm die linke Seite aufgerissen. Er hatte schon bei unserer Ankunft zu viel Blut verloren. Ich versuchte, die riesige Wunde zu verbinden, den Blutverlust zu stoppen, und kam erst wieder zu mir, als ein Polizist mich wegzog und sagte, dass es keinen Sinn mehr hätte, der Mann sei längst tot. Ich konnte es nicht glauben. Paul erzählte mir später, ich hätte immer wieder geschrien: ›Mein Bruder lebt noch. Er sieht mich doch noch an‹ und hätte weiter versucht, die Wunden mit Kompressen zuzudrücken, bis ich dann irgendwann zusammengebrochen bin. Aber davon weiß ich nichts mehr.«

Christian Buhle hielt wieder inne. Er war äußerlich immer noch ganz ruhig, auch seine Stimme war erstaunlich fest. Doch sein stumpfer Blick war durch und durch Schmerz und Trauer. Marie war wie erstarrt. Sie hatte mit etwas Schlimmem gerechnet, mit einer Tragödie von solcher Tragweite aber nicht.

Von ferne hörte sie, wie Christian Buhle weitersprach. Seine Stimme war jetzt leise; leise und bitter. »In dem Auto im Graben lag eine Schülerin, ein Mädchen aus der Nachbarschaft. Ein Glassplitter hatte ihre Halsschlagader verletzt. Aber sie hätte eine reelle Chance gehabt, wenn ich mich um sie gekümmert hätte anstatt um meinen toten Bruder.«

Sie schwiegen lange und blickten auf etwas, was nur sie selbst sehen konnten.

»Wie erging es dir danach?« Maries Stimme war leise und zittrig.

»Meinen Dienst habe ich quittiert. Für meinen Vater existierte ich nicht mehr, und Mutter pflegte seit dem Tag der Beerdigung täglich stundenlang das Grab von Gerd und Moni.«

Wieder entstand eine Pause, in der Marie das Gehörte zu verarbeiten versuchte. Sie wusste, welche nachhaltigen Folgen derartige persönliche Tragödien nach sich zogen, und sie wusste, wie schwer es war, zu helfen, vor allem nach so einer langen Zeit. »Vielen Dank, dass du mir das erzählt hast.«

Er nickte stumm.

»Es ist eine schreckliche Geschichte.« Marie legte vorsichtig ihre Hand auf seinen Unterarm. »Aber mir scheint die Zeit gekommen, dass du dich davon lösen musst. Du bist zu wertvoll, um dich der Vergangenheit wegen aufzugeben. Es schadet dir, es schadet den Menschen, die dich mögen, und es hilft niemandem.«

»Es geht aber nicht.«

»Es geht nicht allein. Aber du hast Menschen, die wahrscheinlich schon lange darauf warten, dir zu helfen.« Marie machte wieder eine kurze Pause, ohne ihre Hand von seinem Arm zu nehmen. »Ich bin es nicht, Christian, ich kann es nicht sein. Jedenfalls jetzt nicht, und du solltest nicht warten.«

Sie sah, wie seine Lippen noch etwas schmaler wurden. Nicht aus Enttäuschung, sondern aufgrund der Gewissheit, dass sie recht hatte. Noch etwas begann sie zu erkennen. Die tiefe Resignation hatte einen kleinen Riss bekommen, in dem etwas durchschimmerte, etwas wie ein Hauch von Hoffnung.

»Darf ich dich fragen, wer davon in Trier noch weiß?«

»Nur Paul.«

Marie versuchte ein mildes, zitterndes Lächeln. »Und du willst doch nicht, dass es so bleibt. Ich sterbe nämlich gleich den Kältetod. Du kannst mich nur retten, wenn du mich so schnell wie möglich zu einem warmen Platz mit einem großen Becher heißer Schokolade führst.«

Auch er versuchte ein Lächeln. »Dann muss ich das wohl tun. Vielleicht brauche ich dich später doch noch als meine Lebensretterin.«

Unter normalen Umständen hätte Marie den großen Mann, der sich neben ihr von der Bank erhob, jetzt fest an sich gedrückt. Vielleicht hätte er es sogar geschehen lassen. Aber es waren keine normalen Umstände. Und doch stieg in ihr eine vage Zuversicht auf.

Während sie in einem Café an der Binnenalster Maries Körpertemperatur erfolgreich regulierten, vertieften sie Buhles Jugendtragödie nicht weiter. Vielmehr sprachen sie wieder über den Fall und spekulierten über die nächsten Schritte. Sie sah, wie er sich fing und die Distanz zu ihm sich spürbar verringert hatte. Anschließend machten sie sich auf den Weg zu Marion Reens.

Marion hatte ihr Versprechen gehalten und drei Namenslisten erstellt. Die erste wies sieben Namen von Mitschülern auf, denen Thomas Steyn und sie besonders zugesetzt hatten. Es waren nur Jungen gewesen. Die zweite, doppelt so lange Liste enthielt Mädchen- und Jungennamen. Denen hatten sie weniger böse mitgespielt, sie aber doch eindeutig zu ihren Feinden gemacht. Die letzte enthielt die restlichen Mitschüler, an deren Namen sich Marion noch erinnern konnte. Die Namen waren größtenteils nummeriert; die einzelnen Nummern fanden sich auf zwei Kopien von Klassenfotos wieder. Als Buhle nach den Originalfotos fragte, wurde Marion etwas verlegen.

»Ich hätte das zwar nicht geglaubt, aber jetzt beim Durchschauen der Fotos musste ich mir eingestehen: Sie bedeuten mir etwas. Natürlich kannst du sie haben, aber ich hätte sie gerne wieder.«

Die lange Rückfahrt verbrachten sie schweigsam.

19

Trier; Donnerstag, 11. November

Jetzt, wo er sie wiedergefunden hatte, war auch diese kleine Unsicherheit verschwunden. Zwei Tage war sie untergetaucht gewesen. Wahrscheinlich hatte sie bei ihrem Liebhaber Unterschlupf gesucht und sich vor der Öffentlichkeit versteckt. Es war eigentlich egal, sie stellte nur das i-Tüpfelchen dar, um ihn auch in diesem Bereich tödlich zu treffen.

Er war hocherfreut über die Wirksamkeit seiner informellen Erkenntlichkeiten gegenüber der Presse. Selbst der etwas riskante Schachzug mit Jean-Claudes Frau hatte besser geklappt, als er gedacht hatte. Es war doch immer gut, über die kleinen Geheimnisse seiner Mitmenschen Bescheid zu wissen. Wie schnell sie plötzlich bereit gewesen war, mitzumachen, damit er ihrem Mann nicht das Gleiche erzählte wie ihr. Es war genial. Die Kripo brauchte nach dem Abgang ihres Ermittlungsleiters nun unbedingt Erfolgserlebnisse und würde sich schon allein deshalb auf das Naheliegende beschränken. Er würde auf den richtigen Augenblick warten und dann das nächste Ass aus dem Ärmel ziehen.

Es ging nichts über eine gute Vernetzung innerhalb der Grauzone der Gesellschaft.

Die öffentliche Demontage des Schweins war fast vollzogen. Bald würde keiner mehr etwas anderes von ihm halten als das, was er tatsächlich war. Kein Versteckspiel mehr hinter einer mit beruflichem Erfolg und bürgerlichem Familienglück verbrämten Fassade. Kein Verkriechen mehr vor der Schande seiner Jugend.

Es erfüllte ihn mit Genugtuung, ihr zu folgen. Wie gut er sie kannte, und sie hatte keine Ahnung von ihm. Er hatte selten solch eine Macht über Menschen gehabt. Und er genoss jede Minute, jede Sekunde, jeden Augenblick. Nur ihr entschlossenes Gesicht und der zügige Gang hatten ihn etwas enttäuscht. Er hatte sie sich eher als gebrochenen Menschen vorgestellt, der nach tagelangem Grübeln über das hereingebrochene Elend langsam und verstört aus seinem Kokon gekrochen kommt. Er dachte gerade darüber nach, ob er sie nicht doch mehr ins Visier nehmen sollte, als sein Handy vibrierte.

Seine euphorische Stimmung war wie weggeblasen. Sie versuchte es tatsächlich. Hatte er ihr nicht deutlich genug gemacht, dass so etwas mit ihm nicht lief? Es war eine klare Vereinbarung: keine Kontakte mehr nach dem Deal. Aber natürlich hatte sie jetzt doch etwas von dem Mord mitbekommen, hatte das Bild vom Tatort gesehen und ihre Rückschlüsse gezogen. Eine »nachträgliche Risikoentschädigung« wollte sie; weiß der Teufel, woher sie diesen Begriff hatte.

Und zu allem Überfluss sah er auch noch die Kleine in der Baracke der Kripo verschwinden.

*

Nachdem Buhle Paul Gerhardts die Tür geöffnet hatte, betrat zum ersten Mal jemand anders als er selbst seine Wohnung. Nicht einmal einen Handwerker hatte er in den zweieinhalb Jahren seit dem Einzug in die damals frisch renovierte Zwei-Zimmer-Wohnung hineinlassen müssen. Merkwürdigerweise machte es ihm jetzt gar nichts aus, dass sein Kollege die Wohnung betrat.

»Komm ruhig mit in die Küche, Paul. Darf ich dir einen Kaffee anbieten?« Er spürte Gerhardts' überraschten, prüfenden, aber auch etwas erleichterten Blick, während er die Pads für die Kaffeemaschine aus dem Schrank nahm. »Wie haben die Kollegen meine Abberufung aufgenommen?«

»Sie sind sauer. Mich hat wüste Beschimpfungen von sich gegeben, Niko hat sich sofort in die Arbeit gestürzt, um diese Luxemburgerin zu durchleuchten, und ich hätte nicht gedacht, dass unsere liebe Nicole jemals so ein böses Funkeln in ihren hübschen Augen haben könnte. Großmann hat sich die zwei Tage versteckt, Grehler war stinksauer, und die ›Hauptmann‹ hat sich ganz lieb und nett bei mir erkundigt, ob ich auch ohne dich zurechtkomme. Keiner von uns glaubt, was diese Madame Glesener behauptet hat, und jeder wird alles tun, um dich zu entlasten. Und offensichtlich bemüht sich der Chef intensiv um unsere luxemburgischen Kollegen.«

»Das tut gut zu hören, Paul.« Buhle war wirklich angenehm berührt. So viel Solidarität hatte er nicht erwartet.

»Und du hast also meinen Rat befolgt und die schöne Hansestadt und die alte Freundin besucht. Hatte ich auch davon gesprochen, dass du eine neue Freundin mitnehmen solltest?«

»Das hat sich so ergeben. Und ich glaube, es war für uns beide gut so.« Buhle hatte den leichten kritischen Unterton bei Gerhardts nicht überhört und versicherte: »Natürlich habe ich mich korrekt verhalten. Du brauchst also nichts zu befürchten.«

»Das tue ich auch nicht. Ich bin mit Frau Steyn so verblieben, dass deine Teilnahme an dem Gespräch vorerst unter uns bleibt. Wir brauchen nicht noch mehr Unruhe in der Dienststelle.« Buhle nickte zustimmend. »Gut. Frau Steyn hat mir die Liste von Marion Reens übergeben. Wir sind schon dabei, die Namen durchzuchecken. Es sind ganz schön viele.«

»Ja, Thomas Steyn muss früher wirklich ein Ekel gewesen sein. Vielleicht ist tatsächlich noch eine alte Rechnung offen. Was haben die Zeitungen zwischenzeitlich berichtet? Die Landesnachrichten haben es sich ja gestern Abend nicht nehmen lassen, meinen Rückzug aus der Soko zu verkünden.«

»Ja, aber ich finde, das hat Monz ganz gut hingekriegt. Auch wenn die MoZ danach natürlich wild spekuliert hat. Ansonsten sind wir nicht wirklich weitergekommen. Das Foto von Steyn mit der Prostituierten ist offenbar echt. Jetzt hoffen wir, die Frau darauf ausfindig zu machen. Aber für den Mordfall wäre es wichtiger, herauszufinden, wie das Foto entstanden ist und an die Zeitungen weitergegeben wurde. Wir haben Steyns Kollegen noch mal verhört. Er war schon mit unterschiedlichen Mitarbeitern in Algerien, aber keiner will etwas wissen.« Paul Gerhardts nahm einen kräftigen Schluck aus der Kaffeetasse, und Christian Buhle vermutete, dass die eiskalte Milch aus dem Kühlschrank den Kaffee zu schnell abgekühlt hatte. Es trank seinen stets schwarz.

»Dann waren wir bei Peter Kasper und haben ihn zu dem angeblichen Liebesbrief befragt. Er hat glaubhaft versichert, dass dieser Brief nicht von ihm ist. Sein Verhältnis zu Marie Steyn hat er etwas nebulös beschrieben. Er hat zugegeben, er würde sie lieben wie keine andere Frau, aber sicher nie ein intimes Verhältnis mit ihr eingehen. Wenn du mich fragst, ist er homosexuell.«

Buhle hob bei der letzten Bemerkung die Augenbrauen, äußerte sich jedoch nicht dazu. Gerhardts sprach weiter: »Sven hat hinsichtlich der Identität der Toten eine Spur aufgetan. Im Süden von Belgien gibt es in letzter Zeit vermehrt Rumäninnen, die auf den Straßenstrich geschickt werden. Er ist mit den Kollegen dort in engem telefonischem Kontakt. Ansonsten bleibt unser Verdächtiger weiter bei seiner Version. Wir haben ihm das aktuelle Passfoto von Frau Reens gezeigt. Er hat sie eindeutig wiedererkannt. Auch als wir von ihrem Alibi berichtet haben, hat er seine Aussage mit, so fand ich, Überzeugung wiederholt.«

»Ich kann es mir absolut nicht vorstellen. Dann müsste mir meine Menschenkenntnis völlig abhandengekommen sein. Hak doch noch mal nach, ob er auch Details nennen kann.«

»Kein Problem. Ich sag Mich Bescheid, der ist gerade bei ihm. Großmann will ja, dass wir stärkeren Druck auf ihn ausüben. Anwalt Menzel ist davon übrigens nicht so begeistert.«

»Damit ist klar, dass eine Kooperation immer unwahrscheinlicher wird. Rufst du Mich gleich an?«

Gerhardts nahm sein Handy und telefonierte mit Reuter. Anschließend berichtete Buhle ihm detailliert vom Treffen mit Marion Reens. Nach einer Viertelstunde klingelte Gerhardts' Handy.

»Steyn ist sich deshalb so sicher, dass es die richtige Freundin war«, berichtete Gerhardts von dem Telefonat, »weil sie eine Tätowierung im Intimbereich hatte, einen Skorpion genau neben dem Venushügel. Den hatte Marion Schroeder schon in der Schulzeit.«

Buhle atmete tief durch. »Ich rufe in Hamburg an und frage, ob das stimmt. Wäre natürlich gut gewesen, das vorher zu wissen. Hätte ich früher in Erfahrung bringen müssen.«

»Und was hättest du dann gemacht? Vor-Ort-Kontrolle?«

Buhle antwortete ohne Ironie: »Ich glaube fast, das wäre nicht mal unmöglich gewesen.« Er griff sein Telefon und legte es aber gleich wieder hin. »Mist, ich weiß noch nicht mal, wie ich sie jetzt erreichen kann. Sie arbeitet vormittags.«

»Kein Problem. Ich bin mir sicher, Nicole kann uns die Telefonnummer gleich durchgeben.«

Nachdem Buhle in der Stadtbibliothek Hamburg endlich jemanden erreicht hatte, dauerte es noch drei weitere Minuten, bis Marion Reens in der Leitung war.

»Hallo, Marion, hier ist Christian.« Gerhardts quittierte die persönliche Anrede mit einem erstaunten Räuspern. »Ja, die Fahrt war okay, nur ein bisschen lang. Die Kollegen haben noch einmal mit Thomas Steyn gesprochen. Er bleibt bei seiner Behauptung, du hättest ihn am vorletzten Wochenende besucht. ... Ja, ich weiß, dass du ein Alibi hast, die Kollegen haben das auch bestätigt. ... Er hat von einer Tätowierung gesprochen, die er noch von früher an dir kannte. ... Genau, ein Skorpion. ... Mhmh, aber grundsätzlich ist der noch da? ... Und wie viele Leute kennen diese Tätowierung? ... Ja, das denke ich mir. Wahrscheinlich ist es zu indiskret, zu fragen, wer dich schon nackt gesehen hat. ... Ja, das hatte ich befürchtet. ... Nein, natürlich sollte das kein Vorwurf sein. ... Das ist nicht ausgeschlossen, wenn es zu einer Verhandlung kommt. ... Ja, hatte ich versprochen. Ich melde mich dann. ... Ja, tschüss.« Buhle legte auf.

»Hat sie das Teil noch?«

»Sie hat.«

»Na gut, das heißt nichts. Sie hatte es früher, also kann Steyn getrost behaupten, er hätte es gesehen. Es hätte uns nur geholfen, wenn sie es sich zwischenzeitlich hätte wegmachen lassen.«

Nachdem Gerhardts gegangen war, saß Buhle unschlüssig auf seinem Sessel und überlegte, was er jetzt tun sollte. Hatte er überhaupt Möglichkeiten, aktiv in die Ermittlungen einzugreifen, ohne der Anordnung seines Chefs zuwiderzuhandeln? Er konnte weder Befragungen durchführen noch ernsthaft mehr bei der Personenrecherche herausbekommen als die Kollegen von der Fahndung. Er fluchte in Gedanken vor sich hin. Auch wenn er mit der Fahrt nach Hamburg einiges hatte bewegen können, jetzt war er eindeutig auf dem Abstellgleis.

Doch gleichzeitig mit dieser Erkenntnis sickerte nach und nach auch sein Gespräch mit Marie an der Alster in sein Bewusstsein. Mit einem Ruck entschloss er sich, ein paar Runden um die Mattheiser Weiher zu drehen. Vielleicht bekam er ja beim Laufen den Kopf frei.

Nach dem Joggen hatte er geduscht und war einkaufen gegangen. Zum ersten Mal seit Jahren dachte er darüber nach, ob er sich einen kleinen Vorrat anlegen sollte, um eventuellem Besuch etwas anbieten zu können. Zum Glück war Paul mit dem Kaffee zufrieden gewesen, sonst hätte er nur noch Mineralwasser und Multivitaminsaft gehabt. Zu essen hatte er ohnehin kaum etwas im Haus. Nach dem Einkauf war der Kühlschrank zumindest mit ein paar haltbaren Käse- und Wurstwaren gefüllt, Plätzchen und Chips lagen im Hängeschrank, und ganz zum Schluss hatte er sogar noch eine Flasche französischen Rotwein mitgenommen.

Später hatte er überlegt, Marie Steyn anzurufen, wusste aber nicht, was er ihr sagen sollte. Er entschloss sich, eine seiner zahlreichen Film-DVDs in den Player zu schieben. Eine gute Heimkinoanlage und der große Flachbildfernseher waren der einzige Luxus, den er sich in den letzten Jahren geleistet hatte. Passend zu seinem einzigen Hobby: Spielfilme und Filmmusik. Insofern waren Kinos auch die einzigen Orte in Trier, die er in seiner Freizeit regelmäßig aufsuchte. Mit einer Ausnahme: Vor einem Monat hatte er ein Konzert der Trierer Philharmoniker mit Filmmusik von John Williams besucht. Er war von der Darbietung der »Star Wars«-Melodien sehr angetan gewesen und hatte sich vorgenommen, sich irgendwann einmal auch eine klassische Sinfonie anzuhören.

Er wählte »Drei Farben: Blau« von Krzysztof Kieslowski. Die Musik von Zbigniew Preisner passte genial zur Tragik des Filmes und ebenso zu seiner unausgeglichenen Stimmung.

Der Abspann lief noch, als sein Telefon klingelte.

»Hallo, Marie hier, gibt es was Neues?«

»Nein, leider nicht. Ich hatte gerade Besuch von Paul Gerhardts; sie arbeiten die Liste der Mitschüler ab. Und bei dir, alles in Ordnung?«

»Ja, ich denke schon. Juliette kommt gleich mit den Kindern zurück. Ich werde den Abend bei ihnen in Trierweiler verbringen. Ich hoffe, Nora und Mattis haben ein wenig Abstand gewinnen können. – Hörst du klassische Musik?«

»Nein.«

»Was läuft denn da im Hintergrund?«

»Der Abspann eines Films. Kennst du ›Drei Farben: Blau‹ mit Juliette Binoche?«

»Schon gehört. Ist älter, oder?«

»Siebzehn Jahre.«

Sie lachte kurz auf. »Hör mal. Das ist mein halbes Leben. Warst du schon mal in der Luxemburger Philharmonie?«

»Nein, wieso?«

»Wir, also Thomas und ich, haben dort ein Abo. Und jetzt ... ist er ja verhindert, wie du weißt. Da du schuld daran bist, könntest du ihn wenigstens ersetzen. Hast du Lust?«

Buhle zögerte nur einen kleinen Moment. »Das ist keine Frage der Lust, Marie. Es geht nicht. Wir dürfen uns nicht zusammen in der Öffentlichkeit zeigen.«

Es entstand eine kleine Pause. »Sicher hast du recht.« Er hörte ihr an, dass sie enttäuscht war. »War nur so eine Idee. Meldest du dich, wenn es etwas zu berichten gibt?«

»Ich kann dir da leider nichts versprechen. Du weißt, das ist zwar nicht mehr mein Fall, aber ich bin immer noch Polizist. Ich darf dir eigentlich gar nichts sagen.«

»Und Hamburg?«

Buhle schwieg. Was sollte er darauf sagen? Was wollte er darauf sagen?

»Hamburg war riskant. Hamburg war erfolgreich. Hamburg war ... gut für mich.«

»Schön, dass du das so siehst. Ich melde mich irgendwann mal wieder. Mach es gut.«

Das Telefonat und der Abspann waren längst zu Ende. Er hielt den Telefonhörer immer noch in der Hand. Er musste als Kriminalbeamter auf Distanz zur Frau des Hauptverdächtigen gehen, keine Frage. Dennoch hatte er seit Ewigkeiten nicht mehr eine solche Nähe zu einer Frau, überhaupt zu einem anderen Menschen gespürt wie zu Marie. Sie hatte etwas in ihm bewegt. Etwas, worauf er seit damals gewartet hatte. Etwas, das vielleicht die Starre in ihm lösen konnte. Einen kleinen Hoffnungsschimmer, der gestern an der Alster geboren worden war und nach dem Telefonat jetzt ein wenig heller leuchtete.

Wieder klingelte das Telefon. »Hallo, hier ist Paul. Hast du Zeit?«

»Was meinst du, was ich hier mache: Ich warte auf deinen Anruf. Was gibt's?«

»Lass uns das persönlich bereden. Kannst du in einer Viertelstunde oben am Stadtwald sein? Kennst du den Parkplatz, bevor es hoch zum Weisshaus geht?«

»Ich denke schon.«
»Okay, bis gleich.«

Buhle fuhr zu schnell die Bitburger Straße hoch. Beinnahe hätte er deshalb die Abfahrt zur Fachhochschule Schneidershof verpasst. Zwei Minuten später bog er auf den Parkplatz zu Beginn des Falschen Biewertals ein, der an einem schönen Sonntag manchmal nur einen Teil der Erholungssuchenden aus der Stadt aufnehmen konnte. An diesem kühlen Donnerstagnachmittag bemerkte er jedoch nur eine Frau mit Läuferinnenfigur, die sich gerade mit ihrem Labrador auf den Weg machte. Neben ihrem Corolla-Kombi sah er noch zwei weitere Autos: einen roten Corsa und den Dienstwagen von Paul Gerhardts; beide waren leer. Er stellte den Wagen ab, machte das Licht aus und tauchte hinter dem Lenkrad unter. Nach drei Minuten absoluter Ruhe trommelte es auf sein Autodach, Gerhardts schaute durch das Seitenfenster auf ihn herab und öffnete die Fahrertür.

»Es scheint uns keiner auf den Fersen zu sein. Komm, lass uns durch den Wald gehen, solange wir noch was sehen.«

Buhle stieg aus und folgte Gerhardts. Das Trierer Moseltal war am Prallhang von hohen roten Buntsandsteinfelsen begrenzt. Hier oben gab es neben der Fachhochschule einen alten Sportplatz, ein Wildgehege, eine Laubenkolonie und ein Restaurant, das am Rand der Felsen über der Stadt thronte. Vom Parkplatz führte ein Fußweg dort hinauf.

Sie sprachen kein Wort. Erst als sie sich sicher sein konnten, dass sie allein waren, wurden ihre Schritte und anschließend auch ihr Atem langsamer.

»Der neue Leiter hat der Soko so richtig auf die Sprünge geholfen. … Aua, war doch nur ein Scherz. Also: Zu wem willst du als Erstes etwas hören? Zu Steyns Mitschülern, zur Toten oder zu Madame Glesener?«

»Fang mit der Toten an.«

»Gut. Ich war heute Morgen nach dem Besuch bei dir kaum wieder in der ZKI, da stand ein seriös wirkender Mittfünfziger bei mir im Zimmer. Er hätte lange mit sich gerungen, entschuldigte er sich. Wie das halt so ist bei den gut situierten Familienvätern. Auf jeden Fall meinte er, die Tote schon einmal gesehen zu haben: auf einem Straßenstrich in Verviers. Ob er selbst mit ihr Kontakt gehabt hatte, damit wollte er nicht rausrücken. Die belgischen Kollegen haben in den einschlägigen Kreisen recherchiert und tatsächlich eine Prostituierte gefunden, die die Tote auf einem Foto erkannte. Sie soll Elena Voiculescu heißen, aus der Nähe von Temeswar, aus dem Osten Rumäniens, kommen und war wohl erst seit fünf Monaten in Belgien.«

Gerhardts hob den Zeigefinger, als ob er damit unnötigerweise Buhles Aufmerksamkeit für das Folgende steigern wollte.

»Die Zeugin berichtete, dass Elena Voiculescu von einem Deutschen häufiger tageweise gebucht worden sei. Er hatte mit ihr Fahrten in größere Städte unternommen. Elena sei von den guten Manieren des Mannes angetan gewesen. Von der letzten Fahrt sei sie nicht mehr zurückgekommen. Ihr Zuhälter wäre schier ausgerastet und hätte nach ihr gesucht. Nach ein paar Tagen hatte er dann erzählt, dass die Sache erledigt sei. Alle dachten, er hätte Elena erwischt und ihr was angetan. Den belgischen Kollegen hat er aber für die Tatzeit ein Alibi nennen können, das offensichtlich stimmig ist.«

»Habt ihr Rückmeldung aus Rumänien?«

»Nein, noch nicht. Nur den ersten Hinweis, dass keine Frau mit diesem Namen als vermisst gemeldet ist. Es gibt immer wieder diese bedauernswerten Geschöpfe, die keiner vermisst oder vermissen will.«

»Gibt es einen Hinweis, wer der Mann ist, mit dem das Opfer Städtereisen unternommen hat?«

»Ja, Elena nannte ihn ›Tom‹.«

»Ach.« Buhle zog die Augenbrauen in die Höhe. »Hat die Zeugin diesen Tom auch gesehen, konnte sie ihn beschreiben?«

»Leider nur einmal, von Weitem und von hinten. Demnach handelt es sich um einen nicht sehr großen sportlichen Mann, dunkle Haare, elegante Kleidung.«

Buhle schwieg. Diese Beschreibung traf durchaus auf Thomas Steyn zu.

»Du denkst das Gleiche wie ich, stimmt's? Er könnte es sein«, sagte Gerhardts.

»Oder jemand, der die Spur auf ihn lenken will.«

»Oder das.«

»Was ist mit den ehemaligen Mitschülern Steyns?«

»Wir haben uns zunächst auf die erste Liste konzentriert und bereits alle Namen überprüfen können.« Gerhardts zog mehrere eng bedruckte, zusammengefaltete Blätter aus der Jackentasche. »Ährenberg, Matthias: gemeldet in Koblenz, arbeitslos, nicht verheiratet, ein uneheliches Kind. Studium der Elektrotechnik in Stuttgart. Nach Auskunft des Jobcenters sind mehrere Vermittlungsversuche für qualifizierte und nicht qualifizierte Jobs gescheitert. Telefonisch und in der Wohnung nicht erreichbar.

Benders, Daniel: Europa-Abgeordneter der Grünen. Wohnt seit dem Studium in Paris, verheiratet mit einer Französin, zwei Kinder. Wir haben nur sein Büro erreicht. Er ist auf Auslandsreise, der Kontakt soll aber telefonisch hergestellt werden.

Bertholt, Johannes: Kollege bei der Kripo in Emden, verheiratet, kinderlos. Wusste noch nichts vom Mord und von der Verbindung zu Steyn. Er konnte sich ›natürlich‹ an Thomas Steyn erinnern. Bezeichnete ihn als ›ein richtiges Arschloch‹. Die Zeit in der Schule war ausschlaggebend für seine Entscheidung, zur Polizei zu gehen, nicht nur wegen Steyn. Hatte immer mal wieder recherchiert, was Steyn treibt, nach dessen Heirat und Befriedung allerdings immer seltener. Würde jederzeit gerne zu einer Aussage nach Trier kommen.

Heimann, Marius: wohnt in Altenbach im Odenwald, verheiratet, vier Kinder. Arbeitet in Mannheim als leitender Finanzbeamter. Konnte sich auch noch gut an Steyn erinnern. Hatte einige Zeit an seiner Schulzeit zu knabbern, dann das Trauma aber überwunden. Seither kein Kontakt mit Steyn.

Mazzomaid, Dennis: wohnt seit 1999 in Luxemburg, unverheiratet, keine Kinder. Leitender Angestellter in der Europäischen Investitionsbank, zurzeit im Urlaub.

Minorelli, Fabio: Wie der Name schon vermuten lässt, Halbitaliener, sein Vater stammt aus Neapel, seine Mutter aus Stuttgart. Ingenieur bei EnBW im Kohlekraftwerk Stuttgart-Münster, wohnt in Bad Cannstatt, unverheiratet. Konnte oder wollte sich an Steyn nicht mehr erinnern. Bei Nachfragen kamen vage Andeutungen, aber nichts Konkretes.

Pölig, Klaus-Hermann: 1994 verstorben, Selbstmord während seines Jurastudiums. Seine Eltern waren bei unseren Fragen sehr reserviert, wollten nichts über die Hintergründe des Freitodes sagen.« Gerhardts faltete die Blätter zusammen und steckte sie wieder ein.

»Und was ist mit den vierzehn Namen von der zweiten Liste?«

Es wurden weitere zusammengefaltete Seiten herausgeholt, diesmal aus der anderen Tasche. »Kannst du das alles behalten? Ich fasse mal zusammen: Von den vierzehn Personen auf der Liste sind zwei bei Unfällen verstorben, drei leben seit geraumer Zeit im Ausland, drei noch in Rheinland-Pfalz, und zwar in Mainz, einem Kaff bei Ludwigshafen und in Zweibrücken, und die restlichen sechs wohnen in südlichen oder östlichen Bundesländern. Die noch in Deutschland Lebenden sind in zumeist gehobenen oder leitenden Stellungen beschäftigt, einer ist nach Abschluss seines Studiums Vater und Hausmann und arbeitet nebenher als freier Journalist. Insgesamt keine Auffälligkeiten. Du kannst dir die Liste nachher noch einmal näher anschauen.«

Sie gingen noch ein Stück schweigsam durch spätherbstlichen Laubwald. Die Dämmerung setzte seit der Umstellung auf die Winterzeit vor zwei Wochen mitten am Tag ein.

»Komm, lass uns umkehren. Ich hab keine Lust, durch den stockdunklen Wald zu stolpern«, sagte Buhle irgendwann. »Du wirst jetzt sicher von mir wissen wollen, was ich von den sieben ehemaligen Mitschülern halte.«

Gerhardts nickte. »Klar will ich wissen, was du dazu meinst.«

»Tja, ein einziger Loser zwischen all den gut situierten Leistungsträgern unserer Gesellschaft. Es wäre irgendwie zu platt, wenn es dieser Ehrenberg wäre.«

»Ährenberg, mit ›Ä‹. Kann sein. Allerdings ist er räumlich am nächsten und hatte Zeit, eine derartig, wie soll ich sagen, aufwendige Tat zu planen. Und auch wenn er sein Leben nicht recht in den Griff zu kriegen scheint, hat er die nötige Intelligenz dazu.«

»Habt ihr eigentlich die Alibis für die Tatzeit abgefragt?«

»Ich dachte schon, du wärst in kriminalistischen Tiefschlaf gefallen. Wir haben die vier, die wir erreichen konnten, natürlich gefragt, die Antworten aber nur zum Teil überprüfen können. Benders war an dem Wochenende ausnahmsweise zu Hause bei seiner Familie, die das auch bestätigen könne. Bertholt hatte Dienst, Heimann war mit Frau und Kindern bei den Schwiegereltern, Mazzomaid ist wie gesagt im Urlaub, irgendwo im Süden, wo es noch warm ist, und Minorelli hatte Bereitschaft.«

»Urlaub ist kein Alibi, oder ist dieser Mazzomaid geflogen?«

»Seine Sekretärin meinte, er wollte einfach mal ins Blaue fahren: ohne Ziel, ohne Stress, ohne Handy.«

»Was hast du gesagt, wo Mazzomaid arbeitet: in Luxemburg?«, fragte Buhle nach.

»Bei der Europäischen Investitionsbank.«

Buhle blieb kurz stehen, um seinen Schuh zuzubinden. Er hatte das Gefühl, als ob ihm irgendetwas aus dem ausführlichen Bericht seines Kollegen hätte auffallen müssen. Er kam aber nicht drauf. Nachdem er wieder aufgeholt hatte, fragte er: »Und was wolltest du mir über die Glesener erzählen?«

»Sie hat bei Monz angerufen und ihre Anschuldigungen ›relativiert‹, also zurückgenommen. Hat irgendwas von ›überreagiert‹, ›zu viel Kaffee‹ und einem ›vielleicht zu einladenden Dekolleté‹ gefaselt. Unser Präsident muss nach dem Telefonat total genervt gewesen sein. Vor allem hat er sich wohl geärgert, dass er dich jetzt nicht so einfach wieder in die Soko einbinden kann, nachdem er öffentlich deine Rückkehr zu anderen wichtigen Aufgaben bekannt gegeben hat. Aber vielleicht lass ich dich ja doch noch bei mir mitarbeiten.« Bei den letzten Worten grinste Gerhardts übers ganze Gesicht und zog sich vorsorglich aus Buhles Reichweite zurück.

»Diese Zicke. Das war doch ein abgekartetes Spiel.«

»Ich denke, das ist jetzt allen klar.«

»Vielleicht sind wir der Glesener noch mal dankbar. Ohne sie wäre ich nie nach Hamburg gefahren, und wir hätten wahrscheinlich erst später oder womöglich gar nicht diese Liste von Marion Reens bekommen.«

»Ach, du warst in Hamburg? Davon weiß ich ja gar nichts.« Noch einmal musste Paul Gerhardts grinsen, und diesmal tat es ihm sein Freund und Kollege gleich.

Als sie den Parkplatz erreichten, war es stockduster. Das Auto der Joggerin war weg, sonst hatte sich nichts verändert. Buhle hielt Gerhardts kurz am Ärmel fest, als er direkt zu seinem Wagen gehen wollte. Überrascht drehte Gerhardts sich zu ihm um.

»Übrigens, Paul, vielen Dank für alles, was du in den letzten Jahren für mich getan hast. Es ist Zeit, das mal zu sagen. Gib das bitte auch an Sabine weiter.«

Gerhardts legte eine Hand auf seine Schulter. »Schön, dass du das sagst. Ich gebe es Sabine gerne weiter. Bis morgen, mein Freund.«

»Bis morgen.«

20

Trier – Luxemburg; Freitag, 12. November

Christian Buhle blieb fünfzig Meter vor dem hässlichsten Behördengebäude Triers stehen und betrachtete die gläserne Eingangstür, die brüchige Fassade und die fast trostlose Umgebung. Drei Tage, nicht mehr als ein verlängertes Wochenende, und es kam ihm wie ein halbes Leben vor, seit er das Gebäude das letzte Mal betreten hatte. Drei Tage, in denen so viel mit ihm passiert war.

Er überlegte, was ihn gleich erwarten würde. Der Fall hatte deutlich an Fahrt gewonnen. Das Opfer hatte jetzt einen Namen. Endlich war ein mögliches Motiv greifbar. Es gab eine neue Richtung für ihre Ermittlungen. Doch, das musste er sich eingestehen, es gab immer noch eine sehr eindeutige Beweislage gegen Thomas Steyn. Er war gestern noch telefonisch von Großmann gebeten worden, seinen Überstundenabbau doch wieder zu verschieben. Wie würde sein Chef reagieren, wenn er mit diesen vagen Ideen weiter in andere Richtungen ermitteln wollte? Doch sollten sie ihn wieder bei der Soko zulassen, würde er natürlich einsteigen, egal in welcher Funktion.

Aber war es auch egal, als welcher Mensch? Er hatte gestern nach dem Treffen mit Paul Gerhardts noch lange im Wohnzimmer gesessen; nur gesessen und nachgedacht. War in Gedanken die letzten Tage, Monate und Jahre zurückgewandert und schließlich im Jahr 1987 gelandet, an jenem kalten Tag im Februar. Er hatte immer versucht, diesen Tag zu verdrängen, sich durch Nichtbeachtung zu schützen, und war damit gescheitert. Gestern hatte er den Tag noch einmal durchlebt, ihn nicht hinterfragt, ihn nicht verflucht, ihn nicht sich selbst oder, wie in Hamburg, anderen geschildert. Er hatte ihn durchlebt wie vor dreiundzwanzig Jahren. Als die Nachbarin an der Wohnungstür geklopft und nachgefragt hatte, ob alles in Ordnung sei, hatte er sie durch die geschlossene Tür hindurch beruhigt, ihr für ihre Fürsorge gedankt und sich anschließend Rotz und Tränen aus dem Gesicht gewaschen.

Dann hatte er sich wieder in seinen Sessel gesetzt und sein Gefühl zu erkunden versucht, hatte gespürt, wie er sich endlich öffnete, und eine neuartige Leere in sich aufsteigen gespürt: eine große Leere, die er als leicht, warm und befreiend empfand. Eine Leere, die endlich wieder Platz für Neues bot.

Neben ihm hielt der sportliche Kleinwagen von Nicole Huth-Balzer. Sie kurbelte das Seitenfenster herunter und sagte betont vorsichtig: »Hallo, Christian. Alles klar? Ich hab gehört, du kommst wieder zu uns.«

Er schaute durch die kleine Öffnung in das besorgte Gesicht dieser jungen Frau, der er bislang nur mit dienstlich verordneter Distanz begegnet war. Er lächelte, und es war diesmal mehr als ein Versuch.

»Hallo, Nicole. Ob ich jetzt schon zurückkomme, wird der Chef entscheiden. Ich muss gleich zu Großmann. Aber ich würde mich sehr freuen, wenn wir uns gleich bei der Teamsitzung sehen. Paul hat gesagt, um neun Uhr trefft ihr euch.«

»*Wir* treffen uns, Christian. Bis gleich.« Buhle sah in ihren Augen ein Strahlen, das Erleichterung und Freude und vielleicht auch noch etwas anderes ausdrücken mochte.

Herbert Großmann hingegen saß mit hochrotem Kopf hinter seinem Schreibtisch, obwohl diese eher statische Tätigkeit sicher keiner körperlichen Anstrengung bedurfte. Dafür hatte in den letzten sechzig Sekunden jeder Quadratmillimeter seines Bleistifts einen Drucktest von kräftigen Fingerspitzen über sich ergehen lassen müssen, bevor Großmann endlich die richtige Formulierung für das Gespräch mit seinem besten Mitarbeiter gefunden hatte.

»Also, Christian, die Glesener hat ihre Beschuldigung weitgehend zurückgenommen. Das ist am Montag wohl echt dumm gelaufen.« Großmann kniff die Augen zusammen, als ob es ihm Schmerzen bereite, mit den richtigen Worten fortzufahren. »Aber du weißt ja, wie das ist. Bei dem Vorwurf der sexuellen Belästigung läuten bei uns alle Glocken. Davor haben alle Schiss. Na ja, jetzt ist die Sache aber auch erledigt. Hat sich von uns bei dir eh keiner vorstellen können. Aber da kam ja auch alles zusammen, vor allem mit deinen Ermittlungen in Luxemburg, aber auch dem Treffen der Steyns in der JVA.«

»Du meinst mein Frühstück bei Madame Laurant in Berdorf

und mein Verhör mit den Eheleuten Steyn?« Buhle versuchte, möglichst freundlich und nicht sarkastisch zu klingen. Aber der Inhalt seiner Worte machte dies unmöglich.

»Ach komm, du weißt genau, dass du jetzt Quatsch redest. Ich habe aber mit der Haupt gesprochen. Sie könnte mit deiner Version leben, wenn du versprichst, sie das nächste Mal vorher zu informieren.«

Großmann erntete ein dankbares Lächeln, verbunden mit einem leichten Kopfnicken. Da Buhle aber nichts erwiderte, musste Großmann notgedrungen weiterreden.

»Die luxemburgischen Kollegen waren auch gleich deutlich befriedigter, als sie deinen Namen hörten. Ihr kennt euch ja gut aus der grenzüberschreitenden Kooperation. Du solltest die aber mal persönlich kontaktieren.«

»Ich werde mich drum kümmern.«

»Also. Ich habe mit Hubert Monz abgeklärt, wie wir dich wieder in die Ermittlungen einbringen können. Als Leiter der Soko geht das schlecht, wir haben …« Ihm fehlten offenbar die weiteren Worte.

»Ihr habt das schon öffentlich gemacht, ich weiß. Ich hab es in den Nachrichten gesehen. War aber auch richtig so, um die Kripo aus der Schusslinie der Medien zu nehmen.«

Großmann atmete erleichtert auf und nickte heftig. »Ja, der Präsident hat das gut begründet, auch wenn MoZ und LëtzTalk das natürlich ausführlichst hinterfragt haben und auch der TV die Gelegenheit genutzt hat, um nachzutreten. Tja, aber was machen wir jetzt mit dir?«

»Du weißt, dass ich Paul außerordentlich schätze. Ich habe überhaupt kein Problem damit, unter ihm ins Team einzusteigen. Wir sollten das Geschehene abhaken und nach vorne schauen, damit wir den Fall lösen können.«

»Wunderbar. Das werde ich Paul gleich mitteilen. Okay, dann sind wir klar. Und tut mir leid wegen … Na ja, da bleibt jedenfalls nichts nach, auch in den Akten nicht. Ich kümmere mich darum.«

»Danke, Herbert, ich weiß deinen Rückhalt zu schätzen.«

In seinem Büro hatte sich während seiner Abwesenheit nichts verändert, und doch schien ihn der Raum anders zu empfangen als sonst. Buhle fuhr den Computer hoch. Während das in die Tage gekommene Gerät hörbar Mühe hatte, Betriebssystem und Software zu laden, schaute er aus dem Fenster. Der Verkehr schob sich auf der Güterstraße an der ZKI vorbei. Ein Zug fuhr mit quietschenden Bremsen in den Bahnhof ein. Auch die Baustelle schien nicht so recht voranzukommen. Aber etwas war anders, irgendetwas fehlte. Erst als ein Baufahrzeug zügig über die ziegelrote, unbefestigte Fläche zum Materiallager ratterte, fiel es ihm auf: Der Lehmhügel war weg.

Die Teamsitzung hatte schon begonnen, als er ins Besprechungszimmer trat. Er ging einmal um den diesmal als Achteck angeordneten Konferenztisch herum und gab zum Erstaunen aller Anwesenden jedem zur Begrüßung die Hand. Dann setzte er sich auf einen freien Platz neben Michael Reuter und Nikolas Steffen und schaute interessiert in die Runde.

»Schön, wir sind wieder vollständig. Der Chef hat mich noch kurz vor der Sitzung darüber informiert, dass Christian wieder mit von der Partie ist.« Unter das Grinsen in der Runde mischte sich das ein oder andere Kopfschütteln. »Wir hatten gestern eine Menge neuer Ergebnisse und Erkenntnisse. Ich werde mal zusammenfassen, damit jeder weiß, wo wir stehen.«

Das meiste hatte Buhle bereits von Gerhardts direkt erfahren. Dennoch folgte er der Besprechung aufmerksam und wortlos, insbesondere als über Thomas Steyn berichtet wurde. Er war gestern, wie an jedem Tag der Woche, verhört worden, und wie jedes Mal hatte er seine Geschichte wiederholt, ohne sich dabei in Widersprüche zu verstricken. Als er jedoch erstmals gezielt auf sein Verhältnis zu seinen Mitschülern angesprochen wurde, war neben seiner Ablehnung gegenüber dieser Zeit auch eine Veränderung in seinem Verhalten sichtbar geworden: Er wirkte nicht nur verschlossener, sondern auch unwirsch und sogar aggressiv.

*

Der vergangene Abend mit Kindern und Schwiegereltern hatte Marie zunächst gutgetan. Juliette aber wirkte erschöpft, und Marie fragte sich, ob sie ihre Schwiegermutter weiterhin so strapazieren dürfe. Auch wenn sie versuchte, sich nichts anmerken zu lassen, war es doch spürbar, wie sehr ihr Toms Verhaftung zu schaffen machte.

Philipp von Steyn dagegen war noch aus anderen Gründen angestrengt. In seine Betriebe war Unruhe gekommen. Der neue Projektbereich der innovativen Fotovoltaiktechnik geriet zunehmend in kritisches Fahrwasser, weil Partner und Finanziers sich von den Anschuldigungen gegenüber Sohn und auch Schwiegertochter beeinflussen ließen und Zusagen aussetzten. Die Seriosität und Zuverlässigkeit der Familie von Steyn wurde nach der Berichterstattung in den Zeitungen deutlich hinterfragt. Diese bedrohlichen Entwicklungen übertrugen sich auch auf Betriebsrat und Beschäftigte, die offen eine Distanzierung des Vaters zu seinem Sohn forderten.

»Das wirst du doch wohl nicht tun!«, sagte Juliette, als die Kinder im Bett waren und sie zu dritt noch bei einer Flasche Moselriesling zusammensaßen.

Philipp von Steyn starrte lange in sein beschlagenes Glas. Ohne eine der beiden Frauen anzuschauen, antwortete er: »Wenn die Banken uns das Geld nicht geben und sich die Kooperationspartner verabschieden, haben wir keine Chance mehr. Dann sind alle bisherigen Investitionen irrelevant, alle Projekte gestorben, alle Arbeitsplätze gefährdet. Ich habe viel gewagt, um noch einmal so weit zu kommen, zu viel, als dass ich jetzt noch scheitern darf.«

Er schwieg eine Weile und sah dann mit tiefster Resignation von Marie zu seiner Frau. »Ich habe mit dem Betriebsratsvorsitzenden Merzer vereinbart, am Montag offiziell Stellung zu beziehen. Es tut mir leid, Juliette, ich kann nicht anders.«

Mühsam stand er auf und verabschiedete sich für die Nacht. Marie nahm ihre Schwiegermutter in den Arm und verharrte, bis sie sich wieder gefangen hatte.

»Ich kann Philipp verstehen«, sagte sie behutsam. »Er hat sein ganzes Leben für seine Firmen gearbeitet, hat sich immer verantwortungsvoll gegenüber seinen Leuten gezeigt, und er ist ein guter Chef. Das habe ich immer an ihm bewundert. Ich glaube auch, dass er so handeln muss. Es nutzt Thomas nichts, wenn Philipps Firmen den Bach hinuntergehen. Und du hast gesehen, wie schwer ihm diese Entscheidung fällt.« Auch das hätte sie vor zwei Wochen nicht gedacht: Sie verteidigte Philipp tatsächlich und warb um Verständnis für seine Entscheidung.

Als Marie am nächsten Vormittag die Baltzstraße nach Avelsbach hochfuhr, um frische Kleider für sich und die Kinder aus dem Haus zu holen, schien sich ein riesiger Kloß von ihrem Hals über die Brust bis hinunter zum Magen auszubreiten. Nichts in ihr wollte das Haus noch einmal betreten. Die Gärten vor den Doppelhäusern der ehemaligen Arbeitersiedlung ruhten im spätherbstlichen Dämmerschlaf. Es war eine vollkommen ruhige Atmosphäre. Hatte sie dies früher stets als etwas Besonderes genossen, bereitete es ihr heute fast körperliches Unbehagen.

Sie stellte Peters Auto vor dem Haus ab. Obwohl ihr eigenes Auto von der Kriminaltechnik längst freigegeben war, hatte sie es noch nicht abgeholt. Auch darum würde sie nicht herumkommen. Schon ihren Kindern zuliebe musste sie sich Stück für Stück vom Alltag zurückerkämpfen. Ein Kampf auch mit sich selbst.

Als sie ausstieg, sah sie gerade noch, wie im gegenüberliegenden Haus das Fenster geschlossen und die Gardine vorgezogen wurde. Sie ging die wenigen Schritte zum Haus und bemerkte, dass sich das Laub der umliegenden Bäume über den kleinen Hof verteilt hatte. Vor der Tür angelangt sah sie, was sie in den letzten Tagen völlig vergessen hatte: Post und Zeitungen.

Die Zeitungsausträgerin hatte mittlerweile einen Stapel vor der Haustür angelegt und mit einem großen Stein beschwert. Auch der Postbote hatte mitgedacht und die unzähligen Prospekte aus dem Briefkasten genommen und neben die Zeitung gelegt. Trotzdem quoll der Briefkasten fast über.

Marie hob die Reklame auf und warf sie in die große Tonne für Altpapier. Dann öffnete sie die Tür, nahm den Stapel Zeitungen und legte ihn auf den kleinen Tisch im Flur. Als Letztes leerte sie den Briefkasten.

Wie immer waren es vorwiegend Rechnungen, Angebote und sonstige geschäftliche Post, zu ihrem Erstaunen aber befanden sich auch drei »richtige« Briefe darunter. Sie legte die Rechnungen auf die Zeitungen und machte den ersten Brief im Gehen auf. Er enthielt nur ein Blatt mit einem in großen Druckbuchstaben geschriebenen Wort: »MÖRDERBANDE«.

Marie starrte sekundenlang auf das Papier, dann faltete sie es wieder zusammen und steckte es in den Umschlag zurück. Die anderen Briefe legte sie ungeöffnet zu den Rechnungen.

Sie hielt sich in ihrem ehemaligen Zuhause nicht länger als nötig auf. Fast fluchtartig stieß sie nach nicht einmal zehn Minuten rückwärts aus dem Weg auf die Straße. Im Rückspiegel nahm sie wieder die Bewegungen hinter der Gardine wahr.

*

Buhle hatte fast zwei Stunden gebraucht, bis er sich durch die neuen Ermittlungsakten gearbeitet hatte; erst gegen Mittag fühlte er sich auch in den Details wieder auf dem neuesten Stand.

Reuter klopfte an und fragte, ob er mit in die Kantine in der Südallee kommen würde. Es war lange her, dass Buhle das zum letzten Mal gefragt worden war, und es war das erste Mal überhaupt, dass er mitging. Am Gespräch zwischen den Kollegen am Essenstisch beteiligte er sich zwar nur als Zuhörer, doch keiner störte sich daran, und er fühlte sich dennoch dazugehörig.

Nachdem er zurück in der Güterstraße war, versuchte er vergeblich, telefonisch, dann per E-Mail Henri Ducard von der »Police Grand-Ducale« zu erreichen. Mit ihm hatte er in den letzten zwei Jahren maßgeblich die polizeiliche Zusammenarbeit in der Großregion vorangetrieben. Zusammen mit Kollegen aus Frankreich und Belgien saßen sie zeitweise in der gemeinsamen polizeilichen Stelle in Luxemburg. Mit Ducard, der in der Section de Recherche eine vergleichbare Funktion einnahm wie er selbst in der ZKI, hatte die Zusammenarbeit bislang hervorragend geklappt.

Aber jetzt musste er sich noch gedulden. Er nutzte die Gelegenheit, sich die Zeitungen dieser Woche durchzulesen. Seine Ablösung als Leiter der Soko war überall Thema, wurde aber in vollkommen unterschiedliche Zusammenhänge gebracht. Der Trierische Volksfreund mutmaßte, die Trierer Polizei hätte vielleicht doch ein Loch in ihren Reihen zu stopfen. Die luxemburgische LëtzTalk sah Zeichen von Chaos bei der Trierer Polizei. Nach von der Police Grand-Ducale bestätigten Hinweisen sollte ein deutscher Beamter ohne vorherige Information der Kollegen des Großherzogtums auf luxemburgischem Boden ermittelt haben.

Buhle fand es erstaunlich, dass Luc Toudoux davon Wind bekommen hatte.

Ganz anders sah es die Mosella-Zeitung. Sie glaubte im Wechsel des Soko-Leiters ein sicheres Zeichen für ein nahes Ende der Ermittlungen zu erkennen. Offenbar gebe es auch bei der Trierer Kripo keine Zweifel mehr an der Schuld des Verdächtigen Thomas S., hieß es. Ansonsten wurden keine Neuigkeiten über den Mord in Avelsbach verbreitet. Lediglich die MoZ sah sich noch bemüßigt, in einem Hintergrundbericht über Schwierigkeiten bei der Finanzierung der neuen »Sunstorm«-Projekte von Philipp von Steyn zu mutmaßen und damit verbunden die Sicherheit von Arbeitsplätzen in Frage zu stellen.

Um Viertel vor zwei kam der erwartete Anruf aus Luxemburg. Ducard war merklich zurückhaltender als sonst, aber nicht unfreundlich. Wie es ihrem offenen Umgang miteinander entsprach, kamen sie nach einer kurzen Begrüßung direkt zur Sache.

»Christian, ist da was dran an der Sache: Du hast auf unserem Hoheitsgebiet ermittelt?«

»Das würde ich dir lieber persönlich erklären. Außerdem benötige ich noch Informationen zu einem in Luxemburg arbeitenden Deutschen und zwei Luxemburgern.«

»Geht es um den Mord bei euch?«

»Ja. Der Deutsche – er heißt Dennis Mazzomaid und arbeitet bei der Europäischen Investitionsbank – ist ein ehemaliger Mitschüler unseres derzeitigen Hauptverdächtigen. Aber auch da würde ich dir nachher Näheres erzählen wollen. Die anderen beiden sind Mauricette und Jean-Claude Glesener. Er ist auch Banker, sie hat mich Anfang der Woche geleimt.«

»Was hat sie: geleimt?«

»Entschuldige. Sie hat mir unterstellt, ich hätte sie sexuell belästigt, weil ich ihr angeblich zu tief ins Dekolleté geschaut habe. Das ist natürlich nicht wahr. Sie hat es mittlerweile auch halbwegs wieder zurückgenommen.«

»Ah, und deshalb hat man dich abgelöst als Leiter der Sonderkommission, nicht wahr?«

»Unter anderem, ja. Kannst du mir über die drei Informationen besorgen? Ich würde dann diesmal ganz offiziell zu einem Arbeitsgespräch zu euch rüberkommen.«

»Gut, ich werde sehen, was sich machen lässt. Setz dich schon mal ins Auto. Mal sehen, was ich dir an Informationen geben kann, wenn du angekommen bist.«

Buhle kannte Ducard schon seit der Zeit, als er noch in Wittlich Dienst geschoben hatte. Während des internationalen Kooperationsprojekts, aus dem schließlich die gemeinsame Stelle der grenzüberschreitenden Polizeizusammenarbeit in Luxemburg hervorgegangen war, waren sie sich auf dienstlicher Ebene nähergekommen. Sie hatten zusammen mit den französischen und belgischen Kollegen schon einiges erreicht. Entsprechend freundschaftlich fiel der Empfang durch den luxemburgischen Kollegen aus, aber Buhle war klar, dass er nach den allgemeinen Begrüßungsformeln die richtigen Worte finden musste, um die Irritationen zu beheben.

»Henri, ich bin euch noch eine Erklärung schuldig.«

Ducard lehnte sich in seinem Stuhl zurück, verschränkte die Arme vor dem Oberkörper und nickte wortlos.

»Die Großmutter des bisherigen Hauptverdächtigen in unserem Mordfall Thomas Steyn ist Luxemburgerin. Sie heißt Claudille Laurant, lebt in Berdorf und ist mit Marie Steyn, der Ehefrau von Thomas Steyn, sehr freundschaftlich verbunden.«

Buhle berichtete von den Briefen, die in Berdorf zuerst Claudille, dann Marie zugespielt worden waren und wie sehr sie die beiden Frauen erschüttert hatten.

»Sie haben sich berechtigterweise beobachtet gefühlt und mich angerufen, weil wir vorher in Kontakt standen. Wahrscheinlich hätten sie sich auch sonst nicht an euch gewandt, sondern die Briefe am nächsten Tag zu uns gebracht. Die alte Dame hat mich dann zum Frühstück eingeladen und mir dabei die Briefe gezeigt, mehr nicht. Hättest du mir das am Sonntagmorgen abnehmen wollen, besser gesagt, hättest du das machen können, ohne Kenntnisse der Hintergründe? Wie lange hätte es gedauert, wenn wir den offiziellen Weg gegangen wären? Was hätten in der Zeit die beiden Frauen in Berdorf gemacht?«

Der Luxemburger Kriminalbeamte schaute seinen Kollegen aus Trier unter gerunzelten Augenbrauen an. »Und das war alles?«

»Das war alles.«

»Aber du hast Beweismaterial in Luxemburg sichergestellt.«

»Ich habe mögliches Beweismaterial in Luxemburg gezeigt und es dann später in Deutschland übergeben bekommen. Tatsächlich, auch wenn Frau Steyn mich ein wenig für verrückt erklärt hatte.«

»Wenn das alles war, können wir vielleicht doch noch einen schwerwiegenden Grenzkonflikt vermeiden«, sagte Ducard mit einem freundlich-ironischen Unterton. »Aber geschickt war das nicht, das siehst du doch wohl auch so?«

»Nein, das war es nicht, es war eben eine etwas spezielle Situation an einem Sonntag. Tut mir leid.«

»Gut, kommen wir zu den drei Personen, zu denen ich dir Informationen besorgen sollte. Dennis Mazzomaid ist hier gemeldet seit 1999. Er arbeitet seit dieser Zeit für die Europäische Investitionsbank, zuerst innerhalb eines Graduiertenprogramms, anschließend in der Darlehensvergabe. Seit einem Jahr ist er stellvertretender Leiter in der Abteilung ›Deutschland – Infrastruktur, Energie und Förderbanken‹. Was die Person Dennis Mazzomaid im Übrigen betrifft, muss ich dich leider enttäuschen. Er ist absolut sauber. Noch nicht einmal mit einem Verkehrsdelikt ist er bei uns registriert. Er zahlt brav Steuern und Miete, ist Mitglied im Lions Club und macht Karriere bei einer europäischen Institution. Und dass er in einem angesehenen Verein für Kickboxen ist, macht ihn auch nicht verdächtig. Wie kommt ihr überhaupt auf Mazzomaid?«

»Steyn hat Mazzomaid während ihrer gemeinsamen Schulzeit offenbar regelrecht fertiggemacht, wie übrigens auch andere Mitschüler.« Buhle überlegte kurz. »Du hast Mazzomaid noch nicht versucht zu erreichen, oder?«

Ducard schaute ihn verblüfft an. »Natürlich nicht.«

»Soweit wir wissen, hat er sich mit unbestimmtem Ziel in den Jahresurlaub verabschiedet, und zwar seit dem Freitag vor dem Mord. Können wir bei ihm zu Hause vorbeifahren?«

»Christian, wir haben nichts gegen ihn vorliegen. Er ist nach der Aktenlage ein durchaus ehrenwerter Bürger unseres kleinen Luxemburgs. Was erhoffst du dir davon?«

»Einen Eindruck.«

Die Luft, die Ducard ausatmete, kam bei Buhle wie eine steife Brise an. »Na gut«, sagte er schließlich. »Wir fahren langsam vorbei, steigen aber nicht aus. Dann kannst du dir einen Eindruck von einer guten Wohnlage in unserer Stadt machen. Zuerst erzähle ich dir aber noch, was ich über das Ehepaar Glesener in Erfahrung gebracht habe. Ich mache es kurz. Sie gehören zur High Society unseres Großherzogtums, sind auf allen großen Empfängen gesetzte Gäste. Sie erscheint etwas extravagant, wie du ja gemerkt hast. Er ist mehr der gutmütige Typ und sehr beliebt. Ich konnte keinen Grund finden, warum Madame Glesener dir etwas Böses hätte antun wollen, mein Freund.«

»Hat sie aber. Henri, das war inszeniert. Da wollte jemand, dass ich aus dem Ermittlerteam rausfliege. Warum sollte sie mir sonst so etwas unterstellen?«

»Vielleicht hatte sie tatsächlich den Eindruck, du wolltest ihr gleich ins Dekolleté springen. Ich habe Fotos von ihr bei besonderen Anlässen gesehen. Es ist bestimmt schwer, da vorbeizuschauen, nicht wahr? Außerdem hat sie doch zugegeben, überreagiert zu haben, hast du selbst gesagt.«

»Natürlich ist das möglich, so war es aber nicht, da bin ich mir sicher. Was für eine Aussage wollte sie denn bei mir machen? Ich weiß es bis heute nicht.«

»Gut, ich habe jedenfalls keine Anhaltspunkte gefunden, die auf dunkle Flecken hinweisen, bei keinem der drei.«

»Okay, vielen Dank für deine Mühen. Fahren wir jetzt zu Mazzomaids Wohnung?«

Als Antwort nahm Ducard seinen Schlüsselbund und stand auf. Überzeugt sah er dabei nicht aus.

Mazzomaid wohnte im Stadtteil Limpertsberg nur etwa einen Kilometer Luftlinie von seiner Arbeitsstelle auf dem Kirchberg entfernt. Wegen des Talzugs zwischen der Rue Ignace de la Fontaine und der Europäischen Investitionsbank am Boulevard Konrad Adenauer musste er allerdings fast das Dreifache der Strecke als Arbeitsweg zurücklegen.

Ducard fuhr langsam die Straße entlang. In dem Haus, in dem Mazzomaid gemeldet war, waren in einer Wohnung im ersten Geschoss die Jalousien heruntergelassen.

Buhle zeigte auf die Fenster. »Wohnt er hier?«

»Ist anzunehmen.« Ducard sah Buhle seine Unzufriedenheit über diese lapidare Antwort offensichtlich an. Er setzte den Wagen ein Stück zurück. »Gut, ich schaue nach.« Noch bevor er wieder am Auto angelangt war, signalisierte Ducard ihm mit emporgehobenen Daumen, dass ihre Vermutung richtig war. »Sein Name ist in der Mitte der Klingelleiste«, sagte er und ließ den Wagen wieder an.

Wenn Mazzomaid keine Zimmerpflanzen hatte, und das unterstellte Buhle einem alleinstehenden Banker auf der Karriereleiter, dann sprach nichts gegen den vorgegebenen Urlaub. Sie fuhren weiter. Nach etwa hundert Metern bemerkte Buhle einen Pkw auf der anderen Straßenseite, der mit dem farbenfrohen Herbstlaub der Alleebäume übersät war.

»Fährt Mazzomaid einen BMW?«

»Ich muss im Büro nachfragen«, seufzte Ducard. Während er nach einer Gelegenheit zum Wenden suchte, telefonierte er über die Freisprechanlage mit einer Kollegin. Der BMW war tatsächlich auf Mazzomaid zugelassen.

»Wenn er im Urlaub ist, dann also nicht mit seinem Auto«, stellte Buhle fest.

Sie standen jetzt neben dem BMW. Buhle stieg aus und schaute durch die Seitenfenster ins Wageninnere. Das Auto war tadellos aufgeräumt. Er drehte sich um und zuckte mit den Schultern.

»Nichts. Völlig leer.«

Bevor er wieder einstieg, holte er sein Handy aus der Hosentasche. »Ich lasse bei den Autovermietungen nachfragen, ob er mit einem Mietwagen unterwegs ist«, sagte er, als ob er sein Tun im Großherzogtum von nun an immer von Ducard absegnen lassen wollte.

»Lass dich nicht aufhalten. Ich werde dich jetzt noch zu deinem Auto bringen und dann ins Wochenende gehen. Morgen haben wir eine kleine Feier bei uns.«

»Gibt es einen Anlass, zu dem ich gratulieren kann?«

»Wenn du meinst, du müsstest mir dazu gratulieren, dass ich wieder ein Jahr geschafft habe, dann ja.«

21

Luxemburg; Freitag, 12. November

Seine Hände hörten erst auf zu zittern, als der norwegische Cellist seinen Einsatz in Schostakowitschs Konzert für Violoncello und Orchester hatte. Vom ersten Takt an spielte der Solist mit einer Hingabe, wie er sie bislang nur bei den wahren Virtuosen an seinem Lieblingsinstrument erlebt hatte. Vor allem im dramatischen zweiten Satz spiegelte sich in der Mimik des Skandinaviers das ganze Leid des sowjetischen Volkes zur Stalinzeit wider, das alle Werke des Komponisten prägte. Der Musiker interpretierte Schostakowitsch mit musikalischer Perfektion und russischer Seele.

Er war bereit gewesen für ein letztes, abschließendes Geschäft mit ihr. Sie hätte es dabei belassen sollen. Doch der Triumph in ihrem Blick, der sich paarte mit der tödlichen Dosis Gier, hatte ihm keine andere Wahl gelassen. Ihr letzter Fehler war gewesen, dass sie beim Zählen nicht aufpasste.

Die Kuppen der schmalen Finger des Cellisten verbreiterten sich beim Druck auf die starken Metallsaiten des fast dreihundert Jahre alten Instrumentes von Domenico Montagnana wie bei Geckos, die eine Glasscheibe hochkletterten, und strahlten dabei die gleiche unerschütterliche Sicherheit fern jeglichen Fehlgriffs aus. Hatte er sich auch keinen Fehltritt erlaubt?

In der Pause verpasste er den richtigen Zeitpunkt, seinen Sekt zu trinken, weil er wie hypnotisiert dem Farbenspiel der drei in den Komplementärfarben gehaltenen Neonröhren in einer der Nischen des Foyers folgte. Als er es merkte, stellte er sein Glas mit dem mittlerweile warmen Getränk angewidert auf einem der Stehtische ab. Er wollte seinen obligatorischen Rundgang durch das säulenumrahmte Oval beginnen, hielt jedoch nach wenigen Schritten inne. Gleich hinter dem alten Mann in dem ehemals teuren Anzug, der zu Champagner und Lachshäppchen ein Gesicht machte, als stünde er kurz vor einer Koloskopie, entdeckte er die Kleine mit der Großmutter des Schweins.

Was war mit ihm los, dass ihn das so überraschte? Hätte er nicht damit rechnen müssen? Er wusste doch, wie es um das angebliche Traumpaar stand. Sie musste sich von ihm lösen, nach dem, was er über die Medien lanciert hatte. Aber hätte sie nicht dennoch verstört und deprimiert wirken müssen? Stattdessen führte sie mit dieser alten Schachtel eine offenbar angeregte Unterhaltung, ernsthaft zwar, aber irgendwie auch gelöst.

Er wollte sich gerade unauffällig ihrem Tisch nähern, als er jemanden seinen Namen rufen hörte. Obwohl er auf Französisch angesprochen worden war, bemerkte er aus den Augenwinkeln, wie sie den Kopf hob und in seine Richtung schaute. Ohne die verdutzt dreinschauende Kollegin zu beachten, schritt er so zügig, wie es die Situation erlaubte, in Richtung Ausgang.

Sie hatte auf seinen Namen reagiert, augenblicklich und aufmerksam. Wieso? Sie konnte doch nichts von ihm wissen. Oder etwa doch?

Er musste wachsam sein. Er musste sie weiter beobachten, in Erfahrung bringen, was sie wissen konnte. Durfte aber nichts riskieren, jetzt nicht mehr, nicht noch mehr. Wenn sie sie zu früh fänden … Er musste die Augen offen halten, beobachten, erkunden, wachsam sein.

22

Trier; Samstag, 13. November

Es war ein regnerischer Samstagmorgen mit starken Windböen, kräftigen Schauern und nur selten aufreißender Wolkendecke. Buhle saß in seinem Büro und stellte wieder einmal fest, dass der latente Schimmelgeruch deutlicher zu bemerken war, wenn es auch draußen feucht war. Er hatte das Fenster gekippt, und die kühle, frische Luft drang in den Raum. Auf seinem Schreibtisch lagen verstreut Aufzeichnungen, Notizen und Akten. Zwei Wochen harter kriminalistischer Arbeit stapelten sich vor ihm. Der Aufwand für die Ermittlungsakten hatte sich in den letzten Jahren stetig vergrößert. Manchmal hatte er den Eindruck, dass bei Verwaltung und Gericht nicht die Verbrechensbekämpfung im Vordergrund stand, sondern die ordnungsgemäße Abwicklung der Ermittlungen, damit keinem Landesbediensteten ein Fehler nachgewiesen werden konnte und die Gerichte ausreichende Rechtfertigungsgründe für ihre Urteile hatten.

Die Tür wurde aufgerissen und verursachte einen solchen Luftsog, dass Buhle nur mit einem Hechtsprung auf seinen Schreibtisch ein katastrophales Verwirbeln seiner Papiere verhindern konnte. Tard schlug schnell die Tür zu, um dem innerräumlichen Sturm ein Ende zu bereiten, dann eilte er zum Fenster und schloss es.

»'tschuldigung, habe ich viel durcheinandergebracht?«

»Nein, ist gerade noch mal gut gegangen. Habt ihr was herausgefunden?«

»Kann man so sagen, und zwar in Sachen Matthias Ährenberg.«

»Haben die Kollegen ihn aufgespürt?«

»Jo, sie haben ihn heute Morgen gefunden. Bei einer Kontrollfahrt ist Licht in seiner Wohnung aufgefallen. Er lag im Vollrausch auf dem Sofa; muss erbärmlich gestunken haben. Im Krankenhaus wurde festgestellt, dass keine akute, aber sehr wohl eine schleichende Alkoholvergiftung vorlag. Wenn er wieder ansprechbar ist, werden sie ihn vernehmen.«

»Gut. Bleib bitte dran. Habt ihr noch was?«

»Ja, diesmal über Dennis Mazzomaid. Von den umliegenden Flughäfen aus ist er nirgendwo abgeflogen. Dafür ist er Stammgast bei diversen Autoverleihern, hat sie immer wieder gewechselt. Allerdings, das finde ich bemerkenswert, erst seit Mai dieses Jahres, davor nie. Ich habe eine Liste aller Firmen, überwiegend aus dem Raum Trier und Bitburg, aber auch aus Luxemburg, und die Zeiträume, in denen er Mietwagen gebucht hat. In der Regel waren es zwei, drei Tage, und er ist meistens Strecken zwischen einhundertfünfzig und fünfhundert Kilometern gefahren.«

»Hat er einen Typ favorisiert?«

»Nee, zumeist Mittelklassewagen, aber auch schon mal einen Audi oder BMW. In den Marken war er nicht festgelegt, oder er wollte bewusst verschiedene Autos nutzen.«

»Hat er zurzeit auch ein Auto gemietet?«

»Ja, ein Wohnmobil.«

»Ein Wohnmobil?« Buhle starrte seinen jungen Kollegen überrascht an.

»Jo, und zwar seit«, Tard schaute auf seine Unterlagen, »genau dem 28. Oktober. Ist er vielleicht doch im Urlaub?«

Buhle zuckte als Antwort ratlos und frustriert die Schultern. Tard überlegte kurz.

»Ich habe in einem Umkreis von gut fünfzig Kilometern um Luxemburg und Trier nach Mietwagen gesucht. Soll ich damit weitermachen?«

»Vielleicht später. Frag aber noch bei dem Wohnmobilverleih nach, ob Mazzomaid Angaben über sein Reiseziel gemacht und wie lange er das Fahrzeug gemietet hat.«

»Mach ich. Wir haben übrigens noch immer keine Nachricht aus Rumänien oder aus Belgien, also nichts Neues über die Tote. Ich werde da jetzt gleich nachhaken.«

»Schick den belgischen Kollegen Fotos von Ährenberg, Mazzomaid und Steyn. Vielleicht erkennt die Zeugin, die Elena Voiculescu identifiziert hat, darauf diesen feinen Freier, mit dem sie häufiger verabredet war. Wie lange bleibst du heute noch?«

Tard überlegte. Es schien Buhle, als ob der junge Kriminalpolizist dabei einen Hauch von Verlegenheit zeigte. »Ich weiß noch nicht. Hängt davon ab, wie weit ich komme.«

Er ging zur Tür und wäre beinahe mit ihr kollidiert. Reuter hatte sie aufgestoßen und kam hereingestürmt.

»Ach, hier bist du, Sven. Deine Kollegin sucht dich schon. Ihr habt Rückmeldung von der Police Nationale aus Metz. Es gibt Neuigkeiten über die Kleidung der Toten. Anscheinend sind sie dank einer aufmerksamen Verkäuferin fündig geworden. Christian, schau ins Netz, da müsste das Vernehmungsprotokoll schon drinliegen.«

Buhle suchte in der Datenstruktur der Ermittlungsakten nach dem Dokument. Als er es fand, verdüsterte sich sein Gesicht. »Von euch kann auch keiner richtig gut Französisch, oder? Meins ist eher rudimentär.«

Beide schüttelten den Kopf.

»Nicole spricht sehr gut Französisch«, warf Tard eilig ein.

»Ach, sieh mal an, was du nicht alles weißt.« Reuter konnte ein süffisantes Grinsen nicht verbergen.

Tard quittierte es mit süß-saurer Miene, antwortete aber trotzdem: »Soll ich sie anrufen, ob sie kommen kann?«

»Hast du ihre Nummer im Kopf?« Buhle war etwas irritiert von der nonverbalen Konversation seiner Kollegen.

»Ja.«

»Gut, dann frag, ob sie sofort kommen kann.«

Nach einer Viertelstunde wusste bis auf Nikolas Steffen, der das Wochenende mit seiner Freundin in Köln verbrachte, die ganze Soko, wie die Kleider der Toten gekauft worden waren. In einem Kaufhaus in Metz hatte sich die Verkäuferin an einen Mann erinnert, der gezielt nach bestimmten Kleidungsstücken gesucht hatte. Als eine Bluse, die er unbedingt haben wollte, nicht da war, wurde er fast ungehalten und suchte so lange danach, bis er sie tatsächlich an einem ganz anderen Ständer fand. Der Verkäuferin kam es damals vor, als ob sich der Kunde sicher gewesen sei, dass die Bluse da sein müsse. Noch kurioser war allerdings: Genau die gleichen Sachen waren eine halbe Stunde zuvor an einer anderen Kasse schon einmal gekauft worden. Mitarbeiter des Kaufhauses hatten das festgestellt, als sie Datum und Uhrzeit des Kaufs rekonstruieren wollten. Die Kassiererin konnte sich nur noch ungenau erinnern, meinte aber, es hätte sich eher um eine Käuferin gehandelt.

An einen Mann, der sich solche Sachen aussuchen würde, hätte sie sich bestimmt erinnert. Die Einkäufe erfolgten dreieinhalb Wochen vor dem Mord.

»Das ist ja wohl ganz klar kein Zufall.« Reuter schien immer zufriedener mit der Entwicklung des Falles.

»Nein, Mich, das glaube ich auch nicht.«

Seit auch Gerhardts an der spontan entstandenen Teamsitzung teilnahm, hatte sich Buhle merklich zurückgenommen. Er hatte nicht vor, seinem Freund die Leitungsfunktion der Soko streitig zu machen. Zumal er seine Rückschlüsse uneingeschränkt teilte.

Gerhardts fuhr fort: »Wenn wir die Ergebnisse der letzten drei Tage zusammenfassen, haben wir ausreichend Indizien für einen völlig neuen Ermittlungsansatz. Wir haben Zeugenaussagen dafür, dass Thomas Steyn in jungen Jahren seine Mitschüler grausam gemobbt hat. Damit hat er diesen Menschen genügend Gründe geliefert, ihn zu hassen. Wir hätten ein Motiv. Offen ist, warum die Rache erst nach fast zwanzig Jahren realisiert wurde. Aus dem Kreis der am heftigsten von Steyn drangsalierten Mitschüler haben wir mit Dennis Mazzomaid und Matthias Ährenberg zwei Personen, die am ehesten in Frage kämen. Beide wohnen nicht weit weg von Trier. Mazzomaid ist angeblich seit kurz vor dem Mord im Urlaub, könnte also genauso gut auch untergetaucht sein. Ährenberg haben wir. So langsam dürfte er auch vernehmungsfähig sein. Es muss sich dringend jemand von uns um ihn kümmern. Für Mazzomaid spricht dessen Nähe zu Frankreich und Belgien. Auch da sollten die französischen Kollegen gebeten werden, ihn zu suchen. Wir haben ja das Modell des Wohnmobils und das Kennzeichen.«

Er strich sich mit der Hand den Nacken und dachte einen Moment nach. »Gehen wir davon aus, dass Thomas Steyn nicht der Täter, sondern das Opfer einer Intrige ist, muss die Tat unglaublich sorgfältig geplant und durchgeführt worden sein. Der Täter muss in Trier, Belgien und vielleicht in Frankreich unterwegs gewesen sein. Da muss es Spuren geben.«

Gerhardts schwieg kurz und sah in die Runde der Kollegen. Als keiner etwas sagte, fuhr er fort: »Was spricht für die Theorie einer Intrige? Zum Beispiel die Unstimmigkeiten bei den Fingerabdrücken, die verschwundene Bettwäsche, nicht begründbare Promillewerte bei Steyn und dem Opfer, der nicht stimmige Mageninhalt der Toten … Was haben wir noch?«

»Das Auto nachts vor der Tür und die Erde aus dem Reifenprofil.«

»Danke, Mich. Alles Kleinigkeiten, die wir bei der Annahme einer inszenierten Tat vielleicht logischer begründen können, als wenn wir von Steyn als Täter ausgehen. Dazu kommt der doppelte Kleidungskauf in Metz. Nur …«, Gerhardts machte eine kleine Pause und sprach dann leise weiter, »… nur müssen wir dann nicht auch in Betracht ziehen, dass die Geschichte von Thomas Steyn wahr ist? Marion Reens hat aber ein Alibi.«

»Unser Problem ist doch, dass unsere Beweise sich momentan noch in beide Ermittlungsrichtungen drehen und wenden lassen, je nachdem, wie man es will. Wir brauchen mehr handfeste Fakten, um vor Gericht bestehen zu können.« Reuter schien einen regelrechten Aktivitätsschub bekommen zu haben. »Es gibt ja noch eine weitere Möglichkeit: Thomas Steyn hat die Frau nicht getötet, hatte aber doch mit dem Opfer am Abend vorher ein Date. Er hat die Geschichte mit seiner Schulfreundin aus der Angst heraus erfunden, seine Unschuld würde ihm sonst niemand abnehmen. Womit er nicht unbedingt falschliegt.«

»Du meinst, wenn wir Steyn mitteilen, dass es möglicherweise andere Spuren gibt, aber seine Geschichte mit Marion Reens nicht stimmen kann, würde er das eingestehen?« Gerhardts klang mehr als skeptisch.

»Das muss es nicht heißen. Steyn könnte auch eine Finte wittern und bei seiner Geschichte bleiben. Aber einen Versuch sollte es wert sein. Michs Variante ist zumindest theoretisch möglich.« Buhle hatte die Diskussion mit zunehmender Spannung verfolgt. Reuters Gedanken waren nachvollziehbar und sicher nicht gewagter als die Theorie von einer inszenierten Rache nach zwanzig Jahren.

»Nur wenn man da mal weiterspinnt: Es macht unsere Suche nach dem Täter nicht leichter. Denn dann könnte es auch jeder dahergelaufene Einbrecher getan haben, der vielleicht vom Opfer erwischt wurde.«

»Aber die Fingerabdrücke auf der Tatwaffe?«, warf Nicole ein.

»Thomas Steyn wohnt in dem Haus, es ist sein Messer.«

»Die Spuren von Fesseln?«

»Vielleicht doch Sexspielchen, von mir aus auch etwas härter.«

»Die verschwundene Satin-Bettwäsche?«

Reuter holte tief Luft. »Keine Ahnung, Nicole. Ich habe eben nicht versprochen, den Fall gelöst zu haben. Aber wenn wir hier schon gewagte Theorien mit von vor zig Jahren gemobbten Mitschülern verfolgen, dann sollten wir auch an vielleicht sehr zufällige, aber naheliegendere Möglichkeiten denken.«

»Also, wenn wir schon an Einbrecher denken, müssen wir auch ausloten, wer sonst noch einen triftigen Grund haben könnte, Thomas Steyn etwas Derartiges anzuhängen. Denn wir sollten nicht außer Acht lassen, was seit dem Mord noch gegen die Familie Steyn gelaufen ist. Wo haben wir noch Menschen, die Thomas Steyn liebend gerne etwas anhängen würden?« Gerhardts sah ernst vom einen zum anderen.

Es entstand eine kleine Pause, bis Nicole Huth-Balzer zögerlich aufzuzählen begann: »Da gibt es sicher einige: die Kollegen in der Firma, vielleicht auch der Juniorchef. Berufliche Konkurrenten, die die ganze Industriellenfamilie Steyn treffen wollten. Seine Schwester, die es nicht mehr ertragen konnte, hinter dem verhassten Bruder nur die zweite Rolle in der Familie zu spielen. Selbst seine Frau hätte ein Motiv, wenn sie schon vorher gewusst hat, dass er sie betrügt. Aber«, sie holte tief Luft, bevor sie weitersprach, »ich glaube, in all diesen Fällen hätte niemand einen solchen Aufwand betrieben. Die Tat ist wirklich so konstruiert, als wolle der Täter Thomas Steyn öffentlich an den Pranger stellen. Als ob er für etwas büßen sollte. Dazu hätte höchstens noch die Schwester ein ausreichendes Motiv. An die Zufallsvariante von Mich, auch wenn sie natürlich denkbar wäre«, fügte sie rasch hinzu, »glaube ich, ehrlich gesagt, nicht bei dem, was sonst noch alles geschehen ist.«

Buhle nickte kurz mit zufriedenem Gesichtsausdruck, doch das Lob für die gelungene Kurzanalyse seiner Kommissaranwärterin überließ er Gerhardts.

»Das war eine treffende Analyse, Nicole. Wir haben momentan keine festen Anhaltspunkte für einen bestimmten anderen Täter, nur vage Indizien. Wenn wir also unsere Ermittlungen in Richtung einer Intrige gegen Steyn ausrichten wollen, haben wir erstens unglaublich viel zu tun und zweitens zwei lange Wochen vertan.« Er massierte sich mit Mittelfinger und Daumen die Nasenwurzel. »Es hilft alles nichts, wir müssen ran. Sven, Nicole, habt ihr heute noch Zeit, die Ermittlungsakten nach möglichen Tätern zu durchforsten? Da war doch auch noch dieses Geheimprojekt von Steyn, da wissen wir noch nichts drüber. Und dann dreht das Internet auf links, um alles zu bekommen, was eine Beteiligung der Verdächtigen an dem Mord möglich erscheinen lassen könnte.«

Tard stimmte sofort und fast schon erfreut zu, Nicole Huth-Balzer druckste etwas herum, sagte dann aber mit einem kurzen Seitenblick in Richtung ihres kaum älteren Kollegen zu.

»Mich«, Gerhardts wandte sich an Reuter, »wir nehmen uns Steyn noch einmal vor. Wenn der noch nicht mal redet, wenn wir ihn entlasten könnten, dann weiß ich auch nicht. Kannst du den Anwalt unterrichten, vielleicht erkennt der ja die Chance. Christian, setz dich bitte mit den Luxemburgern in Verbindung. Wir benötigen mehr Informationen über Dennis Mazzomaid. Dringend.«

»Ich glaube nicht, dass das so schnell geht, Paul. Henri Ducard hat heute Geburtstag, und du weißt, der offizielle Weg ist lang, und es ist Wochenende.«

»Dann ruf die Haupt an, sie soll Druck machen. Und Henri wird ja wohl nicht der einzige Polizist in Luxemburg sein.«

»Aber vielleicht der einzige, der uns schnell und unbürokratisch helfen würde. Ich schau, was sich machen lässt.«

»Gut, ich ruf bei den Kollegen in Koblenz an, dass die Ährenberg ausquetschen, was der in den letzten zwei Wochen gemacht hat. Wenn sich die Spur erhärtet, müssen zwei von uns ihn morgen vernehmen.« Er schaute auf seine Uhr. »Wir haben jetzt halb elf, um drei Uhr treffen wir uns wieder hier. Dauert das Verhör länger, melden wir uns. An die Arbeit.«

Als alle Kollegen sein Büro wieder verlassen hatten, dachte Buhle kurz darüber nach, was für ein guter Chef Paul Gerhardts gewesen wäre. Aber er hatte sich für seine Familie und gegen eine Karriere entschieden.

Er griff zum Hörer und wählte aus dem internen Telefonbuch die Privatnummer von Klara Haupt. Ihre Begrüßung war alles andere als erfreut.

»Frau Haupt, ich glaube, ich muss mich Ihnen noch erklären.«

»Sie hatten dafür von Montag bis Freitag ausreichend Zeit und wollen mir nun erzählen, am Samstag fällt Ihnen das ein?«, raunzte sie ihn an.

»Nein, es gibt noch einen anderen Grund …«

»… und der ist so wichtig, dass Sie mein freies Wochenende stören müssen?«

»Ja.«

Klara Haupt murmelte irgendetwas von »sonst auch nicht gefragt werden«, »nie abschalten können« und »er solle das Vorgeplänkel lassen und endlich sagen, was er wolle«. Buhle überhörte die ersten Äußerungen und beantwortete nur die letzte Aufforderung.

»Wir haben im Mordfall Avelsbach möglicherweise eine neue Spur, die nach Luxemburg führt, und wir müssen dringend …«

Er hörte, wie Glas zu Bruch ging und darauf eine Fluchorgie folgte, die er der sonst so beherrschten Staatsanwältin nicht zugetraut hätte. Dann war das Gespräch unterbrochen. Ratlos hielt er den Hörer in der Hand und überlegte, ob er auf einen Rückruf warten sollte oder ob er es gleich oder in ein paar Minuten oder vielleicht besser erst in einer Stunde noch einmal probieren sollte. Die Entscheidung wurde ihm vorerst abgenommen, als sein Telefon klingelte. Reflexartig wollte er das Gespräch annehmen, als er merkte, dass es die Klingeltöne seines Handys in der Außentasche des Jacketts waren. Überrascht nahm er den Anruf entgegen.

»Hallo, Christian, bist du es?« Ducard klang sauer.

»Ja, Henri, ist was geschehen?«

»Heute Morgen wurde bei uns eine tote Frau gefunden. Sie ist ermordet worden. Anscheinend handelt es sich um eine Deutsche, die mit einem Luxemburger verheiratet war. Sie arbeitete seit der Trennung von ihrem Mann als Prostituierte, vor allem in Belgien. Wir müssen ihre Identität noch abschließend prüfen.« Er stockte kurz. Buhle hörte im Hintergrund Schritte. Ducard schien also im Gehen zu telefonieren. »Ich halte zwei Morde an Prostituierten in unserer Region in nur zwei Wochen für einen zu großen Zufall. Wir sollten sicherstellen, ob es Zusammenhänge gibt oder nicht. Wo bist du jetzt?«

»Im Büro.«

»Sehr gut. Ich maile dir gleich ein Foto der Toten und die ersten Personendaten durch. Du meldest dich, wenn dir was auffällt, ja?«

»Natürlich. Bist du auch in deinem Büro?«

»Teilweise, versuch es besser auf meinem Handy. Äddi.«

»Henri, alles Gute zum …«

Ducard hatte die Verbindung bereits unterbrochen.

Buhle fühlte Anspannung in sich aufsteigen. Wie immer, wenn er eine entscheidende Phase in einem Fall erwartete. Bewegungslos verharrte er vor dem Bildschirm, bis ihn das Tonsignal der eingehenden E-Mail erlöste.

Nachdem er die Mail mehrmals hintereinander studiert hatte, griff er zum Telefon und wählte die Nummer von Marion Reens.

»Was für eine Überraschung, gibt es etwas Neues?«, fragte sie hörbar erfreut.

»Ja, aber darüber kann ich jetzt noch nichts sagen. Ich habe aber eine dringende Bitte: Hast du ein oder mehrere aktuelle Fotos von dir, die dich im Ganzen und als Porträt zeigen und die du mir möglichst sofort zumailen kannst?«

»Ich hoffe, nicht für ein Fahndungsfoto oder für die Presse.«

Buhle atmete vor Anspannung tief durch. »Nein, natürlich nicht. Ich benötige sie zum Vergleich mit einem anderen Foto. Das aus deinem Pass ist zu alt und sieht dir nur bedingt ähnlich. Bitte, es ist wirklich dringend.«

»Okay. Du versprichst mir, dass ich keines der Fotos in den nächsten Tagen in der Zeitung sehe?«

»Soweit es in meiner Macht steht, verspreche ich dir das. Aber die Fotos werden Teil der Ermittlungsakten werden, allerdings zu deiner Entlastung. Das kann ich dir sicher versprechen.«

»Ihr seid etwas kompliziert. Okay, ich schaue nach.«

»Wann kann ich damit rechnen?«

»Ich suche sofort nach den Fotos. Es dauert aber schon allein drei Minuten, bis mein alter Rechner hochgefahren ist. Und die Fotos habe ich nicht digital, sondern muss sie erst noch einscannen. Viertelstunde, zwanzig Minuten?«

»Vielen Dank.« Er gab ihr noch seine E-Mail-Adresse durch und verabschiedete sich knapp.

Genau zwölf Minuten später kam die E-Mail aus der Hansestadt mit insgesamt fünf Fotos, davon eins, das Marion Reens als Teenager zeigte. In derselben Minute wurde die elektronische Post nach Luxemburg weitergeleitet, mit einer kurzen Aufforderung, die

Fotos sofort anzuschauen. Weitere drei Minuten später klingelte Buhles Telefon.

»Wen hast du mir da geschickt?«

»Das ist Marion Reens, geborene Schroeder. Die Schulfreundin unseres Hauptverdächtigen Thomas Steyn, mit der er sich angeblich am Wochenende des Mordes getroffen hat.«

»Das ist unglaublich.«

»Nein, dadurch wird alles glaubhaft. Lass mich raten, deine Tote hat ein Tattoo neben dem Venushügel, einen Skorpion.«

»Das weiß ich nicht. Die Leiche dürfte gerade in der Leichenhalle angekommen sein. Es ist zudem Wochenende, und ich habe keine Ahnung, wann wir einen unserer Gerichtsmediziner zu fassen bekommen. Wir müssen uns unbedingt treffen.«

»Ich hab schon unsere Staatsanwältin –«

»Pfeif auf die …« Ducard fiel wohl gerade der Ärger ein, den Buhle sich am letzten Wochenende eingehandelt hatte. »Mist. Sieh zu, dass sie sich beeilt. Ich werde mich auf unserer Seite darum kümmern. Äddi.«

Die Soko Domäne starrte auf den Bildschirm, als ob auf den beiden Fotos darauf Aliens abgebildet gewesen wären. Dabei sahen sie lediglich ein Foto von der Toten in Luxemburg und eins von Marion Reens.

Es hätten auch zwei Bilder ein und derselben Person in unterschiedlichen Lebenssituationen oder von Zwillingen sein können, so frappierend war die Ähnlichkeit. Als Erster fand Reuter die Sprache wieder.

»Das gibt's doch nicht, dass sich zwei Menschen, die nicht miteinander verwandt sind, so ähnlich sehen können.«

»Das ist wirklich mehr als ungewöhnlich. Aber ihr wisst auch, was das bedeutet?«

Sie sahen sich gegenseitig an, je nach Charakter betroffen, sorgenvoll oder angriffslustig. Jeder wusste es.

Den ganzen Nachmittag glühten die Telefonleitungen zwischen Trier, Mainz, Bonn und Luxemburg. Je nach Kompetenzbereich wurden Zuständigkeiten geklärt, Formalitäten erledigt, Informationen und Ermittlungsergebnisse ausgetauscht. Es war schließlich kurz nach zwanzig Uhr, als das Rechtshilfeersuchen erfolgreich war und die deutschen Kriminalbeamten Gerhardts und Buhle in offizieller Mission den unbewachten Grenzübergang Mesenich auf der A 64 in Richtung Luxemburg überquerten. Sie wollten sich mit Kollegen aus Luxemburg, Belgien und Frankreich in der gemeinsamen Stelle der grenzüberschreitenden Polizeizusammenarbeit in Luxemburg-Stadt treffen.

Vier Stunden später kehrten sie zurück. Da Buhle zu Fuß zur Arbeit gekommen war, fuhr Gerhardts ihn nach Hause. Vor der Hofeinfahrt hielt er und machte den Motor aus. Sie saßen schweigend da, bis Gerhardts das Wort ergriff.

»Wir hatten recht, von Anfang an.«

»Ja. Aber es gibt mir trotzdem kein gutes Gefühl. Hätten wir Unrecht, säße der Mörder jetzt in U-Haft, und die Sache wäre erledigt. Jetzt müssen wir auf die Jagd gehen, um ihn zu fangen, damit er nicht weitermordet.«

»Wen können wir jetzt von unserer Täterliste streichen?« Gerhardts nahm seine Finger zu Hilfe. »Als Erstes: Michs Zufallseinbrecher, denn an Zufälle glaube ich bei dem Fall nicht mehr. Zweitens Steyns Schwester oder andere Frauen, denn die Zeugin in Belgien hat eindeutig ausgesagt, dass Elena Voiculescu mit einem Mann mitgegangen ist. Thomas Steyn ist auch aus dem Rennen, jetzt, wo seine Geschichte bestätigt wurde.«

»Davon können wir ausgehen. Es bleiben also die Ex-Schüler mit Motiv, wobei Ährenberg und Mazzomaid derzeit am ehesten in Frage kommen. Die anderen Alibis müssen aber noch nachgeprüft werden. Und dann der große Unbekannte, der aber zweifellos Steyn sehr gut gekannt haben muss. Da sind für mich Kollegen, Geschäftspartner und Beteiligte an diesem Geheimprojekt mögliche Kandidaten.«

»Was meinst du, wo der Täter sich jetzt aufhält?«

»Er war sicher die ganze Zeit in der Nähe. Wenn ich er wäre, hätte ich mich unter falschem Namen sogar mitten in der Stadt eingemietet. Er hatte ja nichts zu befürchten und alles unter Kontrolle.« Buhle atmete hörbar aus. »Jetzt sieht das anders aus. Vielleicht hoffte er ja, die Tote könne eine Zeit lang unentdeckt bleiben. Dann ist er womöglich noch nicht ganz abgetaucht.« Er überlegte kurz. »Aber jetzt wird er ahnen, dass die Polizei hinter ihm her ist.

Morgen früh müssen wir die Hotels abklappern, ob ein Gast überraschend früher abgereist ist.«

Sie schwiegen eine Weile. Schließlich sagte Gerhardts: »Ich denke nicht, dass er ganz abhaut. Er war kurz vor dem Ziel und sieht jetzt alles in Gefahr. Ich glaube nicht, dass er aufgeben wird.«

»Ich auch nicht. Wir müssen die Steyns warnen.«

23

Luxemburg – Trier; Sonntag, 14. November

Die letzten zweieinhalb Tage hatte er wie ein Computer erlebt, der sich gerade aufgehängt hatte: Er war physisch da, es arbeitete fortlaufend ihn ihm, aber in seinem Kopf liefen lauter Endlosschleifen, die sich nicht mehr fangen ließen. Dabei hatte er sich von dem Konzertbesuch die so notwendige Beruhigung versprochen, die Cellokonzerte in ihm von Kindeszeiten an ausgelöst hatten. Die Erkenntnis, dass Marie Steyn ihn kannte, hatte ihn bis ins Mark getroffen.

Er hatte sich in den Mietwagen gesetzt und war einfach gefahren, drei Stunden irgendwie Richtung Westen. Bis er zu müde war und auf einem Parkplatz im Auto eingeschlafen war.

Auch am nächsten Tag hatte er keine Erklärung dafür gefunden, warum plötzlich alles aus dem Ruder gelaufen war. Hatte nach Gründen, nach Fehlern gesucht und sich doch nur im Kreis gedreht. Wenn diese raffgierige Nutte das getan hätte, was er ihr gesagt hatte, wäre alles noch in Ordnung. Er konnte nur hoffen, dass er sie auf die Schnelle gut genug versteckt hatte. Er musste Zeit gewinnen. Aber was nutzte Zeit? Irgendwann würde man sie finden. Dann würde die Polizei die Ähnlichkeit erkennen, würde dem Schwein glauben. Alles wäre umsonst gewesen. Alles.

Abends quartierte er sich in einem großen Hotel nahe der luxemburgischen Grenze ein. Er schlief wieder nur kurz und unruhig. Bei dem verdutzten Nachtportier checkte er aus und fuhr Richtung Luxemburg. Wenn er untertauchen wollte, brauchte er alle möglichen Sachen. Wenn sie hinter ihm her waren, musste er Beweise beseitigen. Als Allererstes das Notebook vom Schwein, es musste weg.

Als er seine Wohnung betrat, spürte er, dass er jeglichen Bezug zu ihr verloren hatte. Dennoch bewegte er sich sicher durch die dunklen Räume. Er schlich wie früher, wenn sie ihn nicht sehen durften. Auch diesmal durften sie ihn nicht sehen, nicht finden. Die Jalousien zur Straße hin waren alle bis auf die letzten zwanzig

Zentimeter nach unten gelassen. Nur durch die Zwischenräume und aus dem Badezimmer drang ein helldunkler Schein in den Flur. Es reichte, um in das nach hinten liegende Schlafzimmer zu gelangen. Hier hatte er die Jalousie nur halb geschlossen, sah aber mangels Straßenlaternen auch nicht mehr. Wahllos griff er Hemden, Pullover und Hosen, Unterwäsche und Strümpfe aus seinem riesigen Kleiderschrank und stopfte sie in einen Koffer.

Er hatte sich wieder aufgerichtet, um zu überlegen, was noch fehlte, als es an der Tür klingelte: einmal, zweimal, dreimal. Dann war wieder Ruhe.

Es dauerte einige Sekunden, bis sich die Schockstarre gelöst hatte. Er schlich zum Wohnzimmerfenster und sah noch soeben einen Polizisten in Uniform über die Straße in Richtung eines Streifenwagens gehen. Gerade wollte er aufatmen, als ihm in den Sinn kam, dass Polizisten nie allein unterwegs waren. War einer zurückgeblieben?

Er wartete eine Viertelstunde, erahnte in der Zeit leise Geräusche vor seiner Wohnungstür. Dann sah er den Streifenwagen ein zweites Mal vorfahren und einen Mann in Zivil einsteigen. Sie waren ihm auf der Spur. Es gab keinen Zweifel mehr. Er musste verschwinden, verschwinden oder zurückkommen oder beides.

»War nichts, Henri?« Der luxemburgische Polizist am Steuer des Streifenwagens sah fragend zu Ducard herüber.

»Es hat keiner die Wohnung verlassen. Und doch habe ich das Gefühl, dass da einer drin ist. Vielleicht hat er die Finte durchschaut und ist einfach ruhig geblieben. Du hast von deiner Position auch nichts bemerkt?«

»Nein, nichts. Sollen wir reingehen?«

Ducard betrachtete den jungen Kollegen von der Seite und erkannte in dessen Augen die gleiche Abenteuerlust, wie sie ihn in jungen Jahren selbst erfüllt hatte. Dann aber schüttelte er den Kopf. »Nein, das können wir nicht. Wenn das rauskommt, machen die uns die Hölle heiß. Wir haben noch nichts Handfestes gegen den Mann vorliegen.« Er atmete noch einmal tief durch und bedeutete dem Kollegen, loszufahren. Dieser tat es widerwillig.

*

Die Büroräume der Section de Recherche in Luxemburg-Stadt hatten sich gefüllt. Alle verfügbaren Kräfte waren zusammengezogen worden, um die Ermittlungen nach dem Fund der Leiche gestern Morgen fortzuführen. Schon am Vortag hatten sich erste Ergebnisse eingestellt. Bei der Toten handelte es sich um die fünfunddreißigjährige Isabelle Girardot, geborene Korath. Mit vierundzwanzig war die gelernte Bürokauffrau aus dem an der Mittelmosel gelegenen Weindorf Piesport zu ihrem Freund nach Luxemburg gezogen. Acht Monate später hatten sie geheiratet, nach fünf Jahren war die Ehe geschieden worden. Kurz danach hatte sie begonnen, in einem Club auf der anderen Seite der belgischen Grenze zu arbeiten. Später hatte sie zusätzlich in ihrer Wohnung in Atterbach die gleiche Tätigkeit in Eigenregie ausgeübt. So konnte sie über die Akten der Kollegen vom Kommissariat für Sexualdelikte leicht identifiziert werden. Sah man von ihrem Beruf ab, war sie in Luxemburg nicht weiter auffällig geworden.

Am späten Samstagnachmittag hatte Ducard der gerichtsmedizinischen Untersuchung beigewohnt. Das Erste, was er suchte, war die von Buhle erwähnte Tätowierung am Unterleib der Toten. Er fand nichts, wies aber den Rechtmediziner darauf hin, noch einmal gezielt danach zu suchen. Später bekam er die Rückmeldung, dass Spuren von Kosmetikfarbe gefunden worden seien, die durchaus von einem Fun-Tattoo stammen konnten.

Todesursache und -zeitpunkt waren leicht zu ermitteln gewesen: Isabelle Girardot war erdrosselt worden, nachdem sie zuvor unter Gewaltanwendung überwältigt worden war. Der Mediziner fand Hämatome an Körper und Hals, die auf gezielte Schläge hindeuteten. Er vermutete einen kampferprobten Täter. Als Tatzeit wurde zunächst der Donnerstagabend zwischen zwanzig und dreiundzwanzig Uhr bestimmt.

Gefunden hatte die Leiche der Schweißhund eines Jägers in einem Waldstück knapp zehn Kilometer südlich von Atterbach. Offensichtlich stimmte der Fundort nicht mit dem Tatort überein. Weitergehende Beweise fanden die Polizisten von der Kriminaltechnik in der Wohnung des Opfers, einer Dachwohnung in einem kleinen Haus mit Bäckerei in der Dorfmitte.

All das hatten die deutschen Kommissare Buhle und Gerhardts bereits am Vorabend erfahren. Nun waren sie wieder auf dem Weg in die Hauptstadt des Großherzogtums, um die dortigen Ermittlungsarbeiten zu begleiten und Verbindungen zu ihrem Fall aufzuspüren. Viel gab es auf der Fahrt zwischen den beiden nicht zu bereden, nur eine Neuigkeit konnte Gerhardts, der das Auto in der ZKI abgeholt hatte, Buhle mitteilen. Klaus Menzel hatte angefragt, ob der Fund der Toten in Luxemburg im Zusammenhang mit dem seinem Mandanten vorgeworfenen Mord stünde. Gerhardts hatte auf die laufenden Ermittlungen der luxemburgischen Kollegen verwiesen und ein Treffen für den Nachmittag in der JVA in Aussicht gestellt. Beide ahnten, dass der Anwalt bereits vor Ende des Gesprächs über den Text für die Beantragung eines Haftprüfungstermins für Thomas Steyn nachgedacht hatte.

Sie hatten die Zentrale der Section de Recherche gerade betreten, als ihnen Ducard mit einem jungen Kollegen entgegenkam.

»Kommt mit, wir haben eine interessante Zeugin am Wohnort der Toten«, begrüßte er die beiden Kollegen und eilte bereits an ihnen vorbei.

Madame Pauline Joubert war eine Frau Anfang fünfzig. Sie trug einen hellbraunen, über die Knie reichenden Rock. Damit korrespondierte eine Kette mit dicken, unregelmäßig runden Holzperlen, die schwer über ihrer bis oben zugeknöpften Bluse in merkwürdigem Mintton lag. Pauline Joubert wog sicher zwanzig Kilo zu viel, weshalb ihre Körperkonturen unter den eher eng geschnittenen Kleidungsstücken deutlich hervortraten. Lippen, Augen und Wangen waren üppig geschminkt, und es war offensichtlich, dass sie sich für die Besprechung mit dem Kommissar besonders hergerichtet hatte. Umso erfreuter war sie, als sie erkannte, dass die Präsentation ihrer Langzeitrecherche sogar der hospitierenden deutschen Kriminalpolizei zuteilwerden sollte.

»Madame Joubert, mein Kollege hat mir berichtet, dass Sie über Aufzeichnungen bezüglich der Besucher von Isabelle Girardot verfügen?«, eröffnete Ducard das Gespräch.

»Allerdings.« Madame Joubert hatte alle vier Polizisten um ihren Esstisch gruppiert. »Kann ich Ihnen nicht zuerst einen Kaffee anbieten? Ich habe ihn extra für Sie gekocht.«

Mehr aus Freundlichkeit stimmten die Beamten dem Angebot zu. Nur Buhle lehnte mit Verweis auf einen empfindlichen Magen ab, was Madame Joubert mit einem Gesichtsausdruck größter Anteilnahme bedauerte.

»Dürften wir jetzt bitte auf Ihre Aufzeichnungen zurückkommen.«

»Natürlich.« Madame Joubert wandte sich nach hinten und nahm von dem Sideboard aus massiver Eiche ein Notebook, das vorher von der neuesten Ausgabe von LëtzTalk verdeckt gewesen war. »Wie ich Ihrem Kollegen«, sie schaute zu dem zweiten luxemburgischen Polizisten in dieser Runde, »bereits mitteilte, war mir vor etwa neun Monaten aufgefallen, dass diese Dame im Haus gegenüber zahlreiche Männerbesuche erhielt. Da diese, wenn überhaupt, nur wenige Stunden unter dem Dach der Bäckerei verbrachten, vermutete ich, dass es sich bei der Frau um ein sogenanntes leichtes Mädchen handeln könnte.«

»Sie meinen, eine Prostituierte?«

Madame Joubert quittierte den Einwand Ducards mit sichtbarem Ekel. »Ja, wenn Sie sie so nennen wollen. Ich beobachtete dieses Geschehen also weiter. Nach nur einer Woche war ich mir sicher, dass meine Annahme stimmen musste. Sie können meine Empörung darüber sicher nachvollziehen. Eine solche Frau in der direkten Nachbarschaft kann man doch nicht akzeptieren. Da …«, sie rang sichtlich nach dem geeigneten Wort, ergab sich dann aber doch der offiziellen Bezeichnung, »Prostitution bei uns ja verboten ist, habe ich begonnen, Beweise zu sammeln, um dieser Frau das Handwerk zu legen.«

Buhle hielt sich bei der Vernehmung natürlich zurück, empfand aber bislang auch keinen Grund, sich einzubringen. Sein luxemburgischer Kollege machte das sehr geschickt. Überrascht beobachtete er Pauline Joubert, wie sie routiniert den Computer hochfuhr und den Polizisten eine erstaunliche Tabelle präsentierte. In achtundfünfzig Zeilen waren Angaben zu Männerbesuchen bei Isabelle Girardot gemacht worden: Datum und Uhrzeit der Beobachtung, Dauer des Aufenthaltes, Autokennzeichen, Autotyp, Kennzeichen der Person. Kamen Männer häufiger als zweimal, hatte Pauline Joubert den Spalten Farben zur Unterscheidung zugeordnet. So ergab sich eine übersichtliche Dokumentation von Girardots nebenberuflichen Aktivitäten. Die Beamten waren beeindruckt.

»Madame Joubert, wie haben Sie denn die Angaben gesammelt?« Ducard bemühte sich, seine moralischen Zweifel am Tun der Zeugin zu kaschieren und ihre Auskunftsfreude durch eine Mischung aus Überraschung und Anerkennung weiter zu fördern.

»Dort, vom Wohnzimmer aus, kann ich die Straße recht gut einsehen.« Sie deutete mit ihrem kurzen Zeigefinger auf das zur Straße gehende Fenster. »Ich habe mir davor einen Arbeitsplatz für mein Notebook eingerichtet, sodass ich nebenbei die Straße und den Eingang zum Hof der Bäckerei im Auge behalten kann. Die Autos, die hierhergehören, kenne ich. Also habe ich ziemlich sicher die fremden Autos, die zu diesen Herrenbesuchen passten, bei meinen Spaziergängen identifizieren können. War ich unsicher oder wurde weiter weg geparkt, was allerdings nur sehr selten geschah, weil die Herren es sehr eilig hatten … na ja, Sie wissen ja. Also wenn ich mir unsicher war, bin ich den Herren nachgegangen.«

»Aha, hier ist eine Zeile ohne Auto. Ein Herr …«

»… Joseph Picard. Er wohnte drei Straßen weiter und kam zu Fuß.«

»Er wohnte dort?«

»Seine Frau hat das einzig Richtige getan, als sie es erfuhr.«

»Aha.« Ducard bemühte sich weiter um Freundlichkeit. Nach nicht einmal einer Minute sah er mit bedeutungsschwangerem Blick zu seinen Kollegen.

»Hast du etwas gefunden?«, fragte Buhle.

»Ja, das Kennzeichen eines BMWs. Es kommt mir bekannt vor. Ich schau mal nach.« Er holte sein Smartphone aus der Jackentasche. »Madame Joubert, darf ich ein paar Ihrer Aufzeichnungen mit unseren Daten vergleichen?«

»Sicher. Ich habe das ja schließlich für die Polizei gemacht.«

Kurz darauf nickte Ducard mit zufriedenem Blick Buhle und Gerhardts zu. Er scrollte weiter in der Tabelle von Pauline Joubert, die ihn die ganze Zeit distanziert-interessiert beobachtet hatte.

»Hier finden sich gleiche Farbhinterlegungen, obwohl die Autokennzeichen unterschiedlich sind.«

»Die Herren kommen teilweise mit verschiedenen Autos. Ich nehme an, es sind Geschäftsleute, Vertreter oder Ähnliches, die mit unterschiedlichen Autos unterwegs sind. Ich meine, es handelte sich dabei um immerhin sechs Personen. Die … die Tote hatte ohnehin wohl eher Stammkunden.«

»Eine Frage noch: Wie vollständig sind Ihre Aufzeichnungen?«

»Donnerstagabends gehe ich für gewöhnlich kegeln. Für diese Tage werden Sie deshalb nur Eintragungen finden, wenn Herren vor neunzehn Uhr gekommen sind. Dann war ich im Juli für drei Wochen im Urlaub. Die Tage, an denen ich meine Tochter besucht habe, waren der 23. März und der 31. August. Am 12. Juni hatte ich Geburtstag und war mit Freundinnen essen.«

»Aha. Am vergangenen Donnerstag waren Sie also auch kegeln?«

»Leider.«

»Madame Joubert, Sie haben uns mit Ihren Bemühungen sehr geholfen. Dürften wir Ihre Tabelle bekommen?«

»Kein Problem. Wie sollen wir es machen? Möchten Sie die Datei über Bluetooth direkt auf Ihr Smartphone oder haben Sie einen USB-Stick dabei oder soll ich sie Ihnen zumailen?«

»Es wäre schön, wenn Sie mir die Datei direkt auf das Smartphone übertragen und sicherheitshalber auch noch per E-Mail zusenden würden. Ich gebe Ihnen meine Karte, da finden Sie die Adresse. Eine Frage hätte ich noch.« Noch während Ducard weitersprach, wurde der Datentransfer vorbereitet. »Sie haben sich die Männer sicher genau angeschaut. Würden Sie bei einer Gegenüberstellung zur Verfügung stehen, wenn es gilt, einen der Freier zu identifizieren?«

»Sicher werde ich das.«

Als sie das Haus Joubert verlassen hatten, fragte Buhle ohne Umschweife: »Wer? Mazzomaid?«

»Ja, Dennis Mazzomaid …« Nach einer kleinen Pause fuhr Ducard fort: »Er kam zunächst zweimal mit seinem Privatwagen, anschließend noch viermal mit wechselnden Autos. Leider gibt es für den Tag, an dem Girardot ermordet wurde, keine Aufzeichnungen.«

»Das bedeutet, wir müssen uns ab jetzt auf Mazzomaid konzentrieren. Wir müssen ihn endlich finden.«

»Aber wir dürfen die anderen Möglichkeiten noch nicht außer Acht lassen. Es sind bislang nur vage Indizien für eine Beteiligung

Mazzomaids. Wer sagt uns, dass nicht irgendein uns unbekannter Gegner des Geheimprojektes von Thomas Steyn auch Kunde bei Girardot war? Wir kennen noch nicht mal das Projekt.«

Buhle war Gerhardts' Worten etwas ungeduldig gefolgt. »Okay, Paul, du hast recht. Aber du musst zugeben, dass zu vieles auf Mazzomaid hindeutet. Henri, du kannst doch sicher von hier aus die Autokennzeichen zu Sven Tard ins ZKI senden. Er hat eine Liste der von Mazzomaid seit einem halben Jahr gemieteten Autos.«

»Mache ich sofort. Ruf einer von euch euren Kollegen an, damit der Bescheid weiß, dann bringe ich euch zum Tatort.«

Während Gerhardts telefonierte, beobachtete Buhle Ducard beim Versenden der Daten mit dem Smartphone. Sie waren jetzt dran, da war er sich sicher. Er hatte seit Hamburg das Gefühl gehabt, dass der Schlüssel zum Fall in der Vergangenheit von Thomas Steyn zu suchen war. Jetzt kamen sie der Sache immer näher.

»Die Bekannte von Elena Voiculescu konnte weder Mazzomaid noch Ährenberg oder Steyn auf den Fotos identifizieren.« Ducard hatte offensichtlich gerade seine E-Mails gecheckt und die Nachricht von den Kollegen aus der gemeinsamen Stelle der grenzüberschreitenden Polizeizusammenarbeit in Luxemburg erhalten. Doch Buhle war die Nachricht nicht wichtig: Steyn hatte er innerlich bereits aus dem Verdächtigenkreis verabschiedet. Ährenberg war für ihn nur noch eine theoretische Option.

Sie waren gerade in das Haus des Opfers getreten, als Gerhardts' Handy klingelte.

»Ja, Sven. ... Also alle vier Kennzeichen passen zu Mietwagen von Mazzomaid? ... Okay, danke, gute Arbeit, Sven.« Gerhardts steckte das Handy wieder in die Jackentasche und wandte sich Buhle und Ducard zu. »Ihr habt es gehört: Treffer.«

»... und bald versenkt.« Buhle konnte sich diesen kleinen Kommentar nicht verkneifen.

Während er und Gerhardts sich einen Eindruck der Wohnung von Isabelle Girardot verschafften, informierte sich Ducard bei dem noch immer anwesenden Leiter der Kriminaltechnik über den aktuellen Ermittlungsstand. Nach kurzer Zeit trat er zu den beiden und machte zum ersten Mal seit sechsunddreißig Stunden einen annähernd zufriedenen Eindruck.

»Jetzt geht es wirklich los, meine Freunde. Wir haben ein verstecktes Notizbuch der Girardot gefunden. Mazzomaid taucht da auf einer Liste mit Männernamen auf, die, so vermuten wir, ihren Kundenstamm darstellt. Bis auf eine Person sind jeweils Vor- und Nachname notiert, wobei die Nachnamen teilweise mit anderem Stift wohl erst später hinzugefügt wurden. Aber …«, er machte eine kleine bedeutungsschwangere Pause, »… in einer Seite weiter hinten steckte ein Zettel mit einer Handynummer und dem Namen Mazzomaid. Und wisst ihr, was auf der Buchseite stand? … ›31. Oktober‹.«

»Der Tag, an dem Thomas Steyn den Besuch seiner alten Schulfreundin erwartet hatte. Passt genau.« Buhle merkte, wie jetzt auch Gerhardts immer mehr von seiner Zurückhaltung verlor. Auch Ducard nickte. »Außerdem haben wir im Mülleimer einen zusammengeknüllten Zettel mit der Zeitangabe ›achtzehn Uhr‹ und dem Namen eines Bistros in Luxemburg-Stadt entdeckt. Leider haben wir noch nicht ihr Handy gefunden, aber die Kollegen sind dabei, die Telefonverbindungen bei den Telefongesellschaften von Mazzomaid und Girardot zu bekommen und die Angestellten im Bistro zu befragen. Vielleicht hat sich das Opfer ja am Donnerstag mit seinem Mörder getroffen. – Ja bitte?«

Ein Kollege war an Ducard herangetreten und sagte etwas auf Lëtzebuergesch zu ihm. »Aha, Isabelle Girardot ist erst letzten Mittwoch von einem Kurzurlaub zurückgekommen. Sie war in der Dominikanischen Republik, und ihr ahnt, seit wann?«

»Seit dem 1. November. Zehn Tage Dom-Rep, als Belohnung oder um sie aus dem Verkehr zu ziehen.« Gerhardts nickte.

»Dann kommt sie wieder und kriegt mit, dass sie als Lockvogel für einen Mord benutzt wurde. Könnte sein, oder?«, sagte Buhle.

»Könnte gut möglich sein«, bestätigte Ducard. »Das würde aber auch bedeuten, dass sie von dem Mord nichts wusste.«

»Und dann hat sie es erfahren und wollte einen Aufpreis.« Wieder nickte Gerhardts.

»Gut, lasst uns aber noch die weiteren Ergebnisse abwarten. Du hast ja recht, dass wir uns sicher sein müssen. Ein zweites Mal können wir uns keinen falschen Verdächtigen erlauben.« Doch Buhle war sich jetzt erstmals sicher, dass sie auf dem richtigen Weg waren. Er musste nicht lange warten, bis die Bestätigung eintraf.

Zunächst kam das Ergebnis aus der Befragung des Bistropersonals. Eine Bedienung konnte sich gut an das Paar erinnern, das getrennt kam, sich kurz unterhielt, bis der Mann, ohne sein Getränk anzurühren, aufstand und ging. Die junge Bedienung erkannte Girardot und Mazzomaid auf den Fotos eindeutig.

Die Meldung, dass Girardot an jenem Donnerstagmorgen die Nummer von Mazzomaid gewählt hatte und sie exakt drei Minuten und vierundvierzig Sekunden miteinander telefonierten, war wichtig, aber nicht mehr entscheidend. Noch in dieser Stunde wurde Dennis Mazzomaid von der Polizei in Deutschland, Luxemburg, Belgien und Frankreich zur Fahndung ausgeschrieben.

24

Autobahnraststätte bei Nancy; Sonntag, 14. November

Er saß am Fenster und schaute auf den fließenden Verkehr hinab. Der gleichmäßige Strom von Autos und Lkws schaffte es zum ersten Mal nach dem abgebrochenen Konzertbesuch am Freitagabend, ihn so weit zu beruhigen, dass es für leidlich geordnete Gedanken reichte. Sein Plan war völlig aus dem Ruder gelaufen. Das durch die Rache-Endorphine zehn Tage anhaltende Hochgefühl hatte sich vollständig aufgelöst. Nicht einmal eine schwache Erinnerung an diese kurze Zeit der Genugtuung hatte sich gehalten. Jetzt musste er über andere Dinge nachdenken.

Zuerst hatte er überlegt, einfach mit dem Wohnmobil und Fotos von der Côte d'Azur zu Hause aufzutauchen und den Unschuldigen zu mimen. Welche Beweise hatten sie gegen ihn in der Hand? Vielleicht bekamen sie heraus, dass er bei der Girardot Sex gekauft hatte. Na und? Er hatte dafür bezahlt. Er konnte sogar eingestehen, dass ihn die Ähnlichkeit mit Marion Schroeder dazu verleitet hatte. War das ein Beweis? Später hatte er sich immer in Richtung des Schweins verkleidet. Sie hatten eine ähnliche Statur, Haare, Kleidung. Alles ließ sich so verändern, dass Fremde zumindest unsicher sein dürften, wen sie gesehen hatten. Kritisch waren nur die letzten zwei Wochen nach dieser herrlichen Inhaftierung. Da hatte ein anderes Opfer des Schweins herhalten müssen, eines, das nicht darüber hinweggekommen war.

Telefoniert hatte er abwechselnd mit rund zwanzig Prepaidkarten, die es mittlerweile in jeder Drogerie gab und die sich leicht anonym anmelden ließen. Ein Fehler war gewesen, dass er der Nutte seine eigene Handynummer gegeben hatte, als er Anfang des Jahres noch nicht daran gedacht hatte, so weit zu gehen. Diesen vielleicht letzten ihrer Anrufe würden sie sicher zurückverfolgen können.

Er schloss die Augen und sah die Autokolonne noch eine Weile im rötlichen Dunkel weiterziehen. Das war ein Problem. Ob es zu seiner Überführung ausreichte, wusste er nicht. Sie würden ihn auf jeden Fall am Haken haben. Hatte er noch mehr Fehler gemacht: Spuren, Kleidung, Notebooks, Autos? Sogar das Wohnmobil hatte er zwischenzeitlich bewegt, um Zeugen für seinen angeblichen Aufenthalt in Südfrankreich zu haben.

Es war an der Zeit, die Computer unschädlich zu machen. Vielleicht konnten Spezialisten die Kommunikation zwischen der angeblichen Marion Spiegelrodt und dem Schwein doch nachvollziehen, wenn sie die Notebooks hatten. Das würde er gleich als Erstes tun, und dann würde er nach Marseille fahren, das Wohnmobil holen. Sie hatten nicht wirklich etwas gegen ihn in der Hand. Ein paar Indizien, ja, aber gegen das Schwein gab es Beweise. Er war in Südfrankreich gewesen. Die Zeit, in der das Wohnmobil stand, war er wandern gewesen, hatte sich ein kleineres Auto gemietet, war rumgefahren. Das Notebook des Schweins würde er verschwinden lassen, seine eigene Festplatte tauschen; war ausgerechnet im Urlaub kaputtgegangen. Konnte passieren. Es gab keine Beweise: hier nicht, im Büro nicht, in seiner Wohnung …

Diese eine Erkenntnis traf ihn wie ein Schlag. Das war nicht wiedergutzumachen; er hatte keine Chance mehr. Nachdem der Druck der Magensäure nachgelassen hatte, ging er zum Wagen und fuhr fünf Stunden ohne Pause. Erst als er wieder tanken musste, machte er eine kleine Rast. Fünf Stunden hatte er überlegt, hatte sich verflucht, die Möglichkeiten abgewogen, gedreht und gewendet. Es hatte nichts genutzt. Er fuhr weiter in Richtung Marseille. Ihm blieb keine andere Wahl, als zu verschwinden. Am besten für immer.

25

Trier – Luxemburg; Montag, 15. November

Die Beantragung des Haftprüfungstermins ging um acht Uhr zwei bei der Staatsanwaltschaft Trier ein. Klaus Menzel hatte am Sonntagnachmittag bei der Kriminalpolizei noch um Einsicht der jüngsten Ermittlungsakten gebeten, sich dann aber mit einer Unterredung mit dem Leiter der Sonderkommission und der Staatsanwältin zufriedengegeben. Aus ihr ging hervor, dass gegenüber seinem Mandanten Thomas Steyn kein dringender Tatverdacht mehr bestehe. Gerhardts betonte allerdings noch einmal, dass die zum Teil erdrückenden Indizien gegen Steyn bislang noch nicht widerlegt seien. Lediglich die Tatsache, dass mit dem Fund der zweiten Toten die von Steyn von Anfang an vorgebrachte Darstellung der Ereignisse in Avelsbach möglich erschienen, würde ihn derzeit entlasten. Noch vor dem Mittag fand die mündliche Anhörung vor dem Ermittlungsrichter statt.

Um elf Uhr dreiundfünfzig war Thomas Steyn wieder frei.

Die Soko Domäne traf sich vollzählig um acht Uhr dreißig. Tard brachte eine Neuigkeit ein: Das Parkhotel hatte auf den Rundruf bezüglich auffälliger Gäste reagiert. Ein Mann, der ursprünglich von vergangenem Mittwoch bis Montag gebucht hatte, war die Nächte zwischen Freitag und Sonntag offenbar nicht in seinem Zimmer gewesen. Sonntagmittag war er in einem recht desolaten Zustand erschienen und ohne Angabe von Gründen abgereist. Bezahlt hatte er in bar.

»Und was glaubt ihr, wer da eingecheckt hatte?« Tard schaute in teils genervte Gesichter, weil die Kollegen die Antwort als selbstverständlich erachteten.

Schließlich erbarmte sich Reuter: »Lass mich raten, du Quizmaster: Dennniiiiiiiiiis Mazzomaiiiiid.« Er ahmte dabei die nervigen Box-Moderatoren nach. Doch das genüssliche Grinsen seines Kollegen ließ seine Miene skeptisch werden.

»Falsch. Klaus-Hermaaaann Pöliiig.«

Nach einem kurzen Moment des überraschten Schweigens reagierte Gerhardts als Erster. »Damit habe ich jetzt zwar nicht gerechnet, aber es dürfte doch klar sein, dass auch hinter diesem Namen unser Verdächtiger steckt.« Sie beschlossen, dass Tard mit Nicole Huth-Balzer nach der Teamsitzung zum Hotel fahren sollte, um anhand der Fotos festzustellen, ob es sich tatsächlich um Dennis Mazzomaid gehandelt hatte. Danach sollten die beiden prüfen, ob Mazzomaid noch anderweitig unter dem Namen des verstorbenen ehemaligen Mitschülers agiert hatte.

Gerhardts und Buhle wollten nach dem Haftprüfungstermin noch einmal den dann wohl freien Thomas Steyn vernehmen, diesmal als Zeugen. Außerdem mussten sie sich Gedanken machen, wie sie Steyn vor möglichen Nachstellungen von Mazzomaid schützen konnten. Reuter und Steffen fuhren direkt nach Luxemburg zu den Kollegen der Police Grand-Ducale.

*

Dennis Mazzomaid schien ein pedantisch ordentlicher Mensch zu sein. In seiner Wohnung gab es keine herumliegenden Bücher, sondern ein exakt ausgerichtetes Bücherregal, keine verstreuten CDs, sondern eine umfangreiche Sammlung klassischer Musik, die nach Komponisten oder Interpreten alphabetisch geordnet war. Pflanzen, Dekoration, Bilder, all das gab es in dem großzügigen, aber fast leeren Apartment nicht. Deshalb fiel es umso mehr auf, dass die korrekt gebügelten und auf Einheitsformat zusammengelegten T-Shirts und Pullover zuoberst so aussahen, als ob jemand in Eile die darüberliegenden Kleidungsstücke einfach weggezogen hätte. Das war aber auch die einzige Unstimmigkeit. Ansonsten wirkte alles so, als ob jemand seit einiger Zeit auf Reisen sei: Der Kühlschrank war bis auf ein paar haltbare Lebensmittel leer, viel Reklame und wenig Post verstopften den Briefkasten, der Schreibtisch war aufgeräumt.

Eine der zwei Schubladen beinhaltete Schreibzeug, Hefter, Locher und andere Büroutensilien, in der zweiten Schublade fanden sich ein dünnes Handbuch für Notebook und Drucker sowie eine externe Festplatte. Ein Notebook selbst fehlte. Es war jedoch heutzutage nicht außergewöhnlich, seinen Computer in den Urlaub mitzunehmen, um Fotos darauf zu speichern, ins Internet zu gehen oder vielleicht ein Reisetagebuch zu führen.

Ducard ließ einen Kollegen von der Kriminaltechnik ein Polizei-Notebook bringen, und der Computerfachmann schloss die externe Festplatte an. Der Bildschirm zeigte eine Fehlermeldung.

Es dauerte über eine halbe Stunde, bis der Computerspezialist sich mit zufriedenem Gesichtsausdruck wieder bei Ducard meldete. »Ich habe die Daten. Hat ein bisschen länger gedauert, weil ich ein wenig improvisieren musste. Viel war aber nicht drauf.«

Ducard bedankte sich bei seinem Kollegen, dann schaute er gemeinsam mit Steffen auf den Bildschirm des Notebooks.

Auf der Festplatte waren ein paar Dokumente über Kickboxen und andere Kampfsportarten, umfangreiche Dateien zum Thema Wirtschaft und Finanzierung, privat-geschäftliche Schreiben abgelegt. Alles unverfänglich, bis ein mit dem französischen Wort »porc« betitelter Ordner geöffnet wurde und weitere Unterordner und Einzeldateien erschienen.

Steffen richtete sich kurz auf und ließ wie ein geplatztes Ventil die Luft aus seinen aufgeblasenen Backen. »Da haben wir es.« Er sagte es mehr zu sich, aber Ducard und die anderen Ermittler in der Nähe unterbrachen ihre Arbeit und sahen ihn erwartungsvoll an.

»Den Ordner mit dem Namen ›sss_project‹ habe ich auf Thomas Steyns Bürocomputer gesehen, derselbe Name. Mach mal auf. Da müssten jetzt Dokumente zu einem Solarprojekt erscheinen. *Voilà*, sage ich ja. Wenn ich das noch recht in Erinnerung habe, die gleichen Dateien. Und hier«, er sprach weiter, ohne sich zu fragen, ob alle Kollegen Deutsch verstanden, »die Datei ›Seckerath‹, so heißt der Chef von Steyn. Und da haben wir eine PDF-Datei über K.-o.-Tropfen, damit wurde unser Opfer in Avelsbach betäubt, bevor es ermordet wurde.«

Er schaute um sich. »Kollegen, das hier ist ein Volltreffer.«

*

Marie hatte die Kinder mit einem unguten Gefühl zur Schule gebracht. Die letzten zwei Wochen hatten allen zu schaffen gemacht, auch wenn besonders Mattis sich bemühte, tapfer zu sein. Das Wochenende hatten sie zusammen in Trierweiler verbracht. Marie spürte, dass sie den Rückhalt brauchte, den ihr Thomas' Familie gab und umgekehrt. Das Zusammenwachsen mit der Familie von Steyn war in diesen Tagen das einzig Positive.

Anschließend war sie weiter zur Uni gefahren und war nun eine der Ersten in der psychologischen Fakultät. Sie ging in ihr Büro und schloss die Tür hinter sich. Mit Schaudern ertappte sie sich bei dem Wunschgedanken, bis zum Mittag würde keiner ihre Anwesenheit bemerken. Bis halb elf nahm tatsächlich keiner Notiz von ihr. Dann platzte die Sekretärin ins Zimmer und erschrak heftig bei ihrem Anblick. Sie stammelte ein paar Worte der Entschuldigung, und Marie brauchte nicht ein Wort zu sagen, und die Frau war wieder verschwunden. Eine weitere Stunde später sah sich Sabine Mayhold gemüßigt, nach ihrer Mitarbeiterin zu sehen. Auch sie ging nach ein paar Belanglosigkeiten wieder.

Die Ruhe nutzte Marie, um nachzudenken. Aber weiter als bis zur Hoffnung, die neue Spur zu dem Ex-Mitschüler von Thomas würde zum Beweis seiner Unschuld führen, kam sie nicht. Sie konnte keinen Weg für das Danach finden. Das Klingeln ihres Handys ließ sie zusammenfahren. Als sie die Nummer von Klaus Menzel erkannte, nahm sie das Gespräch zittrig, aber erleichtert entgegen.

»Hallo, Frau Steyn, störe ich Sie gerade?«

»Nein, ich bin allein. Gibt es etwas Neues?«

»Ja, ich habe eine gute Nachricht für Sie: Soeben ist die Untersuchungshaft Ihres Mannes ausgesetzt worden. Ihr Mann steht neben mir und ist frei.«

Marie konnte nicht begreifen, was der Anwalt ihr da sagte. Weil sie nicht antwortete, fragte Menzel: »Frau Steyn, sind Sie noch da?«

»Ja, ja, natürlich. Ich bin nur so … überrascht. Ich habe nicht so schnell mit dieser Nachricht gerechnet. Ist der Mörder gefasst?«

»Nein, das nicht. Aber es haben sich neue Sachverhalte aufgetan. Haben Sie von dem Mord in Luxemburg gehört?«

»Nein«, sagte Marie erschrocken, obwohl sie gar nicht wusste, um wen es sich bei der Toten handelte, »nein, ich habe nicht davon gehört. Gibt es einen Zusammenhang mit unserer … ich meine, unserem Fall?«

»Offensichtlich ja, jedenfalls hat selbst die Staatsanwaltschaft eingestanden, dass unter den neuen Gegebenheiten nicht mehr von einem dringenden Tatverdacht gegen Ihren Mann auszugehen ist.« Menzel räusperte sich. »Möchten Sie jetzt vielleicht Ihren Mann sprechen? Er steht, wie gesagt, direkt neben mir.«

»Ja … ja, sicher.« Marie wusste, dass sie nicht besonders überzeugend klang. Aber es war auch ein unbekannt mulmiges Gefühl, das bei dem Gedanken an ein Gespräch mit ihrem Mann in ihr aufstieg.

»Hallo, Tom.«

»Hallo, Marie.«

»Schön, dass du wieder draußen bist. Wie geht es dir?«

»Geht schon. Und dir?«

»Na ja, ganz okay, denke ich.«

»Wo sind die Kinder?«

»In der Schule. Zum Glück trauen sie sich das nach der …« Marie stockte. Sie wusste gar nicht, ob Thomas etwas von der Flugblattaktion an Mattis' Schule wusste.

»Nach dem Mord, meinst du?«

»Nein. Nachdem jemand an Mattis' Schule Flugblätter verteilt hat, die dich, euch …«

»Die mich als Mörder dargestellt haben?«

»Ja.«

»Das war ich ja auch in den Augen aller, oder?«

Marie wusste, dass sie zu lange überlegt hatte, bevor sie jetzt vielleicht etwas zu trotzig antwortete:

»Nein. Nein, Thomas, nicht alle. Aber es war für deine Familie keine einfache Zeit.«

»Ja, ich weiß. Tut mir leid.«

»Was machst du jetzt?«

»Ich muss noch mal zur Kripo. Die wollen mich wegen irgendeines anderen Verdächtigen verhören.« Er lachte bitter auf. »Aber diesmal als Zeuge, haben sie meinem Anwalt versichert.«

»Ich glaube, die haben versucht, ihren Job gut zu machen. Was machst du danach?«

»Ich weiß nicht. Ich denke, ich komme nach Hause.«

»Du weißt, dass wir momentan nicht in Avelsbach wohnen?«

Als sie keine Antwort bekam, fuhr sie fort: »Die Kinder sind bei deinen Eltern. Ich pendele zwischen Peter und Trierweiler. Rufst du deine Eltern an?«

»Nein. Nein, ich denke nicht. Ist vielleicht auch ganz gut so, dass ihr nicht da seid.« Nach einer Pause fügte er leise hinzu: »Ist vielleicht für alle ein bisschen viel sonst.«

»Ja, das kann sein. Ich melde mich dann bei dir, okay?«

»Okay. Grüß die Kinder bitte von mir.«

»Natürlich.« Jetzt konnte Marie die Tränen plötzlich nicht mehr zurückhalten. Mit dem Gruß an die Kinder kam ihr die Gewissheit, dass ihre Familie nicht mehr zu retten sein würde.

*

Paul Gerhardts hatte sich dafür entschieden, das Verhör im Zimmer von Christian Buhle durchzuführen, der neben dem Dienststellenleiter als Einziger das Privileg eines Einzelzimmers hatte. Wohl auch weil keiner sich darum gerissen hatte, sich mit ihm ein Zimmer zu teilen.

Sie hatten Kaffee besorgt, auf Teilchen vom Bäcker aber verzichtet, damit das Ganze nicht zu sehr nach Entschuldigung aussah. Während sie ihrem ehemaligen Hauptverdächtigen die Gründe für seine Verhaftung und die nun veränderte Ausgangslage noch einmal in Grundzügen darlegten, hatte Gerhardts in dessen fast ausdruckslosem Gesicht gelesen, dass er ohnehin nichts dergleichen akzeptieren würde. Er verspürte die tiefe und selbstgerechte Bitterkeit eines zu Unrecht Verurteilten. Und das war er durch die mediale Berichterstattung leider tatsächlich, auch wenn sie selbst keine Schuld daran trugen.

»Herr Steyn, wir möchten Sie gerne zu einem Ihrer ehemaligen Mitschüler befragen. Wären Sie dazu bereit?«, begann er vorsichtig. »Wir haben hier eine Liste mit sieben Namen. Hatten Sie zu einem dieser Mitschüler in der letzten Zeit Kontakt?«

Thomas Steyns Miene hatte ihre Selbstgefälligkeit verloren. Er betrachtete ernst die Namensliste, die Gerhardts ihm über den Tisch zugeschoben hatte. »Sie wissen, was sich damals im Internat zugetragen hat?«

»Wir haben eine ausführliche Aussage von Marion Reens«, antwortete Gerhardts.

Thomas Steyn schloss die Augen für einige Sekunden, dann holte er tief Luft und blickte entschlossen zu den beiden Polizisten. »War es Mazzomaid?« Er beantwortete das Schweigen der Kommissare selbst: »Okay, Sie wollen oder können es mir wohl nicht direkt sagen. Mazzomaid war der Einzige, der damals versucht hat, sich zu wehren. Vergebens zwar, aber er hat es wenigstens versucht. Als er dadurch noch mehr zur Zielscheibe wurde, hat er es nur noch verdeckt getan.« Steyn zeigte eine spürbare Befriedigung.

»Hatten Sie mit ihm danach Kontakt, vielleicht auch nur zufällig?«, fragte Gerhardts.

»Nein.«

»Wussten Sie, dass er in Luxemburg wohnt und arbeitet?«

»Nein.«

»Auch nicht, dass er bei der Europäischen Investitionsbank für Kreditvergabe zuständig war, anscheinend auch für die Firmen Ihres Vaters?«

»Nein.«

»Können Sie uns dennoch irgendetwas zur Person Dennis Mazzomaid sagen?«

Steyn schien zu überlegen. »Natürlich weiß ich nur, wie ich ihn vor zwei Jahrzehnten gesehen habe. Man kann versuchen, sich zu ändern ...« Er stockte kurz und fügte in verbittertem Ton hinzu: »Auch wenn einem das nicht immer nutzt. Mazzomaid war geltungssüchtig, wollte immer im Mittelpunkt stehen, erfolgreich sein, was in der Schule zwangsläufig mit Strebertum einherging. Damit ist er auch für mich in den Fokus gelangt. Aber er hätte auch mein Komplize werden können, weil er ähnlich ... durchtrieben war. Ich möchte nicht wissen, was er alles angestellt hat, um gegen uns bestehen zu können. Aber ihm fehlte die letzte Skrupellosigkeit.«

»Würden Sie ihm zutrauen, bei einem Komplott gegen Sie so weit zu gehen, aus Rache zu töten?«

»Vielleicht hat er diese Skrupel mittlerweile abgelegt. Dann ja. Er war immer ein akribischer Planer gewesen. Hatte nie etwas dem Zufall überlassen und war genau deshalb so leicht aus der Fassung zu bringen, wenn man seine Ordnung zerstörte.«

»Haben Sie eine Ahnung, warum Dennis Mazzomaid sich nach

so langer Zeit entschlossen haben könnte, sich an Ihnen zu rächen?«

Steyn zuckte mit den Schultern. »Nein, fragen Sie ihn das.«

»Ja, das werden wir.«

Gerhardts sah zu Buhle hinüber, und der fuhr fort: »Wir müssen mit Ihnen noch über Ihre Sicherheit reden. Momentan wissen wir nicht, wo sich der mögliche Täter aufhält und was er vorhat. Wenn er von Ihrer Freilassung erfährt, wird er sich möglicherweise direkt an Ihnen rächen wollen. Wir möchten Ihnen anbieten, dass Sie sich zunächst unter falschem Namen an einem geheimen Ort aufhalten, bis wir den Täter gefasst haben. Wir können das auch für Ihre Familie organisieren, wenn Sie es wünschen.«

»Meine Familie«, jetzt verdunkelten sich die Gesichtszüge von Steyn, »meine Familie … Habe ich die noch?«

»Es war sicher eine schwere Zeit für alle Ihre Angehörigen.« Buhle sprach nach einer kurzen Pause weiter. »Wir hatten aber den Eindruck, dass sich Ihre Frau sehr für Ihre Entlastung eingesetzt hat. Sie hat immer Ihre Unschuld betont.«

»So?«

»Sollen wir etwas für Sie organisieren?«

»Nein. Ich werde mit Sicherheit nach Avelsbach zurückkehren. Und falls das stimmt, was Sie andeuten, würde ich mich freuen.« Thomas Steyns Gesicht hatte einen entschlossenen Ausdruck angenommen.

Erstmals schaltete sich Klaus Menzel in das Gespräch ein. »Sie sollten das nicht auf die leichte Schulter nehmen. Der Täter ist jetzt zu allem fähig und sicher äußerst gefährlich.«

Steyn sah seinen Anwalt einige Sekunden lang an und wandte sich dann wieder Buhle zu. »Wenn ich verschwinde, und Mazzomaid findet mich tatsächlich nicht, was, meinen Sie, wird er tun?«

»Wie schon gesagt, wir können auch Ihre Familie schützen.«

»Sie wollen sie auch verstecken, natürlich an einem andern Ort? Was bedeutet das für meine … meine Kinder, für meine Frau? Vielleicht dauert es Monate, bis Sie Mazzomaid haben? Wie lange wollen Sie uns wegschließen? Und was ist mit meinen Eltern? Soll mein Vater seinem Betrieb über Monate fernbleiben? Das wäre der Ruin.«

Steyn schnaufte kurz auf. »Was meinen Sie, wie weit geht Mazzomaid? Nimmt er sich dann meine Oma vor? Meine Schwester? Und wenn er alle nicht findet, was macht er dann? Einen Freund von Mattis? Eine Freundin von Nora? Ein Nachbarskind? Sie haben keine Ahnung, wie tief man sinken kann, wenn man mit dem Bösen einen Pakt geschlossen hat, keine Ahnung, wie kreativ man plötzlich ist, wie listig, wie raffiniert, wie skrupellos. Es gibt nichts mehr, was Sie nicht denken, nicht tun. Nichts, was unmöglich ist.«

Er machte eine kleine Pause, bevor er langsam und beherrscht weitersprach: »Sie werden nicht alle Personen schützen können, die mir etwas bedeuten oder von denen er denkt, dass er mich über sie kriegen kann. Vergessen Sie es.«

*

Die Verantwortlichen der Polizeidirektion Trier und der Police Grand-Ducale hatten sich zu einer gemeinsamen Pressekonferenz entschieden. Sie hofften, dass damit auch die grenzüberschreitende Polizeizusammenarbeit endlich ihre gebührende Bedeutung in der Öffentlichkeit und vor allem in der Politik erlangen würde. Deshalb hatten sie ins Zentrum der Polizei- und Zollzusammenarbeit in Luxemburg eingeladen.

Das Medieninteresse an diesem grenzüberschreitenden Fall war riesig. Mit großer Genugtuung registrierte der Trierer Polizeipräsident, dass Luc Toudoux von LëtzTalk und Robert Flieger von der MoZ mit jedem Satz, der vom Podium aus gesprochen wurde, verdrießlicher aussahen. Zum Schluss suchten sie nur noch Deckung in der Menge ihrer Kollegen, die diese aber nicht gewähren wollte.

Nach einer Stunde war die Veranstaltung erfolgreich beendet. Geschickt hatte Hubert Monz die lange U-Haft von Thomas Steyn rechtfertigen und dafür den neuen Verdächtigen präsentieren können. Der luxemburgische Kollege betonte die hervorragende Arbeit auf internationaler Ebene, die zu diesem unerwartet raschen Ermittlungserfolg führen konnte.

Die Medienvertreter lauschten zurückhaltend, pflichtbewusst und zeigten sich zur Kooperation bereit. Gegenüber den Mazzomaid auf den Leim gegangenen Zeitungen hielten sie demonstrativ Distanz, doch Schadenfreude kam nicht auf. Jeder Journalist wusste, wie groß die Gefahr eigener Fehleinschätzungen im Streben nach der größten Schlagzeile und der brisantesten Story war.

*

Es war einer jener typischen Trierer Novembertage, an denen sich der Himmel wie ein grauer Deckel über das Moseltal legte und auf die Stimmung der Menschen drückte. Für Thomas Steyn war es früher immer wie eine Befreiung gewesen, das Avelertal bis auf die Hochfläche hinaufzufahren und sich so dem städtischen Einheitsgrau entziehen zu können. Doch obwohl er heute tatsächlich befreit worden war, konnte er dieses Gefühl nicht empfinden.

Nach dem Verhör hatte er sein beschlagnahmtes Auto abgeholt. Auch wenn er nicht wirklich etwas wahrnehmen konnte, meinte er, die kriminaltechnischen Untersuchungen in seinem Audi regelrecht riechen zu können. Er schloss kurz die Augen, als er eine junge Mutter mit Kinderwagen einen Zebrastreifen überqueren ließ. Es war eigentlich nicht mehr sein Auto. Sie hatten mit den ganzen falschen Spuren auch seine persönliche Bindung zu diesem Fahrzeug entfernt. Es zog ihm den Magen zusammen, als er sich fragte, ob es ihm gleich in seinem Haus in Avelsbach genauso gehen würde.

Das ungeduldige Hupen eines hinter ihm wartenden Autos ließ ihn zusammenfahren. Mit viel zu viel Gas fuhr er an, ohne dass er den missbilligenden Blick der Frau mit dem Kinderwagen wahrnahm.

Er schlich die schmale Straße an der ehrwürdigen Weinbaudomäne entlang. Die Stattlichkeit dieses viergeschossigen Gebäudes hatte ihn schon zu Jugendzeiten fasziniert. Wie eine kleine Burg ragte es aus dem Talboden am Fuß der Weinberge.

Die Fahrt über die Serpentinen der Baltzstraße hinauf zur Siedlung Avelsbach ließ in ihm eine tiefe Beklemmung aufsteigen. Als ob sich jede der Straßenschleifen um seinen Körper legte und sich immer weiter zuzöge. Nie hatte er das Wort »Bedrückung« in seiner Bedeutung so körperlich nachvollziehen können wie in diesem Moment.

Früher schienen ihn die ersten Doppelhäuser der ehemaligen Arbeitersiedlung der Domäne immer freundlich zu empfangen, wenn er sie rechts und links auf der Baltzstraße passierte. Nun wandten sie sich regelrecht von ihm ab, wie von einem Verstoßenen, der es wagte, nach Jahren wieder zurückzukehren, obwohl ihn keiner gerufen hatte. Nur der hinter einem mit grüngrauer Patina überzogenen Lattenzaun versteckte aufgegebene Bauerngarten des kauzigen Biologen schien ihm solidarisch zuzuwinken.

Das Herbstlaub hatte in den vergangenen zwei Wochen den Zufahrtsweg nahezu vollständig bedeckt. Thomas fand, dass es so viel schöner aussah als die kahle Asphaltdecke. Er überlegte, ob er es überhaupt wagen sollte, über diesen bunten Belag aus roten und gelben Apfel-, Birnbaum- und Lindenblättern hinwegzurollen. Nach fünf Minuten kam er zur Erkenntnis, dass die Überlegungen nicht der Sache an sich geschuldet waren, sondern vielmehr sein Betreten des Hauses verzögern sollten. Entschlossen fuhr er die letzten Meter bis vor die Haustür und betrachtete im Rückspiegel die kaum sichtbare Fahrspur auf der Laubschicht.

Den Weg vom Auto ins Haus legte er zügig zurück, aber darauf bedacht, es vor den Augen der Nachbarn nicht hektisch wirken zu lassen. Im Flur angelangt schloss er fast geräuschlos die Eingangstür und lehnte sich mit dem Rücken dagegen; als ob er sich von den wenigen Metern ausruhen müsse, bevor er die nächste Kraftanstrengung im Haus bewältigen konnte. Er betrachtete die Stapel von Zeitungen, Reklame und Briefen, die jemand vor nicht allzu langer Zeit entlang der Wand errichtet hatte. Danach war nur wenig hinzugekommen. Er klemmte die Zeitungen unter den Arm, hängte den Stoffbeutel mit seinen Utensilien, die er aus dem Gefängnis mitbekommen hatte, um sein rechtes Handgelenk und nahm die Post in die Hände. So voll beladen empfand er endlich eine Ähnlichkeit mit der Zeit vor dem Mord, nur dass er sonst mit Koffer, Akten- und Computertasche hatte jonglieren müssen, wenn er nach Dienstreisen die Treppe hinaufstieg und nach den Kindern rief. Heute brauchte er nach niemandem zu rufen. Das Haus war leer.

Nachdem er die Post auf den Couchtisch und die Zeitungen auf den Sessel gelegt hatte, richtete er sich unschlüssig auf. Er stand mit dem Rücken zum Sofa, und es kostete ihn reichlich Überwindung, sich umzudrehen. Als er es geschafft hatte und den Platz betrachtete, wo er mit dieser angeblichen Marion Sex gehabt hatte, spürte er die entsetzliche Leere, die von seinem Inneren Besitz ergriff, umso deutlicher. Er spürte nichts: keine Trauer, keine Wut, keine Scham, keine Verzweiflung, nur Leere.

Wie in Trance ging er ins Schlafzimmer hoch, um sich frische Sachen anzuziehen. Doch die Leere war auch hier allgegenwärtig. Das Bett lag nackt vor ihm, der Kleiderschrank stand offen, und er erkannte sofort die Lücken in den Stapeln von Maries Sachen.

Er stand da, als ob er mit der Zeit einen Pakt schließen wollte, das Vorwärts und Weiter aus dem Jetzt zu verbannen. Dann, endlich, spürte er, wie ein dunkles Grollen von weit her immer näher und näher kam, bis schließlich ein Tsunami an Emotionen über ihn hereinbrach, mit unbändiger Gewalt die untergetauchten Gefühle an die Oberfläche hob, sie durcheinanderschleuderte, zerfetzte und neu zusammenschob.

Wie lange er auf der blanken Matratze gelegen hatte, wusste er nicht. Er spürte unter seiner Hand eine große feuchte Lache und im Gesicht die unter getrocknetem Salzwasser gespannte Haut. Er fühlte sich unglaublich erschöpft. Er fühlte, wie die Leere, die ihn im Angesicht der nahenden Katastrophe zur leblosen Materie hatte werden lassen, mit der emotionalen Flutwelle verschwunden war. Stattdessen fühlte er sich voll von Bruchstücken vergangener Gefühle, die chaotisch in ihm herumdümpelten und nach Ordnung verlangten. Aber er fühlte.

Mühsam rollte er sich halb vom Bett, setzte sich auf die Kante und verharrte kurz. Draußen und im Zimmer war es dunkel. Er war aus seiner Betäubung erwacht und konnte wieder denken, vielleicht auch handeln. Mit einem Ruck stand er auf, schaltete das Licht an, ging zum Schrank und zog Unterhose, T-Shirt, Pulli und Jeans raus. Aus dem Wohnzimmer eine Etage tiefer drang das aufdringliche Klingeln des Telefons zu ihm.

Er zog sich an, ging zum Vorratsraum, nahm sich eine Dose Eintopf aus dem Regal und wärmte sich das Essen auf. Dazu holte er sich Bier aus dem Keller. Anschließend ging er ins Wohnzimmer und setzte sich neben die Papierhaufen, die er vor einer gefühlten Ewigkeit dort abgelegt hatte.

Nach und nach arbeitete er sich durch Drohbriefe, Rechnungen und Zeitungsartikel. Das permanente Klingeln des Telefons und die auf den Anrufbeantworter gesprochenen Nachrichten diverser

Journalisten ignorierte er emotionslos. Genauso wenig reagierte er auf das Klingeln an der Haustür. Einmal stutzte er, als er die Stimme seiner Mutter hörte, die ihm ihre Freude über seine Freilassung mitteilte und um Rückruf bat. Er überlegte nur kurz, dann nahm er den nächsten Brief in die Hand.

Die Briefe waren schlimm. Bei zweien war er sich fast sicher, wer der Absender war. Die Artikel des Trierischen Volksfreunds waren hingegen lediglich ein Spiegelbild der Ereignisse der letzten Wochen. Doch über seinen Anwalt hatte er erfahren, dass andere Zeitungen anders berichtet hatten.

Er setzte sich im Arbeitszimmer an den alten PC und ging ins Internet. Es dauerte zwar ewig, bis er alle Artikel von MoZ und LëtzTalk samt Kommentaren in diversen Foren gelesen hatte, aber er fühlte sich danach erstaunlicherweise besser. Da hatte jemand tatsächlich versucht, ihn systematisch fertigzumachen. Und dieser Jemand hatte einen Namen.

Es war drei Uhr in der Nacht, als er sich eine Daunenjacke überzog, um einen unbeobachteten Spaziergang durch sein Avelsbach zu machen. Durch den kleinen Weiler, in dem er fast sein gesamtes Leben verbracht hatte. Vielleicht hatte er wenigstens im Schutz von Dunkelheit und Kälte noch die Gelegenheit dazu.

Er hatte sich getäuscht. Am Ende des Zufahrtsweges zu seinem Haus stand am Rand der Baltzstraße ein Auto mit zwei Männern. Der eine schlief, den anderen erkannte er durch das Dämmerlicht der Straßenlaterne als Nikolas Steffen, einen der Kriminalbeamten, die gegen ihn ermittelt hatten. Er ging zum Auto. Kurz bevor er es erreicht hatte, glitt die Scheibe herunter.

»So spät noch unterwegs, Herr Steyn?« Steffen versuchte sich in einem betont freundlichen Tonfall.

»Etwas dagegen, Herr Kommissar?«

Der halb auf dem Beifahrersitz liegende junge Schutzpolizist wachte auf und sah irritiert von seinem Kollegen zu Steyn und zurück.

»Nein, Herr Steyn, natürlich nicht.«

»Warum sind Sie hier? Bin ich immer noch verdächtig?«

»Nein, wie Ihnen meine Kollegen aber schon gesagt haben, sind Sie momentan nicht ganz sicher.«

»Sie sind zu meinem Schutz hier, als Freund und Helfer?« In

Thomas' Stimme vereinten sich Überraschung und Ungläubigkeit zu Sarkasmus, den er durch sein leichtes Kopfschütteln noch unterstützte. »Das meinen Sie sogar ernst, oder? Was machen Sie jetzt, wenn ich spazieren gehe? Folgen Sie mir dann?«

»Ja, das werde ich tun. Wir müssen damit rechnen, dass der Täter versucht, Sie zu töten, nachdem sein eigentlicher Plan gescheitert ist. Und das werden wir verhindern.«

»Sie meinen, Mazzomaid wird versuchen, mich zu töten?« Thomas sah nachdenklich auf Steffen hinab, der zur Antwort die Schultern zuckte und abwägend den Mund verzog. »Na, dann folgen Sie mir mal, Herr Kommissar. Und genießen Sie dabei die Ruhe hier oben. Die Ruhe, die nicht nur Stille bedeutet, sondern die auch von der Gelassenheit der Häuser ausgeht, von der Geschichte der Siedlung und deren Bewohnern. Das finden Sie unten in der Stadt nirgends.«

Thomas drehte sich um und ging seine Runde durch den kleinen Weiler und über die umliegenden Feldwege. Seine Gedanken hatten eine Richtung bekommen; er wusste wieder, wohin er sich zu bewegen hatte.

26

Luxemburg – Trier; Dienstag, 16. November

Er hatte sich verschwinden lassen, auch wenn es vielleicht nicht von Dauer war. Wenn er Glück hatte, sorgte es bei den Ermittlern für Verunsicherung, verschaffte ihm etwas Zeit, die er dringend benötigte. Im Tarnen hatte er mittlerweile so viel Routine, wie er brauchte, um für die Allgemeinheit unerkannt zu bleiben. Dass es für die Polizisten reichen würde, glaubte er nicht. Er musste sich also beeilen. Musste rasch handeln, sonst würde ihm die letzte Chance noch entgehen. Sonst würden sie ihn vorher kriegen.

Dass sie ihm auf der Spur waren, erschien ihm nicht mehr als Bedrohung. Vielmehr verspürte er Befriedigung darüber, dass er die Situation richtig eingeschätzt hatte. Den Stand der Ermittlungen erkundete er im Internet. Sie hatten das Schwein schon rausgelassen. So schnell. Aber eigentlich war es gut so. Vielleicht sogar das einzig Richtige.

*

Sven Tard sollte in der ZKI die Stellung halten, während Nikolas Steffen sich bis zum Mittag ins Bett verabschiedet hatte. Michael Reuter und Nicole Huth-Balzer übernahmen tagsüber die Beobachtung von Thomas Steyn. Gerhardts und Buhle fuhren mit einigen Beweisen über die Rollen von Isabelle Girardot und Dennis Mazzomaid im Mordfall in Avelsbach zur Section de Recherche nach Luxemburg. Auch die Kollegen in Luxemburg hatten weitere Indizien und Beweise gefunden, die in der Summe das Bild zumindest der ersten Tat nach und nach vervollständigten.

Den Nachweis für den Aufenthalt von Girardot am Tatort in Avelsbach brachte ein Abgleich ihrer bereits seit Montagnachmittag in Luxemburg vorliegenden DNA mit dem Erbgut eines bislang nicht identifizierten Haares von der Wohnzimmercouch der Steyns. Außerdem fanden sich in ihrer Wohnung mit Slip, Bluse und Rock drei Kleidungsstücke, die identisch mit denen der toten

Elena Voiculescu waren. Somit ließ sich die Beweiskette zur Lockvogelrolle von Isabelle Girardot weiter vervollständigen.

Schwieriger erwiesen sich die Ermittlungen bei Dennis Mazzomaid. Aber auch hier verdichteten sich die Indizien. Zwei der Bediensteten im Parkhotel identifizierten ihn auf dem Fahndungsfoto übereinstimmend als den angeblichen Klaus-Hermann Pölig, der bei ihnen abgestiegen war. Sie fügten jedoch an, dass er auf dem Foto wesentlich jünger aussehe und sich mit längeren Haaren und Schnurrbart auch sonst deutlich verändert habe. Die durchdringenden grünen Augen und das markante Gesicht hätten sie jedoch ihrer Sache sicher gemacht.

Schließlich ergab die erweiterte Fahndung und Analyse der genutzten Leihwagen, dass ein Klaus-Hermann Pölig über das Allerheiligenwochenende in Saarbrücken einen Audi geliehen hatte, der in Typ und Farbe genau dem Fahrzeug der Familie Steyn entsprach. Der Nachbar hatte in der Mordnacht also wohl das von Mazzomaid gemietete Auto vor dem Steyn'schen Anwesen gesehen. Außerdem konnten nicht nur die von Pauline Joubert erfassten Besuchszeiten von Mazzomaid in der Wohnung von Isabelle Girardot in hundertprozentige Korrelation zu Mietterminen von Mazzomaid bei diversen Autoverleihern gebracht werden: Weitere Übereinstimmung gab es mit dem Tag, an dem die Kleidung für die beiden Opfer gekauft worden war.

In der Europäischen Investitionsbank hatte man sich zunächst von den polizeilichen Ermittlungen überrascht und empört gezeigt. Dabei stand zweifelsohne die Sorge um den guten Ruf der Organisation im Vordergrund, weniger die um einen ihrer Mitarbeiter. Dem Abteilungsleiter und Vorgesetzten von Mazzomaid war allerdings der Mord im Hause Steyn bekannt. Da sich die EIB in umfangreichen Geschäften mit Philipp von Steyn befand, wurde die Meldung über die Verhaftung seines Sohnes als Hauptverdächtigem hier mit großer Sorge zur Kenntnis genommen. In diesem Zusammenhang fiel es Buhle wieder ein, wann er von der EIB das erste Mal gehört hatte: am Rande der ersten Vernehmung von Philipp und Juliette von Steyn. Der Abteilungsleiter konnte sich zudem an eine schwierige Sitzung Mitte März erinnern, bei der Mazzomaid in übersteigertem Maße die Unseriosität des Projekts von Philipp von Steyn hatte nachweisen wollen und dabei vom offensichtlich gut vorbereiteten Kunden regelrecht vorgeführt worden war. Das hatte den Abteilungsleiter damals gewundert, weil er seinen Mitarbeiter als hervorragenden Fachmann und Strategen schätzen gelernt hatte.

Die Auswertung der Dateien auf der externen Festplatte brachte weitreichende neue Erkenntnisse. Auf dem Datenträger befand sich ein regelrechtes Dossier über Uwe Seckerath, den Sohn von Thomas Steyns Chef. Seckerath junior war demnach spielsüchtig und befürchtete, von Thomas Steyn als Betriebsnachfolger ausgebootet zu werden.

Die Kriminalbeamten mutmaßten, dass Uwe Seckerath seine Felle davonschwimmen sah. Das war die Chance für Mazzomaid, einen Deal mit ihm einzufädeln: Er bekam von Seckerath junior interne Informationen über Thomas Steyn, dafür versprach Mazzomaid, Steyn öffentlich zu demontieren. Auf diesem Weg erfuhr Dennis Mazzomaid von Steyns regelmäßig gewordenen außerehelichen Aktivitäten in der »1001 Nacht«-Bar in Algier und gelangte mit genügend Kapitaleinsatz an entsprechendes Fotomaterial.

Auch über das hinter vorgehaltener Hand viel diskutierte Geheimprojekt, das Thomas Steyn verfolgte, wurde Mazzomaid von Uwe Seckerath unterrichtet. Auf der Fläche eines in der Südeifel geplanten Megasteinbruchs wollte Steyn einen ebenso gigantischen Park für regenerative Energien errichten lassen. Das Interesse Mazzomaids an diesem Vorhaben bestand ausschließlich darin, öffentlichkeitswirksam einen weiteren Keil zwischen Thomas Steyn und seinen bislang nicht involvierten Arbeitgeber sowie seinen in diesem Marktsegment konkurrierenden Vater zu treiben. Das internationale Ermittlerteam fand einen bereits vorformulierten Text, der anscheinend an die Zeitungen verschickt werden sollte.

Allen Kriminalbeamten, die sich in der Section de Recherche zusammengefunden hatten, war klar, dass ihre Suche nach Mazzomaid die Suche nach dem zweifachen Mörder bedeutete. Die schnell zunehmende Indiziendichte ließ keinen Zweifel mehr zu. Nur gab es bislang keine Spur vom Verdächtigen.

Das änderte sich mit einer Unfallmeldung aus Südfrankreich.

»Das Wohnmobil von Dennis Mazzomaid wurde gefunden«, berichtete Bertrand Parfait als französischer Vertreter in der gemeinsamen Stelle in Luxemburg persönlich. »Es liegt im Meer, nur ein paar Kilometer westlich von Marseille, am Fuß der Steilküste. Die Kollegen schreiben hier in ihrem Fax, dass das Auto auf einer abgelegenen Nebenstrecke aus den Bergen kam. Es muss mit sehr hoher Geschwindigkeit geradeaus gefahren sein und ist dann die bestimmt fünfzig Meter hohen Felsen ins Meer gestürzt. Das muss schon am Montag passiert sein. Die Kollegen sind mit Booten und Tauchern an der Unglücksstelle, aber es ist sehr schwierig, etwas Genaueres zu sagen.«

»Hat man die Leiche von Mazzomaid gefunden?« Ducard und Buhle stellten die Frage gleichzeitig.

»Nein, hat man nicht. Es kann sein, dass der Fahrer bei dem Sturz aus dem Auto geschleudert wurde. Wahrscheinlich ist das Fahrzeug noch mehrmals mit der Felswand kollidiert.«

Im Kreis der Ermittler herrschte ratloses Schweigen. Es war Buhle, der es brach: »Ich glaube nicht, dass wir vor der französischen Küste Mazzomaids Leiche finden werden. Er will uns nur in die Irre führen, ich bin mir sicher. Die Frage ist nur, warum?«

»Entweder er täuscht einen Unfall vor, um unterzutauchen, oder aber, um hier ungestört sein Werk zu vollenden«, sagte Ducard bestimmt. »Und ich persönlich glaube nicht, dass so jemand einfach aufgeben wird.«

»Aber wir müssen der Sache mit dem Wohnmobil nachgehen.« Der französische Kommissar hätte wohl gerne die leichte Lösung des Falls gehabt.

»Selbstverständlich«, sagte Buhle. »Wir dürfen keine Frage offenlassen. Aber ich bin auch der Meinung von Henri. Wir müssen hier auf Nummer sicher gehen und dürfen uns nicht täuschen lassen. Solange die Leiche von Mazzomaid nicht gefunden ist, glaube ich nicht an seinen Tod.«

*

Marie räumte den Frühstückstisch ab, während ihre Schwiegermutter mit den Kindern im Bad beim Zähnputzen war. Sie fühlte sich innerlich hin- und hergerissen, war emotional so labil, wie sie es seit dem Tod ihrer Großmutter nicht mehr erlebt hatte. Auf der einen Seite waren die zwanzig Minuten, die sie mit ihren Kindern und deren Großeltern an einem Tisch saß, das kleine Stück einer

Familienidylle, die sie sich seit ihrer Kindheit immer so erhofft hatte. Aber das Fehlen von Thomas in dieser Runde zeigte, was sie zwar noch nicht realisiert hatte, aber doch spürte: Es würde diese Idylle als Ganzes nie geben.

Nachdem sie Mattis an seiner Schule in der Innenstadt abgesetzt hatte, fuhren sie und Nora hinauf zum Höhenstadtteil von Neu-Kürenz. Sie beobachtete ihre Tochter im Rückspiegel, als sie die Abzweigung nach Avelsbach passierten, und meinte eine kurze Traurigkeit in deren Blick aufblitzen zu sehen.

In der Grundschule wurden sie von der Schulleiterin empfangen, die Nora besonders freundlich begrüßte. Als Nora zu ihrer Klasse lief, schauten sich die beiden Frauen lange an. Sie verband eine gute berufliche Zusammenarbeit und eine hohe gegenseitige Wertschätzung, nicht mehr. Somit schloss sich eine offene Herzlichkeit zwischen ihnen aus. Doch der warme Blick der Rektorin, mit dem sie Marie umarmte, war wie das Öffnen einer Schleuse, durch die eine plötzliche Flut an Zuversicht in Marie hineinströmte. Sie bedankte sich mit einem langen Händedruck dafür.

*

Als Thomas den Trierischen Volksfreund aus dem Briefkasten holte, bemerkte er den Reporter, der ihn mit einem riesigen Teleobjektiv über die angrenzende Obstwiese hinweg fotografierte. Er hörte in sich hinein, ob sich irgendwo Zorn rührte, aber zu seiner Überraschung blieb alles ruhig. Er las die Berichterstattung über seine Freilassung und die Suche nach dem neuen Tatverdächtigen, aber so etwas wie Erleichterung wollte sich nicht bei ihm einstellen.

Da er nichts zum Frühstücken im Haus hatte, beschloss er, ins nahe gelegene Einkaufszentrum zu fahren. Auf dem Weg zu seinem Auto wurde er nun schon von drei Fotografen ins Visier genommen. Er fuhr rückwärts auf die Baltzstraße und musste dabei aufpassen, nicht gegen das Polizeiauto am gegenüberliegenden Straßenrand zu stoßen. Zwischenzeitlich war dort ein Schichtwechsel erfolgt. Ein kräftiger Polizist in seinem Alter saß jetzt am Steuer, neben ihm eine viel jüngere hübsche Frau. In dem Haus hinter dem parkenden Auto bemerkte er das Gesicht der alten Nachbarin hinter der sich leicht bewegenden Gardine. Sie war die Großmutter von Stefan Thieles, mit dem er als Kind befreundet gewesen war, zumindest soweit das damals ging. Jetzt grüßten Thieles und er sich immerhin noch und tranken auf Festen gelegentlich noch ein Glas Wein miteinander. Seine Oma, die von der harten Arbeit in den Weinbergen, im Haus und im Garten gezeichnet war und damals schon sehr alt aussah, hatte ihnen oft Obst und Beeren zugesteckt. Jetzt betrachtete sie ihn vielleicht immer noch als Mörder, zumindest aber als Familienungeheuer. Ansonsten sah er keinen weiteren Bewohner des Weilers, was ihm ausgesprochen recht war.

In der Bäckerei ignorierte er die misstrauischen Blicke der Verkäuferin. Er hatte sich ein kleines Frühstück bestellt und war mit den zuvor gekauften Tageszeitungen der Großregion zur kleinen Sitzecke gegangen. Die MoZ hatte ihn offensichtlich immer noch im Visier, während die LëtzTalk mit erheblicher Kraftanstrengung zurückruderte. Zusammen mit der Lektüre der anderen luxemburgischen Zeitungen konnte er sich nun ein gutes Bild machen, wie die Öffentlichkeit die Morde und seine Person präsentiert bekam.

Er brauchte sich da keiner Illusion hinzugeben. Auch wenn er nicht mehr als Täter galt, es war zu viel über ihn geschrieben worden, als dass er auf vollständige Rehabilitierung hoffen konnte. Das also hatte Mazzomaid immerhin geschafft: Seine Hoffnung auf ein bürgerliches Leben hier in seiner Heimatstadt war zerstört. Doch es war ihm klar, dass er selbst daran die größte Schuld trug, indem er seine große Zukunftschance, Marie und damit auch die Kinder, schon vor Jahren verraten hatte. Warum es ihn dazu getrieben hatte, war ihm nun unverständlicher denn je.

Wenn er Schadensbegrenzung betreiben wollte, musste er jetzt auf Marie zugehen. Er musste so etwas wie Reue signalisieren, auch wenn sich diese Art von Empfindung ihren Weg durch das Dickicht an Verbitterung noch nicht bahnen konnte. Er ließ die Zeitungen und das zweite Brötchen liegen und ging in Richtung Universität.

Um den Campus hatte sich in den letzten drei Jahrzehnten ein großer Stadtteil entwickelt, und nur sein Name »Trimmelter Hof« erinnerte daran, dass hier vor einem halben Jahrhundert nur Äcker und Wiesen mit einem Bauernhof zwischen dem Dorf Tarforst und dem Moseltal gelegen hatten. Heute war das Plateau komplett zugebaut.

Thomas nutzte den Laufpfad entlang dem Unisportplatz als Fußweg. Außer dem Polizisten, der ihm in dreißig Metern Abstand folgte, war niemand auf dem mit feinem Splitt bedeckten Weg. Er schlenderte hinter der Turnhalle vorbei, durch das alte Stadtteilzentrum »Im Treff« mit seinen regional untypischen Ziegelsteinfassaden. Schließlich stand er vor den verschachtelten Universitätsgebäuden, deren ausgebleichte rote, gelbe und blaue Wandverkleidungen zeigten, dass die Aufbaujahre der Hochschule lange zurücklagen.

Er folgte den Fußwegen am Studierendenhaus und dem Drittmittelgebäude vorbei zu der Parkanlage mit dem großen Teich. Dort setzte er sich auf eine Bank und betrachtete die gekräuselte Wasseroberfläche mit dem bizarren Farbspiel von reflektierendem blauen Himmel, weiß-grauen Wolken, dem restlichen roten Laub der Ufergehölze und hellbraunen Röhrichten. Nach einer Weile nahm er sein Handy und rief bei seiner Frau an.

»Hallo, Thomas, bist du es?« Marie hatte zwei Klingelzeichen gebraucht, um sich für die Annahme des Anrufs zu entscheiden.

»Ja, ich bin es. Ich wollte … ich muss mit dir sprechen.«

»Ja … natürlich. Wann?«

»Am besten gleich. Ich bin hier am Teich, unterhalb der Bibliothek.«

Es trat eine Pause ein. Natürlich hatte er geahnt, dass es schwierig sein würde. Marie hatte zu viel über seine jüngste und frühere Vergangenheit erfahren, was er bewusst verschwiegen hatte. Allein diesen Vertrauensbruch würde sie ihm nicht verzeihen, selbst wenn sie seine Seitensprünge ertragen könnte.

»Okay, komm in mein Büro. Du weißt noch, wo das ist?«

Dass sie ihn treffen würde, hatte er gehofft. Überrascht war er aber über die Öffentlichkeit, die sie dabei zuließ. Er schaute auf die Uhr. Es war bereits Viertel vor zwölf.

»Ich hoffe, ich finde es noch. Es ist schon länger her, dass ich das letzte Mal da war.«

»Ein Mal, du warst ein Mal hier, nachdem ich wieder an der Uni angefangen hatte: zum Kistenschleppen. Das Gebäude ist ausgeschildert, du musst links an der ›Bib‹ vorbei. Dritter Stock, Zimmer D 358.«

»Ja, danke. Ich brauche wohl zehn Minuten. Bis gleich.«

Er stand auf und ging um den Teich herum. Ein zügiger Schritt wollte ihm nicht gelingen. Als er suchend in der dritten Etage des Psychologiekomplexes umherschaute, sprach ihn eine Frau herrisch an: »Suchen Sie jemanden?«

Thomas betrachtete die mit Bluse und Rock bekleidete, etwas mollige Frau kurz und antwortete betont belanglos: »Ja, Zimmer 358, Frau Dr. Steyn.«

Der Blick der Frau wurde noch skeptischer. »Ich weiß nicht, ob Frau Dr. Steyn da ist. Darf ich fragen, wer Sie sind und weswegen Sie sie sprechen wollen? Sie sind doch nicht von der Zeitung?«

»Nein, ich bin ihr Ehemann.«

Bislang hatte Thomas Gefallen daran gefunden, andere so zu verblüffen, dass die Gesichtszüge im freien Fall entgleisten. Bei der Frau war das zweifelsohne so, doch in der gegenwärtigen Situation fand er es nur nervig.

»Können Sie mir jetzt sagen, wo ich das Zimmer meiner Frau finde?«

Sie zeigte wortlos zum Ende des Flurs und verschwand eilig, noch einmal ängstlich zurückblickend in die andere Richtung.

*

Marie schaute zu ihrem Mann auf, als er in ihr Büro eintrat und schnell die Tür hinter sich schloss. Seit dem Anruf hatte sie am Schreibtisch gesessen und auf den Kunstdruck des expressionistischen Gemäldes »Der Mandrill« von Franz Marc gestarrt, der an der gegenüberliegenden Wand hing. Einen klaren Gedanken, wie sie Thomas so spontan begegnen sollte, hatte sie nicht fassen können. Jetzt stand er vor ihr, und sie spürte diese unglaubliche Distanz, die drei mickrige Meter darstellen konnten. Sie stand auf, konnte aber keinen Schritt auf ihn zugehen. Er verstand und blieb stehen.

»Setz dich doch bitte. Es tut mir leid, dass ich dich nicht anders begrüßen kann. Aber es geht nicht, noch nicht.«

Thomas nickte. Dann ging er zum Besucherstuhl am Fenster,

stellte ihn vor den Schreibtisch und setzte sich langsam. »Ja, ich habe die letzten Stunden auch überlegt, wie das ist, wenn wir uns wiedersehen. Es ist mir klar, dass …«

Er hielt inne. Marie blickte in die Augen ihres Mannes, deren Ausdruck sie vorher noch nie bei ihm gesehen hatte. Vordergründig spiegelten sie Traurigkeit und Unsicherheit. Dahinter verbarg sich eine Entschlossenheit, die ihr Angst machte.

»Marie, es tut mir sehr leid, dass ich dich verraten habe, uns verraten habe. Ich habe das so nicht gewollt.« Seine Stimme war stockend, aber dennoch von einer gewissen Sicherheit begleitet. Als ob er sich vorher überlegt habe, was er sagen wollte, jetzt aber doch nicht die richtigen Worte fand. »Was machen die Kinder? Wie kommen Nora und Mattis damit zurecht?«

»Sie sind in der Schule. Es ist schwer für sie, aber sie halten sich tapfer. Juliette hilft sehr. Es ist gut, das sie und Philipp jetzt für uns da sind. Hast du deine Eltern angerufen?«

Thomas schüttelte den Kopf. Es trat wieder Stille ein. Sie hörten ein Gespräch vor der Bürotür. Sabine Mayhold sprach mit einem Mann.

»Bist du nicht allein gekommen?«

»Nein, die Polizei folgt mir. Angeblich, um mich zu schützen.« Thomas lachte kurz und rau auf. »Aber ich glaube, die hoffen regelrecht, dass Mazzomaid mich umbringen will, damit sie ihn endlich kriegen.«

Marie sah ihn erschrocken an, doch bevor sie etwas erwidern konnte, klingelte ihr Handy. Sie nestelte es eilig aus ihrer Jackentasche, schaute auf das Display und sagte sorgenvoll: »Mattis.« Gleichzeitig nahm sie das Gespräch entgegen: »Hallo, Mattis, was gibt's?«

Marie spürte, wie ihr Gesicht jegliche Farbe verlor und nackte Angst in ihr aufstieg. Ihre Stimme bebte, als sie hervorpresste: »Wo ist Mattis, was haben Sie mit ihm gemacht? … Ich warne Sie, wenn ihm … Ich kann ihn Ihnen gleich geben. Er ist hier. …« Sie hielt Thomas wie in Trance das Handy hin. Dann kam sie wieder zu sich und riss die Tür auf. Auf dem Flur starrte sie in die überraschten Gesichter ihrer Chefin und Michael Reuters.

»Mazzomaid hat Mattis«, zischte sie.

Der Kommissar reagierte sofort. Während er sein Handy aus

der Jacke herauszog, nahm er sie zur Seite: »Was ist passiert, schnell.«

»Er hat angerufen, von Mattis' Handy.«

»Scheiße. Ist Ihr Sohn nicht in der Schule?«

»Doch, ich habe ihn selbst hingebracht.«

Reuter hatte bereits die Nummer von Gerhardts gewählt. Es dauerte nur ein Klingelzeichen, bis das Gespräch entgegengenommen wurde.

»Mazzomaid hat soeben Marie Steyn angerufen, vom Handy ihres Sohnes. Fahrt sofort zur Schule. Vielleicht ist er noch da. Welche Nummer hat das Handy?« Die letzte Frage war wieder an Marie gerichtet.

»Ich weiß es nicht auswendig. Es ist neu. Ich hab's in meinem Handy. Mein Mann ... er telefoniert noch mit ihm.«

»Waaas?« Mit einem Satz war Reuter an ihr vorbei und in ihrem Zimmer. Dort stand Thomas bewegungslos mit kraftlos herabhängenden Armen. Sein Blick schien ins Unendliche gerichtet, und erst als Reuter ihn anschrie, reagierte er.

»Hat er noch was gesagt? Mensch, Steyn, reden Sie!«

Lethargisch schüttelte Thomas den Kopf. Reuter entriss ihm das Handy, suchte im Telefonbuch die Nummer von Mattis und gab sie seinen Kollegen durch. Dann wählte er Nicole Huth-Balzer an.

»Mazzomaid hat Mattis Steyn. Komm sofort zum ...« Er schaute hilfesuchend zu Marie.

»Parkplatz West«, antwortete sie.

»Parkplatz West«, gab er weiter. »Ich komme sofort runter.« Im Laufen rief er Marie noch zu: »Sie bleiben hier!«, dann war er um die Ecke des Korridors verschwunden.

Für einen Moment hatte Marie dem Polizisten hinterhergeschaut, dann lief sie in ihr Büro und zerrte die Jacke mit den Autoschlüsseln vom Haken. Erst jetzt schien auch Thomas wieder aus seiner Blockade befreit zu sein und eilte ihr hinterher.

Mit dreihundert Metern Rückstand zu den Polizisten erreichten sie Maries Auto. Marie raste los, doch bereits an der Ausfahrt des Parkplatzes versperrte der rollende Verkehr ihre Weiterfahrt. Trotz Dauerhupens ließ sie erst der sechste Wagen passieren, unmittelbar danach musste Marie abrupt bremsen, um nicht mit dem ohne Rücksichtnahme aus der Haltebucht ausscherenden Linienbus zu kollidieren. Marie schrie und fluchte hinter dem Lenkrad, aber bei dem ihr zweispurig entgegenkommenden Verkehr konnte sie nicht überholen.

Das schaffte sie erst mehrere hundert Meter später über eine Abbiegespur. Aber auch danach war nach abenteuerlichem Einfädeln in den Kreisverkehr an der folgenden Gefällstrecke wieder Schluss: Die betagte Fahrerin eines Mercedes schien gehörigen Respekt vor der am Hangfuß anschließenden Linkskurve zu haben und schlich mit fünfunddreißig Stundenkilometern die kurvige Kohlenstraße entlang.

Maries nächster Überholvorgang erfolgte über die Gegenfahrbahn an einem auf der Linksabbiegerspur wartenden Auto vorbei. Es gelang ihr gerade noch, den Golf zwischen dem nächsten entgegenkommenden Fahrzeug und einer Überquerungshilfe zurück auf die Fahrbahn zu lenken. Mit Vollgas raste sie die nun auf ein paar hundert Metern freie Strecke hinunter ins Moseltal, bis sie erneut hinter einem Auto hing. Sie wollte gerade wieder überholen, als sie das Polizeiauto mit eingeschaltetem Blaulicht und einem wild gestikulierenden Kommissar Reuter an der Einmündung zur Kolonnenstraße stehen sah. Unschlüssig, ob sie anhalten sollte oder nicht, trat sie erst auf den letzten Metern scharf auf die Bremse, sodass Thomas hart an die Windschutzscheibe schlug.

Keuchend kam Reuter zu ihrem Auto gerannt und riss die Tür auf. »Sie haben ihn, sie haben Mattis. Er ist in Ordnung. Es ist alles okay.« Er pustete noch zweimal kräftig durch und wiederholte: »Es ist alles okay. Es geht ihm gut.«

Maries Fingergelenke schimmerten schneeweiß, so fest hielt sie immer noch das Lenkrad umklammert. Schluchzend fiel sie in sich zusammen und sackte mit dem Kopf aufs Lenkrad.

*

Am Abend hatte sich in der Zentralen Kriminalinspektion die Aufregung des Tages weitestgehend gelegt. Die engeren Mitglieder der Sonderkommission Domäne saßen müde und abgespannt um den sechseckigen Tisch des Besprechungsraumes. Die sichtbarsten Spuren hatte die vermeintliche Entführung von Mattis Steyn bei der jungen Kommissaranwärterin hinterlassen. Nicole Huth-Balzer war blass mit deutlichen Augenringen. Ihre Haare hatten sich teilweise aus dem Pferdeschwanz gelöst und hingen wirr um ihr Gesicht.

»Lasst uns die Ergebnisse von heute noch einmal kurz zusammenfassen. Das Wichtigste: Dennis Mazzomaid lebt, ist also nicht Opfer eines Unfalls mit seinem Wohnmobil geworden. Vielmehr hält er sich in Trier auf, und wie sich heute Mittag gezeigt hat, beobachtet er weiter einzelne Mitglieder der Familie Steyn. Das heißt: Die aktuelle Situation ist brandgefährlich.«

Gerhardts hatte souverän die Fahndung nach Mazzomaid geleitet und sprach auch nach dem anstrengenden Tag noch konzentriert zu seinen Mitarbeitern. »Dass er an das Handy von Mattis Steyn gekommen ist, kann Zufall gewesen sein. Wenn die Aussagen der Jugendlichen stimmen, haben sie ohne Zutun Mazzomaids den jungen Steyn bedrängt, als der wegen eines Unterrichtsausfalls vor der Schule stand. Sein Ranzen war offenbar minutenlang unbeobachtet, und Mazzomaid konnte sich das Handy greifen. Welche Absicht er tatsächlich mit der Beobachtung von Mattis Steyn verfolgt hat, darüber können wir nur spekulieren. Fakt ist, dass er sofort den Kontakt zu Thomas Steyn gesucht hat. Worüber die beiden geredet haben, darüber schweigt sich Steyn aus.«

»Das lässt Böses ahnen.« Buhle richtete sich etwas auf. »Wir haben damit gerechnet, dass Mazzomaid Kontakt zu Steyn aufnehmen würde. Deshalb haben wir die Beobachtung und das Abhören seiner Telefone bei der Staatsanwältin durchgesetzt, allerdings dabei Frau Steyns Handy nicht mitberücksichtigt. Vielleicht war das also alles umsonst.«

»Steyn war völlig weggetreten, nachdem er mit Mazzomaid telefoniert hatte. Was, verflucht noch mal, haben die beredet?«

Buhle und Gerhardts beantworteten die Frage von Reuter mit einem Kopfnicken.

»Mazzomaid will Steyn, und der will seine Familie schützen. Das bedeutet: Wir dürfen Thomas Steyn ab jetzt keine Minute mehr aus den Augen lassen. Notfalls müssen wir ihn auch von Dingen abhalten, wie zum Beispiel seinen nächtlichen Spaziergängen. Klar, Niko?«

»Ja, klar. Aber ich war ja auch bei dieser Scheißkälte an ihm dran.« Zur Bestätigung zog er lautstark seinen Naseninhalt nach oben.

»Trotzdem. Er kennt sich da oben viel besser aus als du, und es ist unübersichtlich. Auf dem Gelände der Wehrtechnischen Dienststelle, das an Avelsbach grenzt, hätte er Möglichkeiten, abzuhauen, bevor du das Militär da oben wachgerüttelt hast. Also, am besten begleitest du ihn gleich wieder ins Bett, wenn er noch einmal nachts auftaucht.«

Steffen quittierte den letzten Satz mit aufgesetzter süß-saurer Miene.

»Übrigens«, warf Reuter ein, »Steyn ist, nachdem er uns wieder verlassen hatte, schnurstracks mit dem Bus zu seiner Arbeitsstelle gefahren. Er hat mit Seckerath senior ein längeres Gespräch geführt. Wir konnten durch die Glastür nur sehen, wie Seckeraths Miene immer besorgter wurde und er sich zum Schluss mit langem Handschlag von ihm verabschiedet hat. Uns wollte er partout nicht erzählen, worum es bei dem Gespräch ging. Anschließend hat er sich in einem leeren Büro über den Computer eines Mitarbeiters in den Server der Firma eingeloggt und sein Verzeichnis komplett auf einen USB-Stick gezogen. Ich hab ihm dabei über die Schultern geschaut, was ihn nicht im Geringsten störte. Zum Schluss hat er sich nach einer kurzen, intensiv geführten Diskussion mit einem Ingenieur noch ein Notebook aushändigen lassen, und wir haben ihn zu seinem Auto gefahren.«

»Ihr habt Taxi gespielt?« Steffen war so verblüfft wie alle anderen.

»Tja, er hat sauber argumentiert. Die Alternative wäre die Fahrt mit dem Bus und der Fußweg über das Unigelände gewesen. Er meinte, da wäre es doch einfacher, wir würden ihn direkt fahren und, wenn es uns helfen würde, unterwegs auch befragen. Er hat natürlich nicht gesagt, was er mit den Dateien wollte, die er gerade zuvor aus dem Betrieb geholt hatte.« Mit ironischem Unterton fügte Reuter hinzu: »Und bedankt hat er sich auch nicht bei uns.«

»Wo ist er danach hin?« Gerhardts suchte nebenbei nach einem Blatt Papier in einem Stapel von Unterlagen.

»Nach Hause. Da war er auch noch, als wir vorhin abgelöst wurden.«

»Sieht so aus, als ob er irgendwie aktiv werden will. Wir müssen unbedingt seine Internetaktivitäten überwachen. Ist das in die Wege geleitet?« Gerhardts schaute fragend zu Tard.

»Jo, kann aber etwas dauern, bis es funktioniert. Seine IP-Adresse haben wir, ob er aber jetzt einen mobilen Internetzugang der Firma nutzt, wissen wir nicht. Die Möglichkeit hat er jedenfalls, und bislang konnte uns in der Firma keiner vernünftige Auskünfte geben. Die Kollegen sind aber dran.« Der junge Polizist schien offensichtlich unzufrieden mit dem Stand seiner Bemühungen.

»Niko, ihr bleibt heute Nacht hellwach.« Als Gerhardts seine Aufzeichnungen endlich gefunden hatte, fuhr er fort: »Ich war noch bei Philipp von Steyn, um ihn zu seinen Verhandlungen mit Mazzomaid im Rahmen des EIB-Kredits zu befragen. Von Steyn bestätigte, er habe von Anfang an geahnt, dass Mazzomaid seine Kreditanfrage behindern wolle. Ohne besonderen Grund, lediglich dem Instinkt eines erfahrenen Geschäftsmannes folgend. So ähnlich hatte er das ausgedrückt. Die gemeinsame Vergangenheit von Mazzomaid und seinem Sohn kannte er nicht. Auf jeden Fall hatte er sich entsprechend vorbereitet und Mazzomaid tatsächlich einen Köder ausgelegt. Bei einer der vorentscheidenden Verhandlungen habe er Mazzomaid dann klassisch ausgekontert. Vielleicht war das ein Schlüsselereignis für Mazzomaid, vielleicht wollte er nicht noch einmal einem von Steyn unterlegen sein.«

»Wir müssen an seinem Arbeitsplatz nachfragen, wie er sich nach diesem Termin verhalten hat, ob er irgendwie verändert war.« Buhle sagte das mehr zu sich selbst.

»Ich habe es an Henri Ducard bereits weitergegeben. Er will sich mit seinen Leuten umgehend drum kümmern.« Wieder suchte Gerhardts in seinen Unterlagen. »Hier ist noch das Protokoll des Verhörs mit Madame Mauricette Glesener. Nicole hat es uns wieder übersetzt. Madame hat offenbar eine Vorliebe für junge Männer. Darüber weiß ihr Mann natürlich nichts, dafür aber Mazzomaid, der auch in ihr Beuteschema fiel und entsprechende Vorkenntnisse hatte. Sein Schweigen hat sie sich damit erkauft, dass sie Christian erfolgreich denunzierte. Also, du bist wieder rehabilitiert, mein Guter.«

»Und ich dachte schon, unser Chef hätte endlich mal Spaß an Frauen gefunden.«

Es war lediglich ein schiefes Lächeln, das Nikolas Steffen mit seinem Spruch bei den Kollegen bewirkte. Für einen Lacher reichte die Energie an diesem Tag nicht mehr.

*

Nachdem Thomas sich im Tarforster Einkaufszentrum notdürftig mit Lebensmitteln eingedeckt hatte, fuhr er zurück nach Avelsbach. Er machte sich ein asiatisches Pfannengericht warm, trank ein Glas Riesling vom Staatsweingut der Domäne, den er zuvor während einer Viertelstunde in der Tiefkühltruhe annähernd auf Trinktemperatur gebracht hatte, und schaute sich nebenbei die Unterlagen des gescheiterten Projekts eines Handwerkerparks im Ortsteil Feyen an.

Er hatte das Konversionsprojekt zur Ausweisung von Gewerbeflächen für mittelständische Betriebe auf einem ehemaligen Übungsgelände des französischen Militärs seinerzeit stark befürwortet. Ihm schwebte nicht nur ein innovatives Energiekonzept für den Handwerkerpark insgesamt vor. Er wollte auch in den neu anzusiedelnden Firmen effektivere innerbetriebliche Versorgungsstrukturen entwickeln und so den Handwerkerpark energetisch autark machen. Für ihn bedeutete das einen eindeutigen Standortvorteil für die Zukunft. Doch zum Schluss gehörte die S.I.T.T. von Franz-Josef Seckerath zu den letzten potenten Interessenten. Die meisten anderen Betriebe hatten ihre vielleicht nie richtig ernst gemeinten Ansiedlungsabsichten nach und nach zurückgezogen.

Das Ende des Handwerkerparks war für ihn eine herbe berufliche Niederlage gewesen, weil er sich persönlich stark engagiert hatte und ihm die erhoffte Reputation entgangen war. Aber das war Vergangenheit. Thomas wunderte sich allerdings, warum Dennis Mazzomaid so gut über diese Angelegenheit Bescheid wusste. Nun studierte er im Internet die Luftbilder und Fotos von dem Areal. Der von Mazzomaid benannte Bereich lag außerhalb der ehemals geplanten Gewerbeflächen und war ihm weniger gut bekannt. Nach einiger Zeit meinte er sich auch dort gut orientieren zu können.

Gegen halb zehn nahm er sich eine Flasche guten spanischen Rotwein und ging ohne Jacke an dem genervt dreinschauenden Nikolas Steffen vorbei zum Haus von Stefan Thieles. Er klingelte zweimal. Beim dritten Versuch drückte er den abgegriffenen Klingelknopf deutlich länger, sodass er das scheppernde Hämmern des Klöppels an der ein halbes Jahrhundert alten Glocke bis vor die Tür hörte. Zufrieden nahm er im Anschluss daran die eiligen Schritte auf dem Boden der Diele wahr.

»Mensch, Tom, was machst du denn hier, um die Uhrzeit?«

»Hallo, Stefan, ich wollte mal wieder einen freundlichen Menschen sehen. Schau, ich hab einen Gran Reserva mitgebracht, einen richtig guten.« Thomas hielt ihm die Flasche Wein hin. »Und, hast du noch ein Glas für uns frei?«

Die Unschlüssigkeit stand Stefan Thieles ins Gesicht geschrieben. Er fuhr sich zweimal mit der Zunge um die Lippen, bevor er sich einen kleinen Ruck gab. »Okay, komm rein, aber sei leise. Oma schläft.«

Sie gingen durch den Flur über die abgenutzten Bodenfliesen aus dem Jahr 1909. Thomas registrierte die wenigen Veränderungen seit seiner Kindheit, die sich in einer neuen Lampe, dem Fehlen des Wandtelefons und einem Sprung in der Glasscheibe eines Bilderrahmens erschöpften. Sonst war alles wie damals: die Tapete, die Bilder, das Schränkchen mit der Vase, die nur im Sommer mit Blumen gefüllt war, die Ablage für die Schuhe, die kleine Garderobe mit langsam erblindendem Spiegel, das Schlüsselbrett neben der Eingangstür.

Stefan blickte kurz über die Schulter, bevor er die Tür zu seinem Zimmer öffnete. »Ich hab aber nicht viel Zeit, muss morgen zur Frühschicht.«

»Ja, ja, ist okay. Ich will nur mal ein paar Takte mit einem vernünftigen Menschen reden. Hab ja auch nur eine Flasche dabei.« Thomas grinste schelmisch.

Sie betraten Stefan Thieles' Zimmer. Auch hier hatte sich gegenüber früher nur wenig verändert, wie Thomas bereits von den wenigen früheren Treffen wusste. Immerhin hatte sich sein Jugendfreund seit dem letzten Besuch einen riesigen Flachbildfernseher geleistet, der viel zu groß für das kleine Zimmer war. Er setzte sich auf einen abgewetzten schwarzen Ledersessel, während sein genötigter Gastgeber einen Korkenzieher und zwei großvolumige Rotweingläser aus einer alten Vitrine holte.

»Was redet man hier in der Siedlung so über mich?«

»Bist du zum Ausfragen hergekommen?«

»Nein, nicht ausfragen. Aber wenn ich dich nicht fragen kann, wen sonst?« Thomas goss Stefans Glas so voll, dass die halbe Flasche bereits leer war. Stefan schien nichts daran zu finden. Sich selbst füllte er gerade mal die Hälfte der Menge ein. Er prostete seinem Gegenüber kurz zu. Beide nahmen einen kräftigen Schluck und verteilten den Wein zunächst in alle Winkel ihres Gaumens, bevor sie ihn portionsweise schluckten.

»Ein guter Tropfen.« Stefan zog die Mundwinkel anerkennend nach unten. Als Thomas nichts darauf erwiderte und die einsetzende Stille immer erdrückender wurde, fuhr er fort: »Na ja, du kannst dir ja vorstellen, dass alle hier oben geschockt waren, als sie von dem Mord erfahren haben. Dass du verdächtigt wurdest, war hier natürlich sofort rund, nachdem sie dich abgeführt hatten.« Er fuhr sich wieder über die Lippen. »Zuerst gab es schon noch welche, die an deiner Schuld zweifelten, aber dann kamen die Geschichten in der Zeitung dazu, dass du ... na ja, eben nicht treu warst und sogar mit ... Das war dann schon schwierig für uns.« Stefan hatte die ganze Zeit sein Weinglas in Händen gedreht, nahm nun aber wieder einen großen Schluck.

»Du hast den Schmierfinken auch geglaubt, oder?« Thomas bemühte sich, tiefe Resignation in seine Stimme zu legen. Er verfehlte sein Ziel nicht.

»Nein, doch, verdammt, nein, aber die haben von Beweisen geschrieben und dass du mit der ... der Toten was hattest. Oder hattest du nicht?«

»Ich kannte die Tote nicht. Ich habe sie das erste Mal gesehen, als sie tot auf unserem Gästebett lag.« Thomas sah in sein Glas. »Ich hatte gehofft, vielleicht du ... Aber warum solltest du? Mir haben ja noch nicht mal meine Eltern geglaubt.« Er betrachtete noch eine Weile den tiefroten Wein. Dann trank er mit einem Schluck den Rest aus. »Es ist okay. Es gab für euch keinen Grund, etwas anderes zu glauben, als dass ich der Mörder bin.«

Thomas stand abrupt auf. »Danke, Stefan, danke, dass du mich überhaupt reingelassen hast. Nein, bleib sitzen, ich find schon raus, kenne den Weg ja noch von früher. Es ist okay. Aber denk dran: Ich war es nicht. Das musst du mir glauben.«

Er verließ das Zimmer, schritt zügig durch die Diele, verharrte kurz vor der Tür und verließ schließlich das Haus. Während er am

Auto der Polizisten vorbeikam, bemerkte er, dass nur noch ein ihm unbekannter Mann darin saß. Er ging zur Beifahrertür und klopfte an die Scheibe.

»Ist der Kollege schon schlafen gegangen?«

»Nein, er wollte nur Vorsorge dafür tragen, dass Sie sich nicht entschließen, den Hintereingang zu nehmen.«

»Oh, sehr aufmerksam. Sie können ihn jetzt zurückrufen. Ich glaube, er war schon gestern Nacht etwas zu lange in der Kälte. Gute Nacht.« Bei den letzten Worten tippte sich Thomas mit zwei gestreckten Fingern grüßend an die Stirn und ging zu seinem Haus zurück.

Es war kurz vor dreiundzwanzig Uhr, als Thomas Steyn das Licht in seinem Haus löschte.

*

Das Licht im Gästezimmer von Philipp und Juliette von Steyn in Trierweiler brannte bereits seit drei Stunden nicht mehr. Marie hatte die Kinder gegen acht Uhr ins Bett gebracht. Zwei Stunden später war sie selbst im Dunkeln gefolgt, darauf bedacht, nicht über das aufblasbare Gästebett zu stolpern, das den Raum zwischen den beiden Einzelbetten fast vollständig ausfüllte.

Trotz der großen Erschöpfung und der halben Flasche Rotwein, die sie sich abends im Gespräch mit ihren Schwiegereltern genehmigt hatte, konnte sie nicht einschlafen. Zu vieles ging ihr durch den Kopf: die Angst um ihre Kinder, die Bedrohung ihres Mannes, die schwierige Zukunft ihrer Ehe. Plötzlich musste sie an einen ihrer kleinen Patienten denken, dessen Eltern direkt nach Bekanntwerden des Mordes in Avelsbach die Therapie abgebrochen hatten. Sie hatte erst kurz zuvor überhaupt so etwas wie ein Vertrauensverhältnis zu dem Jungen aufbauen können und gehofft, ihm endlich helfen zu können. Das war nun vorbei. Ihr wurde bewusst, wie viele indirekte Opfer eine solche Tat nach sich zog, von denen keiner redete, manchmal noch nicht mal jemand etwas ahnte. Es war gegen Mitternacht, als sie in einen unruhigen Schlaf fiel.

27

Trier; Mittwoch, 17. November

Als Marie aus dem Schlaf fuhr, war es im Zimmer völlig dunkel und still. Sie hatte geträumt: Sie stand auf einem Schlachtfeld inmitten verbrannter Erde und verkohlter Büsche. Die Schlacht war im vollen Gange, und um sie herum schlugen Granaten ein, züngelten Flammen und starben Soldaten.

Auf einer freien runden Fläche stand ein Holzstuhl. In der düsteren Tristesse der Umgebung war er mit seinem hellen Holz ein Farbtupfer. Sie selbst stand am Rand der Freifläche und blickte auf diesen leeren Stuhl. Wie aus dem Nichts wurde der zerfetzte Körper eines von einer Bombe getroffenen Soldaten neben den Stuhl geschleudert und warf ihn um. Daraufhin tauchten aus dem Kampfgeschehen Kommissar Buhle und zwei seiner Mitarbeiter auf. Während die beiden Männer den Toten beiseiteschafften, hob Buhle den Stuhl auf, stellte ihn sorgfältig an dieselbe Stelle zurück und wischte mit dem Ärmel Dreck von der Rückenlehne ab. Als er fertig war, sah er zu ihr und gab ihr mit einem beruhigenden Zeichen zu verstehen, dass alles in Ordnung sei.

Es verging einige Zeit. Christian Buhle und seine Männer kamen zurück. Diesmal ging Thomas zwischen ihnen. Sie führten ihn zu dem Stuhl, bedeuteten ihm, sich zu setzen, und fesselten seine Arme hinter die Rückenlehne. Christian Buhle ging einmal um den Stuhl herum und kontrollierte die Stricke. Bevor er ging, zwinkerte er ihr vertraulich zu. Als sie wieder allein waren, das erste Mal seit einer Ewigkeit, sah Thomas sie an. Sein Blick war traurig und bestimmt. Nach wenigen Sekunden drehte er den Kopf weg und blickte geradeaus, als ob er etwas von vorne erwarten würde.

Auch Marie schaute in diese Richtung und erschrak, als sie einen gehetzt wirkenden verwundeten Soldaten sah. Sein Blick war auf Thomas gerichtet, und Marie hatte noch nie solch einen Hass in den Augen eines Menschen gesehen. Der Soldat stolperte auf Thomas zu. Als er nah genug war, erkannte sie Dennis Mazzomaid hinter dem dreck- und blutverschmierten Gesicht.

Diese Erkenntnis ließ in ihr eine nie gekannte Wut und Angst explodieren. Sie suchte verzweifelt nach irgendwelchen Waffen in ihrem Umfeld, fand aber nur einzelne Steine, die sie verzweifelt auf Mazzomaid warf und die ohne jegliche Wirkung an ihm abprallten.

Thomas und Mazzomaid sahen sich lange an, ohne dass sie irgendwie eingreifen konnte. Dann sah sie, wie Thomas leicht nickte. Mazzomaid griff in eine löchrige olivgrüne Umhängetasche und holte ein halbes Dutzend Wurfmesser heraus. In diesem Moment trat wieder Christian Buhle, diesmal allein, in die Szenerie ein. Doch statt sich Mazzomaids zu bemächtigen, stellte er sich nur am gegenüberliegenden Rand auf, blickte zufrieden auf den gefesselten Thomas und den bewaffneten Mörder und sah dann mit zur Ruhe mahnender Mimik zu ihr herüber.

Marie wachte auf, als das erste Messer Thomas in die linke Schulter traf. Sie war schweißgebadet. Ihre Haare klebten an Stirn und Hals, ihr Mund war völlig ausgetrocknet.

Nachdem sie sich ein wenig gefangen hatte, krabbelte sie vorsichtig aus dem Bett und glitt an Mattis vorbei aus dem Zimmer in den kalten Flur. Ihr feuchtes T-Shirt wurde auf ihrem Rücken klamm, und die Bodenfliesen gaben ihre gespeicherte Kälte an ihre nackten Füße ab. Rasch lief sie die Treppe hinunter, zog sich ihre Winterjacke und ein Paar gefilzte Gästepantoffeln ihrer Schwiegereltern an. Dann ging sie in die Küche und trank ein Glas Orangensaft in einem Zug. Sie goss sich ein weiteres Glas ein und ging damit ins Wohnzimmer.

Als sie sich mitsamt der Jacke unter eine braune Wolldecke verkrochen hatte, dachte sie über den Traum nach. War Thomas wirklich ein Köder der Polizei? Scherte sich Christian Buhle wirklich nicht um die Gefahr, in der sich Thomas befand? War er sogar bereit, ihn zu opfern, um den Täter überführen zu können?

*

Gegen zwei Uhr hatte der Regen wieder eingesetzt. Der launische Novemberwind warf ihn in unregelmäßigen Abständen klatschend an die Fensterscheibe des Schlafzimmers. Thomas war kurz eingeschlafen. Nun lag er, geweckt vom Trommeln der Regentropfen, auf dem Rücken in seinem Bett. Er hatte die Jalousien absichtlich nicht geschlossen, doch auch so drang nicht einmal diffuses Nachtlicht in das Zimmer.

Er ging seinen Plan noch einmal durch. Zufrieden stellte er fest, dass er immer noch keine wirkliche Schwierigkeit ausmachen konnte. Zum Glück hatte er nach dem Essen noch einmal den Weg durch den Garten prüfen wollen. Allein dadurch, dass er sich mit drei Schritten aus der Hintertür in den Garten wagte, hatte er einen der Polizisten auf den Plan gerufen. Dabei konnten die von ihrem Auto aus die Rückseite des Hauses gar nicht einsehen. Die Polizei musste an verschiedenen Stellen im Garten eine Art Warnsystem eingerichtet haben. Nach einer halben Stunde hatte er vier kleine Kameras mit Bewegungsmeldern entdeckt. Er meinte aber auch den Weg gefunden zu haben, wie er unbemerkt verschwinden konnte.

In einer Regenpause registrierte er die gewohnten Geräusche des Hauses, die vom Gebälk des Daches, losen Fassadenteilen und von den miteinander wispernden Zimmerwänden stammten. Die letzte Vertrautheit seiner Kindheit. Wehmütig nahm er Abschied.

Um Viertel vor vier stand er auf. Er zog sich im Dunkeln die zurechtgelegten Kleider an und tastete sich weiter in den Flur, die Treppe hinab bis ins Kellergeschoss. Hier hatte er den Rucksack abgelegt, den er mitnehmen wollte. Viel war nicht drin: das Fahrtenmesser von Mattis mit der abgerundeten Spitze, Pfefferspray von Marie, das sie sich gekauft hatte, als sie anfing, abends durch das Avelertal nach Tarforst und zurück zu joggen, ein Brotmesser, ein Gemüsemesser, das die Polizei nicht als beweisträchtig erachtet hatte, und eine Drahtschere. Er stellte sein Smartphone auf stumm, prüfte, ob er die Schlüssel eingesteckt hatte, und stieg dann durch das kleine rückwärtige Fenster des unter der Terrasse befindlichen Anbaus.

In seiner schwarzen Jacke und Hose war er nur ein schneller Schatten in dieser verregneten Novembernacht. Nach fünfundzwanzig Metern hatte er die alte Hecke zum Nachbargrundstück erreicht. Er zwängte sich durch eine der vielen Lücken und wartete. Weder von der Straße noch von seinem oder den beiden Nachbarhäusern drang ein verdächtiges Geräusch zu ihm.

Rasch huschte er über durchgeweichte Rasenflächen und durch

zwei weitere, deutlich dichtere Schnitthecken, bis er einen Wiesenweg erreicht hatte. Von hier hätte er direkt zur Baltzstraße gelangen können, wäre aber im Sichtfeld seiner Beschatter gewesen. Deshalb umrundete er auch die letzten beiden Grundstücke über Wiesen und Säume. Hinter einer Kurve querte er zügig, aber ohne zu laufen, die Baltzstraße. Er eilte weiter bis zur Rückseite der Grundstücke und hielt dort im Schutz einer weiteren Hecke in gehockter Haltung kurz inne. Dann schlich er entlang den Gärten zurück in die Nähe seines Ausgangpunktes.

Früher hätte er keine Chance gehabt. Als er ein Kind gewesen war, hatte jeder zweite Hausbesitzer einen großen Hund besessen, den er vorzugsweise in einem Zwinger oder dem Schuppen hielt. Sein Fluchtversuch wäre am Bellen der Tiere gescheitert. Nun blieb alles ruhig. Er gelangte unbemerkt hinter das Haus von Stefan Thieles.

Es regnete wieder; Hose, Schuhe und Jacke waren mittlerweile durchnässt. Vorsichtig und gebückt tastete er sich durch den Garten, einen Weg konnte er nicht ausmachen. Als er mit dem Fuß gegen etwas Metallisches stieß, griff er instinktiv nach unten und konnte gerade noch verhindern, dass die alte Gießkanne auf einen flachen Stapel von Waschbetonplatten schlidderte. Jetzt waren es nur noch wenige Schritte bis zur Rückwand des Hauses.

Thomas hatte die unterschiedliche Architektur der Doppelhäuser in Avelsbach immer fasziniert. Stefan Thieles bewohnte ein Haus, bei dem die früheren Stallungen zwischen den Wohngebäuden lagen. Stefan hatte schon als Jugendlicher an Mopeds herumgeschraubt. Thomas vermutete, dass er den Schuppen auch heute noch dafür nutzte und mindestens ein fahrtüchtiges Motorrad darin stehen hatte.

Er war an der Hintertür der Scheune zum Garten angelangt. Traditionell waren solche Türen in Avelsbach nie abgeschlossen worden. Umso überraschter war er, als er die Klinke ohne Erfolg drückte. Er schloss kurz die Augen. Damit hatte er nicht gerechnet. Mit klammen Händen griff er in seine Jackentasche und holte den Schlüsselbund heraus, den er am Vorabend in der Diele vom Schlüsselbrett seines Jugendfreundes hatte mitgehen lassen. Es waren nur vier Schlüssel dran. Schon der erste öffnete das Türschloss.

Nachdem er die Tür hinter sich geschlossen hatte, leuchtete er mit seinem Smartphone durch die Werkstatt. Da es kein Fenster zur Straße gab, schien es ihm ungefährlicher, als sich im Stockdunklen den Weg durch Werkzeugkisten, Motorteile, Rahmen oder Schutzbleche zu bahnen. Die seitliche Tür zum Wohngebäude war geschlossen, trotzdem wagte er es nicht, Licht zu machen, weil er Ritzen in den alten Holztoren vermutete.

Er prüfte die Uhrzeit. Nur noch circa zehn Minuten hatte er Zeit. Er hatte für den Weg hierher länger gebraucht, als er vermutet hatte. Zum Glück hatte Stefan Thieles wie früher einen Teil seiner Motorradbekleidung an einer provisorischen Garderobe an der Seitenwand aufgehängt. Thomas nahm eine Regenkombi vom Haken und zog sie an. Er sprach einen inneren Dank aus, als ihm auch noch die Motorradstiefel einigermaßen passten, obwohl Stefan fast zehn Zentimeter größer war als er.

Er sah sich um. Die Scheune hatte noch die alten, drei Meter hohen Rundbogentore mit der darin integrierten einfachen Tür. Genau davor stand Stefans aktuelles Motorrad.

Thomas steckte den ebenfalls am gestohlenen Bund hängenden Motorradschlüssel in das Zündschloss und stellte zufrieden fest, dass die Maschine betriebsbereit war. Mit einigem Respekt setzte er sich auf die Honda. Er schätzte ihren Motor auf mindestens tausend Kubik Hubraum und fragte sich, wie schnell er damit wohl fahren konnte. Doch sofort verwarf er den Gedanken wieder. Er war viel zu sehr aus der Übung und konnte froh sein, wenn er mit diesem Geschoss bei dem Wetter sein Ziel unbeschadet erreichte.

Wieder schaute er nach der Uhrzeit. Es war an der Zeit. Er atmete noch einmal tief durch, schaltete das Licht ein, setzte einen der Helme auf, die in einem Regal aufgereiht waren, und zog sich als Letztes die Handschuhe über. Er suchte den Schlüssel, der zur Eingangstür passte, schloss auf und stieß die Holztür weit ins Freie. Nur zwanzig Meter weiter konnte er das Polizeiauto sehen. Diesmal schien der Polizist in Zivil zu schlafen. Als sein uniformierter Kollege die Bewegung hinter sich wahrnahm, rempelte er ihn an, und der Zivile schreckte hoch. Thomas schaute hinauf zu seinem Haus. Im selben Augenblick ging dort das Licht in einem zur Baltzstraße ausgerichteten Fenster an. Sofort waren die beiden Polizisten abgelenkt.

Thomas war zufrieden. Zeitschaltuhren ließen sich digital auf die Minute genau einstellen. Er schob das Motorrad hinaus, machte das Licht im Schuppen aus und schloss die Tür hinter sich ab. Dann rollte er, wie er es häufiger bei Stefan Thieles beobachtet hatte, im Leerlauf und ohne gestarteten Motor ein Stück die Baltzstraße hinunter. Im Vorüberfahren sah er aus den Augenwinkeln, wie das Licht in seinem Haus wieder erlosch. Erst nach den letzten Häusern startete er den Motor und gab Gas.

Der Verkehr war an diesem frühen und nassen Mittwochmorgen noch sehr übersichtlich. Thomas hatte sich nach einigen Überlegungen für die Strecke durch die Stadt und nicht über die Dörfer entschieden. Nach nur wenigen Minuten hatte er sich an das große Motorrad gewöhnt und fuhr sicher über die Hauptverkehrsstraßen von Trier, auf deren nassem Asphalt sich das Licht der Straßenbeleuchtung diffus spiegelte.

Er war keine Viertelstunde unterwegs, als er von der innerörtlichen Bundesstraße entlang der Mosel auf die Pellinger Straße bog. Auf der Landstraße würde in neunzig Minuten der tägliche Pendlerstrom aus dem Hunsrück in die Stadt hineinkriechen wie eine riesige Schlange mit einem Muster aus weißen Scheinwerfern und unregelmäßig aufblinkenden roten Bremslichtern. Nun lag die Straße in der ausgehenden Nacht nahezu leer da. Fast schwerelos glitt die Honda hangaufwärts. Auf der rechten Seite zog sich Feyen entlang. Links tauchten die seit dem Abzug der französischen Armee leer stehenden Gebäude der früheren Castelnau-Kaserne auf. Dahinter erstreckte sich der ehemalige Standortübungsplatz der Franzosen im Mattheiser Wald. Er war gleich am Ziel.

*

Als Stefan Thieles seine Schlüssel vom Schlüsselbrett greifen wollte, um zur Frühschicht zu fahren, fing er an zu fluchen. Er war ohnehin spät dran und hatte keine Lust, jetzt auch noch den Schlüsselbund suchen zu müssen. Er überlegte. Vielleicht hatte er ihn gestern im Zündschloss stecken gelassen.

Er öffnete die Tür, die zum Schuppen führte, machte das Licht an und traute seinen Augen nicht: Seine Honda war weg. Mit wüsten Verwünschungen lief er zur Schuppentür. Sie war verschlossen.

Er hastete zurück in die Diele, riss die Haustür auf und stapfte wütend zu den beiden Polizisten, die sich gerade auf ihre Ablösung vorbereiteten. Mit einem Ruck öffnete er die Beifahrertür.

»Verdammt noch mal, ihr hockt hier die ganze Zeit in eurer Kiste und starrt zum Haus vom Steyn und merkt dabei nicht mal, wie mein Motorrad geklaut wird!«

»Moment ...« Der eine Polizist versuchte offenbar zu verstehen, wovon Stefan sprach. Viel Zeit brauchte er dazu nicht. »Scheiße, das war Steyn. Mensch, Scheiße, Scheiße, Scheiße! Der vorhin mit dem Motorrad war Steyn.« Er fasste sich an den Kopf. »Mann, wie kommt der denn da überhaupt dran?« Er warf Stefan einen vorwurfsvollen Blick zu.

»Thomas ist mit meinem Motorrad weg?«

»Wer sonst? Ich Idiot, Scheiße.« Der Polizist schlug dreimal heftig aufs Lenkrad. »Ich fass es nicht. Der hat uns voll verarscht.«

Wütend rief Steffen zuerst in der Zentrale des ZKI an und ließ umgehend nach dem Motorrad fahnden, dann wählte er nacheinander die Nummern von Gerhardts und Buhle und beichtete sein Versagen.

Anschließend schickte er den Kollegen los, um den immer lauter schimpfenden Thieles zu dessen Arbeitsstelle zu bringen. Damit hatte er beide aus den Füßen. Als er im Regen zur Rückseite des Hauses ging, erhielt er einen Anruf des Schutzpolizisten, der mit ihm Wache geschoben hatte.

»Mensch, Niko, da ist jemand am Haus von den Steyns. Die Monitore zeigen einen, der ums Haus herumschleicht.«

Steffen starrte entgeistert auf sein Handy. Ohne ein Wort beendete er die Verbindung.

Am Anbau unter der Terrasse entdeckte er das offene Fenster. Er stieg ein und vergewisserte sich, dass das Haus leer war. Steyns Bett war nicht gemacht, der Teller mit den Resten eines Fertiggerichtes stand neben der Verpackung auf der Spüle, ein Notebook lag im Stand-by-Modus auf dem Esstisch.

Es war fünf Minuten vor sechs Uhr, als Buhle und Gerhardts kurz hintereinander in Avelsbach eintrafen. Steffen berichtete zerknirscht, wie es seiner Meinung nach vor seinen Augen zu der erfolgreichen

Flucht von Thomas Steyn hatte kommen können. Dann teilte er die ersten Erkenntnisse aus der Hausdurchsuchung mit, und zum Schluss führte er die beiden Kollegen zu Steyns Brief an seine Frau.

Das Schreiben war das letzte Textdokument, das auf dem Notebook geschrieben worden war. Es enthielt eine Entschuldigung Steyns für sein Fehlverhalten, ein Bekenntnis zu den Kindern und seiner Frau und drückte die Hoffnung aus, der Spuk möge so nun ein Ende nehmen.

Dieses Ende hatte er offenbar in zwei Varianten vorausgeplant. Die eine machte ihn zum tatsächlichen Mörder oder zumindest zu einem, der einen Menschen töten würde – die andere zum dritten Opfer. Er hoffte, dass in diesem Fall Mazzomaids Rachegelüste endgültig befriedigt wären und keine Gefahr mehr für Marie und die Kinder darstellten.

Was die besondere Aufmerksamkeit der Kommissare weckte, war ein fast nebenbei eingebauter Satz, der einen Hinweis auf Steyns Aufenthaltsort enthielt: »Für den Fall, dass ich nicht zurückkehren sollte, suche mich am Ort meiner letzten Niederlage.«

Sie kamen schnell überein, dass sie mit diesem Hinweis allein nichts anfangen konnten. Auch die vorher von Steyn geöffneten Dateien und Internetseiten ließen, soweit Steffen sie nachvollziehen konnte, keine Rückschlüsse zu. Um sechs Uhr fünfzehn griff Buhle zu seinem Handy.

*

»Marie, Marie, Mädchen, wach auf.«

Marie öffnete erschrocken die Augen und blickte verständnislos zu ihrem Schwiegervater hinauf.

»Marie, es ist Kommissar Buhle, er will dich unbedingt sprechen. Mir will er nicht sagen, worum es geht.«

Immer noch etwas verstört nahm Marie ihr Handy entgegen, das Philipp von Steyn ihr hinhielt.

»Ja?«

»Marie, kannst du sofort nach Avelsbach kommen?«

Sie setzte sich auf, mit einem Mal hellwach. »Was ist passiert? Ist etwas mit Thomas?«

»Er ist weg. Wir müssen unbedingt wissen, wo er ist. Vielleicht kannst du uns helfen.«

»Du denkst, er trifft sich mit Mazzomaid.«

»Wir vermuten es, ja.«

»Hat eure Beschattung versagt?« Marie machte sich nicht die Mühe, den Vorwurf in ihrer Stimme zu unterdrücken.

»Dein Mann hat sich sehr geschickt angestellt. Er hat einen Brief an dich hinterlassen. Er schreibt darin von ›einem Ort seiner letzten Niederlage‹. Weißt du, was damit gemeint ist?«

Marie überlegte einen Moment. »Nein, keine Ahnung. Ich komme sofort hoch.«

»Gut, beeil dich.«

*

Die ehemalige Kaserne Castelnau ragte wie ein Keil in den Trierer Stadtteil Feyen hinein. Lang gestreckte Kasernengebäude umrahmten im Zentrum des Keils einen Exerzierplatz in der Größe von drei Fußballfeldern. Daran schlossen sich in dem stark ansteigenden Gelände mehrere dreißig Meter breite Terrassen mit Lagerhallen, Schuppen und vorgelagerten Fahrwegen an. Oben auf dem Plateau befand sich die Fläche, auf der ursprünglich der Handwerkerpark hatte entstehen sollen. In der Mitte lagen, bereits umgeben von Laubwald, eine große Asphaltfläche mit angrenzendem Gebäude, die gegenwärtig von einer Gasvertriebsfirma genutzt wurde, sowie der alte Wasserbehälter. Weiter südlich standen im Wald verstreut weitere Gebäudekomplexe, drei identische ovale Fahrparcours mit H-förmigen Verbindungstrassen und schließlich ein Übungsgelände. Alles war seit über einem Jahrzehnt dem Verfall preisgegeben.

Im Westen begrenzte die von den Einheimischen kurz die »Pellinger« genannte B 268 das Areal; im Osten stellte das Aulbachtal mit den großen Pfahlweihern eine landschaftliche Zäsur dar. Der frühere Standortübungsplatz setzte sich hingegen noch über mehrere hundert Hektar östlich fort. Weil sich dort, wie so häufig im Schutz eines militärischen Sperrgebietes, Flora und Fauna in reicher Vielfalt entwickeln konnten, war hier vor sieben Jahren ein großes Naturschutzgebiet ausgewiesen worden.

Die landschaftliche Schönheit und ökologische Wertigkeit des

Mattheiser Waldes lag Galaxien entfernt von dem, womit sich Thomas Steyn an diesem nasskalten Novembermorgen beschäftigte. Mit Mühe hatte er durch das regenbenetzte Visier des Motorradhelmes in einer lang gezogenen Außenkurve der Pellinger Straße die schon vorher in Luftbildern ausgemachte Zufahrt zum Kasernengelände entdeckt. Jetzt schob er das Motorrad ein paar Meter den Zaun entlang und stellte es ab. Die Honda war hinter der parallel zur Straße wachsenden Hecke gut versteckt.

Das Eingangstor war, wie er es erwartet hatte, verschlossen. Er nahm die Drahtschere aus dem Rucksack und begann sich einen Zugang durch den immer noch stabilen Zaun zu schneiden. Es dauerte keine zwei Minuten, bis er auf dem ehemaligen Militärgelände stand.

Die ersten Pendler, die über die Bundesstraße Richtung Trier fuhren, schickten durch die fast blattlosen Sträucher und Bäume diffuse Lichtkegel in seine Richtung. Er ging jedes Mal in die Knie, um durch die Reflektoren seines Overalls nicht entdeckt zu werden. Das Licht verhalf ihm zu einem Mindestmaß an Orientierung. Er schlich am Rand eines befestigten Fahrweges parallel zur Straße weiter. Vorbei an einer alten Werkhalle gelangte er zu einer Kreuzung etwas breiterer Straßen. Wieder verbarg er sich im Schatten des Waldrandes, als ein Lkw über die Pellinger Richtung Trier donnerte. Er musste jetzt unweit der Baracken sein, wo die Soldaten früher für den Häuserkampf gedrillt worden waren. Wenn er Mazzomaid mit seinen verschlüsselten Anweisungen richtig verstanden hatte, sollten sie sich dort treffen.

Er hatte keine Ahnung, ob sein Schulfeind bereits auf ihn wartete. Nach dem nächsten Auto lief er geduckt weiter. Der Weg, den er jetzt einschlug, führte ihn weiter weg von der Bundesstraße. An der nächsten Abzweigung ging er im Schutz der Gehölze wieder in die Hocke. Von hier aus konnte er durch die Sträucher und Bäume eine Freifläche und die Silhouette eines Hauses erahnen. Ohne lange nachzudenken, lief er zu dem Gebäude. Es war der Rohbau eines in sich versetzten Reihenhauses. Mit einem Satz verschwand er in der ersten Türöffnung, drückte sich an die Wand und lauschte in die Dunkelheit.

*

Nach dem Telefonat mit dem Schwein war er direkt mit dem Bus hinaus nach Feyen gefahren. Er war sich sicher, dass sie mit der Suche nach ihm erst richtig begonnen haben konnten, als er schon längst wieder in seinem Versteck saß. Dort hatte er sich die Ausrüstung für seine letzte Unternehmung in Trier zurechtgelegt, solange die Ritzen der Jalousien etwas Helligkeit ins Haus ließen. Das Areal hatte er schon vorher erkundet. Die sieben jeweils zweigeschossigen Häuser, die aussahen, als seien sie nach den Maurerarbeiten vergessen worden, befanden sich in einem nur gut einhundert auf zweihundert Meter großen Areal. Das Oval war von einer Ringstraße umgeben und durch weitere Betonwege in Längs- und Querrichtung geteilt. Er hatte sich das im Zentrum gegenüber einem kleinen Reihenhaus stehende Haus als späteres Basislager ausgesucht. Von dort hatte er den besten Überblick über die Wege und freie Sicht zu den meisten der anderen Häuser.

Zufrieden saß er in seinem Versteck. Das leer stehende Wohnhaus lag für ihn ideal in geringer Entfernung zum ehemaligen Militärgelände ein wenig abseits der Pellinger. Dort aß er etwas, kontrollierte seine Ausrüstung, las einige unklare Funktionen in der Gebrauchsanweisung eines Nachtsichtgerätes nach, das er sich kurz vorher noch in einem Elektromarkt gekauft hatte, und legte sich noch einmal für einige Stunden auf sein Nachtlager.

Kurz nach Mitternacht brach er auf. Der Weg durch die regnerische Nacht zu seinem auserkorenen Basislager war ungemütlich, dafür aber auch unproblematisch. Ohne Zweifel am Gelingen seines Vorhabens bezog er in der Baracke Position. Natürlich hatte er sich überlegt, was passieren würde, wenn das Schwein nicht oder mit einem Sondereinsatzkommando der Polizei kommen würde. Aber er hatte beide Varianten verworfen. Er wusste, das Schwein würde in seiner Arroganz die Sache selbst erledigen wollen. Er wusste es ganz sicher.

Es waren dennoch lange fünf Stunden gewesen. Fünf Stunden, in denen er in seinem Schlafsack an einer der Fensteröffnungen im Obergeschoss der Baracke gesessen und beobachtet hatte: wie der Regen einsetzte und wieder aufhörte, wie Kaninchen über die durch Grasfugen gegliederten Betonwege liefen und wieder in den Krautsäumen entlang der Gehölze verschwanden. Fünf Stunden, in denen er es als unglaublich entspannend empfand, einfach nur zu warten, ohne sich mit irgendeinem anderen Gedanken belasten zu müssen. Fünf Stunden, in denen er ganz in sich ruhte, nur auf eine einzige Sache fokussiert. Nach diesen fünf Stunden war es so weit: Er sah ihn durch den Regenvorhang kommen.

*

Der Regen war in den letzten Minuten stärker geworden. Die Scheinwerfer der entgegenkommenden Autos spiegelten sich für Sekundenbruchteile hundertfach in den Tropfen auf ihrer Windschutzscheibe, bis sie vom Scheibenwischer unerbittlich zur Seite geschoben wurden. Sie stellte das Scheibenwischerintervall höher.

Der Weiler Avelsbach lag tief geduckt unter dem fortwährenden Novemberregen, als Marie das Auto an den Häusern vorbeisteuerte. Sie liebte diese düsteren Stimmungen hier oben auf der Hochfläche. Doch in dieser ausklingenden Nacht erschien es ihr eher wie die atmosphärische Untermalung des Dramas, das sich gerade in ihrer Familie abspielte und unaufhaltsam einem tragischen Ende zusteuerte. Trotz aller zwiespältigen Gefühle der letzten zwei Wochen: Marie hatte Angst um ihren Mann.

Sie war noch nicht aus dem Auto gestiegen, als von innen bereits die Haustür geöffnet wurde und Christian Buhle sie hineinwinkte. Als sie im Haus war, sah er ihr kurz und sichtlich besorgt in die Augen, begann dann aber ohne Umschweife: »Komm nach oben. Ich zeige dir den Brief, den dein Mann für dich hinterlassen hat. Ist dir schon etwas eingefallen?«

Marie schüttelte den Kopf und folgte wie vor zweieinhalb Wochen dem Kommissar in ihrem eigenen Haus. War sie damals noch empört gewesen über diese Situation, so war es für sie nun so selbstverständlich, dass sie keinen Gedanken daran verschwendete. Vielmehr verstärkte sich die Beklemmung bei dem Gedanken, dass Thomas ihr einen Brief hinterlassen hatte. War es ein Abschiedsbrief?

Sie las sich den Brief zweimal durch, um ihn begreifen zu können. Sie merkte nicht, wie die Polizisten um sie herum langsam ungeduldig wurden.

Schließlich fragte Gerhardts vorsichtig: »Frau Steyn, können Sie mit dem Satz etwas anfangen? Wissen Sie, was er mit der letzten Niederlage meint?«

Marie sah weiterhin auf den Bildschirm. Es fiel ihr schwer, ihre Gefühle einzuordnen. Es waren zu viele Widersprüche, zu viel Durcheinander. Doch dann eröffnete sich ihr plötzlich wie selbstverständlich der Weg. Als ob alles Chaos rechts und links beiseitegeschoben würde, lag klar vor ihr, in welche Richtung sie zu gehen hatte. Sie war sich der Gefahr bewusst. Sie dachte an Nora und Mattis und wankte ein wenig. Aber letztendlich musste sie es trotz allem tun.

Ihre schwarzen Augen waren unendlich tief, als sie zuerst Buhle und dann Gerhardts anschaute. »Ich habe eine Ahnung. Womit hat sich mein Mann zuletzt beschäftigt?«

Steffen antwortete: »Mit ganz verschiedenen Dingen. Er hat einige Dokumente geöffnet, die mit seiner Arbeit zusammenhängen. Er hat intensiv im Internet gesurft, hat dabei nach Fotos von Dennis Mazzomaid gesucht. Die hat er dank unseres Fahndungsaufrufs auch gefunden. Er hat sich zahlreiche Orte und Stadtteile Triers bei Google Maps angeschaut, auch Trierweiler. Er hat sich auf der Homepage seiner Firma und der Firma seines Vaters eingeloggt. Er hat seinen eigenen Namen gegoogelt.«

»Zeigen Sie mir, auf welchen Kartenausschnitten er zuletzt war.«

»Er hat Luftbilder bevorzugt. Einen Moment bitte.«

Während Steffen das Notebook bediente, starrte Marie weiter mit unbewegter Miene auf den Bildschirm. Selbst als Buhle sie ansprach, bewegte sie sich nicht.

»Warte einen Moment«, sagte sie.

»Marie, wir haben keine Zeit zu warten. Wir müssen schnellstmöglich wissen, wo die beiden sich treffen wollen. Wir müssen Hilfe holen. Dir ist doch klar, dass Mazzomaid sich an deinem Mann rächen will.« Buhle sprach leise, aber eindringlich auf sie ein.

Mit einem Ruck fuhr sie herum. Ihre Augen blitzten Buhle entgegen. »Ich weiß, was Mazzomaid will«, sagte sie gepresst, »und ich werde das verhindern. Egal ob mit oder ohne Polizei.«

Buhle sah zu Gerhardts und entschied daraufhin, nicht zu antworten. Stattdessen atmete er tief durch. Marie wandte sich wieder dem Notebook zu. Steffen hatte die Chronik der letzten Internetadressen aufgerufen und ging einen Schritt vom Tisch weg, ohne den Blick vom Display zu nehmen. Marie studierte kurz die Liste. Dann richtete sie sich wieder auf und sah zu Buhle.

»Selbst wenn ich recht habe, wird es schwer sein, sie zu finden.« Ihr Blick war wieder ruhig und entschlossen. »Gibt es einen Anhaltspunkt, wie Thomas unterwegs ist?«

»Ja, mit einem Motorrad, einer weißen 1000er Honda. Er hat sie von Ihrem Nachbarn Thieles geklaut.« Steffen hatte es hörbar noch nicht verwunden, dass Thomas Steyn ihm entkommen war.

»Ist das ein mobiler Internetzugang?«

»Ja.«

Marie löste entschlossen das Stromkabel vom Notebook, klappte den Bildschirm zu und nahm das Gerät unter den Arm. »Okay, fahren wir hin. Vielleicht finden wir das Motorrad.«

»Marie, das schaffen wir nicht allein. Für solche Einsätze haben wir Spezialisten.«

Sie schüttelte den Kopf. Ruhig, fast belehrend sagte sie: »Ich muss dir doch nicht erklären, was passiert, wenn Mazzomaid merkt, dass er umstellt ist. In seiner Lage würde er, ohne mit der Wimper zu zucken, zuerst Thomas und dann sich selbst töten. Deine Spezialisten hätten keine Chance, Christian. Wenn nicht sowieso alles schon vorbei ist. Los, komm jetzt, schnell.«

Sie drehte sich um und ging zur Treppe. Die drei Beamten folgten ihr wortlos bis zum Auto.

Gerhardts rief seinen Kollegen zu: »Christian, fahr du mit Frau Steyn, ich fahr mit Niko.«

Abrupt blieb Marie stehen. »Wir fahren zusammen. Ich sage Ihnen, wo es langgeht. Sind Sie mit einem Dienstwagen hier?« Die drei verneinten. »Dann ist es egal, mit welchem Auto.« Da ihr Wagen als Letzter in der Einfahrt stand, gab sie Steffen ihren Autoschlüssel. »Wir fahren Richtung Feyen. Los.«

Es war mittlerweile Viertel nach sieben. Die Morgendämmerung und der nächste Regenschauer hatten eingesetzt, genauso wie der Berufsverkehr in Trier. Steffen versuchte, über Nebenstraßen die Ampeln und den damit verbundenen Rückstau zu umfahren. Dabei kamen sie über die Güterstraße an der Zentralen Kriminalinspektion vorbei, ohne dass er auch nur kurz zur Seite geblickt hätte.

Buhle, der auf der Rückbank neben Marie saß, versuchte noch zweimal, ihr den Zielort zu entlocken. Sie antwortete beide Male nicht.

»Marie, egal wo du uns jetzt hinführst. Du kannst unmöglich mitkommen. Das ist schlicht und einfach zu gefährlich, für dich und uns alle.«

Wieder ignorierte sie ihn. Auf der vierspurigen Uferstraße teilte sie kurz mit, dass es gleich die »Pellinger« hochginge. Steffen folgte ihrer Anweisung mit quietschenden Reifen.

Nachdem sie abgebogen waren, sagte sie: »Da vorne links kommt gleich die alte Kaserne. Schauen Sie, dass wir da in der Nähe halten können.«

»Die Castelnau-Kaserne? Warum dort?«, fragte Buhle.

»Der Handwerkerpark. Wenn Thomas sich hier in Feyen orientieren wollte, kann es nur mit dem gescheiterten Handwerkerpark zusammenhängen. Er hatte dort mit seiner Firma etwas Großes vor und war schwer getroffen, als das Projekt eingestampft wurde. Möglich, dass er das als seine letzte Niederlage betrachtet. Ist das Gelände noch abgesperrt?«

Buhle zuckte mit den Schultern. Dafür antwortete Gerhardts: »Ja, das wird es wohl sein. Aber das ist ein riesiges Gelände mit leer stehenden Gebäuden und viel Wald. Wie sollen wir die beiden da finden?«

Steffen war von der Bundesstraße abgebogen und hatte sich an den Rand der Kasernenzufahrt zum ehemaligen Haupteingang gestellt. Marie hatte das Notebook wieder aufgeklappt und rief ein Luftbild des Geländes auf.

»Herr ... Niko, haben Sie irgendwelche Anhaltspunkte gefunden, wo sich mein Mann mit Mazzomaid treffen könnte? Sie haben doch die letzten Internetzugriffe durchforstet.«

Steffen überlegte einen Moment. »Es gab eine Seite mit irgendwelchen Baracken, so eine Art Immobilienmarkt für ehemalige Militärgebäude. Geben Sie mir mal das Notebook.«

Er probierte kurz, dann hatte er es. »Hier.«

Er zeigte zunächst Gerhardts, dann den anderen Fotos von leer stehenden Hallen, Wachhäusern und Rohbauten. »Wir müssen herausfinden, wo auf dem Gelände das sein könnte. Auf jeden Fall nicht hier, wo die großen Häuser sind.« Er blickte wieder auf das Luftbild. »Hier, wenn wir weiter die Straße hochfahren, kommen einzelne Gebäude, die teilweise mitten im Wald stehen.«

»Okay, lass uns schnell kontrollieren, ob das Tor wirklich geschlossen ist, und dann die Straße hoch.« Buhle musste sich spürbar zügeln. »Marie, wenn wir nicht bald fündig werden, müssen wir Hilfe holen. Uns rennt die Zeit weg.«

Marie beachtete ihn nicht. Während Niko Steffen das schwere Eingangstor kontrollierte, hatte sie das Notebook wieder auf ihre Oberschenkel gelegt und studierte das Luftbild. »Hier stehen wir. Oberhalb der lang gestreckten Gebäude war, meine ich, der Handwerkerpark geplant. Und hier sind verstreut viele einzelne Häuser.« Sie atmete tief durch und sah Christian Buhle mit einer Mischung aus Entschlossenheit, Angst und Zweifel an.

»Marie, wir werden versuchen, ihn dort zu finden, okay. Dann müssen wir entscheiden, wie wir ihm am besten helfen können.«

Steffen war wieder zurück, wendete das Auto und stieß kurz vor einem wild aufblendenden Berufspendler zurück auf die Pellinger Straße. Die Sicht auf den Rand des Militärgeländes war durch die mittlerweile fast lückenlose Autoschlange stark beeinträchtigt.

»Das bringt überhaupt nichts. Wir müssen zu Fuß nachschauen.« Auch bei Gerhardts stiegen Anspannung und Ungeduld. »Niko, da vorne ist eine Hauseinfahrt. Halte da.«

Das Haus war offensichtlich seit längerer Zeit unbewohnt, und Steffen parkte mitten in der Hofeinfahrt. Fast gleichzeitig stiegen sie aus dem Auto.

»Marie, es ist besser, wenn du …« Ein Zeichen von Gerhardts ließ Buhle verstummen.

»Ich glaube nicht, dass Frau Steyn ruhig im Auto warten würde. Aber«, er wandte sich Marie zu, »bleiben Sie bitte immer direkt hinter uns und tun Sie nur das, was wir Ihnen sagen.«

Marie nickte, aber sie sah Gerhardts an, dass er sie durchschaute.

Sie eilten zwischen den Autos auf die andere Straßenseite. Natürlich nahm das ein Autofahrer zum Anlass, lange zu hupen, worauf die nachfolgenden Fahrer nur noch mehr der merkwürdigen Gruppe nachgafften.

Durch eine nur noch wenig belaubte Hecke konnten Marie und die Polizisten den Zaun sehen, der das ehemalige Militärgelände einfriedete. Da Gerhardts beim Hochfahren etwa hundertfünfzig Meter weiter eine kleine Zufahrt ausgemacht hatte und auf dem Areal weiter oben keine Gebäude mehr standen, liefen sie wieder talwärts. In der lang gezogenen Kurve entdeckten sie das weiße Motorrad unweit der Zufahrt.

Der aufgeschnittene Zaun ließ keinen weiteren Zweifel. Hier war Thomas Steyn auf das Kasernengelände gelangt.

*

Als Thomas' Atem wieder ruhig ging, schaute er vorsichtig aus der Fensteröffnung. Draußen war es noch zu dunkel, um viel erkennen zu können. Es war, als blicke er auf eine schwarze Wand mit schwarzen Mustern.

Er überlegte, wie er weiter vorgehen sollte, und stellte fest, dass er es schlicht nicht wusste. Mehr um irgendetwas zu tun, erkundete er den Raum, in dem er sich befand. Neben der Eingangstür sowie an der linken Seitenwand war jeweils eine Fensteröffnung. Die anderen beiden Wände waren fensterlos. Das Erdgeschoss bestand aus einem einzigen großen Raum. Als Fußboden diente die blanke Bodenplatte, die Wände waren auch innen unverputzt und rau. An der Wand zum Nachbarhaus führte eine Betontreppe in die erste Etage. Er war gerade dabei, die Treppe zu ertasten, als er draußen neben dem Haus Geräusche hörte, die sich langsam näherten.

Er drückte sich in die Zimmerecke neben dem Frontfenster und wartete. Das Geräusch zog langsam vor das Fenster und stoppte. Thomas hörte nur das leise Prasseln des Regens und ein leichtes Rauschen in den Bäumen. Er hielt die Luft an. Wieder das Geräusch, wie wenn jemand nur ein, zwei Schritte tut. Erneut Pause. Schweiß lief ihm den Rücken hinunter und trat ihm auf der Stirn aus allen Poren. Wieder zwei Schritte und dann …

Erleichtert atmete er aus. Es folgte ein gleichmäßiges dumpfes Klackern auf der Betonstraße, das sich nun rasch entfernte. Er sah aus der Fensteröffnung und erblickte noch das Hinterteil eines dahintrabenden Rehbocks.

Thomas öffnete den Reißverschluss an der Brustseite des Overalls und fuhr sich mit der Hand über die nass geschwitzte Brust. Die Anspannung löste sich etwas. Damit einher ging die Einsicht, dass er nicht auf das unausweichliche Zusammentreffen warten durfte. Sobald er nur ein wenig mehr Sicht hätte, würde er sich auf die Suche nach Mazzomaid machen.

Es war ein unbeschreibliches Hochgefühl, das sich bei ihm einstellte. Augenblicklich lief vor seinem inneren Ohr das Leitmotiv von John Williams' Filmmusik zu »Star Wars« ab. Er spürte förmlich, wie die Fanfaren aus den umliegenden Bäumen den offenen Platz beschallten, der zwischen ihm und dem Haus lag, in dem das Schwein soeben verschwunden war. Er war gekommen. Er hatte es gewusst.

Der Regen trommelte auf die Bitumenbahnen über dem Dachgebälk. Nach dem ersten Überschwang der Emotionen war er sofort wieder wachsam. So wie er in das Haus gekrochen war, musste er allein sein, ohne eine Rückendeckung, die er früher immer benötigt hatte. Doch sicher war sicher. Sorgfältig beobachtete er die Umgebung.

Zehn, fünfzehn Minuten lang geschah nichts. Dann nahm er eine Bewegung neben dem Haus wahr. Hatte das Schwein es doch gewagt, Verstärkung mitzubringen? Die Anspannung wich genauso schnell, wie sie gekommen war, als er den Rehbock erkannte. Er schob sich entlang dem Krautsaum vor, langsam vor sich hin äsend. Als der Bock den Betonweg überquerte, entdeckte er das vor Erleichterung entgleiste Gesicht seines Gegners. Seit zwanzig Jahren hatte er diese Visage nicht mehr so deutlich vor Augen gehabt, und dann ausgerechnet jetzt, nachdem sich das Schwein vor Angst wahrscheinlich fast in die Hose geschissen hatte. Mazzomaid spürte eine Genugtuung, und er wollte sie weiter auskosten, wollte mit ihm spielen wie die Katze mit der Maus.

Er überlegte, wie er am besten zu dem gegenüberliegenden Reihenhaus gelangen konnte. Es lagen nur etwa fünfundzwanzig Meter zwischen den beiden Gebäuden. Auch wenn es noch stockdunkel war und er sich ganz in Schwarz gekleidet hatte, wollte er es noch vermeiden, vom Schwein entdeckt zu werden. Andererseits konnte er ihn auch nicht mehr aus den Augen lassen, jetzt, wo er ihn bereits einmal erblickt hatte.

Er nutzte den Mittelweg. Von Fenster zu Fenster ging er zur abgewandten Giebelwand. Stieg rasch die Treppe hinunter, glitt blitzschnell aus der seitlichen Fensteröffnung, stand im selben Atemzug an der Hausecke und blickte in deren Schutz Richtung Reihenhaus. In den wenigen unbeobachteten Sekunden konnte das Schwein nicht entkommen sein.

Geduckt schlich er über den Betonweg. Weil er den Blick stets auf das Haus gerichtet hielt, wäre er fast über einen kleinen Grashorst gestolpert, der sich den Weg durch den Beton gebahnt hatte. Hinter einem Haufen aus Bauschutt ging er in Deckung. Der Regen war etwas schwächer geworden, und langsam zeichneten sich unterschiedliche Grautöne am Himmel ab. Doch er wollte die Dunkelheit noch für sein Spiel nutzen, musste sich deshalb beeilen. Er schlich weiter durch das regennasse hüfthohe Gras. Die Feuchtigkeit, die sich unbeirrt den Weg durch seine Kleidung suchte, nahm er nicht wahr. Hinter einem Gebüsch ging er in die Hocke. Von hier aus konnte er mit Hilfe des Nachtsichtgerätes durch die verschiedenen Öffnungen in den unteren Raum blicken, in dem er das Schwein hatte verschwinden sehen.

In der hintersten Ecke entdeckte er ihn. Beobachtete, wie er einzelne Dinge aus dem Rucksack nahm und an verschiedenen Stellen seiner Kleidung verstaute. Das Schwein rüstete also auf.

Er überlegte kurz, ob er es wagen sollte. Doch, den Spaß wollte er sich nicht entgehen lassen. Selbst wenn die Polizei ihn wie auch immer orten konnte; bis sie ihn gefunden hatten, wäre alles vorbei und er lange weg. Nachdem er seinen Standort noch etwas zur umlaufenden Straße hin verlagert hatte, nahm er sein Handy mit der neuen SIM-Karte, schaltete es an und wählte eine Nummer. Mit größter Befriedigung sah er, wie das Schwein zusammenzuckte.

Thomas wollte gerade noch das Brotmesser irgendwo am Körper verstauen, als der Vibrationsalarm seines Smartphones losging. Es konnte jeder sein, und doch spürte er, wie sich seine Muskeln vor Anspannung zusammenzogen. Er schaute auf das Display. Es war eine Handynummer, die er nicht kannte. Er drückte sie weg. Mit geschlossenen Augen stand er da und holte zweimal tief Luft, dann vibrierte es wieder. Diesmal nahm er das Gespräch an.

»Ja?«

»Du solltest vorsichtiger mit deinen Messern umgehen, nicht dass du dich noch verletzt.«

Nach dem Satz wurde das Gespräch unterbrochen. Thomas hielt das Telefon trotzdem noch am Ohr, während er vorsichtig durch die rechteckigen Fensteröffnungen in das schwarze Nichts blickte. Mazzomaid beobachtete ihn. Entweder gab es hier Kameras, oder sein Verfolger war draußen ganz in der Nähe. Auf jeden Fall brauchte er sich nicht mehr zu verstecken.

Er nutzte das Licht seines Smartphones, um von seiner Zimmerecke aus Wand und Decke abzuleuchten. Er fand nichts. Dann schloss er den Reißverschluss der Regenkombi und trat vor das Haus. Er schaute ins immer noch nächtliche Rund, erkannte aber, wie erwartet, nichts außer Schatten vor dunklem Hintergrund. Er war ganz ruhig. Nun wusste er, dass Mazzomaid da war, auf ihn wartete, mit ihm Katz und Maus spielen wollte, so wie er es früher in umgekehrter Art und Weise getan hatte.

Er hielt sich noch einmal vor Augen, was Mazzomaid alles getan hatte, um ihm zu schaden, um ihn in der Öffentlichkeit und, was noch viel schlimmer war, in seiner Familie als Unmenschen dastehen zu lassen. Mazzomaid war die Ratte geblieben, die er schon als Jugendlicher gewesen war. Nur hatte er offensichtlich an Brutalität zugelegt. Thomas war sich bewusst, dass er wachsam sein musste, seinen Gegner auf keinen Fall unterschätzen, ihn nicht mit dem Jugendlichen, der ihm damals ausgeliefert gewesen war, verwechseln durfte. Er spürte, wie ihm erneut der Schweiß den Rücken hinunterlief. Immer stärker wünschte er sich das Tageslicht herbei. Er wollte seinen Gegner endlich sehen.

Von der Mitte der Kreuzung aus konnte er jetzt mit der langsam einsetzenden Dämmerung etwas mehr von seiner Umgebung erkennen. Der Betonweg, auf dem er stand, verlief fast schnurgerade, bis er an seinen beiden Enden im Dunkeln verschwand. Er verschwenkte leicht auf Höhe eines Bauschutthaufens, der zum Weg hin von drei niedrigen, senkrecht aus dem Boden ragenden Metallträgern begrenzt wurde. Hinter ihm lag das in vier Einheiten gegliederte Reihenhaus, in dem er vergebens Deckung gesucht hatte. In entgegengesetzter Richtung stand auf jeder Seite ein Einzelgebäude.

»Mazzomaid!« Seine Stimme rief den Namen geringschätzig und fordernd zugleich. »Verkriecht sich die Ratte wieder? Komm raus, wenn du es mit mir aufnehmen willst.«

Natürlich hatte er nicht erwartet, dass sich jetzt, wie in einem Western, aus dem umliegenden Schatten der Feind lösen und zum Duell langsam auf die Straße treten würde. Dass aber gar nichts passierte, beunruhigte ihn doch. Mazzomaid schien also auch nichts von seiner Feigheit eingebüßt zu haben. Vielleicht konnte er ihn provozieren. Er rief noch einmal, aber wieder passierte nichts.

Er hatte sich sofort zurückgezogen, nachdem das Schwein begonnen hatte, den Raum auszuleuchten. War über die angrenzende Straße ein paar Meter bis hinter das am nächsten liegende Haus geschlichen. Von dort hatte er sich durch das Dickicht einen Weg bis zu dessen Rückseite gebahnt. Nun beobachtete er ihn, wie er mitten auf dem Weg stand und herumkrakeelte. Er war also immer noch dasselbe arrogante Schwein von früher, hatte nichts von seiner herablassenden Art eingebüßt. Eingebüßt war gut; er würde noch einiges büßen müssen in den nächsten Stunden.

Er würde nicht ewig auf dem Weg stehen bleiben können. Aber es wurde nur allmählich heller, noch boten ihm Regen und Dunkelheit Deckung. Er musste ihn weglocken, irgendwie.

Er sah, wie das Schwein in seiner Tasche nach dem Handy suchte. Gute Idee. Er nahm blitzschnell sein eigenes hervor, aktivierte den Klingelton, und in dem Moment, wo sein Gegner den Rückruf startete, warf er es zehn Meter weit auf die gegenüberliegende Seite bis kurz vor das andere Haus. Er verharrte, bis er erleichtert den dumpfen Klingelton vernahm.

Thomas hörte das Klingeln aus dem linken der beiden vor ihm liegenden Häuser. Als nach vier Wiederholungen die Mailbox anging, steckte er sein Smartphone wieder ein.

»Was ist, Mazzomaid, keine Lust mehr zu telefonieren? Du hast doch sogar Empfang in deinem Rattenloch. Oder traust du dich nicht im Dunkeln auf die Straße?«

Nachdem er keine Antwort bekommen hatte, ging er zügig auf das Haus zu. Dass Mazzomaid ihn nicht erschießen würde, setzte er einfach voraus. Gelegenheiten dazu hatte es schon gegeben. Also entschied er sich für die Offensive, und je näher er an dem Haus dran war, desto besser konnte er ihn orten. Er ging die fünfzehn Schritte, bis er auf Höhe der beiden Häuser stand, und wandte sich dem Haus zu, aus dem er das Telefonklingeln vernommen hatte.

»Mazzomaid. Hier bin ich. Hat dich deine Sehnsucht nach mir verlassen? Oder hattest du nur Sehnsucht nach dem Versteckspiel aus unserer Kindheit?«

Da er laut gerufen hatte, hörte er die schnellen Schritte hinter sich zu spät. Er konnte sich nicht einmal mehr ganz umdrehen, als ihn der Schlag in die Nieren traf. Noch bevor er zu Boden stürzen konnte, wurde sein Solarplexus von einem Ellenbogen so heftig getroffen, dass es ihm nicht nur die Luft raubte, sondern sein überraschtes Gehirn kurzzeitig unterversorgt den Betrieb einstellte. Den abschließenden Handkantenschlag gegen die Halsseite spürte er ebenso wenig wie den harten Aufschlag seines Körpers auf den Beton.

Als er wieder aufwachte, war es, als ob er einen schweren Vorhang nach dem anderen zur Seite schieben müsse, um wieder an die Oberfläche seines Bewusstseins zu gelangen. Der Preis dafür waren heftige Schmerzen in der Nierengegend, ein stechender Schmerz im Schädel und eine empfindliche Kälte, die der Regen im Zusammenspiel mit dem böigen Wind auf seiner Haut verursachte.

Er saß nackt mit dem Rücken an einen verrosteten Eisenträger gelehnt, der in der Nähe des Schutthaufens einen knappen Meter senkrecht aus dem Boden ragte. Seine Arme waren offenbar mit Handschellen hinter dem Träger gefesselt. Er zerrte daran, doch die harten Metallkanten gruben sich nur in seine Handgelenke ein. Dann wurde sein Kopf von einer Ohrfeige zur Seite geschleudert. Benommen sah er nach oben und damit genau in das nur einen knappen halben Meter entfernte Gesicht von Dennis Mazzomaid.

Er sah ein breites Grinsen, das sich schnell entfernte, als Mazzomaid aus der Hocke aufstand und sich zwei Schritte zurückbewegte.

»Na, Schwein, fühlst du dich gut?«

»Könnte schlechter gehen, Ratte.«

Auch ohne Fesseln hätte er keine Chance gehabt, dem blitzschnellen Tritt gegen die unteren linken Rippen auszuweichen. Sein

Schrei wurde dadurch erstickt, dass ihm ein dreckiger nasser Lappen in den weit aufgerissenen Mund gesteckt wurde. Sein hasserfüllt auf Mazzomaid gerichteter Blick erstarrte, als er den Schuhabsatz auf sich zukommen sah. Er spürte, wie der Treffer ihm den Mageninhalt in die Speiseröhre drückte. Er wollte schlucken und musste gleichzeitig würgen. Noch bevor er darüber die Kontrolle gewonnen hatte, explodierten die nächsten Tritte wie Bomben auf seinem Körper. Es dauerte eine halbe Ewigkeit, bis er wieder zu sich kam und es wagte, die vor Schmerz zusammengekniffenen Augen langsam zu öffnen.

Mazzomaid stand über ihm und schaute mit vor der Brust verschränkten Armen grinsend auf ihn herab.

»Schweine sollten etwas zuvorkommender zu ihren Herren sein, sonst landen sie womöglich noch auf der Schlachtbank. Also, ich frage dich noch einmal: Fühlst du dich gut?«

Thomas schüttelte leicht den Kopf.

»Nein? Das tut mir aber leid. Geht es dir etwa schlecht?«

Thomas nickte, und der Blick in die boshaften Augen von Dennis Mazzomaid beseitigte in ihm die letzten Zweifel. Mazzomaid würde keine Grenzen kennen, er war bereit, ihm an diesem nasskalten Novembertag alles zurückzuzahlen, was er ihm einst selbst angetan hatte. Und das war nicht wenig gewesen. Mazzomaid wollte Rache, war dabei sogar so weit gegangen, zwei Menschen zu töten. Er würde ihn nicht schonen, schon gar nicht durch einen schnellen Tod.

»Na, ist das nicht ein schöner Ort?« Mazzomaid breitete die Arme aus und drehte sich erst zur einen, dann zur anderen Seite. »Als ich hörte, wie sehr du dich hier umsonst bemüht hast, wusste ich sofort, dass mir dieser Ort sympathisch ist.«

Blitzschnell und ansatzlos ließ er sich mit den Knien auf Thomas' Oberschenkel fallen, packte ihn mit der linken Hand unterm Kinn und schlug seinen Kopf mit voller Wucht an den Metallträger. »Hast du wirklich geglaubt, das würde klappen? Die Handwerksbetriebe würden sich auf jemanden wie dich einlassen?« Lachend stieß er sich wieder ab und erhob sich. Thomas stöhnte vor Schmerz auf und spürte, wie warmes Blut von seinem Hinterkopf den Nacken hinunterlief.

Für einen Moment war Ruhe, passierte nichts. Der Wind hatte

etwas zugenommen, und sein Rauschen in den Blättern paarte sich mit dem entfernten Dröhnen des Autoverkehrs zu einer nur leicht variierenden Geräuschkulisse. Thomas zuckte kurz zusammen, als ein durchdringendes Hupen diese Ruhe zerriss. Mazzomaid schien das als Zeichen zu werten. Er war wieder ein Stück zurückgegangen und sagte übertrieben freundlich:

»Schau mal, Schwein, was ich hier gefunden habe.« Er zeigte auf die Gegenstände, die Thomas zu seiner möglichen Verteidigung mitgenommen hatte und die jetzt akkurat vor seinen Füßen aufgereiht waren. »Ich weiß gar nicht, wozu die Sachen gut sein sollen«, höhnte Mazzomaid.

Er nahm das von Thomas aus ganz links liegende Pfefferspray in die Hand und fragte mit betont unschuldigem Tonfall: »Weißt du, wozu das gut ist?«

Thomas nickte.

»Na, dann müssen wir es auch mal ausprobieren.« Noch während er die letzten Worte sprach, sprühte er Thomas fast den ganzen Inhalt der Dose ins Gesicht.

Obwohl er die Augen sofort geschlossen hatte, war die Wirksamkeit des Sprays wie eine Explosion unter Thomas' Augenlidern. So fest er sie auch zusammenpresste, der Schmerz schien sich immer weiter zu steigern. Wie aus der Ferne hörte er Mazzomaid so etwas sagen wie: »… muss das kleine Schweinchen jetzt aber weinen«, und spürte, wie darauf ein kalter, nasser und erdiger Lappen brutal über seine Augen gerieben wurde. Er zerrte an seinen Fesseln, spürte, wie sich scharfe Kanten in die Haut des Rückens einschnitten, warf den Kopf hin und her, doch der Schmerz ließ erst nach ewigen Minuten nach. Erneuter Regen setzte ein, und er legte seinen Kopf so weit wie möglich in den Nacken, in der Hoffnung, das Regenwasser könnte das Pfefferspray abwaschen. Es half nichts.

Dass Mazzomaid wieder vor ihm hockte und ihn emotionslos betrachtete, konnte Thomas durch seine mit Tränen und Dreck verklebten Augen nicht mehr sehen.

»Na, sind die Schweineäuglein so wund, dass das Schwein sie nicht mehr öffnen kann?«, hörte er ihn sagen. »Das ist aber schade. Dann kann es ja gar nicht mehr mit ansehen, was ich noch gefunden habe: ein kleines, scharfes Messer. Das Schwein hat ja viele scharfe Messer in der Küche gehabt, viele sehr scharfe Messer. Mit einem hat das Schwein dann diese hübsche junge Frau getötet, nicht wahr?«

Thomas schüttelte heftig den Kopf und stieß unverständliche Worte in seinen Knebel.

»Ach, das Schwein will gar nicht getötet haben? Doch, das hat es. Ohne das Schwein wäre die Frau jetzt noch am Leben. Ja, aber das Schwein denkt jetzt vielleicht, es sei nur schuld, dass ein anderer getötet hat? Nein, das Schwein hat mit seinen Händen auf die Frau eingestochen, hat auf der Frau gelegen und mit dem Messer in der Hand zugestochen. Ja, das hat das Schwein jetzt wohl nicht gedacht, was?«

Trotz der Schmerzen öffnete Thomas die Augen in ungläubigem Entsetzen. Mazzomaid genoss diesen Augenblick mehr als alles andere bisher. Es war ihm, als würde dadurch die Schande der Jugendjahre nach und nach von seiner Seele gewaschen.

*

»Marie, ab jetzt beginnt wirklich unsere Arbeit. Warte hier. Wenn wir in einer halben Stunde nicht wieder zurück sind oder du vorher Schüsse hörst, ruf die eins-eins-null an. Und vergewissere dich, dass Michael Reuter davon informiert wird. Das ist wichtig, das kann unser aller ...«

Sie hatte ihm gar nicht mehr bis zum Ende zugehört und war bereits durch den Zaun auf das Gelände vorgedrungen. Als sie zurückschaute, sah sie, wie Gerhardts resigniert den Kopf schüttelte und Buhle ihr entsetzt nachblickte. Nur Steffens Gesichtsausdruck zeigte ehrliche Anerkennung. Die drei Beamten folgten ihr durch die Öffnung im Maschendraht.

Auf dem Fahrweg zeigte Marie nach rechts. »Ich meine, ich habe dahinten etwas gehört.«

»Okay, Niko und ich gehen vor, dann Marie. Paul, mach du den Schluss. Wenn die beiden wirklich da vorne sind, müssen wir ab jetzt absolut leise sein, zumal es nicht mehr regnet.« Christian Buhle schien sich endlich damit abgefunden zu haben, dass er sie nicht losgeworden war.

Sie schlichen in einer Reihe den Weg entlang. An der nächsten Abzweigung verharrten sie kurz. Da sie nichts weiter hörten, gingen sie nach links, in die Richtung, aus der sie vorher die Geräusche vermutet hatten. Dann hörten sie wieder etwas, was sich wie die Stimme eines Mannes anhörte, doch im selben Augenblick verschluckte der erneut einsetzende Regen jedes Geräusch.

Langsam bewegten sie sich auf den Betonplatten weiter. Als Buhle an der nächsten Abzweigung nach rechts schaute, blieb er ruckartig stehen und bedeutete den anderen zu warten. Geduckt lief er zur anderen Seite. Offensichtlich hatte er Thomas und Mazzomaid entdeckt. Nach seinem entsetzten Blick zu urteilen, schien es nicht gut um Tom zu stehen.

Mit Handzeichen gab er Niko Steffen zu verstehen, um die Hecke herum bis zum wenige Meter entfernten Parallelweg vorzugehen. Danach sollte Gerhardts folgen. Marie bedeutete er, auf jeden Fall an ihrem Platz zu verbleiben.

Lautlos und langsam arbeiteten sich die Polizisten vor und suchten hinter dem Strauchwerk Deckung. Auch Marie war hinter ihnen hergeschlichen. Als sie dann endlich hinter einem Busch die Szenerie sah, wäre ihr beinahe ein Schrei entfahren. Sie sah, wie Mazzomaid Toms Kopf an den Haaren nach hinten zog und ihm mit einem kleinen Messer etwas in die Stirn ritzte. Das lautlose Aufbäumen seines unbekleideten Körpers ließ sie die Qualen fast physisch spüren.

Die drei Polizisten verständigten sich über Zeichen, wie sie näher an den Ort des Geschehens vordringen konnten. In diesem Moment zerriss der Klingelton ihres Handys die gespenstische Ruhe. Instinktiv drückten sich die Polizisten tief in das Gras. Marie sah, wie Mazzomaid sofort auf das Klingeln reagierte.

»Nein, Mattis, ich musste heute schon früh raus und wollte dich doch nicht wecken. … Ja, die Polizei hatte angerufen, weil Papa verschwunden ist. … Nein, ich glaube nicht, dass ihm etwas passiert ist. Vielleicht ist ihm nur alles zu viel geworden.«

Sie ging langsam mit gesenktem Kopf in Richtung der Baracken. Kurz nachdem sie die Polizisten passiert hatte, blieb sie stehen und drehte sich um, als wenn sie sich den Weg, den sie gekommen war, genau einprägen wollte. Dabei sah sie zu dem völlig schockierten Christian Buhle und zwinkerte ihm beruhigend zu. Anschließend drehte sie sich wieder nach vorne und ging laut und deutlich sprechend ein Stück weiter.

»Nein, ich weiß auch nicht, wo er ist. Ich dachte, ich hätte eine Idee, aber hier ist er nicht. ... Ja, heute Mittag bin ich wieder bei Oma und Opa, bestimmt. Mach es gut, mein Schatz.« Als sie das Gespräch mit ihrem Sohn beendet hatte, schaute sie auf.

Ihr Blick war direkt auf Dennis Mazzomaid gerichtet. Sie erstarrte, als ob sie ihn das erste Mal wahrnehme. Mazzomaid kniete hinter ihrem Mann. Die Schneide des Küchenmessers lag fest auf dessen Kehle. Sein Blick suchte hektisch die Umgebung ab, aus der Marie kam. Mit einem Ruck nahm sie das Handy wieder hoch und begann eine Nummer einzutippen.

»Noch eine Zahl, und dein Mann ist tot.«

Marie stoppte abrupt in der Bewegung.

»Schmeiß dein Handy her, los.«

Sie warf es Mazzomaid vor die Knie. Er nahm es mit der freien Hand und blickte kurz auf das Display. Mit zufriedenem Grinsen stellte er fest, dass Marie den Polizeinotruf hatte wählen wollen, aber nicht mehr bis zur dritten Ziffer gekommen war. Er machte das Handy aus und warf es weit weg, dann stand er langsam auf und ging auf sie zu. Ebenso langsam wich Marie zurück.

»Bleib stehen, oder ich bin schneller bei deinem Mann, als du denken kannst.«

Marie gehorchte. Sie ahnte, dass sie nun genau zwischen Mazzomaid und den Polizisten stand. Wahrscheinlich hatten sie so keine Chance, einzugreifen, zumal Mazzomaid hinter Thomas Deckung suchen konnte. Sie überlegte fieberhaft, was sie tun konnte, und verfluchte sich dafür, dass sie in den letzten Jahren ihr Karatetraining vernachlässigt hatte. Würde sie dennoch einen Überraschungsangriff wagen können? Würde sie dadurch die Unordnung herstellen können, um den Polizisten den Zugriff zu ermöglichen? Sie machte einen Schritt zurück.

Mit zwei Sprüngen war Mazzomaid bei Thomas und hielt ihm das Messer an die Kehle. »Ich hatte dich gewarnt.«

Mit einem Ruck zog er das Messer zur Seite. Marie schrie entsetzt auf, während Mazzomaid aufstand und hämisch auflachte. Als sie merkte, dass er nur geblufft hatte, verlor sie die Kontrolle über sich. Vor den vor Schreck geweiteten Augen von Thomas sprang sie Mazzomaid entgegen und attackierte ihn mit einer schnellen Abfolge von Schlägen, Stößen und Tritten.

Mazzomaid war von dem Angriff überrascht, aber er war ein guter Kickboxer, und er war im Training. Sofort ging er zum Gegenangriff über.

Buhle und seine Kollegen hatten bloß wenige Sekunden Zeit, um sich zum Eingreifen zu entscheiden. Es waren nur zwanzig Meter bis zu den Kämpfenden, keine fünf Sekunden, die die drei Polizisten gebraucht hätten, um sie zu erreichen und Mazzomaid zu überwältigen. Buhle war als Erster aufgesprungen und in Maries Richtung gerannt. Doch es hatte nicht gereicht.

Mazzomaid hatte Marie mit zwei Handkantenschlägen an Arm und Körper so verletzt, dass sie sich nicht mehr verteidigen konnte. Mit einem Griff in ihre Haare zog er sie zu sich heran und nahm mit der anderen Hand ein kleines Messer aus einem am Gürtel sitzenden Schaft. Die schlanke Spitze bohrte sich so weit in Maries Hals, dass Buhle bereits ein rotes Rinnsal erkennen konnte. Im Abstand von nur drei Metern kamen er und die anderen zu stehen.

»Hat die kleine Nutte mich doch reinlegen wollen.« Mazzomaid war trotz seiner guten körperlichen Verfassung außer Atem. »Los, zurück! Sofort. Und jetzt die Waffen zu mir.«

»Herr Mazzomaid, das bringt doch nichts. Es hat keinen Sinn, das Leben von noch mehr Menschen aufs Spiel zu setzen.« Gerhardts hatte die Arme gehoben. Buhle und Steffen taten es ihm gleich.

»Lasst eure Psychospielchen gefälligst.« In Mazzomaids Stimme hatte sich ein brutal drohender Unterton gemischt. »Wenn ihr nicht sofort macht, was ich euch sage, schneide ich dieser Nutte die Kehle durch. Also Waffen her.«

»Okay, okay. Wir machen, was Sie sagen.« Diesmal war es Steffen, der antwortete. »Ist okay, ja. Wir machen das jetzt schön langsam und hintereinander, damit Sie alles unter Kontrolle haben, ja?« Er ließ ganz langsam die Arme sinken und öffnete sein Pistolenhalfter mit den Fingerspitzen. Genauso behutsam zog er seine Waffe heraus und warf sie in Mazzomaids Richtung.

Dessen Blick flackerte beträchtlich. Buhle wusste, dass der kleinste Anlass die Katastrophe auslösen konnte. Aber er sah auch die letzte Möglichkeit, die sich ihnen bot. Doch dazu brauchten sie

Zeit, Zeit und die Aufmerksamkeit des Mörders. Er tat es als Nächster Steffen gleich und legte seine Waffe langsam ab.

Hatte das Geschehen um den Kampf zwischen Marie und Mazzomaid nur wenige Augenblicke gedauert, schienen jetzt Zeitalter zu verstreichen. Sie durften den Bogen nicht überspannen. Ihn nicht misstrauisch werden lassen. Mussten ihn in Sicherheit wiegen.

»Herr Mazzomaid, werden Sie doch vernünftig. Sie waren doch ein Ehrenmann, der –«

»Hör auf, so einen verdammten Scheiß zu erzählen, Mann! Weg mit der Waffe, hab ich gesagt. Wenn einer von euch noch einmal ungefragt sein Maul aufreißt, steche ich zu. Kapiert?«

Gerhardts hob wieder beschwichtigend die Arme und löste dann auch bei sich die Dienstwaffe aus dem Halfter. »Wohin?«

»Fresse, schmeiß sie von mir aus ins Gebüsch.«

Thomas hatte das Handy gehört. Nicht sofort hatte er Maries Stimme erkannt. Doch dann traf es ihn wie ein Schlag.

Was machte Marie hier?

Er spürte, wie Mazzomaid hinter ihm kniete und ein Messer an seine Kehle hielt. Er versuchte, die Augen zu öffnen, sie brannten fürchterlich. Durch einen Schleier konnte er erkennen, wie Marie langsam auf die Kreuzung zuging. Hatte sie Mazzomaid denn nicht gesehen? Er wollte ihr zurufen, dass sie weglaufen solle, aber die Schneide des Messers schien bereits seine Stimmbänder durchtrennt zu haben.

Als er Mazzomaid auf Marie zugehen sah, bebte sein Herz. Er riss an seinen Fesseln, aber sie gaben nicht nach. Urplötzlich sprang Mazzomaid auf ihn zu, setzte das Messer an seinen Hals und zog es durch. Sein Schrei erstickte im Gewebe des Knebels. Es dauerte einen Moment, bis er merkte, dass Mazzomaid ihm nicht wirklich die Kehle durchgeschnitten hatte, sein Blut noch durch seine Adern lief und nicht aus der Halsschlagader herauspulsierte.

Doch bevor sich Erleichterung nur im Ansatz entwickeln konnte, sah er, wie Marie mit Mazzomaid kämpfte. Er wollte helfen, wollte seiner Frau beistehen, wollte verhindern, dass auch sie ein Opfer seiner Schande wurde.

Mit aller Kraft stemmte er sich an dem Eisenträger empor. Er spürte nicht mehr, wie die rostigen Kanten seine Haut durchschnitten. Befahl den geprellten und gequetschten Muskeln, ihre Aufgabe zu erfüllen. Ignorierte die Wunden, aus denen das Blut sickerte. Empfand nicht einmal mehr den Schmerz der bis ins Innere gereizten Augen.

Als er stand, konnte er seine Arme über den Pfosten heben, und es gelang ihm, zuerst mit dem rechten, dann mit dem linken Bein durch seine mit Handschellen auf dem Rücken gefesselten Arme zu steigen. Die Handschellen schnitten ihm dabei ins Handgelenk, und die überdehnten Schultern sendeten Schmerzsignale, die er nicht wahrnahm. Fast wäre er gestürzt, fast wäre alles aus gewesen. Aber er schaffte es.

Er sah, wie Mazzomaid seine Frau in der Gewalt hatte. Er sah irgendwelche Männer, die vor den beiden standen. Er versuchte, lautlos zu sein, er musste lautlos sein, um an Mazzomaid heranzukommen. Er musste Marie retten. Sie durfte nicht sterben. Mazzomaid musste sterben. Mazzomaid musste sterben.

In dem Augenblick, als Mazzomaid mit dem Messer für den Bruchteil einer Sekunde in die Richtung des Gebüschs zeigte, warf Thomas seine Arme über dessen Kopf, riss ihn mit den Handschellen am Hals mit voller Wucht zurück und zog mit aller Kraft seine beiden Hände hinter Mazzomaids Genick zusammen.

Buhle hatten verfolgt, wie sich der gefolterte Thomas Steyn mühsam an dem Pfosten hochgearbeitet und befreit hatte, um Mazzomaid im richtigen Moment von hinten zu überwältigen. Er stürzte fast gleichzeitig zu Marie und konnte gerade noch verhindern, dass sie ungeschützt auf die Betonplatten fiel. Vorsichtig zog er die blutende und vor Schmerzen stöhnende Frau aus der Gefahrenzone und bettete sie, in seine Jacke gehüllt, unter den Dachüberstand der Baracke.

Gerhardts und Steffen benötigten einen kurzen Moment, um zu begreifen, dass Thomas Steyn völlig außer Kontrolle geraten war. Wie im Wahn würgte er Mazzomaid mit der Kette der Handschellen.

Die beiden Polizisten stürzten sich auf die Todfeinde und versuchten sie voneinander zu lösen. Es war ein Ringen um Zentimeter und dauerte mehr als zwei Minuten, bis sie es mit all ihrer Kraft geschafft hatten, Dennis Mazzomaid aus dem Würgegriff von Thomas Steyn zu befreien.

*

Christian Buhle hatte, noch während seine Kollegen mit Thomas Steyn kämpften, den Notruf abgesetzt.

Er hockte mit dem Rücken an die Wand unter dem Dachüberstand gelehnt und legte Maries Kopf auf seinen Oberschenkel. Sie zitterte am ganzen Körper. Die Schnittwunde am Hals war nicht sehr tief. Er drückte sein Taschentuch leicht auf den blutroten Strich und hielt mit der anderen Hand ihren Kopf. Sie sah ihn aus immer noch verzweifelten Augen an, stöhnte aber nicht mehr vor Schmerzen. Die Fraktur am Unterarm hatte er sofort erkannt. Möglicherweise waren auch einzelne Rippen gebrochen.

»Es ist vorbei, Marie. Mazzomaid ist überwältigt.«

Marie lag so, dass sie die dramatische Szenerie um ihren Mann und Dennis Mazzomaid nicht sehen konnte. Als sie sich leicht wenden wollte, verhinderte das der Schmerz.

»Ist …?«

Christian Buhle legte ihr den Zeigefinger auf die Lippen. »Dein Mann lebt. Bleib jetzt ganz ruhig, der Arzt kommt gleich.«

Sie schloss die Augen, doch er bemerkte, dass ihre Lider unruhig flatterten.

Er sah zu, wie sich Paul Gerhardts bemühte, den bewusstlosen Mazzomaid zu reanimieren. Steffen hatte den geschundenen Thomas Steyn in die Jacken von Gerhardts und ihm gehüllt. Danach half er ihm bei der Wiederbelebung. Nachdem es gelungen war, Thomas Steyn von Mazzomaid zu lösen, war Steyn selbst zusammengebrochen und lag nun bewegungslos auf dem Boden.

Es dauerte nach Buhles Notruf acht Minuten, bis der Rettungshubschrauber auf dem kleinen Platz landete. Wenig später hörte er die Sirenen eines ebenfalls mit einem Notarzt besetzten Rettungswagens. Während er die lebenserhaltenden Maßnahmen der Mediziner und ihrer Assistenten nur wie durch einen Schleier wahrnahm, erschienen die Bilder von Dennis Mazzomaid und Thomas Steyn vor seinem inneren Auge. Nie zuvor hatte er Menschen so hasserfüllt erlebt. Steyns Zustand ließ blanken Wahn erkennen, als er sich trotz der unendlichen Schmerzen, die er gehabt haben musste, auf seinen Todfeind gestürzt hatte, der das Leben seiner Frau bedrohte. Es waren kratertiefe Abgründe, die sich in den Augen beider Männer auftaten. Jetzt waren die Augen geschlossen. Ob sie sich jemals wieder öffnen würden, wusste er nicht.

Der zweite Rettungswagen, der wenige Minuten später erschien, war mit einem grauhaarigen Rettungsassistenten und einem blutjungen Sanitäter besetzt. Beide kümmerten sich um Marie. Sie versorgten die Wunde, fixierten den Arm, untersuchten die Verletzungen am Körper und legten die leichtgewichtige Frau erst dann vorsichtig auf die Trage, um sie abzutransportieren. Christian Buhle bewegte sich die ganze Zeit keinen Millimeter.

Die Ärzte entschieden, Dennis Mazzomaid mit dem Rettungshubschrauber abzutransportieren. Kurz nachdem dieser abgehoben hatte, fuhr auch der erste Rettungswagen mit Thomas Steyn zum nächsten Krankenhaus. In einigem Abstand und ohne Sirenen folgte das Fahrzeug mit Marie Steyn.

»Christian, alles klar?« Paul Gerhardts war vor ihm in die Hocke gegangen. Es war, als ob die Worte Buhle verzögert, Buchstabe für Buchstabe, erreichten.

Er blickte ihn an. »Nein, ich glaube nicht.« Er atmete tief durch und schob sich mit den Armen ein Stück die Hauswand hoch.

Gerhardts wartete noch ein wenig. »Komm, steh auf, die Kollegen von der Spurensicherung kommen gleich.« Er griff ihm mit einer Hand unter die Arme und half ihm hoch. Langsam gingen sie zu Nikolas Steffen, der am Rand des Schutthaufens saß und einen weit entfernten Punkt fixierte.

*

Am frühen Nachmittag saß das Ermittlerteam der Soko Domäne zusammen mit dem luxemburgischen Kollegen Henri Ducard im Besprechungsraum der Zentralen Kriminaldirektion Trier. Nachdem Soko-Leiter Paul Gerhardts mit seinem Bericht geendet hatte, herrschte erst einmal Schweigen. Der dramatische Ausgang des Falls war selbst für die erfahrenen Beamten nichts, was sie ohne Weiteres wegstecken konnten. Vor allem Christian Buhle wirkte in sich gekehrt. Nicole Huth-Balzer warf ihm ab und zu einen besorgten Blick zu.

»Ich habe vor einer halben Stunde mit den Krankenhäusern telefoniert.« Gerhardts' Gesicht war noch ernster als bei den vorangegangenen Ausführungen. »Dennis Mazzomaid ist weiterhin ohne Bewusstsein, und es sieht so aus, als ob sich das auch kurzfristig nicht ändern wird. Er war nach der Strangulation durch Steyn mehrere Minuten ohne Atmung und somit auch ohne Sauerstoffversorgung des Gehirns. Hinzu kommen eine Kehlkopffraktur und erhebliche Quetschungen im gesamten Halsbereich einschließlich innen liegender Gewebepartien. Die Ärzte meinen, dass er überleben wird, können aber nichts über bleibende Schäden sagen.«

Er machte eine kleine Pause. »Das bedeutet für uns, wir müssen den Fall vielleicht ohne Aussage des Tatverdächtigen abschließen. Ihr wisst, was das bedeutet.«

Er blickte hinunter auf eine handgeschriebene Seite und fuhr fort. »Thomas Steyn wird immer noch operiert. Wie sein Zustand aktuell ist, weiß ich nicht. Heute Mittag hat mir ein Arzt berichtet, dass er verschiedene innere Verletzungen hat, unter anderem einen Nierenriss, mehrere Frakturen, offene Wunden, Prellungen und Quetschungen. Neben dem Nierenriss hat ihm die starke Unterkühlung besonders zugesetzt und zu Herzrhythmusstörungen geführt. Steyn befindet sich in einem insgesamt kritischen Zustand, aber wohl nicht in Lebensgefahr. Nach der Operation werden wir hoffentlich mehr wissen.«

Wieder machte er eine kurze Pause, bevor er weitersprach. »Marie Steyn ist ebenfalls im Krankenhaus. Sie hat eine Fraktur des linken Unterarms und zwei gebrochene Rippen, aber offenbar keine inneren Verletzungen. Trotz der Gefahr, in der sie sich befunden hat, ist sie anscheinend in einem erstaunlich stabilen psychischen Zustand. Wir können also hoffen, dass wenigstens sie einigermaßen glimpflich davonkommen wird.«

Er legte seine Unterlagen zu einem Stapel übereinander und sah mit ernster Miene in die Runde der Kollegen.

»Du siehst den Fall als gelöst an?«, fragte Ducard in seiner direkten Art ohne Umschweife.

»Ich habe keine Zweifel: Dennis Mazzomaid ist der Mörder von

Elena Voiculescu und Isabelle Girardot. Ob wir ihn aber jemals zu einem Geständnis bewegen können, weiß ich nicht. Selbst dann nicht, wenn er überlebt und vernehmungsfähig ist. Hast du Zweifel?«

»Ihr müsst bedenken, dass der Fall für uns nicht einmal eine Woche alt ist«, sagte Ducard. »Aber sicher, es deutet alles auf Mazzomaid hin.«

Wieder entstand eine Pause.

»Wie ist das mit der Zuständigkeit?« Nicole Huth-Balzer hatte die Frage gestellt, ohne von dem Notebook aufzusehen. Als sie aufgrund der eintretenden Stille doch hochschaute und in die etwas ratlosen Gesichter der versammelten Kommissare blickte, fragte sie mit rotem Kopf und unsicherer Stimme nach: »Ähm, ich meine, die Morde sind in Luxemburg und Deutschland passiert, der Mörder ist deutscher Staatsbürger mit Wohnsitz in Luxemburg. Wie wird das geregelt?«

»Das ist eine gute Frage. Die muss ich mal an die Lehrer auf der Polizeischule weitergeben. Ich nehme an, es wird in jedem Land ein Verfahren geben, für jeden der beiden Morde. Oder?« Gerhardts sah seine Kollegen fragend an.

Ducard nickte. »Also doppelte Arbeit im vereinten Europa? Möglich. Kann allerdings auch gut sein, dass das kleine Luxemburg den großen Fall an das große Deutschland abgibt. Ich helfe euch dann aber ein bisschen.«

28

Trier; Sonntag, 21. November

Gegen Ende der Woche hatte der Regen nachgelassen und war den ersten frostigen Nächten des Winters gewichen. Christian Buhle hatte an der Zusammenstellung der Ermittlungsakten gearbeitet und sich ansonsten zurückgezogen. Am Samstag hatte er Einkäufe erledigt, war spazieren gegangen und kurz vor Ladenschluss noch in die Stadt geeilt, um sich ein Gemälde in einer Galerie zu kaufen, das er am Vormittag dort entdeckt hatte. Als das abstrakte Kunstwerk einer Malerin aus der Region in seinem Wohnzimmer hing, war ihm zum ersten Mal, als ob er sich hier zu Hause fühlte.

Nach dem Abendessen musste er lange überlegen, welchen Film er sich anschauen wollte. Annähernd zwanzig Minuten hielt er die Hülle seines Lieblingsfilms »Sieben Leben« mit Will Smith in der Hand, bis er sie in den DVD-Player einlegte. Er sah sich den Film ohne Regung an und saß auch nach dem Abspann noch einige Minuten in seinem Sessel. Dann stand er auf, verstaute die DVD wieder in ihrer Hülle, ging in die Küche und warf sie in den Müll. Anschließend rief er Marie an.

Um Viertel vor acht zog er sich warme Sachen und Wanderschuhe an, ging zu seinem Auto und fuhr durch die leeren Trierer Straßen. Über die Kaiser-Wilhelm-Brücke querte er die Mosel und fuhr die »Bitburger« hoch auf das Plateau nach Trierweiler. Als er den ersten Schritt auf die Schieferplatten gesetzt hatte, öffnete sich die Haustür bereits. Die Begrüßung von Juliette von Steyn fiel überaus herzlich aus und freute ihn. Sie geleitete ihn ins Wohnzimmer und bat ihn, dort einen Moment zu warten.

Als Erster kam Mattis die Treppe heruntergelaufen. Im Wohnzimmer verlangsamte er seine Schritte, als ob er vor dem Kommissar nicht als kleiner Junge erscheinen wolle. Anschließend kam Juliette mit der kleinen Nora ins Wohnzimmer.

»Ich soll die besten Grüße von meinem Mann ausrichten, Herr Buhle. Er ist heute Nacht bei unserem Sohn im Krankenhaus geblieben. Die Ärzte wollen Thomas heute aus dem künstlichen Koma aufwecken.« In ihren Augen stand Erleichterung. »Ich werde auch gleich zu den beiden fahren. Wir rufen Sie dann an, wenn wir wissen, ob er schon weiteren Besuch empfangen kann.«

Christian Buhle nickte. »Sie müssen es nicht überstürzen. Vielleicht ist es doch noch zu viel für Ihren Sohn.«

Marie war lautlos die Treppe nach unten gekommen und stand im Türrahmen.

»Hallo, Christian.«

»Hallo, Marie.«

»Wir können jetzt fahren. Hast du schon Brötchen gekauft?«

»Nein. Du weißt, Claudille schwört auf luxemburgische Backwaren. Stell dir vor, ich bringe Croissants aus Trier mit.«

Marie lächelte als Bestätigung und drehte sich vorsichtig um. Die Rippenbrüche bereiteten ihr immer noch erhebliche Schmerzen, aber sie wollte unter keinen Umständen auf das Frühstück in Berdorf verzichten.

Er ließ ihr genügend Vorsprung, während Juliette zur Haustür eilte, um sie ihr aufzuhalten. »So«, er nahm Nora und Mattis an die Hand, »eure Uroma wartet bestimmt schon, und ich will endlich zu diesen Spalten, durch die nur Kinder und schlanke Kommissare durchpassen.«

»Die ›Sieweschloeff‹«, rief Nora und begann vor Begeisterung auf der Stelle zu hüpfen.

»Jetzt krieg dich mal wieder ein, Nora.« Mattis war ganz der große Bruder.

Langsam folgten die drei Marie zum Auto.

Danksagung

Der Autor schreibt sein Buch nicht allein. Schon gar nicht das erste. Folgende liebe Menschen haben trotz Zeitnot zu einem lesbaren Manuskript beigetragen und weitergeholfen, wo es nötig war. Herzlichen Dank:

Cordula für ihre psychologischen Hilfestellungen
Gerd für seinen kriminalistischen Scharfsinn
Klaus für seinen nie endenden Zuspruch
Stefan für seinen orthografischen Beistand
Gerlinde für alles.

Mein besonderer Dank gilt meiner Lektorin Stefanie Rahnfeld für die sehr freundliche, geduldige und gewinnbringende Zusammenarbeit.